Mörderisches Schwerin

Diana Salow

MÖRDERISCHES
Schwerin

Vier Fälle für
Kommissar Berger

HINSTORFF

Danksagung

Es gibt viele Menschen in meinem Umfeld, denen ich sehr, sehr dankbar bin und die mich unglaublich unterstützen. Dazu zählen in erster Linie mein Mann Steffen Salow und meine Mutti Hildegard Grünes. Ein großes Dankeschön geht vor allem aber auch an Sylvia Bretschneider, Armin Tebben, Dirk Zapfe, Iris Steuding, Angela Hillenhagen, Simone Gladasch, Daniela See, Dieter Schulz, Birgit Klockow, Heidrun Lohse, Dirk Buchardt, Julia Hauenschild, Martin Reiners, Petra Heißen, Heike Mex, Laura Jakobi, Dr. Anja Dostert, Sabrina Panknin, Andre Harder, Cornelia Böttcher, Daniel Kruschinsky, Berthild und Frank Horn, Arno Pommerencke, Christian Noack, Mandy und Matthias Wittkat sowie ihre Lesergruppe »Bücher im Blut«.

Ganz herzlich möchte ich mich bei meinen Testlesern Dirk Zapfe, Angela Hillenhagen, Stefanie Roocks, Angela Diener, Anne und Karina Müller, Christine Gläser, Jörg Kapplusch, Martina und Axel Wiatr, Karola und Thomas Berger, Ralf Schultz, Petra Pundt, Marlit und Jörg Hillenberg, Helgrid Kühn, Cornelia Abbas und C. R. bedanken.

Herzlichst
Ihre Diana Salow

»Süßer Schmerz«

Kommissar Bergers erster Fall

Ähnlichkeiten mit real existierenden Personen oder Gegebenheiten sind rein zufällig, nicht beabsichtigt und entsprangen meiner Fantasie.

Kapitel 1: Petri Heil und Petri verschwand

»Rudi, halt mal bitte meine Angel! Ich mache uns erst einmal ein Bierchen auf. Diese Hitze hält doch keiner aus! Nachher beißen die Fische wie verrückt und wir haben gar keine Zeit mehr zum Trinken«, lachte Paul.

»Das ist eine gute Idee! Pass auf und tritt nicht auf die Schachteln mit den Würmern hinter dir!«, erwiderte Rudi und nahm die Angel seines besten Kumpels in die Hand.

Paul ging ein Stück zurück und brachte zwei Dosen Bier. »Fang!«, rief er und warf ihm eine Büchse im hohen Bogen zu.

Rudi konnte, die beiden Angeln haltend, nicht rechtzeitig reagieren und so landete die Büchse am Ufer und rollte auf das Wasser zu.

Paul lachte schallend.

Rudi fluchte und legte vorsichtig die Angeln ab. Dann ging er ans Ufer heran, um die jetzt durchgeschüttelte Dose aufzuheben. »Komm mal schnell her! Da vorne ... da liegt doch jemand?«, stotterte Rudi aufgeregt.

Paul schlürfte bereits sein Bier und wischte sich den Schaum mit dem Handrücken von der Oberlippe. Er stellte die Dose ab und ging ebenfalls ans Ufer. »Tatsächlich! Wahnsinn ...« Er blickte prüfend nach oben. »Der Kerl ist bestimmt von der Grotte gestürzt. Wer weiß, wie lange er dort schon liegt?«, fragte Paul laut.

Die Männer wateten mit ihren Gummistiefeln durch das schlammige Wasser und mussten aufpassen, dass sie das

Gleichgewicht nicht verloren. Unzählige große, kleine und vor allem spitze Steine mussten sie auf dem Weg zu dem im Wasser liegenden Mann überwinden. Dabei kämpften sie mehrfach um ihr Gleichgewicht.

Es handelte sich tatsächlich um einen Mann. Er war am Kopf blutüberströmt und lag in seiner nassen Kleidung auf dem Rücken. Sein Oberkörper ragte halb aus dem Wasser und lehnte an einem größeren Stein. Die Beine waren im flachen Schlamm eingesunken.

»Oh Gott, der ist tot!«, rief Rudi.

»Meinst du?«, fragte Paul.

»Ja, der ist bestimmt von dort oben gesprungen. Da ist ein Zaun um die Grotte, da fällt man nicht so einfach runter«, gab Rudi fachmännisch von sich. »Dem kann keiner mehr helfen«, fuhr er fort. »Schau doch mal in seine Taschen, ob er irgendwas dabei hat!«

Paul kramte in der halb unter Wasser liegenden Hosentasche des Mannes und zog eine Brieftasche und ein Handy heraus. Er untersuchte die Geldbörse. »Ein Ausweis ist nicht dabei. Nur Geld.« Dann bekam er Gewissensbisse. »Rudi, ich weiß nicht … Lass uns abhauen«, bat Paul seinen Kumpel und guckte in alle Richtungen. Er prüfte, ob jemand das Geschehen beobachtet hatte.

»Ach, der ist doch mausetot.« Rudi wischte die Bedenken seines Freundes beiseite. »Nimm das Geld und lass uns schnellstens verschwinden! Dem hilft keiner mehr, aber von den paar Piepen können wir uns auf den Schreck wenigstens noch ein Schnäpschen kaufen.«

Die Angler packten hektisch ihre schmuddeligen Klamotten zusammen und entnahmen das Geld aus der feuchten Brieftasche des verunglückten Mannes. Das Handy und die leere Geldbörse warf Rudi in hohem Bogen weit in den See hinein. Paul schüttete das Wasser aus dem alten Plastikeimer, den er schon für den Fischfang vorbereitet hatte. Dann rannten sie, so schnell sie konnten, mit ihren Angelsachen, dem Rucksack und dem Eimer von der Steingrotte im Burggarten davon.

Auf der Schlossbrücke kam ihnen eine ältere, gepflegte Dame, die mit ihrem kleinen Dackel spazieren ging, entgegen. Rudi schrie: »Rufen Sie schnell die Polizei! Dort liegt ein toter Mann an der Grotte. Wir haben leider kein Telefon dabei.«

Die Dame erschrak, kramte sofort ihr Handy aus der Handtasche und gab zitternd den Notruf 110 auf dem Display ein. »Ja, hier ist Hermine Böttcher, ich stehe auf der Schlossbrücke mit zwei Anglern, die gerade einen toten Mann an der Steingrotte im Burggarten gefunden haben. Bitte kommen Sie schnell!« Die Dame schaute sich um und hatte in ihrer Aufregung gar nicht bemerkt, dass die zwei Angler zwischenzeitlich längst verschwunden waren.

Die saßen mit blassen Gesichtern in ihrer naheliegenden Stammkneipe, dem Bünger Loch in der Stiftstraße, und tranken auf den Schreck erst einmal ein Bier und einen Korn. Rudi und Paul zog es oft in diese Gaststätte. Im Bünger Loch, das nun schon seit über 135 Jahren existierte, schenkte die Kneiperin großzügigerweise oft Freibier aus.

Sie fragten sich beim zweiten Bier, ob wohl irgendjemandem irgendwann einmal so etwas passiert war. »Also da werde ich nicht noch mal angeln. Hoffentlich hat uns keiner gesehen«, flüsterte Paul.

»Der Kerl war tot und die Alte hat die Polizei gerufen«, erwiderte Rudi gelassen.

»Hattest du den Puls gefühlt?«, fragte er besorgt.

»Nein«, antwortete Rudi leise und sichtlich genervt.

»Und wenn der Kerl doch nicht tot war?«, flüsterte Paul.

»Jetzt hör doch auf! Der war tot. Und wenn nicht, haben sich die Alte oder die Bullen bestimmt gekümmert.« Er hob seinen rechten Arm und gab der Wirtin so zu verstehen, dass diese noch zwei Bier bringen sollte.

Später nahm Paul den noch feuchten Fünfziger aus dem Rucksack und bezahlte großzügig die Getränke sowie einige offene Rechnungen bei der Wirtin.

Kapitel 2: Der Morgen danach

Maria war am Ende ihrer Kräfte und erwachte am Morgen des 2. Juni in einem Einzelzimmer. Ein kleiner Raum, ein heller Schrank, ein riesiges Bett, ein moderner Stuhl und nichts weiter. ›Wo bin ich und was mache ich hier?‹, fragte sie sich. Von starken Medikamenten benebelt, lag sie auf dem Rücken im Bett. Beide Handgelenke waren am Bettgestell mit schmalen Ledergurten fixiert. Maria kam langsam in der psychiatrisch-geschlossenen Abteilung des Schweriner Klinikums zu sich.

Auf dem Nachttisch stand eine weiße Plastiktasse mit dem Aufdruck ›Klinikum Schwerin‹. Wie sie in die Klinik gekommen war, daran konnte sie sich nicht erinnern. ›Bin ich krank oder was ist passiert?‹, fragte sie sich. Sie sah ihr linkes verbundenes Handgelenk an und vermutete unter dem starken Mullverband eine Verletzung. ›Was habe ich bloß angestellt oder wurde ich überfallen?‹, das waren ihre nächsten Gedanken. Sie hatte großen Durst, konnte aber aufgrund der Fixierung ihrer Hände am Bettgestell aus der liegenden Position nicht hochkommen und schon gar nicht die Tasse auf dem Nachttisch nehmen und trinken.

Maria kam langsam und allmählich zu sich. Sie murmelte leise ihren Namen: »Maria Kremer«. Sie nannte den Wochentag (Sonntag) und schätzte die Zeit auf acht Uhr. Sie konnte nicht auf ihre Uhr oder ihr Handy schauen. Mit diesen Angaben, die sie leise nochmals vor sich hinsprach, beruhigte sie sich etwas. Sie hatte mal gelesen, dass, wenn man verrückt wird, man wohl zuerst das Zeitgefühl verlieren würde. Sie wusste nun wieder, dass sie jahrelang Demütigungen und körperliche Gewaltausbrüche ertragen und erduldet hatte. Sie hatte sich weder bei ihrer Familie noch bei Freunden offenbart. Nie hatte sie irgendjemanden um Hilfe gebeten.

Sie hatte einen abscheulichen Geschmack im Mund, fühlte sich ungepflegt und schwitzte unter der dünnen weißen Bettdecke in diesem kleinkarierten Kliniknachthemd. Das grün-weiße Hemd war vorne geschlossen, hinten hielt es nur mit einem Schleifenband zusammen. ›Wie spät es wohl ist?‹, grübelte sie. Die Sonne schien bereits in ihr Zimmer. Es roch nach Desinfektionsmitteln. Die Stille um sie herum war unheimlich. Die gestärkte und ziemlich harte Bettwäsche lud nicht gerade zum Träumen ein. Sie starrte, auf dem Rücken liegend, die weiße Decke an und überlegte krampfhaft, wie sie in die Klinik gekommen sein könnte.

Plötzlich hörte sie Schließgeräusche an der Tür. Mehrere Personen traten in ihr Einzelzimmer. ›Dr. Martin Sperber – Chefarzt Psychiatrie‹, las sie auf einem Plastik-Namensschild. Ein in strahlendem Weiß gekleidetes Gefolge von Assistenzärzten und jungen Schwestern wünschten Maria einen »Guten Morgen!«.

Sie grüßte leise zurück und schaute alle Personen abwechselnd an.

Die Ärzte beobachteten Maria während der Visite. Sie lag da wie ein verletztes, krankes Tier, dem man helfen wollte, aber nicht sicher war, wo man genau ansetzen sollte. Maria schämte sich und wirkte hilflos. Der junge Chefarzt sprach zu ihr und die Oberschwester notierte jede Einzelheit auf einem Blatt der Krankenakte, die sie vor ihrem fülligen Körper hielt.

»Wir können sie nicht mit so starken Beruhigungsmitteln behandeln. Die Leberwerte waren bereits bei Einlieferung der Patientin grenzwertig«, sprach Chefarzt Sperber zu seinen aufmerksam zuhörenden Assistenzärzten.

Eine Krankenschwester meinte, gesehen zu haben, dass die Patientin eine größere Menge Beruhigungstabletten bei sich trug. Sie hatte bei Marias Ankunft in der Klinik deren Brille vom Gesicht genommen und sie in das Brillenetui ihrer Handtasche getan, in dem die Pillen versteckt waren.

Maria stellte sich aus Scham benommen und sog jedes Wort aller um sich versammelter Menschen ein. Nach ein paar Minuten verschwanden die Ärzte und Schwestern so schnell, wie sie gekommen waren. Sie begann erneut zu grübeln und versuchte, sich zu erinnern, warum sie in der Klinik war und nicht in ihrem gemütlichen Bett in ihrem Haus in der Schweriner Schlossgartenallee.

Im Aufenthaltsraum der psychiatrischen Station saßen zeitgleich die Schwestern der Frühschicht bei einem hektischen Frühstück. Sie aßen belegte Brote, tranken ihren frisch aufgebrühten Filterkaffee und hörten nebenbei leise Hintergrundmusik des örtlichen Radiosenders. Eine junge Krankenschwester berichtete von ersten Gehversuchen ihres Nachwuchses.

»Pst!«, sagte die Oberschwester und deutete auf das Radio. »Seid mal leise!«

Sie hörten dem Nachrichtensprecher zu: »… im Burggarten einen älteren Mann aufgefunden, der nach ersten Aussagen eines Polizeisprechers von der Grotte gestürzt sein muss. Und nun der Wetterbericht.«

Während der Unterhaltung, in der jede Schwester ihren Kommentar zu der gehörten Nachricht loswerden wollte, klingelte das Telefon der Station. Aus dem Lautsprecher über der Tür vernahmen die Schwestern, dass in der Notaufnahme dringend ein Arzt gebraucht würde. Die Frauen standen auf und packten ihre Brotschachteln zusammen. Sie schoben ihre Stühle zurück und jede Einzelne machte sich an ihre gewohnte Arbeit.

Maria lag in ihrem Krankenbett und atmete die frische Luft ein. Die Stationsschwester hatte, bevor sie hinausgegangen war, das Fenster weit geöffnet. Nach der morgendlichen Visite waren der Patientin die Schnüre von den Handgelenken genommen worden. Sie war noch etwas wackelig auf den Beinen, konnte sich aber nunmehr in ihrem Zimmer, das weiter verschlossen blieb, frei bewegen. Maria nahm ihr Handy aus der Hosentasche ihrer Jeans, die sauber gefaltet auf einem Stuhl lag, und rief eine ihrer älteren Schwestern an. »Hallo, ich bin es. Maria. Ich liege im Krankenhaus. Mach dir bitte keine Sorgen! Ich bin bald wieder zu Hause. Es ist nur ein kleiner geplanter Routineeingriff. Ich habe dir vorher nichts gesagt, weil ich dich nicht beunruhigen wollte. Grüß bitte alle von mir und besucht mich bitte nicht! Ich muss jetzt Schluss machen. Der Akku ist gleich leer und ich darf hier nicht mit dem Handy telefonieren.« Sie ließ ihre geschockte Schwester nicht zu Wort kommen, beendete das kurze Gespräch und war froh, die Stimme einer vertrauten Person für einen Moment gehört zu haben. Aber auch, dass sie auf keine Gegenfrage antworten musste. Ein schlechtes Gewissen begann sich in ihr breitzumachen.

Ihre beiden Schwestern waren immer sehr um sie besorgt. Maria war ihr Nesthäkchen. Ob das Nesthäkchen nun drei oder jetzt schon 64 Jahre alt war, war den beiden älteren Schwestern egal. Alle drei unternahmen, nachdem ihre Mutter vor Kurzem verstorben war, viel gemeinsam. Der Tod der Mutter schweißte sie mehr als je zuvor zusammen. Sie gaben sich gegenseitig Halt durch gemeinsame Kurzreisen und abwechselnde Besuche. Meist wurde viel über ihre Mutter gesprochen. Mal lachten sie in Erinnerung an sie. Manchmal schwiegen sie gemeinsam und waren traurig.

Kapitel 3: Susan

Marias Tochter Susan kam am nächsten Tag, es war der 3. Juni, unbeschwert von der Arbeit. Sie hatte einen anstrengenden Tag als Grundschullehrerin hinter sich gelassen und freute sich auf einen entspannten Abend mit ihrem Mann Maik. Dieser öffnete routiniert eine Flasche Rotwein und schenkte sich ein Glas ein. Susan trank aufgrund ihrer Schwangerschaft einen Grapefruitsaft mit Eiswürfeln. Beide freuten sich auf ihr erstes Baby und konnten den Moment nicht abwarten, endlich wieder im Beisein der Frauenärztin auf einem Monitor zu sehen, wie ihr Sohn langsam heranwuchs. Sie lebten in einer Vorstadt von Schwerin. Susan sah sich selbst als Mittelpunkt, um den sich alles drehte. Probleme anderer Menschen interessierten sie nicht. Ihr Ehemann Maik war ebenfalls Grundschullehrer, jedoch an einer anderen Realschule. Er war Susan intellektuell nicht gewachsen und ordnete sich ihr unbewusst unter. Maik tat alles, nur um Susan bei Laune zu halten. Ein Hobby oder Kumpels, mit denen er sich regelmäßig traf, hatte er nicht.

Ein paar Tage schon hatte Susan weder etwas von ihrem Vater Robert, Marias Ehemann, der sich sonst täglich meldete oder von Maria selbst gehört. Sie fand, dass ihre Mutter schon seit Langem in ihrer eigenen Welt lebte. Das Mutter-Tochter-Verhältnis war nie so, dass eine die andere vermisste, sich gegenseitig Geheimnisse offenbart oder gar noch Probleme erörtert wurden. Dass aber Robert nichts von sich hören ließ, wunderte Susan schon. Sie hatte ihn in den letzten zwei Tagen mehrmals auf seinem Handy angerufen und von Tag zu Tag emotional heftiger auf dessen Mailbox gesprochen. ›Der Spruch ›Rentner haben niemals Zeit‹ stimmt tatsächlich!‹, dachte Susan wütend. Ihre Mutter Maria rief sie nicht an. Die war ihr so ziemlich egal.

Während Susan den bitteren Saft trank, musste sie an ihren Halbbruder Oliver denken. Der hatte seit Sommer 1985 den Kontakt zur gesamten Familie abgebrochen. Warum, das wusste in der ganzen Familie niemand – außer Maria. Susan interessierte es nicht im Geringsten. Sie hatte nur mit sich, ihrem Studium, dem nächsten Wandertag mit ihrer Schulklasse und ihrem eigenen Leben zu tun. Sie konnte Oliver nicht fragen, warum ihr Vater sich nicht zurückmeldete, sie wusste ja nicht einmal, wo ihr älterer Halbbruder lebte. Die Kindheitserinnerungen an ihn waren eher schwach: Oliver war ein hübscher Junge gewesen, nach dem sich seine Klassenkameradinnen damals umschauten und alles gegeben hätten, um dessen Freundin zu werden.

»Warum fährst du nicht einfach hin und schaust nach deinem Vater, wenn du so neugierig bist? Dein Vater wird sich schon melden. Spätestens morgen vor dem nächsten Fußballspiel im Fernsehen wird er schon anrufen und seinen Tipp abgeben, wer gewinnt. Ihr und euer Fußball!«, beendete Maik den Satz. Er ärgerte sich oft, dass für seine Frau Fußball meist wichtiger war, als ein gemeinsamer Kinobesuch.

»Es ist so untypisch. Mein Vater ruft sonst bei jeder Kleinigkeit an und nun meldet er sich nicht, zumal ich schon mehrfach auf seine Mailbox gesprochen habe«, maulte Susan Maik an und trank dabei beleidigt ihren Saft aus.

Sie machte sich im Bad fertig zur Nacht und ging schlafen.

Maik schaltete noch ein wenig durch die Fernsehprogramme, wurde vom Wein langsam müde und folgte seiner Frau später ins Schlafzimmer.

Susan schlief bereits tief und fest.

Kapitel 4: Die lieben Nachbarn

In der Schweriner Schlossgartenallee, in der Maria mit ihrem Mann Robert eine kleine Villa bewohnte, lag die Stille eines Sommerabends in den Vorgärten. Hier und dort wurde noch gegrillt. Knatternde und monotone Rasenmähergeräusche waren in der Ferne erloschen. Marias ältere Nachbarn – Anna und Karl – saßen im Garten und blätterten in Reisekatalogen, um ihre nächste Kreuzfahrt auszusuchen. Anna hatte ein Teelicht auf den Tisch gestellt. Die kleine Flamme flackerte sanft im Wind. Ein leerer Weißweinkrug stand auf dem Gartentisch.

»Sag mal Anna, ist dir nicht aufgefallen, dass nebenan seit zwei Tagen der Kater von Maria und Robert jault?«, fragte Karl. »Ich habe unsere Nachbarn schon seit mindestens drei Tagen nicht gesehen. Sonst gibt Maria uns doch immer den Hausschlüssel, um den Kater mal kurzfristig zu versorgen. Ich verstehe das nicht? Der arme Charly. – Ich gehe mal Klingeln und schaue nach, was dort los ist«, beruhigte Karl mehr sich selbst als seine Frau.

Nach einer Weile kam Karl langsam mit seinen Hausschuhen schlurfend durch den Garten zurück und meinte: »Ich begreife das wirklich nicht. Der Briefkasten ist mit Zeitungen und Werbeprospekten überfüllt und der Kater jaulte nach meinem Klingeln noch lauter. Irgendetwas stimmt dort nicht! Wenn sich da bis morgen früh nichts tut, rufe ich die Polizei an und lasse die Haustür öffnen«, legte Karl fest.

Anna hörte ihrem Mann nur mit einem Ohr zu und war schon wieder in Gedanken versunken. Sie überlegte, was sie beim Kapitänsempfang auf der nächsten Kreuzfahrt anziehen würde, um ihrem Mann zu gefallen und neidische Blicke der anderen weiblichen Passagiere aufzufangen.

Karl setzte sich zu seiner Frau, trank seinen Weißwein aus und beobachtete die zahlreichen Mücken, die ans helle Teelicht heranflogen.

Das ältere Paar führte ein glückliches und zufriedenes Leben, nur dass sie selbst keine eigenen Kinder hatten, stimmte beide manchmal etwas traurig. Maria kam oft zu ihnen herüber, um sich zu unterhalten. Sie berichteten ihr bei einer Tasse Kaffee über ihre vielen Reisen. Anna schrieb Maria aus jedem Urlaubsland immer eine Postkarte. Exotische Reisen waren Annas und Karls Traum. Diesen Traum lebten sie als ziemlich rüstige Rentner gemeinsam aus.

Kapitel 5: Gefühle

Maria grübelte nach einer weiteren morgendlichen Visite, ob sie wirklich krank war und wenn nicht, ob es besser wäre, einfach eine Kranke zu simulieren. In ihr jetziges Leben wollte sie nicht mehr zurück. Sie war, nach ihrem eigenen Verständnis, völlig bei Sinnen, aber der innerliche Druck, der schon jahrelang auf ihr lastete, wurde immer schwerer. Was würde sie nur geben, um alles Geschehene rückgängig zu machen!

Sie stand seit Jahren zwischen ihrem Ehemann Robert und ihren beiden Kindern Susan und Oliver. Wer kümmerte sich von den Dreien um ihre wahren Gefühle? ›Niemand‹, dachte sie traurig. Maria blickte aus dem Fenster ihres Zimmers auf den wunderschönen Park der Klinik. Sie fühlte sich so missverstanden und hilflos. In der Ferne sah sie den Ziegelaußensee. Die Wellen glitzerten im Sonnenlicht. Weiße Segel blendeten von Weitem und gaben einen schönen Kontrast zum dunklen Wasser ab. Es waren zahlreiche Segelboote auf dem See unterwegs. Eine Träne rollte ihr übers Gesicht. Es sah so schön aus dort draußen. Die Vögel zwitscherten und ein Gärtner durchforstete die Blumenbeete nach heruntergefallenen Blütenblättern. Der Rhododendron blühte in diesem Jahr wetterbedingt etwas später. Die in voller Blüte stehende Pflanze hatte genau Marias Lieblingsfarbe: Pink.

Maria wollte immer schick aussehen und kleidete sich auffallend. Ob sie zwanzig war oder jetzt schon über sechzig Jahre alt, spielte für sie keine Rolle. Aber nun sah sie blass aus. Sie hatte tiefe Augenränder und ihre schulterlangen Haare hätten gestern schon eine Wäsche vertragen können. Ihr war im Moment alles egal. Sie hatte das nicht gewollt. Warum musste es so weit kommen? ›Was ist nur aus mir geworden?‹, fragte sie sich.

Ihre Eltern, die beiden Schwestern, alle hatten seit Jahren heimlich – immer hinter Roberts Rücken – ihre Vermutungen über dessen Verhalten ausgesprochen. Sie hatte vehement dagegen agiert. Robert hier und Robert da, Küsschen hier und Küsschen da. Immer der exzellente Gentleman und liebevolle Vater. Maria hatte ihn gelobt, wo sie nur konnte. Sie hatte alles in Kauf genommen. Sogar als Robert zu Beginn ihrer Ehe mit einem zerkratzten Rücken von einer heißen Liebesnacht mit einer seiner Kolleginnen nach Hause kam, hatte sie nicht den Mut gehabt, ihn zur Rede zu stellen oder ihn gar zu verlassen. Marias Freundinnen und Kolleginnen sagten damals, sie könne an jeder Ecke einen neuen Mann haben. Sie schlugen ihr vor, ihn zu verlassen. »Einmal Fremdgeher – immer Fremdgeher« war der Kommentar ihrer Freundinnen, als sie von Roberts erster und nicht letzter aufgeflogener Affäre berichtete.

Nun lag sie in der Psychiatrie und keiner sprach mit mir. Sie war ihrem Schicksal überlassen. ›Wo und ab wann habe ich den Blick für die Realität verloren und warum?‹, fragte sie sich. ›Warum habe ich dieses Theater nur so viele Jahre mitgespielt?‹, grübelte sie. Im Büro als ehemalige Chefsekretärin kannte man Maria als freundlich und dominant auftretend. Sie ließ sich nichts gefallen. Nur zu Hause, in ihren eigenen vier Wänden, war sie nicht in der Lage, das zu sagen, was sie störte. Sie ließ sich alles gefallen. Maria hatte tausend Fragen und keine einzige logische Antwort. War sie eine Versagerin oder war sie in den letzten Tagen nur einmal im Leben mutig? Oder war Maria schon wahnsinnig und zu recht in der Psychiatrie untergebracht? Jetzt, nach all den vielen Ehejahren mit Robert würde ihr niemand mehr die Wahrheit glauben, weder ihr Vater noch ihre Schwestern. Davon war Maria in ihrer misslichen Lage hundertprozentig überzeugt.

Kapitel 6: Exmann Werner

Maria ging vom Fenster zurück, wusch Gesicht und Hände in einem kleinen Bad, das direkt an das Krankenzimmer angeschlossen war. Dann legte sie sich in das Krankenbett zurück und schloss ihre Augen. Sie entspannte im Liegen so sehr, dass sie ein wenig zu frösteln begann, obwohl es ziemlich warm war. Vom Frühstück bis zum nächsten Mittagessen waren es noch drei Stunden. Sie hatte so viel Zeit – zu viel Zeit – zum Überlegen. Sie schwelgte in Erinnerungen und wollte für sich logisch herausfinden, wie es zu dieser Katastrophe der letzten Tage gekommen war, an die sie sich nun langsam zurückerinnerte.

Maria war gewalttätig geworden. Sie verabscheute Gewalt, war aber nun selbst das erste Mal in ihrem Leben brutal und berechnend gewesen. Daran gab es keinen Zweifel. Sie begann, sich zu erinnern:

Vor vierzig Jahren lernte Maria ihren ersten Ehemann Werner kennen, der sie als elegante und gutaussehende Sekretärin vergötterte. Werner liebte sie in den ersten Jahren ihrer Ehe. Er war groß und schlank. Seine breiten Schultern, der kurze Haarschnitt und seine Gesamterscheinung erinnerten Maria an den Filmschauspieler Rock Hudson. Werner war vom Aussehen her ihr absoluter Traummann. Er war sportlich und attraktiv. Unreif, wie Maria vor vierzig Jahren war, und sich heute eingestehen musste, war der Charakter erst einmal zweitrangig. Sie war verliebt in seine dunkelbraunen Augen und seinen wollüstigen Mund. Werner liebte Maria so wie bisher kein anderer Mann. Sie liebten sich und vergaßen alles andere um sich herum.

Nachdem das Kribbeln der Verliebtheit verflogen war und die Schmetterlinge im Bauch nach einigen Ehejahren nicht mehr flatterten, änderte sich alles schlagartig. Werners Unzufriedenheit in seinem Beruf als Dachdecker wurde von Tag zu Tag größer. Er griff regelmäßig zur Flasche. Erst waren es abends ein paar Bier, später dann auch schon mal eine halbe Flasche Wodka. Der monotone Berufsalltag, keine gemeinsamen Hobbys und sichtbar nachlassendes Interesse an seiner Ehefrau ließen seinen Alkoholkonsum von Woche zu Woche ansteigen. Maria gab sich auch keine Mühe mehr, die liebende und einfühlsame Ehefrau zu sein. Werners Aggressionen wurden immer stärker. Wenn es ganz schlimm mit seinen ordinären Beschimpfungen wurde, floh sie für ein paar Tage zu einer ihrer Schwestern. Sie ging von dort aus zur Arbeit und ließ sich überhaupt nichts im Büro anmerken. Die beiden hatten sich auseinandergelebt. Maria hatte völlig den Respekt vor ihrem Mann verloren. Er wurde zunehmend aggressiver und vergewaltigte Maria des Öfteren. Den Straftatbestand »Vergewaltigung in der Ehe« gab es in der ehemaligen DDR nicht und wurde erst später mit den Gesetzen der Bundesrepublik Deutschland geahndet. Maria wusste nicht, ob sie Werner damals angezeigt hätte, wenn dies rechtlich möglich gewesen wäre, oder ob sie da schon zu feige war, konsequent zu sein und ihr Leben zu verändern.

Aus einer der schlimmsten Nächte mit Werner wurde Maria schwanger. Ein Kind abzutreiben, kam für sie nicht infrage. Eine Abtreibung oder eine Scheidung hätten ihre streng katholisch lebenden Eltern vermutlich niemals verziehen. Außerdem wusste sie, dass, wenn sie einmal abtreiben würde, die Chancen geringer sein würden, später Mutter zu werden. Ein Kind wollte Maria unbedingt haben, aber nicht von einem brutalen Vergewaltiger. Ihre Schwangerschaft verlief bis auf die anfängliche Übelkeit normal. Werner ließ Maria damals – so viel Respekt hatte er vor der schwangeren Frau noch – wenigstens in dieser Zeit in Ruhe. So kam nach neun Monaten Marias Sohn Oliver auf die Welt – ein hübsches Baby. Er hatte große dunkle Augen und einen schönen Teint. Er glich seinem Vater Werner äußerlich sehr, aber charakterlich war er von Beginn an feinfühlig und sensibel. Und sie hatte endlich eine wundervolle Aufgabe: Sie war Mutter. Maria liebte ihren Sohn, seitdem sie ihn nackt nach dem Durchtrennen der Nabelschnur vorgehalten bekam. Er hatte noch blutverschmiert aus Leibeskräften geschrien und die glücklichste Mutter der Welt begrüßt. Die Kindesbewegungen in ihrem Bauch waren für sie wunderschön gewesen. Die erste Zweisamkeit mit ihrem Sohn war jedoch mit keinem weiteren Glücksgefühl zu vergleichen. Maria weinte die erste Woche jeden Tag. Sie konnte ihr Glück kaum fassen. Später erfuhr sie von ihrer Hebamme, dass dieses unbegründete Weinen bei vielen jungen Müttern auftrat und medizinisch als sogenannte Postpartale Depression bezeichnet wird. Bei den meisten jungen Müttern verging diese Phase recht schnell und so war es dann auch bei Maria.

Werner ging seiner Arbeit nach und Maria hatte ihren kleinen Sohn um sich herum. Oliver blieb nur ein Jahr zu Hause, ehe er in den Kindergarten musste. Seine Eltern konnten es sich finanziell nicht leisten, auf ein volles Gehalt zu verzichten. Maria engagierte sich bei der Arbeit, machte zahlreiche Überstunden und wurde sogar zur Chefsekretärin befördert.

Nach ein paar Ehejahren mit Höhen und Tiefen, vielen Versprechungen von Werner, sich zu bessern, und einem weiteren gescheiterten klinischen Alkoholentzug driftete die Ehe allmählich auf den Abgrund zu. Werner begann nun schon morgens zu trinken, um seinen Alkoholpegel konstant zu halten. Maria hatte große Angst, dass er volltrunken bei der Arbeit vom Dach stürzen würde, und wunderte sich, warum niemand im Dachdeckerbetrieb von Werners Sucht etwas mitbekam. Seine zitternden Hände fielen niemandem auf. Aber sie selbst war ja ebenfalls kein Kind von Traurigkeit mehr. Nach einem Grillfest der Firma war sie am nächsten Morgen mit einem schweren Kopf und ohne Kleidung im Bett ihres Vorgesetzten aufgewacht. Sie hatte sich damals so geschämt. Maria holte Oliver dann von den Nachbarn ab, wo sie ihn vorsorglich am Vorabend hingebracht hatte, um ihn nachts nicht allein zu lassen.

Maria und Oliver verbündeten sich gegen Werner und dessen wachsende Aggressivität. Oliver bat ihn mehrmals, mit seinen damals noch naiven Worten als Kleinkind, mit dem Trinken von Schnaps aufzuhören. Oliver war schon so reif mit seinen sechs Lebensjahren und Maria schämte sich, dass sie nicht hier schon den Mut hatte, einen Schlussstrich zu ziehen. Was hatte sie ihrem Sohn zu diesem Zeitpunkt bloß zugemutet, fragte sich Maria.

Oliver wachte mit sieben Jahren eines Nachts durch laut klirrendes Glas auf. Er saß in seinem Kinderbett und überlegte, ob es ein Traum gewesen war oder der Lärm tatsächlich aus dem Flur kam. Er stand langsam und ängstlich auf und ging im Schlafanzug barfuß aus seinem Kinderzimmer. Dann sah er die Scherben der eingeschlagenen Schlafzimmerglastür auf dem Teppich. Es war still und die Wohnungstür stand weit offen. Oliver lief ängstlich durch den Garten zu den Nachbarn und klingelte zitternd und ununterbrochen, bis endlich jemand öffnete. Er war so aufgeregt und brachte nur stotternd ein paar Worte heraus. Noch nie hatte Oliver so viel Blut gesehen. Marias damalige und noch heutige Nachbarn, Anna und Karl, nahmen ihn in den Arm, beruhigten ihn und riefen unverzüglich die Polizei.

Werner wurde noch in derselben Nacht heulend mit 2,6 Promille im Blut bei seinem Arbeitskollegen Reinhard angetroffen. Maria saß in der Notaufnahme des Krankenhauses und berichtete von einem unglücklichen Treppensturz in ihrem Haus. Sie verheimlichte Werners Gewaltausbruch und dass er sie aus dem Schlafzimmer durch die Glastür gestoßen hatte. Die zahlreichen Schnittwunden auf ihrem rechtem Oberarm sowie der Schulter wurden gereinigt und unzählige kleine Glassplitter mit einer Pinzette entnommen. Die Wunde musste mehrfach genäht werden. Bei späteren ärztlichen Untersuchungen kam immer wieder die Frage auf, was das für kleine Narben wären. Sie log und dachte sich immer wieder etwas Neues aus. Es war ihr zu peinlich, die Wahrheit ans Licht zu bringen und ihre Schwäche zuzugeben. Sie schämte sich für ihren gewalttätigen Ehemann, der jedoch wenigstens seinen Sohn verschonte.

Kapitel 7: Marias wütender Vater

Marias Vater, der damals schon schwer an Diabetes erkrankt war, tobte, als er von ihrem Bericht hörte und die vernarbte Schulter sah. Er war außer sich. »Lass dich von dem Schwein scheiden!«, brüllte er seine Tochter an. »Wenn Werner noch einmal die Hand gegen dich erhebt, bringe ich ihn um!«, drohte er Maria.

Marias Mutter war damals sprachlos und hörte sich erschrocken die Diskussion an. Ihr Vater, ein Choleriker und ein Gerechtigkeitsfanatiker ohnegleichen, war als strenger Katholik der Ansicht, dass seine jüngste Tochter sich scheiden lassen müsste und so ein Leben nicht verdient hätte. Der Herrgott würde das bestimmt verstehen und seiner Tochter verzeihen, redete er sich ein.

Ihre Eltern holten daraufhin Geld vom Sparbuch ab. Sie übergaben Maria voller Mitleid eine mühselig ersparte Summe, die Werner bekommen sollte. Der nahm das Geld dankend an und versprach, so war es vorgesehen, für immer aus Marias Leben zu verschwinden. Werner bekam weder Sorgerecht noch ein Besuchsrecht für seinen Sohn. Das waren die stillschweigend vereinbarten Bedingungen, die Marias Eltern Werner stellten. Die Scheidung war reine Formsache und innerhalb einer Viertelstunde erledigt. Zu DDR-Zeiten brauchte man keinen Anwalt, wenn sich die Ehepartner einig waren. Der Verwaltungsakt ging schnell vonstatten. Das Sorgerecht für Oliver wurde Maria allein übertragen, die Zeichen eines Alkoholikers waren bei Werner deutlich zu sehen und mussten nicht einmal ärztlich nachgewiesen werden. Werner bestätigte sogar vor Gericht, dass er alkoholkrank sei und der Junge bei seiner Mutter bestens versorgt würde. Seinem 14-tägigen Besuchsrecht kam er, so wie es heimlich vereinbart war, nicht nach. Oliver hatte nie wieder nach seinem Vater gefragt oder jemals über ihn erzählt.

Maria und Oliver behielten die kleine gemütlich eingerichtete Villa am Ende der Schlossgartenallee. Das Haus hatte sie von ihren Großeltern schon als junge Frau geerbt. Mutter und Sohn waren so glücklich. Beide verbrachten viel Zeit miteinander und vergaßen schnell die schrecklichen Erlebnisse mit Werner. Sie wanderten durch die anliegenden Wälder und gingen oft in den Schweriner Zoo. Im Sommer badeten sie am nahegelegenen Strand in Zippendorf. Sie waren viel mit ihren Fahrrädern unterwegs und erkundeten so ihre wunderschöne Umgebung.

Kapitel 8: Neues Glück

Maria war noch ein paar Jahre so enttäuscht von ihrer ersten Ehe und hatte die Hoffnung und den Glauben an die große Liebe bereits verloren. Viele Monate später drängten die Kolleginnen aus ihrem Arbeitsumfeld und forderten sie auf, dass sie eine Anzeige in der Zeitung aufgeben sollte, um endlich wieder einen Mann kennenzulernen. Sie redeten ihr ein, dass es doch unverbindlich sei. Sie müsste sich nicht einmal mit jemandem treffen, wenn sie keine Lust dazu hätte. Die Frau gab nach und schaltete eine Anzeige in der Wochenendausgabe der Schweriner Volkszeitung. ›Junge und attraktive Frau mit kleinem Sohn sucht liebevollen Mann‹, so ungefähr lautete der Text ihrer Suchanzeige. Fast dreißig Briefe trafen daraufhin ein, die Hälfte schmiss sie jedoch gleich in den Mülleimer. Ein erstes Treffen mit einem jungen Mann erwies sich als großer Reinfall. Der junge Mann, Familienvater wie sich später herausstellte, hatte es nur auf Sex abgesehen, weil er sich in seiner Ehe langweile, wie er meinte. Zu einem weiteren Treffen mit ihm und zum – seiner Ansicht nach vielversprechenden und tabulosen Sex – kam es nicht. Maria hatte sich in dem verabredeten Restaurant unter einem Vorwand heraus zu ihrem Auto geschlichen und war dann geflüchtet.

Eine der Zuschriften, die spät eingegangen war, hob sie noch eine Weile auf. Nach einigen Wochen dachte sie, es müssten ja nicht alle Männer, die auf Anzeigen antworten, abstoßend und niederträchtig sein, wie der Herr des ersten

Rendezvous. Dieser Mann schrieb ihres Erachtens nach ehrlich und offen. Der Absender des Briefes hieß Robert Kremer. Nach mehreren Treffen hatte Maria endlich ihr scheinbar großes Glück wiedergefunden.

Robert war ein sportlicher und attraktiver Mann. Er war leitender Polizist bei der Bereitschaftspolizei Schwerin. Er war kultiviert, ging mit ihr ins Theater und in klassische und moderne Konzerte. Sie diskutierten über die neuesten Filme und schauten sich zeitgenössische Ausstellungen in Museen an. Robert spielte in seiner Freizeit Fußball. Er war mit seiner Mannschaft sehr erfolgreich und für Oliver das ideale Vorbild. Er ging auch allein mit dem Jungen Eis essen, kaufte ihm Geschenke, machte mit ihm Hausaufgaben, wenn Maria später aus dem Büro kam, oder nahm ihn zum Fußballtraining mit. Dass Robert nicht der Vater war, spürte in Marias Umfeld niemand. Kaum jemand wusste, dass Oliver in Wirklichkeit nur sein Stiefsohn war. Es passte alles und die zehn Jahre Altersunterschied störten sie keinesfalls. Zuvorkommend, pflicht- und verantwortungsbewusst Maria und ihrem Sohn gegenüber, trat Robert in deren Leben. Der große, leidenschaftliche Charmeur zog nach einem Jahr bei Maria ein und alles war perfekt. ›Manchmal schon zu perfekt‹, wie sie nun rückblickend feststellen musste. Alles war schlicht und einfach zu schön, um wahr zu sein. Robert und Maria – endlich hatte sie ihre große Liebe gefunden. Aber auch Robert hatte eine geheimnisvolle Vergangenheit. Maria hatte es kaum glauben können, als sie damals von dessen Stasivergangenheit erfahren hatte. Und es stellte sich später heraus, dass auch Robert bereits eine gescheiterte Ehe hinter sich gelassen hatte. Er hatte ihr erzählt, er sei angeblich von seiner Exfrau betrogen und hintergangen worden. Dass aber seine Exfrau mit seinen aufgeflogenen Machenschaften im Dienste der DDR nicht leben konnte und sie damals die Scheidung eingereicht hatte, behielt er für sich. Heute lebte sie in einem kleinen Dorf am Rande von Schwerin und musste hin und wieder mit immer wiederkehrenden Bespitzelungsvorwürfen ihrer Nachbarn Gerda und Rainer leben. Robert, der schon als Jugendlicher in einer Laienschauspielgruppe am Schweriner Theater gespielt hatte, zeigte sich jedenfalls als treusorgender Familienvater. Er war beliebt bei Marias Eltern, in seinem Kollegenkreis und bei seinen Hobby-Fußballern. Niemand erkannte sein trügerisches Schauspieltalent, das ihm im wahren Leben sehr oft half, seinen wahren Charakter zu verbergen. Leider erkannte auch Maria seine Begabung nicht rechtzeitig.

Ihre älteren Schwestern beglückwünschten sie damals zu ihrem fürsorglichen Mann, den Maria dann auch spontan im kleinsten Familienkreis heiratete. Alle wünschten ihr das vollkommene Glück, welches ihr mit Werner bisher nicht gegeben war. Ihre Eltern waren zufrieden und keiner aus der gesamten Familie hatte auch nur eine Ahnung, was Oliver und Maria in der vornehmen und ruhigen – manchmal schon mondän wirkenden – Schlossgartenallee damals wiederfahren würde.

›Wie konnte das alles nur so schieflaufen …‹, hing Maria ihren Gedanken nach, als sich nach kurzem Klopfen die Tür zu ihrem Zimmer öffnete.

»Ich bringe Ihr Mittagessen«, eine Krankenschwester betrat Marias Krankenzimmer mit einem Tablett in der Hand.

Es roch köstlich nach Königsberger Klopsen. Maria hatte keinen Hunger und die um sie besorgte Krankenschwester redete auf sie ein, nachdem sie sah, dass die Patientin nichts anrührte und nur einen Schluck Wasser trank. »Sie müssen was essen, sonst fallen Sie mir noch vom Fleisch!«, mahnte die junge Schwester.

Maria stocherte ein wenig in den Kartoffeln herum. Sie bekam keinen Bissen herunter. Nicht einmal den leckeren Schokopudding rührte sie an.

Die Schwester erschien nach einer Weile wieder im Zimmer, stellte den Teller und die Dessertschale auf ihr Tablett und ging wieder. Als sie den Raum verließ, sagte sie lächelnd: »Vielleicht haben Sie ja abends mehr Appetit.«

Kapitel 9: Oliver und seine Tochter

Oliver, inzwischen über vierzig Jahre alt, lag an diesem herrlichen Sommertag am Strand von Travemünde auf einer Decke in einer bunten Strandmuschel, die den leichten auflandigen Wind der Ostsee abhielt. Er war braun gebrannt und trug eine rote Badehose. Sicher auch, weil er viel Sport trieb und sich bewusst ernährte, sah er mindestens fünf Jahre jünger aus als andere Männer in seinem Alter.

»Gönn ihr doch mal eine Pause!«, rief er seiner Tochter Kim zu, die am Strand mit ihrer Hündin Leila herumtollte.

Kim vergaß für einen Moment den stressigen Schulalltag und ihre pubertären Probleme. Sie ließ sich nicht stören und spielte weiter mit der aufgedrehten Hündin. Leila lief ins Wasser, brachte den Ball zurück und wartete auf den nächsten Wurf, um gleich wieder ins kühle Nass zu springen. »Komm her Papa und löse mich mal ab! Los!«, rief Kim lachend zurück. Sie hatte ihr nasses blondes Haar hochgesteckt und sah blendend in ihrem neonfarbenen Bikini aus.

Oliver war stolz auf seine hübsche Tochter. Er erfüllte ihr meistens ohne Diskussion alle Wünsche. Wenn er von den »Problemkindern« seiner Kollegen hörte, war er froh, dass seine Tochter nur ab und zu mal maulte. Dieses auch nur, weil Kim manchmal mit sich selbst unzufrieden war. In der Schule gehörte sie mit Abstand zu den Besten. Flatrate-Trinken, Rauchen oder unhöfliches Verhalten anderen gegenüber gab es bei Kim nicht. Die Klamotten, die sie trug, waren aus seiner Sicht zwar gewöhnungsbedürftig, einschränken wollte er sie aber keineswegs, solange sie als 16-Jährige nicht allzu reizvoll gekleidet das elterliche Haus verließ.

Oliver drehte sich liegend vom Rücken auf den Bauch und ließ den feinen hellen Sand gelangweilt durch die Finger seiner Hand rieseln. Er freute sich über die unbeschwerte Glückseligkeit seiner fast erwachsenen Tochter und über die Hündin, die immer noch wie wahnsinnig durch das Salzwasser tollte und so herumsprang, dass am Strand spazierende Pärchen sich köstlich amüsierten. Er tat jetzt so, als hätte er das Rufen seiner Tochter nicht gehört und wollte Ruhe vom Berufsalltag haben, in der warmen Sonne »chillen«, wie die 16-Jährige das Faulenzen seit Kurzem nannte.

Niemals konnte Oliver sich vorstellen, dass seiner Tochter Böses widerfahren oder ihr Gewalt angetan würde. Seine Frau Merle und er erzogen sie ziemlich streng, respektvoll, aber auch äußerst liebevoll. Eine Ohrfeige oder gar Schlimmeres hatte es niemals gegeben. Kims Eltern verabscheuten solche Erziehungs- oder Bestrafungsmethoden. Oft hatten sie in der Familie diskutiert, wie grauenvoll es ist, wenn Kinder verprügelt, misshandelt und missbraucht würden.

Leichte Wolken zogen am strahlend blauen Ostseehimmel auf und Oliver dachte wieder einmal an seine eigene Kindheit zurück. Ihm fielen die vielen blauen Hämatome ein, die er im Schwimmunterricht vor seinen Klassenkameraden hatte verbergen müssen. Schwimmen und gleichzeitig aufpassen, dass niemand die Gewaltmerkmale am Rücken sah und wenn sie doch jemand entdeckte, musste er ruhig bleiben und durfte sich nichts anmerken lassen. Diese Dinge kreisten oft in seinem Kopf herum; war das Gedankenkarussell erst einmal in Bewegung geraten, konnte er es nicht anhalten. Mehrmals hatte sein Klassenlehrer ihn damals nach dem Schwimmen angesprochen und gefragt, wo die blauen Flecken auf seinem Rücken herkämen. Perfekt auf die Frage vorbereitet, hatte Oliver stets geantwortet, er sei Mitglied eines Judovereins und dort würde es ganz schön hart zur Sache gehen. Er würde viel trainieren und die anderen Jungs sähen noch viel lädierter aus, redete er sich gewandt heraus. Der Klassenlehrer stellte daraufhin keine weiteren Fragen und war froh, dass Oliver sich sportlich betätigte und nicht träge vor dem Fernseher saß oder stundenlang Musik hörte wie andere Schülerinnen und Schüler der Klasse.

Gedanklich zurück in der Gegenwart angekommen rief er: »Kim, lass uns nach Hause fahren! Sicher hast du noch Schulaufgaben auf und ich will für meine beiden Damen«, so nannte er seine Ehefrau und seine Tochter, wenn er von beiden sprach, »heute noch etwas Leckeres kochen.«

Oliver schmunzelte und verdrängte seine schmerzenden Kindheitserinnerungen von damals. Er baute die Strandmuschel auseinander und packte alle Sachen zusammen. Dann zog er sich an und ging mit seiner Tochter und der Hündin zum Parkplatz. Sie stiegen in den dunkelblauen Jeep und fuhren los. Die ausgetobte Leila hatte sich zufrieden in ihre Transportbox im Kofferraum gelegt und begann gleich zu schlummern. Oliver hielt kurz am naheliegenden Fischstand an, kaufte einen frischen Dorsch, überlegte, ob er alle Zutaten für ein schönes Familienessen zu Hause hatte und fuhr entspannt und glücklich mit seiner Tochter Kim und Hündin Leila heim in eine ruhige Vorstadtgegend von Travemünde.

Kapitel 10: Olivers Ehefrau

Merle, Olivers Ehefrau, eine fürsorgliche und liebevolle Frau und Mutter, wartete bereits zu Hause auf die Ausflügler. Sie hatte etwas Ordnung gemacht und war gespannt, was die beiden von ihrem Strandnachmittag zu berichten hätten. Oliver begann gleich nach seiner Ankunft den prächtigen Dorsch zu zerlegen, packte die Filets schließlich gesalzen und mit frischen Kräutern belegt in Alufolie und schob sie dann in den vorgeheizten Backofen.

»Mmh, das wird wieder lecker«, freute sich Merle. Sie holte eine Flasche Weißwein aus dem Kühlschrank und polierte zwei Gläser. Dann korrigierte sie die Temperatur des Backofens, goss die Gläser, die ein wenig durch den kalten Wein beschlugen, halb voll und prostete ihrem Mann Oliver zu: »Auf uns, mein Schatz!«

Merle kannte die Lebensgeschichte ihres Mannes aus dessen detaillierten Berichten. Sie war froh, selbst eine unbeschwerte Kindheit mit einem jüngeren Bruder erlebt zu haben. Zanken und Streiten gehörten in der Familie natürlich dazu, aber nicht das. Sie hörte ihm immer aufmerksam zu, auch wenn sie einiges schon unzählige Male gehört hatte. Sie bedauerte und tröstete ihn oftmals und nahm es ihm nicht übel, wenn er einmal schlecht gelaunt war. Diese ungeheuerlichen Kindheitserlebnisse erfüllten sie mit Mitleid. Manchmal verspürte sie Hass und Verachtung vor Olivers Eltern – seinem Stiefvater Robert und seiner Mutter Maria. Oft sagte sich Merle aber auch, die Vergangenheit ließe sich nicht mehr ändern, egal wie oft sie über Olivers Kindheit redeten. Nachts, wenn Oliver oft in all den vielen Jahren schweißgebadet aufwachte und fantasierte, beruhigte sie ihn. Auch heute noch weckte sie ihn mit lieben Worten und Trost. Dann sagte sie: »Oliver, beruhige dich doch! Der Alptraum ist vorbei. Ich bin bei dir, wach auf!« Merle sprach nachts häufig zu Oliver, wenn er aufgeschreckt neben ihr im Bett saß.

Er brauchte dann immer ein paar Minuten, um zu sich zu kommen. Später dann, an seine Merle herangekuschelt, schlief er meistens wieder tief und fest. Dann spürte er ihre Körperwärme, ihren sanften Atem, ihre samtige Haut, und er roch ihr anziehendes sinnliches Parfüm, das auch nach dem Duschen noch über ihr lag. Manchmal wusste Oliver morgens gar nicht, dass er nachts laut fantasiert hatte. Er wunderte sich, wie müde und abgeschlagen er am folgenden Tag war. Seinen angestauten Stress radelte er sich auf dem Fahrrad, entweder unterwegs in der schönen Wohngegend oder bei Regen auf dem Hometrainer, fast täglich ab.

Oliver und Merle hatten sich in ihrer Jugend kennen- und lieben gelernt. Sie waren bereits über zwanzig Jahre glücklich verheiratet. Beide hatten in ihrem Freundes- und Bekanntenkreis viele Ehen kaputtgehen sehen und schworen sich häufig, dass ihnen das nicht passieren würde. Merle war der Meinung, dass viele Ehen überstürzt scheiterten, weil die Ehepartner zu wenig oder gar nicht mehr kommunizieren würden. Aber auch der Sex sei wichtig. Merle fand das

Zitat von Honoré de Balzac »Das Bett ist das Barometer einer Ehe.«, das sie einmal in einer Zeitung gelesen hatte, äußerst passend. Sie war innerlich sehr dankbar, dass sie eine erfüllte Ehe führte und ihr »Barometer der Ehe« nach so vielen Jahren noch im obersten Bereich der Skala pendelte.

Kapitel 11: Erste Ermittlungen der Polizei

Hauptkommissar Thomas Berger und seine recht junge Assistentin Ellen Arnold aus der Polizeiinspektion Schwerin klingelten an Maria Kremers Haustür in der Schlossgartenallee. Die Nachbarn hatten sich, nachdem der Kater immer jämmerlicher gejault hatte, entschlossen, die Polizei zu informieren. Nun standen sie neugierig hinter den zwei Polizeibeamten und versuchten den beiden über die Schulter zu schauen, um einen Blick in den Flur des geöffneten Hauses zu erhaschen.

»Bitte gehen Sie in Ihr Haus zurück! Wir regeln das hier schon. Sollten wir noch Fragen haben, kommen wir auf Sie zu«, wandte sich Hauptkommissar Berger den Nachbarn Karl und Anna zu.

Beide gingen langsam und enttäuscht zurück in ihr eigenes Haus und beobachteten das spannende Geschehen hinter ihrer fast blickdichten Gardine. »Ich sag dir, da stimmt etwas nicht. Ich habe ein so ungutes Gefühl. Vielleicht ist etwas Schlimmes passiert? – Robert und Maria habe ich schon ein paar Tage nicht mehr gesehen. – Susan kommt immer seltener und Oliver kümmert sich ja eh nicht um seine Eltern. Der ist damals abgehauen und hat sie sitzenlassen. So nette Eltern und so ein undankbarer Bengel. – Der hat nie gegrüßt und uns kaum angesehen. Das war schon ein komischer Junge, findest du nicht? Er hat nie Freunde oder eine Freundin mit nach Hause gebracht. Jetzt passiert den Eltern was, und niemand bemerkt es!«, sprach Karl laut vor sich hin.

»Ach Karl, das wird sich alles aufklären. Du denkst immer gleich das Schlimmste. Sei nicht so negativ!«, antwortete Anna, die sich an den Couchtisch gesetzt hatte und in einem Prospekt blätterte. »Meinst du, ich buche das Ausflugsprogramm zu den Pyramiden schon jetzt oder erst an Bord unseres Traumschiffes?« Mit diesen Worten versank Anna mit ihrem Kopf in der Hochglanzbroschüre und suchte krampfhaft nach Schnäppchen.

»Nach Ägypten können wir momentan nicht reisen. Hast du nicht in den Nachrichten gehört, was dort gerade los ist? Ich bin doch nicht lebensmüde«, regte Karl sich auf.

Hauptkommissar Berger hatte die Tür durch einen herbeigerufenen Schlüsseldienst öffnen lassen, da sich nach mehrfachem Klingeln nichts tat und er den Befürchtungen der Nachbarn nachgehen wollte und auch musste. Nach dem Öffnen der Tür schlich der verängstige Kater, ein grauer edler Kartäuser, auf Samtpfoten an ihn heran, guckte ihn mit großen orangefarbenen Augen an, die in der Dunkelheit leuchteten. Das Tier versteckte sich nach dem Beschnuppern der Eindringlinge gleich unter dem dunkelgrünen Ledersofa in der Wohnstube.

Berger ging mit seiner Kollegin durch das Haus und konnte vorerst nichts Auffallendes feststellen. Er bemerkte die verbrauchte Luft, sah und roch dann auch das überfüllte Katzenklo im Flur. Auf dem Flurschrank standen ein paar Fotos. ›Sicherlich Maria Kremer‹, dachte er sich.

Seine Kollegin öffnete derweil die oberste Schublade der Anbauwand im Wohnzimmer und fand darin unzählige Bilder.

Mit dem Zeigefinger wühlte sie schließlich ein Hochzeitsfoto frei, auf dem eine Frau zu sehen war. »Bingo! Da haben wir, wenn auch ein paar Jährchen her, wohl ein Foto der Kremers.«

»Sehr gut!«, antwortete Berger und betrachtete einen vertrockneten großen Rosenstrauß in trübem Wasser, der auf dem Couchtisch vor dem Sofa stand. Auf dem ovalen Tisch lag vor der Vase ein Briefbogen, auf dem einige abgefallene dunkelrote Rosenblätter lagen. Der routinierte Berger zog sicherheitshalber seine dünnen Einweghandschuhe über und nahm den handschriftlich geschriebenen Briefbogen auf. Er holte seine Lesebrille aus der Innentasche seiner braunen Lederjacke und begann seiner Kollegin laut vorzulesen, was auf dem Papier stand. Er runzelte die Stirn und sah die Frau fragend und wortlos an.

Marias Nachbar Karl stand immer noch am Fenster hinter der Gardine. Er schaute auf seine alte Armbanduhr und wartete geduldig ab, was im Nachbarhaus vor sich ging.

Seiner Frau Anna dauerte das alles zu lange, sie war zwischenzeitlich in die Küche gegangen, schäumte sich dort einen Cappuccino auf, holte ein paar Kekse aus dem Schrank heraus und legte diese auf eine kleine silberne Etagere.

Karl sah die beiden Polizisten nach einer Weile aus dem Nachbarhaus kommen. Berger griff abschließend noch in den Briefkasten, um zu prüfen, ab wann keine Zeitungen mehr entnommen worden waren. Seine Kollegin, die erst seit Kurzem seine Assistentin war, machte sich ein paar Notizen in einem kleinen Heftchen, das sie immer bei sich trug.

Kapitel 12: Chefarzt-Visite

Nach einer weiteren schlaflosen Nacht in der psychiatrischen Abteilung des Schweriner Krankenhauses wollte Maria entlassen werden. Konnte man sie so ohne richterlichen Beschluss eingeschlossen stationär festhalten, fragte sie sich. Sie war fest entschlossen und wollte nach Hause, denn das sterile Krankenzimmer belastete sie von Tag zu Tag mehr. Der Geruch nach Desinfektionsmitteln und ständig wechselnde Krankenschwestern, die rund um die Uhr in ihr Zimmer kamen, um Blutdruck und Puls zu messen, machten sie zunehmend nervöser.

Nun hatte sie sich vorgenommen, dem Chefarzt von ihrem Vorhaben, die Klinik auf eigenen Wunsch zu verlassen, zu berichten. Maria musste ruhig und besonnen auftreten und bereitete sich auf das Gespräch mit ihm sorgsam vor. Sie wollte ihm vorschlagen, nach ihrer Entlassung den durch sie entstandenen Schaden im Supermarkt unbürokratisch wieder gutzumachen. Sie konnte sich mittlerweile wieder an alles erinnern. ›Randale im Supermarkt‹, so hatte die Schlagzeile der Schweriner Volkszeitung vom 3. Juni gelautet. Nun wollte sie sich bei der jungen Auszubildenden im Supermarkt des Schlossparkcenters entschuldigen, die sie unfairerweise beschimpft und beleidigt hatte. Sie war das erste Mal in ihrem Leben richtig ausgerastet. Aber nun, nach vielen Überlegungen, wollte sie endlich aus der Klinik raus – und niemand würde sie aufhalten.

Sechs Wochen, so meinte ihr behandelnder Arzt, sollte sie mindestens hinter verschlossenen Türen bleiben. Maria wollte umgehend den Chefarzt der Klinik sprechen und um baldige Entlassung auf eigenen Wunsch bitten.

»Frau Kremer, ich kann Sie leider noch nicht entlassen, bevor ich nicht von Ihnen selbst erfahren habe, warum Sie im Supermarkt randaliert, der Mitarbeiterin an der Fleischtheke ein Messer entrissen und sich damit die Pulsader aufgeschnitten haben. Verstehen Sie mich oder haben Sie die Ereignisse vergessen? Ihre Schnittwunde am linken Handgelenk wurde genäht und ist noch nicht einmal richtig verheilt«, sagte der Chefarzt. Er beobachtete sie sorgsam, um kleinste Regungen oder Hinweise sofort akribisch in der Krankenakte zu notieren.

»Ich kann mich an alles erinnern. Ich bin noch nie so ausgerastet. – Sie können mich nicht gegen meinen Willen festhalten! Ich bin nicht verrückt! – Ich hatte einen Wutanfall. Das ist mir in diesem Ausmaß noch nie passiert und es ist mir auch äußerst peinlich. Bitte glauben Sie mir doch! Es wird nicht noch einmal passieren. Das verspreche ich Ihnen«, kam Maria als letzter Satz über die Lippen. Sie saß mit hohem Puls vor dem jungen Chefarzt und hoffte, er würde ihr Glauben schenken. Sie senkte den Kopf und versuchte, so ruhig und entspannt wie möglich zu erscheinen.

»Frau Kremer, ich bleibe dabei. Wutanfall hin oder her, das passiert jedem einmal. Aber, warum Sie das Messer an Ihren Puls angesetzt und geschnitten haben, müssen wir erst ergründen. Es hätte auch anders ausgehen können, wenn die umsichtige Verkäuferin des Supermarktes nicht sofort einen Druckverband angelegt hätte. Wer sagt mir, dass Sie dies morgen nicht wieder tun? Ich muss Sie vor sich selbst schützen und für weitere Untersuchungen noch eine Weile hier behalten«, beendete der Chefarzt seine Begründung. Er duldete keine weitere Diskussion.

Maria war mit ihren Erklärungen längst noch nicht am Ende und wurde in ihrer Artikulation etwas wagemutiger. »Ich kann mich doch auch gut zu Hause weiter erholen«, schlug sie vor.

Plötzlich, mitten in der Diskussion, kam Oberschwester Hedwig forschen Schrittes ins Krankenzimmer. Sie hielt dem Chefarzt das kabellose Stationstelefon hin und sprach: »Die Polizei ist am Apparat, Dr. Sperber, es ist dringend!«

Hauptkommissar Berger sprach in seiner polterigen, lauten und unmissverständlichen Art zum Chefarzt am Telefon. Maria verstand lauschenderweise folgende Sätze: »Unseren ersten polizeilichen Ermittlungen zur Folge hat sich der Ehemann von Maria Kremer – das ist die Frau, die wir am 1. Juni bei Ihnen eingeliefert haben – vermutlich irgendwohin abgesetzt oder das Leben genommen. Er hat einen Brief hinterlassen, den wir im Haus von Maria Kremer gefunden haben. Ich denke, Sie sollten dies sofort wissen.«

Dr. Sperber antworte: »Vielen Dank für die Information, ich rufe Sie in Kürze aus meinem Büro zurück. Wie sagten Sie nochmal ist Ihr Name?«

»Hauptkommissar Berger. Thomas Berger. Ihre Oberschwester war schon so freundlich und hat meine Telefonnummer für Sie notiert. Ich erwarte Ihren Rückruf in Kürze. Vielen Dank. Auf Wiederhören!«

»Auf Wiederhören!« Chefarzt Sperber beendete das kurze Telefonat mit einem Tastendruck und gab der Oberschwester das Telefon zurück. Er schaute Maria nachdenklich an. Nach einer kurzen Denkpause versprach er ihr, später noch einmal vorbeizuschauen, um die Unterhaltung fortzusetzen. Er verließ das Krankenzimmer.

Maria überlegte noch intensiver als zuvor, wie sie der Forderung zur Entlassung Nachdruck verleihen konnte. Sie hatte gehört, dass ihr Ehemann sich vermutlich das Leben genommen hatte. Ihr Plan verlief anscheinend perfekt. Oder hatte sie sich verhört?

Hauptkommissar Berger hatte den handschriftlich geschriebenen Inhalt des Briefes gedanklich noch nicht verarbeitet. Die vier Sätze ›Verzeih mir, was ich dir, Oliver und all den anderen angetan habe! Es tut mir alles unendlich leid. Ich muss das hinter mir lassen. Es ist besser so, lebe wohl, Robert!‹ hatte er seiner Assistentin in Marias Haus vorgelesen, nachdem er die Tür durch einen Schlüsseldienst hatte öffnen lassen.

›Wahrscheinlich ist dieser Robert Kremer schon über alle Berge, irgendwo in Australien oder sonst wo unterwegs‹, dachte sich Berger. Bis über beide Ohren steckte er in Arbeit. Das hatte ihm gerade noch gefehlt. Was hat sich hinter den Mauern dieser kleinen Villa in der Schlossgartenallee abgespielt? Wo sollte er seine Ermittlungen ansetzen? Und wer war mit ›all den anderen‹ gemeint, fragte Berger sich.

Aber so richtig bei der Sache bei dieser eigentlich routinemäßigen polizeilichen Ermittlungsarbeit war er heute nicht. Der Hauptkommissar verspürte leichte Zahnschmerzen und machte sich an die Arbeit. Er hatte den ganzen Tag aufgrund der Schmerzen nichts gegessen und nur einen Kaffee nach dem anderen getrunken. Seine Frau hatte schon vor ein paar Tagen zu ihm gesagt: »Geh zum Zahnarzt, mein Liebling! Zahnschmerzen gehen nicht von allein weg. Sie werden nur noch schlimmer.«

Berger liebte seinen Job und ließ sich nicht gern durch Arztbesuche wichtige Ermittlungszeit stehlen. Dass er schon als Kind vor nichts und niemanden außer dem Zahnarzt Angst gehabt hatte, ahnte seine Frau nicht und sollte auch sein Geheimnis bleiben. Der toughe Berger und Angst vorm Zahnarzt – das passte nicht und sollte daher auch niemand erfahren.

Kapitel 13: Der fremde alte Mann

Der alte Mann, der vor ein paar Tagen bewusstlos und schwer verletzt unterhalb der Grotte durch zwei Hobbyangler aufgefunden und von dem im örtlichen Radiosender berichtet wurde, lag seitdem schwerverletzt im Koma. Ein Schädelhirntrauma zweiten Grades war im Abklingen, versicherten die behandelnden Ärzte. Eine genaue Prognose wollten sie nicht abgeben. Das gesamte Gesicht des Patienten war blutunterlaufen und ziemlich angeschwollen. Es sah aus wie eine gruselige Maske.

Hauptkommissar Berger war seit einigen Wochen mit mehreren Kriminaluntersuchungen überlastet. Neben dem verschwundenen Robert Kremer und einer scheinbar durchgedrehten Maria Kremer fiel nun auch noch der unbekannte bewusstlose Mann in sein Sachgebiet. Die Personaleinsparungen im öffentlichen Dienst des Landes Mecklenburg-Vorpommern machten sich auch hier bemerkbar. Berger ging mit seiner Kollegin auf der Intensivstation des Schweriner Krankenhauses ein und aus. Er bat den Stationsarzt um Informationen, die helfen könnten, die Identität des Mannes unverzüglich herauszufinden.

»Herr Berger, ich denke, Sie können heute das gewünschte Foto von meinem Patienten machen. Die Schwellungen sind weiter zurückgegangen und der Mann müsste fast seine alte Gesichtsform erreicht haben«, betonte der Stationsarzt.

»Danke! Meine Kollegin wird heute ein Foto machen, das uns in unserer Ermittlungsarbeit hoffentlich weiterhelfen wird.«

»Ach, eins sollten Sie noch wissen, der Mann hat seit vielen Jahren einen Herzschrittmacher implantiert. Vielleicht hilft Ihnen diese Information weiter.« Mit diesem Satz verabschiedete sich der Stationsarzt von Berger und seiner Assistentin.

Sie zogen sich die mintgrüne OP-Kleidung über und stülpten sich weiße Füßlinge über ihre Straßenschuhe, bevor sie die Intensivstation betreten durften. Eine Schwester hielt den Kopf des bewusstlosen Mannes aufrecht in ihren Händen, sodass Kommissaranwärterin Ellen Arnold ein Foto von ihm machen konnte.

›Verdammt!‹, ging es Berger durch den Kopf, als er den Patienten genauer betrachtete. Er wusste es insgeheim schon, dass er heute nicht beide Fälle würde lösen können. »Geben Sie mir doch bitte mal das Hochzeitsbild von der Kremer!«, bat er seine Assistentin.

Die kramte es aus ihrem Notizbuch und reichte es Berger. Die Person auf dem alten Foto war eindeutig nicht Robert Kremer. Der alte Mann im Krankenbett sah ihm nicht ähnlich.

Gleich am nächsten Tag sollte das aktuelle Foto des Unbekannten in den örtlichen Medien veröffentlicht werden und Berger wollte es unverzüglich an die zuständige Stelle seiner Inspektion mailen lassen. Irgendjemand musste doch den Mann erkennen, wenn er schon nicht als vermisst gemeldet worden war!

Beim Verlassen des Krankenhauses wies Berger seine ehrgeizige Kollegin an, sich näher umzuschauen. »Wir müssen jetzt parallel arbeiten. Kümmern Sie sich um das Umfeld von

Robert Kremer und ich ermittle in Sachen ›unbekannter alter Mann‹ weiter. Fahren Sie noch einmal mit der Spurensicherung ins Haus von Kremer und schauen sich genauestens um!«, bat Berger seine Assistentin und hielt sich die Hand an die geschwollene Wange. »Ich werde das Foto unseres unbekannten Mannes der Presse zukommen lassen und fahre dann kurz zur Apotheke, um mir Schmerztabletten zu holen.« Zwei ungeklärte und äußerst brisante Fälle und dazu pochende Zahnschmerzen, das war für den sonst so professionell ermittelnden Berger momentan zu viel und schränkte ihn in seinem Denken erheblich ein.

Nach ersten polizeilichen Ermittlungen in Marias Haus hatte Bergers Kollegin ermittelt, dass Robert eine größere Bargeldsumme von seinem Girokonto abgehoben hatte. Kremer hatte ein Flugticket online gebucht. Wohin die Reise ging, war auf den Kontoauszügen für Ellen nicht ersichtlich. Aber zumindest gab es nun erstmals eine heiße Spur: Robert Kremer hatte – und da schien Hauptkommissar Berger wohl den richtigen Riecher gehabt zu haben – sich offenbar ins Ausland abgesetzt, um dort einen Neuanfang zu wagen. Ellen war auf der Suche nach einem aktuelleren Bild des Mannes. Ihr fiel aber auf, dass nirgends ein Foto von Robert Kremer an der Wand hing und auffindbar war. Als sie ein Passfoto in der Polizeiinspektion Schwerin anfordern wollte, brach das Servernetz aufgrund eines Stromausfalls komplett zusammen. Sie musste sich in Geduld üben. Es war nicht einmal sicher, ob er schon einmal straffällig und aktenkundig geworden war und aufgrund dessen ein Foto vorlag.

Kapitel 14: IM Fuchs und die Stasi

Kaffeeduft stieg vom Frühstückstisch auf. Robert Kremers Nachbarn aus vergangenen Tagen, Rainer und seine Frau Gerda, wohnten im kleinen Örtchen Pingelshagen, nahe der Landeshauptstadt Schwerin. Rainer schlug die Zeitung auf und sah das Foto des Mannes, welches Kommissar Berger online an alle norddeutschen Lokalredaktionen mit der Bitte um Veröffentlichung gemailt hatte. Sein halb abgebissenes Käsebrötchen blieb ihm fast im Halse stecken.

»Na sieh mal einer an, wer hier in der Zeitung abgebildet ist. Das glaubst du nicht. Das gibt es doch gar nicht! Es ist unser alter Nachbar – der liebe IM Fuchs alias Robert Kremer. Hat ihm nun endlich mal einer seiner vielen Opfer richtig die Fresse poliert und dem üblen Stasi-Schwein den Garaus gemacht?«, fluchte Rainer sarkastisch.

»Rainer, bitte lass doch die alten Geschichten! Ich ertrage das nicht schon am frühen Morgen. Zum hundertsten Mal: Deinen Job hättest du auch ohne einen informellen Mitarbeiter der Stasi verloren. Irgendwann ist es doch mal gut. – Ist er tot? Oder was steht in der Zeitung?«, fragte Gerda neugierig einen Moment später.

»Sie suchen jemanden, der ihn identifizieren kann. Er liegt bewusstlos im Schweriner Krankenhaus und man soll sich bei sachdienlichen Hinweisen an die Schweriner Polizeiinspektion wenden«, las Rainer vor. Er kaute hektisch sein Brötchen, schluckte es anschließend hinunter, nahm nachdenklich seine Tasse Kaffee und trank sie in einem Zug aus.

Erinnerungen stiegen in ihm auf. Er hatte sich damals in Roberts Exfrau Christiane verliebt und ihr des Öfteren nachgestellt.

Rainer wollte gerade erneut ansetzen, da fiel Gerda ihm ins Wort: »Jetzt ist gut Rainer! Hör auf mit deinem Gemecker! Irgendjemand wird ihn schon identifizieren. Das musst du doch nicht tun!«

»Gar nichts ist gut, Gerda! Sag mal, hast du völlig vergessen, wie die Stasi unsere Wohnung bis in den letzten Winkel durchsucht und alles auf dem Kopf gestellt hat? In unseren persönlichen Sachen haben die Stasi-Schweine stundenlang herumgeschnüffelt. Sogar in der Asche im Ofen und im stinkenden Mülleimer haben die Idioten nach irgendwelchen Beweisen gesucht. Das alles haben wir nur dem Kremer, unserem lieben Nachbarn IM Fuchs zu verdanken«, beendete Rainer wütend und mit hochrotem Gesicht den Satz.

»Aber deinen Job hast du nur wegen des gestellten Ausreiseantrages verloren, doch nicht wegen Robert Kremer!«, versuchte Gerda ihren Mann zu beruhigen.

Der Mann wurde nun immer lauter und reagierte heftiger. »Sag mal, bist du so dämlich oder tust du nur so? Das Schwein hat uns ausspioniert und alles haargenau der Stasi zugetragen. Alles, was er mir bei einem Bierchen so aus der Nase gezogen hat, hat er weitergeleitet. Der Affe hatte sich verpflichtet und freiwillig lange Berichte geschrieben. Er hat uns voll angeschissen bei dieser ganzen roten Stasi-Brut«, brüllte Rainer seine Frau an.

»Jetzt reicht's, Rainer! Mäßige dich mal! Ich will davon nichts mehr hören. Du bist doch nur sauer, dass Roberts Exfrau dir einen Korb gegeben hat und sie ihn damals geheiratet hat und nicht dich!«, erwiderte Gerda.

Wortlos stand Rainer auf. Er schob seinen Stuhl zurück und verließ beleidigt mit hochrotem Kopf die kleine Küche. Seine Halsschlagader pulsierte sichtlich in erhöhter Frequenz.

Gerda räumte emsig den Frühstückstisch ab, nachdem auch ihr gründlich der Appetit vergangen war.

Rainer war nach diesem Streit außer sich und meckerte laut weiter vor sich hin. Er knallte die Wohnungstür mit den Worten »Ich fahre kurz in die Stadt!« zu. Ohne Gerda eines Blickes zu würdigen, ließ er sie nachdenklich stehen. Rainer setzte sich in sein altes Auto und versteckte ein Schweizer Taschenmesser in seiner beigefarbenen Cordhose. Er steckte den Schlüssel ins Zündschloss, trat heftig auf das Gaspedal und raste wie ein Wahnsinniger los. Er fuhr jedoch nicht in die Stadt, sondern direkt auf die Umgehungsstraße zum Krankenhaus, wo sein ehemaliger Nachbar Robert anscheinend im Koma lag und um sein Leben kämpfte.

Kapitel 15: Olivers Rache

Oliver hatte einen Tag freigenommen, um angestaute Überstunden abzubummeln und aufgeschobene Behördengänge zu erledigen. Er brachte zuerst seine Frau Merle zur Arbeit und seine Tochter Kim zur Schule, hielt auf dem Weg zum Finanzamt bei ARAL an, um zu tanken und gleichzeitig den Reifendruck seines Jeeps nach längerer Zeit einmal wieder zu überprüfen. Beim Bezahlen an der Kasse stockte ihm plötzlich der Atem, als er das Foto seines Stiefvaters in einer der durcheinander liegenden und teilweise aufgeschlagenen Zeitungen abgebildet sah. Vor Schreck gab er beim Bezahlen die falsche PIN seiner Kreditkarte ein und musste den Vorgang nach Aufforderung des Kassierers wiederholen.

Oliver bezahlte, nahm die gekaufte Zeitung und ging mit dem Quittungsbeleg zu seinem Jeep. Er saß im Auto an der Tanksäule wie gelähmt und vergaß, zu starten. Er las zitternd die Bildunterschrift. Das Hupen eines nachfolgenden Autos erschrak ihn so heftig, dass ihm der Zündschlüssel aus der Hand fiel. Er hob ihn hektisch von der Fußmatte im Wagen auf, steckte ihn ins Zündschloss, drehte den Schlüssel, trat auf das Gaspedal und fuhr mit Vollgas und quietschenden Reifen davon. Auf dem nächsten Parkplatz musste er erst einmal anhalten und sich beruhigen. Das Blut stieg ihm in den Kopf und rauschte in seinen Ohren. Er drehte das Autofenster schnell herunter und schnappte nach frischer Luft. ›Bloß nicht die Nerven verlieren, ruhig bleiben und endlich abschließen mit diesem Horror!‹, beruhigte er sich in einem Selbstgespräch.

Nach einer Viertelstunde fuhr Oliver in den nächsten Supermarkt und rannte kopflos durch den Laden. Er kaufte wie in Trance nur einen einzigen Artikel – ein Glas Nutella. Er fasste seinen Mut zusammen und bewegte sich sofort mit seinem Jeep von Travemünde in Richtung Schweriner Krankenhaus, in dem sein Stiefvater bewusstlos auf der Intensivstation lag. Hatte sein langjähriger Psychologe bei mehreren Sitzungen immer wieder betont, er könne seine Angst nur besiegen, wenn er der Angst zielgerichtet entgegentrat und sich nicht weiter verstecken würde? Sich der Angst stellen, das war die große Herausforderung, dachte Oliver. ›Nicht die Angst vor der Angst!‹, redete er sich ein. Er fuhr mit gradlinigem Tunnelblick in das besagte Schweriner Krankenhaus.

Kapitel 16: Rainer und seine Wut

Die leicht genervte Oberschwester der Intensivstation trat an die Besuchertür der Station, an der ein Mann geklingelt und sie um Eintritt gebeten hatte.

»Mein Name ist Rainer Boldt. Ich komme gerade von der Polizeiinspektion Schwerin und soll mir den Komapatienten mal genauer anschauen, der heute in der Zeitung abgebildet ist. Ich kenne ihn hundertprozentig. Ich will meine Aussage bei der Polizei jedoch erst unterschreiben, wenn ich ihn wirklich persönlich von Angesicht zu Angesicht gesehen habe«, murmelte Rainer laut vor sich hin.

»Aber nur kurz gucken! Und vorher ziehen Sie noch die sterilen grünen Sachen hier an«, antwortete die überlastete Oberschwester mürrisch. Sie schaute den Besucher fragend an. Das hochrote Gesicht des Besuchers und die Schweißflecken in der Achselgegend, die sich auf dem karierten Hemd abzeichneten, stimmten sie nachdenklich.

Mit der rechten Hand in der Hosentasche und dabei sein Schweizer Taschenmesser fest umfassend, folgte Rainer der Oberschwester in Richtung Patientenzimmer. Sein Blut pulsierte in den Adern. Er überlegte, wie er die Frau ablenken könnte. »Ist das warm auf Ihrer Station … und diese ganzen kranken Menschen … ich glaube, mir wird schlecht«, log Rainer.

»Jetzt fallen Sie mir bloß nicht um! Ich hole Ihnen ein Glas Wasser. Das fehlt mir noch. Noch ein Akutpatient dazu!«, meckerte die Schwester los. Sie rannte in die kleine Stationsküche, um ein Glas kaltes Wasser zu holen.

Plötzlich erschien der Stationsarzt auf dem Gang und fragte Rainer, was er außerhalb der Besuchszeit auf der Station wolle.

»Ich komme von der Polizei und soll jemanden identifizieren«, antwortete Rainer kleinlaut.

»Das wird ja immer schöner. Können Sie sich ausweisen oder haben Sie gleich jemanden von der Polizei mitgebracht? So geht das hier und jetzt auf keinen Fall. Ich muss Sie bitten, die Intensivstation sofort zu verlassen«, wies der Arzt ihn an.

»Aber ...«, setzte Rainer an.

»Ich sagte: Sofort!«, wiederholte der Arzt seine Anweisung in einem Ton, dem Rainer nicht zu widersprechen wagte.

Rainer Boldt verließ widerwillig und schweißgebadet die Intensivstation, ohne seinen ehemaligen Nachbarn Robert Kremer gesehen oder gar identifiziert zu haben. Er ging wütend zu seinem Auto, stieg ein und fuhr hasserfüllt davon. Rainer dachte sich in seiner Wut, wenn es heute nicht geklappt hatte, dann eben morgen! Dem Stasi-Schwein würde er schon zeigen, wer das letzte Wort hat!

In diesem Moment kam ihm eine viel bessere Idee, wie er Robert Kremer umbringen könnte, ohne sein Taschenmesser zu benutzen. Er hatte eine Idee, die keine blutige Spur hinterlassen würde. ›Ja, das ist eine super Idee, da kommt niemand drauf!‹, dachte er. Mit diesem Geistesblitz fuhr Rainer zufrieden nach Pingelshagen zurück.

Kapitel 17: Susans Wunsch

Roberts Tochter Susan hatte gerade eine Unterrichtspause und aß im Lehrerzimmer eine Kiwi, um sich und ihrem ungeborenen Sohn genügend Vitamine zuzuführen. Nebenbei blätterte sie flüchtig die Schweriner Volkszeitung durch. Plötzlich sah sie ihren Vater auf der Titelseite des Lokalteils. Das Gesicht auf der Abbildung war geschwollen, dennoch konnte sie ihn eindeutig als ihren Vater erkennen. Sie las zitternd und aufgeregt die Bildunterschrift, überflog den Text und war so nervös, dass sie ihn gleich noch einmal lesen musste, um zu verstehen, was mit ihrem Vater passiert war.

Sie war seit Tagen beleidigt gewesen, weil er sich nicht zurückgemeldet hatte. Sie hatte nicht mehr versucht, ihn telefonisch zu erreichen und um hinzufahren, hatte sie keine Zeit und erst recht bei der anhaltenden Hitze keine Lust. Sollte er sich doch melden, wenn er etwas will, hatte sie gedacht. Maria würde sie nicht anrufen. Susan überlegte einen Moment und telefonierte von ihrem Handy aus. »Ja, ich bin's. Susan Kremer«, meldete sie sich im Sekretariat ihrer Schule. »Ich muss leider kurz die Klasse verlassen. Mir geht es nicht gut. Die Schwangerschaftsübelkeit macht mir dermaßen zu schaffen. Ich fahre kurz nach Hause und hoffe, dass ich nach der großen Pause wieder in meine Klasse zurückkehren und weiter unterrichten kann«, log sie die Sekretärin des Schuldirektors an. Diese versprach, sich sofort zu kümmern und umgehend eine Vertretung in Susans Klasse zu schicken.

Susan ging nach dem Telefonat zügigen Schrittes zu ihrem Auto und dachte: ›Bitte Vater, stirb nicht, bitte stirb jetzt noch nicht … nicht jetzt!‹

Kapitel 18: Kurzer Krankenbesuch

Die Oberschwester der Intensivstation freute sich schon auf ihre kurze Mittagspause. Für den Nachmittag hatte sie sich nach der Arbeit vorgenommen, in der naheliegenden Sauna etwas zu relaxen, um dann entspannt nach Hause zu fahren. Abends wollte sie es sich vor dem Fernseher gemütlich machen. Ihre Quizshow wollte sie auf keinen Fall verpassen. Das Klingeln an der Stationstür kündigte der Oberschwester einen weiteren Besucher an.

»Ich muss auf die Station zu meinem Vater. Hier ist mein Ausweis. Ich bin Susan Kremer. Mein Vater Robert Kremer liegt hier bei Ihnen. Lassen Sie mich sofort zu ihm«, forderte Susan.

Oberschwester Hedwig war so ein forsches Auftreten von Besuchern nicht gewohnt und brachte Susan in das Krankenzimmer. Auf dem Gang zog diese sich schnell einen grünen sterilen Kittel über.

Am Krankenbett ihres Vaters angekommen, beugte Susan sich über dessen Kopf und beobachtete ihn sorgsam. Er regte sich nicht und lag tief schlafend vor ihr. Susan flüsterte ihm leise ins Ohr: »Papa, du stirbst hier nicht weg, bevor du Mamas Testament gefälscht hast. Du hast es mir versprochen und was man verspricht, muss man auch halten. Hörst du? Hörst du das!«, drohte sie ihm und schaute sich um, ob jemand ihre Forderung mitbekommen hatte.

Ihr Vater rührte sich nicht. Nicht einmal ein Zucken der geschlossenen Augenlider konnte Susan erkennen. Sein

Brustkorb hob und senkte sich gleichmäßig. Das angeschlossene Atmungsgerät rauschte monoton. Robert Kremer lag da und schlief seelenruhig.

Nachdem Susan keine Regung ihres Vaters beobachten konnte, verließ sie mit eiskaltem Blick dessen Zimmer. Sie schmiss die grünen Sachen direkt im Schwesternzimmer auf einen Stuhl, drehte sich nicht einmal mehr um, um sich von der anwesenden Oberschwester zu verabschieden, die ihr ein freundliches »Auf Wiedersehen!« zurief.

Susan fuhr mit der Hoffnung, nicht irgendwelche Krankenkeime aufgenommen zu haben, direkt in die Grundschule zurück. Sie wusch sich hektisch die Hände und stellte sich anschließend gefühllos vor ihre Schüler und unterrichte, als wäre überhaupt nichts geschehen. Die Sorgen um ihren Vater hatte sie schnell vergessen, jedoch nicht das Testament ihrer Mutter Maria.

In der Hektik des Klinikalltages wurde es versäumt, der Polizei mitzuteilen, wie der Name des bewusstlosen Mannes lautete, den Oberschwester Hedwig sorgsam nach Susans Besuch in dessen Krankenakte eingetragen hatte. Die Akte trug jetzt die Aufschrift ›Robert Kremer‹. Oberschwester Hedwig ging davon aus, dass die Stationssekretärin der Polizei den Namen mitteilen würde. Diese wiederum vermutete später, dass Oberschwester Hedwig die Polizei längst benachrichtigt hätte.

Susan hatte oft heimlich mit ihrem Vater über Marias Testament gesprochen. Robert wusste, dass die kleine Villa Maria allein gehörte. Nach ihrem Tod sollte das Haus nicht Robert und auch nicht Susan erben, sondern Marias Sohn Oliver. Er war als Alleinerbe der Villa handschriftlich im Testament von Maria festgelegt worden. Robert hatte vor ein paar Monaten beim Herumschnüffeln gedacht, er hätte das handschriftlich verfasste Original in seinen Händen. Maria hatte ihr Testament jedoch beglaubigen lassen und dieses lag sicher in der Kanzlei eines Schweriner Notars.

Das wusste niemand – außer Maria.

Kapitel 19: Olivers Vorhaben

»Jetzt reicht's bald!«, meckerte die Oberschwester vor sich hin, als es zum dritten Mal außerhalb der Besuchszeit an der Tür der Station klingelte. Sie ging zur Tür und begrüßte den Mann, der zum bewusstlosen Patienten wollte, mit folgenden Worten: »Guten Tag! Sie sind heute schon der dritte Besucher für Zimmer 7!« Wenigstens hatte das veröffentlichte Zeitungsfoto etwas gebracht und man wusste nun endlich, wer der Patient war, beruhigte sich die Oberschwester selbst. Sie ließ sich den Ausweis von Oliver Kremer zeigen, machte eine kurze Notiz in der Krankenakte über den Besuch des angeblichen Sohnes und zeigte auch ihm den bewusstlosen Mann auf der Station. »Nehmen Sie sich ruhig Zeit für Ihren Vater. Desinfizieren Sie bitte Ihre Hände vorher und ziehen Sie unbedingt die grünen Sachen an. Ihre Schwester war auch gerade hier, die hat es aber sehr eilig gehabt. Sie hat die Sachen hingeschmissen und sich nicht einmal verabschiedet«, gab Oberschwester Hedwig Oliver noch mit auf den Weg.

Der ging schweren Schrittes an das Krankenbett seines Stiefvaters heran. Die Oberschwester verließ das Zimmer. Er zitterte und starrte den bewusstlosen Mann an. Plötzlich nahm er das gerade gekaufte Nutella-Glas aus seiner Jackentasche unter den sterilen grünen Sachen hervor und knallte es mit voller Wucht auf den Nachttisch. »Das habe ich dir mitgebracht, mein lieber Papa. Wenn du je wieder aufwachen wirst, weißt du gleich, wer dich besucht hat. Lass es dir schmecken!«, drohte Oliver. Mit der Situation überfordert und im Angesicht seines früheren Peinigers überkam ihn plötzlich ein unwiderstehlicher Drang, ein Kissen direkt auf dem lädierten Gesicht seines Stiefvaters platzieren. Er würde so lange abwarten, bis sich dessen Brustkorb nicht mehr hob.

Unerwartet kam in diesem Augenblick die Oberschwester ins Zimmer geeilt und sagte: »Schön, wie Sie sich um Ihren Vater kümmern. Er hat eben enorm heftig auf Sie reagiert. Schauen Sie mal auf die Puls- und Blutdruckanzeige des Monitors. Er wird bestimmt bald aufwachen. Er muss Sie sehr lieben. So heftig hat er heute bei keinem anderen Besucher reagiert. Aber nun müssen Sie ihn erst einmal wieder zur Ruhe kommen lassen. Kommen Sie doch einfach morgen wieder vorbei. Er freut sich bestimmt und kann Sie vermutlich hören, wenn Sie mit ihm sprechen. Man hört so viele Geschichten über Komapatienten, die später ihren Angehörigen berichten, dass sie alles mitbekommen hätten«, gab die Oberschwester ihr medizinisches Wissen preis.

Sie sah das Nutella-Glas auf dem Nachttisch des Mannes stehen und wunderte sich. Blumen, Pralinen, Bücher, Zeitschriften, Kuscheltiere, Glücksbringer oder kleine Geschenke brachten die Angehörigen den Patienten mit. Einen Brotaufstrich als Genesungsgeschenk hatte bisher noch niemand dabei gehabt, dachte sie. Oberschwester Hedwig richtete ihrem Patienten das Bett, warf einen Blick auf die Messwerte auf dem Monitor und verließ dann, Oliver Kremer folgend, das Krankenzimmer.

Oliver schloss die Tür der Intensivstation hinter sich und war stolz, dem Mann so mutig und selbstbewusst entgegengetreten zu sein, auch wenn sein kranker Stiefvater sich momentan nicht wehren konnte. So war es doch zumindest ein Anfang, seine jahrelange Angst vor ihm zu bekämpfen. Er wollte mit seiner schrecklichen Vergangenheit endlich abschließen und war nun, wenige Minuten später, glücklich und erleichtert, dass er das Kopfkissen wieder unter dem Nacken des Patienten platziert hatte. Er war froh, dass er bei seinem ursprünglichen Vorhaben durch die temperamentvolle Oberschwester gestört worden war.

Gedankenversunken fuhr er mit seinem Jeep nach Hause. Später saß er auf der Terrasse und wartete auf seine Frau Merle und Tochter Kim. Jack-Russell-Hündin Leila warf Oliver einen alten Tennisball schwungvoll mit der Schnauze zu. Sie wollte mit ihrem Herrchen spielen, bevor die anderen Familienmitglieder nach Hause kämen und niemand mehr Zeit für sie hätte.

»Na, hol den Ball!«, rief er der Hündin zu und freute sich über das gehorsame Tier. Sie rannte los und verstand es immer wieder, Oliver im rechten Augenblick auf andere Gedanken zu bringen und seine Erinnerungen an die schmerzhafte Jugend auszublenden.

Kapitel 20: Eine heiße Spur in Hamburg

Ellen Arnold, Bergers Kollegin, hatte zwischenzeitlich auf dem Hamburger Flughafen in Fuhlsbüttel ermittelt, dass Robert Kremer in den Lastminute-Flug nach Bali eingecheckt hatte, aber nie am Gate angekommen war. Das Flugzeug war schließlich ohne den Passagier gestartet. Der junge und gutaussehende Mitarbeiter der Lufthansa erinnerte sich noch ganz genau, wie oft er Robert Kremer vor ein paar Tagen über den Lautsprecher ausgerufen hatte. Einen Urlaubsflug nach Bali einfach nicht anzutreten und verfallen zu lassen, konnte er sich nicht vorstellen.

Kommissaranwärterin Ellen flirtete mit dem jungen Mitarbeiter. Sie notierte seine Aussagen in ihr kleines Notizheft und verabschiedete sich höflich.

Der Angestellte der Lufthansa fragte mit einem verschmitzten Lächeln, ob er noch ihre Telefonnummer haben könne, nur für den Fall, dass ihm noch etwas einfallen würde.

Ellen lächelte zurück und gab ihm stolz ihre Visitenkarte. »Falls Sie noch etwas zur Sache aussagen möchten, dann rufen Sie mich in Schwerin an!«, beendete sie das Gespräch.

»Und falls Sie mal einen Flugbegleiter benötigen, wissen Sie ja, wo Sie mich jederzeit finden«, gab der Mitarbeiter Ellen charmant zu verstehen.

Sie freute sich über das indirekte Kompliment, verließ den Abreiseterminal und amüsierte sich noch ein paar Minuten über den witzigen Gesprächsverlauf. Die junge Polizistin hatte sich vorgenommen, ihren Chef erst am nächsten Tag zu informieren. Er war heute gereizt und viel zu griesgrämig wegen seiner immer stärker werdenden Zahnschmerzen. Sie wollte das anhaltend sonnige Wetter in Hamburg für eine kleine Shoppingtour nutzen. ›Robert Kremer wird schon wieder auftauchen‹, dachte sie sich. ›In Hamburg oder in Schwerin oder wo auch immer, den finden wir schon‹, versicherte sie sich in einem Selbstgespräch.

Ellen fuhr vom Flughafen direkt zum Hamburger Hauptbahnhof. Dort stellte sie den zivilen Polizeiwagen ab und ging zu Fuß die Mönckebergstraße in Richtung Gänsemarkt. Sie schaute sich in mehreren Läden kurz um, probierte Klamotten an und kaufte schließlich ein schönes Tuch und im nächsten Laden etwas Modeschmuck. Dann band sie sich im Uhrenshop eine sportliche Armbanduhr um, nach der sie in Schwerin und im Internet schon lange gesucht hatte. Zum Schluss zog sie in der Umkleide von KARSTADT einen kurzen Sommerrock an. Ellen trug gern kurze Röcke. Sie wollte ihren weiblichen Körper und ihre schlanken, durchtrainierten und von der Sonne gebräunten Beine in entsprechender Kleidung präsentieren.

Mit zwei prall gefüllten Einkaufstüten stieg Bergers Assistentin in den Dienstwagen und fuhr nach Schwerin zurück. Unterwegs auf der A 24 hatte sie dann doch ein schlechtes Gewissen und fragte sich, ob sie nicht ihren Chef hätte anrufen und von den Ermittlungsergebnissen auf dem Flughafen berichten sollen.

Kapitel 21: Schuldgefühle

Es verging wieder eine schlaflose Nacht für Maria. Sie saß allein in ihrem abgeschlossenen Einzelzimmer der Psychiatrie. Zwar nicht mehr an das Bett fixiert, dennoch fühlte sie sich in ihrer Freiheit beraubt und wartete auf die Entscheidung des zwischenzeitlich eingeschalteten zuständigen Amtsgerichtes. Es war immer noch offen, ob sie die geschlossene Klinik würde verlassen dürfen oder aufgrund ihrer Zwangseinweisung mit akuter Suizidgefahr vorerst bleiben müsse. Marias Gedanken drehten sich im Karussell. Warum musste ihre schwangere Tochter Susan ihr auch am Telefon mitteilen, dass sie einen Sohn erwartete, fragte sich Maria. Den eigenen Jungen hatte Maria seit unzähligen Jahren nicht mehr gesehen und auch nichts von ihm gehört. Sie grübelte, ob Oliver bereits verheiratet war und Kinder hatte. ›Bestimmt nicht!‹, redete sie sich ein.

Maria hatte Oliver mehr geliebt als Susan, es sich aber nie anmerken lassen. Nur ihren Schwestern hatte sie mal gesagt, dass der Sohn ihr viel mehr bedeuten würde als die Tochter. Er war ihre Nummer eins. Mehrere Kinder konnte man nicht alle gleich lieben, davon war Maria im Innersten überzeugt. Jede Mutter hatte bei Geschwisterkindern ein Kind, das sie mehr liebte als das andere. Bei unterschiedlichen Vätern wäre dies erst recht so, hatte Maria einmal gesagt. Und das Gegenteil konnte ihr bisher auch niemand beweisen.

Ihre Tochter Susan war wie ihr Vater Robert – berechnend und eiskalt. Niemals hätte Maria damals zulassen dürfen, dass ihr Oliver mit nur 16 Jahren das Haus verlassen und sich allein eine Ausbildungsstelle mit einem dazugehörigen Internat suchen musste. Aber dies war nur das geringste Übel, das die Mutter seit Jahren beschäftigte. Was hatte sie noch alles zugelassen und toleriert?

Maria war irgendwann am Ende ihrer Kräfte angelangt und hatte ihre Belastungsgrenze schon weit überschritten, sie konnte nicht mehr. Gegen die von verschiedenen Ärzten verschriebenen Schlaftabletten und Antidepressiva war sie längst resistent. Die Medikamente hatten keine beruhigende Wirkung auf sie und verstärkten ihren labilen Charakter nur noch mehr. Die tägliche Tabletteneinnahme war für sie zur Routine geworden. Helfen konnten ihr weder Medikamente noch nahestehende Menschen. Sie allein trug die Schuld und niemand anderes. Das war die bittere Wahrheit, die sie selbst herausgefunden hatte.

Maria klingelte gegen 22.30 Uhr nach der Nachtschwester und bat um ein paar alte Zeitschriften. Sie konnte nicht schlafen und wollte sich damit von ihren Gedanken ablenken. Nach ein paar Minuten der Zerstreuung wusste sie nun, wie die aktuelle Sommermode aussah und wie die »Frau ab 60« das Haar tragen sollte, um attraktiv und deutlich jünger zu wirken. Die Zeitungen der letzten Tage hatte sie sich anschließend vorgenommen. Endlich machte sich Müdigkeit breit.

Aber plötzlich und hellwach sah Maria Roberts Foto in der Schweriner Volkszeitung. Ihr lief ein Schauer den Rücken hinunter. Sie bekam leichten Schüttelfrost. ›Wieso liegt

Robert bewusstlos im Krankenhaus und nicht bereits tot in der Rechtsmedizin oder noch besser, beerdigt auf dem alten Friedhof neben seinen Eltern?‹, fragte sie sich. Sie grübelte noch, als es draußen bereits hell wurde. Maria war völlig ratlos. Nach langem Hin und Her gestand sie sich schließlich ihre Ausweglosigkeit ein und beschloss, am Tag mit einer Psychologin zu sprechen. Sie wollte sich ihr offenbaren und um professionellen Rat und medizinische Hilfe bitten. So konnte es nicht weitergehen, davon war Maria zutiefst überzeugt.

Sie erinnerte sich, dass der Polizist am Telefon zum Chefarzt gesagt hatte, dass ihr Mann sich vermutlich das Leben genommen hatte. Ihr Plan war perfekt durchdacht und demnach in Erfüllung gegangen. ›Aber, wieso ist Robert nicht tot?‹, fragte Maria sich erneut. Warum lag er im Koma auf der Intensivstation? Oder bluffte der Kommissar nur? Maria fand auf keine ihrer Fragen eine plausible Antwort.

Kapitel 22: Bergers Zahnoperation

Es war kurz vor acht Uhr morgens. Berger musste den Computer in seinem Büro nicht herunterfahren, denn der Absturz der polizeilichen Computertechnik war aus unerklärlichen Gründen immer noch nicht behoben. Die IT-Fachleute der Schweriner Polizei waren schon die ganze Nacht im Einsatz und rätselten, hatten die Ursache aber bisher nicht finden können. Der Server spuckte keine Informationen aus.

Hauptkommissar Berger griff nach seiner Aktentasche, schloss seine Bürotür zu und machte sich auf den Weg zu seiner Zahnärztin. Sein Auto konnte er nicht nutzen, da er später nach der Betäubungsspritze selbst kein Fahrzeug mehr bewegen durfte.

Hauptkommissar Berger hatte schon seit Stunden eine geschwollene rechte Gesichtshälfte und nun saß er im Warteraum der Praxis. Sein Telefon klingelte: Ellen Arnold. Er entschied sich, kurz vor die Tür zu gehen. Die eine mitwartende Patientin, die in einer ähnlichen Verfassung wie er selbst zu sein schien, musste schließlich keine Polizeiinterna mitbekommen. Und er war andererseits froh, dass er der bedrückenden Zahnarztatmosphäre, wenn auch nur für einen kurzen Moment, entfliehen konnte.

Draußen angekommen war er außer sich, dass seine Kollegin Ellen erst einen Tag später die Neuigkeiten vom Flughafen Hamburg übermittelte. Er regte sich lautstark auf, beschimpfte sie sogar und drohte ihr Konsequenzen an. »Unzuverlässig und dilettantisch – genau diese Worte kommen in Ihre Beurteilung«, brüllte Berger wütend in sein Handy und polterte weiter: »Das gibt es doch gar nicht! Was lernt ihr denn dort in der Polizeiausbildung in Güstrow?« Dabei hielt er sich ein kühles Taschentuch an die geschwollene Gesichtshälfte.

Ellen war völlig entsetzt über den Verlauf des Telefonats mit ihrem Chef.

»Was wir also jetzt eindeutig wissen: Der Kremer wollte wegfliegen und sich gar nicht umbringen. Das hätte er im eigenen Haus viel schneller haben können. Er wollte also verschwinden und ein neues Leben beginnen. Auf einen Suizid deutet das alles nicht hin. Aber wo ist Robert Kremer abgeblieben?«, fragte Berger seine Kollegin. Er hatte bemerkt, dass er entgegen seiner Art und wahrscheinlich wegen seiner pochenden Zahnschmerzen wohl etwas zu heftig reagiert hatte.

Ellen hatte sich von dem Donnerwetter ihres Vorgesetzten noch nicht ganz erholt und schwieg vorsichtshalber.

Berger hatte in dreißig Minuten einen Eingriff vor sich, der nach Ankündigung der Sprechstundenhilfe wohl mindestens eine Stunde dauern würde. Mit der anhaltenden Betäubung und der frisch genähten Wunde würde er anschließend keinesfalls jemanden befragen oder weitere Ermittlungen bei den zwei Fällen »Robert Kremer« und dem »bewusstlosen alten Mann« anstellen können. Er würde mit dem geschwollenen Gesicht nach der Operation wie benommen sein und musste dringend zu Hause Schlaf nachholen. Außerdem musste er die Gesichtshälfte kühlen, um am nächsten Tag wieder einigermaßen normal auszusehen.

Thomas Berger hatte Angst vor der Zahnärztin. Aber auch vor dem Spott seiner Frau zu Hause, die wie immer recht hatte, was seine unterdrückten Zahnschmerzen anging. Der Tag war hin! Er hoffte, eine starke Betäubungsspritze zu bekommen.

Berger stöpselte die Kopfhörer in sein Smartphone, um die unangenehmen Bohrgeräusche gleich auszuschalten und nicht noch nervöser zu werden, als er ohnehin schon war.

Kapitel 23: Die Psychologin

Am Morgen, nachdem Maria geäußert hatte, eine Psychologin sprechen zu wollen, wurde sie persönlich von Chefarzt Dr. Sperber begleitet. Sie sei eine sehr einfühlsame Spezialistin, gab Dr. Sperber Maria mit auf den Weg. Er stellte die beiden kurz vor und übergab seine Patientin in die Obhut der Ärztin.

Zuerst schaute Maria sich unruhig im Behandlungszimmer um, das orangefarben gestaltet war. An den Wänden hingen großformatige Fotografien von Wäldern und klaren Wasserfällen. So ein entspanntes Gefühl hatte sie bisher nur, wenn sie in ihren Lieblingsteeladen in die Schweriner Schusterstraße ging, um bei ruhiger Musik einen Wellness-Tee auszusuchen. Der kleine Teeladen mit den vielen Buddhas im Schaufenster war für sie eine Ruhe-Oase, in der sie sich wohlfühlte. Sie trank dort meistens eine Tasse Tee mit einer neu angebotenen Sorte. Maria war traurig, dieses Entspannungsgefühl schon seit Jahren nicht mehr in ihrem eigenen Haus erlebt zu haben, sondern dafür jedes Mal in die Altstadt von Schwerin gehen zu müssen. Mit der netten Verkäuferin kam sie oft ins Gespräch, auch wenn sie nicht bei jedem Besuch etwas kaufte.

Maria legte sich nach einer persönlichen Begrüßung durch die Psychologin auf ein bequemes Sofa. Das einfallende Sonnenlicht wurde durch einen Vorhang etwas gedämpft. Sie begann, aus ihrem Leben zu erzählen. Zuvor hatte sie sich von der sympathisch wirkenden Frau, es hätte gut eine Freundin sein können, noch bestätigen lassen, dass sie Schweigepflicht gegenüber Dritten habe. Maria war beruhigt und wirkte entspannt. Sie ließ die letzten Tage und Ereignisse hinter sich und begann der aufmerksam zuhörenden Psychologin zu erzählen, was sie seit vielen Jahren nervlich belastete.

Maria konnte während des Gesprächs ihr Gesicht nicht sehen, denn die circa 1,65 m große Frau mit dunklen kurzen Haaren und wunderschönen grünen Augen saß hinter ihr. Liegend blickte Maria auf das leicht abgedunkelte Fenster, das ein warmes gelbes Licht hereinließ. Es war still und sie begann mit ihrem Monolog, erzählte so monoton und merkte dabei nicht einmal, wie viele Tränen über ihr Gesicht liefen. Sie berichtete wie in Trance über die gemeinsamen Jahre mit ihrem ersten Ehemann Werner.

Die Psychologin machte sich dabei ein paar Notizen und hörte schweigend ihrer Patientin zu.

»Mein zweiter Ehemann Robert hat mich anfangs wohl wirklich geliebt«, fuhr Maria fort. »Er kümmerte sich um seinen Stiefsohn Oliver und mich rührend. Als ich nach drei Jahren endlich schwanger wurde und unsere gemeinsame Tochter Susan auf die Welt kam, wurden Oliver und ich sofort in den Hintergrund gedrängt. Es drehte sich von Anfang an alles nur noch um seine ›kleine Prinzessin‹, wie er sie nannte. Er kämmte Susan als kleines Mädchen das Haar, las ihr jeden Wunsch von den Lippen und ihren unschuldig wirkenden großen Augen ab. Robert beachtete Oliver und mich nicht mehr. Es wurde von Jahr zu Jahr unheilvoller.«

Sie unterbrach kurz, um sich zu sammeln. »Er baute ein Schutzschild um seine Tochter auf. Es war schon lange nicht mehr unsere Tochter. Er betrachtete Oliver und mich eher als Feinde und nicht als Familienmitglieder. Er war krankhaft eifersüchtig auf alle und jeden, die Susan zu nah kamen. Er ging in den Kindergarten und später in die Grundschule von Susan und beschimpfte dort regelmäßig, unbeobachtet von Erzieherinnen und Lehrern, die Kinder, die Susan geärgert hatten. Er ging mit Susan allein Kleidung kaufen und so weiter … Ich verlor nach und nach den Zugang zu unserer Tochter. Er nahm mir alles aus der Hand. Ich konnte weder Geld abheben, noch konnte ich Geld für irgendetwas ausgeben. Er gab mir Geld auf Zuteilung und ich musste nachweisen, wofür ich es ausgegeben hatte. Eine Geldkarte, die jeder anfangs zu unserem gemeinsamen Konto hatte, hatte Robert mir entzogen. Sämtliche Behördengänge übernahm er. Ich konnte nichts mehr allein entscheiden und wurde in meiner Ehe entmündigt. Mit der Zeit wurde ich immer unselbstständiger. Ich brauchte mich ja um nichts mehr kümmern«, beendete Maria den Satz, ohne Luft zu holen. Dann fuhr sie fort: »Bei Streitigkeiten unter den Halbgeschwistern wurde immer Oliver bestraft. Ob er Schuld hatte oder nicht. Susan aalte sich auf der Sonnenseite ihres jungen Lebens. Oliver stand im Schatten seiner Schwester. Er war mein Schattenkind!«, stellte Maria traurig fest und seufzte. »Robert schloss Oliver später – schon als Jugendlicher – in seinem Zimmer ein und wurde immer strenger mit ihm. Er kontrollierte ihn auf Schritt und Tritt und vergötterte seine

Susan immer mehr. Anfangs dachte ich noch, wie schön er sich um seine Tochter kümmert, aber nach und nach bekam ich es mit der Angst zu tun, dachte sogar an pädophile Neigungen. Ich schlug Robert vor, einen Psychologen aufzusuchen, weil sein Verhalten meinem Sohn Oliver gegenüber immer besorgniserregender wurde.« Maria unterbrach ihren Redefluss und trank einen Schluck von dem Wasser, das auf dem Tisch neben ihr stand. »Es waren erst Kleinigkeiten, die mir auffielen und mich nachdenklich stimmten. Oliver bekam bei den gemeinsamen Mahlzeiten von Robert weniger zu Essen auf seinen Teller aufgefüllt, weniger zu Trinken eingeschenkt und überhaupt keine Geschenke mehr zum Geburtstag oder zu Weihnachten. Ich selbst hatte ja kein Geld mehr und konnte auch nichts mehr für meinen Sohn kaufen. Heimlich fiel mal eine Schokolade beim Einkauf ab, wenn Oliver und ich allein unterwegs waren«, beteuerte Maria. Sie lockerte ihren Körper, legte sich etwas seitlich auf die Liege und fuhr fort: »Olivers unglaublich gute Schulnoten wurden weder mit Lobesworten noch Geschenken honoriert. Gab ich ängstlich einen Kommentar dazu ab, bekam ich sofort eine kräftige Ohrfeige von meinem Mann Robert verpasst. Susan war noch zu jung und zu klein. Sie bekam nichts von allem mit. Sie war glücklich und stolz auf ihren Super-Daddy. Das krankhafte Verhalten von Robert nahm Ausmaße an und verängstigte mich von Tag zu Tag mehr. Oliver bekam schon für Belanglosigkeiten eine Tracht Prügel. Robert schlug vor meinen Augen auf ihn ohne Sinn und Verstand ein. Ich zitterte und war wie gelähmt vor Angst. Angst, mich anderen zu offenbaren und höllische Angst, selber wieder – wie in meiner ersten Ehe mit Werner – verprügelt zu werden.« Maria schluckte und machte eine kurze Pause. »Meine eigene Feigheit, meinem geliebten Sohn nie beigestanden und geholfen zu haben, werde ich mir niemals verzeihen können. Die körperlichen Schmerzen, die er meinem Sohn Oliver und mir zufügte, werde ich nie und nimmer vergessen. Robert drohte uns sogar, uns umzubringen, wenn wir etwas Schlechtes über ihn erzählen würden. Diese Drohung hatte sich tief in Olivers und meinem Gehirn manifestiert. Wir hatten nur noch Angst und bewegten uns wie Marionetten in unserem eigenen Haus. Wir waren ständig angespannt, irgendetwas falsch zu machen oder etwas zu sagen, was Robert nicht passte. Oliver erlebte mit, wie ich verprügelt wurde und ich hörte seine Schreie, wenn Robert ihm Gewalt zufügte. Sexuell lief zwischen Robert und mir gar nichts mehr. Ich war froh, dass er mich in Ruhe ließ und hoffte, dass er eine andere Frau kennenlernen und er mich mit Susan verlassen würde. Ich schämte mich für den Gedanken, meine eigene Tochter lieber zu verlieren, um nicht weiter mit meinem Ehemann unter einem Dach leben zu müssen. Es wäre doch so einfach gewesen. Robert wäre mit Susan ausgezogen und ich wäre mit Oliver in meiner kleinen Villa geblieben.« Maria musste wieder eine Pause einlegen und sich gedanklich sammeln.

Geduldig saß die Psychologin da und wartete, dass ihre Patientin weiter berichten würde.

Maria fuhr fort: »Oliver und ich wurden immer ruhiger. Wir wehrten uns überhaupt nicht mehr. Bitten, uns einfach in Ruhe zu lassen, machten ihn nur noch wütender. Ich nahm täglich mehrere Beruhigungsmittel zu mir, um das alles zu ertragen. Eine Scheidung kam für Robert nicht infrage. Dass er mit Susan auszog und ich mit Oliver in meinem Haus blieb, war undenkbar für ihn. Wie stand er denn vor seinen Kollegen da? Haus und Frau weg! Nein. Dieser Verlust hätte seinem Image beträchtlich geschadet«, mutmaßte Maria. »Ich fragte mich, warum ich nicht einfach mit Oliver ins Frauenhaus geflüchtet bin. Ich hatte schon so oft die Telefonnummer des Frauennotrufes gewählt und schnell wieder aufgelegt, wenn sich eine besorgte Frau gemeldet hatte. Meine Telefonnummer muss dort schon bekannt gewesen sein. Einmal sagte die Dame am anderen Ende der Leitung gleich zu Beginn: ›Legen Sie bitte nicht wieder auf. Wir helfen Ihnen, bitte haben Sie den Mut und reden Sie mit mir.‹ Ich rief dort nie wieder an. – Und warum habe ich nicht das Jugendamt eingeschaltet und wenigstens Oliver geholfen, werden Sie fragen? Warum nur habe ich das alles zugelassen? Warum habe ich mich nie gewehrt oder Hilfe gesucht? Ich weiß es nicht. Es ist heute das erste Mal, dass ich darüber reden kann«, schluchzte Maria. »Das Verprügeln zog sich über Jahre hin und war die Hölle für meinen Sohn und mich. Wie oft hatte ich mich bei Fernsehsendungen, in denen es um Gewalt gegen Frauen ging, gefragt, was die Frauen sich alles gefallen ließen. Aber selbst war ich nicht ein bisschen besser oder mutiger.« Maria stockte, sie fühlte, wie der Hass auf ihren Mann aufstieg. Konnte sie der Psychologin wirklich alles sagen?

Die Ärztin, die in ihrem bequemen Stuhl hinter ihr saß, schien diese Gedanken zu spüren und sagte in ruhigem Ton: »Bitte, Frau Kremer, fahren Sie fort!«

»Aber es kam noch schlimmer. Kurz bevor Oliver sein Abschlusszeugnis der 10. Klasse erhielt, erreichten Roberts Gewaltausbrüche einen unglaublichen Höhepunkt. Er überschritt eine Grenze, die mich dermaßen provozierte, dass ich oftmals überlegte, wie ich ihn umbringen könnte. Nur der Gedanke, dass ich für den Mord meines Mannes ins Gefängnis gehen sollte und mein Sohn vielleicht noch zwei Jahre in einem Heim untergebracht würde, hielt mich von einem Mordversuch ab. Ein plötzlicher Unfall oder sein Selbstmord war meine letzte Hoffnung, diesem brutalen Ungeheuer zu entkommen«, beendete Maria beschämt den Satz. Sie atmete zweimal tief durch. »Eines Tages, Anfang Juli 1985, kam Robert aus dem Büro und eine für mich immer noch unfassbare Tragödie spielte sich in unserem Haus ab. Oliver hatte als heranwachsender Teenager ständig Hunger und oft Appetit auf Süßigkeiten. Er schnüffelte ängstlich in unseren Wohnzimmerschränken herum und ging nach der Schule an den ihm verbotenen Kühlschrank. Ich hatte damals von meiner Westverwandtschaft aus Stuttgart immer ein bisschen Westgeld bei Besuchen bekommen, das ich für Kleinigkeiten im Intershop – manchmal für Schokolade, schöne Seife oder auch mal, wenn es mehr Geld war, für eine modische Jeans – ausgab. Am beliebtesten war für uns alle jedoch Nutella. Ein neu gekauftes Nutella-Glas wurde im Haushalt gehütet und nur äußerst sparsam morgens als Brotaufstrich verbraucht. Natürlich bekam nur Susan Nutella auf ihr leckeres Bäckerbrötchen geschmiert. Für Oliver gab es graues, fades Mischbrot mit der DDR-Variante drauf. Eine Kakaocreme, die damals nicht annähernd so gut und süß wie Nutella schmeckte«, betonte Maria. »Oliver löffelte an diesem besagten Nachmittag genüsslich Nutella, welches Robert für seine Susan im oberen Küchenschrank versteckt hatte. Robert machte gewissenhaft – und clever, wie er war – heimlich und für andere nicht sichtbare kleine Striche auf dem Schild des Glases, um Oliver zu kontrollieren und gegebenenfalls zu überführen. – Der Junge durfte nichts zu Trinken oder zu Essen nehmen, ohne seinen Stiefvater vorher gefragt zu haben. Oliver wurde immer ruhiger und ängstlicher an diesem Nachmittag als Robert ihn fragte, ob er heimlich vom Nutella genommen hätte. Oliver stritt es ängstlich ab und schob die Schuld auf seine jüngere Halbschwester Susan. Er behauptete, er hätte gesehen, wie sie heimlich davon genascht hätte. Robert wusste natürlich, dass Susan aufgrund ihrer Körpergröße niemals allein an das Nutella-Glas im oberen Schrank herangekommen wäre. Er war wütend und aufgebracht, dass Oliver ihn belogen hatte. Er schrie in seiner Wut, er würde ihn umbringen. Daraufhin prügelte er wie ein Wahnsinniger auf ihn ein. An diesem Tag schlug er nicht nur mit der Hand oder Faust zu. Nein, er zog tatsächlich seinen Ledergürtel aus der Hose und peitschte ihm damit auf den Rücken. Nur ein dünnes

T-Shirt verhinderte, dass Oliver nicht gleich blutete. – Das Entsetzlichste jedoch war, dass er auch mich zwang, meinen Sohn noch zusätzlich mit einem Fleischklopfer, den er aus der Küche holte, zu schlagen. Ich nahm den Fleischklopfer und schmiss diesen in Roberts Richtung. Reaktionsschnell, wie er war, wehrte er das Geschoss ab. Er hob wutentbrannt und wie von Sinnen den Fleischklopfer auf und schlug selbst immer abwechselnd auf mich und Oliver ein, bis schließlich der Holzstiel abbrach. Ich stellte mich vor meinen Sohn, der mich schon um einen Kopf körperlich überragte, um das Schlimmste zu verhindern. Kurz darauf erhielt ich einen kräftigen Schlag von Robert in den Bauch und sank mit großen Schmerzen taumelnd zu Boden. Vor Schmerz gekrümmt lag ich regungslos da und hörte Robert brüllen. Ich wimmerte am Boden liegend und wurde daraufhin von Robert nochmals in den Bauch getreten. Es war entsetzlich … erst als Oliver und ich still und ruhig waren und ihm heulend versichern mussten, niemandem etwas zu erzählen, beruhigte Robert sich scheinbar. Ich glaube, an diesem Tag war Robert selbst über seinen Gewaltausbruch so schockiert, dass er erst einmal für kurze Zeit im Bad saß und sich kaltes Wasser über den Kopf laufen ließ. – Olivers und meine Wunden waren immer an von Kleidung bedeckten Körperteilen und für andere nie sichtbar. Darauf achtete Robert in seinem Wahn sehr. – Nach einer kurzen Pause im Bad lief Robert an diesem Nachmittag in Olivers Zimmer, schmiss seine Sachen in den Flur und verlangte von ihm, seine Klamotten zu packen und das Haus sofort zu verlassen. Er schrie ihn an und riet ihm, sich um seine Berufsausbildung weit weg von Schwerin selbst zu kümmern. Er verbot ihm, und das war an Impertinenz nicht mehr zu überbieten, mein Haus noch einmal zu betreten. Für Lügner war seiner Ansicht nach hier kein Platz. – Oliver war mit seinen sechzehn Jahren vermutlich froh, endlich von seinem brutalen Stiefvater weg zu kommen. Warum er nicht einfach schon früher abgehauen war, verstehe ich bis heute nicht. Die Angst, die Robert uns immer wieder eintrichterte, war wohl auch für Oliver zu groß. Robert drohte auch mir mehrmals an dem Tag, mich umzubringen, wenn ich irgendjemandem etwas von diesem Ereignis erzählen würde. Oliver ging mit seinem Rucksack und seinen Sachen und ich sah ihn seitdem nie wieder …« Jetzt zitterte Maria am ganzen Körper. Sie hatte sich in Rage geredet und brauchte einen Moment, um sich wieder zu fangen.

Die Psychologin fragte sie, ob sie abbrechen wolle oder weiter erzählen möchte.

Maria nickte und fuhr fort. »Robert duschte nach dieser Gewaltattacke, zog sich frische Sachen an und holte Susan von einer Freundin ab. Susan hatte den Nachmittag dort zum Spielen verbracht. Ich lag stundenlang stumm auf Olivers Bett, weinte und überlegte, ob ich eine Packung Schlaftabletten nehmen und meinem Leben ein Ende bereiten sollte. Ich kam den Abend nicht mehr aus dem Zimmer heraus. Weder Robert noch Susan schauten nach mir. Ich meldete mich am nächsten Tag krank und blieb erst einmal zu Hause. Meine Hausärztin schrieb mich arbeitsunfähig. Ich log sie an und erzählte ihr, dass ich mich die ganze Nacht übergeben hätte und nicht arbeiten könne. Ich nahm in der folgenden Woche drei Kilo ab und sah zehn Jahre älter aus. In meinem Kopf kreiste nur eine Frage: Wo ist mein Sohn Oliver? Ich dachte bei jedem Klingeln an der Haustür, dass die Polizei oder das Jugendamt vor der Tür stehen würde. Seit dem Tag, als Oliver durch Robert rausgeschmissen wurde, kehrte Stille ein. Der größte Konkurrent von Robert war aus dem Haus. Robert hatte jetzt nur noch Susan. Mich ließen beide links liegen und beachteten mich nicht mehr. Die beiden lebten ihr Leben und ich meines. – Ich weiß bis heute nicht, und es ist nun schon 28 Jahre her, wohin Oliver gegangen ist. Wo ist er geblieben und wie sieht er heute aus? Hat er es geschafft, mit vermutlich etwas Lehrlingsgehalt und fremder Hilfe über die Runden zu kommen? Erst hatte ich so große Angst, dass Oliver sich etwas angetan hätte. Fragen, die über Olivers Verbleiben gestellt worden waren, musste wahrscheinlich alle Robert beantwortet haben. Ich stand nur noch unter Beruhigungsmitteln. Ich wusste gar nichts mehr. Mein unkontrollierter Tablettenkonsum hatte mir komplett die Sinne und den vermutlich letzten Verstand vernebelt. – Vielleicht würde ich Oliver auf der Straße nicht einmal erkennen, wenn wir uns begegnen würden? Es bricht mir das Herz, wenn ich an ihn denke. Ich schäme mich so unendlich. Ich denke jeden Tag an ihn. Seinen letzten Schlafanzug, der damals noch in seinem Bett im Zimmer lag, habe ich nicht gewaschen und heimlich versteckt, um seinen Körpergeruch einzuatmen, wenn es mir besonders schlecht ging. Das war das Letzte, was mir von meinem Oliver blieb. Ein Schlafanzug ohne Inhalt ... ohne meinen geliebten Sohn.«

Nach diesen für Maria anstrengenden Sätzen legte die Psychologin eine Pause ein und verschob ihre nachfolgenden Patiententermine aufgrund dieser akuten Situation. So ruhig wie die ältere Frau auf ihrer Couch begonnen hatte zu erzählen, blieb sie nicht. Ihre Gefühle überwältigten sie. Sie lag völlig hilflos da. Maria weinte bitterlich und unaufhörlich. Tränenüberströmt krümmte sie sich auf der Couch und wimmerte wie ein kleines erschöpftes Mädchen, das zu unrecht bestraft und verprügelt wurde. Sie schniefte in ein Papiertaschentuch und konnte sich nicht beruhigen. Dennoch war es eine enorme Erleichterung für Maria, endlich ausgesprochen zu haben, was auf ihrer Seele lag. Sie fühlte sich in ihrem Inneren tief befreit. Nach einer schweigsamen Pause und einem Schluck Wasser erzählte Maria weiter, dass sie vor Kurzem mit ihren beiden Schwestern eine Busfahrt auf einen Polen-Markt in Stettin unternommen hatte. Sie hatte auf dem bunten Flohmarkt einen Händler mit alten Sammlerwaffen gefunden, diesen mit etwas Schmiergeld bestochen und nach einer echten Waffe gefragt. Er gab ihr nach langem Hin und Her einen Tipp und zeigte mit einer kurzen Handbewegung auf einen Hinterhof. Während Marias Schwestern auf der Suche nach leckerem Schinken und pikantem Käse auf dem unübersichtlichen Markt herumstreiften, verhandelte Maria mit einem schmierigen Händler um den Preis einer Schusswaffe mit Munition. Sie ließ sich die Handhabung der Pistole – eine alte zerkratzte Makarow – in gebrochenem Deutsch erklären und kramte ihr letztes heimlich angespartes Bargeld, fast 400 Euro, zusammen. Sie war nicht einmal sicher, ob die Waffe funktionstüchtig war; auf dem Hinterhof konnte sie schließlich auch keinen Schuss abfeuern. Dem Verkäufer zu vertrauen, fiel ihr sehr schwer. Nach ihrer Rückkehr hatte sie die Pistole heimlich im Keller in ausgedienten Winterstiefeln versteckt.

Die Psychologin erfuhr weiter, dass Susan berechnend und brutal wie ihr Vater Robert wurde. An dem Tag, Maria bezeichnete ihn als ihren »Ausraster-Tag«, erfuhr sie von ihrer Tochter ganz nebenbei, dass sie in ein paar Monaten einen Jungen gebären würde. Maria verlor nach dem Telefonat ihre Fassung. Sie ging am frühen Abend in den Keller, holte die Waffe aus dem Versteck und lud sie, wie es ihr auf dem polnischen Hinterhof demonstriert worden war. Sie ging aus dem Keller wie benommen die Treppe hoch und richtete sie direkt auf ihren Mann, der ahnungslos vor dem großen Flachbildfernseher saß und ein spannendes Fußball-Länderspiel verfolgte. Er guckte Maria erschrocken an, als er sie mit der Waffe in der Hand bemerkte. Sie trat ruhig vor ihn. Sie nötigte ihn, handschriftlich einen Abschiedsbrief zu schreiben. Den Brieftext hatte sich Maria ausgedacht. Anschließend zwang sie Robert, im Internet eine Lastminute-Reise nach Bali für eine Person zu buchen. Es lief alles ab, wie sie es in zahlreichen Thrillern im Kino oder im Reality-TV gesehen hatte. Kaltblütig und professionell ging sie vor. Zuviel Wut und Hass hatten sich all die Jahre angestaut. Schon oft hatte sie sich bei Gedanken ertappt, wie sie ihn, ohne Spuren zu hinterlassen, umbringen könnte. Maria schaute die Psychologin an und fuhr fort: »Robert lachte nur hämisch und tat alles, was ich ihm befahl. Wir stiegen in unser Auto und fuhren zum Burggarten hinter das Schweriner Schloss. Er hat nicht einmal versucht, mir die Waffe wegzunehmen. Vielleicht wollte er auch sterben, ich weiß es nicht. Robert fuhr unter vorgehaltener Waffe mit meinem Wagen los. Wir parkten den Wagen vor der historischen Holzdrehbrücke des Schlosses. Er lachte immer noch, seine Augen blitzten vor Wut und Überheblichkeit. Ich spürte in mir den jahrelang angestauten Hass aufsteigen und wollte ihn unbedingt töten. Wir gingen an der Orangerie vorbei zur Steingrotte. Ich hielt die Waffe nun schon mindestens eine Stunde auf ihn gerichtet, mein rechter Unterarm verkrampfte sich allmählich und meine Bluse klebte triefend nass vor Aufregung an meinem Rücken fest. Robert sah blass und ängstlich aus, als ich ihm befahl, auf den oberen Teil der Grotte zu gehen. Er schaute mich an und seine Pupillen wurden kleiner. Seine Unterlippe zitterte vor Angst. Er provozierte und reizte mich immer mehr. Ich könnte ja abdrücken aber eigentlich sei ich doch viel zu dämlich und zu ängstlich, behauptete er sarkastisch. Meinen eigenen Sohn hätte ich ja damals 1985 auch einfach gehen lassen und bezeichnete mich als Rabenmutter. Er meinte, die körperlichen Züchtigungen seien längst verjährt. Das könne ich niemandem mehr beweisen, schrie er. Ich war innerlich so in Rage und richtete die Waffe auf ihn. Ich sprach tatsächlich die Forderung aus, dass er von der Grotte springen sollte. Ich hatte jahrelang unter Roberts Gewaltausbrüchen gelitten. Dazu jetzt noch ein Mord, das war zu viel. ›Spring endlich!‹, schrie ich ihn an. Robert wimmerte und brüllte zurück: ›Das kannst du nicht verlangen!‹ Ich antwortete darauf: ›Und wie ich das kann!‹ Ich zwang ihn zu springen und er sprang. Ich war erst einmal erleichtert. Mein Peiniger ist von der Steingrotte in die Tiefe gesprungen. – Ich konnte doch nicht ahnen, dass dieser Unmensch einen Sprung zehn Meter tief auf Steingeröll überlebt! Ich dachte, ich hätte Halluzinationen, als ich gestern Roberts Foto in der Schweriner Volkszeitung sah, in der die Leser um sachdienliche Hinweise gebeten wurden. – Niemand beobachtete mich an dem frühen Abend an der Steingrotte. Ich rannte nach Roberts Sprung wie von Sinnen davon, schmiss die Waffe in den naheliegenden schlammigen Kreuzkanal und lief durch die leeren Straßen von Schwerin. Ich rannte ins noch offene Schlossparkcenter, ließ mich im größten Einkaufstempel von Laden zu Laden treiben und wollte alles vergessen. Ich wollte in der Masse verschwinden und untertauchen. Ich hatte mir vorgenommen, einen Alibi-Einkauf zu tätigen, um meine Nähe zu Roberts Unfallort zu vertuschen. – Mir war übel, mir schlotterten die Knie und ich hatte einen trockenen Mund. Bloß nicht dehydrieren und in der Menschenmenge noch ohnmächtig werden. Ich bekam mehr und mehr Durst und ging in einen Supermarkt, um mir eine Flasche Wasser zu kaufen. Am Regal vorbei, wo unzählig viele Gläser Marmelade, Pflaumenmus und weitere Brotaufstriche zu schönen Pyramiden aufgestapelt standen, kam mir eine Auszubildende fröhlich entgegen und meinte, Nutella sei heute den letzten Tag im Angebot. Sie zeigte mir ein Glas und erzählte: ›Schauen Sie sich doch mal dieses tolle limitierte Design an!‹ Ich hörte nur noch Nutella, Nutella, Nutella …« Mit diesen Worten beendete Maria ihren Vortrag. Sie drehte sich zur Psychologin um, die hinter der Couch saß und aufmerksam zugehört hatte. »Den Rest der Episode kennen Sie bereits aus meiner Krankenakte. Ich wurde völlig verwirrt eingeliefert und mit Medikamenten ruhiggestellt. Ich bekam alles nur im Unterbewusstsein mit und hörte die Ärzte aus weiter Ferne sprechen. Ich hatte tatsächlich der Verkäuferin an der Fleischtheke ein Messer entrissen, mit dem sie gerade ein Filetstreifen von Fett befreite. Ich schnitt vermutlich sofort meine Pulsader auf und muss dann ohnmächtig geworden sein – genau erinnere ich mich nicht mehr.«

Die Psychologin hatte einen blassen Teint bekommen. Sie kämpfte mit den Tränen und rang nun nach passenden Worten. »Sie müssen ein Geständnis ablegen und Anzeige gegen ihn erstatten. Die Schuld tragen Sie ein Leben lang mit sich und werden, ohne professionelle Hilfe, daran selbst zugrunde gehen. Ihr Ehemann lebt, auch wenn er von der Polizei noch nicht identifiziert werden konnte. Er ist nicht tot, er liegt im Koma. Ihre Lebensgeschichte ist einfach erschreckend. Ich habe in meiner langjährigen Berufspraxis schon von vielen Tragödien gehört, aber es gibt immer eine Lösung für jedes Problem. Wir müssen die Lösung nur finden und angehen. Liebe Maria,

– Ich darf Sie doch so nennen? – Sie dürfen nicht länger alles in sich hineinfressen. Offenbaren Sie sich Ihren beiden Schwestern. Sie brauchen Hilfe und Halt. Allein kommen Sie hier niemals weiter. Sie sind am Ende einer Sackgasse angekommen. Ich werde Sie aus dieser Sackgasse zurückholen, sie aufbauen und Ihnen mit meiner ganzen Kraft helfen. Das verspreche ich Ihnen, liebe Maria. Bitte seien Sie erst einmal froh, dass Sie selbst überlebt haben und ihr Mann noch lebt. Wir schaffen das gemeinsam. Bitte vertrauen Sie mir!«, bat die Psychologin, streckte Maria ihre rechte Hand entgegen und schaute ihr bekräftigend einen Moment lang in die Augen. Nach einigen Minuten brachte sie ihre Patientin ins Krankenzimmer zurück.

Maria war nach dieser ersten Sitzung psychisch so angeschlagen, dass sie von der diensthabenden Schwester eine starke Schlaftablette bekam und bis zum nächsten Morgen ununterbrochen – mehr als zwölf Stunden – durchschlief.

Kapitel 24: Bergers offene Fragen

Hauptkommissar Berger setzte seine Recherchen fort, nachdem die Computertechnik endlich wieder funktionierte und er sich langsam von seiner Zahn-OP erholt hatte. Auf seinem Bildschirm erschienen insgesamt fünfzehn E-Mails, die von den Kollegen an den ermittelnden Kommissar weitergeleitet worden waren – allesamt Hinweise aus der Bevölkerung zum Unbekannten. Er überflog die Namen und stutzte: Viermal tauchte der Name ›Robert Kremer‹ auf. Er öffnete die Akte, die neben seiner Tastatur lag, und fand darin mehrere Telefonnotizen, die die Kollegen nach der Veröffentlichung des Fotos in der Zeitung aufgenommen hatten. Fünf Anrufer hatten den Mann auf dem Foto erkannt. Es bestand also nun kein Zweifel mehr, dass der bewusstlose Mann auf der Schweriner Intensivstation eben jener Robert Kremer war. Das Foto, das sie vor ein paar Tagen im Hause Kremer mitgenommen hatten, zeigte offenbar einen anderen Ehemann. ›Natürlich, ihr Geschiedener!‹, dachte er sich, lehnte sich in seinem Bürosessel zurück und fasste sich an den Kopf. Nun fügte sich eines zum anderen.

Robert Kremer musste nun – Bergers Ansicht nach – Kräfte sammeln, aufwachen und zu vollem Bewusstsein zurückgelangen. Man würde ihn anschließend – nach seinem scheinbar missglückten Suizidversuch – auf die Psychiatrie verlegen. Die Ursachen für den Selbstmordversuch zu ergründen, war Bergers nächstes Ziel. Der Hauptkommissar fragte sich, warum zwei Ehepartner fast gleichzeitig an unterschiedlichen Orten versucht hatten, sich das Leben zu nehmen.

Kapitel 25: Endlich raus

Maria erfuhr am nächsten Morgen, dass sie die geschlossene Psychiatrie verlassen könne. Sie wurde aufgefordert, sich in ambulante Hilfe zu begeben und mindestens einmal monatlich bei ihrer Hausärztin vorstellig zu werden.

Ihre persönlichen Dinge hatte sie schnell zusammengepackt und ging vom Krankenhaus zu Fuß zum Parkplatz nahe der Steingrotte, wo Robert den Wagen vor seinem Sprung stehengelassen hatte. Die Autoschlüssel hatte er ihr vor ein paar Tagen wütend vor die Füße geworfen.

Maria dachte auf dem Weg zum Wagen nach. Sie wollte ihre zurückerlangte Freiheit nicht mit einer neuen Lüge beginnen. Daher fuhr sie von der Grotte aus nicht zu ihrer Villa in der Schlossgartenallee, sondern direkt zur Polizeiinspektion Schwerin und verlangte, Hauptkommissar Berger zu sprechen. Sie erinnerte sich an dessen Namen, da sie das Gespräch des Chefarztes mit dem Polizisten belauscht hatte.

Berger kam sofort aus seinem Büro, nachdem er hörte, dass Maria Kremer ihn persönlich sprechen wollte. Er holte die Frau von der Pforte der Polizeistation ab, bat sie in sein Büro und rief seine Kollegin Ellen sofort dazu. Beide hörten sich innerhalb einer Stunde die qualvolle und lange Lebensgeschichte von Maria an. Sie schilderte alle Taten ihres Ehemannes bis ins kleinste Detail. Genau wie der einfühlsamen Psychologin am Vortag erzählte Maria, ohne ein Blatt vor den Mund zu nehmen, einen Teil ihres Lebens.

Beide – Berger und Arnold – waren geschockt, was ihnen zu Ohren kam. Die Aussage zog dennoch zwei Strafanzeigen nach sich.

Nach dem Geständnis und Marias Unterschrift auf dem Vernehmungsprotokoll berieten sich Berger, seine Kollegin und eine herbeigerufene Staatsanwältin in einem Nebenzimmer. Es wurde durch den zuständigen Haftrichter entschieden, dass Maria wegen des versuchten Mordes an ihrem Ehemann und diesbezüglich weiteren Ermittlungen vorerst in die Untersuchungshaftanstalt nach Waldeck müsse.

Nach Bekanntgabe der Festlegung bat Maria Hauptkommissar Berger um die Erfüllung zweier Wünsche, bevor sie die Fahrt in das Gefängnis nach Waldeck antreten würde. Sie wollte kurz nach Hause, um ihren Kater Charly bei den Nachbarn abzugeben und ihm somit das Tierheim zu ersparen. Ferner bat sie Berger, einen kurzen Brief schreiben zu dürfen und diesen auf den Nachttisch ihres Mannes in der Klinik zu legen. Wenn Robert aus dem Koma erwachen sollte, dann sollte er ihre Zeilen als Erstes lesen, wenn er dazu überhaupt in der Lage war.

Berger gab seiner Kollegin Ellen mit einem stummen Kopfnicken seine Zustimmung. Ellen Arnold sollte sie dabei begleiten und die Frau anschließend mit einem weiteren Polizeibeamten in die Untersuchungshaftanstalt nach Waldeck bringen.

Bergers Kollegin und Maria verließen gemeinsam die Polizeiinspektion Schwerin in Richtung Schlossgartenallee.

Sie klingelten bei den Nachbarn, die anstandslos versprachen, den Kater vorerst zu übernehmen. Sie gaben dem Tier, um ihm den bevorstehenden Abschied zu erleichtern, sogar ein kleines Leckerli. Der Kater schnüffelte daran, fraß es auf und verzog sich, um sein vorerst neues Zuhause neugierig zu erkunden.

Maria lief schnell in ihr Haus und kramte einen Briefbogen und einen Kugelschreiber aus den Tiefen ihres antiken Sekretärs. Sie schrieb ein paar Zeilen und fuhr mit der jungen Polizeibeamtin auf die Intensivstation zu Robert Kremer. Die Beamtin klärte kurz den Besuchswunsch mit dem diensthabenden Stationsarzt ab. Im Krankenzimmer von Robert angekommen, ging die junge Polizistin ans Fenster und schaute hinaus. Sie wollte die von Maria persönlich gewünschte Abschiedsatmosphäre nicht stören und hatte Mitleid mit ihr. Ellen drehte sich komplett weg und starrte aus dem Fenster in die Ferne.

Maria legte den vorbereiteten Briefbogen, auf dem der Satz stand ›Du hast mein Leben zerstört!‹ auf den Nachttisch ihres Mannes und sah dort ein Glas Nutella stehen. Sie war irritiert und fragte sich, ob ihr jemand einen geschmacklosen Scherz spielen oder sie provozieren wollte? Dann zog Maria einen Kugelschreiber aus ihrer Handtasche, den sie mit einer Kanüle mit hochdosiertem Insulin vor Monaten zu Hause präpariert hatte. Das Medikament hatte sie – für den Fall der Fälle – ihrem an Diabetes erkrankten Vater aus einer Großpackung gestohlen. Sie nahm den Kugelschreiber, drückte auf den oberen Teil und stach Robert direkt mit der Kanülenspitze, die aus der Öffnung der Kugelschreibermine hervorkam, in die linke Armvene. Es ging alles blitzschnell. Maria verhielt sich ruhig und völlig besonnen, um die Polizeibeamtin nicht zu beunruhigen.

Robert öffnete schreckgeweitet seine Augen und sah Maria für eine Sekunde an. Ob er wach wurde oder es eine ungewollte Reaktion seiner Augennerven war, konnte Maria sich in dem Augenblick nicht erklären. In den letzten Tagen hatte sich sein Gesundheitszustand immer weiter verbessert. Unterstützende Atemgeräte wurden nicht mehr benötigt und Blutdruck- und Pulskontrollmaschinen waren bereits von ihm entfernt worden. Seine Vitalwerte kontrollierten die Schwestern nur noch alle zwei Stunden. Robert sah völlig starr für einen Moment in die Ferne. Er schloss die Augenlider sofort wieder.

Maria flüsterte mit leiser Stimme in sein linkes Ohr: »Ich hasse dich und werde dir niemals verzeihen!«

Die Polizeibeamtin drehte sich vom Fenster zurück zu Maria. Sie deutete auf ihre neue sportliche Damenarmbanduhr, die sie in Hamburg gekauft hatte, und meinte, es wäre Zeit zu gehen.

Sie gingen dann ruhigen Schrittes zum Fahrstuhl der Station und fuhren ins Erdgeschoss. Dann stiegen sie in den am Haupteingang geparkten Polizeiwagen ein und machten sich zu dritt auf den Weg in Richtung Waldeck zur Untersuchungshaftanstalt.

Auf der Fahrt von Schwerin nach Waldeck sprach niemand ein Wort. Maria war erleichtert und hoffte, dass niemand auf der Station Robert mehr helfen konnte und er endlich tot war. Jetzt war es nicht mehr versuchter Mord, sondern ein vorsätzlicher durchgeführter Mord, dachte sie und verspürte Wohlbehagen.

Wortlos und mit der Situation des Tages überfordert, übergab die junge Polizeibeamtin Maria an die Justizvollzugsbeamten, die bereits informiert worden waren. Ellen Arnold rief ihren Chef an und meldete ihm, dass sie Maria Kremer übergeben hatte.

Berger bedankte sich bei seiner Kollegin für die Information und beendete das Telefonat mit der Begründung, seine geschwollene Wange mit einem Eis-Pad kühlen zu müssen.

Ellen war froh, den für sie nicht leichten Auftrag ausgeführt zu haben. Sie war erleichtert, dass ihr Chef sich wieder beruhigt hatte.

Kapitel 26: Olivers Geständnis

Oliver saß an diesem Abend mit seiner Frau Merle auf der Terrasse. Sie blickten gemeinsam in die untergehende Abendsonne am Horizont. Oliver erzählte ihr von der Begegnung mit dessen Stiefvater Robert vor ein paar Stunden auf der Intensivstation des Schweriner Krankenhauses. Er berichtete von seinem Impuls, seinen Vater ersticken zu wollen.

Merle stockte der Atem und konnte kaum glauben, was sie gerade hörte. Sie war erleichtert und froh, dass ihr Mann das Krankenhaus nicht als Mörder verlassen hatte.

Seit die beiden sich kannten, hatte es nie Geheimnisse zwischen ihnen gegeben. Ihr Zusammenhalt und ihre Liebe zu Tochter Kim waren unermesslich groß. Kim erhielt von ihren Eltern die familiäre Liebe und Zuneigung, die ihr Vater Oliver niemals kennenlernen durfte. Nur in ganz jungen Jahren war Oliver liebevoll von Maria verwöhnt und umsorgt worden.

Merle achtete sehr auf ihren Mann Oliver. Sie war ständig bemüht, dass im Haushalt von allen Lebensmitteln genügend vorrätig war. Von Nutella kaufte sie immer gleich größere Vorräte, sodass Schokocreme im Hause Kremer niemals ausging. Ein ausreichender Nutella-Vorrat war wichtig für das seelische Gleichgewicht von Oliver. Dies wusste Merle und handelte dementsprechend.

Oliver hielt die Hand seiner Frau Merle ganz fest und dankte ihr wieder einmal für ihr jahrelanges Verständnis. Er schlug vor, mit Kim und Hündin Leila spontan ein Wochenende in die Toskana zu fahren. Sie liebten die wundervolle Landschaft, ganz besonders im Juni, wo es überall nach blühendem Lavendel duftete. Dann gingen beide in die Küche, er schnitt für seine Frau Tomaten und fettarmen Mozzarella auf, legte Basilikumblätter auf den Käse und goss ein wenig Olivenöl über die liebevoll angerichtete Platte. Dann brachte er alles – zusammen mit einer Flasche Chianti und zwei Gläsern – zurück auf die Terrasse.

Merle brachte ein paar Stangen Grissini und selbstgemachten Knoblauchdip. Sie freute sich auf einen schönen Abend mit ihrem Mann. Sie saßen dann noch lange auf der Terrasse. Als es schon ziemlich dunkel war, schauten sie einander tief in die Augen. Es war ein Blick, den beide zu deuten wussten. Es funkte und knisterte förmlich zwischen ihnen. Merle übernahm die Initiative und flüsterte zu Oliver: »Ich brauche dich und ich will dich jetzt. Lass uns hochgehen!«

Oliver schmunzelte lasziv, nahm Merle an die Hand und führte sie in ihr gemütlich eingerichtetes Schlafzimmer mit dem riesigen Bett. Für Oliver waren zärtliche Berührungen und Streicheleinheiten von unschätzbarer Bedeutung, hatte er als Kind doch fast vollständig darauf verzichten müssen.

Es folgten leidenschaftliche Stunden der Liebe, in denen nicht nur Oliver, sondern auch seine geliebte Merle sich genussvoll fallen und verwöhnen ließ. Als beide erschöpft und glücklich nebeneinanderlagen, zeichnete und streichelte Oliver Merle ganz sanft mit seinem rechten Zeigefinger ihren schönen Mund nach. Er küsste ihre Lippen und flüsterte, dass er sie liebe und dass sie und seine Familie sein größter Halt wären.

Kapitel 27: Vor dem Haftrichter

Ein paar Tage später wurde Maria in der Untersuchungshaftanstalt Waldeck erneut einem Haftrichter vorgeführt. Nach den vielen Ereignissen, die sich in den letzten Tagen abgespielt hatten, bat Maria mit letzter Kraft um psychologischen Beistand. Die einfühlsame und erfahrene Fachärztin der Schweriner Klinik wurde geholt und saß nun neben Maria. Die Psychologin legte den Arm um Marias schmale Schulter. Sie hörte aufmerksam zu, was der Haftrichter mit tief sitzender Lesebrille allen Anwesenden langsam und verständlich vorlas.

»Frau Maria Kremer, Sie werden beschuldigt, Ihren Ehemann Robert Kremer vorsätzlich im Krankenhaus mit einer Überdosis Insulin getötet zu haben. Sie haben das Recht, einen Anwalt anzurufen. Haben Sie einen Anwalt des Vertrauens, der Ihnen helfen kann? Oder möchten Sie einen Pflichtverteidiger?«, fragte der Haftrichter und wartete die Antwort von Maria ab.

»Nein!«, rief die Psychologin laut und mischte sich in das Gespräch ein. Sie entschuldigte sich gleichzeitig für ihr forsches Auftreten und stand auf. Sie ging auf den Haftrichter zu. »Frau Kremer hat einen Anwalt und benötigt keinen Pflichtverteidiger. Hier ist die Telefonnummer«, ergänzte die Psychologin in deutlich ruhigerem Ton.

Der Haftrichter nahm die schlichte Visitenkarte entgegen, die ihm die Psychologin übergab.

Maria schaute völlig konfus zuerst ihre Psychologin und danach den Haftrichter an. »Was hat das zu bedeuten?«, fragte sie und blickte die Psychologin hoffnungsvoll an.

Die Psychologin lächelte. Sie strömte so viel Wärme und Selbstbewusstsein aus, wie Maria es nur von ihren beiden älteren Schwestern kannte.

Der Haftrichter beobachtete die beiden Frauen. Er schaute nachdenklich auf die ihm durch die Psychologin übergebene Visitenkarte und las vor: »Doktor Oliver Kremer, Strafverteidiger in Travemünde.« Er schaute Maria an und sprach zu ihr: »Sie haben eine ausgezeichnete Wahl getroffen. Oliver und ich haben vor vielen Jahren gemeinsam in Kiel Jura studiert. Er hatte damals den besten Studienabschluss unseres Jahrgangs. Ein ganz feiner Junge, wenn ich mir mal diese saloppe Bemerkung außerhalb des Protokolls erlauben darf.«

Es war plötzlich ruhig. Maria war erstaunt. Fassungslos fehlten ihr die Worte. Sofort umarmte sie die Psychologin und begann, hemmungslos zu weinen. Ob sie vor Glück oder Hoffnung schluchzte, das wusste in diesem Moment niemand. Marias innerster und langgehegter Wunsch, Oliver wiederzusehen, war in denkbare Nähe gerückt.

Die Psychologin hatte tatsächlich in Zusammenarbeit mit Hauptkommissar Berger herausgefunden, wo Oliver Kremer abgeblieben war. Maria konnte nicht begreifen, dass ihr Sohn nur hundert Kilometer von ihr entfernt wohnte und als promovierter Strafverteidiger tätig war. Beide – Kommissar Berger und die Psychologin – hatten sogar schon mit Oliver Kontakt aufgenommen und ihm die fatale Lage seiner Mutter geschildert.

Kapitel 28: Unglaubliches Glück

Es war unglaublich: Nach zwei weiteren Tagen in der Untersuchungshaftanstalt kündigte sich tatsächlich Oliver zum Gespräch bei seiner Mutter an. Er hatte das Mandat angenommen. Dr. Oliver Kremer kam in das Besucherzimmer der U-Haft und stand seiner Mutter direkt gegenüber. Er stand von der Sonne braungebrannt im hellen Anzug vor Maria.

Sie schämte sich und senkte verlegen ihren Blick zu Boden. Überraschend bewegten sie sich plötzlich gleichzeitig aufeinander zu. Oliver und Maria lagen sich in den Armen und konnten minutenlang nicht sprechen. Maria zitterte am ganzen Körper und nahm den unvergesslichen Körperduft ihres Sohnes auf, der durch sein Aftershave nicht ganz überdeckt wurde.

Er sprach förmlich zu ihr: »Hier bin ich, Mama! Lass uns bitte erst das Wichtigste klären, wie du hier schnellstmöglich herauskommst!«

Maria nahm ihre Umgebung vor Aufregung nicht mehr wahr. Ihr Puls pochte in ihren Ohren. Das Herz raste. Die Knie schlotterten ihr und sie war einer Ohnmacht nahe. Sie konnte es nicht begreifen, dass ihr geliebter Sohn direkt vor ihr stand. Sie war sprachlos. Freude und Scham, Trauer und Wut – abwechselnde Gefühle überwältigten und überforderten sie.

Nach einer kurzen Pause bat Oliver den anwesenden Justizvollzugsbeamten, den Haftrichter und die zuständige

Staatsanwältin holen zu lassen, um eine wichtige Aussage protokollarisch festzuhalten. Oliver kramte zwischenzeitlich ein Schriftstück aus seinem silberfarbenen Pilotenkoffer.

Bis der Haftrichter erschienen war, war Maria noch immer von ihren Gefühlen gänzlich überwältigt. Sie konnte sich kaum beruhigen und etwas sagen, saß sprachlos am Besuchertisch und wartete ab, bis nach und nach alle Personen, die Oliver holen ließ, im Raum versammelt waren.

So betraten eine Weile später der Haftrichter und die Staatsanwältin das separate Besucherzimmer der U-Haft.

Oliver übergab das Schriftstück dem Haftrichter mit den folgenden Worten: »Ich habe hier den Obduktionsbefund der Rechtsmedizin Schwerin. Es geht eindeutig daraus hervor, dass Robert Kremer an einem Herzstillstand gestorben ist und nicht an einer Überdosis Insulin, das ihm Maria Kremer mit einer Kanüle in die linke Armvene verabreicht hatte. Das Insulin wurde in nur ganz geringer Dosis nachgewiesen und war demzufolge völlig wirkungslos. Das Insulin wurde definitiv als Todesursache von Robert Kremer ausgeschlossen.«

Die Anwesenden schauten gespannt und warteten, was Rechtsanwalt Kremer noch zu Protokoll geben wollte.

Oliver fuhr fort: »Der plötzliche Herztod von Robert Kremer wurde durch einen starken Magneten hervorgerufen, der vermutlich von seinem Mörder oder seiner Mörderin kurzzeitig auf den Brustkorb gelegt und wieder entfernt worden war. Robert Kremers Herzschrittmacher setzte sofort aus. Es war schon ein älteres Schrittmacher-Modell und hat auf das Magnetfeld prompt reagiert. Der Mörder oder die Mörderin hat den späteren Tod von Herrn Kremer zweifelsohne herbeigeführt. Es wird gegenwärtig davon ausgegangen, dass der Mörder oder die Mörderin aus dem Umfeld des Toten stammt und es sich vermutlich um einen Racheakt handelt. Wir überprüfen gerade, wer aus der Familie und aus dem Umfeld von Kremers Herzschrittmacherimplantat wusste und wer ihn auf der Intensivstation besucht hat. Das Motiv ist noch völlig unklar.«

Es herrschte Stille im Raum. Niemand sagte ein Wort.

Oliver sah seine Mutter an und beendete seinen kurzen Vortrag mit dem Satz: »Ich verlange daher die sofortige Freilassung meiner Mandantin Maria Kremer.«

Der stockte der Atem und sie wartete auf eine Reaktion des Haftrichters.

Dieser schaute sich die Kopie des Obduktionsbefundes an und teilte Maria nach kurzer Abstimmung mit der Staatsanwältin mit, dass sie vorerst die U-Haft verlassen könne, sich aber zur weiteren Verfügung bereithalten sollte. Um ein Strafverfahren wegen versuchten Mordes an Robert Kremer würde sie natürlich nicht herumkommen, gab er Maria auf den Weg. Schließlich hatte sie Robert Kremer mit vorgehaltener Waffe zum Absprung von der Steingrotte gezwungen und verursacht, dass er auf der Intensivstation im Koma lag. Der Haftrichter meinte, man würde jetzt natürlich erst einmal mit aller Sorgfalt prüfen, wie es zum Mordversuch kommen konnte. Er versicherte ihr, dass ein ziemlich langwieriges Untersuchungsverfahren auf sie zukommen würde.

Kapitel 29: Erleichterung

Oliver und Maria verließen – nach vielen Jahren für einen Moment wiedervereint – die U-Haft in Waldeck. Keiner sprach ein Wort. Sie gingen nebeneinander gemeinsam zu Olivers Jeep, der vor der Haftanstalt geparkt war, setzten sich hinein und wussten beide nicht, wie ein erstes Gespräch nach all den vielen Jahren beginnen sollte. Sie waren sich fremd geworden.

»Oliver«, begann Maria, »bitte verzeih mir, was ich dir all die Jahre in deiner Kindheit angetan habe! Ich schäme mich so vor dir. Ich bin dir unendlich dankbar, dass du trotz allem zu mir in die Haftanstalt gekommen bist. Ich hätte es nur zu gut verstanden, wenn du mich genauso im Stich gelassen hättest, wie ich dich damals im Sommer 1985. – Ich kann das Geschehene nicht rückgängig machen und weiß auch nicht, ob du mir je verzeihen kannst. Aber die zwei glücklichsten Momente in meinem Leben waren deine Geburt 1969 und der heutige Tag. Bitte verzeih mir!« Dann schwieg sie. Die Sätze entzogen ihr die letzte Kraft.

Oliver saß vor dem Lenkrad seines Jeeps. Er löste seine eng sitzende Krawatte und zog sein helles Jackett aus. Er schaute seine Mutter von der Seite an. Dann blickte er aus dem Autofenster in die Ferne und begann zu reden, ohne ihr in die Augen zu schauen: »Ich habe dich damals so gehasst, als mein Stiefvater mich rausgeschmissen hat. Warum hast du mir nicht geholfen? Ich bin mit meinen 16 Jahren am gleichen Tag allein zum Jugendamt gegangen. Das hatte ich mir schon so lange vorgenommen. Ich wusste damals ganz genau, wohin sich misshandelte Kinder wenden konnten. Ich hatte nur nie den Mut, abzuhauen, weil ich dachte, wenn ich nach Hause zurückgebracht werde, würde alles noch viel schlimmer sein – für dich und erst recht für mich. – Ich habe am selben Abend meine persönliche Situation einer Mitarbeiterin des Jugendamtes geschildert. Ich wurde sofort ärztlich behandelt und habe gebettelt, dass ich nicht nach Hause zurück musste. Ich konnte in der kurzen Zeit bis zum Beginn meiner Berufsausbildung in einer Wohngemeinschaft für misshandelte Jugendliche bleiben. Sie haben damals Kontakt mit meinem leiblichen Vater aufgenommen. Dein Exmann Werner, mein leiblicher Vater, hat alle Anforderungen des Jugendamtes erfüllt. So musste ich nicht nach Hause zu dir und diesem menschenverachtenden und brutalen Monster zurück. Ich habe dieses brutale Schwein verflucht und hasse ihn noch heute!« Oliver ließ den Satz nachwirken und schwieg einen Moment. Einen Moment später bereute er seine vulgäre Aussprache. Er sah seine Mutter an und beobachtete sie, wie sie auf seinen Monolog reagierte.

Maria saß wie in Schockstarre auf dem Beifahrersitz und konnte nichts erwidern. Ihr Sohn hatte recht. Es gab nichts zu erwidern.

Oliver sprach weiter: »Auf komplizierten Umwegen habe ich das Abitur erreicht und anschließend gleich nach der Wende in Kiel Jura studiert. Das Jugendamt hat sich vermutlich über viele Rechte und Pflichten hinweggesetzt und mir

– sie meinten, so einen ehrgeizigen Jungen hatten sie bisher noch nicht in ihrer Obhut – unheimlich geholfen. Das war alles unglaublich, wie mich das Jugendamt unterstützt und gefördert hatte. Es waren zwei Jahre, die ziemlich schnell vergingen. Ich habe alles getan, um nicht zu euch zurück zu müssen. Nie wieder wollte ich meinen brutalen Stiefvater, meine Halbschwester Susan und dich sehen«, sagte Oliver.

»Vor Kurzem erreichte mich dann plötzlich der Anruf deiner Psychologin. Ich habe eine Nacht lang überlegt, ob ich dir helfen kann und ob ich das überhaupt will. Mein Innerstes sagte mir, dass ich Schmerz und Hass nicht mit neuem Hass erwidern sollte. Ich erinnerte mich an meine Kindheit, wie liebevoll du mir Märchen vorgelesen hast und wir zwei unzertrennlich waren, bis diese Bestie in unser Leben trat und unsere Liebe zerstört hat. Ich habe das Foto von Robert in der Zeitung gesehen und wollte ihn aus Rache sogar selbst umbringen. Ich hätte es auch beinahe geschafft. Aber meine Frau und meine Tochter als Familienmitglieder eines Mörders dastehen zu lassen und damit deren Leben auch noch zu zerstören, das konnte ich beiden nicht antun. Dazu fehlte mir der Mut. Ich weiß, dass mein Stiefvater dich auch geschlagen hat und wir beide Todesängste ausstehen mussten«, Oliver schluckte und musste sich selbst erst einmal wieder fangen.

Beide schwiegen für einen Moment.

»Lass uns ein neues Leben beginnen und vergessen, was er uns angetan hat. Mehr kann ich heute erst einmal nicht sagen«, beendete Oliver seine Rede, die ihm viel Kraft kostete.

Maria war zutiefst gerührt und ließ ihren Tränen freien Lauf. Oliver wollte einen Neuanfang und sie hatte nicht zu hoffen gewagt, diese Sätze aus dessen Mund jemals zu hören. Sie schauten sich beide an und drückten sich. Maria zitterte. Oliver drückte seine Mutter ganz fest an sich und schloss seine Augen. Es war ein wundervoller Augenblick der zurückgewonnen Zweisamkeit, den beide genossen.

Kapitel 30: Zufriedenheit

Oliver und Maria fuhren von Waldeck direkt nach Schwerin. Er rief unterwegs seine Frau an und teilte mit, dass es später werden könne.

Zuhause angekommen, duschte Maria, trocknete sich ab und schminkte ihre dunklen Augenränder weg. Glücklich zog sie ihr schönstes Sommerkleid an und steckte ihre Haare hoch. Sie blickte in den Spiegel und war so glücklich, wie schon lange Zeit nicht mehr. Schnell holte sie den Kater von ihren Nachbarn, die sie sprachlos ansahen. »Ich erkläre euch alles morgen. Jetzt fahre ich mit meinem Sohn Oliver nur kurz weg. Habt erst einmal vielen Dank. Bis morgen, ihr Lieben«, beendete Maria das Gespräch.

Die Nachbarn schauten Oliver an und wollten – ihrem Gesichtsausdruck zufolge – die gehörten Sätze nicht glauben. Sie schlossen misstrauisch ihre Haustür, nachdem Maria sich verabschiedet hatte, und beobachteten aus dem Fenster, wie Olivers Wagen mit Maria davonfuhr.

Sie fuhren noch am selben Tag nach Travemünde. Maria lernte ihre Schwiegertochter Merle und ihre reizende Enkelin Kim kennen. Beide beäugten Maria sehr skeptisch und begrüßten sie zurückhaltend. Merle trat Maria sehr resolut und mit Distanz entgegen. Maria spürte die Verachtung, die ihr in den ersten Minuten der Begegnung entgegen kam.

Kim wusste von der schrecklichen Kindheit ihres geliebten Vaters nichts und begrüßte Maria ganz unbekümmert. Schon sehr lange hatte sich die Teenagerin gefragt, warum sie nie ihre zweite Oma kennenlernen durfte. Sie spürte in ihrem Inneren, dass es dort eine schmerzhafte Vergangenheit gab. Aus Liebe zu ihrem Vater stellte sie keine Fragen.

Kapitel 31: Neuanfang

Nachts brachte Oliver seine Mutter von Travemünde nach Schwerin zurück. Maria fiel glücklich auf ihre Couch und schenkte sich ein Glas Wein ein. Um schlafen zu gehen, war sie viel zu aufgedreht. Die Beruhigungstabletten, die sie im Schrank fand, schmiss sie aber in den Mülleimer. Der Kater schnurrte um ihre Beine herum und schmiegte sich schließlich sanft auf der Couch an sie. Maria war von dem ereignisreichen und langen Tag überwältigt. Sie konnte ihr Glück kaum fassen und verspürte Hoffnung und Optimismus in sich. Sie schmiedete Pläne, wie es weitergehen sollte. Der erste Schritt zu einem Neuanfang war getan. Um einen Strafprozess kam sie nicht herum, das wusste sie.

Maria rief in dieser Nacht ihre Schwestern nacheinander an und sagte ihnen, dass sie viel zu berichten hätte. Beide waren aufgeregt und wollten Fragen stellen. Maria ließ sie jedoch nicht zu Wort kommen. Sie verabredeten sich für das kommende Wochenende im kleinsten Familienkreis.

Am nächsten Tag kaufte Maria in der Stadt einen wunderschönen Blumenstrauß und ging damit zu ihren Nachbarn. Sie erklärte ihnen in aller Kürze, was in den vergangenen Tagen vorgefallen war.

»Maria, das ist ja unglaublich und furchtbar! Wie konntest du diese schwere Last nur all die Jahre allein tragen? Warum hast du uns nie etwas gesagt oder uns um Hilfe gebeten? Wir kennen dich doch schon so lange. Ich bin so traurig, dass Karl und ich gar nicht mitbekommen haben, was Robert dir und deinem Sohn angetan hat«, gab Anna schüchtern von sich.

»Ach Anna, ich weiß nicht, warum ich nie mit euch gesprochen habe, obwohl ihr mir so vertraut seid. Ich bin so froh, meinen Sohn zurückgewonnen zu haben. Ich werde meine Villa wohl schweren Herzens verkaufen und mir eine kleine Wohnung in der Nähe meines Sohnes in Travemünde mieten. Den Erlös aus der verkauften Villa werde ich in die berufliche Zukunft meiner Enkelin Kim investieren. Sie soll es besser haben, als ihr Vater«, sprach Maria und schämte sich vor ihren Nachbarn. »Nur einen kleinen Teil der Verkaufssumme werde ich für mich behalten. Ich habe mir eine Überraschung für meine Psychologin, die mir so unglaublich geholfen hat und mir sehr ans Herz gewachsen ist, ausgedacht. Sie hat zusammen mit dem ermittelnden Kommissar herausgefunden, wo mein Sohn lebt. Das ist unglaublich, was diese Frau für mich getan hat! Meine Überraschung muss nur noch etwas warten, da ich vorerst die weiteren polizeilichen Ermittlungen abwarten und mich für den kommenden Prozess bereithalten muss. Aber das ist das geringste Übel. Das schaffe ich jetzt auch noch! Am Wichtigsten ist mir, dass ich meinen Sohn zurück habe und nun ein neues und vor allem ehrliches Leben beginnen kann«, prophezeite Maria überglücklich.

Kapitel 32: Aufklärung

Am darauffolgenden Tag rief Hauptkommissar Berger auf Marias Handy an. Sie war gerade im Supermarkt des Schlossparkcenters und entschuldigte sich bei der Auszubildenden und der Verkäuferin an der Fleischtheke, die sie mit ihrem Selbstmordversuch geschockt hatte. Der Polizist, den Marias Lebensgeschichte emotional berührt hatte, teilte ihr mit, dass man einen Verdächtigen festgenommen hätte. Dass es sich um Roberts ehemaligen Nachbar Rainer Boldt handelte, der unter dem dringenden Tatverdacht stand, behielt er jedoch für sich. Nur so viel: Der vermutliche Täter wäre zum Tatzeitpunkt kurz vor Maria auf der Intensivstation gewesen und hätte mit einem starken Magneten den Herzschrittmacher von Robert aus dem Takt und zum Stillstand gebracht. Das Herz hatte ohne Schrittmacher nur noch ganz schwach gearbeitet, bevor Maria Robert das Insulin spritzte. Die zusätzliche enorme Aufregung durch ihren Besuch war vermutlich zu viel für das geschwächte Organ. Die behandelnden Ärzte waren sich einig, dass Robert schon in der Aufwachphase aus dem Koma gewesen war und Maria tatsächlich gehört und auch erkannt haben musste.

Rainer Boldt gab ein paar Tage später in der U-Haft den Mord zu. Er hasste Robert Kremer, seitdem er gewusst hatte, dass dieser für die ehemalige Staatssicherheit der DDR als informeller Mitarbeiter spioniert hatte.

Boldt wusste noch von früher, dass Robert als junger Mann bei einem Schwächeanfall auf dem Fußballplatz zusammengebrochen war und einen Herzschrittmacher implantiert bekommen hatte. Als gelernter Elektriker hatte er fast jeden Tag die Warnschilder gesehen, auf denen Träger solcher Geräte vor den Magnetfeldern von Stromleitungen und Trafos gewarnt wurden. Er gab auch zu, dass er Robert schon ein paar Tage vorher mit einem Taschenmesser umbringen wollte und dies missglückt war. Dann beschloss er, ihn mit einem starken Magneten zu töten.

Marias Tochter Susan meldete sich nach Bekanntwerden des Todes ihres Vaters nicht mehr bei Maria. Maria wusste nicht, ob sie es ertragen könne, sie in ein paar Monaten mit einem Baby im Arm zu sehen.

Die Leiche von Robert Kremer wurde von der Rechtsmedizin freigegeben. Seine Beerdigung fand nach einer Woche nur im Beisein seiner Tochter Susan statt. Ein heftiger Platzregen prasselte auf den Sarg, als vier Friedhofsmitarbeiter diesen in die Grabstätte sinken ließen. Ein paar ehemalige Kollegen und Fußballer legten später am Grab stumm Blumen nieder, nachdem sie die unscheinbare Traueranzeige in der Schweriner Volkszeitung gelesen hatten.

Kapitel 33: Ausblick

Nachdem Maria die Kosten für Roberts Bestattung beim Beerdigungsinstitut bezahlt hatte, fuhr sie in die Schweriner Klinik und suchte ihre Psychologin auf. Sie hatte sich fest vorgenommen, nach den tragischen Ereignissen nach vorn zu schauen und nicht ihrer Vergangenheit hinterherzutrauern. Den bevorstehenden Prozess würde sie mit etwas Glück ohne eine Freiheitsstrafe überstehen, hatte ihr Anwalt ihr Mut gemacht.

Nun stand sie in der Klinik vor dem Behandlungszimmer ihrer Psychologin und klopfte an die Tür. Diese öffnete und schaute auf einen duftenden Strauß gelber Rosen. Maria nahm die Person, die ihr unendlich viel bedeutete, in den Arm und verkündete ihre Überraschung. »Ich lade dich ganz herzlich zu einer vierzehntägigen Kreuzfahrt in die Karibik ein«, verkündete Maria.

Die beiden Frauen duzten sich mittlerweile.

»Das kann ich auf keinen Fall annehmen, liebe Maria! Das ist mein Job!«, erwiderte die Psychologin auf den Vorschlag.

»Oh doch. Du wirst mich schön begleiten, meine Beste! Oder möchtest du, dass ich während der Kreuzfahrt von Bord springe, wenn es zum Frühstück Nutella gibt?«, fragte Maria sie schmunzelnd.

Die Psychologin verstand den makabren Humor ihrer Patientin und Freundin. Sie stimmte der gemeinsamen Karibikrundreise im kommenden Winter mit einem Lächeln zu.

»Besessen – eine Mordsidee«

Kommissar Bergers zweiter Fall

Ähnlichkeiten mit real existierenden Personen oder Gegebenheiten sind rein zufällig, nicht beabsichtigt und entsprangen meiner Fantasie.

Kapitel 1: Gefühle und Gedanken

Ellen Arnold breitete ihr großes Handtuch auf der obersten Stufe in der Panorama-Sauna des Sportparks Belasso in Schwerin aus. Sie legte sich auf ihr flauschiges Handtuch und starrte an die Holzdecke. Ein anstrengender Ermittlungstag bei der Polizei lag hinter der jungen Frau. Ellen sog das Orangenaroma des letzten Aufgusses tief durch die Nase ein, hielt kurz die Luft an und versuchte, den Arbeitstag durch ein langsames Ausatmen weit hinter sich zu lassen. Meistens gelang es ihr, rasch vom Polizeialltag abzuschalten. Ihr erster Chef bei der Kriminalpolizei hatte sie davor gewarnt, die Ermittlungsakten gedanklich noch mit ins Bett zu nehmen. »Nur wer sich entspannen kann, behält den klaren Kopf für die Polizeiarbeit«, war sein Motto. Immerhin hatte er es so in die Leitungsebene des Innenministeriums geschafft – und da will Ellen auch hin.

Heute fiel ihr das Abschalten jedoch schwer. Die Suche nach einem vermissten Kind im Stadtteil Großer Dreesch, ein verwirrter alter Mann, der in die Psychiatrie zurückgebracht werden musste, und die nicht ausgefüllten Steuerunterlagen ließen die Jungkommissarin in den ersten Minuten gedanklich nicht zur Ruhe kommen. Ellen liebte den SPA-Bereich und gönnte sich mehrmals in der Woche eine »Traumzeit«. So nannte sie selbst ihre Auszeit vom harten Polizeialltag im exklusivsten Wellnessbereich, den die Landeshauptstadt Schwerin zu bieten hatte. Durch das große Panoramafenster sah sie die glühende Sonne hinter dem naheliegenden Waldrand langsam untergehen. Hier konnte sie ihren Gedanken freien Lauf lassen.

Ein junges Pärchen betrat die Sauna. Beide setzten sich auf die unterste Stufe und tuschelten vertrauensvoll miteinander. Etwas Eis knisterte noch vom letzten Aufguss auf den heißen Steinen. Das verliebte Pärchen lachte leise. Er streichelte ihr sanft den Rücken, an dem bereits Schweißperlen glänzten. Ellen war tief in ihrer Gedankenwelt versunken und schaute traurig auf die glücklich wirkenden jungen Leute. Der Schweiß in ihrem Gesicht lief ihr bereits in die Augen und brannte. Sie fragte sich des Öfteren, warum sie nicht endlich mit einem festen Partner glücklich sein konnte. Mit Mitte zwanzig machte sie sich immer mehr Gedanken um ihre Zukunft – beruflich und erst recht privat. Hier und da ein One-Night-Stand und ab und an eine unverbindliche Urlaubsbekanntschaft im Ausland befriedigten sie schon lange nicht mehr. Zwar stand die Karriere für sie im Mittelpunkt, aber sie wünschte sich manchmal etwas Festes und vielleicht auch einmal Kinder.

Ellen hatte sich vor Kurzem auf eine Beziehung mit ihrem Chef, Kriminalhauptkommissar Thomas Berger, eingelassen. Auf einer gemeinsamen Dienstreise vor vier Wochen nach München hatte sich plötzlich aus dem stets korrekten Arbeitsverhältnis eine Leidenschaft entwickelt. Thomas, fünfzehn Jahre älter als sie, war eigentlich nicht der Typ Mann, der sie ansprach. Er war ziemlich groß und dunkelblond, recht sportlich, aber ein kleiner Bauchansatz zeigte sich doch schon. Sie war von seinen blauen Augen fasziniert.

Ellen bevorzugte eher dunkelhaarige Männer mit braunen Augen, die unrasiert männlich wirkten.

Jedoch an dem Abend vor vier Wochen in München wurde nach dem Besuch eines Fachseminars und ein paar Weißbier zu viel der sonst so disziplinierte Berger schwach. Er verabschiedete sich damals kurz vor Mitternacht an ihrem Hotelzimmer mit einem vielversprechenden Blick und hielt ihre Hand einen Moment zu lang in seiner.

Ellen, ungebunden und einsam, erwiderte sein eindeutiges Verlangen und zog ihn an sich. Sie küsste ihn lang und leidenschaftlich. Keiner der beiden dachte in diesem Moment über Folgen oder Konsequenzen nach, während alle Kleidungsstücke in Ellens Zimmer im Rausch ihrer Gefühle zu Boden fielen. Thomas betrachtete wollüstig den schönen Körper seiner jungen Kollegin. Ellen wurde schon im Gymnasium um ihr Aussehen beneidet. Ihr schlanker Körper, ihre langen Beine, das ebenmäßige Gesicht und ihre wundervollen blonden langen Haare hatte ein älterer und leicht angetrunkener Lehrer auf dem Abi-Ball mit der Schauspielerin Brigitte Bardot verglichen. Ellens grüne Augen verliehen ihrem Gesicht etwas magisch Anziehendes. Wer nicht von ihrem Augenaufschlag fasziniert war, der blieb an ihren vollen Lippen, ihrem sinnlichen Mund hängen.

Thomas konnte es nicht fassen, sie so zu sehen. Wie oft hatte er sich ausgemalt, sie nackt vor sich zu haben und mit ihr zu schlafen. Es rauschte vor Verlangen in seinem Kopf. Sanft nahm er Ellen auf seine Arme und legte sie auf ihr Bett. Er begann, mit zärtlichem Streicheln langsam ihren nackten Körper zu erkunden. Ellen stöhnte leise vor Erregung. Eine Gänsehaut breitete sich über sie aus. Sie genoss es in vollen Zügen, war es doch schon lange her, dass sie so verwöhnt wurde.

Jetzt ergriff Ellen die Initiative. So etwas hatte Thomas noch nicht erlebt. Dinge, die in seiner Ehe absolut tabu waren, entzündeten in ihm ein Feuer der Leidenschaft. »Thomas, nimm mich!«, hauchte Ellen ihm begehrend zu. Er nahm sie fordernd, und beide vergaßen alles um sich herum. Dieses prickelnde Verlangen wiederholte sich noch zweimal in dieser Nacht. Dann endlich fielen sie erschöpft und glücklich in einen tiefen Schlaf.

Erst das Klingeln eines Handys am nächsten Morgen ließ beide vor Schreck aufrecht und verkatert im Bett sitzen. Bergers Frau Ina wünschte ihm einen »Schönen Tag!«, so wie sie es immer tat, wenn er dienstlich auswärts schlief.

Ellen schaute Thomas mit ihren noch verschlafenen, smaragdgrünen Augen, die ringsherum durch schwarze Wimperntusche verschmiert waren, an und fuhr sich wortlos und lasziv mit beiden Händen kämmend durch ihr langes Haar.

Plötzlich schreckte Ellen auf. Die Tür der Sauna öffnete sich. Der kleine Raum füllte sich jetzt zunehmend. Jung und Alt, untersetzt und schlank, alles sammelte sich zum 17-Uhr-Aufguss in der Sauna. Ellen kam aus ihrer Liegeposition langsam hoch und setzte sich gerade auf ihr Handtuch. Sie beobachtete den jungen, durchtrainierten und sonnengebräunten Mann, wie er Eis auf den glühenden Steinen verteilte. In der Mitte der Sauna stehend, verbreitete er den Aufgussdampf mit einem rhythmischen, langsamen Handtuchkreisen.

»He, gib alles, Nick!«, feuerten die Stammkunden der Sauna ihn an.

Nick freute sich über den Zuspruch der Gäste und wedelte lächelnd mit seinem Handtuch, bis auch der letzte Gast erschöpft und zufrieden wirkte.

Ellen stellte sich den dunkelhaarigen Nick als Liebhaber, Ehemann oder sogar als Vater eines gemeinsamen Kindes vor.

Der Beifall der durchschwitzten Saunagäste brachte Ellen nach ein paar Minuten zurück in die Realität. Sie ging nach draußen, duschte eiskalt und begab sich langsam in die Damenumkleide. Für einen entspannten Abschluss im Ruheraum war keine Zeit mehr. Ihre halb ausgefüllte Steuererklärung lag zu Hause auf dem Tisch und sollte in den nächsten Tagen endlich abgegeben werden.

Kapitel 2: Treffpunkt Asservatenkammer

»Guten Morgen, Hauptkommissar Berger!«, tönte es lustig aus allen Räumen, als Thomas Berger über den Gang seiner Abteilung lief. Der Mann hatte sich schon zu oft als Morgenmuffel geoutet, was seine Kollegen erst recht zu aufgesetzter guter Laune motivierte. Sie siezten ihn, wo sonst ein lockeres Du herrschte, und machten sich über ihn und seine üble Morgenlaune lustig.

»Kaffee ausschlürfen und ran an die Arbeit! Oder habt ihr das vermisste Kind heute Nacht etwa gefunden?«, gab Berger im Befehlston von sich. Er zog im Gehen seine alte Lederjacke aus, warf sie über seine Stuhllehne und setzte sich an seinen Schreibtisch. Er schaltete den Computer an und wartete ungeduldig darauf, dass sich sein E-Mail-Postfach öffnete.

Berger studierte kurz die aktuelle Infoline der Landespolizei und trank einen Schluck heißen Kaffee, den ihm seine langjährige Sekretärin liebevoll mit einem Keks dazu hingestellt hatte.

Durch die offene Bürotür erschien seine Assistentin Ellen Arnold. Sie trug enge Jeans, eine figurbetonte Bluse und hatte sich ihr langes Haar reizvoll hochgesteckt. »Guten Morgen, Chef!«, sagte sie mit ihrer ruhigen und warmen Stimme. Mit ihrem ersten Blick scannte sie, wie jeden Morgen, den Raum ab und prüfte, ob Berger allein in seinem großen Büro saß oder jemand mithörte. Ellen sah niemanden in der Nähe. Danach schaute sie ihren Chef an und begrüßte ihn mit einem sinnlich angedeuteten Kussmund. Ellens Blick und ihr atemberaubendes Aussehen brachten Berger gedanklich sofort zurück nach München. Die erotische Nacht mit Ellen lief im Zeitraffer vor seinem Auge ab.

Niemand bei der Schweriner Kripo wusste von dem Verhältnis zwischen den beiden. Zu oft hatte der zuweilen äußerst cholerische Berger seine Assistentin schon vor versammelter Mannschaft rundgemacht, wenn sie wieder einmal Ermittlungsdetails für sich behielt oder zu spät damit herausrückte, weil sie Ermittlungserfolge für sich reklamieren wollte. Keiner ahnte etwas. Und so sollte es auch bleiben. In der Inspektion konnte niemand ihr gemeinsames Codewort »Asservatenkammer« deuten. Dort im Keller zwischen den riesigen Regalen und staubigen Kisten, in denen eine Menge sichergestellte und beschlagnahmte Beweismittel eingelagert waren, trafen sie sich seit Kurzem, wenn die Sehnsucht und das sexuelle Verlangen zu groß wurden.

Kapitel 3: Im Theater

Ina Berger fuhr sichtlich gut gelaunt und mit 15 km/h zu schnell in den ersten Blitzer, der in der Werderstraße in Höhe des alten Stadtkrankenhauses positioniert war. »So ein Mist!«, fluchte sie. »Wäre ich bloß eher losgefahren. Immer diese Hektik! Meine Güte, Ina!« Ihre gute Laune war von einem Augenblick zum nächsten verschwunden.

Sie parkte ihren kleinen Wagen am Parkplatz des Burgsees und ging zügig an der majestätisch wirkenden Staatskanzlei vorbei. Der weiße klassizistische Bau faszinierte Ina jeden Tag aufs Neue. Die antiken Götter-Skulpturen Zeus, Athene, Demeter, Hermes und Poseidon auf dem Dach stimmten sie täglich auf ihre Arbeit als Maskenbildnerin ein. Dann überquerte sie die Schloßstraße und sah ihr Theater. Das klassische Theater links und das repräsentative Museum mit seinem markanten Eingangsportal rechts bildeten ein wunderschönes architektonisches Ensemble. Die große Treppe zum Museum mit den ionischen Säulen erinnerte sie an einen antiken Tempelbau und wurde schon oft als Kulisse für die jährlich stattfindenden Schlossfestspiele genutzt.

Ina grüßte flüchtig aus der Ferne eine alte Klassenkameradin und rief ihr laut im Vorbeigehen zu: »Sei nicht böse, ich bin in Eile! Andermal quatschen wir wieder, okay?« Sie hastete am Alten Garten entlang und nahm in der Eile – am wohl repräsentativsten Platz der Stadt Schwerin – die Schönheit der anliegenden Gebäude, wie das Staatliche Museum, das Alte Palais und das Schloss, nicht mehr wahr. Sie war schon etwas außer Atem und öffnete die schwere schmiedeeiserne Tür des Theaters. Dieser Weg war jetzt deutlich kürzer als der Künstler- und Mitarbeitereingang an der Rückseite des Gebäudes. Sie rannte die Stufen zur Maskenbildnerei hoch. Ina liebte ihren Beruf in der »Maske«, wie sie es immer kurz nannte. Das Schminken und Frisieren war ein Kindheitstraum gewesen. Von ihrem Berufswunsch hatte sie sich von niemandem abbringen lassen. Nach ihrem Studium an der Hochschule für Bildende Künste in Dresden absolvierte sie am Schweriner Theater ein Praktikum. Ina war von Anfang an von der Stadt verzaubert und erst recht von ihrem Mann Thomas, den sie nach einer Premiere vor vielen Jahren kennenlernte.

Die Frau kam pustend und völlig außer Atem in der Maske an. Hier wartete die noch ziemlich blass wirkende »Lustige Witwe« des Abends. Sie trug bereits ihr Bühnenkleid. Ina entschuldigte sich bei der Solistin, die auf dem Schminkstuhl saß und sich mit Stimmübungen auf ihren Gesang vorbereitete. Die Tonleiter hoch und wieder runter. Nicht nur Hanna, sondern Graf Danilo und der reiche Bankier Glawari warteten auf ihr Bühnen-Make-up, um in der erfolgreichsten Operette von Franz Léhar zu brillieren. Make-up-Schachteln und Hairstyling-Produkte lagen verstreut herum. Inas professionelle Handgriffe waren nach fast zwanzig Jahren Berufserfahrung perfekt und enorm schnell. Sie unterhielt sich beim Schminken mit der Lustigen Witwe, die im wahren Leben auch in Inas Alter, Anfang vierzig, war. Es war jedoch eher ein Monolog, da die weibliche Hauptrolle der

Operette beim Schminken stillhalten musste und nicht den Mund bewegen durfte.

»Also, ich finde ja, dass Männer ab vierzig auch etwas seltsam werden«, begann Ina. »Es wird immer nur von weiblichen Hormonschwankungen gesprochen, aber die Midlife-Crisis der Männer ist meines Erachtens noch viel schlimmer.«

»Hm, ja, da hast du recht«, gab die fast fertig geschminkte Lustige Witwe in ihrem aufwändigen Kostüm wortkarg zurück.

»Nein, im Ernst«, fiel ihr Ina ins Wort, »mein Mann steht nur noch vor dem Spiegel und dreht sich wie ein Gockel. Ich finde das lächerlich und wirklich übertrieben. Klar, ich selbst habe auch etwas an Gewicht zugelegt, meine Taille schwindet und die beginnenden Hitzewallungen machen mir immer mehr zu schaffen. Aber mein Thomas übertreibt langsam etwas.«

»Wirklich?«, hakte die Schauspielerin interessiert nach. »Ich dachte, der hätte nur mit seinen Kriminalfällen zu tun und für nichts anderes Zeit. Mein Mann singt hier im Chor. Der hat laufend eine andere junge Geliebte, aber das ist mir egal. Wenn er mich nicht lieben würde, wäre er wohl schon längst weg. Dein Thomas beruhigt sich auch wieder.«

Der Klingelton für alle Solisten und Sänger der Operette ertönte. Hanna und ihr Gefolge machten sich mit ihren prunkvollen Kostümen auf den Weg zur Bühne. Hinter dem Vorhang saß ein erwartungsvolles Publikum. Anspannung und Lampenfieber auf der einen Seite des rot schimmernden Samtvorhanges und Gemurmel aus dem Zuschauerraum auf der anderen. Im Orchestergraben herrschte bereits absolute Stille. Hier und da wurden nur noch leise ein Notenständer zurechtgerückt und leise knisternd die Blattsammlung sortiert. Der Dirigent stand auf seinem Podest und lockerte mit rückwärts kreisenden Schultern seinen angespannten Oberkörper. Er nahm den Taktstock in die rechte Hand und scherzte mit einem Cellisten. Dann öffnete sich langsam der schwere Samtvorhang – das heutige Bühnenbild, Paris nachgestaltet, war fantastisch arrangiert – und begleitet von einem kräftigen Beifall des Publikums begann der erste Akt der Operette.

Ina packte in ihrem Arbeitsraum alle Schminkutensilien zusammen, legte Föhn und Haarspray in die Schublade des Tisches zurück und gönnte sich erst einmal eine Zigarette. Bis zum Auffrischen des Make-ups der Solisten in der Pause war nun mehr als eine Stunde Zeit. Sie nahm ihr pinkfarbenes Smartphone aus der Handtasche und tippte auf dem Display auf das Foto ihres Mannes. Der Ruf ging raus, es klingelte mehrmals, dann sprang jedoch die Mailbox an. Sie legte auf. ›Eigenartig‹, dachte Ina, ›sonst ist er doch immer gleich am Telefon.‹ Sie drückte ihre Zigarette im Aschenbecher aus und lüftete schnell den Raum, da es nicht nur in der Maskenbildnerei, sondern im gesamten Theater strengstens verboten war, zu rauchen. Der Intendant erinnerte regelmäßig daran, dass das Theater im April 1882 während einer Vorstellung schon einmal bis auf die Grundmauern niedergebrannt war.

Kapitel 4: Nächtliche Störung

Ina schminkte die Solisten nach der Vorstellung schnell ab. Es war später als sonst geworden. Das Publikum war begeistert und die Choreografie der Künstler beim Abschlussvorhang musste dreimal wiederholt werden. Dann gab es noch einen kleinen Absacker im Foyer, ehe Ina das Theater verließ.

Sie fuhr Kaugummi kauend nach Hause. Oft fürchtete sie eine nächtliche Polizeikontrolle, da sie nach den Aufführungen regelmäßig noch ein oder zwei Gläser Rotwein trank. Auf die Kollegen ihres Mannes und auf das darauf folgende Getratsche hatte sie absolut keine Lust. Sie parkte, zu Hause angekommen, ihren kleinen dunklen Volkswagen im Carport ein und schlich leise ins Haus.

Ina zog sich aus und duschte schnell. Dann kuschelte sie sich im Bett an den Rücken ihres Mannes, der bereits fest schlief. Nach ungefähr einer halben Stunde vibrierte Thomas' Diensthandy auf dem Nachttisch. Er rührte sich nicht. »Schatz«, rüttelte Ina ihren Mann vorsichtig, »Schatz, werd wach, dein Handy klingelt!«

Er kam hoch und griff nach dem in der Dunkelheit leuchtenden Telefon und räusperte sich kurz. »Ja, Berger, was gibt's denn?«, krächzte er verschlafen. »Okay. Ja, hab verstanden. Bin unterwegs. Gleich da«, beendete er mürrisch das Gespräch. Etwas benommen stand Berger auf, setzte sich jedoch noch einmal auf die Bettkante zurück und ließ seine Beine einen Moment baumeln, um seinen Kreislauf nicht zu überfordern. »Schlaf weiter! Ich muss los«, flüsterte er Ina zu. Er legte sein Smartphone auf den Nachttisch zurück und ging kurz ins Bad, machte sich frisch und zog sich im Wohnzimmer an.

Ina war jetzt ebenfalls hellwach. Sie nahm in der Kürze der Zeit schnell Bergers Handy und drückte auf die Anrufliste. Auf dem Display war zu lesen: ›1.24 Uhr Ellen Arnold‹. Sie schaltete das Display aus und legte das Gerät auf den Nachttisch zurück.

In dem Moment kam Berger polternd ins Schlafzimmer zurück und schaltete kurz das Licht an. Er nahm sein Handy vom Nachttisch, holte seine Dienstwaffe, eine Sig Sauer Neun-Millimeter-Pistole, aus dem Schlafzimmertresor. Dann verabschiedete er sich von Ina mit den leisen Worten: »Bis nachher. Das kann dauern. Warte nicht auf mich!«

Kapitel 5: Von der Dienststelle zum Tatort

Ellen Arnold stand in einem hautengen weißen Stretch-Kleid und weißen Pumps vor ihrem Chef und begrüßte ihn mit den Worten: »Wir haben das vermisste Mädchen tot aufgefunden. Am Franzosenweg, kurz vor der Badestelle in Zippendorf, hat ein Suchhund die Leiche aufgespürt. Die Spurensicherung ist schon vor Ort. Lass uns sofort losfahren! Die Eltern habe ich noch nicht informiert.« Ellen schüttelte ihre lange blonde Mähne zurecht und zog sich schnell ein Bolero-Jäckchen über, da sie zu frieren begann.

Berger schaute seine Kollegin an, musterte sie von oben bis unten und blieb an ihren langen sonnengebräunten Beinen mit seinem Blick haften. »Du siehst aus, als kommst du gerade aus der Disko. Willst du nicht wenigstens deine Pumps gegen Turnschuhe tauschen?«, murmelte Berger vor sich hin, ohne eine Antwort von Ellen abzuwarten. Ellen ging auf ihren hohen Schuhen vor ihm aus dem Polizeigebäude. Berger ließ für einen Moment seinen Gedanken freien Lauf, als er ihren festen Po, den sich abzeichnenden Tanga und ihre schlanke Taille von hinten sah.

»Ich war mit einer Freundin im ›Phillis‹. Leider konnte ich selbst nicht mehr fahren, da ich schon zwei Caipirinha getrunken hatte. Jacky war so freundlich und hat mich von der Bar schnell hierher gefahren. Natürlich kannst du mich auch erst nach Hause bringen. Ich dusche, zieh mich um und wir verlieren noch eine Stunde bis zum Fundort der Leiche!«, gab Ellen sarkastisch zurück. Sie hatte auf ein Kompliment ihres Chefs bezüglich ihres Aussehens gehofft und auf ein kleines Lob, dass sie bereits vor ihm in der Dienststelle war.

Ellen Arnold und Thomas Berger stiegen in ihren Dienstwagen und fuhren von der Kripo Schwerin zum Franzosenweg am nahegelegenen Schweriner See. Sie waren beide hochkonzentriert und stellten sich gedanklich schon auf den Anblick der Kinderleiche ein. Sie hatten Angst vor Bildern, die sie wieder lange Zeit nicht vergessen würden.

Die Blaulichter mehrerer Polizeifahrzeuge waren schon von Weitem zu sehen. Der Fundort auf der Wiese am Ufer des Schweriner Sees war großräumig mit rot-weißem Absperrband abgeriegelt, und die mit weißen Schutzanzügen bekleideten Beamten von der Spurensicherung hatten bereits ihre Untersuchungen aufgenommen.

Thomas Berger und Ellen Arnold näherten sich dem Fundort der Leiche. Ellen schaute auf das kleine dunkelhaarige Mädchen. Es lag auf dem Rücken und hatte einen entsetzlich verzerrten Gesichtsausdruck. Die Augen des Opfers waren schreckgeweitet und hatten einen starren Blick. Die kleinen Kinderhände waren in den feuchten Rasen gekrallt. Das bunte kurze Sommerkleidchen des Mädchens war völlig zerrissen und mit frischer Erde und Blut beschmiert. Die kleine Unterhose lag zerfetzt neben ihr. Ihr Unterleib war mit verkrustetem Blut beschmutzt. Neben der Leiche fand sich ein robuster Schulranzen im Gras. Unter ihm schaute eine Babypuppe hervor. Es war eine schon etwas ältere Puppe, ohne Haare und Bekleidung, die Ellen grotesk im Taschenlampenlicht anlächelte. Die Kommissaranwärterin stand gefühlte fünf Minuten in Schockstarre vor dem leblosen kleinen Körper.

Ein Rechtsmediziner schaute Berger an: »Wir können davon ausgehen, dass der Fundort auch der Tatort ist. Wir haben es hier mit einem schweren Sexualverbrechen zu tun und hoffen auf Spermaspuren. Äußerlich ist schon zu erkennen, dass durch das gewaltsame Eindringen des Täters der Damm zwischen Vagina und After gerissen ist. Wenn wir Glück haben, ist die DNA des Täters registriert. Der Brustkorb des Mädchens ist völlig durch die Last des Täters verschoben worden. Die Kleine hat starke Abwehrverletzungen an ihren Unterarmen. Den Todeszeitpunkt schätze ich vorerst auf 23 Uhr.«

»Ihr könnt das Mädchen in die Rechtsmedizin fahren«, gab Berger nach einer Weile von sich.

»Todesursache, Todesart und Todeszeitpunkt bekommt ihr, so schnell es geht, wie immer von mir direkt aus dem Sektionssaal zu hören«, beendete der Rechtsmediziner das Gespräch mit Hauptkommissar Berger.

Ellen hatte den Dialog vernommen. Ihr Herz raste und ihr war schwindelig. Sie rannte ein paar Meter weg und musste sich erst einmal hinter einem Baumstamm übergeben. Einen derartigen Tatort hatte sie bisher noch nicht vorgefunden.

Thomas Berger beobachtete die Kriminaltechniker und überlegte schon, wie er diese Tragödie den Eltern überbringen sollte. Es gab keinen Zweifel. Die Tote war die siebenjährige Julia vom Großen Dreesch. Er konnte in diesem Moment selbst kaum fassen, was diesem unschuldigen kleinen Mädchen angetan worden war.

Das Blitzlichtgewitter am Tatort war nach anderthalb Stunden beendet. Zwei Mitarbeiter eines Bestattungsunternehmens hatten das kleine Mädchen in ein Tuch gewickelt und in einen Sarg gelegt, den sie auf zwei Schienen in einen großen dunklen Kombi schoben. Auf Anweisung der Staatsanwaltschaft Schwerin fuhren sie den geschundenen Kinderkörper direkt ins Institut für Rechtsmedizin Schwerin am Obotritenring.

Ellen kam erst wieder an den Tatort der Kinderleiche zurück, nachdem das kleine Mädchen nur noch in einer weiß gesprühten Umrandung auf dem feuchten Rasen zu erahnen war. Sie zitterte vor Kälte und Übelkeit. Die nummerierten schwarzen Plastikschilder am Tatort wurden von der Spurensicherung eingesammelt. Die Kriminaltechniker packten ihre Utensilien in diverse Koffer und nahmen den Schulranzen sowie die Babypuppe, die wie ein nackter Säugling aussah, mit. Es war totenstill am Ufer des Schweriner Sees. Niemand sagte etwas. Es wurde langsam hell am Franzosenweg, und die glutrote Sonne stieg am Horizont des Sees empor. Die ersten Vögel begannen zu zwitschern und beendeten damit die Stille einer tragischen und grausamen Nacht.

Thomas und Ellen fuhren schweigend in die Inspektion zurück. Die Kommissaranwärterin zitterte und fror jetzt noch zusätzlich vor Müdigkeit. Thomas hatte ihr im Wagen eine warme Wolldecke über ihren Oberkörper gelegt.

Thomas Berger rief wenig später die Pressestelle an und gab Details für eine offizielle Mitteilung bekannt. Danach setzte er sich an den Schreibtisch und bereitete sich mental auf das Gespräch mit den Eltern des toten Mädchens vor. Berger rief, wie schon öfter, einen erfahrenen Polizeiseelsorger an und bat diesen, vor dem Wohnhaus der Mutter des toten Mädchens auf ihn zu warten. Gemeinsam wollten sie zunächst der Mutter die schreckliche Todesnachricht überbringen.

Ellen Arnold fuhr nach Hause in ihre Zweiraumwohnung am Platz der Freiheit und setzte sich völlig ermattet in einen Sessel. Sie begann zu weinen und bereute wieder einmal, diesen harten Beruf gewählt zu haben. Sie saß einsam da und dachte nach. Bei der Erinnerung an das kleine tote Mädchen, wie es vor ein paar Stunden im nassen Rasen misshandelt dalag, überkam Ellen erneut ein heftiger Würgereiz. Ihre Gedanken umkreisten das tote Kind und die grotesk wirkende Babypuppe. Sie sprang hoch, lief über den Flur und riss die Badtür auf. Ellen schaffte es gerade noch zur Toilette und übergab sich erneut. Danach saß sie wie ein Häufchen Elend auf dem Badfußboden. Ihre langen und völlig zerzausten Haare klebten an ihrem nassen Gesicht. »Reiß dich zusammen, Ellen!«, sagte sie laut zu sich. Aber es half nicht. Ellen kniete vor der Toilette, würgte wieder und wieder. Sie spuckte nur noch eine grüngelbliche Flüssigkeit.

Berger verließ sein Büro, setzte sich gegen sieben Uhr in seinen Dienstwagen und fuhr in den dritten Bauabschnitt des Großen Dreesch, dem mit über 40 000 Einwohnern größten Stadtteil Schwerins. Die Plattenbausiedlung, vor der Wende als schönstes Neubaugebiet der DDR prämiert, war jetzt zum größten Teil die Wohnstätte von vielen aus dem Ausland stammenden Menschen. An manchen Ladenlokalen sind die Beschriftungen und Hinweisschilder sogar zweisprachig gehalten – russisch und deutsch. Der Dreesch hatte sich zum sozialen Brennpunkt von Schwerin herausgebildet. Hohe Arbeitslosigkeit und wachsende Kriminalität wurden hier gedanklich verbunden.

Der Polizeiseelsorger hatte schon oft bei der Überbringung von Todesnachrichten geholfen. Er wartete, wie mit Berger abgesprochen, vor dem fünfstöckigen Wohnhaus. Der Hauptkommissar rief aus dem Wagen noch schnell die Pressestelle der Polizei an und bat um eine Stunde Zeit bis zur Veröffentlichung der Todesnachricht. Bevor die Pressemitteilung an die Öffentlichkeit gelangte, sollten mindestens die Eltern informiert sein.

Berger und der Seelsorger stiegen schweren Schrittes die Treppen zur dritten Etage hoch und klingelten bei der Mutter des toten Mädchens. Der Polizist legte sich im Kopf die Sätze zurecht, da riss auch schon eine große, kräftige Frau die Tür auf und schaute beide Herren überrascht und fragend an.

Die Mutter wartete mit letzter Hoffnung auf eine positive Nachricht zum Verschwinden ihrer Tochter. Sie sah auf Bergers vorgehaltene Dienstmarke.

»Dürfen wir reinkommen?«, begann Berger.

»Was ist? Haben Sie sie gefunden? Ist meine Tochter verletzt?«, schrie die Mutter plötzlich.

»Lassen Sie uns doch erst einmal reinkommen!«, schritt der Seelsorger sofort ein. Er versuchte die aufgeregte Mutter, die zu zittern begann, zu beruhigen.

»Ich will wissen, was los ist! Nun sagen Sie doch was!«, schrie die Mutter noch lauter auf ihren kräftigen, aber wackligen Beinen.

Berger war schon darauf vorbereitet, dass sie jeden Moment umkippen würde. »Ja, wir haben Ihre Tochter gefunden. Es tut mir leid, aber ich muss Ihnen mitteilen, dass sie tot ist.«

Die Mutter ging auf Berger los und trommelte wie verrückt mit ihren geballten Fäusten auf dessen Brustkorb ein. »Das stimmt nicht! Das muss eine Verwechslung sein! Es ist bestimmt nicht meine Tochter! Sie lügen doch!«, schrie die aufgebrachte Mutter Berger an. Sie fing plötzlich laut an zu lachen und brüllte: »Das kann nicht sein! Meine Julia wurde von einer älteren Dame vor der Schule gesehen. Das haben Sie mir doch selbst am Telefon erzählt. Es ist niemals meine Tochter. Sie lügen doch! Das glaube ich nicht!«, schrie die völlig verzweifelte Frau. Sie drohte jetzt zusammenzusacken.

Berger hielt die Frau vorsorglich fest. Tröstende Worte konnte er in diesem Augenblick nicht mehr finden. »Bitte, es fällt uns sehr schwer, aber Sie müssten mit in die Rechtsmedizin kommen und Ihre Tochter identifizieren. Möchten Sie, dass wir einen Arzt rufen?«, fragte Berger äußerlich ruhig wirkend aber innerlich voller Mitleid mit der jungen

Frau, die jetzt plötzlich eine graue Hautfarbe hatte und zehn Jahre älter aussah.

»Ich brauche keinen Arzt. Ich komme mit, aber suchen Sie gefälligst meine Tochter weiter. Denn meine Tochter lebt. Sie werden sehen, dass Sie sich geirrt haben«, sprach die Mutter jetzt den Seelsorger an und hoffte verzweifelt, dass wenigstens er ihr beipflichten würde.

Berger und der Seelsorger nickten sich stumm zu. Sie baten die Mutter, sich etwas überzuziehen und sie zum Rechtsmedizinischen Institut zu begleiten. Das Schlimmste stand der Frau noch bevor, darin waren sich Thomas Berger und der Seelsorger einig. Berger rief beim Heruntergehen der Treppe vorsichtshalber in der Leitstelle an und orderte eine Ärztin in die Rechtsmedizin. Sie sollte der Mutter in dem wohl schwersten Moment ihres Lebens beistehen.

Kapitel 6: Inas Misstrauen

Berger musste nach der Bestätigung der Mutter, die ihr Kind eindeutig identifiziert hatte, zurück ins Büro. Die Frau war, wie es Berger befürchtet hatte, im Sektionssaal kollabiert, als der Rechtsmediziner nur den Kopf des kleinen Mädchens von einem weißen Tuch befreit und zum Vorschein gebracht hatte. Den gesamten Körper ihrer Tochter, der auf dem Sektionstisch lag, bekam sie nicht mehr zu sehen. Sie sackte in sich zusammen, stand unter einem schweren Schock und musste notärztlich versorgt werden. Die Ärztin ließ sie in den Rettungswagen bringen und fuhr mit ihr zur weiteren medizinischen Betreuung ins Krankenhaus. In der Schweriner Kripo wurde ad hoc eine Sonderkommission gebildet. Die SoKo »Julia« nahm unverzüglich ihre Arbeit auf.

Der Polizeiseelsorger machte sich zwischenzeitlich allein auf den Weg, um nun noch den Vater des toten Mädchens zu informieren, der ganz in der Nähe seiner Exfrau wohnte. Er lebte zusammen mit seiner neuen Lebensgefährtin. Als sich die Haustür öffnete, schlug dem Seelsorger eine deutlich wahrnehmbare Alkoholfahne entgegen. Der Vater weinte bitterlich und sackte in den Armen seiner Lebensgefährtin zusammen, nachdem er die Nachricht vom Tod seiner Tochter gehört hatte.

Es war bereits früher Abend, als Berger erschöpft nach Hause fuhr. Er schloss müde die Haustür auf.

Ina kam ihm entgegen und küsste ihn viel länger als sonst auf den Mund. »Guten Abend, mein Schatz! Ich habe schon in den Nachrichten gehört, was passiert ist. Das ist ja schrecklich! Gibt es schon Hinweise auf den Täter?«, fragte sie.

»Nein, bisher noch nicht. Die Ermittlungen laufen auf Hochtouren. Wir konnten ziemlich viele Spuren sichern. Wenn der Täter schon einschlägig bekannt ist, dürfte es nicht all zu lange dauern, bis wir den Namen haben«, antwortete Berger in sachlichem Ton. Er trottete durch das Haus, wollte sich setzen und seine Ruhe haben. Für ein Kreuzverhör durch seine Ina hatte er an diesem Abend keine Kraft mehr.

»Schahatz«, rief Ina eine halbe Stunde später laut aus dem Bad, »ich habe uns erst einmal ein warmes Bad eingelassen.« Sie zündete ein paar Kerzen am Rand der großen Eckbadewanne an und schnitt von ihren neu erworbenen Dessous schnell die Preisschilder ab, bevor sie alles neben der Badewanne platzierte. Aus dem Garten hatte sie ein paar Rosenblätter geholt und verteilte sie auf dem Wasser in der Wanne, öffnete eine Flasche Sekt ihrer Lieblingsmarke »Asti Cinzano« und goss zwei edle Kelche halb voll.

Berger kam ins Bad und traute seinen Augen nicht. »Sag mal, spinnst du? Was soll denn der Zirkus hier? Ich weiß nicht, wo mir der Kopf steht. Ich bekomme das tote kleine Mädchen nicht aus dem Sinn, und du richtest hier ein romantisches Schaumbad an. Bei der Hitze ein warmes Vollbad. Spinnst du jetzt völlig? Meinst du, ich setz mich jetzt zu dir in die Wanne, und dann ist alles gut und vergessen?«, gab Berger in barschem Ton von sich.

Ina bekam ein feuerrotes Gesicht und schämte sich. »Mensch, nie haben wir füreinander Zeit. Immer bist du unterwegs! Ich sitze hier und warte und will es uns ein wenig schön machen, und dann brüllst du mich noch an!«, meckerte sie los. »Wenn du mich als Frau nicht mehr begehrst, kannst du es mir ruhig sagen! Meinst du, dass ich nicht merke, dass ich dich überhaupt nicht mehr interessiere? Du lebst doch nur noch in deiner Welt. Rings herum nimmst du doch gar nichts mehr wahr. Du bist ein selbstgefälliger und arroganter Kerl geworden und merkst das nicht mal. Was ist bloß aus dir oder besser gesagt aus uns geworden?«, beendete Ina wütend und laut ihren Monolog.

»Jetzt reicht es aber, Ina! Ich habe die Schnauze voll von deiner Romantik-Tour. Lass mich einfach in Ruhe!«, brüllte Berger sie noch lauter an. Er ging aus dem Bad und knallte die Tür mit voller Wucht zu. Dann holte er sich anschließend ein Bier aus dem Kühlschrank und legte sich vor den Fernseher auf die Couch.

Die Nachrichten zeigten furchtbare Bilder ertrunkener Flüchtlinge vor der italienischen Insel Lampedusa, die ihm den Rest gaben. Er trank einen Schluck Bier und knallte die Flasche auf den Tisch. Leider etwas zu kräftig, denn das Bier schäumte aus der Flasche und bildete einen kleinen See auf dem Wohnzimmertisch. Aber das registrierte Berger gar nicht. Er nahm die Fernbedienung und schaltete den Fernseher wieder aus. Dann stand er auf, ging in den Flur und griff sich seine Jacke. Thomas zog seine Sportschuhe an, riss seine Schlüssel vom Schlüsselbrett und schlug die Haustür krachend hinter sich zu.

Ina kam heulend aus dem Bad. Sie setzte sich, nur mit einem Handtuch um den Körper geschlungen, in die Küche und pickte köstlich marinierte Scampi aus einem frischen Salat. Das Knoblauchbaguette im Backofen hatte sie völlig vergessen. Es sah schwarz aus und qualmte verbrannt vor sich hin. Sie legte beide Hände vor das Gesicht und stützte sich mit ihren Ellenbogen auf dem Küchentisch ab. Laut schluchzte sie los und weinte hemmungslos. Sie weinte, weil Thomas abgehauen war und weil sie wusste, der romantische Abend war nach dem Fund der Kinderleiche absolut nicht passend gewesen. Ina ärgerte sich über Thomas und noch mehr über sich selbst.

Gegen Mitternacht war Thomas nach Hause gekommen, nun am nächsten Morgen saßen beide stumm am Frühstückstisch. Keiner sah den anderen an und gab einen Satz von sich. Nach dem Frühstück packte Berger seine Tennistasche. Er wollte nach Feierabend in seinen Verein und dort versuchen, bei einigen Spielen abzuschalten und den Kopf wieder frei zu bekommen. Hauptsächlich wollte er sich jedoch auf die Vereinsmeisterschaft vorbereiten, die am Wochenende stattfinden sollte.

Ina machte sich, nachdem ihr Mann das Haus verlassen hatte, für die Arbeit fertig. Am Vormittag fanden Proben für den »König Drosselbart« statt. Gerade die Kindervorstellungen waren stets eine außergewöhnliche Herausforderung für die Maske. Kinder achten besonders kritisch auf die Figuren und Gesichter der Akteure. Wenn alles klappt, ist es ein tolles und dankbares Publikum. Die Märchen der Gebrüder Grimm sind immer ein Garant, um Kinder ins Theater zu führen und sie zu begeistern. Obwohl die Vorstellungen erst in der Vorweihnachtszeit stattfinden, waren schon jetzt alle restlos ausverkauft.

Erst einmal musste Ina jedoch ihre vom Weinen geschwollenen Augen kühlen und notdürftig schminken. Sie bereitete sich zwei kalte Schminkpads vor, die sie auf die Augenlider legen wollte. Beim Kühlen entdeckte sie anschließend im Bad auf dem Regal ihres Mannes ein neues Aftershave mit dazugehörigem Parfüm, eine Herrentagescreme und eine reichhaltige Nachtcreme. ›Für die reife Haut des Mannes ab 40‹ stand vielversprechend auf der dunkelblauen Verpackung. ›Irgendetwas stimmt doch hier nicht, das ist doch nicht normal‹, dachte Ina. Seit wann kaufte Thomas denn so einen Mist, der ihrer Meinung nach eh nichts brachte. Wer hatte ihm das bloß eingeredet? Bisher hatte er nie Geld für derartige Kosmetik ausgegeben. Sie hatte eine Vermutung und schmiedete einen Plan, um ihre Befürchtungen zu bestätigen. Ina war sich absolut sicher, dass hinter den zahlreichen Veränderungen, die sie an ihrem Mann wahrnahm, eine Frau stecken musste.

Kapitel 7: Bergers Einsicht

Berger saß mit Ellen zwischen den Beamten der SoKo »Julia«. Es klingelten Telefone, Kaffeetassen klapperten, aus den Faxgeräten kamen im Minutentakt Seiten geschossen. Unruhe und Hektik an allen Tischen. Jeder Einzelne war bemüht, einen kleinen Teil zur Lösung des Falles beizutragen.

In der Mittagspause verabschiedete sich Berger kurz von Ellen. Er wollte in das Sieben-Seen-Center fahren, um das Lieblingsparfüm seiner Frau, »Emporio She« von Armani, zu kaufen. Er sah ein, dass er sich gestern wie ein Idiot benommen und wieder einmal überreagiert hatte. Sein Weg führte ihn in die Douglas-Filiale; dort ließ er das Parfüm besonders schön einpacken, bezahlte mit seiner Kreditkarte.

Abends, nach dem Tennismatch, wollte er sich bei Ina entschuldigen und ihr das Geschenk zur Versöhnung überreichen. Er liebte seine Frau über alles und war bis zum jetzigen Tag froh, dass sein Verhältnis zu Ellen nicht herausgekommen war. Ellen war jung und schön, aber an die Liebe, die er nach zwanzig Jahren Ehe für Ina empfand, kam sie nicht heran. Berger schämte sich, dass er Ellen, eine junge Frau und ihm zugeordnete Kollegin, nur benutzte, um seine sexuellen Fantasien auszuleben, die er bei Ina nicht anzusprechen wagte. Er war zu feige, Ina zu offenbaren, was ihn stimulierte und in Ekstase versetzte. Das musste er sich eingestehen. Er war froh und beruhigt, dass auch Ellen nur ein rein sexuelles Interesse an ihm hatte.

Berger legte den aufwändig verpackten Flakon in seine Tennistasche im Kofferraum und fuhr sofort zur Dienststelle zurück. Dort wurde für den Nachmittag eine erste Pressekonferenz angesetzt, um über den aktuellen Ermittlungsstand zu berichten.

Ellen verabschiedete sich um 17 Uhr mit einem zugeworfenen Luftkuss von Berger, den natürlich niemand bemerkte. Der Hauptkommissar zwinkerte der Kollegin zu und sortierte seine Unterlagen auf dem Schreibtisch. Er war in etwa einer halben Stunde auf der Tennisanlage mit seiner Tennispartnerin Lisa verabredet. Thomas Berger und Lisa Meinhardt spielten schon etliche Jahre zusammen Mixed-Turniere. Sie hatten gemeinsam schon so manch erfolgreiches Team geschlagen und diverse Pokale gewonnen. Thomas und Lisa waren eine ernstzunehmende Konkurrenz nicht nur im Verein, sondern in der Oberliga von ganz Mecklenburg-Vorpommern.

Er begrüßte seine Freundin mit einem Wangenkuss auf dem Tennisplatz. Lisa hatte wie immer den Platz gewässert. Die Hitze war seit Tagen unerträglich. Sie hatte auch schon die Linien der Tennisfeldbegrenzung mit dem dafür vorgesehenen Spezialbesen abgefegt. Thomas und Lisa wollten eine Stunde Einzel spielen und dann zu einem Mixed gegen ein gleichstarkes Team aus dem Verein antreten. Es waren genug Tennisspieler auf der Anlage, mit denen sie sich spontan verabreden konnten. Die Vereinsmeisterschaft war am

Wochenende geplant. Bisher hatten sie in diesem Jahr noch nicht viel zusammen trainiert. Aufgrund dessen zweifelten beide an einem Turniersieg am Wochenende. Nach Spielende des Mixed, sie hatten ganz knapp gewonnen, trank Lisa eine Apfelsaftschorle und Thomas noch schnell ein Alster in der Vereinsgaststätte, die direkt am Franzosenweg am Ufer des Schweriner Sees liegt, in dem sich das Schloss spiegelte.

»Tschüss Thomas, und bis morgen! Lass uns morgen noch eine Stunde Aufschlag und Volley trainieren. Dann fühle ich mich am Wochenende wenigstens etwas sicherer«, rief Lisa ihrem Mixed-Partner zu. Danach verabschiedeten sie sich beide, und jeder fuhr in seinem Wagen vom Parkplatz des Tennisvereins nach Hause.

Berger kam gegen 20 Uhr zu Hause an. Ina war nicht da. Seine Tennistasche stellte er in den Flur und ging in die Wohnstube. Er überlegte kurz, welcher Wochentag es war und wo seine Frau sein könnte, wenn sie nicht im Theater in der Maske war. Hatte er ihr wieder einmal nicht richtig zugehört oder hatte sie es ihm gar nicht erst erzählt? Berger zappte durch die Fernsehprogramme und versuchte nebenbei, seine Frau auf dem Handy anzurufen. Er erreichte sie nicht, schnappte sich den Kulturteil der Schweriner Volkszeitung und las, dass im Mecklenburgischen Staatstheater um 19.30 Uhr die Komödie »Kleine Eheverbrechen« von Eric-Emmanuel Schmitt aufgeführt wurde. ›Wie passend‹, dachte Berger und erinnerte sich an die letzten Tage mit Ina zurück. Dann legte er sich schlafen.

Eine Stunde später kam Ina nach Hause. Berger wurde davon wach und lauschte. Er hörte, wie Plastiktüten raschelten und Ina die Kellertreppe hinunterging. Er fragte sich schlaftrunken, was sie jetzt noch dort unten wolle.

Ina ärgerte sich, nachdem sie aus dem Keller zurückkam, über die volle Tennistasche, die quer im Flur stand. Sie nahm die durchgeschwitzten nassen Sportsachen heraus und sah auf dem Boden der Tennistasche ein Präsent mit einem goldenen Douglas-Aufkleber. Daneben lag sogar noch der Kassenbon. Er war vom nassen Tennis-Shirt verschmiert, jedoch konnte sie noch genau lesen, was ihr Mann gekauft hatte: »Emporio She« von Armani. Ina stieg wütend die Röte ins Gesicht. ›So ein gemeiner Kerl. Jetzt kauft er seiner Geliebten auch noch mein Lieblingsparfüm. So eine bodenlose Frechheit! Das ist ja unglaublich!‹, dachte Ina. ›Was sind Männer nur einfach gestrickt! Das Luder soll riechen wie ich, aber nicht so alt aussehen. Typisch Mann!‹ Ina feuerte die nassen Sportklamotten zurück in die Tasche und ging wütend ins Bad.

Berger atmete langsam und tief. Er schlief bereits fest, als Ina sich eine Stunde später, immer noch wütend, weit von ihm entfernt in ihre Betthälfte legte, ihm den Rücken zuwandte und sich zudeckte.

Kapitel 8: Dem Kindermörder auf der Spur

Am nächsten Morgen, es war Freitag, begann das Schauspiel im Hause Berger von vorn. Nur, dass Thomas Berger und Ina Berger nicht mehr gemeinsam an einem Tisch frühstückten, sondern er in der Wohnstube seinen Kaffee trank und Ina in der Küche wütend von ihrem Marmeladenbrötchen abbiss.

Nachdem Berger seinen Kaffee ausgetrunken hatte, zog er die nassen Sachen aus der Tasche, schmiss sie in die Waschbox und nahm sich neue Tennissachen aus dem Schrank. Er rasierte sich nicht wie gewöhnlich, sondern fuhr mit einem gestylten Dreitagebart los, was Ina wiederum genauestens registrierte.

»Tschüssi und viel Spaß mit deiner neuen Flamme«, brüllte Ina wütend ihrem Mann hinterher.

Thomas Berger hatte den Satz nicht mehr gehört, sondern fuhr schon rückwärts und hektisch seinen hellen Kombi aus dem Carport.

In der Dienststelle wartete Ellen bereits auf ihren Chef. Sie nahm das neue Aftershave und den modernen Look sofort wahr. Die Kollegen der Sonderkommission sammelten sich zur Morgenbesprechung und werteten die neuesten Ermittlungsergebnisse aus.

Ellen schickte Thomas Berger sofort eine SMS auf sein Handy.

Berger hörte den Signalton seines Smartphones und las auf dem Display: ›Asservatenkammer, sofort‹. Er hatte eigentlich weder Zeit noch Lust für eine derartige morgendliche Begrüßung, ging aber dennoch zügigen Schrittes in den Keller und küsste dort Ellen lang und heißblütig.

»Wow, siehst du heute toll aus«, flüsterte sie ihm ins Ohr und biss ihm dabei zärtlich in das Ohrläppchen. Ellen umarmte ihren Chef und spürte sofort seine Erregung, weil er sich fest an sie schmiegte.

»Wir müssen hoch ins Büro, Ellen. Das fällt doch langsam auf, dass wir beide immer gleichzeitig verschwinden und nach einer Weile wieder zusammen auftauchen«, hauchte Berger Ellen verführerisch zu. Berger war zwischenzeitlich so erregt, dass er den Satz schon bedauerte.

»Du hast recht. Lass uns doch mal zusammen über ein Wochenende verreisen. Da hätten wir mal Zeit für uns«, flüsterte Ellen und schaute Thomas lasziv an. Sie zog dabei ihre taillierte Bluse wieder in die korrekte Form, prüfte im Spiegelbild einer Glastür, ob ihre Frisur ordentlich saß, währenddessen Berger sich auf den Weg zu seinem Büro im zweiten Stock machte. Etwas zeitversetzt verließ auch Ellen die Asservatenkammer.

»Es kann doch nicht sein, dass wir hier nicht weiterkommen!«, brüllte Berger seine Kollegen der SoKo an. »Wie lange dauert denn der DNA-Abgleich? Meine Güte, das ist ja wie im Mittelalter! Was machen die denn nur im Labor des LKA den ganzen Tag?« Der Kriminalhauptkommissar lief ungeduldig durch das Großraumbüro und nahm ihm zugereichte Unterlagen in die Hand, die er schnell überflog. Seine Kollegen guckten gar nicht erst von den Schreibtischen hoch. Sie arbeiteten konzentriert weiter. Bergers cholerischer Auftritt brachte niemanden mehr aus der Fassung. Alle wussten genau, dass er sich gleich wieder beruhigen würde. Berger stand mit den Händen in den Hosentaschen seiner Jeans vor einer Glaswand, an der alle Fotos vom Tatort angeklebt waren, und überlegte.

»Es dauert nicht mehr lange. Wir hatten einen Server-Ausfall und müssen uns etwas gedulden«, gab ein junger Beamter von sich.

»Das gibt es doch gar nicht. Das kann nicht wahr sein!«, schrie plötzlich ein anderer Beamter der SoKo von einem Nebentisch. »Es ist Herman Buck! Der ist erst vor Kurzem aus der Forensischen Psychiatrie Stralsund entlassen worden. Er war dort als Patient nur vorläufig untergebracht; hatte in seinem Wohnort in Wittenförden eine Jugendliche sexuell belästigt. Die junge Dame wollte sich anfangs ihr Taschengeld etwas aufbessern, hat ihn später einfach angezeigt, als sie ihn nicht mehr loswurde.

Der Buck wird nun, wenn er der Mörder sein sollte, in seinem Dorf vermutlich gesteinigt werden. Das gesamte Dorf ist fast Amok gelaufen, als es hieß, Herman Buck wird entlassen und zieht wieder bei seiner Mutter ein. Wir sind, bevor Buck in den Maßregelvollzug kam, dort mehrfach hingefahren, um Ruhe und Ordnung im Dorf herzustellen. Wir mussten mehrere Platzverweise vor Ort aussprechen. Die Mutter von Herman Buck nimmt Psychopharmaka, da sie dem Druck der aufgebrachten Gemeinde nicht mehr gewachsen war. Sie ist Anfang 70 und wollte aus dem Dorf keinesfalls wegen ihres kriminellen Sohnes wegziehen. Sie hat, so lange ihr Sohn in der Forensischen Psychiatrie in Stralsund war, ihre Ruhe gehabt und wurde von den Einwohnern geduldet. Jetzt, nach Bucks Entlassung, ging für sie der ganze Horror wieder von vorn los. Ich möchte nicht wissen, was jetzt passiert, wenn die Kollegen nach Wittenförden fahren und Herman Buck suchen. Wenn sich das herumspricht! Die arme alte Frau!«, beendete der Beamte seine Prophezeiung.

»Wir lösen sofort eine Personenfahndung aus, sollte Herman Buck nicht in Wittenförden auffindbar sein!«, gab Thomas Berger von sich. »Wir fahren sofort los. Wir dürfen keine Zeit verlieren«, wies Berger seine Assistentin an.

Der Hauptkommissar stand sofort auf, prüfte den Sitz seiner Dienstwaffe und zog seine Lederjacke über. Er rannte die Treppe hinunter und nahm dabei gleich zwei Stufen auf einmal. Ellen stand bereits an ihrem Dienstwagen. Sie fuhren auf die Umgehungsstraße direkt nach Wittenförden, einer kleinen Gemeinde an der westlichen Stadtgrenze Schwerins unmittelbar am Neumühler See.

In der alten Dorfstraße, nahe dem Dorfteich, stellten sie den Wagen ab. Mehrere Polizeifahrzeuge mit Blaulicht standen bereits vor Ort und warteten auf Berger und seine Assistentin. Die stiegen aus und gingen langsam auf das Haus von Sieglinde Buck zu. Die alte Bauernkate lag etwas von der Straße zurückgesetzt und sah ziemlich heruntergekommen aus. Im Vorgarten wucherte das Unkraut auf Kniehöhe.

Es war durch die Sonne und die anhaltende Hitze der letzten Wochen bereits vertrocknet. Zwei alte Kastanienbäume säumten das marode Haus. Berger ging zur Eingangstür, schob seine Sonnenbrille hinunter und schaute über den Rand auf das Klingelschild. Er las den Namen ›Buck‹ und blickte, ohne ein Wort zu verlieren, Ellen an. Die nickte zustimmend und klingelte an der Tür.

Das gesamte Haus war mittlerweile von Polizeibeamten umstellt. Die Fluchtwege waren überschaubar und abgesichert. Eine Flucht des Verdächtigen Herman Buck war unmöglich.

Eine unheimliche Stille lag über dem alten Gebäude. Ellen klingelte ein zweites und sogar ein drittes Mal. Es tat sich absolut nichts. Die Tür blieb verschlossen. Das angerückte Sondereinsatzkommando der Polizei beobachtete Berger und wartete mit äußerster Anspannung auf seine Anweisungen.

»Gefahr im Verzug! Wir gehen sofort rein. Ich bekomme die Tür nicht ohne Gewalt auf. Holt die Ramme!«, wies der Einsatzleiter des SEK seine Männer an. Zwei Polizeibeamte in dunkler Uniform, mit Helmen und maskierten Gesichtern, rannten zum Einsatzwagen und kamen mit einer schweren Ramme angelaufen.

»Eins, zwei, drei!«, zählte ein SEK-Beamter. Dann holten sie Schwung und stießen die Ramme direkt auf das Schließblech der alten Holztür, die sogleich krachend aufbrach. Berger zog sich beim Hineingehen in das Haus seine Einweghandschuhe an. Zwei alte dicke Katzen kamen den Polizisten entgegen. Die Beamten begannen sofort, das Haus systematisch zu durchsuchen. Es herrschte absolute Ruhe und von Sieglinde Buck und ihrem Sohn, dem mutmaßlichen Mörder der kleinen Julia, keine Spur.

Zwei SEK-Beamte gingen mit geladenen Waffen die alten Holzstufen hoch und riefen von oben, nachdem sie alle Räume gesichtet hatten, laut herunter: »Ruft einen Notarzt. Bucks Mutter liegt hier. Eine leere Packung ›Vivinox Sleep‹ liegt auf dem Nachttisch, und eine halb leere Flasche Merlot steht daneben. Sie hat nur noch einen ganz flachen Puls. Beeilt euch!«

Berger rannte die Treppen hoch und sah Sieglinde Buck auf ihrem Bett in alten Sachen liegen. Die kleine, gebrechliche Frau lag regungslos auf der Seite. »Sieht so aus, als ob sie mit allem nicht mehr fertig geworden ist und ihrem Leben ein Ende setzen wollte. Die Spurensicherung soll sofort kommen!«, gab Berger in seinem üblichen Befehlston von sich.

Anschließend warf der Hauptkommissar einen Blick in das Nebenzimmer, das wie das eines jungen Mädchens anmutete. Musikposter an der Wand, bunte Bettwäsche und Rüschengardinen und zu seinem Entsetzen saßen auf einem Wandregal fünf gleiche Babypuppen aufgereiht. Die Sechste der Puppengesellschaft hatte er vor Kurzem am Fundort des Opfers gesehen. Er wollte sich nicht vorstellen, was Herman Buck mit den weiteren fünf Puppen vorhatte oder wozu er diese nutzte. Berger schüttelte sich angewidert, hervorgerufen durch seine eigenen Gedanken.

Ellen telefonierte hektisch. Sie spürte in dem alten, maroden Haus einen ekeligen Geschmack auf der Zunge und einen Brechreiz aufkommen. Es roch überall nach Schimmel. Ob der Geruch von klammen Sitzmöbeln oder Klamotten kam, das konnte sie nicht genau deuten. »Personenfahndung nach Herman Buck. Er ist dringend tatverdächtig!«, wiederholte sie ihre Anweisungen.

Der Rettungswagen erschien nur wenige Minuten später. Ein Notarzt untersuchte Sieglinde Buck. Er gab einem Sanitäter die Anweisung, ihm Medikamente aus dem Notfallkoffer zu reichen, die den Kreislauf der alten Frau stabilisieren sollten. Nach weiteren Untersuchungen hoben die Helfer Sieglinde Buck auf eine Trage und brachten sie auf dem schnellsten Wege in die Helios-Kliniken nach Schwerin. Der Notarzt versicherte Berger vor seiner Abfahrt, dass die alte Dame es schaffen würde, wenn keine Komplikationen hinzukämen.

Die Fahndung nach dem mutmaßlichen Mörder der kleinen Julia lief professionell an. Berger wies seine Kollegen an, ihn wie üblich auf dem Laufenden zu halten. Dass man den vermeintlichen Mörder so schnell ermittelt hatte, damit hatte niemand der SoKo »Julia« gerechnet. Der Täter hatte erst einmal einen Namen: Herman Buck musste gefunden werden; ob tot oder lebendig, das war den meisten wohl innerlich egal.

Schaulustige und neugierige Einwohner von Wittenförden sammelten sich vor dem Haus. Alle waren sich einig, dass »das kranke Schwein wieder hinter Gitter« oder »dass so ein Unmensch doch eine elektronische Fußfessel tragen müsse«. Für die Einwohner in Wittenförden war der Mörder sofort Herman Buck. Einen anderen konnten und wollten sie sich nicht vorstellen. Ihre Befürchtungen und Vermutungen sahen sie mit dem Einsatz des SEK bestätigt. Es wurde verbissen auf die Politik, den Staat und alles geschimpft, was den Einwohnern von Wittenförden gerade in den Sinn kam. Selbst Wortfetzen wie »Todesstrafe wieder einführen« und »chemische Kastration« waren unter der aufgebrachten Menge zu hören. Vom qualvollen Tod der kleinen Julia oder dem Ermittlungserfolg der Polizei sprach niemand.

Der Notarztwagen, in dessen Fond Sieglinde Buck immer noch gegen den Tod ankämpfte, war bereits mit Martinshorn in Richtung Klinik unterwegs. Ein dunkler VW-Bus mit Satellitenschüssel auf dem Dach und dreifarbigem RTL-Logo an der Schiebetür fuhr plötzlich vor das Haus der Familie Buck. Ein Reporter stieg aus dem Übertragungswagen und interviewte sofort einige Einwohner von Wittenförden. Er durchkämmte die Massen und sprach alle an, die sich über das Geschehen vor Ort Luft machten. Die ermittelnden Beamten gaben keinen Kommentar ab und verwiesen auf den Pressesprecher der Polizei.

Berger und seine Assistentin bahnten sich den Weg durch die aufgebrachte Menschenmenge und fuhren so schnell, wie sie gekommen waren, auch wieder davon. Das Sondereinsatzkommando verließ ebenfalls den Ort. Nur die Spurensicherung hatte ihre Aufgaben im Hause Buck noch nicht beendet. Das in weiße Overalls gekleidete Team machte akribisch seine Arbeit, sicherte Spuren und fotografierte mögliche Beweismittel.

Kapitel 9: Inas Plan

Vor ein paar Tagen hatte Ina einen genialen Einfall. Nach der Vorstellung ging sie in den Fundus des Theaters, um ein paar Dinge auszuleihen. Sie erzählte der netten Kollegin von einer privaten Mottoparty, für die sie die Sachen benötigen würde.

»Viel Spaß!«, wünschte die ihr.

Ina gab ihr dankend ein Fläschchen Prosecco für die unkomplizierte Ausleihe und ließ alles, ohne dass es jemand bemerkte, in einer Plastiktüte verschwinden. Zu Hause angekommen, hatte sie die dunkle Kurzhaarperücke und das modische Kostüm gleich im Keller zwischen den alten Kisten mit dem Weihnachtsbaumschmuck versteckt. Thomas hatte bereits geschlafen und nichts davon bemerkt.

Bis zur Abendvorstellung im Theater hatte Ina noch etwas Zeit zu Hause. Sie fegte den Flur durch, bügelte die Wäsche und hatte nur einen Gedanken im Kopf, der sich mehr und mehr, fast schon krankhaft, manifestierte. Sie war sich zu hundert Prozent sicher, dass ihr Mann sie betrog und hatte sich in den Kopf gesetzt, ihn zu überführen.

Ina legte die gebügelte Wäsche in den Schrank und ging in den Keller. Sie holte die dunkle Perücke und das Kostüm aus dem Versteck und zog alles kurz probehalber über. Schwarze Pumps rundeten das Outfit tadellos ab. Sie stolzierte die Treppe hinauf und schaute sich im großen Spiegel an. Perfekt! ›Damit erkennt mich niemand‹, ging es Ina durch den Kopf. Sie freute sich und dachte gleichzeitig darüber nach, warum sie nie so elegante Kleidung trug und immer nur in praktischen Jeans und Shirts unterwegs war. Ihre weibliche Figur wurde durch das Kostüm betont, und die dunklen kurzen Haare der Perücke verpassten ihr den perfekten Look einer erfolgreichen Geschäftsfrau. Ina war zufrieden mit der Vorbereitung ihres Plans und überlegte, wann sie Thomas am besten verfolgen und beobachten könne und wie dies mit ihren Diensten in der Maske zu vereinbaren sei.

Nachdem sie die Sachen ausgezogen hatte, war sie traurig, als sie sich fast nackt im Spiegel sah. Ihr Gesicht wies erste Falten auf und der blonde burschikose Kurzhaarschnitt gefiel ihr nicht mehr. Die Cellulite an den Oberschenkeln und die schlaffe Haut an ihren Oberarmen gaben ihr den Rest. Ina war zwar schlank, aber nackt und ungeschminkt vor einem Spiegel konnte sie sich seit Kurzem nicht mehr ertragen.

Kapitel 10: Vorbereitung der Vereinsmeisterschaft

Nachdem die Fahndung nach Herman Buck angelaufen war und Berger seine Assistentin gebeten hatte, unverzüglich ins Krankenhaus zu dessen Mutter Sieglinde zu fahren, bereitete er sich am späten Nachmittag auf das nächste Tennistraining vor. Er hatte bis zu dieser Verabredung mit Lisa noch etwas Zeit und hielt in der Schweriner Innenstadt. In der Burgseegalerie, einem kleinen Einkaufscenter, dem ein Friseursalon angegliedert war, wollte Thomas sich schnell die Haare schneiden lassen.

»Kurz schneiden – wie immer«, bat Thomas die junge Friseurin und freute sich, ohne einen vereinbarten Termin sofort von ihr bedient zu werden.

»Hey, Herr Berger, schön, dass Sie da sind und mir als Kunde treu bleiben«, bemerkte die Friseuse. Sie wusch Berger das Haar, massierte ihm dabei leicht die Kopfhaut und fragte ganz nebenbei, ob er zu seinem Dreitagebart nicht seine Haare mal etwas mit Gel stylen wolle. Wenn schon, denn schon ... »Das macht mindestens fünf Jahre jünger«, lachte sie und flirtete mit Berger.

»Von mir aus gerne. Mal was Neues. Das kann ja nicht schaden«, antwortete der Hauptkommissar und ließ sich auf einen kleinen Flirt mit der Friseurin ein. »Aber bitte beeilen Sie sich! Sie wissen doch, ich bin immer auf dem Sprung. Heute wird nicht mehr dienstlich geschossen. Heute wird nur noch der Gegner auf dem Tennisplatz abgeschossen«, gab Berger lustig zurück und lachte über seinen eigenen

Witz. Die Friseurin gab ihr Bestes, und ein äußerst zufriedener Berger ließ diesmal ein höheres Trinkgeld als sonst auf dem Tresen zurück.

Er machte sich nun auf den Weg zum Tennis, Lisa übte bereits emsig mit dem Trainer des Vereins Aufschlag und Volley. Der lobte Lisa gerade und meinte, sie habe sich durch das zusätzliche Kraftsporttraining einen Mordsaufschlag angeeignet, vor dem die Gegner sich bald fürchten würden. Lisa freute sich sehr, da der Mann sonst selten seine Schützlinge mit Worten honorierte. Sie guckte schon etwas verdutzt, als Berger mit seiner neuen Gelfrisur erschien. »Ich dachte, Markus Lanz kommt immer samstags«, rief sie quer über den Platz und lachte schallend laut.

»Diesen Samstag gewinnen wir beide die Vereinsmeisterschaft. Wetten, dass?«, rief er Lisa enthusiastisch zurück. Innerlich freute er sich, dass seine neue Frisur gleich so ein Aufsehen bei ihr erregte, und schmunzelte ein paar Minuten später selbstverliebt in sein Spiegelbild in der Herrenumkleide.

Lisa und Thomas trainierten noch eine Stunde auf dem Platz, dann mussten sie aufgrund eines Platzregens ihr Match beenden. Sie verabschiedeten sich launig voneinander und machten sich noch einmal gegenseitig Mut, um am nächsten Tag tatsächlich Vereinsmeister zu werden.

Berger fuhr anschließend nach Hause. Er hatte sich fest vorgenommen, heute seiner Ina endlich das Parfüm zu schenken, das er schon seit zwei Tagen in seiner Tennistasche herumtrug, und damit um Entschuldigung zu bitten. Als er seinen großen Kombi in den Carport fuhr, parkte Ina jedoch schon aus. Beide Fahrzeuge fuhren dicht aneinander vorbei.

Ina stockte der Atem, als sie Thomas mit der neuen Gel-Frisur sah. Er sah umwerfend aus. Sie bekam es mit der Angst zu tun und fragte sich, was nun noch alles auf sie zukommen würde. Jeden Tag etwas Neues an ihm. Sie wurde unsicher, lächelte zaghaft und flüchtig ihren Mann an. Dann fuhr Ina völlig gedankenversunken zum Schweriner Theater. Die Lustige Witwe sollte nicht schon wieder in der Maske auf ihr Bühnen-Make-up warten.

Voller Misstrauen, was die neue Frisur ihres Mannes anging, kämmte und toupierte Ina der Schauspielerin das Haar und zauberte ihr in Windeseile eine opulente Hochsteckfrisur. Sie schminkte die Solistin und kreierte ein tadelloses Make-up. Ina sprach kaum und überlegte bei jedem ihrer Handgriffe. Sie glaubte, sich zu erinnern, dass morgen die Vereinsmeisterschaft beim Schweriner Tennisclub stattfinden sollte.

Die Lustige Witwe lobte Ina und meinte, sie wäre die beste Maskenbildnerin, die sie bisher kennengelernt hätte. »Könntest du dir nicht vorstellen, nebenbei noch einen kleinen Nebenjob als Visagistin zu arbeiten? Du könntest doch beispielsweise Bräute oder Models schminken«, fragte die Frau in ihrem Stuhl.

Doch Ina hörte gar nicht mehr zu und war völlig abwesend.

Dann verließ die Lustige Witwe etwas verwundert, aber perfekt gestylt, die Maske. So teilnahmslos hatte sie ihre Kollegin noch gar nicht erlebt.

Ina holte anschließend sofort ihr pinkfarbenes Smartphone aus der Handtasche und googelte ›Schweriner Tennisclub‹. Sie fand auf der Homepage des Clubs heraus, dass tatsächlich am Wochenende die Meisterschaft stattfinden würde. Ihren Mann wollte sie keineswegs nach seinen Plänen für das Wochenende fragen. Ina feilte an ihrem Plan. Sie formulierte gedanklich Sätze, was sie ihm sagen könne. Er sollte sich völlig sicher sein, dass er das ganze Wochenende allein in Schwerin wäre. Dafür würde sie behaupten, an ihrem freien Wochenende nach Hamburg zu fahren, um dort eine alte Schulfreundin zu besuchen. Sie zündete sich genüsslich eine Zigarette an, ging auf den großen Balkon des Theaters, auf dem das Rauchen gestattet war, und pustete den Qualm in die feuchte Abendluft. Nach dem Platzregen hatte es sich überhaupt nicht abgekühlt. Es war immer noch schwülwarm, und nicht ein Lüftchen wehte. Ina schaute vom Theaterbalkon direkt auf das gegenüberliegende Schloss. Die ehemalige Residenz der mecklenburgischen Großherzöge erinnerte Ina jedes Mal an ihre Hochzeitsreise mit Thomas. 14 Tage hatten sie damals an der Loire in Frankreich verbracht.

Kapitel 11: Sieglinde erwacht

Ellen Arnold saß seit Stunden im Krankenhaus und wartete geduldig, dass Sieglinde Buck aufwachte. Sie hatte nicht vor, erst durch die Schwester der Station angerufen zu werden. Ellen hoffte, dass die alte Dame bei Besinnung und Verstand sein würde, um ihre Fragen wahrheitsgemäß zu beantworten.

»Kommen Sie bitte, Frau Arnold. Die Patientin Buck ist aufgewacht. Sie können sie ganz kurz befragen. Aber bitte nur ein paar Minuten. Sie ist noch ziemlich schwach, aber meines Erachtens bei klarem Verstand.« Mit diesen Worten öffnete der behandelnde Arzt die Tür zu Sieglinde Bucks Krankenzimmer.

Ellen ging an das Krankenbett. »Guten Abend, Frau Buck! Wie geht es Ihnen? Mein Name ist Ellen Arnold. Ich bin von der Kripo Schwerin und möchte Ihnen ein paar Fragen stellen.« Dabei kramte Ellen in ihrer Hosentasche, um ihren Dienstausweis herauszuholen.

»Den Ausweis können Sie einstecken. Ohne Brille kann ich sowieso nichts lesen. Ich glaube Ihnen auch so«, gab Sieglinde Buck traurig von sich. »Es musste ja so kommen. Ich habe alles genau so kommen sehen. Mein Sohn ist nicht geheilt. Er ist krank und wird es immer bleiben. Ich weiß nicht, was ich falsch gemacht habe. Vielleicht hat Herman der Vater gefehlt. Ich weiß es einfach nicht«, schluchzte die Frau in ihrem Krankenbett.

»Frau Buck, es geht hier nicht um Ihre Schuld. Wissen Sie, wo sich Ihr Sohn aufhält? Hat er Ihnen den Wein mit den Schaftabletten eingeflößt, oder hatten Sie die Absicht, sich das Leben zu nehmen?«, fragte Ellen direkt und geradeheraus.

»Nein, ich weiß nicht, wo er ist. Aber ich wusste sofort, wie ich in den Nachrichten von der kleinen toten Julia hörte, dass Herman es war. Er war den ganzen Morgen so unruhig und schaute sich seit Tagen eine Kindersendung nach der anderen im Fernsehen an. Er verschwand plötzlich und fuhr vermutlich mit dem Bus auf den Dreesch. Er lauerte dort dem Mädchen an der Schule auf. So war es doch oder etwa nicht?«, beendete Sieglinde Buck ängstlich ihre Vermutungen. Sie nahm Zellstoff, der auf ihrem Nachtisch lag, trocknete sich die Tränen ab und putzte ihre Nase. »Ich bin es so leid«, fuhr sie fort, »ich habe so gehofft, dass er niemals aus der Psychiatrie entlassen wird. Ich schäme mich für den Gedanken, aber ich wusste insgeheim, dass mein Sohn niemals geheilt werden kann. In der geschlossenen Klinik war er unter Kontrolle und konnte kein weiteres Unheil anrichten. Und jetzt das! – Ich hörte im Radio von dem vermissten Mädchen und sah abends in den Nachrichten das hübsche Mädel auf einem Foto. Die völlig verzweifelte Mutter des Mädchens ging mir die ganze Nacht nicht mehr aus dem Kopf. Ich wollte …«

Bei diesen Worten kam der behandelnde Arzt in das Krankenzimmer zurück. »Frau Arnold, bitte gehen Sie jetzt! Ich sagte, nur ein paar Minuten«, unterbrach der Arzt seine Patientin und tippte mahnend mit dem Zeigefinger auf seine elegante Armbanduhr. »Sie können gern morgen noch einmal vorbeikommen, aber für heute reicht es erst einmal.«

»Nein, ist schon gut, Herr Doktor«, fiel Sieglinde Buck dem besorgten Arzt ins Wort. »Es geht schon. Ich muss es loswerden. Ich kann und will mit dieser Belastung nicht mehr leben. Sie müssen meinen Sohn finden, Frau Arnold! Ich will nicht, dass er noch mehr Unheil anrichtet und die nächste Familie unglücklich macht«, sprach Sieglinde Buck stockend. Die Tränen liefen ihr erneut über das Gesicht.

Der Arzt war sichtlich erstaunt über das forsche Auftreten der alten Dame und verließ kopfschüttelnd das Patientenzimmer.

»Frau Buck, haben Sie denn eine Vermutung, wo wir Ihren Herman finden können?«, fragte die Kommissaranwärterin.

»Ich weiß es wirklich nicht. Bitte glauben Sie mir! Ich würde Ihnen so gern helfen, aber ich weiß es nicht. Vielleicht ist er bei einem alten Kumpel oder Schulkameraden in Wittenförden abgetaucht. Oder er hat sich etwas angetan.« Bei den letzten Worten drehte sich Sieglinde auf dem Krankenbett zur anderen Seite und schaute aus dem Fenster. Tränen tropften von ihrem faltigen Gesicht und bildeten kleine Flecken auf ihrem Kopfkissen.

»Ist schon gut, Frau Buck. Ich lasse Sie jetzt allein. Ich wünsche Ihnen erst einmal gute Besserung und bedanke mich für Ihre Hilfe. Ich wünsche Ihnen viel Kraft, wenn Sie nach Wittenförden heimkehren. Wenn Herman sich melden sollte, bitte geben Sie mir Bescheid. Wir können es dann auch so regeln, dass er nicht merkt, dass Sie uns seinen Aufenthaltsort verraten haben. – Auf Wiedersehen! Es tut mir sehr leid, Frau Buck. Sie sind nicht schuld am Verhalten Ihres Sohnes. Er ist krank und benötigt dringend Hilfe. Ich gehe davon aus, dass sich in den nächsten Tagen ein Psychologe melden wird, um Ihnen zu helfen. Sprechen Sie mit ihm und lassen sich beraten! Sie wissen selbst, dass sich Ihre Nachbarn das Maul zerreißen werden, wenn Sie nach Wittenförden zurückkehren. Da ist jede Unterstützung und Hilfe enorm wichtig.«

Ellen Arnold verließ traurig das Krankenzimmer und fasste für sich kurz zusammen, was sie ihrem Chef an hilfreichen Informationen weitergeben könnte.

Sie rief vom Flur der Station Thomas Berger an und teilte ihm mit, dass die Befragung von Sieglinde Buck nichts ergeben hatte.

Eine Schwester wies Ellen Arnold im Vorbeigehen darauf hin, dass es hier verboten wäre, mit dem Handy zu telefonieren.

Kapitel 12: Inas Notlüge

Thomas Berger war bereits auf dem Weg nach Hause und telefonierte über die Freisprechanlage mit seiner Assistentin. »... ist okay, Ellen. Wir werden Herman Buck schon finden. Die Fahndung läuft ja. Ich wünsche dir einen schönen Abend, bis morgen«, verabschiedete er sich.

Berger schloss die Tür seines Hauses auf und begrüßte seine Frau, die ihm entgegenkam. Während er seine alte Aktentasche in die Ecke warf, grüßte Ina nur flüchtig zurück. Sie schmollte jetzt schon mehrere Tage mit ihrem Mann. Es fiel ihr schwer, aber sie wollte ihren Mann testen; wollte wissen, ob er sie schon seit Längerem mit einer anderen Frau, vermutlich einer jüngeren, betrog.

»Thomas, beginnt nicht an diesem Wochenende die Vereinsmeisterschaft bei euch im Tennisverein?«, fragte Ina schüchtern und zaghaft, obwohl sie die Antwort bereits kannte. Sie wartete nicht ab und bohrte gleich weiter. »Spielst du mit Lisa wieder Mixed oder seid ihr diesmal gar nicht dabei?«

»Natürlich spiele ich mit Lisa. Wir haben zwar nicht viel trainiert, aber wir sind dabei. – Das Turnier geht über das ganze Wochenende. Morgen Abend ist noch eine große Player's Night vorgesehen«, beantworte Thomas die Fragen seiner Frau.

»Naja, dann bist du ja beschäftigt. Für mich bleibt eh kaum noch Zeit übrig«, gab Ina zurück. Eigentlich wollte sie gar nicht so beleidigt klingen, aber es hatte sich eine solche

Aggressivität in ihr angestaut, dass es ihr nicht gelang, ohne spitze Bemerkungen mit Thomas zu reden. ›Sei ruhig und hab dich unter Kontrolle‹, sagte Ina zu sich selbst, ›sonst vermasselst du noch den Plan!‹

»Ja, das musste ja wieder kommen. Ich habe nie Zeit für meine Frau. Wenn du kein eigenes Hobby hast, dafür kann ich doch nichts!«, brüllte Thomas angespannt und genervt zurück.

»Das reicht, Thomas! Ich halte dir den Rücken frei und jetzt wirfst du mir vor, ich hätte kein eigenes Hobby!« Ina holte tief Luft und steigerte sich allmählich. Ihre Stimme nahm eine Geschwindigkeit und Frequenz an, die sie selbst nicht an sich leiden konnte. »Ich fahre morgen über das ganze Wochenende nach Hamburg zu Ruth. Sie hat mich eingeladen. Wir wollen vormittags shoppen gehen und abends in das ›Phantom der Oper‹. Ruth hat zwei Freikarten von ihrem Chef bekommen.« Jetzt war es heraus. Das erste Mal hatte sie Thomas bewusst angelogen. Jetzt gab es kein Zurück mehr.

Thomas stand von der Couch auf und brüllte wütend und sarkastisch zurück: »Immer nur Theater! Theater in Schwerin und morgen Theater in Hamburg. Das Theater zwischen uns beiden ist aber momentan am allerschönsten. Lass mich in Ruhe und fahr doch das ganze Wochenende nach Hamburg. Von mir aus kannst du auch gleich ganz dort bleiben! Die Player's Night findet dann eben ohne uns beide statt. Du kommst ja eh nicht mehr auf die Tennisanlage. Mir wird dort schon ein Verhältnis mit Lisa vorgeworfen«, log Thomas und provozierte Ina damit noch mehr. »Da brauchst du dich nicht zu wundern. Lass uns die Gerüchteküche noch richtig anheizen«, beendete er seinen Monolog. Thomas war in diesem Moment froh, dass er Ina niemals von seiner Beziehung zu Lisa erzählt hatte. Beide waren als Teenager ein Paar gewesen. Sie waren enthusiastische Tennisspieler, die nach dem Sport gemeinsam ihre ersten sexuellen Erfahrungen gemacht hatten. Die junge Liebe, die nur ein halbes Jahr angedauert hatte, hatte Thomas am Anfang seines Studiums beendet. Seitdem empfand er für Lisa nur noch ein rein freundschaftliches Verhältnis. Die ehemalige Jugendliebe verband die beiden aber dennoch auf eine seltsam vertraute Weise.

»Ach ja?«, hakte Ina sofort misstrauisch nach. »An Gerüchten ist immer etwas Wahres dran.« Mit den Worten knallte sie die Wohnzimmertür so heftig zu, dass in der Vitrine die Gläser vibrierten. Ina war traurig über den Streit, ging in die Küche, holte ein Glas aus dem Schrank und goss sich Rotwein ein.

Kapitel 13: Verzweiflung

Am nächsten Morgen stand Berger frühzeitig auf und bereitete sich sein Frühstück, wie schon die ganze vergangene Woche, allein zu. Er packte, während er von seinem Marmeladentoast abbiss, schon die Tennistasche für das Turnier und entdeckte in seiner Tasche das verpackte Parfüm. Inzwischen konnte man die kunstvoll geflochtene Schleife aus Geschenkband nur noch erahnen. Zu oft hatten in den letzten Tagen Tennisschuhe und nasse Sportkleidung darauf gelegen. Berger nahm sich vor, Sonntagabend, nachdem das Turnier gelaufen war, endlich das Geschenk zu übergeben. Jetzt, am frühen Morgen, nach dem gestrigen Streit, wollte er es auf keinen Fall in Eile überreichen.

Ina erwachte und ging noch etwas schlaftrunken ins Bad. Sie hatte die ganze Flasche Wein allein ausgetrunken und jetzt am Morgen hämmernde Kopfschmerzen. Sie trank zwar ziemlich regelmäßig Alkohol, aber nur in einem geringen Maß. Eine ganze Flasche Rotwein war definitiv zu viel, das spürte sie deutlich.

Zur gleichen Zeit kramte Berger alles für das Turnier zusammen. Er wollte vermeiden, Ina zu begegnen, schrieb im Flur einen Zettel und legte darauf Inas Autoschlüssel ab, sodass er sicher sein konnte, dass seine Frau den Zettel lesen würde. Der Hauptkommissar nahm seine Tennistasche, ließ die Wohnungstür leise zuschnappen und ging zum Auto. Die Sonne blendete ihn. Daraufhin ging er noch einmal ins

Haus zurück und holte seine Sportsonnenbrille. Als er losfuhr, schaute er nicht einmal mehr zum Badfenster hinauf, von dem Ina meistens winkte, wenn sie mitbekam, dass er das Haus verließ und mit seinem Wagen losfuhr.

Eine Viertelstunde später kam Ina die Treppe herunter und sah sofort auf der Kommode im Flur ihre Autoschlüssel liegen, die sonst immer am Schlüsselbrett hingen. Sie zog den Zettel darunter hervor und las: ›Wir müssen Sonntagabend reden. Thomas‹. Ina zerknüllte wütend den Zettel und warf ihn in den Mülleimer. Sie dachte: ›Wir müssen Sonntagabend nicht mehr reden. Dein ganzes Lügengebilde werde ich schon vorher aufdecken und dich mit deiner Geliebten bloßstellen. Das hat hier bald ein Ende.‹ Ina stieg vor Wut die Röte ins Gesicht. Seit Tagen hatte sie wieder mit kräftigen Hitzewallungen aufgrund der einsetzenden Wechseljahre zu tun. Sie ging in den Keller, holte die Perücke und das Kostüm. Sie war fest entschlossen, sich abends mit ihrem Outfit, in dem sie niemand erkennen würde, an die Tennisanlage heranzuschleichen. Ina wollte dort ihren Mann beobachten und ihn verfolgen, wenn er die Tennisanlage verlassen würde. Sie war sich hundertprozentig sicher, dass ihr Thomas heute Abend nicht allein in der Dr.-Hans-Wolf-Straße schlafen würde. Wo und mit wem er die Nacht verbringen würde, das wollte Ina herauszufinden.

Ina hatte sich entschieden, am späten Nachmittag bis zur nahegelegenen Schleifmühle zu fahren, dort ihren Wagen zu parken, sodass sie notfalls Thomas sofort hinterherfahren könnte. Sie war besessen von ihrem Plan und wollte absolute Gewissheit. Nur, wie es weitergehen sollte, wenn sie Thomas in flagranti mit einer anderen Frau erwischen sollte, wusste sie nicht. Nur eine Aussprache, Trennung oder gar Scheidung? Alle Alternativen gingen ihr durch den Kopf und wurden sofort wieder verworfen. Nur ein klärendes Gespräch war ihr zu wenig, es müssten schon Konsequenzen gezogen werden. Andererseits wollte sie aber Thomas auch nicht verlieren. Eigentlich sollte alles nur wieder wie früher werden.

Kapitel 14: Die Vereinsmeisterschaft

Thomas Berger erschien nervös auf der Tennisanlage. Der Druck, unbedingt mit Lisa das Turnier zu gewinnen, hatte während der kurzen Autofahrt zugenommen. Die ersten Teilnehmer der Meisterschaft sammelten sich bereits und warteten schon ungeduldig auf die Eröffnung durch den Vereinsvorsitzenden. Es war windstill. Die Sonne schien, und das gegenüberliegende Schweriner Schloss spiegelte sich im dunkelblauen Wasser.

»Guten Morgen, liebe Vereinsmitglieder«, begann der Vorstandsvorsitzende Werner Kleist seine Rede, »ich freue mich, dass sich so viele Teams zu unserer beliebten Vereinsmeisterschaft angemeldet haben.« Der Redner erhob sein Sektglas und prostete nach seiner kurzen Ansprache allen Teilnehmern des Turniers zu. Er wünschte allen Aktiven viel Erfolg und den Zuschauern spannende Unterhaltung. Abschließend wies er auf die am Abend stattfindende Player's Night hin. »Wir werden grillen und tanzen. Ich hoffe, dass das Wetter so herrlich bleibt und wir in einer lauen Sommernacht gemeinsam den ersten Turniertag ausklingen lassen. Nur den Teams, die morgen, am Sonntag, im Halbfinale und dann im Finale stehen, gestatte ich es, heute Abend nicht so lange dabei zu sein«, beendete er augenzwinkernd seine Eröffnungsrede.

Die ausgelosten Spielansetzungen waren an einer Tafel für alle Spieler sichtbar. Jedes Team nahm sich eine Packung Tennisbälle und ging auf den vorgeschriebenen Tennisplatz.

»Lisa, komm jetzt! Leg dein Handy weg! Wir müssen uns einspielen. Es geht gleich los!«, rief Berger nervös seiner Spielpartnerin zu.

»Ja, gleich«, erwiderte Lisa. Sie nahm ihre modische Tennistasche und telefonierte beim Betreten des Platzes noch immer.

»Lisa, bitte, leg jetzt das scheiß Handy weg! Meine Güte, ich will hier gewinnen, du kannst doch nachher weiter telefonieren. Du weißt doch, wie wichtig das erste Spiel ist. Wir müssen das erste Match gewinnen, um im Hauptfeld des Turniers zu bleiben«, motivierte Thomas sie.

»Reg dich nicht so auf, Thomas! Das hier ist wichtig, ich komme gleich«, erwiderte Lisa.

Thomas stand bereits genervt auf dem Platz und prallte vor sich mit einem Tennisball. Er konnte sich nicht einkriegen und wurde immer nervöser.

»So, es kann losgehen«, rief Lisa. Sie trank noch schnell einen Schluck Wasser, biss von ihrer Banane ab und kam selbstbewusst auf den Tennisplatz marschiert.

Thomas und Lisa spielten sich kurz mit dem gegnerischen Paar ein. Den ersten Satz gewannen sie mit 6:1. Zu Beginn des zweiten Durchganges klingelte Lisas Telefon ununterbrochen in ihrer Tennistasche, die auf der Bank stand. »Entschuldigt bitte, ich muss kurz rangehen!«, rief Lisa Thomas und den beiden Gegnern gleichzeitig zu.

»Das ist jetzt nicht dein Ernst!«, brüllte Thomas sie völlig aufgeregt an. »Schlimm genug, dass dein Handy hier nicht lautlos gestellt ist. Du gehst da jetzt nur hin, um es abzustellen. Hörst du! Mach schnell! Das ist ja heute peinlich mit dir«, rief Berger so laut, dass es die Gegner ebenfalls hörten. Missgelaunt stimmten diese einer kurzen Spielunterbrechung zu, um endlich das Klingeln des nervenden Handys nicht mehr hören zu müssen.

Berger glaubte nicht, was er gerade sah. Lisa setzte sich auf die Tennisbank am Rande des Tennisfeldes und telefonierte ganz ungeniert. Er hörte nur Wortfetzen wie »das kannst du vergessen« und »dann ist eben Schluss«.

Lisa beendete das Gespräch, entschuldigte sich bei den Gegnern und stellte sich wieder auf den Platz. Nach dem Telefonat verloren Thomas und Lisa nicht nur den zweiten Satz 3:6, sondern auch noch den alles entscheidenden dritten Satz. Der Champions Tiebreak endete katastrophal mit einer 3:10-Niederlage.

»Das war's dann. Klasse! Lisa, das hast du toll hinbekommen! Gegen die beiden haben wir noch nie verloren. So eine Blamage!«, gab Thomas sarkastisch von sich.

»Meine Güte, ich habe ganz andere Probleme, aber das interessiert dich ja nicht«, erwiderte sie. »Es ist ein Spiel. Hier geht es nicht um Leben und Tod. Dein Ehrgeiz kotzt mich immer mehr an! Du hast selber so viele Fehler gemacht«, schimpfte Lisa laut in Thomas Richtung.

»Herrlich, das sind ja ideale Voraussetzungen, um jetzt in der Nebenrunde auch noch alles zu verlieren. Jetzt komm mal langsam runter! Oder denkt Madame etwa, dass ich keine Probleme habe?«, beruhigte sich Berger langsam wieder. »Mit deinem Mordsaufschlag werden wir dann hoffentlich in der Nebenrunde punkten«, beendete Thomas den Streit.

Thomas und Lisa sprachen kaum ein Wort miteinander und spielten ein Match nach dem anderen, welche sie alle gewannen. Am Abend standen sie schließlich als Sieger der Nebenrunde im Mittelpunkt des sportlichen Geschehens. Berger trank beim Grillabend ein Bier nach dem anderen und aß kaum etwas von dem leckeren Buffet. Er suchte Lisa auf dem Gelände, um sich wieder mit ihr zu versöhnen. Eigentlich hatte sie ja recht, dachte er. Es ist ja schließlich nur ein Spiel. Er fand seine Freundin still und gedankenversunken auf der Terrasse. Und da es zunehmend kühler wurde, bot Thomas ihr seine rote Tennisjacke an. »Hier, nimm die Jacke! Tut mir leid, dass ich heute so eklig zu dir war«, versuchte Thomas seine missgelaunte Mixed-Partnerin etwas zu ermuntern.

Lisa zog die Jacke über und schaute ununterbrochen auf ihr Handy. Kein Anruf. Nicht eine SMS. Sie trank ein Glas Sangria nach dem anderen und wurde dadurch zunehmend redseliger.

Es war bereits 23 Uhr, und die heitere und ausgelassene Stimmung auf der Tennisanlage nahm von Stunde zu Stunde zu. Viele Pärchen tanzten an der wärmenden Feuerschale und sangen laut die Hits der Schweriner Band Blue Light mit. Lisa saß nun mit ihrem Sommerkleid angelehnt an Berger, dessen wärmende Jacke sie immer noch trug.

Der Hauptkommissar hatte für seine Verhältnisse schon viel zu viel getrunken und konnte dem Geschehen am Tisch nicht mehr richtig folgen. Er hörte nur, wie Lisas Smartphone klingelte. Sie hatte schon Stunden auf den einen, ihr anscheinend so wichtigen, Anruf gewartet, stand auf und ging direkt ans naheliegende Ufer des Schweriner Sees, um dort ungestört telefonieren zu können. Der Sangria zeigte seine Wirkung, denn ihr Gang war schon nicht mehr ganz sicher. Auf dem Weg zum Seeufer musste sie mehrere Ausfallschritte einlegen, damit sie nicht das Gleichgewicht verlor.

Ina hatte sich zu Hause in das mondäne Kostüm gezwängt und die schwarze Kurzhaarperücke aufgesetzt. An der Schleifmühle, die circa einen Kilometer von der Tennisanlage entfernt ist, wendete sie und parkte ihren Wagen. Sie stellte den Wagen gleich in Fahrtrichtung ab, sodass sie, wenn sie Thomas verfolgen würde, nicht erst drehen, und damit Zeit verlieren würde. Ina schlenderte mit den hohen Pumps den Schleifmühlenweg entlang, bog am anmutig wirkenden Kavaliershaus, der ehemaligen Sommerresidenz des Großherzogs Paul Friedrich, rechts in den Franzosenweg ein und erreichte nach wenigen Minuten die Tennisanlage. Sie hoffte, dass ihr niemand entgegenkommen und sie erkennen würde.

Keiner hatte auf der Tennisparty bemerkt, dass Ina durch die dicht angrenzende Buchenhecke das Geschehen schon seit mehr als einer halben Stunde beobachtete. Gegen 22 Uhr beobachtete sie, dass Lisa in einem reizvollen weißen Sommerkleid an ihrem Mann lehnte. Eifersüchtig registrierte sie jede Geste ihres Mannes. Als Lisa allein an das naheliegende Ufer der Schweriner Sees torkelte und laut telefonierte, hatte Ina mit ihren hohen Schuhen Schwierigkeiten, Lisa unauffällig und lautlos zu folgen. Sie versteckte sich hinter dem Stamm einer dicken alten Eiche und belauschte das immer lauter werdende Telefonat.

»Mensch, ich erwarte ein Kind von dir! Lass dich endlich von deiner Frau scheiden! Bei mir tickt schon die biologische Uhr. – Auf was soll ich denn noch warten? Wie lange willst du mich noch vertrösten? – Ich lasse mich doch von dir nicht verarschen!«, überschlug sich Lisas Stimme in ihrer Aufregung.

Noch immer hinter der alten Eiche kauernd, wunderte sich Ina, warum Thomas ihr gar nicht erzählt hatte, dass Lisa schwanger war. Es wurde kühler und windiger am Ufer des Schweriner Sees. Das Telefonat nahm kein Ende.

Aus der Ferne hörte man die tiefen Bässe der Musiker auf der Tennisanlage. Die tanzwütige Masse klatschte den Rhythmus der Band mit und ließ sich durch nichts und niemanden stören.

Der Vereinsvorsitzende ging auf Thomas Berger zu, der am Tisch saß und schon seinen Kopf auf die Platte gelegt hatte. Berger kam wieder zu sich und grölte laut herum. Er suchte seine Tennisjacke und wusste nicht mehr, dass er diese vor einer Weile Lisa angeboten hatte. Werner, gutmütig und besonnen, war sehr verwundert über das Benehmen von Thomas. Er redete mehrfach auf ihn ein und riet ihm, doch im

Vereinsheim zu übernachten. Werner wollte auf Nummer sicher gehen und nahm dem Polizisten sogar dessen Autoschlüssel weg. Er wollte den völlig Betrunkenen nicht einmal in ein Taxi setzen.

Thomas Berger widersprach nicht und kroch einige Minuten später die Treppen zur Gästewohnung des Vereinsheims hoch. Er legte sich völlig bekleidet in ein Gästebett und schlief sofort ein.

Kapitel 15: Sonntagmorgen

Ina verließ die Tennisanlage um kurz nach Mitternacht. Sie kam völlig übermüdet und konfus am frühen Sonntagmorgen zu Hause an. Schnell hatte sie die Leihklamotten des Theaterfundus ausgezogen und versteckte sie wieder in einem Plastikbeutel im Keller. Völlig übermüdet schlief sie ein, wachte träumend nach einer Weile schweißgebadet auf und wälzte sich die nächsten Stunden unruhig in ihrem Bett hin und her. Traurig schaute sie mehrmals auf die leere Betthälfte ihres Mannes.

Stunden später, sie lag noch im Bett, hörte sie, dass auf ihrem Handy eine SMS eingegangen war. Sie stand schwerfällig auf, zog sich einen dünnen Bademantel über und ging barfuß in den Flur und schaute auf das Display. Die Handynummer war ihr nicht bekannt. Sie öffnete die Nachricht und las: ›Thomas betrügt dich, liebe Ina. Ein Freund, der es gut mit dir meint.‹ Ina war sofort hellwach. Ihr stockte der Atem. Sie spürte, wie sich ihr Hals zuschnürte und wie das Blut in ihren Ohren zu rauschen begann. Sie war so aufgeregt und nicht imstande, einen klaren Gedanken zu fassen. Der Schock saß tief. Ihre Gedanken und Fragen rotierten abwechselnd. Ina war fast einer Ohnmacht nahe. Hatte sie doch gestern Abend noch mit eigenen Augen gesehen, dass Thomas völlig betrunken im Vereinsheim geblieben war. Ina wurde heiß und kalt. Blanke Verzweiflung machte sich breit. Sie dachte krampfhaft nach und rätselte. Welcher Freund wollte ihr mitteilen, dass Thomas sie betrog? Sie überlegte, ob sie auf die SMS antworten oder es als Scherz auffassen sollte. Von einem Scherz ging sie nicht aus. Ein Versehen war ausgeschlossen, schließlich war sie in der SMS mit den Worten »liebe Ina« angesprochen worden. Sie drückte wie von Sinnen mit dem rechten Zeigefinger auf den Befehl ›Antworten‹ und schrieb die Sätze: ›Ich weiß, dass mein Mann mich betrügt. Wenn du mein Freund bist, hilf mir! Ich möchte die ganze Wahrheit wissen. Ina.‹ Danach ging sie in die Küche, holte eine Flasche Wasser aus dem Kühlschrank und nahm einen riesigen Schluck. Sie trank das kalte Wasser zu hastig und verschluckte sich an der Kohlensäure. Hustend hörte sie, dass auf ihrem Handy eine neue SMS eingegangen war. Ihre Hände zitterten. Ina ließ es vor Schreck fallen, hob es schnell auf und war froh, dass es nicht zu Bruch gegangen war. Ihre Knie schlotterten. Sie fror. Kalter Schweiß lief ihr den Rücken herunter. Es war wieder derselbe Absender. Ina las: ›12 Uhr auf der Aussichtsebene des Schweriner Doms. Sei pünktlich! Ein Freund‹. Sie schaute auf die Uhr: ›11.25 Uhr‹.

Wenig später sah sie den Dom, der stolz in der Ferne in den blauen Sommerhimmel ragte. Den neugotischen Turm des Kirchenbaus konnte man über eine Wendeltreppe aus Steinstufen erklimmen. 220 Treppen musste man hinaufsteigen, um die Aussicht über ganz Schwerin zu genießen.

Ina ging immer schneller am Pfaffenteich vorbei. Sie lief wie durch einen Tunnel. Für die schönen alten Villen rings um den großen Teich hatte sie kein Auge mehr. Sie wollte umgehend wissen, wer die Frau war, mit der Thomas ein

Verhältnis hatte, und wer der Freund war, der es angeblich so gut mit ihr meinte.

Nach zwanzig Minuten hatte Ina den Marktplatz erreicht und ging zielstrebig auf den Eingang des Doms zu. Sie öffnete die schwere Tür und trat ein. Der größte Teil der Besucher des Zehn-Uhr-Gottesdienstes hatte bereits den Dom verlassen. Nur wenige Gläubige saßen noch vor dem Altar. An der rechten Seite brannten viele Kerzen, die in einer großen flachen Schale, die mit Sand aufgefüllt war, steckten.

Es war zehn Minuten vor zwölf Uhr. Sie war also pünktlich. Ina sah sich unten um und schaute, ob sie den anonymen Freund entdeckte und vorzeitig enttarnte. Sie ging im Inneren des Doms zur Tür, die zur Aussichtsebene führte und stand vor der engen Wendeltreppe. Ina holte tief Luft. Als sie auf die ersten Steinstufen trat, war sie froh, dass es im Dom kühl und nicht so schwül wie draußen war. Langsam und gemächlich stieg sie die 220 unförmigen alten Steinstufen hinauf. Die Enge im Treppenturm verschaffte ihr Unbehagen. Sie machte zwischendurch eine kurze Verschnaufpause und horchte dabei, ob ihr jemand folgte. Niemand war zu hören. Es war auf der gesamten Treppe absolut ruhig. Bei den letzten dreißig Stufen wurde Ina die Luft noch etwas knapper.

Es war ein paar Minuten vor zwölf Uhr, als sich die alte Holztür knarrend zur Aussichtsebene öffnete. Ina wunderte sich nur, dass an der Tür ein Schild mit der Aufschrift ›Heute Aussichtsebene geschlossen‹ angebracht war. Sie war so aufgeregt und bemerkte nicht einmal, dass dieses Hinweisschild doch eigentlich unten hätte kleben müssen, bevor man den Aufstieg beginnt. Sie ging langsam, immer noch um Atemluft kämpfend, die Aussichtsebene entlang, konnte aber niemanden entdecken.

Plötzlich begann ein ohrenbetäubendes Glockenspiel. Ina erschrak, als eine schwarz vermummte Person aus einer Steinnische auf sie zutrat. Sie bemerkte mit schreckgeweiteten Augen ein grelles Blitzen in der Hand der Person, ließ ihre Handtasche fallen und sah mit noch größerem Entsetzen, dass es kein Feuerzeug war, sondern ein pistolenähnlicher Gegenstand, aus dem es laut knisterte und blitzte. Ein Elektroschocker direkt vor ihrem Gesicht. Sie schrie, so laut sie konnte und wich instinktiv und panisch vor Angst immer weiter zurück. »Hilfe! Hilfe!«, schrie Ina, gelähmt vor Angst. Sie hatte die Ausbuchtung einer offenen Aussichtsluke direkt im Rücken. Jetzt spürte sie den ersten Stromschlag am Haaransatz ihrer linken Schläfe. Es brannte fürchterlich. Ihr ganzer Körper schmerzte und versteifte sich.

Der Angreifer gab sich aber noch nicht zufrieden, kam auf sie mit dem knisternden Elektroschocker zu und zielte dabei auf ihren Kopf.

Das lang anhaltende Glockenspiel des Schweriner Doms um zwölf Uhr war noch nicht beendet, da verlor Ina das Gleichgewicht und schlug aus einer Höhe von über vierzig Metern vor dem Dom in der Bischof-Straße auf dem historischen Kopfsteinpflaster auf.

Passanten vor der Kirche schrien laut. Ein Radfahrer überschlug sich beim Ausweichen vor dem leblosen, blutigen und aufgeplatzten Körper. Ein junger Vater hielt sofort seinem Kind die Augen zu und übergab sich. Eine ältere Dame war entsetzt und rief geschockt: »Oh Gott, der hat sich das Leben genommen. Hilfe! Hilfe!« Es war nicht einmal mehr zu erkennen, dass es eine Frau war, die dort im Hosenanzug tot und völlig blutüberströmt auf den Pflastersteinen lag.

Nach kurzer Zeit traf die Polizei ein und sperrte den gesamten Dombereich weiträumig ab. Um Inas Leiche standen Polizeibeamte, die ein großes Tuch hielten, um neugierige Blicke abzuschirmen.

Einer der Polizisten kam aus dem Dom mit einer Handtasche, die er auf der Aussichtsebene der Turmspitze gefunden hatte. Blass im Gesicht und geschockt kam er auf die Kriminaltechniker zu und brachte nur einen Satz heraus: »Ihr glaubt nicht, wer das ist! Es ist Kriminalhauptkommissar Bergers Frau. Ina Berger. In der Tasche war eine Geldbörse mit ihrem Ausweis.« Der Polizeibeamte hielt mit seinen Handschuhen die geöffnete Damenhandtasche fassungslos vor sich.

Die Leiche von Ina Berger wurde auf Anweisung in die Rechtsmedizin abtransportiert. Die betroffen wirkenden Kriminaltechniker fragten sich, warum Bergers Frau Selbstmord begangen hatte.

Kapitel 16: Bergers Erwachen

Ellen Arnold saß gerade in der Wohnung ihrer befreundeten Nachbarin, als sie hörte, dass an ihrer Tür nebenan Sturm geklingelt wurde. »Warte mal, Susanne, ich komm gleich wieder«, sagte sie. »Da stimmt doch etwas nicht.«

»Grüß dich, Klaus! Was willst du denn hier?«, fragte Ellen ihren Kollegen erstaunt.

»Ist Thomas hier?«

»Sag mal, spinnst du? Was soll das?«, entgegnete sie ihm wütend. »Warum soll Thomas denn hier sein?«

»Wir erreichen ihn nicht. Er ist nicht zu Hause und auf seinem Handy nimmt er nicht ab«, erwiderte Klaus.

»Nun red mal Klartext! Was ist los?«, fragte Ellen neugierig.

»Wir kommen gerade vom Einsatz. Suizid. Bergers Frau hat sich das Leben genommen. Sie ist vom Dom gesprungen.«

Ellen sah Klaus starr und mit großen Augen an: »Das glaube ich nicht. Das kann doch nicht sein.« Sie setzte sich auf einen Stuhl und bemühte sich zu begreifen, was sie gerade gehört hatte.

»Irrtum ausgeschlossen. Es ist so«, gab Klaus leise von sich.

»Bitte warte kurz! Ich komme sofort mit zur Dienststelle. Ich möchte Thomas zur Seite stehen, wenn er es erfährt.« Ellen zog sich schnell eine leichte Strickjacke über und überlegte im Hinausgehen, wo der Hauptkommissar sein könnte.

Sie ging gedanklich durch, was er ihr am Freitag erzählt hatte. Samstag wollte er zur Tennisanlage, irgendeine Meisterschaft wurde dort ausgespielt. Aber jetzt war es bereits Sonntagnachmittag. Ellen war blass und wirkte geschockt. Sie kramte ihr Smartphone aus der Hosentasche und wählte aufgeregt Thomas' Nummer.

Es klingelte fünfmal, bevor Thomas Berger sich meldete. »Guten Morgen, Ellen!«, krächzte er mit einer völlig verkaterten Stimme.

»Wo bist du, Thomas? Es ist schon nachmittags. Du klingst seltsam. Was ist denn mit dir los?«, fragte Ellen und versuchte, in einem ganz normalen Ton mit ihm zu sprechen.

»Ich bin gerade aufgestanden. Ich habe auf der Tennisanlage übernachtet. Total versumpft mit höllischen Kopfschmerzen. Thomas Berger hat einen kompletten Filmriss. Völliger Blackout. Er weiß nicht einmal, wie er ins Bett gekommen ist«, sprach er in der dritten Person von sich selbst.

»Thomas, bleib bitte dort! Ich komme und hole dich ab«, schlug Ellen vor.

»Wozu? Ich kann jetzt wieder Auto fahren. Ich wollte gerade los. – Was soll das Ganze? Habt ihr Herman Buck endlich gefunden?«, fragte Berger.

»Bleib bitte dort! Ich komme hin und erkläre dir alles. Buck haben wir noch nicht gefunden.«

Ellen und ihr Kollege Klaus fuhren direkt zum Tennisclub am Franzosenweg und wollten Berger persönlich die schreckliche Nachricht von Inas Tod überbringen.

Berger trug seine lange rote Tennishose und ein zerknittertes weißes Sweatshirt. Ein Tennisschuh lag auf dem Bett, der andere vor der Toilette der Gästewohnung im Vereinsheim. Er sah völlig ungepflegt aus und torkelte auf Socken ans Fenster. Unten auf der Tennisanlage sah er, dass der Tennistrainer eine nasse dunkelrote Tennisjacke vor sich hielt und mit einem Spieler wild gestikulierte. Berger riss das Fenster auf und schrie: »Was machst du denn mit meiner Jacke? Das ist meine. Her damit!«

»Die Jacke lag da vorn am Ufer im Dreck«, antwortete der Trainer.

Berger trottete langsam die Außentreppe der Gästewohnung herunter und erinnerte sich vage, dass er doch Lisa die Jacke geliehen hatte, weil sie so gefroren hatte. In dem Moment kamen Ellen und Klaus forschen Schrittes auf die Tennisanlage.

»Guten Morgen, ihr beiden!«, krächzte Thomas mit seiner tiefen Stimme und stellte sich zu Ellen. »Einmal im Leben trinke ich ordentlich einen, und dann bekommt das gleich die ganze Kripo mit. Das ist ja echt peinlich!«, grinste er. »Lasst uns bloß hier abhauen, ehe es noch mehr mitbekommen«, forderte er die beiden Kollegen auf.

»Thomas, wir müssen mit dir reden«, begann Ellen leise. Sie bemühte sich, ganz ruhig zu sprechen, obwohl es ihr schwerfiel, selbst die Contenance zu bewahren. »Es ist etwas Furchtbares passiert, Thomas. Bitte lass uns erst einmal dort drüben hinsetzen«, schlug sie vor.

»Was ist denn passiert?«, fragte Thomas und richtete seine

Augen neugierig auf die junge Kommissaranwärterin. Er schaute Ellen und Klaus abwechselnd an und wartete auf eine Antwort.

Sie schoben drei Stühle von einem Tisch zurück und setzten sich gemeinsam hin. Thomas saß nun zwischen den beiden Beamten. »Ina ist tot«, sagte Ellen leise und nahm Thomas Hände in ihre. Ihr war es in diesem Moment egal, was ihr gemeinsamer Kollege Klaus über die spontane Geste denken würde. Sie nahm Thomas' Hände in ihre und hielt sie fest.

»Nein, das glaube ich nicht!«, antwortete Thomas kopfschüttelnd und zog abwehrend seine Arme weg.

»Doch, sie ist tot«, wiederholte die Frau leise.

»Hatte sie einen Verkehrsunfall? Sie wollte doch gestern zu ihrer Freundin Ruth nach Hamburg fahren«, fragte Thomas. Er zitterte und hielt die Hände vor sein Gesicht. »Das glaube ich nicht. Ina ist nicht tot. Das ist eine Verwechslung!«

Ellen nahm ihm langsam seine Hände vom Gesicht und hielt sie ganz fest, währenddessen sie Thomas voll Mitgefühl ansah. Sie beobachtete traurig jede kleine Regung. »Doch, Thomas, das ist die Wahrheit. Ina ist tot. Sie ist heute Mittag vom Dom gesprungen«, beendete Ellen den Satz leise.

»Nein!«, schrie Berger. Er sprang auf. Sein Stuhl kippte nach hinten weg, und er rannte völlig kopflos auf der Tennisanlage hin und her. Er verlor völlig die Kontrolle über sich, setzte sich plötzlich allein am Rande eines Tennisplatzes auf eine Besucherbank und sackte heulend zusammen. Dort blieb er kraftlos sitzen und starrte in die Ferne. Er nahm nichts mehr um sich herum wahr.

»Klaus, hol bitte schnell etwas zu trinken und ruf einen Arzt!«, bat Ellen ihren Kollegen. Ellen ging auf Thomas zu. Ihr war übel, und sie litt mit Thomas, der sich sofort heulend in ihre Arme warf. »Thomas, es tut mir so leid«, tröstete sie ihn.

Thomas blickte auf und schaute Ellen ängstlich wie ein kleiner Junge an.

Das Glas Wasser, das ihm Klaus ein paar Minuten später reichte, fiel Thomas aus der zitternden Hand und zersprang auf den Steinplatten der Terrasse. Der Mann wirkte völlig apathisch und stumm. Er war nicht mehr ansprechbar und hing mit hängenden Schultern auf der Bank, bis wenige Minuten später ein Rettungswagen eintraf. Ellen saß neben Thomas. Auch sie weinte. Es ging ihr sehr nah, zu sehen, wie sehr er litt.

Die Ärztin nahm Ellens rechten Arm langsam von Thomas' Schulter und injizierte dem Hauptkommissar ein Beruhigungsmittel. Völlig abwesend stieg Berger ein paar Minuten später in Begleitung von Ellen in den Rettungswagen. Sie wollte ihrem Freund und Chef in diesen schweren Stunden zur Seite stehen. Der tat alles, was man ihm sagte. Er leistete keinen Widerstand, ging einfach mit und legte sich allein auf die Trage. Sie ließ Thomas nicht aus den Augen und fuhr mit in die Klinik.

Klaus beobachtete das Geschehen etwas irritiert. Anschließend fuhr er zurück in die Dienststelle.

Kapitel 17: Montagmorgen

»Guten Morgen, Ellen!«, rief Klaus seiner Kollegin entgegen. »Wie geht es dir? Wie geht es Thomas? Was sagen die Ärzte?«, fragte er deutlich leiser und mitfühlend.

Ellen sah schlecht aus. Sie hatte Thomas ins Krankenhaus begleitet, war dann in sein Haus in die Dr.-Hans-Wolf-Straße gefahren und hatte von dort die notwendigsten Sachen in die Klinik gebracht. »Thomas ist erst einmal krankgeschrieben. Er wird vermutlich längere Zeit nicht im Dienst sein«, sagte Ellen traurig.

Sie setzte sich gerade an den Tisch zu Klaus und dachte über das Gesagte nach, als plötzlich ein Kollege der Sonderkommission in das Büro stürzte.

»Kommt schnell! Wir haben einen Anruf von der Leitstelle bekommen. Gestern Mittag hat ein Zeuge vermutlich Herman Buck am Eingang zum Dom gesehen und heute Morgen sind schon mehrere Anrufe eingegangen, dass Buck auf dem Dreesch gesichtet wurde. Und gerade eben kam herein, dass ein paar Zehntklässler auf dem Dreesch einen Mann fast bewusstlos geschlagen haben, den sie in einem Gebüsch vor der Astrid-Lindgren-Schule beim Onanieren erwischt haben. Er hat nach ersten Aussagen in der Hofpause die Kinder auf dem Schulhof beobachtet. Nach der Beschreibung der Schulleiterin könnte es Herman Buck sein«, fasste der Kollege der SoKo aufgeregt die Informationen zusammen.

Ellen stellte sofort ihren frisch aufgebrühten Tee ab und Klaus prüfte beim Herausgehen den Sitz seiner Waffe. Sie rannten zum Dienstwagen und fuhren mit Blaulicht zum Dreesch.

Die Direktorin wartete bereits auf dem Schulhof auf die Polizeibeamten und war außer sich. Ein derartiges Ereignis hatte sie noch nie erlebt. Sie hielt eine speckige Brieftasche sowie einen Personalausweis in den Händen und sprach gerade mit dem Sanitäter, der die Erstversorgung des verprügelten Mannes vorgenommen hatte. Vor Ort angekommen bestätigte die Schulleiterin, dass es sich bei dem schwerverletzten Verdächtigen tatsächlich um Herman Buck handelte. Kein Zweifel. Der große rothaarige und schmierig wirkende Kerl lag wie ein verletztes Tier regungslos, blutüberströmt, gekrümmt und mit offener Hose da. Es war der mutmaßliche Kindermörder. Klaus gab über Funk das festgelegte Kennwort »Püppchen« zur Leitstelle der Polizei durch, mit dem die Personenfahndung unverzüglich beendet wurde.

Die Jugendlichen, nach ersten Ermittlungen waren es mindestens drei, waren momentan nicht auffindbar, und noch anwesende Schüler wollten keine Aussagen machen, wer genau Herman Buck so zugerichtet hatte.

»Bringt ihn ins Krankenhaus und stellt einen Wachposten vor sein Krankenzimmer!«, befahl Bergers Stellvertreter Klaus im Beisein von Ellen. »Bis Buck stabil ist, hat die Staatsanwaltschaft längst einen Haftbefehl beim Gericht erwirkt und dann verlegen wir ihn in die Untersuchungshaft oder besser noch zurück in die Forensische Psychiatrie nach Stralsund.«

Zwei Sanitäter trugen den Schwerverletzten auf einer Trage in den Rettungswagen und fuhren mit ihm davon. Ein Polizeibeamter folgte ihnen und ließ Buck, wie angewiesen, nicht eine Sekunde mehr aus den Augen.

Ellen nahm ihr Handy aus der Hosentasche und rief Sieglinde Buck an, die bereits wieder in ihr Haus in Wittenförden zurückgekehrt war. »Frau Buck, hier ist Ellen Arnold von der Polizei. Sie erinnern sich an mich?«, fragte sie freundlich.

»Haben Sie meinen Jungen gefunden?«, erwiderte Sieglinde Buck sofort.

»Ja, wir haben ihn gefunden. Er ist schwerverletzt. Jugendliche haben ihn zusammengeschlagen. Er ist auf dem Weg ins Krankenhaus. Dort können Sie ihn bestimmt in den nächsten Tagen besuchen, bevor er aus Schwerin weggebracht wird«, beendete Ellen das Telefonat. Sieglinde Buck tat Ellen leid. ›So eine nette, bescheidende Frau und so ein hartes Schicksal aufgrund der Krankheit ihres Sohnes‹, dachte sie traurig.

Kapitel 18: Lisa Meinhardt

Bärbel Winter, Bergers Sekretärin, sortierte gerade in dessen Büro die Lieblingskekse und eine Tafel Zartbitterschokolade, um daraus ein kleines Genesungsgeschenk für ihren Chef zu packen, der seit zwei Tagen zur Beobachtung im Krankenhaus lag. Sie wollte ihn am Nachmittag dort kurz besuchen. Schon immer bemutterte Bärbel Winter ihn wie ihren eigenen Sohn. Die Ereignisse des vergangenen Wochenendes gingen ihr sehr nahe. Schließlich arbeitete sie mit Berger zusammen, seit er bei der Kriminalpolizei angefangen hatte. Sie kannte und mochte auch Ina. Bei Zusammentreffen und gemeinsamen Ausflügen des Kommissariats hatte sie sich angeregt mit Ina unterhalten und sich über kleinere Marotten Bergers ausgetauscht. Ihr war klar, wie niedergeschlagen ihr Chef jetzt war, und wollte ihm Mut und Zuversicht zusprechen.

Plötzlich klingelte das Telefon auf Bergers Schreibtisch. Sie nahm den Hörer ab: »Mordkommission, Winter, Apparat Thomas Berger«, meldete sie sich vorschriftsmäßig.

Die Anruferin nannte ihren Namen und verlangte, den Hauptkommissar persönlich zu sprechen.

Die Sekretärin bat einen Moment um Geduld. Sie ging auf den Flur und rief Bergers Stellvertreter, der im Büro gegenüber saß: »Klaus, komm doch mal bitte kurz! Hier ist eine Frau Meinhardt am Apparat. Sie sagt, dass sie Thomas Berger dringend persönlich und vertraulich sprechen möchte.«

Bergers Stellvertreter kam ins Büro und nahm den Hörer in die Hand. »Mein Name ist Klaus Wegner, ich vertrete Hauptkommissar Berger momentan. Was kann ich für Sie tun?«, fragte er freundlich.

In diesem Moment kam auch Ellen durch die Tür, die die Unterhaltung mitgehört hatte. Sie setzte sich neben Klaus, der den Hörer in der Hand hielt und mit der Anruferin sprach.

»Sie sind also die Mutter von Lisa Meinhardt?«, vergewisserte sich Klaus. »Seit wann vermissen Sie Ihre Tochter denn genau?«, hakte er nach. Er hörte sich gespannt ihre Antwort an. »Frau Meinhardt, Sie müssten bitte in die Dienststelle kommen, sodass ich Ihre Vermisstenanzeige aufnehmen kann. Es wäre sehr freundlich, wenn Sie so schnell wie möglich kommen könnten.« Er legte den Hörer auf und wendete sich Ellen zu: »In einer Stunde ist die Mutter von Lisa Meinhardt hier. Sie vermisst ihre Tochter seit Samstag. Und Hauptkommissar Berger hat an diesem Tag noch Tennis mit ihr gespielt. Wir werden die Vermisstenanzeige aufnehmen und können sie gleich weiter befragen. Sie betonte, dass sie unbedingt Thomas Berger sprechen wollte, da Lisa und Thomas als Jugendliche ein Paar gewesen waren.«

Klaus ging aus Bergers Büro direkt zum Chef der Kripo und bat um einen kurzen Gesprächstermin. Die Sekretärin ließ ihn sofort in dessen Büro.

»Guten Morgen«, begann Klaus, »ich wollte dir nur kurz mitteilen, dass Thomas Berger noch im Krankenhaus ist. Zu dem Umstand, dass seine Frau vom Dom gesprungen ist, kommt jetzt noch hinzu, dass Bergers Tennispartnerin Lisa Meinhardt seit Samstag spurlos verschwunden ist. Die Mutter von Frau Meinhardt rief eben an und wollte Berger persönlich und vertraulich sprechen. Unser Hauptkommissar ist vermutlich der Letzte, der mit der Vermissten Kontakt hatte. Diese Lisa und Hauptkommissar Berger waren mal ein Paar, aber er hat es damals wohl ziemlich dramatisch beendet.«

Der Kripo-Chef überlegte nicht lange und antwortete: »Klaus, wir schalten sofort die Interne Ermittlung ein. Ich suspendiere Thomas Berger so lange, bis die Untersuchungen abgeschlossen sind. Du befragst die Mutter von Lisa Meinhardt umgehend und informierst die Interne. Ich fahre ins Krankenhaus und werde Berger vorsichtig über seine Suspendierung informieren. Eigentlich wollte ich ihm heute ohnehin einen Krankenbesuch abstatten.« Er stand auf, zog die Uniformjacke von seiner Stuhllehne und griff zu seiner Mütze, die an einem Haken an der Wand neben seinem Schreibtisch hing. »Und dann bitte ich dich noch, Kommissaranwärterin Ellen Arnold mit einem anderen Fall zu betrauen! Arnold und Berger sollen schon öfter mal gesehen worden sein, als sie gemeinsam die Asservatenkammer betraten und sie zusammen mit hochroten Köpfen auch wieder verlassen haben. Du verstehst, was ich meine? Ich gebe auf das ganze Gequatsche nicht viel, Klaus, aber ich glaube, zwischen den beiden läuft was. Auch das sollten wir im Auge behalten«, beendete der Kripochef nachdenklich das Gespräch und gab Klaus das auch mit einer eindeutigen Geste zu verstehen.

Kapitel 19: Die Vermisstenanzeige

Lisa Meinhardts Mutter kam wie verabredet nach einer Stunde in der Dienststelle der Kripo an und wollte die Vermisstenanzeige aufgeben.

Bergers Stellvertreter rief sie in sein Büro. »Das ist sehr nett von Ihnen, dass Sie gleich gekommen sind«, begann Klaus. »Seit wann vermissen Sie denn Ihre Tochter und wann haben Sie sie das letzte Mal gesprochen, Frau Meinhardt?«, fragte er.

Zwischenzeitlich kam Ellen ins Büro.

»Ellen, ich mach das hier schon. Kümmerst du dich bitte um die Sachbeschädigungen auf dem Dreesch! Da sind gerade die Ergebnisse der Spurensicherung reingekommen. Es wurden sieben Fahrzeuge demoliert. Ich komme nachher gleich dazu«, bat er die junge Kollegin.

Ellen musterte die Mutter von Lisa etwas skeptisch, ging dann aber in ihr eigenes Büro, um sich mit den zerstörten Autos zu befassen.

»Entschuldigen Sie bitte, Frau Meinhardt!«, begann Klaus erneut. »Erzählen Sie bitte in genauer Reihenfolge von der letzten Begegnung mit Ihrer Tochter! Wann haben Sie sie das letzte Mal gesehen und wann haben Sie das letzte Mal telefoniert? Jeder kleine, für Sie noch so unscheinbare Hinweis kann für uns äußerst wertvoll sein«, bat der Polizist die ältere, elegant gekleidete Dame um Informationen.

»Ich habe letzten Donnerstag mit Lisa telefoniert«, begann Frau Meinhardt. »Sie war so aufgeregt und hat mir erzählt, dass sie schwanger sei. Wir hatten uns ein paar Tage vorher am Telefon gestritten. Da meinte sie, dass sie ein Verhältnis mit einem verheirateten Mann habe. Aus meiner Lebenserfahrung weiß ich doch, wie so etwas abläuft. Deshalb riet ich ihr, die Beziehung rasch zu beenden. Man kennt das doch: Der verheiratete Mann lässt sich doch nicht scheiden. Der sucht doch nur ein Abenteuer und sie sitzt dann bestimmt mit dem Kind allein da. Das habe ich ihr erzählt. Sie war so sauer darüber, dass sie gleich auflegte. Eine halbe Stunde später rief ich sie noch einmal an und entschuldigte mich bei ihr. Ich meinte es doch nur gut. Ich hatte ihr dann gesagt, dass es sich in ihrem Fall vielleicht doch ganz anders darstellt und ich das Verhältnis mit dem verheirateten Mann akzeptiere und ihn gern kennenlernen würde. Darüber hat sie sich sehr gefreut. Wer dieser Mann ist, weiß ich leider nicht. Seien sie mir nicht böse, dass ich unbedingt Herrn Berger sprechen wollte. Aber Thomas Berger und meine Lisa waren früher einmal ein Paar. Thomas kennt sie sehr gut. Sie spielen ja jetzt auch wieder Tennis zusammen, obwohl er damals einfach zum Studium gegangen war und sie sitzen gelassen hatte.«

Klaus machte sich ein paar Notizen und bat Frau Meinhardt, in den Anzeigen-Raum zu gehen, um dort die Vermisstenanzeige aktenkundig zu machen. »Ich denke, dass Ihre Lisa bald wieder auftauchen wird. Vielleicht ist sie zu dem werdenden Vater gefahren und meldet sich bald? Wir setzen jetzt alles in Bewegung, um ihre Tochter zu finden«, beruhigte der Polizist die traurig wirkende ältere Dame.

»Das hoffe ich auch. Ich habe es doch wirklich nur gut gemeint mit meinen Ratschlägen. Sie meldet sich nicht auf ihrem Handy und zu Hause macht sie nicht auf. Ihr Auto steht sogar noch auf dem Parkplatz des Tennisvereins«, klagte sie.

»Frau Meinhardt, wir kümmern uns sofort darum und leiten alles Notwendige ein. Sie hören von uns!«, beendete Klaus das Gespräch und hielt ihr zur Verabschiedung die rechte Hand hin.

»Ich hoffe sehr, dass Sie recht haben«, verabschiedete sich Lisas Mutter von Klaus und verließ die Kripo.

Kapitel 20: Thomas Berger vom Dienst suspendiert

Der Chef der Schweriner Kripo fuhr ins Krankenhaus, um Thomas Berger einen Besuch abzustatten. Er klopfte an dessen Tür und trat in sein Zimmer. Berger lag auf dem Bett. Der Fernseher lief im Hintergrund, ohne dass der Patient das Programm verfolgt hätte.

Sofort nach dem ersten Klopfen schreckte Berger hoch und setzte sich auf. Er war sichtlich erstaunt und verunsichert, dass sein Chef ihn aufsuchte.

»Hallo Thomas, wie geht es dir?«, fragte sein Vorgesetzter. Das dienstliche Verhältnis zwischen beiden war von Beginn an sehr gut und äußerst vertrauensvoll. Die Zusammenarbeit basierte auf gegenseitigem Respekt und neidloser Anerkennung.

»Es geht so ... den Umständen entsprechend. Ich habe in Kürze die Beisetzung von Ina vor mir. Vielleicht ... hoffentlich wird es danach dann etwas besser«, gab Berger ruhig von sich und wusste aber insgeheim, dass das nicht stimmte.

Sein Vorgesetzter nahm ihm diese Antwort nicht ab, da er ihn viel zu gut kannte. »Thomas, ich hoffe, dass es dir bald wieder besser geht. Ich muss dir leider zusätzlich noch eine schlechte Nachricht überbringen«, setzte sein Chef vorsichtig an.

»Mich schockt nichts mehr«, erwiderte Thomas. »Was soll jetzt noch kommen? Schlimmer kann es nicht mehr werden.«

»Thomas, ich muss dir mitteilen, dass ich dich bis auf Weiteres vom Dienst suspendiere«, sagte sein Chef.

»Was? Wieso das denn?«, fragte Berger aufgeregt.

»Deine Frau hat sich das Leben genommen, und eine weitere Frau aus deinem persönlichen Umfeld scheint spurlos verschwunden zu sein.«

»Wer ist verschwunden? Ellen?« Der Kommissar zeigte sich überrascht.

Sein Chef sah ihn erstaunt an. »Wieso Ellen?«, stotterte er und fühlte sich innerlich in seinen Gedanken bestätigt, dass hier wohl doch etwas zwischen den beiden laufen würde. »Nein, nicht Ellen. Lisa Meinhardt ist spurlos verschwunden. Ihre Mutter hat vorhin eine Vermisstenanzeige aufgegeben«, beendete er den Satz.

»Was? Lisa ist verschwunden? Ich habe doch Samstag noch mit ihr Tennis gespielt«, hakte Thomas nach und ärgerte sich gleichzeitig, dass er sich insgeheim wohl verraten und Ellen mit ins Spiel gebracht hatte. Sein Chef war ein Fuchs und hatte das sicherlich gleich registriert, vermutete Berger.

»Thomas, ich muss dich suspendieren. Die Interne wird sich bei dir melden. Ich habe darum gebeten, dass sie erst nach Inas Beerdigung zu dir kommen. Vielleicht gibt es einen Zusammenhang zwischen Inas Tod und dem Verschwinden von Lisa Meinhardt. Mehr kann ich dir vorerst nicht sagen. Ich wünsche dir gute Besserung.« Mit diesen Worten verabschiedete sich der Leiter der Schweriner Kriminalpolizei, dem es enorm wichtig gewesen war, die Nachricht dem sehr geschätzten Kollegen persönlich zu überbringen.

Thomas sah ihn mit großen Augen fragend an und war konsterniert, sodass er nicht einmal »Tschüss!« sagen konnte.

Kapitel 21: Inas Beisetzung

Thomas Berger hatte ein Schweriner Beerdigungsunternehmen mit Inas Beisetzung beauftragt. Er verließ die Klinik für einen Tag, um die Bestattung hinter sich zu bringen. Ellen hatte sich bereit erklärt, ihn von der Klinik abzuholen. Er konnte selbst nicht fahren, da man ihm für den Tag vorsorglich ein starkes Beruhigungsmittel gespritzt hatte.

Die Beisetzung von Ina Berger fand nur im Beisein von Thomas und Ellen auf dem Waldfriedhof Schwerin statt. Das wollte Thomas so. Wie Ina sich ihren letzten Weg gewünscht hatte, war nie zwischen den beiden besprochen worden. Thomas' Gefühl von Traurigkeit schlug mehr und mehr in Hilflosigkeit und seit Kurzem in Wut um. Was hatte Ina ihm angetan und warum? Sie hatte keinen Abschiedsbrief hinterlassen und sie war seines Erachtens niemals suizidgefährdet – viel zu sehr liebte sie das Leben, ihren Beruf und am allermeisten ihn, dachte Thomas. Selbst nach einer Fehlgeburt vor vielen Jahren hatte seine Frau ihr seelisches Gleichgewicht nach einigen Monaten wiedererlangt.

Berger saß zusammen mit Ellen in der kleinen Trauerhalle am Waldfriedhof in Schwerin und starrte auf die schlichte Urne, die vor ihm stand. Er hatte bewusst auf eine Trauerrede und Musik verzichtet. Was sollte ihm eine fremde Person über seine geliebte Ina erzählen? Zwei Mitarbeiter der Friedhofsverwaltung nahmen die Urne und trugen sie bei herrlichstem Sonnenschein an die Stelle, an der Ina ihre letzte Ruhe finden sollte.

»Das ist nun alles, was von Ina übrig geblieben ist«, sprach Berger und heulte los, nachdem die Urnenträger sich vor der Grabstelle verbeugt und danach diskret zurückgezogen hatten.

Ellen stützte Thomas und sah traurig in das Erdloch, in das die Urne herabgelassen worden war. Sie hatte morgens eine rote Rose mit schwarzem Tüll für Thomas binden lassen und selbst eine weiße Lilie mitgebracht. Thomas war nicht in der Lage gewesen, Blumen für seine verstorbene Frau auszusuchen. Der ganze Behördenkram zerrte an seinem momentan schwachen Nervenkostüm.

Nach der Beisetzung brachte Ellen Thomas wieder zurück in die Klinik. Er hatte nicht die Kraft, mit seiner Kollegin zu sprechen, und schwieg während der Autofahrt zum Krankenhaus, verabschiedete sich auf dem Klinikgelände mit einer nur angedeuteten Umarmung und ging schweren Schrittes auf seine Station zurück.

Kapitel 22: Interne Ermittlung

Zwei Tage später erschienen Thomas' Kollegen von der Internen Ermittlung im Krankenhaus.

»Ihr habt es ja ganz schön eilig«, begrüßte Berger die Polizisten.

»Guten Morgen, Hauptkommissar Berger! Uns fällt das hier auch nicht leicht, aber es muss eben sein. Sie kennen das Prozedere?«, gab der eine Kollege zurück. »Wir stellen Fragen und Sie antworten. Wir werden nichts bewerten, nur die Antworten notieren«, fuhr er sachlich fort.

Die Ermittler befragten Thomas zum Stand seiner Ehe, ob es häufig Streit gegeben hatte, ob des Öfteren Alkohol getrunken wurde und in welchem Maß. Sie fragten, ob er seine Frau schon einmal geschlagen und wann der letzte Sex stattgefunden hatte. Sie wollten wissen, ob er eine außereheliche Beziehung hätte oder gehabt hatte und wie der letzte Tag verlaufen sei, bevor Ina vom Dom gesprungen war.

Thomas beantworte alles wahrheitsgemäß. Er gab sein Verhältnis mit Ellen zu. Er berichtete im Anschluss unaufgefordert über die letzten Stunden mit Lisa Meinhardt. Thomas erzählte von seiner Jugendliebe und der missglückten Vereinsmeisterschaft. Er wies auf das eigenartige Verhalten von Lisa hin, aufgrund dessen sie nur die Nebenrunde gewonnen hatten. Wider Erwarten fühlte er sich erleichtert, nachdem er alle Fragen beantwortet hatte.

Seine Kollegen bedankten sich bei ihm und wünschten ihm gute Besserung. Sie beteuerten nochmals, dass ihnen das Gespräch nicht leicht gefallen sei und Thomas sicher sein könne, dass alles vertraulich behandelt werden würde.

Berger lag nach diesem Verhör regungslos auf seinem Bett und ließ sein bisheriges Leben gedanklich Revue passieren.

Kapitel 23: Berger in Ahrenshoop

Der Obduktionsbefund lag der Staatsanwaltschaft Schwerin vor. Man ging davon aus, dass Ina Berger den Freitod gewählt und sich das Leben genommen hatte.

Thomas Berger wurde in der Schweriner Klinik noch zwei Tage nach der Befragung durch die Interne Ermittlung der Polizei mit Beruhigungsmitteln behandelt. Die Dosis wurde von Tag zu Tag herabgesetzt. Sein Gesundheitszustand war einigermaßen stabil. Die behandelnde Ärztin schlug vor, dass er unbedingt im Anschluss eine Reha-Maßnahme durchführen sollte. Sie hatte ihm die Helios-Klinik auf dem Darß empfohlen. Der Selbstmord seiner Frau war zu viel für den sonst anscheinend so stark wirkenden Berger.

Berger fuhr mit seinem Wagen bei herrlichem Sommerwetter nach Ahrenshoop, fand auch mithilfe seines Navigationsgerätes die Reha-Klinik sofort. Der moderne Komplex lag hinter den goldschimmernden Dünen. Hier wollte Berger wieder Kraft und Zuversicht tanken.

Der Aufnahmearzt der Klinik machte einen sympathischen Eindruck. Er erklärte, fast väterlich, dass er drei Stufen in seiner psychologischen Behandlung vor sich hätte. Die Stabilisierung, die Trauma-Bearbeitung und die Re-Integration würden mindestens sechs Wochen in Anspruch nehmen. Darauf sollte sich Berger einstellen. Es ging darum, die Selbstvorwürfe, die nach ersten Konsultationen sichtbar würden, abzubauen. Seine Schlafstörungen sollten gemindert werden und die traumatischen Ereignisse müssten in den Hintergrund gedrängt und verarbeitet werden. Ihm wurden Einzelgespräche mit Psychologen und viel Bewegung an der frischen Ostseeluft verordnet.

Als die Hälfte der Reha-Maßnahme nach etwa drei Wochen beendet war, wurde Thomas Berger aber zunehmend unruhiger. Er fühlte sich entspannt und war der Auffassung, er habe die traumatischen Ereignisse nun endgültig hinter sich gelassen.

Dass das ein Irrtum war, hätte er erkennen können, denn er begann wieder nachzudenken und stellte sich immer wieder die gleichen Fragen, auf die er keine Antworten finden konnte. Warum sollte sich Ina das Leben genommen haben? Es gab doch keinen Grund. Ein kleiner Streit zwischen Ehepartnern kommt überall einmal vor. Am schlimmsten war die Phase, als ihr die Ärzte mitteilten, dass sie niemals Kinder bekommen könne. Da war ihre ganze Lebensplanung zusammengebrochen. Aber auch in dieser Zeit hatte sie niemals auch nur gedanklich in Erwägung gezogen, freiwillig aus dem Leben zu scheiden. Dazu war sie innerlich viel zu gefestigt. Nein, Ina hätte sich niemals vom Dom gestürzt, davon war Thomas überzeugt. Bergers Ermittlungsinstinkte wurden jetzt wieder wach. Er hatte sofort versucht, Ellen telefonisch zu erreichen, um genaue Informationen zum Obduktionsbefund zu erhalten.

Ellen beruhigte ihn und sagte, dass die Ermittlungen abgeschlossen seien und er sich auf seine Genesung konzentrieren sollte. Sie gab ihm zu verstehen, dass sie ihn vermisse und auch die Kollegen auf seine schnelle Rückkehr warteten. Gleichzeitig beschwerte sie sich, dass die Kollegen so seltsam zu ihr wären und sie momentan nicht mit Klaus Wegner zusammenarbeiten würde. Klaus hätte ihr andere Ermittlungsfälle übergeben, beklagte sie sich. Die Interne hatte ihre Untersuchungen noch nicht endgültig abgeschlossen, erwähnte sie nebenbei. Sie erzählte Thomas, dass auch sie befragt worden war und das gemeinsame Verhältnis zugegeben hätte; und dass Lisa immer noch spurlos verschwunden sei.

Thomas beendete das Telefonat und bat Ellen, ihn unbedingt auf dem Laufenden zu halten, wenn es Neuigkeiten geben würde. Er dachte darüber nach, wo Lisa sich wohl aufhielt. Er konnte sich nicht erklären, dass sie sich noch nicht einmal bei ihrer Mutter gemeldet hatte. Das entsprach gar nicht ihrem Wesen, denn ihre Mutter war ihr immer schon besonders wichtig. Sie hatten ein ganz enges Vertrauensverhältnis, was für den jeweiligen Partner Lisas nie ganz einfach war, erinnerte sich Thomas an ihre gemeinsame Jugendzeit. Er zerknüllte ein Papiertaschentuch mit dem Lieblingsparfüm seiner toten Frau, das er seit Kurzem immer bei sich trug. Er inhalierte den Duft, wenn er seine Erinnerungen und Sehnsüchte an Ina intensivieren wollte. Er sog den Duft nach Ananas, Vanille und Bergamotte ein und erinnerte sich mit geschlossenen Augen an seine Ina – seine große Liebe. Er konnte einfach nicht begreifen, was geschehen war, und wollte es auch nicht.

Nachdem das Gespräch mit Ellen wenig Neues zutage gebracht hatte, überlegte er, wie er selbst von Ahrenshoop aus weiter ermitteln könne. Zuerst fiel ihm Inas Hausärztin ein, die vielleicht über gesundheitliche Probleme, über die sie selbst mit ihm nicht sprechen konnte, berichten könne. Manchmal verheimlichten Ehegatten untereinander Diagnosen über unheilbare Krankheiten, deren Verlauf meist tödlich endet. Er dachte an Krebs.

Bei dem Telefonat mit Frau Dr. Wiese erfuhr er, dass Ina keine ernsthafte Krankheit, aber schon seit längerer Zeit Antidepressiva genommen hatte. Zusätzlich habe sie starke Hormonschwankungen, hervorgerufen durch die beginnenden Wechseljahre, bei Ina diagnostiziert. Die Hausärztin hatte ihre ärztliche Schweigepflicht gebrochen, nachdem Berger ihr vorgelogen hatte, dass er diese Auskünfte für die Ermittlungen benötigen würde. Sie hatte es zwar als befremdlich empfunden, dass Berger selbst die Ermittlungen zum Tod seiner Frau leitete, aber in der Hektik ihres Alltags, ihr Wartezimmer war täglich brechend voll, beantwortete sie ihm rasch die Fragen und dachte auch nicht weiter über eventuelle rechtliche Konsequenzen nach.

Thomas schämte sich nach dem Telefonat und kämpfte zusehends mit Gewissensbissen. Was hatte er die ganze Zeit bloß getan, fragte er sich. Er hatte nicht einmal mitbekommen, wie schlecht es seiner Frau ging. Für ihn gab es nur seinen Job und seinen Tennissport. Den Sex mit Ellen verdrängte er dabei vollkommen. Das Gespräch mit der Ärztin befeuerte allerdings seine Gedanken, ob er seine eigene Frau wirklich so gut gekannt hatte, wie er glaubte. Depressionen und Hormonschwankungen bei Ina? Ihm war davon nichts aufgefallen.

Abends wanderte er in seinem Einzelzimmer auf und ab und kam nicht zur Ruhe. Die Schweriner müssten doch endlich Ermittlungsergebnisse vorweisen können und Lisa endlich gefunden haben. ›Sie kann doch nicht spurlos verschwunden sein‹, dachte er. ›Pennen die denn, wenn ich nicht da bin?‹, fragte er sich immer öfter. Er erinnerte sich an Lisas hektische Telefonate während des Tennisspiels und an die Player's Night. ›Da könnten doch Ansatzpunkte für weitergehende Ermittlungen zu finden sein‹, war sich Thomas sicher. Er nahm sich fest vor, morgen noch einmal mit Ellen zu telefonieren, um ihr mitzuteilen, in welche Richtung die Ermittlungen jetzt gehen sollten. Er bemerkte, dass wenn sein kriminalpolizeilicher Jagdinstinkt erwachte, es ihm sofort besser ging.

Er musste selbst ermitteln, auch wenn ihn sein Chef vom Dienst suspendiert hatte!

Und Thomas Berger wusste, dass er damit seinen Job aufs Spiel setzte.

Kapitel 24: Das Blitzerfoto

Nachdem Herman Buck sich auf der Intensivstation von seinen schweren Verletzungen erholt hatte, wurde er dem Haftrichter vorgeführt und unter Polizeischutz in den Klinikbereich der Justizvollzugsanstalt nach Bützow gebracht. Buck hatte Angst. Immer wieder hatte er gehört, was mit Häftlingen veranstaltet wurde, die sich an Kindern oder Frauen vergangen hatten. Deshalb war er froh, zunächst im Klinikbereich untergekommen zu sein und nicht in den normalen Vollzug zu müssen.

Bucks Mutter hatte Herman nur einmal im Krankenhaus besucht. Sie erschrak, als sie ihren Sohn mit einem blutunterlaufenen Auge und mehreren Hämatomen im Gesicht erblickte. Er war und blieb ihr Sohn und sie fühlte den Schmerz mit ihm. Gleichzeitig litt sie darunter, was er der kleinen Julia angetan hatte. Sie war erleichtert, dass er nun in Kürze in die Sicherungsverwahrung überführt werden sollte. ›Das ist das Beste für ihn, da kann er sich und anderen nicht mehr schaden‹, beruhigte sie sich selbst.

Am Tag vor der Trauerfeier für die kleine Julia hatte Sieglinde Buck vertraulich bei Ellen Arnold um die Adresse von Julias Mutter gebeten. Sie wollte ihr Gewissen mit einem Beileidsbrief entlasten. Sie war Hermans Mutter und machte sich Vorwürfe, vielleicht sei ihre Erziehung schuld daran, was aus ihrem Sohn geworden war. Sie hatte es nicht bemerkt, dass sich Herman schon als Jugendlicher anders verhielt als seine Freunde. Er brachte niemals Freundinnen mit nach Hause, dafür trank er mehr Alkohol als die anderen. Ellen hatte ihr aus datenschutzrechtlichen Gründen die Anschrift nicht weitergeben können, aber ihr zugesichert, dass sie Julias Mutter den langen Brief von Sieglinde Buck übergeben würde.

Der Beerdigung von Julia wohnten unzählige Trauergäste bei. Auch Ellen ließ es sich nicht nehmen und war anwesend. Sie legte den Brief von Sieglinde Buck in ein ausgelegtes Kondolenzbuch.

Ellen hatte sich vorgenommen, regelmäßig mit Thomas zu telefonieren und ihn in Ahrenshoop auf dem Laufenden zu halten. Sie hatte sich nach der Beisetzung von Ina Berger bereit erklärt, die Post aus dem Briefkasten in Bergers Wohnung zu nehmen; Thomas hatte sie sogar gebeten, seine Post auch zu öffnen und ihn über wichtige Dinge sofort zu informieren. Nun saß sie in der fremden leeren Küche und rief ihn mit ihrem Smartphone an.

Er war sofort am Apparat.

»Schön, dass ich dich gleich erreiche. Wie geht es Dir? Wie war dein Behandlungstag?«, fragte Ellen.

»Es geht so. Ich kann das alles nicht begreifen«, erwiderte Berger leise.

»Ich habe leider schlechte Nachrichten, Thomas«, beendete Ellen Thomas' Denkpause. In deinem Briefkasten war heute ein Brief vom Ordnungsamt Schwerin. Er enthält ein Blitzfoto. Es ist an dem Wochenende aufgenommen worden, an dem deine Frau sich das Leben genommen hat. Samstagnacht. Ich habe Ina erst gar nicht erkannt. Sie wurde mit 55 km/h in der 30er-Zone in der Graf-Schack-Allee geblitzt. Erst dachte ich, es wäre ein Versehen. Aber es ist tatsächlich ihr Wagen, und sie ist auf dem Foto auch zu erkennen«, beendete Ellen den Satz.

»Ja, wer soll denn sonst auf dem Foto sein?«, unterbrach Berger sie. »Leg es bitte so hin, dass ich es sofort finde, wenn ich wieder zu Hause bin! Ich kümmere mich dann darum. Kannst du die Forderung erst einmal bezahlen? Ich gebe dir das Geld gleich zurück, wenn ich wieder in Schwerin bin.«

»Thomas, du verstehst mich nicht. Ina ist auf dem Foto, aber sie trägt eine schwarze Kurzhaarperücke«, sagte Ellen und gab Thomas eine Chance, das Gehörte erst einmal zu verarbeiten.

»Sie trägt eine Perücke?«, wiederholte Berger. »Wieso trägt sie eine Perücke und rast damit nachts durch Schwerin? Ich verstehe das alles nicht, Ellen. Da ist doch was faul!«

»Das weiß ich doch nicht, Thomas«, antwortete die Kommissaranwärterin und bereute sofort, dass sie Thomas' Laune mit dem Überbringen ihrer Nachricht gleich noch mehr verschlechtert hatte.

Nach einer kurzen Denkpause sagte Berger: »Ellen, bitte zahl das Bußgeld und lass das Blitzerfoto verschwinden! Hörst du! Lass es verschwinden! Ich will es nicht sehen, wenn ich nach Schwerin zurückkomme.« Berger tippte wütend auf die rote Taste seines Handys und beendete fassungslos das Telefonat. Er schmiss das Gerät auf das Bett und hielt sich beide Hände vor sein Gesicht. Er schwankte ins Bad zum Wasserhahn und ließ erst einmal kaltes Wasser über seinen glühenden Kopf laufen. Berger sah in den Badspiegel und wollte nicht glauben, was er soeben von Ellen erfahren hatte. ›Wieso war Ina an dem Tag nicht in Hamburg? Sie wollte doch morgens gleich zu ihrer Freundin Ruth. Wieso fährt Ina mit einer dunklen Perücke nachts durch die Innenstadt? Was war denn bloß in sie gefahren?‹, dachte Berger mit Schrecken. Sein Handy vibrierte auf dem Bett.

Er hatte an diesem Abend keinen Nerv mehr, noch weitere Hiobsbotschaften von Ellen zu erhalten und schrieb eine SMS: ›Ich rufe dich morgen Abend wieder an. Sei nicht böse! Thomas.‹

Ellen las wenige Minuten später die SMS. Sie hatte das Blitzerfoto bereits im Abwaschbecken der Küche verbrannt und sich die Rechnung in ihren kleinen Rucksack gelegt, um sie von zu Hause aus auf das Konto des Ordnungsamtes online zu überweisen. Nachdenklich schaute sie sich noch etwas im Haus von Thomas Berger um. Sie goss ein paar Zimmerpflanzen im Wohnzimmer, öffnete die Fenster, um zu lüften und verließ es dann wieder.

Kapitel 25: Bergers Rückkehr nach Schwerin

Thomas Berger hatte sich am nächsten Tag kurzfristig einen Termin bei seinem behandelnden Arzt geben lassen und wartete ungeduldig auf das Gespräch.

»Herr Dr. Simon, ich möchte Sie bitten, mich zu entlassen! Ich habe seltsame Informationen über meine verstorbene Frau erhalten, die es mir unmöglich machen, hier in der Klinik in Ahrenshoop zu bleiben. Ich muss den Informationen erst einmal selbst nachgehen und komme hier deshalb einfach nicht zur Ruhe. Es trägt nicht zu meiner Genesung bei, wenn ich hier nichts tun kann, außer zu grübeln. Ich muss zurück nach Schwerin!«, beendete Thomas Berger seinen Wunsch. Er schaute den Arzt an und wartete auf dessen Antwort.

»Herr Berger, Sie sind erst drei Wochen hier und schaden sich nur selbst und Ihrer Gesundheit, wenn Sie die Klinik in Ihrem jetzigen Zustand verlassen. Seien Sie doch vernünftig!«, schlug der Arzt Berger vor. »Ihre Kollegen in Schwerin werden es auch noch weitere drei Wochen ohne Sie schaffen. Langfristig gefährden Sie Ihren Genesungserfolg, wenn Sie die Reha jetzt abbrechen. Sie sind noch nicht soweit, um sich wieder voll belasten zu können.«

»Ich muss zurück! Oder wenigstens für eine kurze Unterbrechung. Bitte verstehen Sie mich doch«, bat Thomas den Arzt mit Nachdruck.

»Okay, es ist Ihre Entscheidung. Ich bin dagegen, aber ich kann Sie hier nicht gegen Ihren Willen festhalten. Ich schreibe einen kurzen Entlassungsbrief für Ihren Hausarzt, und dann können Sie meines Erachtens fahren, oder lassen Sie sich wenigstens abholen«, schlug der Arzt vor.

»Vielen Dank für Ihr Verständnis, Herr Doktor. Vielleicht komme ich ja in ein paar Tagen wieder her. Aber erst einmal muss ich nach Hause zurück.« Mit diesen Worten unterschrieb Thomas Berger die Formulare. In Gedanken ging er schon durch, was er zu Hause zuerst unternehmen würde.

Nachdem er auf sein Zimmer geeilt war, holte Thomas Berger sein Handy aus der Hosentasche und rief Ellen an. »Ellen, ich bin es. Ich komme nach Schwerin zurück. Wollen wir uns morgen bei mir treffen? Ich denke, es gibt noch einiges zu klären, und ich brauche dabei deine Hilfe«, sagte Thomas hoffnungsvoll.

»Du ... ich ... äh«, stotterte Ellen, »ich habe morgen eine Verabredung. Ich hatte damals in der Cocktailbar jemanden kennengelernt. Erinnerst du dich an die Nacht? Es war die Nacht, als wir die kleine Julia tot aufgefunden hatten. Außerdem geht es mir heute auch nicht so gut ... Frauenprobleme. Meine Mens macht mir wieder einmal zu schaffen. Ich melde mich übermorgen bei dir, okay? – Sei nicht böse, aber vielleicht ist es auch besser, wenn wir uns erst einmal nicht sehen. Das Gequatsche von den Kollegen, die sich über uns das Maul zerreißen, nervt mich höllisch. Das kannst du dir gar nicht vorstellen.«

»Schade«, gab Thomas enttäuscht zurück, »dann bis bald, Ellen. Und danke erst einmal für Alles. Gute Besserung und leg dir ein warmes Körnerkissen auf den Bauch. Lass dich nicht unterkriegen, Miss Marple!« Mit diesen Worten wollte er Ellen etwas aufheitern, obwohl ihm gar nicht danach zumute war. Er nannte sie manchmal »Miss Marple«, weil seine Kollegin die Filmmusik als ihren Handy-Klingelton ausgewählt hatte.

Nachdenklich packte er sofort seine Sachen, um am nächsten Morgen mit dem Entlassungsbrief des Arztes seine Rückkehr nach Schwerin anzutreten. ›Das mit Ellen wäre sowieso nicht weitergegangen‹, sagte er sich. Er hatte unter anderem beabsichtigt, ihr in dem Gespräch zu erklären, dass ihr Abenteuer zu Ende sei. Er wollte ihr verdeutlichen, dass es von vornherein ein Fehler gewesen war, diese Liaison miteinander einzugehen. Das war ihm schon klar geworden, als Ina noch lebte. Am Sonntagabend, nach dem Tennisturnier, hätte er Ina alles gebeichtet und ihr das Parfüm geschenkt, in der Hoffnung, dass sie ihm verziehen hätte. Aber auch Ellen wollte er nicht verletzen, schließlich konnte sie nichts dafür. Er selbst war damals in München die treibende Kraft. Er hatte den ersten Schritt gemacht, ohne den es nie zu der Affäre gekommen wäre. Vielleicht könnten sie gute Freunde bleiben, genau so wie Lisa und er. Dass Ellen jetzt einen Anderen hatte, machte die Entscheidung für ihn einfacher.

Am nächsten Morgen, auf der Rückfahrt von Ahrenshoop nach Schwerin, hatte Thomas sich fest vorgenommen, seinen Chef in einem Gespräch zu überzeugen, dass er wieder arbeitsfähig wäre und auch unbedingt arbeiten wollte.

Er wusste, dass es ihm in Wirklichkeit noch nicht so gut ging, wie er es ihm vorspielen wollte. Aber er dachte sich, dass Abwechslung und Arbeit für ihn jetzt das Beste seien. So befreiend die erzwungene Untätigkeit in Ahrenshoop in der Anfangszeit für ihn gewesen war, zum Schluss hatte ihn das Nichtstun fast zum Wahnsinn gebracht. Die Ungewissheit über die tatsächlichen Abläufe im Zusammenhang mit Inas Tod drohte ihn zu zermürben. In die Klinik nach Ahrenshoop wollte er, anders als er es Dr. Simon versprochen hatte, jetzt auf keinen Fall mehr zurück. Er wollte mithelfen, jetzt wenigstens seine vermisste Freundin Lisa zu finden.

Thomas schaltete während der Rückfahrt, kurz vor Schwerin, das Autoradio ein. Je näher er seiner Heimatstadt kam, desto unruhiger wurde er. Vielleicht hätte er sich doch abholen lassen sollen. Er hörte im Radio Dionne Warwick mit ihrem Song »Heartbreaker«. Sofort verstellte er den Radiosender. Es war ihr gemeinsamer Song, den sie frisch verheiratet immer und immer wieder in ihren Flitterwochen an der Loire in Frankreich gehört hatten. Thomas sah seine Ina gedanklich vor sich und fuhr plötzlich fast auf einen Lkw auf, der unmittelbar vor ihm unvorhergesehen bremste. Die Erinnerungen an längst vergangene Zeiten, in denen einer auf den anderen hungrig war und sich vor Sehnsucht verzehrte, kamen zurück. Thomas schaltete deshalb das Radio ganz aus.

Zuhause angekommen schloss er sein Haus auf und konnte den Gedanken nicht abstellen, dass seine Ina ihm entgegenkommen und fragen würde »Wie war dein Tag, mein Schatz?«. Thomas nahm den Stapel Post, den Ellen gesammelt und im Flur auf der Kommode abgelegt hatte. Er ging in die Wohnstube und legte die Briefe und Zeitungen sorgfältig auf den Couchtisch und ließ sich auf das große Sofa fallen. Regungslos lag da und starrte an die Decke.

Nach einer Weile hatte er sich entschieden, die Post der letzten Wochen durchzugehen. Schon nach dem ersten Brief – es war eine Beileidskarte – nahm er den gesamten Stapel und warf ihn mit voller Wucht auf den Boden, ging in die Küche und fand ein Bier im fast leeren Kühlschrank. Auf der Terrasse setzte er sich auf einen Stuhl, ohne zuvor die Polsterauflagen hervorzuholen. Er erinnerte sich. ›Ina hätte es unmöglich gefunden, auf den blanken Stühlen und ohne Tischdecke auf der Terrasse zu sitzen.‹ Bei ihr sollte es immer möglichst gemütlich sein. In einem Zug trank er die Flasche Bier leer.

Thomas Berger saß allein auf seiner Terrasse, abgeschirmt durch meterhohe Koniferen, die sein Grundstück begrenzten. Er merkte nicht einmal, dass es kühler und auch schon dunkel wurde. Er hörte weder die Grillen im Garten, noch nahm er andere Geräusche wahr.

Kapitel 26: Zurück in Schwerin

Als Thomas Berger am nächsten Morgen auf seiner Wohnzimmercouch erwachte, war er wie besessen von dem Gedanken, das gesamte Haus auf den Kopf zu stellen. Irgendwo musste Ina doch einen Abschiedsbrief hinterlassen haben? Er kramte alle persönlichen Schränke durch. Er warf alles auf den Boden, was ihm nutzlos erschien. Mehrere Stunden durchkämmte er strategisch alle Räume seines Hauses. Es war eine Hausdurchsuchung, wie er sie im Polizeistudium erlernt hatte. Er verspürte weder Hunger noch Durst. Thomas Berger war auf der Suche nach Beweisen, Tatsachen oder irgendwelchen Hinweisen, die seine offenen Fragen beantworten sollten. Was war in Ina vor sich gegangen? Was war unbeobachtet und in aller Stille mit ihr geschehen? Er kramte Inas Handtasche durch, die man ihm übergeben hatte. Die Handtasche, die seine Frau vor ihrem Sprung in die Tiefe auf der Aussichtsebene des Doms zurückgelassen hatte. Einen Kalender und ein Telefonbüchlein wälzte er mehrfach durch. Aber er konnte den kleinen und vielleicht einzigen Hinweis, den er sonst an Tatorten oder bei Ermittlungen fand, und damit zahlreiche Verbrechen aufklärte, nicht entdecken.

Daraufhin hatte sich Thomas vorgenommen, Inas Kollegin in der Maske im Theater aufzusuchen und ebenfalls zu befragen. Er wollte zusätzlich Einsicht in die Personalakte seiner gestorbenen Frau beantragen. Er kam sich wie ein Besessener vor. Oder wollte er sich nur ein reines Gewissen verschaffen? Auch das ging ihm durch den Kopf. Wie stand er, der sonst so erfolgreiche und smarte Hauptkommissar, in der Polizeidienststelle da? Berger, der Witwer einer Selbstmörderin, der »Casanova der Kripo«, der nicht in der Lage war, das Motiv für den Selbstmord seiner Frau zu finden.

Nachmittags saß Berger vor dem Computer seiner Frau. Sie war technisch nicht so versiert gewesen und es war ein leichtes für ihn, ohne Passwort in die Dateien seiner Frau hineinzuschauen. Er fand Fotoordner von den vielen gemeinsamen Urlauben, aber nichts, was ihn beunruhigte, oder fragliche Informationen, denen es nachzugehen lohnte.

Es war schon nach 18 Uhr, als Thomas Berger es vor Hunger kaum noch aushielt. Er ging in den Keller und holte sich aus der Tiefkühltruhe eine Spinat-Pizza. Neben der Truhe sah Berger einen Plastikbeutel stehen, aus dem dicke schwarze Kunsthaare oben herausquollen. Berger erschrak. Tatsächlich, das musste die Perücke sein, mit der Ina im Auto unterwegs war und mit überhöhter Geschwindigkeit nachts geblitzt wurde! Er holte auch noch ein Kostüm aus der Plastiktüte hervor. Nachdenklich hob er alles an seine Nase und roch daran. Die Sachen rochen muffig, waren keineswegs neu gekauft, das fiel ihm gleich auf. ›Von wem hat sich denn Ina diese stinkenden Klamotten ausgeliehen?‹, fragte er sich und nahm sie aus dem Keller mit nach oben.

Nachdem er die Pizza gegessen hatte, überkam ihn plötzlich der Gedanke, doch spontan zu Ellen zu fahren. Er setzte sich in sein Auto und fuhr in Richtung Platz der Freiheit. Thomas sah während der Autofahrt mehrfach in seinen

Rückspiegel, betrachtete sich selbst und bedauerte, sich nicht wenigstens die Haare gekämmt zu haben. Er hielt kurz am Hauptbahnhof an und kaufte einen kleinen Blumenstrauß. Thomas wollte sich bei Ellen bedanken, dass sie ihm bei der Beisetzung von Ina und den damit zusammenhängenden Formalitäten geholfen hatte. Plötzlich war er sich nicht mehr sicher, ob er überhaupt unangekündigt zu Ellen fahren sollte. Sie hatte ihm doch am gestrigen Abend erzählt, dass sie vor längerer Zeit jemanden kennengelernt hätte und ein Rendezvous bevorstand. Oder war es ein Vorwand von Ellen, als sie behauptete, es ginge ihr nicht gut, fragte er sich.

Kapitel 27: Klaus' Ermittlungen in der Kripo

Klaus saß kurz vor seinem Feierabend in seinem Büro gerade vor einer Statistik über das Anwachsen von Diebstahlsdelikten im Bereich der Innenstadt, als sein Telefonapparat klingelte und er aus der Leitstelle erfuhr, dass ein Spaziergänger, besser gesagt, dessen kleiner Dackel, eine weibliche Leiche im Schilf entdeckt hatte. Er schaute auf seine Armbanduhr – ›Wieder wird es spät, verdammt!‹, dachte er dabei –, legte die mühsam zusammengetragenen Zahlen aus der Hand, informierte die Rechtsmedizin und machte sich auf den Weg zur Drehbrücke am Schweriner Schloss.

Klaus erschien am Fundort und sah die Leiche, die nach ersten Schätzungen der hinzugezogenen Rechtsmedizinerin mindestens vier Wochen im Wasser gelegen haben musste. »Starke Fäulnis und Verwesung erschweren die Diagnose. Es wird etwas dauern, bis mein Bericht vorliegt. Ob die Frau ertrunken ist oder schon tot war, als sie ins Wasser stürzte, kann ich hier vor Ort leider noch nicht sagen. Schau mal, hier an den Armen und Beinen haben bereits Fische … Die Haut ist so aufgequollen … Guck mal die Verfärbungen …«, beendete die Rechtsmedizinerin ihre ersten Beobachtungen in unvollständigen Sätzen.

»Ich warte auf den Obduktionsbefund«, erklärte Klaus und versuchte trotz des Leichenfundes die charmante Frau anzulächeln. Sie kannten sich bereits von mehreren Fundorten und pflegten seit Jahren einen ausgesprochen kollegialen Umgang miteinander. Klaus ließ die Leiche in die Rechtsmedizin abtransportieren und die Spurensicherung ihre Arbeit aufnehmen.

Kapitel 28: Die Katastrophe nimmt ihren Lauf

Thomas parkte gegen 20 Uhr sein Auto in der Nähe von Ellens Wohnung. Direkt vor ihrem Haus am Platz der Freiheit waren um die Zeit keine freien Parkplätze mehr zu finden. Er ging die Treppe hoch, entfernte das Einschlagpapier vom Blumenstrauß und klingelte an Ellens Tür.

»Hallo, Thomas!«, begrüßte sie ihn sichtlich überrascht. Sie stand in einem bequemen leichten Hausanzug barfuß vor ihm und hatte es sich vermutlich gerade auf der Couch gemütlich gemacht.

Thomas hörte im Hintergrund den Fernseher laufen. »Grüß dich, Ellen! Entschuldige, dass ich so hereinplatze! Bist du allein? Kann ich kurz reinkommen?«, fragte Thomas und hielt ihr den kleinen Strauß mit den herrlichen gelben Rosen entgegen.

»Danke, die sind aber schön. Ja, komm rein! Ich bin allein«, sprach Ellen und nahm ihm lächelnd die Blumen ab.

»Ich will dich auch nicht lange stören. Mir ist zu Hause die Decke auf den Kopf gefallen, und ich musste einfach raus. Ich konnte nicht mehr warten, bis du dich meldest. Entschuldige bitte!«, stammelte Thomas. Sein Kinn sank auf seine Brust, und sein verschüchterter Blick wich Ellen aus.

Ellen bat ihn, in der Wohnstube Platz zu nehmen. Sie fragte, ob er ein Wasser oder einen Tee trinken wolle. So ungepflegt, wie Thomas aussah, vermutete sie, dass er mit seinem Wagen gekommen war. Ein alkoholisches Getränk schloss sie daher gleich aus.

»Ich nehme ein Glas Wasser. Aber bitte mach keine großen Umstände. Ich will gleich wieder los. Ich wollte wirklich nur kurz aus meinen vier Wänden raus«, antworte Thomas. Er freute sich, dass Ellen allein zu Hause war und er jemanden zum Reden hatte, dem er vertraute.

Sie ging in ihre Küche und holte eine Flasche Wasser aus dem Kühlschrank, goss das Wasser in ein Glas und ließ noch zusätzlich drei Eiswürfel hineinfallen. Dann stellte sie es vor Thomas auf dem Tisch ab. Er trank alles in einem Zug aus und schaute sich nebenbei in der Wohnung seiner Kollegin um. Er war nicht oft hier gewesen und wollte feststellen, ob sich irgendetwas verändert hatte. »Sag mal, Ellen, meinst du, dass Ina irgendetwas über uns beide herausgefunden hatte?«, fragte Berger plötzlich.

»Wie kommst du denn auf einmal darauf?«, Ellen war überrascht. »Ich kann mir das eigentlich nicht vorstellen, aber sicher bin ich mir nicht. Du warst doch viel näher bei ihr. Du hättest es doch merken müssen, ob sie sich verändert hat. Meinst du, sie hatte etwas von uns mitbekommen und ist deshalb vom Dom gesprungen?«, mutmaßte sie.

Thomas schwieg und starrte, das leere Glas zwischen beiden Händen haltend, auf den Fußboden. »Du hast also jemanden kennengelernt? Ist es etwas Ernstes?«, fragte er nach einer Weile und wechselte damit das Thema. Er schaute Ellen fragend an und spürte, wie in seinem Magen das kalte Wasser eine heftige Verkrampfung verursachte. Er verzog das Gesicht, was Ellen sofort bemerkte.

»Ist dir nicht gut, Thomas?«, fragte sie fürsorglich.

»Geht schon«, antwortete er und legte seine rechte Hand auf seinen verkrampften Bauch. Er atmete dabei tief langsam ein und aus. Plötzlich sprang Thomas auf, rief Ellen ein knappes »'tschuldigung« zu und rannte zur Toilette. Er warf die Tür hinter sich zu und schaffte es gerade noch zum Toilettenbecken, in das er sich übergab. Er konnte hören, dass Ellen vom Flur aus »Alles in Ordnung, Thomas?« rief. »Ja, es geht schon wieder. Ich komme gleich. Nur einen Moment noch«, antwortete der völlig entkräftete Berger. Er hatte seit Inas Tod fast zehn Kilogramm abgenommen. Berger sah sich im Badspiegel an und blickte in sein Gesicht, das eine aschgraue Farbe bekommen hatte. Er sah auch, dass er sein T-Shirt vorn total beschmutzt hatte. Suchend schaute er sich im Badezimmer um und öffnete einen kleinen Schrank, um ein sauberes Handtuch herauszuholen, damit er wenigstens die gröbsten Flecken entfernen konnte. In diesem Zustand wollte er seiner Kollegin nicht gegenübertreten. Er fand ein kleines Tuch und zog es heraus. Ziemlich ungeschickt riss er gleich noch zwei weitere Frotteetücher mit aus dem Schrank. Mit Schwung kamen ihm die Handtücher und ein darin eingehülltes Handy entgegengeflogen. Er starrte auf das pinkfarbene Smartphone. Völlig verwundert erkannte er es sofort. Es gehörte seiner Frau Ina. Bei der Durchsuchung seines eigenen Hauses war ihm nicht aufgefallen, dass es nicht da war.

Er wühlte weiter in dem Schrankfach herum und fand eine Abrechnung auf den Namen ›Ina Berger‹. Er zitterte. Seine Gedanken rasten. ›Ruhe bewahren! Ganz ruhig, Thomas!‹, mahnte er sich selbst. Er schaltete das Gerät ein und gab zitternd das Geburtsdatum seiner toten Frau ein. Das Display erleuchtete hell. Sein Foto erschien als Hintergrundbild. Thomas schluckte. Adrenalin beschleunigte seinen Puls. Er bemerkte, dass der Akku gleich leer sein würde.

»Thomas, ist alles in Ordnung?«, fragte Ellen leicht nervös hinter der Badtür.

»Ja, ich komme gleich«, antworte Thomas und versuchte dabei völlig gelassen und ruhig zu wirken. Er wählte ›Nachrichten‹ und las die letzte eingegangene SMS: ›12 Uhr auf dem Aussichtspunkt des Schweriner Doms. Sei pünktlich! Ein Freund.‹ Ohne darüber nachzudenken, wählte er die Telefonnummer, von der die Nachricht stammte. Plötzlich hörte Thomas im Flur das Handy von Ellen klingeln. Es war ihr Handy, der lustige Klingelton, die Filmmusik von »Miss Marple«, hatte ihn schon so manches Mal in völlig unpassenden Situationen zum Lachen gebracht. Er beendete sofort den Anruf. Ihm war diesmal absolut nicht zum Lachen zumute.

War es Intuition oder eine innere Eingebung, die Thomas plötzlich aufspringen ließen? Er schloss ruckartig die Badezimmertür von innen zu, hörte Ellens Schritte im Flur.

Eine unheimliche Stille folgte. Es tat sich nichts, weder im Bad bei Thomas noch im Flur bei Ellen. Thomas bewegte sich nicht, und Ellen fragte nichts mehr. Es war gänzlich still.

In Windeseile durchsuchte Thomas den Badschrank weiter. Er holte eine Ampulle mit der Aufschrift ›Gamma-Hydroxybutyrat‹ ans Licht. ›KO-Tropfen?‹, fragte er sich. Dann fand er einen Schwangerschafts-Stäbchentest und einen schwarzen Elektroschocker in Pistolenform. Sein Herz raste.

»Thomas, mach sofort die Tür auf!«, schrie Ellen nun von draußen. »Ich warne Dich, mach jetzt sofort auf!«, wiederholte sie ihre Drohung noch lauter.

Berger nahm sein eigenes Handy aus der Hosentasche seiner Jeans und tippte zitternd die Zahlen 110 ein. Der Polizeinotruf meldete sich sofort. Thomas flüsterte in sein Handy: »Thomas Berger hier. Ich bin in Lebensgefahr und befinde mich in Ellen Arnolds Wohnung. Sie hat vermutlich ihre Dienstwaffe bei sich.«

Er hatte den letzten Satz noch nicht beendet, da schoss Ellen mit ihrer Dienstwaffe das Türschloss zum Bad auf. Ein höllischer Knall durchbrach die abendliche Ruhe in dem Mehrfamilienhaus am Platz der Freiheit. Die Glastür hielt dem Schuss nicht stand und zerbarst. Unzählige Splitter lagen auf den Bodenfliesen. Der Schuss musste im ganzen Haus zu hören gewesen sein. Ellen stieg durch den Türrahmen ins Bad. Sie stand zitternd mit ihrer Dienstwaffe vor Thomas und starrte ihn mit großen, schreckgeweiteten Augen an. Ihre Pupillen waren ganz klein und bewegten sich hektisch hin und her. »Was schnüffelst du hier in meinen Sachen herum?«, schrie sie.

»Ellen, bist du verrückt? Was soll das Ganze?«, brüllte Thomas Ellen an. Er bereute sofort, die Fragen – und dann noch in dem lauten Ton – gestellt zu haben. Seine missliche Lage war ihm bewusst. Er durfte Ellen nicht noch mehr provozieren, wenn er aus dieser Situation lebend herauskommen wollte.

»Ich bin nicht verrückt. Was schnüffelst du hier in meinen Schränken rum?«, schrie sie völlig hysterisch zurück und zielte mit der Waffe direkt auf Thomas' Kopf. »Setz dich hin, die Hände hinter den Kopf, sonst schieße ich!«, befahl sie ihm.

Thomas saß vor der Toilette auf den Fliesen und hatte die Arme hinter seinem Kopf verschränkt. Er spürte, wie sich Schweißperlen am Nacken sammelten und seine verschlossenen Hände feucht wurden. Er versuchte, Ellen zu beruhigen. »Ellen, wir finden eine Lösung. Bitte gib mir deine Waffe!« Thomas ließ Ellen nicht aus den Augen. Er hatte wahnsinnige Angst, dass sie jeden Moment abdrücken würde. »Ellen, bitte gib mir die Waffe! Es ist zwecklos. Das SEK wird gleich hier sein. Meinst du, den Schuss hat hier niemand im Haus gehört? Gib mir die Waffe, Ellen! Wir finden eine Lösung. Mach nicht alles noch schlimmer, als es vielleicht schon ist. Bitte!«

»Eine Lösung? Ja, du findest immer eine Lösung! Thomas Berger hat immer und für alles eine Lösung parat!«, schrie Ellen. »Ich bin schwanger von dir, Thomas Berger! Unser gemeinsames Kind wird im Gefängnis geboren. Hast du dafür auch eine Lösung?«, schrie Ellen und zitterte, sodass ihr dünner Hausanzug flatterte. Sie stand barfuß auf den Scherben der Glastür. Die Schmerzen an ihren Füßen setzten sie noch zusätzlich unter Druck. Tränen liefen über ihr feuerrotes Gesicht. »Wir drei werden hier und jetzt sterben. Es gibt keine Lösung, Thomas. Du hättest dich nie von deiner Ina getrennt, und diese Tennisschlampe Lisa wollte dir ein Kind unterjubeln. Ich habe sie doch am Ufer bei eurem Verein telefonieren hören, wie sie sagte, du sollst dich von deiner Frau trennen, sie erwarte ein Kind von dir. Deine Ina und erst recht die blöde Lisa wussten doch gar nicht, was wahre Liebe ist! Nur ich liebe dich! Ich liebe dich und habe dich ständig verfolgt, sogar in deiner Freizeit habe ich dich nicht aus den Augen gelassen. Ist dir das gar nicht aufgefallen? Du Super-Bulle!«

»Was erzählst du denn da? Das stimmt nicht! Ich habe doch nichts mit Lisa! Die ist nicht schwanger, und wenn doch, dann nicht von mir!«, widersprach Thomas. »Wir waren früher mal ein Paar. Das ist zig Jahre her. Das musst du mir glauben«, versuchte Berger Ellen zu beruhigen. »Bist du wirklich schwanger von mir, Ellen?«, fragte Thomas angespannt.

»Ja, ich bin schwanger von dir. Oder hast du einmal gefragt, wie ich verhüte? Die blöde Ellen wird schon die Pille nehmen. Das hast du vorausgesetzt, nicht wahr? Ich wollte nur dich, nur dich allein. Du bist so ein Egoist. Ich bin dir doch scheißegal. Mehr als Sex hat dich doch an mir nicht interessiert. Es hat dich nicht einmal gestört, als ich dir sagte, ich hätte jemanden kennengelernt«, schrie Ellen. Ihre Stimme wurde so laut und schrill, dass sie ihr fast versagte.

»Ellen, es ist dein und es ist auch mein Kind. Bitte gib mir die Waffe! Bitte!«, sprach Thomas leise. Er wurde noch blasser und glaubte nicht, was er gerade gehört hatte. Wie sehr hatte er sich mit Ina ein Kind gewünscht, und jetzt das. Ellen war schwanger, oder log sie ihn an, das wusste Berger nicht mehr einzuschätzen. Was erzählte sie von Lisa, fragte er sich weiter.

»Nein, mein Lieber. Ich erschieße dich. Wenn ich ins Gefängnis gehe, wirst auch du keine andere mehr glücklich machen!«, schrie Ellen völlig besessen.

Thomas saß fassungslos auf dem kalten Fliesenboden. Er spürte, wie sein Handy in der Hosentasche vibrierte. Vermutlich rief die Polizei zurück, oder das SEK hatte Stellung vor Ellens Haus bezogen. Es tat sich nichts und Ellen stand immer noch zitternd mit einem verzerrten Gesichtsausdruck vor Thomas. Plötzlich klingelte ihr Handy im Flur. Sie rührte sich nicht. Er sah seinen Tod auf sich zukommen.

»Ellen, bitte gib mir die Waffe! Du weißt doch, dass du hier keine Chance hast, rauszukommen. Das SEK hat Zeit. Irgendwann bist du so erschöpft und verlierst die Kontrolle. Bitte, Ellen, gib mir die Waffe! Wenn du und ich sterben, stirbt auch unser ungeborenes Kind. Bitte Ellen, komm zur Vernunft!«, flehte Thomas sie an. »Wenn die Ermittler bis jetzt nicht herausgefunden haben, was auch immer mit Ina passiert ist, bekommen sie es jetzt auch nicht mehr heraus«, log Thomas absichtlich. »Bitte, Ellen, du weißt doch, wie sehr ich mir Kinder gewünscht habe«, erfand er weitere Lügen, um Ellen zum Aufgeben zu bewegen. »Wir werden sagen, dass ich mit den Nerven am Ende war und wir einen heftigen Streit hatten, der hier einfach eskaliert ist. Bitte, Ellen, das ist unsere einzige Chance! Gib mir die Waffe!«, bettelte er und flehte sie erneut an.

Ellen ging im Bad nervös auf und ab und überlegte. Sie hatte immer noch ihre Waffe auf Thomas gerichtet. Sie bemerkte nicht, wie ein kleiner roter Punkt auf ihrer Stirn tanzte. Längst hatte das SEK im Haus gegenüber Stellung bezogen und beobachtete die Lage im Bad. Thomas bemerkte dies und schluckte aufgeregt den in seinem Mund angesammelten Speichel herunter. Er wusste, dass der Einsatzleiter nur auf einen passenden Moment wartete, um den finalen Rettungsschuss auf Ellen anzuweisen.

Plötzlich hatte Ellen den roten Laserpunkt bemerkt, der sich in ihrem Badfenster spiegelte. Sie duckte sich. Als sie sich niederbeugte, nahm er geistesgegenwärtig die flache Personenwaage, die auf dem Boden stand, und knallte sie mit voller Wucht in Ellens rechte Kniekehle. Sie verlor das Gleichgewicht und fiel in dem Moment zu Boden, als ein Schuss durch das Badfenster eindrang. Die Glasscheibe zersprang in unzählige Scherben. Thomas stürzte sich sofort auf Ellens Pistole. Er bekam die Waffe nicht zu fassen. Eine heftige Rangelei begann auf dem von Glassplittern bedeckten Fliesen. Ellen gab nicht auf. Thomas bekam sie endlich zu fassen, verdrehte ihr den rechten Arm auf dem Rücken und kickte die Waffe mit seinem Fuß aus Ellens Reichweite. Es war vorbei. Seine Kollegin wehrte sich nicht mehr und ergab sich Thomas – ihrem Vorgesetzten und dem Vater ihres ungeborenen Kindes.

Thomas schrie mit letzter Kraft durch das zersplitterte Badfenster: »Es ist vorbei! Brecht die Tür auf, ich habe alles unter Kontrolle!«

›Ich habe gar nichts mehr unter Kontrolle‹, war Thomas letzter Gedanke, bevor das SEK in Ellens Wohnung stürmte. Ein letztes Mal sah Thomas in Ellens tränengefüllte smaragdgrüne Augen. Ellen wurde von zwei schwarz gekleideten Beamten abgeführt. Thomas sank in dem völlig demolierten Bad zu Boden. Er lag da, kleine Blutflecke waren auf seinem Shirt sichtbar geworden. Thomas Halsschlagader pulsierte heftig. Er schrie plötzlich: »Oh Gott, hilf mir!« Er fing an zu zittern und zu schluchzen.

Epilog

Herman Buck wurde der Mord an der siebenjährigen Julia aufgrund einer DNA-Analyse nachgewiesen. Er wurde in die Forensische Psychiatrie nach Stralsund gebracht. Ein erneut erstelltes Gutachten hatte erwiesen, dass er die Psychiatrie niemals hätte verlassen dürfen.

Ellen Arnold war in der Tat von Thomas Berger schwanger und musste in Untersuchungshaft in die Justizvollzugsanstalt. Sie hatte später in einem langen Geständnis zugegeben, Lisa Meinhardt mit einem Elektroschocker bewegungsunfähig gemacht und sie dann anschließend bewusstlos in den Schweriner See gestoßen zu haben. Die Brandverletzungen des Elektroschockers konnten bei der Obduktion an Lisas Leiche nicht mehr nachgewiesen werden, weil der Körper bereits mehrere Wochen im Wasser gelegen hatte.

Ellen Arnold gab ferner zu, Ina Berger vorsätzlich auf die Aussichtsebene des Schweriner Doms gelockt zu haben, um sie zu töten. Auch die Strommarken des Elektroschockers an Ina Bergers Gesicht waren aufgrund des Aufschlags und der daraus resultierenden schwersten Kopfverletzungen in der Rechtsmedizin nicht mehr erkannt worden. Ellen Arnold war krankhaft in ihren Chef verliebt und war besessen von der »Mordsidee«, zwei Frauen vorsätzlich zu töten, um Thomas Berger ganz allein für sich zu besitzen.

Kriminalhauptkommissar Thomas Berger wurde noch in der gleichen Nacht aus Ellens Wohnung von seinem Stellvertreter Klaus Wegner zurück in die Klinik nach Ahrenshoop gebracht. Er wurde dort kurz nach Mitternacht völlig apathisch von Chefarzt Dr. Simon wieder stationär aufgenommen. Berger soll durch ihn sein seelisches Gleichgewicht zurück erlangen. Offen ist, ob ihm das jemals gelingen kann?

»Engel quält man nicht«
Kommissar Bergers dritter Fall

Ähnlichkeiten mit real existierenden Personen oder Gegebenheiten sind rein zufällig, nicht beabsichtigt und entsprangen meiner Fantasie.

Kapitel 1: Gekaufte Liebe

»Thomas, du kannst hier nicht die ganze Nacht bleiben! Hörst du? Du hast nur für eine Stunde bezahlt und die ist längst um«, mahnte Gina und schüttelte ihre rote Mähne zurecht. Während ihr Kunde langsam erwachte, prüfte sie im Spiegel an der Decke den Sitz ihrer schwarzen Lederkorsage und zog sich die halterlosen Strümpfe auf gleiche Höhe ihrer festen Oberschenkel. Gina war schlank und sah von den Damen, die Berger im Blue Angel kurz zuvor gesehen hatte, am wenigsten wie seine verstorbene Frau Ina und seine Kollegin Ellen Arnold aus. Allein unter diesem Aspekt hatte er Gina ausgewählt.

»Lass mich noch einen kleinen Augenblick hier liegen! Ich fahr gleich los und dann kannst du deinen nächsten Kunden empfangen«, bat Hauptkommissar Thomas Berger und starrte ebenfalls in den großen ovalen Spiegel, der an der Decke direkt über dem Bett montiert war. Die Flasche Sekt, die er fast allein ausgetrunken hatte, hatte ihn schon etwas angeschlagen. Vielleicht hätte er im Laufe des Tages doch eine Kleinigkeit essen sollen. Ihm war klar, dass er tatsächlich in einem Bordell gelandet war und er schämte sich dafür.

Berger kannte das Blue Angel in der Schweriner Ziegeleistraße nur aus den Erzählungen seiner Kollegen von der Sitte. Fast monatlich fand dort eine große Razzia statt. Die Personalausweise der Damen wurden kontrolliert und speziell ausgebildete Polizeihunde suchten nach Drogen. In den Kellerräumen wurde vor zwei Monaten ein Pokerabend, bei dem es um fünfstellige Einsätze ging, aufgelöst. Das Blue Angel war ansonsten das gepflegteste und bekannteste Etablissement von Schwerin. Diskretion und Sauberkeit des Hauses und erst recht der Damen hatten für den Bordell-Chef höchste Priorität. Nur er allein wählte die Frauen nach Aussehen, Herkunft, Haut- und Haarfarbe sorgfältig aus und warb mit ihnen auf der Homepage des Etablissements.

»Thomas, bitte, ich möchte nicht das Sicherheitspersonal rufen«, bat Gina und hoffte, dass er sich endlich erheben würde. Sie hatte noch zwei angemeldete Stammkunden, die bald eintreffen würden. Es handelte sich nicht um Laufkundschaft, sondern um langjährige und spendable Gäste, die Gina auf keinen Fall an eine ihrer Kolleginnen verlieren wollte. Thomas war das erste Mal Gast des Hauses und niemandem bekannt. Gina spürte an seinem Verhalten, dass er vermutlich das erste und auch das letzte Mal ein Bordell aufgesucht hatte. Nach einem neuen Termin fragte er nicht. Ein Notfall, schlussfolgerte Gina.

Berger war endlich aufgestanden und zog seinen schwarzen Slip, seine Jeans und ein dunkelblaues Shirt über. Er fuhr sich mit den Händen durch sein kurzes Haar. Er ging auf die fünfzig zu und war für sein Alter ein sehr attraktiver Mann, nach dem sich nicht nur die Frauen in seiner Dienststelle umdrehten. Sie fanden seine graumelierten Schläfen und seine tiefe warme Stimme reizvoll. Seine Körpergröße von fast zwei Metern, seine sportliche Figur und das intensiv duftende Aftershave waren auch Gina sofort aufgefallen.

Hundert Euro hatte Berger bereits vor Ginas Dienstleistung übergeben. Er schlüpfte in seine sportlichen Slipper und war sichtlich verlegen, dass er – der schon seit seiner Jugend als Womanizer bekannt war – ein Bordell aufgesucht hatte. Jederzeit hätten seine Kollegen aus der Schweriner Polizeiinspektion zu einer Razzia auftauchen können. Das wurde ihm bewusst, als er das Holster seiner Dienstwaffe anlegte und seine Lederjacke drüberzog.

Gina erschrak und guckte ihn entsetzt mit ihren großen Augen an. Sie fragte sich plötzlich, ob er als Kunde im Blue Angel abgestiegen war oder ob er jetzt auf einmal seinen Dienstausweis hervorholen und eine Polizeiaktion starten würde. Sie hatte schon die seltsamsten Geschichten über Polizeieinsätze in Bordellen gehört.

›Nichts wie weg hier‹, dachte Berger ein paar Minuten später, trat auf das Gaspedal seines Golfs und fuhr schnellstens nach Hause.

Kapitel 2: Einsamkeit

Berger war noch nicht ganz durch die Wohnungstür seines Einfamilienhauses, da klingelte sein Telefon. Er feuerte achtlos zwei Briefe auf den großen Stapel Post, der sich seit Wochen türmte, ging zur Kommode im Flur und nahm den Hörer ab. »Ja, Berger hier«, meldete er sich und schaute prüfend in den Spiegel, der über der Kommode hing. Er beobachtete seinen Mund beim Sprechen und hörte seinem langjährigen Tennisfreund Ben zu.

»Schön, dass ich dich endlich erreiche. Ich habe schon so oft angerufen, nie warst du zu Hause!«, beschwerte Ben sich. »Wie geht es dir? Wollen wir nicht mal wieder ein Match spielen?« Seine Stimme klang sorglos und unbekümmert.

»Nee, lass mal, Ben! Ich komme nicht mehr auf die Tennisanlage. Die Sache mit Lisa und das ganze Gequatsche im Club ... Ich habe da keinen Bock mehr drauf«, antwortete Berger. »Gib mir noch etwas Zeit, ja? Ich melde mich bei dir, aber im Moment wird es absolut nichts. Nett, dass du angerufen hast, Ben. Sei mir nicht böse!« Berger beendete das Telefonat rasch. Er hatte keine Lust, mit seinem Tennisfreund zu diskutieren. Der tragische Tod seiner Freundin Lisa saß noch zu tief in seinem Gedächtnis.

Berger ging in die Wohnstube und holte eine Flasche Jim Beam aus der Anrichte. Er goss einen Whisky ins Glas und setzte sich auf die große Ledercouch. Als es das Glas zum Mund führte, roch er an seiner Hand das aufdringliche Parfüm von Gina und rümpfte angewidert die Nase. Seine verstorbene Frau Ina hätte sich nie in so eine billig riechende Wolke gehüllt, dachte er traurig. Und seine ehemalige Kollegin Ellen, die mit ihm eine Affäre begonnen hatte und seit zwei Monaten in der Untersuchungshaft in Waldeck saß, benutzte gar kein Parfüm.

Berger goss sich einen zweiten Whisky ein. Diesmal war es ein doppelter. Er schluckte ihn in einem Zug hinunter und schüttelte sich. Er dachte an Ellen und mutmaßte, wie es wohl in fünf Monaten sein würde, wenn er zum ersten Mal Vater eines Jungen oder Mädchens sein würde. Vater eines Kindes, das er beim Fremdgehen gezeugt und nie gewollt hatte. Er hatte gehofft, dass Ellen verhütet, und sich darüber überhaupt keine Gedanken gemacht. Berger seufzte. Es würde das Kind einer krankhaft eifersüchtigen Mutter sein, die vor Kurzem nicht nur seine Frau Ina, sondern auch seine Tennisfreundin Lisa vorsätzlich getötet hatte. Er schwankte in seinen Gefühlen hin und her. Einerseits konnte das Ungeborene nichts für seine Eltern und andererseits würde es das Kind einer Mörderin sein, die auf ihren Prozess wartete und schon im Gefängnis saß. Nur um ein Haar hatte das SEK verhindert, dass Ellen nicht auch Berger getötet hatte. Dann wäre ihr gemeinsames Kind schon Halbwaise, bevor es den ersten Schrei von sich gegeben hätte.

Berger schraubte den Verschluss der Whisky-Flasche ein drittes Mal ab und trank einen großen Schluck. Diesmal direkt aus der Flasche. Jetzt fühlte er sich besser. Ein wohliges Gefühl machte sich in seinem Körper breit. Langsam zog er seine Sachen aus, warf alles auf einen Sessel und rekelte sich auf der Couch. Nach einem letzten prüfenden Blick auf sein Handy legte er es auf den Tisch. Nach ein paar Minuten war er eingeschlafen, lag auf dem Rücken und schnarchte mit weit geöffnetem Mund. Leise stöhnend wälzte sich sein Körper von einer unbequemen Lage in eine noch unbequemere. Die Kissen flogen beim Drehen von der Couch auf den Boden.

Stunden später schaute er auf sein Handy. Zum Glück konnte er noch eine halbe Stunde lang schlummern, um dann pünktlich um acht Uhr seinen Dienst in der Schweriner Polizeiinspektion zu beginnen.

Es war bereits 9.30 Uhr, als er plötzlich aufwachte und hochschreckte. »Mist!«, schrie Berger und saß senkrecht auf der Couch. Schnell nahm er seine Sachen und rannte ins Bad. Für eine Dusche und eine Rasur fehlte die Zeit. Die Zahnpastatube war leer und lag ausgequetscht am Waschbeckenrand. So spülte er sich schnell den Mund mit Wasser aus, ohne die Zähne richtig zu putzen. Er zog sich an, fuhr mit den Händen fix durch sein Haar und rannte zur Küche. Hungrig guckte er in den Kühlschrank, in dem nur ein paar Scheiben Käse lagen, die sich bereits wellten. Ein fast leeres Glas Leberwurst stand da, auf dem sich ein hellgrüner, pelziger Schimmelbelag gebildet hatte. ›Wer soll auch einkaufen, wenn nicht ich‹, fragte er sich. Er schlug die Kühlschranktür zu und machte sich auf den Weg zur Arbeit.

Im Auto, in Richtung Dienststelle unterwegs, sah Berger auf seine Oberschenkel und entdeckte mehrere Schmutzflecken auf der Jeans. ›Den einen Tag geht sie wohl noch.

Oder hätte ich doch eine frische Hose anziehen sollen‹, dachte Berger. Er erinnerte sich, wie liebevoll Ina ihm morgens das Frühstück auf den Tisch gestellt und ihm immer ein deftiges Stullenpaket mit einem Apfel mitgegeben hatte, da sie nie wusste, wann er nach Hause kam und ob er mittags Zeit hatte, sich in der Kantine zu versorgen. Manchmal, ganz zu Beginn ihrer Beziehung, hatte Ina in die Brotdose kleine Zettel mit liebevollen Botschaften hineingelegt.

Hastig schloss er sein Handy an das Ladekabel in seinem Wagen an und drückte auf den Knopf der Freisprechanlage, um seine Sekretärin in der Dienststelle anzurufen. »Guten Morgen, Berger hier! Ich war heute Morgen schon bei der Staatsanwaltschaft am Bleicher Ufer und komme daher etwas später ins Büro«, log er, um Zeit zu gewinnen und nicht unangenehm aufzufallen.

»Okay, bis gleich«, verabschiedete sich seine Mitarbeiterin.

Nach einer Viertelstunde stand Berger im Büro vor ihr. ›Um Gottes willen! Wie sieht der denn aus? Der kommt niemals von der Staatsanwaltschaft‹, dachte sie, als sie Berger begrüßte und ihm seine Jacke abnahm. Die Jacke roch intensiv nach Schweiß und Nikotin. Berger hatte noch Schlaffalten auf der Wange. Die Bartstoppeln ließen sein Gesicht viel herber wirken als sonst. Ihr Blick fiel auf die schmuddelige Jeans ihres Chefs und sein zerknittertes Shirt. ›Was ist bloß aus ihm geworden‹, dachte sie traurig, ging aus dem Büro und kochte ihrem Chef erst einmal einen starken Kaffee.

Berger saß an seinem Schreibtisch und überflog die Nachrichten der Leitstelle auf dem Monitor, um sich ein Bild zu machen, was in der vergangenen Nacht in Schwerin vorgefallen war.

Kurze Zeit später betrat Kriminaldirektor Wegner, Bergers Chef, das Büro. »Kommst du auch noch? Wir haben dich in der Morgenrunde vermisst!«, wetterte er los. »Sag mal, wie siehst du überhaupt aus? Hast du die Nacht auf einer Bank im Schlossgarten verbracht?« Er nahm kein Blatt vor den Mund.

»Nein. Natürlich nicht«, antwortete Berger. »Ich hatte eine Autopanne.« Während er seinen Chef mit einer weiteren Notlüge abspeiste, bemerkte er gar nicht, wie seine Sekretärin mit einem dampfenden Kaffee ins Büro zurückkam.

Sie hörte von der Autopanne und war verwundert. Warum hatte ihr Chef sie eben angelogen, als er behauptet hatte, schon bei der Staatsanwaltschaft gewesen zu sein, fragte sie sich und das mit der Autopanne stimmt sicherlich auch nicht.

Wegner verließ das Büro, da sein Handy klingelte, was Berger eine längere Strafpredigt ersparte. Beim Hinausgehen nickte er dem Hauptkommissar zu und gab ihm damit zu verstehen, dass er gleich nachkommen solle.

Berger nahm seiner Sekretärin den Kaffeebecher ab und trank gleich einen Schluck. »Puh, ist der noch heiß.« Berger stellte die Tasse zitternd ab. »Sag mal, haben wir noch Kekse, einen Schokoriegel oder irgendetwas zu essen hier?«, fragte er und sah seine Sekretärin an.

»Ich gehe in die Kantine und hole dir zwei Mettbrötchen, dann sieht die Welt gleich anders aus«, bot sie ihm an. Berger tat ihr leid. Hungrig und in so einem ungepflegten Zustand hätte Ina ihren Mann niemals zur Arbeit fahren lassen.

Berger starrte auf seinen Schreibtisch. Er blickte auf das große eingerahmte Farbfoto seiner Frau. Ein Schnappschuss auf dem Oberdeck der AIDAdiva von der gemeinsamen Dubai-Rundreise. Ina sah so glücklich und unbekümmert mit ihrem leicht gebräunten Teint aus. ›Was für eine tolle Frau‹, dachte er. Warum bloß hatte er sich auf eine Affäre mit seiner Kollegin Ellen eingelassen, fragte er sich. ›Das bisschen Sex … mehr war es doch nicht‹, gestand Berger sich ein. Warum nur hatte er nie seiner Frau seine sexuellen Vorlieben näher gebracht? Fehlte ihm der Mut? Er wusste es nicht.

Berger hatte den Kaffee noch nicht ausgetrunken, da zog er ein Schubfach seines Schreibtisches auf und holte eine halb volle Colaflasche heraus. Schnell schraubte er die Flasche auf und goss einen Schluck in den heißen Kaffee. Es war jedoch keine Cola, sondern Whisky. Er hatte sich vorgestern eine Flasche Jim Beam im Supermarkt gekauft und in seiner Aktentasche mit ins Büro genommen. Gestern war die Flasche schon so weit geleert, dass er den Whisky in die leere Cola-Flasche umfüllen konnte. ›Morgen werde ich mal eine andere Sorte ausprobieren‹, dachte er sich, lehnte sich in seinem Stuhl zurück, sah aus dem Fenster auf den Baumarkt gegenüber und trank in aller Ruhe seinen Kaffee aus. Dann widmete er sich der Akte, die auf seinem Schreibtisch lag. Dass er zu seinem Chef kommen sollte, hatte er vergessen.

Kapitel 3: In der Untersuchungshaft

Ellen saß in der Justizvollzugsanstalt Waldeck in ihrer 13 Quadratmeter großen Zelle. Sie war jetzt im vierten Monat schwanger. Obwohl nicht einmal eine Wölbung zu sehen war, legte sie beide Hände auf ihren Unterleib. Abwesend schaute sie auf das Fenster, durch das das Sonnenlicht einfiel. Der Schatten der Gitterstäbe bildete ein doppeltes Kreuz auf dem Steinfußboden des spartanisch eingerichteten Raums. Müde hing sie ihren Gedanken nach. Zum tausendsten Mal: ›Warum habe ich Bergers Frau und seine Tennisfreundin getötet? Warum habe ich einen Doppelmord begangen?‹, fragte sie sich. Und woher kam diese krankhafte Eifersucht? Wurde sie nicht von vielen Männern begehrt und manchmal mit wollüstigen Blicken verschlungen? Wie viele Freundinnen, Schulkameradinnen und Kolleginnen hatten sie um ihr Aussehen beneidet? Hatte sie überhaupt irgendeinen Makel an sich?

Erschöpft ließ sie sich auf ihr schmales Bett fallen. Sie hatte die lange und einsame Nacht damit verbracht, immer wieder von der Bettkannte auf den Boden zu springen, um so eine Fehlgeburt auszulösen. Nein, sie wollte dieses Kind nicht! Sie fand die Vorstellung, dass es an seinem 18. Geburtstag von fremden Menschen erfahren könnte, dass seine Mutter eine Mörderin war, geradezu unerträglich. Für eine Abtreibung war es bereits zu spät. In ihrer blanken Verzweiflung hat sie nachts sogar den großen Esslöffel, den sie heimlich nach einer Mahlzeit versteckt hatte, tief in ihre Scheide eingeführt, um ihren Gebärmuttermund zu verletzen. Der Versuch blieb ohne Erfolg. Morgens war ihr nicht einmal übel.

Die Zellentür wurde von einer Vollzugsbeamtin geöffnet. Sie schaute Ellen an und prüfte die Zelle. Ihr Blick wanderte über das Bett, vom Tisch zum Stuhl und zuletzt zur Toilette. »Frau Arnold, Sie haben jetzt eine Stunde Freigang im Innenhof. Kommen Sie!«, wurde sie von der Beamtin in barschem Ton aufgefordert.

Ellen erhob sich und schlurfte ihr kraftlos hinterher. Im Innenhof standen bereits mehrere Frauen in kleinen Grüppchen. Einige von ihnen sahen ziemlich heruntergekommen und verlebt aus, anderen wiederum sah man nicht an, dass sie straffällig geworden waren.

»Eh, guckt mal, da kommt unser Blondchen. Waldecks next Topmodel! Unsere Mörderin mit dem Engelshaar. Morgen ist der Zopf ab, Rapunzel! Da kannst du dich drauf verlassen!«, rief eine der Inhaftierten, die um sie herum versammelt waren. Alle lachten und amüsierten sich auf Ellens Kosten, die vor ihren Mitgefangenen Angst hatte.

Sie blieb deshalb in Sichtweite der diensthabenden Beamtin. Tief die frische Luft einatmend, versuchte Ellen, ein wenig zu entspannen. Es gelang ihr nicht. Dass sie selbst einmal in dem Gefängnis landen würde, in das sie schon viele Verbrecher gebracht hatte, hätte Ellen niemals für möglich gehalten. Schweißperlen sammelten sich an ihrem Haaransatz und auf der Stirn. Ihr wurde schwarz vor den Augen und sie taumelte ein paar Schritte vor sich hin. Plötzlich sackte Ellen kraftlos zu Boden. Sie lag regungslos und gekrümmt auf den Steinplatten im Innenhof und hörte gerade noch, wie zwei Justizvollzugsbeamtinnen zu ihr liefen und veranlassten, sie umgehend auf die Krankenstation zu bringen.

Auf dem Weg dahin sprachen sie die Bewusstlose laut an und klopften ihr immer wieder vorsichtig an die Wange. »Wir müssen den Notarzt rufen!«, schrie die junge und noch unerfahrene Beamtin.

»Ach, die kommt schon wieder zu sich. Das ist die Aufregung«, erwiderte die Ältere von beiden.

»Guck mal, wie die Platzwunde an ihrem Kopf blutet!«, gab erstere misstrauisch zu bedenken.

Nach einer Viertelstunde wachte Ellen in einem Krankenbett auf und sah den an ihrer linken Armbeuge befestigten Tropf. Am Kopf fühlte sie mit der rechten Hand einen festen Verband.

»Wie geht es Ihnen, Frau Arnold?«, fragte die Gefängnisärztin, die an Ellens Bett stand.

»Habe ich mein Kind verloren?«, war Ellens erste Frage.

»Sie sind schwanger? – Das wusste ich ja gar nicht. Warum haben Sie das nicht bei ihrer Aufnahme hier gesagt?«, fragte die Ärztin verunsichert. »Wir werden einen Termin mit einer Gynäkologin vereinbaren und Sie untersuchen«, beruhigte die Ärztin sie.

»Meinen Sie, ich könnte nach Schwerin gebracht werden? Ich werde doch in ein paar Tagen in die JVA nach Lübeck verlegt. Als Polizeibeamte darf ich nicht in dem Bundesland, in dem ich als Polizistin gearbeitet habe, ins Gefängnis kommen. Ich habe eine sehr nette und kompetente Frauenärztin, zu der ich gern möchte. Es ist Frau Dr. Lea Engel in der Mecklenburgstraße. Bitte, ich möchte zu der Ärztin und zu keiner anderen«, flehte Ellen. Dabei fasste sie sich an ihre Stirn, denn sie bekam plötzlich pochende Kopfschmerzen.

»Ich werde das mit der Gefängnisleitung besprechen. Jetzt versuchen Sie erst einmal etwas zu ruhen.« Mit diesen Worten verabschiedete sich die Ärztin von Ellen und gab der diensthabenden Krankenschwester die Anweisung, genauestens auf den Kreislauf der Patientin zu achten. »Sie ist schwanger. Wir müssen deshalb besonders sorgfältig sein. Bitte beachten Sie das und informieren Sie mich sofort, sollten Unterleibsschmerzen oder Blutungen auftreten!«

Die Ärztin verließ die Krankenstation und machte sich direkt auf den Weg zum Gefängnisdirektor, um die Bitte von Ellen Arnold vorzutragen.

Kapitel 4: Polizeieinsatz

Thomas Berger hatte sich am Vormittag durch mehrere Ermittlungsakten gelesen, als seine Sekretärin plötzlich die Tür aufriss. Sie wedelte aufgeregt mit ihren Armen vor ihrem etwas fülligen Körper. »Thomas, du musst sofort los! Die Leitstelle hat gerade angerufen. Wo ist dein Handy? Niemand erreicht dich!«, kritisierte sie ihn.

»Ach Gott, mein Handy ist noch am Ladekabel in meinem Wagen angeschlossen. Ich hole es sofort«, gab er betreten von sich. Er zog sein Shirt in Form und achtete darauf, die Colaflasche mit der dunkelbraunen Flüssigkeit wieder fest zuzuschrauben und in der Schublade verschwinden zu lassen. »Was ist passiert?«, fragte er seine Mitarbeiterin im Vorbeigehen.

»In der Goethestraße ist eine Frau aus dem Fenster gestürzt. Ob Suizid oder Mord, das weiß die Leitstelle bisher noch nicht«, bekam er als Antwort.

Berger fuhr mit seinem Dienstwagen direkt in die Innenstadt und parkte an der Straßenbahnhaltestelle Schlossblick. Es warteten bereits fünf Straßenbahnen hintereinander, da die Frau vor dem Gleisbett lag. Der Unfallort war großräumig durch rot-weißes Plastikband abgesperrt. Schaulustige sammelten sich um das Geschehen. Sie versuchten einen Blick zu erhaschen, um zu erahnen, was sich hinter der Decke abspielte, die zwei Polizeibeamte um die verunglückte Frau als Sichtschutz hielten. Der herbeigerufene Notarzt versuchte mit aller Kraft, sie zu reanimieren. Vergeblich. Er brach nach ein paar Minuten alle Maßnahmen ab. Sie war tot. Der Notarzt deckte den durch den enormen Aufprall schwerverletzten Körper und die ausgetretenen Körperflüssigkeiten ab.

»Weiß man schon, wie sie heißt und aus welchem Fenster oder von welchem Balkon sie gestürzt ist?«, fragte Berger. Dabei schaute er an der Fassade des modernen Mietshauses hoch. Aus seiner Sicht konnte Berger nichts Auffälliges erkennen.

Ein älterer Herr saß auf einer Steinstufe neben dem Hauseingang. Sein Gesicht war blass und er zitterte. Der Notarzt ließ ihn in den Rettungswagen bringen und diagnostizierte einen schweren Schock. Er spritzte ihm sofort ein Beruhigungsmittel.

»Der Mann ist nicht in der Lage, eine Aussage zu machen. Ob ihn der Anblick der toten Frau oder sogar schon das Beobachten, wie sie auf die Straße aufschlug, den Schock verursacht hat, kann ich Ihnen nicht sagen«, informierte der Notarzt Hauptkommissar Berger. »Wir müssen ihn auf jeden Fall zur Beobachtung mit in die Klinik nehmen.«

Berger begab sich in das Haus, vor dem der Alte saß. Nacheinander klingelte er an den Wohnungstüren und befragte die Bewohner, ob sie etwas gesehen hätten. Niemand hatte jedoch gesehen, wie die Frau ums Leben gekommen war. Sie wussten lediglich zu berichten, dass Gisela Harder im dritten Stock allein wohnte.

Ein herbeigerufener Schlüsseldienst hatte die Tür der Toten bereits geöffnet. Berger zog seine Handschuhe über und ging durch die Wohnung, die einen leicht verwahrlosten Eindruck machte. Es roch muffig. Das Fenster, aus dem die Frau gesprungen war oder gestoßen wurde, stand weit offen. Die Gardine bewegte sich sanft durch den Wind hin und her. Auf dem Wohnzimmertisch lagen alte Schwarzweiß-Familienfotos. Was war hier geschehen, fragte Berger sich, nachdem er die leicht vergilbten Fotos nachdenklich betrachtet hatte.

Nach weiteren Befragungen der Nachbarn stellte sich heraus, dass die verunglückte Frau sehr zurückgezogen gelebt, im Museum am Alten Garten als Reinigungskraft gearbeitet und kaum mit jemandem aus dem Haus Kontakt hatte. Eine Nachbarin konnte berichten, dass Frau Harder vor Kurzem ihre Eltern und ihren Ehemann bei einem schweren Verkehrsunfall verloren hatte. Die drei seien auf der Autobahn unmittelbar vor Hamburg mit ihrem Wagen ins Schleudern geraten. Er hatte sich überschlagen, war einen Hang hinuntergestürzt und sofort in Flammen aufgegangen. Alle Insassen waren bis zur Unkenntlichkeit verbrannt. Kinder hatte die Tote nicht. »Mir ist nur aufgefallen, dass es vorhin ziemlich laut in der Wohnung war. Sonst hörte man sie kaum. Ich bin mir aber nicht sicher, ob der Fernseher lief oder ob es ein Streitgespräch war«, mutmaßte die Nachbarin.

»Ist Ihnen sonst noch irgendetwas aufgefallen?«, fragte der Hauptkommissar.

»Nein«, antwortete die Nachbarin.

Ein Beamter der Spurensicherung kam zu Berger: »Wir finden keinen Ausweis und keine Kreditkarten. Ansonsten können wir erst einmal nichts Bedeutsames feststellen.«

Auf dem Tisch lag ein Fotoapparat. Berger klickte die Digitalfotos schnell durch und stellte fest, dass hauptsächlich das Museum als Motiv auf den Bildern zu sehen war. Er nahm die kleine Kamera mit und wollte sich die Fotos später noch einmal genauer anschauen. »Es sieht nicht gerade aus, als wäre die Tote vermögend. Aber das mag ja täuschen. Ist schon etwas seltsam auf den ersten Blick«, seufzte er. Berger nahm sein Handy aus der Hosentasche und rief seine Sekretärin an. »Ich bin's. Ich lasse die Leiche in die Rechtsmedizin bringen. Wir warten den Obduktionsbefund ab.« Berger gab ihr noch den Namen und die Wohnanschrift der Toten durch und beauftragte sie, nach weiteren Angehörigen zu suchen. Eltern und Ehemann könne sie bei der Suche ausschließen, weil sie angeblich vor Kurzem verstorben seien. Sie sollte Erkundigungen beim Einwohnermeldeamt einholen, ob es vielleicht Geschwister gab, die benachrichtigt werden mussten.

Da Berger fast in der Innenstadt war, ließ er seinen Wagen am Unfallort stehen und ging die Goethestraße zu Fuß in Richtung Marienplatz. Es war ziemlich heiß und er stellte etwas angewidert fest, dass er seinen säuerlichen Schweiß schon selbst an sich roch. Der sonst so penible und äußerst gepflegte Berger schämte sich. Er ging in einen Drogeriediscounter an der Ecke Schloßstraße, nahm das nächstbeste Deodorant aus dem Regal und sprühte damit schnell unter seinem Shirt in Richtung Achselhöhlen.

Eine Verkäuferin beobachtete dies und stellte ihn zur Rede. »So geht das aber nicht! Das ist kein Tester, mein Herr!«, und stellte sich ihm in den Weg.

Berger schaute sie erschrocken an und entschuldigte sich. Er bezahlte das Deo und verließ peinlich berührt den Discounter. Zügig machte er sich auf dem Weg zu einem Geldautomaten, um Bargeld für das bevorstehende Wochenende abzuheben.

Berger schwitzte und kehrte auf dem Rückweg zur Polizeiinspektion in einem kleinen italienischen Schnellimbiss ein. Er bestellte sich eine große Thunfischpizza mit extra viel Knoblauch. »Dazu können Sie mir gleich einen doppelten Grappa bringen!«, rief er der netten Bedienung hinterher. Berger schaute auf sein Handy. Niemand vermisste ihn und eine Mittagspause stand ihm zu, beruhigte er sich und trank den Grappa in einem Zug aus. Während er seine Pizza mit Genuss verzehrte, dachte er an Ina. Sie war eine hervorragende Köchin. Beide liebten die mediterrane Küche und waren häufig Gast bei Brinkama's, ihrem Lieblingsitaliener in der Lübecker Straße.

»War alles zu Ihrer Zufriedenheit? Noch ein Tiramisu als Dessert?«, fragte die junge Kellnerin überaus freundlich und riss Berger aus seinen Gedanken.

»Ja, sehr. Aber statt des Tiramisus trinke ich noch etwas«, antwortete Berger und starrte auf das reizvolle Dekolleté der hübschen jungen Frau.

»Einen Espresso?«, fragte sie, von seinen Blicken geschmeichelt.

»Nein, bringen Sie mir bitte zum Abschluss noch einen doppelten Grappa und auch gleich die Rechnung dazu«, forderte er sie freundlich auf.

Nach einer halben Stunde verließ Berger den Imbiss und fuhr zur Dienststelle zurück. Er hatte einen kräftigen Schluckauf, als er sein Büro betrat.

»Mensch, wo warst du denn so lange?«, fragte seine Sekretärin, die über ihre eigene Wortwahl und den barschen Ton erschrak.

»Wieso? Was ist denn?«, fragte Berger genervt. Er war vom Essen und den vier Grappa müde und träge.

»Wegner war hier und wollte wissen, was in der Goethestraße genau los war. Ich konnte ihm nur die Details sagen, die ich von dir wusste. Dann ist er heute, und das war schon das zweite Mal, wütend abgezogen. Er hatte dich bereits in der Morgenrunde vermisst. Du sollst sofort zu ihm kommen«, ermahnte sie Berger, der sich gleich auf den Weg machte.

»Komm rein!«, rief Dirk Wegner, als Berger an die halb offen stehende Tür klopfte und ihn durch den Türspalt schon sah.

Unaufgefordert nahm Berger am Besprechungstisch Platz.

»Sag mal, wie riecht das denn hier?«, fragte Wegner und runzelte irritiert die Stirn.

»Ich habe eine Thunfischpizza mit ganz viel Knoblauch gegessen«, antwortete Berger grinsend.

»Das riecht nicht nach Knoblauch, sondern nach Fusel!«, donnerte sein Chef zurück. »Thomas, ich kann dich jetzt pusten lassen! Das weißt du, nicht wahr?« Er ließ die Frage im Raum stehen, da beide das Ergebnis schon kannten.

Es war still. Niemand sagte etwas. Berger wollte nicht lügen und Wegner überlegte einen Moment. Schließlich sprach er: »Thomas, wir kennen uns nun schon so viele Jahre. Du bist mein bester Mann und es tut mir in der Seele weh, was Ellen dir angetan hat. Ich kann es immer noch nicht fassen, das deine Assistentin deine Frau und deine Freundin Lisa vorsätzlich getötet hat.«

Thomas wurde feuerrot im Gesicht. Seine Hände, die auf seinen Oberschenkeln lagen, begannen zu zittern. »Das ist leider noch nicht alles, Dirk«, gab er kleinlaut zurück. »Ich hatte mit Ellen eine Affäre und sie ist von mir schwanger.« Berger beobachtete Wegner, dessen Unterkiefer nach unten klappte.

Mit geöffnetem Mund stand dieser da und glaubte nicht, was er soeben von seinem besten Ermittler gehört hatte. Nach einem Moment sprach er ihm eine mündliche Verwarnung aus und bat ihn auf väterliche Art, sein Schicksal und seine Probleme nicht weiter im Alkohol zu ertränken. Er wies Berger an, sich sofort nach Hause fahren zu lassen und am nächsten Tag pünktlich um acht Uhr frisch und gepflegt in der Morgenrunde zu erscheinen. »Du fährst heute nicht noch ein zweites Mal angetrunken durch die Gegend, hörst du!«, drohte er ihm. »Mach, dass du jetzt nach Haus kommst! Und komm mir nicht noch mal mit einer Fahne zum Dienst! Hast du verstanden?«

Berger stand auf, war erleichtert, dass das Gespräch beendet war und kein Disziplinarverfahren nach sich zog. Er atmete tief ein und ging langsam in sein Büro, griff rasch seine Sachen und verließ das Polizeigebäude, ohne sich von seiner Sekretärin zu verabschieden. Sich in seinem Zustand von einem Kollegen nach Hause fahren zu lassen, war ihm zu peinlich. Vor dem Haupteingang wartete er auf ein Taxi, das er beim Hinausgehen telefonisch bestellt hatte.

Kapitel 5: Gespräche

»Frauenarztpraxis Dr. Engel. Sie sprechen mit Schwester Hilde. Was kann ich für Sie tun?«, meldete sich die Ambulanzschwester vorschriftsmäßig am Telefon.

»Hier ist Lotti, Schwester Hilde. Können Sie mich bitte mal mit meiner Mama verbinden?«, bat die junge Dame am anderen Ende der Leitung.

»Ist es sehr dringend? Deine Mutter behandelt gerade eine Patientin und möchte nicht gern in ihrer Sprechstunde gestört werden. Das weißt du doch!« Sie hoffte, mit dieser Aussage Charlotte, die Tochter ihrer Chefin, abwimmeln zu können, was ihr jedoch nicht gelang.

»Bitte, stellen Sie mich durch! Es dauert auch nur einen kleinen Augenblick«, erwiderte Charlotte Engel, die fast 18-jährige Tochter von Frauenärztin Dr. Lea Engel.

Schwester Hilde drückte auf die Taste für Leitung eins und stellte das Telefonat ins Behandlungszimmer. Nach fünfmaligem Klingeln nahm die Ärztin endlich den Hörer ab.

»Was gibt es denn so Dringendes?«, fragte sie. »Ich habe eine Patientin auf dem Stuhl und bereite gerade den Abstrich vor. Wir hatten doch vereinbart: dreimal klingeln lassen. Und wenn ich dann nicht rangehe, geht es gerade nicht. Ich habe sterile Instrumente in den Händen und kann nicht laufend vom Stuhl zum Schreibtisch hin und her springen.«

»Entschuldigung! Das weiß ich, aber Ihre Tochter ist am Telefon. Es ist wohl dringend.« Die Schwester legte am Tresen den Hörer auf, rollte genervt mit den Augen und widmete sich der nächsten Dame, die einen Termin zur Blutentnahme hatte. Hektik konnte Schwester Hilde nicht leiden. Sie stand auf und öffnete erst einmal das Fenster im Wartezimmer, schaute auf den Boulevard in der Mecklenburgstraße hinunter, auf dem schon zahlreiche Menschen unterwegs waren.

Die Frauenärztin entschuldigte sich bei ihrer Patientin, die auf dem gynäkologischen Stuhl mit gespreizten Beinen lag und unruhig die Decke anstarrte.

»Was gibt es denn so Wichtiges, Lotti? Ich habe zu tun!«, drängte Lea.

»Der Fahrdienst von den Johannitern ist nicht gekommen und ich muss mir ein Taxi zum Museum nehmen. Das kostet von Wittenförden bis zum Alten Garten mindestens 20 Euro. Ich konnte kein Bargeld zu Hause finden und wollte fragen, ob der Taxifahrer vom Museum zu deiner Praxis kommen kann und du ihm meine Fahrt dann bezahlst? Ich gebe ihm als Pfand meinen Personalausweis mit. Dann tauscht ihr Geld gegen Ausweis. Einverstanden?«, schlug sie ihrer Mutter vor.

»Natürlich, und deswegen rufst du an? Das hättest du auch mit Schwester Hilde abklären können. Denk dran, dem Taxiunternehmen am Telefon zu sagen, dass du im Rollstuhl sitzt«, erinnerte Lea ihrer Tochter.

»Ja, ja, ich bin doch nicht blöd. Ich wollte dich nur wegen des Geldes fragen. Entschuldige, wenn ich dich wieder mal gestört habe«, dann legte Lea maulig den Hörer auf und bestellte sich ein Taxi.

Charlotte Engel hatte ein ausgezeichnetes Abitur am Fridericianum abgelegt. Sie besuchte die Hochbegabtenklasse des Fritz, wie man das Gymnasium umgangssprachlich in der Landeshauptstadt nennt. Die junge Frau war seit vielen Jahren querschnittsgelähmt. Obwohl ihre Mobilität im Vergleich zu ihren gesunden Klassenkameradinnen stark eingeschränkt war, galt sie immer als beliebte Mitschülerin. In der Zeit, die andere Teenager in der Disko tanzten oder in der Innenstadt von Schwerin mit Freunden verbrachten, lernte Lotti für die Schule. Intelligenz gepaart mit unermüdlichem Fleiß, das ließ sie seit zwei Jahren am Schuljahresende als Klassenbeste dastehen. Charlotte Engel war bildhübsch. Sie hätte auch gern wie ihre Freundinnen nebenbei in Boutiquen gejobbt und als Modell an der Designschule Schwerin gearbeitet. Aber wegen ihres Rollstuhls hatte sie sich im Staatlichen Museum um einen Praktikumsplatz beworben und arbeitete hier, bis sie im Oktober ein Studium für Kunstgeschichte an der Universität Greifswald beginnen würde.

Lotti hatte sich schon während der schriftlichen Abi-Prüfungen vor ein paar Wochen persönlich einen Termin beim Museumsdirektor geben lassen. Sofort sagte er der Abiturientin den Praktikumsplatz zu. Nicht ganz uneigennützig dachte er an die Zukunft seines Museums. Man war gerade dabei, mit dem Finanzministerium des Landes Pläne für einen kostspieligen Erweiterungsbau zu schmieden.

Das Museum am Alten Garten in Schwerin hatte Lotti schon als kleines Kind fasziniert. Unzählige Male hatte ihre Mama sie durch die großen Hallen geschoben. Gemeinsam hatten sie das historische Gebäude am schönsten Platz der Stadt bestaunt. Das Schweriner Schloss, das Mecklenburgische Staatstheater, die Staatskanzlei und das Alte Palais bildeten ein wunderschönes Ensemble, das unzählige Touristen anzog. Schwerin war neuerdings auf dem Weg, eine Weltkulturerbe-Stadt der UNESCO zu werden. Die Galerie der Alten & Neuen Meister des Museums faszinierte die kleine Charlotte. Ihre Mutter hatte sie früher immer die Treppen hoch zum Eingangsportal mit den ionischen Säulen getragen und sich jedes Mal zu den beiden Löwenskulpturen, die die monumentale Treppe links und rechts säumten, eine neue und spannendere Geschichte für ihre Tochter ausgedacht.

Und nun versah sie hier sechs Stunden täglich ihren Dienst. Lottis Aufgabe bestand hauptsächlich darin, in der Galerie darauf zu achten, dass niemand die Kunstwerke berührte. Durch die vielen Führungen hatte sie so manch Interessantes über die Gemälde erfahren. Sie gab auch hin und wieder schon selbst Auskünfte, wenn ein Besucher eine Frage stellte. Die Bilder von Rembrandt und Rubens faszinierten sie am meisten. Auf eines der wertvollsten Gemälde der Sammlung, »Die Torwache« von Carel Fabritius, hatte sie besonderes Augenmerk zu richten. Natürlich waren die Bilder technisch nach neuestem Standard gesichert. Aber vor einem plötzlichen Säureanschlag durch einen Besucher konnte auch die Alarmanlage nicht schützen.

Lotti war etwas aufgeregt. Seit ein paar Tagen kam nachmittags ein junger Mann in die Gemäldegalerie und sprach sie des Öfteren an. Der blonde und sportlich gekleidete Herr hatte sich auch diesen Morgen gefreut, Lotti wiederzutreffen und sich mit ihr zu unterhalten. Lotti war nicht nur von seinem äußeren Erscheinungsbild, sondern auch von seinem Fachwissen und seiner charmanten Art begeistert. »Guten Tag, ich habe schon auf Sie gewartet«, ergriff Lotti an diesem Morgen zuerst das Wort.

Ihr Herz machte einen Aussetzer, als er sie anlächelte und höflich fragte: »Wollen wir uns nicht duzen?«

»Ich heiße Charlotte Engel. Sie ... äh du darfst mich gern Lotti nennen«, beendete sie den Satz mit einem Lächeln. Auf ihren Wangen bildeten sich kleine Grübchen und ihre Augen strahlten.

»Vielen Dank, Lotti!«, antwortete er und streckte ihr seine Hand zur Begrüßung entgegen. »Ich habe schon die letzten Tage überlegt, wie ich dich anspreche, ohne aufdringlich zu wirken. Mein Name ist Hendrik van Beuren.«

»Bist du Holländer?«, fragte Lotti und hielt seine Hand einen Moment lang fest.

»Ja, ich komme aus Amsterdam.«

»Was macht ein Holländer denn jeden Tag in einer niederländischen Gemäldegalerie in Schwerin?«

»Ich bin Journalist und arbeite an einer Broschüre über niederländische Malerei. Ich reise in der ganzen Welt herum. Ich bin für kurze Zeit in Schwerin. Anschließend geht's dann weiter nach Berlin.«

»Das ist ja interessant. Ich mache hier ein Praktikum und beginne in ein paar Monaten ein Kunstgeschichtsstudium in Greifswald. Ich verdiene mir hier etwas Geld und kann mir gleichzeitig schon etwas Wissen für das bevorstehende Studium aneignen.«

»Eine tolle Symbiose: Lernen und dabei Geld verdienen. Ich würde mich freuen, wenn ich dich heute nach Dienstschluss zu einem Eis einladen dürfte. In der Orangerie des Schlosses gibt es ganz leckere Eiscreme. Was meinst du?«, fragte er charmant und wartete ihre Antwort ab.

»Ja. Sehr gerne!« Lotti strahlte und freute sich sehr über die Einladung.

Sie verabredeten sich um 17 Uhr am Haupteingang des Museums. Lotti konnte ihr Glück kaum fassen, ein Date mit einem so gutaussehenden Mann vereinbart zu haben. Noch nie hatte sie eine Verabredung, auf die sie sich so sehr freute. Insgeheim wünschte sie sich sogar, dass eine ihrer Klassenkameradinnen sie mit Hendrik sehen würde. War es ihr zu verdenken? Sie wollte auch einmal im Mittelpunkt stehen. Nicht nur aufgrund ihrer fantastischen Zensuren.

Kapitel 6: Drohungen

»Guten Abend, mein Name ist Mark Röder! Ich hätte gern einen Termin bei Frau Dr. Engel.« Er stellte sich vor den Tresen und sah sich suchend um. Im Wartezimmer saßen keine Patientinnen mehr. Die Sprechstundenhilfe war gerade dabei, ihren Computer herunterzufahren.

»Guten Abend! Sie wissen schon, dass Sie in einer Frauenarztpraxis sind?«, fragte Schwester Hilde entgeistert.

»Ja, so steht es draußen auf dem Schild und lesen habe ich schon in der ersten Klasse gelernt.« Provozierend legte er seine rechte Hand auf den Tresen und trommelte mit den Fingern. Ungeduldig rollte er mit den Augen und fragte: »Was meinen Sie, wird das heute noch etwas?«

»Moment bitte!« Der Ton der Sprechstundenhilfe wurde lauter, als sie aufstand. Sie ging in Richtung Behandlungszimmer und klopfte leise an die Tür.

»Ja, bitte!«, rief Lea Engel und schaute zur Tür.

Schwester Hilde ging hinein und schloss leise die Tür hinter sich. »Draußen steht ein Herr Mark ... äh ... Röder, glaube ich. Der möchte einen Termin bei Ihnen.«

Lea guckte über ihren Brillenrand ihre Mitarbeiterin erstaunt an. »Hat er sich wirklich als Mark Röder vorgestellt?«, fragte sie verunsichert und wollte nicht glauben, welchen Namen sie gehört hatte.

»Ja, Mark Röder« bestätigte die Schwester.

»Hilde, Sie können für heute Schluss machen. Ich brauche Sie heute nicht mehr. Schönen Feierabend und bis morgen.« Lea legte das Diktiergerät, auf das sie gerade Befunde ihrer Patientinnen sprach, zur Seite und stand auf. Sie nahm ihre Lesebrille ab. Einen kleinen Moment brauchte sie, um sich gedanklich zu sammeln, dann öffnete sie die Tür ihres Sprechzimmers.

Es war tatsächlich Mark Röder, der an der Anmeldung stand und sie anlächelte. Sein Haar war etwas lichter geworden, sein Körper war jedoch schlanker als früher. »Guten Abend, Mark! Wie kommst du denn hierher? Komm rein!« Lea bot ihm freundlich einen Stuhl an. Er setzte sich. Ihre Gedanken kreisten. Sie war angespannt und bekam einen trockenen Mund.

»Guten Abend! Ich war in der Nähe und wollte mal schauen, wie es dir so geht.«

Lea blickte ihn verwundert an und wurde nervös. Sie ließ sich jedoch nichts anmerken und wollte erst einmal abwarten, was er von ihr wollte. »Geht's dir gut Mark? Hast du Arbeit, Familie ... erzähl doch mal!«, fragte sie gleich hinterher, um keine unangenehme Pause entstehen zulassen.

Mark stand auf und ging langsam im Behandlungszimmer herum. Er schaute sich den Frauenarztstuhl und die hochmodernen diagnostischen Geräte genau an. »Eine Hightech-Ambulanz ... du scheinst recht gut zu verdienen«, bemerkte er. »Dann die Villa in Wittenförden und das Cabrio ... du hast es echt geschafft.« Seine zusammengekniffenen Augen strahlten jetzt den puren Neid aus.

»Woher weißt du, dass ich in Wittenförden wohne und was für einen Wagen ich fahre?«, erwiderte sie.

»Und dann noch diese bildhübsche Tochter. Nur schade, dass sie ihm Rollstuhl sitzt«, provozierte er sie.

Lea wurde blass im Gesicht und zitterte.

»Weiß deine Tochter eigentlich, wer ihr Vater ist und warum sie im Rollstuhl sitzt, meine Süße?«

Lea stockte der Atem. Sie schnappte nach Luft. Wie lange war es her, dass sie mit »meine Süße« angesprochen wurde, fragte sie sich. Sie ging in die Offensive: »Was willst du von mir, Mark? Sag, was du willst und dann verschwinde wieder!«

»Weiß die Alte an der Rezeption eigentlich, was sie für eine tolle Chefin hat?«, stichelte er. »Bestimmt weiß sie nicht, dass du, bevor du deine Approbation als Ärztin hattest, schon bei deiner besten Freundin Sophie eine Abtreibung in Lehrräumen des Universitätsgeländes vorgenommen hast.«

Lea nahm das Wasserglas vom Schreibtisch. Zitternd führte sie es zum Mund und trank einen großen Schluck.

»Aber deine Tochter wird doch wissen, was sie für eine liebe Mama hat, oder? Sie war so lieb, dass sie ihrer damaligen Freundin Sophie beim Schwangerschaftsabbruch nicht nur den Embryo nahm, sondern ihr später auch noch gleich den Freund ausgespannt hat.«

»Halt deinen Mund! Was willst du von mir?«, schrie sie ihn plötzlich an. »Du Mistkerl, verpiss dich und lass mich in Ruhe!« Lea erschrak über ihre Wortwahl. Sie sah ihn wütend an. Ihr blasses Gesicht hatte feuerrote Wangen bekommen.

»Nur schade, dass du keinen Kerl hast, meine Süße, der dich beschützt. Oder ist mir da etwas entgangen? Vermutlich kaufst du dir mit deinem vielen Geld nach Lust und Laune einen Lover, stimmt's? Oder besorgt es sich die karrieregeile Superfrau lieber selbst?«

»Ich frage dich jetzt zum letzten Mal: Was willst du von mir?« Lea sprach jetzt bewusst gelassener, um nicht verängstigt zu wirken.

»Trinkst du noch? Oder warst du das letzte Mal besoffen, als der Autounfall mit deiner Tochter passiert ist? Ganz traurige Geschichte ... findest du nicht auch? Das arme Mädel!« Grinsend starrte er sie an.

»Du Schwein! Was willst du? ... Jetzt nach 15 Jahren mein Leben zerstören? Selbst nichts auf die Reihe bekommen und das Glück anderer auf dem Gewissen haben. Ist es das, was du willst? Du miese Ratte!« Lea atmete nach diesen Sätzen tief ein.

Er war überrascht, mit welchem Selbstbewusstsein sie ihm plötzlich entgegentrat. »Die miese Ratte will Geld!«, antwortete er selbstgefällig. »Ich rufe dich an, meine Süße. Billig wird das nicht, das kannst du dir ja denken! – Ich habe mir mal eine Visitenkarte vom Tresen genommen. Ohne Approbation und eine behinderte Jugendliche an der Backe ... Und vielleicht mag die junge Lady ihre Mama plötzlich gar nicht mehr, wenn sie weiß, warum sie im Rollstuhl sitzen muss.« Mit diesen Worten verließ er die Praxis.

Als die Tür mit einem lauten Knall ins Schloss fiel, saß Lea zitternd an ihrem Schreibtisch. Sie atmete tief durch und griff nach ihrem Handy, um Lotti anzurufen, doch dann steckte sie es wieder ein. Was sollte sie ihrer Tochter sagen?

Kapitel 7: Angst

Hektisch packte Lea Engel ihre Sachen in der Praxis zusammen. Der Schock, dass Mark Röder plötzlich und unverhofft nach so vielen Jahren vor ihr gestanden hatte, war ihr sofort auf den Magen geschlagen. Zitternd tippte sie die Nummer ihres Handys in die Rufumleitung der Praxis. Sie war eine beliebte Frauenärztin mit Leib und Seele und im Notfall jederzeit erreichbar. Ihre Tochter meckerte zuweilen, wenn am Wochenende plötzlich erkrankte Frauen um den Rat ihrer Mutter baten und ihre Zweisamkeit störten. Lea war es jedoch wichtig, ihre Patientinnen nicht im Stich zu lassen. Um sich zu beruhigen, schlenderte sie durch die Stadt und schaute in die hübsch dekorierten Schaufenster entlang des Boulevards. Gedankenversunken verließ sie die Einkaufsstraße in Richtung Pfaffenteich. Es war Freitagnachmittag, herrlichstes Wetter und die erwartungsfrohe Hektik vor dem Wochenende machten sich in der Landeshauptstadt bemerkbar. Lea sah gerade, wie der Innenminister des Landes mit zwei Personenschützern das Arsenal verließ und in eine schwarze Limousine einstieg. Sein Amtssitz, das historische, ockerfarben gehaltene Gebäude am Südwestufer des Pfaffenteiches, war noch nach dem Ersten Weltkrieg eine Polizeikaserne gewesen. Lea nahm seitlich vom Arsenal an einem Tisch des Freiluftrestaurants Platz.

»Was kann ich Ihnen bringen?«, fragte übereifrig ein junger Mann. Er wartete nicht ab, bis Lea die Speisekarte überflogen hatte.

Lea überlegte nicht lange und bestellte sich einen Latte Macchiato, der unverzüglich serviert wurde. Als sie ihre Sonnenbrille vom Kopf nahm und auf den Tisch ablegte, spürte sie, wie ihr Handy in der Handtasche vibrierte. Sie nahm es heraus und vermutete, dass ihre Tochter sich aus dem Museum melden würde, um abgeholt zu werden. Lea schaute auf das Display. ›Anrufer unbekannt‹, stellte sie fest.

»Ja, Engel«, meldete sie sich freundlich.

»Na, meine Süße, hier ist der liebe Mark.«

Sofort sah sie sein hämisch grinsendes Gesicht vor ihrem inneren Auge. Sie drückte den Anruf weg. Lea hatte sich so erschrocken, dass sie mit ihrem Ellenbogen das Latte-Macchiato-Glas umkippte.

Der umsichtige Kellner kam sofort zur Hilfe. »Ich bringe Ihnen einen Neuen. Kein Problem, das kann ja mal passieren. Seien Sie vorsichtig, nicht dass der Kaffee auf Ihren Rock läuft. Der Macchiato kommt sofort.« Er wischte mit einem Küchentuch den Tisch trocken.

»Danke, das brauchen Sie nicht. Ich nehme jetzt lieber einen Cognac.« Sie hatte gerade ihre Sonnenbrille wieder aufgesetzt, als ihr Telefon erneut vibrierte. ›Anrufer unbekannt‹. Sie nahm ab.

»Hast du dich erschrocken, meine Süße? Das wollte ich nicht. Ich wollte dir nur sagen, dass ich fürs Erste 10 000 Euro von dir bekomme!«

Lea drückte das Telefonat zitternd weg und schmiss wütend das Handy in die Tasche. Sie war sprachlos und dachte fieberhaft nach. Hatte sie richtig gehört? Er verlangte allen

Ernstes eine fünfstellige Summe und betrachtete diese Unverschämtheit nur als Beginn seiner Erpressung?

Der Kellner brachte das Cognacglas an den Tisch und stellte es schweigend vor ihr ab.

Lea überlegte und beschloss, gleich im Anschluss nochmals in die Praxis zu gehen und die Rufumleitung herauszunehmen. Denn sie war sich ziemlich sicher, dass Mark nicht in den Besitz ihrer privaten Handynummer gelangt war, sondern sie über die Rufumleitung erreicht hatte. Noch einen Anruf von Mark verkraftete sie nicht.

Ganz langsam griff sie das Glas, schwenkte es und führte es an ihre Nase. Sie roch an der öligen Flüssigkeit und wollte ihre Lippen gerade an den Glasrand ansetzen. Der scharfe Geruch des Alkohols weckte Erinnerungen. Sie konnte das warme und brennende Gefühl in ihrem Hals bereits spüren, als sie es sich anders überlegte und den Cognac entschlossen wieder abstellte. ›Nein‹, dachte sie, ›Mark Röder bringt mich nicht zurück an die Flasche.‹ Sie stand auf, suchte den jungen Mann und drückte ihm einen Zehneuroschein in die Hand. Dann verließ sie die Terrasse und ging zügigen Schrittes zurück in ihre Praxis.

Nachdem sie die Rufumleitung herausgenommen hatte, machte sie sich auf den Weg zu ihrem Cabrio im Parkhaus neben dem Kaufhaus Stolz. Beim Verlassen des Gebäude bemerkte sie im Rückspiegel, dass zeitgleich neben ihr ein alter Ford herausfuhr. Als Dauermieterin kannte sie die meisten Autos, die hier abgestellt wurden. Der dunkelblaue Ford stand ihrer Meinung nach noch nie auf der dritten Etage.

Lea fuhr schneller als sonst in Richtung Wittenförden, da der Wagen den gleichen Weg wie sie eingeschlagen hatte. Als er kurz vor dem Dorfeingang immer noch hinter ihr klebte, durchquerte sie das Dorf, ohne zu Hause anzuhalten. Sie wendete, indem sie die alte Kirche umrundete, und kehrte auf die Umgehungsstraße in Richtung Großer Dreesch zurück. Lea hatte nur ein Ziel vor den Augen: die Polizeiinspektion Schwerin. Sie musste sich ihrer Vergangenheit stellen. Einen anderen Ausweg sah sie nicht.

Kapitel 8: Wut

Hauptkommissar Berger saß in seinem Büro und las den Bericht des Rechtsmedizinischen Instituts. Die Frau, die in der Goethestraße zu Tode gekommen war, hatte einen Blutalkoholwert von 1,9 Promille gehabt. Ob ein Fremdverschulden oder Selbstmord vorlag, war noch nicht ermittelt. Berger wollte die Bewohner des Hauses, die bisher nicht angetroffen worden waren, befragen und weitere Ergebnisse der Spurensicherung abwarten. Mit diesen Gedanken schloss er die Akte erst einmal wieder und schaute sich die Fotos auf der Kamera der Toten genauer an. ›Warum fotografiert eine Reinigungskraft, die im Museum beschäftigt ist, vermutlich Handwerker in der Galerie des Gebäudes‹, fragte er sich. Es waren keine gestellten Fotos, sie waren schlecht belichtet und daher auch nicht ganz scharf in den Konturen.

Berger war allein auf der Etage. Seine Sekretärin hatte sich pünktlich von ihm in den Feierabend verabschiedet. Er hatte im Googlefenster seines Browsers gerade den Suchbegriff ›Blue Angel‹ eingeben. Während sich die Seite aufbaute, zog er das Schubfach links neben sich auf, öffnete schnell seine Aktentasche, holte aus ihr einen neuen Whisky heraus und füllte die leere Colaflasche wieder auf. In dem Moment, als sich die Webseite vom Blue Angel auf dem Monitor öffnete und er noch die halb volle Whiskyflasche zuschraubte, riss sein Kollege Paul Niemann die Tür seines Büros auf.

»Sag mal, weißt du, wo die scheiß Druckerpatronen liegen?«, fragte Niemann und guckte völlig erstaunt, als er Berger mit der Schnapsflasche in der Hand sah, der gerade vollbusige Frauen auf seinem Bildschirm anstarrte.

Beide guckten sich einen Moment lang erschrocken an.

»Sag mal, kannst du nicht anklopfen?«, brüllte Berger, der sich ertappt fühlte.

»Trinkst du jetzt schon auf Arbeit?«, konterte Niemann, der sich über die Maßregelung sehr ärgerte.

»Und das Blue Angel liegt wohl auch nicht in deinem Zuständigkeitsbereich. Oder säufst du dir Mut für einen Freitagabendquicki vor Ort an?« Er grinste hämisch.

»Das weißt du doch nicht, was in meinem Zuständigkeitsbereich alles liegt. Kümmere dich um deinen Scheiß! Oder kommt schon wieder Neid auf, weil ich Stellvertreter der Abteilung geworden bin und nicht du?«, sagte Berger mit bissigem Tonfall.

»Das können wir ändern. Mal sehen, wer hier als Nächstes befördert und entlassen wird?«, antwortete Niemann mit gefährlich boshafter Stimme.

»Ja, das war klar. Genau aus diesem Grund, du Anscheißer, sitze ich hier und nicht du!«, schoss Berger wütend zurück.

»Das hat ein Nachspiel, Berger!«, drohte Paul Niemann ihm mit seinem Zeigefinger und verließ mit hochrotem Kopf den Raum. ›Dieser arrogante und selbstgefällige Affe Berger, der lernt mich noch kennen‹, dachte er, während er im Nebenzimmer alle Schränke auf der Suche nach einer neuen Druckerpatrone durchwühlte.

Kapitel 9: Sympathie

Nach dem heftigen Streit saß Berger an seinem Schreibtisch und zündete sich eine Zigarette an. Schnell öffnete er das Fenster, da das Rauchen im Gebäude untersagt war. Er blies gerade den Rauch des ersten Zuges aus und hatte den Alkohol versteckt, als sein Telefon klingelte.

»Ich habe hier eine Frauenärztin aus Schwerin. Sie wirkt ziemlich aufgeregt. Ich weiß nicht, an wen ich sie mit ihren Problemen genau verweisen soll«, meldete sich ein mit der Situation überforderter Pförtner.

»Schicken Sie sie zu mir hoch! Ich übernehme das«, antwortete Berger. Er stand auf und ging in Richtung Fahrstuhl, um sie dort in Empfang zu nehmen, sodass sie nicht lange herumirren musste. Die Fahrstuhltür öffnete sich und eine attraktive Frau Anfang vierzig stand vor ihm.

»Hauptkommissar Berger?«

»Ja.«

»Guten Tag! Das ist nett, dass Sie mich abholen. Mein Name ist Lea Engel.« Sie streckte ihm ihre gepflegte Hand entgegen.

»Angenehm!« ›Sehr angenehm‹, dachte Berger und musterte sie unauffällig von oben bis unten, ohne dass sie es bemerkte. »Hauptkommissar Thomas Berger«, stellte er sich mit seinem kompletten Namen vor und zeigte ihr mit einer Handbewegung die Richtung zu seinem Büro. Dort angekommen, zog er einen Stuhl vom Schreibtisch hervor und bat sie, Platz zu nehmen. »Was kann ich für Sie tun?«, fragte er.

Ihr dunkles schulterlanges und glänzendes Haar, die rehbraunen Augen und ihre schönen, leicht kantigen Gesichtszüge beeindruckten ihn so sehr, dass es ihm schwerfiel, sich auf die ersten Sätze von ihr zu konzentrieren.

»Ich werde erpresst … verfolgt … und habe selbst eine Straftat begangen!«, begann Lea aufgeregt.

»Ganz ruhig!«, unterbrach er sie. »Nun mal eins nach dem anderen. Sie wollen eine Anzeige oder eine Selbstanzeige aufgeben?«, vergewisserte sich Berger. Für einen Moment wich sein Blick von ihren vollen Lippen auf ihren Busen, der durch das eng anliegende Sommerkleid gut zur Geltung kam.

»Ich wurde heute erpresst und bin mir nicht sicher, ob der Erpresser mich verfolgt. Daher habe ich meinen Wagen eben auch nicht direkt vor dem Polizeigebäude abgestellt, sondern drüben beim Baumarkt.«

»Ich verstehe. Und warum wollen Sie sich selbst anzeigen? Das verstehe ich noch nicht ganz«, fragte Berger und dachte eine Sekunde darüber nach, ob Lea Engel wohl verheiratet war und Kinder hatte. Einen Ring trug sie nicht, das hatte er schon bei der Begrüßung am Fahrstuhl festgestellt. ›Ob sie Single ist?‹, rätselte er.

»Das ist eine lange Geschichte, Herr Berger. Die Dinge, mit denen ich mich strafbar gemacht habe, liegen zwanzig Jahre zurück. Ich habe große Angst, meine Approbation als Ärztin zu verlieren … und noch größere, meine fast 18-jährige Tochter Charlotte.« Lea zitterte vor Aufregung.

»Frau Engel … oder Frau Dr. Engel …«

»Ich habe promoviert«, antwortete sie hastig.

»… also, Frau Dr. Engel, am besten, Sie schildern mir mal ganz genau, was heute passiert ist«, forderte er sie auf. Sein Blick fiel auf ihre langen und schlanken Beine, die sie gerade übereinanderschlug. ›Was für eine reizende Frau‹, dachte er.

In dem Moment klingelte ihr Handy. »Hören Sie, da ist er schon wieder! Der Erpresser!« Sie kramte hektisch ihr Telefon aus der Handtasche und sah auf dem Display ein Foto ihrer Tochter. »Oh, es ist meine Tochter. Entschuldigen Sie!«

»Natürlich«, antwortete Berger und kratzte sich an der rechten Schläfe.

»Hallo, mein Schatz, ich bin noch unterwegs und kann gerade nicht telefonieren«, begann sie das Gespräch. »Wenn du zu Hause bist, schließe bitte alle Türen und lass vor allem die Terrassentür nicht wieder offen stehen!«, setzte sie nach.

Berger beobachtete die Ärztin eingehend und spürte, dass sie große Angst hatte.

Lea beendete das Telefonat und entschuldigte sich nochmals für die Unterbrechung.

»Ist schon gut, Frau Dr. Engel. Beruhigen Sie sich erst einmal. Darf ich Ihnen ein Glas Wasser anbieten?«, fragte er und goss einfach ein Glas voll, ohne ihre Antwort abzuwarten. Berger schaute sie von der Seite an und dachte: ›So eine atemberaubende Frau, die ist hundertprozentig glücklich verheiratet.‹

»Vielen Dank, Herr Berger!« Sie trank einen Schluck. »Ich versuche jetzt mal, genau zu schildern, was vorgefallen ist.«

»Ja, bitte! Jedes Detail ist wichtig, auch wenn es Ihnen vielleicht unwichtig erscheint.«

»Okay.« Lea erzählte haargenau, was sich am Nachmittag in ihrer Praxis zugetragen hatte, und von der Verfolgung durch einen dunkelblauen Ford. Sie gab den genauen Wortlaut der Forderungen von Mark Röder wieder.

»Und ist an den Anschuldigungen etwas dran, Frau Dr. Engel? Haben Sie als angehende Ärztin eine Abtreibung bei ihrer Freundin vorgenommen und ihr danach den Freund ausgespannt? Sind Sie alkoholisiert Auto gefahren und schuld an der Querschnittslähmung Ihrer Tochter?«, fragte Berger geradeheraus, so wie es seine Art war.

Lea schlug sich beide Hände vors Gesicht. Sie begann zu weinen. Die Wimperntusche lief über ihre Wangen. Berger reichte ihr ein Taschentuch und wartete ab.

»Wer ist dieser Mann, der alles so genau über Sie weiß und 10 000 Euro von Ihnen fordert?«, fragte er.

»Es ist der Vater meiner Tochter und der Mann, den ich meiner Freundin Sophie damals ausgespannt hatte: Mark Röder. Sie war von ihm schwanger. Ich nahm die Abtreibung illegal vor, weil sie mich flehentlich darum gebeten hatte. Dann verliebte ich mich in Mark und wurde selbst von ihm schwanger. Ich konnte mit der ganzen Situation nicht umgehen und zog von Rostock nach Schwerin. Nach meiner Facharztausbildung habe ich eine Praxis in Schwerin eröffnet. Meine Freundin Sophie wollte nichts mehr von mir wissen. Mark hat mich nur einmal in Schwerin besucht. Die ersten drei Jahre hat er Unterhalt für Charlotte bezahlt.

Dann wollte er plötzlich das Sorgerecht für unsere Tochter. Er kam nach Schwerin. Ich war so wütend wegen seiner Forderung, die gerichtlich bestimmt nicht zu seinen Gunsten entschieden worden wäre. Naiv und ängstlich konnte ich keinen klaren Gedanken mehr fassen. Und dann geschah, wofür ich mich heute noch verfluche …«

»Was ist passiert?«, fragte Berger, der gebannt gelauscht hatte.

»Vor Wut hatte ich an dem besagten Abend bestimmt drei doppelte Cognacs getrunken, als ich mit meiner Tochter kurze Zeit später mit dem Wagen von der Verabredung mit Röder losfuhr. Auf der Umgehungsstraße verlor ich mit überhöhter Geschwindigkeit bei Glatteis die Kontrolle und bin in die Leitplanken gerutscht. Meine Tochter wurde schwerverletzt ins Klinikum gebracht. Das Auto hatte Totalschaden. Die Beamten haben es damals versäumt, mich auf Alkohol zu testen. Ich hatte nur leichte Verletzungen und log den Polizisten etwas von einem mir entgegen kommenden Geisterfahrer vor. Ich stellte mich als Ärztin vor … niemand hat auch nur ansatzweise vermutet, dass ich angetrunken war. Mark Röder besuchte mich am nächsten Tag noch einmal und sah meine Schürfwunden im Gesicht. Er bestand darauf, seine Tochter zu sehen. Da musste ich ihm von dem nächtlichen Unfall berichten. Er wusste daher, dass ich angetrunken gefahren bin. Er ist dann nicht einmal ins Krankenhaus gefahren, um Charlotte zu besuchen. Nein. Mit einem schwerverletzten Kind wollte er sich dann doch nicht abmühen. Er verschwand aus meinem Leben und stellte seine Unterhaltszahlungen ein.

Auf seiner letzten Überweisung standen auf dem Kontoauszug im Verwendungszweck die Worte ›Prost! Vielen Dank, dass du mir die Unterhaltszahlung erlassen hast.‹ Ich war froh, dass Mark seinen Mund hielt und wir stillschweigend diesen Deal – ich will es mal so nennen – hatten. Meine Tochter war schwerverletzt. Sie hat keinerlei Erinnerungen und sie weiß bis heute nicht, wer ihr Vater ist. Die Ursachen und Hintergründe des Unfalls kennt sie nicht. Ich habe ihr bis heute die Wahrheit verschwiegen. Immer und immer wieder habe ich plausibel die Geschichte mit dem angeblichen Geisterfahrer erzählt. Manchmal glaube ich sie schon selbst ...« Lea konnte nicht weitersprechen und schluchzte.

Berger befürchtete einen Nervenzusammenbruch. »Frau Dr. Engel. Es steht mir nicht zu, Ihre Lebensgeschichte moralisch zu bewerten. Ich kann Ihnen jedoch versichern, dass Ihre Straftaten längst verjährt sind. Ich kann nur eine Anzeige wegen Erpressung laut Strafgesetzbuch aufnehmen und Ihnen empfehlen, sich einen Anwalt zu nehmen. Sollte Herr Röder Gerüchte in Umlauf bringen, dann müssen Sie schnellstens reagieren. Noch besser, Sie müssen vorbereitet sein. Das wird nicht leicht!«

Lea Engel hatte aufgehört zu weinen und sah Berger ängstlich ins Gesicht.

Nachdem Berger die Anzeige von Lea Engel unterschrieben in der Hand hielt, übergab er ihr seine Visitenkarte, die sie sorgfältig in ihr Portemonnaie steckte. »Ich leite sofort die Ermittlungen ein und melde mich bei Ihnen, Frau Dr. Engel.«

»Vielen Dank! Auf Wiedersehen, Herr Berger!« Lea Engel stand auf und verließ die Polizeiinspektion mit dem Gefühl, etwas gegen ihre fatale Situation getan zu haben, in die sie sich selbst vor vielen Jahren hineinmanövriert hatte.

Nach ein paar Minuten kam sie auf dem Parkplatz des Baumarktes an. Sie hatte ihr Cabrio mit offenem Verdeck am Rande abgestellt. Als sie an ihr Auto herankam und einsteigen wollte, glaubte sie nicht, was sie sah. Auf dem Beifahrersitz lag ein ausgelaufener Fünf-Liter-Plastikkanister. Jemand hatte Farbe in ihr Auto geschüttet. Die weinrote Flüssigkeit – im ersten Moment dachte sie, es sei Blut – tropfte von der Sitzfläche auf die Fußmatte. »Neeeiiin!«, schrie sie, so laut sie konnte.

Kapitel 10: Wochenendausflug mit Folgen

Auf dem Heimweg von der Dienststelle ging Berger die attraktive Ärztin nicht mehr aus dem Kopf. Er verglich sie mit Ina und konnte sogar angenehme Gemeinsamkeiten feststellen. Der melodische Klang ihrer Stimme erinnerte ihn an seine verstorbene Frau. Gerade als er seinen Wagen im Carport neben seinem Haus eingeparkt hatte, hörte er sein Handy klingeln.

»Herr Berger, entschuldigen Sie bitte, ich bin es noch einmal. Lea Engel. Es ist was Schlimmes passiert. Mir hat jemand auf dem Parkplatz am Baumarkt rote Farbe in mein Cabrio geschüttet!« Sie klang völlig aufgelöst.

»Frau Dr. Engel, bleiben Sie, wo sie sind!«, fiel er ihr ins Wort. »Beruhigen Sie sich erst einmal! Ich komme sofort zu Ihnen. In zehn Minuten bin ich da.«

Nachdem Berger den Schaden begutachtet und Beweisfotos geschossen hatte, rief er die Firma Autoland in Leas Auftrag an. Wenige Minuten später erschienen zwei Angestellte der Werkstatt, die sich direkt hinter dem Polizeizentrum befindet, mit einem Abschleppwagen und übernahmen das Cabrio. Vorausschauend hatten sie sogar schon überlegt, welchen Leihwagen sie Lea Engel anbieten wollten.

Berger nahm Lea mit auf die Wache, ließ seinen Charme spielen und tröstete sie. Er nahm mit einem Kollegen die Anzeige aufgrund der Sachbeschädigung auf. Eine halbe Stunde später bot er ihr an, sie nach den ganzen Unannehmlichkeiten nach Hause zu fahren. Das beschmutzte Cabrio stand bei Autoland, und den Leihwagen könne sie auch am nächsten Morgen in aller Ruhe abholen, schlug er ihr vor.

Lea willigte ein und ließ sich von Berger nach Wittenförden fahren. Sie beschrieb ihm unterwegs den genauen Weg. Aus Dankbarkeit lud sie ihn auf eine Tasse Kaffee in ihr Haus ein. Berger lehnte jedoch ab. Er spürte, dass es nur eine Höflichkeitsfloskel von ihr war und sie lieber allein sein wollte. Als er die moderne helle Villa mit ihren riesigen Fenstern sah, staunte er. ›Wow!‹, dachte er und überschlug in Gedanken grob, wie viel das Anwesen wohl gekostet haben dürfte. Berger versprach ihr, sich montags telefonisch zu melden, um die weitere Vorgehensweise abzustimmen. Freundlich verabschiedete er sich von ihr, stieg in seinen Wagen und fuhr von Wittenförden nach Schwerin.

Lea Engel ging ihm die ganze Autofahrt nicht mehr aus dem Sinn. Zu gern hätte er gewusst, welcher Mann sich in der vornehmen Villa das Bett mit ihr teilte. In Gedanken sah er ihren geschwungenen Mund und stellte sich vor, wie ihre Lippen wohl schmecken würden. Mit Vergnügen hätte er ihre Haarsträhne, die sie vor Aufregung ständig hinters Ohr strich, berührt. Kurz bevor er vom Bürgermeister-Bade-Platz links in die Dr.-Hans-Wolf-Straße abbog, fiel sein Blick auf den Bootsverleih am Ziegelinnensee. Schon als Jugendlicher hatte Berger den Bootsführerschein in der heutigen Marina Nord am Heidensee gemacht. Er hatte immer viel Freude beim Bootfahren. ›Warum nicht‹, dachte Berger, ›ein Boot am Wochenende ausleihen und auf andere Gedanken kommen.‹ Er rief spontan seinen Tennisfreund Ben an.

»Hallo Ben, ich bin's, Tommi. Ich wollte dich fragen, ob wir nicht morgen ein Motorboot chartern und eine schöne Angeltour über die Schweriner Seen machen wollen?«, kam er gleich auf den Punkt.

»Hört sich gut an. … obwohl ich ja lieber Tennis spielen würde! – Egal. Das passt. Wann soll ich morgen früh da sein?«, fragte Ben in der Hoffnung, mit seinem Kumpel mal wieder ausgiebig quatschen zu können.

»Am besten gleich um sieben Uhr. Ich kaufe uns heute noch Proviant ein. Hol mich doch ab und dann gehen wir rüber zum Bootsverleih. Ist doch nur eine Minute von mir entfernt«, schlug er ihm vor.

»Aye, aye Captain! Ich freue mich auf unsere Tour. Bis morgen, Thomas«, sagte Ben und beendete das Telefonat.

Berger hielt beim Bootsverleih an, reservierte ein größeres Motorboot und kaufte dann für den Ausflug ausreichend Getränke und Snacks ein. Der Meteorologe des Nordmagazins sagte fantastisches Wetter für das Wochenende voraus. Es sollte heiß, teilweise sogar schwül werden.

Berger saß auf seiner Terrasse und ließ den Tag bei einem Whisky innerlich Revue passieren. Er hatte sofort wieder das Bild von Lea Engel vor sich. Für einen Moment dachte er an Ina und hatte gleich ein schlechtes Gewissen, dass er nach so kurzer Zeit schon eine andere Frau begehrte.

Am nächsten Morgen packte er die Würstchen und belegte Brote in einen Korb. Er stellte eine Kiste Bier und eine Flasche Whisky dazu. Gerade, als er einen Schrank im Wohnzimmer durchwühlte und seinen Bootsführerschein suchte, klingelte das Telefon.

»Du, Thomas, ich kann nicht kommen. Mir ist so schlecht, ich komme nicht von der Toilette herunter. Durchfall und Erbrechen … mir geht's total dreckig«, klagte Ben mit leiser Stimme.

»So ein Mist! – Aber nicht zu ändern. Aufgeschoben ist nicht aufgehoben! Dann eben ein anderes Mal. Gute Besserung, Ben!«, wünschte Berger ihm und war gleichzeitig traurig über die Absage. Er überlegte einen Moment und entschloss sich dann, den Ausflug trotzdem durchzuführen. Die Angeln und die Kiste Bier ließ er zu Hause. Mit seiner Badehose, Handtüchern, Proviant und einer Flasche Whisky in einer Sporttasche verstaut, machte er sich zu Fuß auf den Weg zum Bootsverleih.

Nachdem er seinen Führerschein vorgezeigt hatte, hinterlegte er seinen Personalausweis als Pfand. Er stieg in das für ihn vorbereitete Boot und ließ sich kurz einweisen. In Gedanken schon wieder bei Lea Engel angekommen, hörte er gar nicht richtig zu. Dankend übernahm er es, fuhr bei herrlichstem Sonnenschein vom Ziegelinnensee los und lenkte es vorsichtig zum Graben am Paulsdamm, der Verbindung zwischen Schweriner Innen- und Außensee.

Im Schweriner Außensee angekommen, suchte er sich einen schönen Platz zum Ankern. Berger sah den sandigen

Boden in circa drei Metern Tiefe, stoppte den Motor und warf den Anker ins Wasser. Das Seil befestigte er, nicht besonders fest, mit einem einfachen Knoten an der Bugöse. Dann sprang Berger ins kühle Wasser und schwamm eine große Runde um das Boot herum.

Nachdem er wieder über die Badeleiter ins Boot geklettert war, wollte er kurz auf sein Handy schauen, um zu sehen, ob er vielleicht einen Anruf verpasst hatte. Er wünschte sich insgeheim, dass Lea Engel noch eine Frage hätte oder wieder seine Hilfe benötigte. Doch er konnte es nicht finden. ›Egal, dann eben nicht! Es wird schon mal einen Tag ohne gehen‹, dachte er. Er bekam von der Hitze Durst und stellte fest, dass er nicht nur das Telefon, sondern auch die zwei Wasserflaschen zu Hause im Kühlschrank vergessen hatte. Dann aß er ein Brötchen mit einer kalten Wiener dazu. ›Nur einen kleinen Whisky und dann schön in der Sonne liegen und schlafen‹, nahm er sich vor. Er schraubte die Flasche auf und nahm einen Schluck … und gleich noch einen … und noch einen letzten. Nach zwei Stunden lag Berger volltrunken mit einem krebsroten Gesicht im Boot und schnarchte.

Wie ein Kind in der Wiege schaukelte er vor sich hin und nahm nichts mehr um sich herum wahr. Er bekam nicht einmal mit, wie dunkle Wolken sich zu einer gewaltigen Wand zusammenschoben und Sturm aufkam. Der Wind wurde so heftig, dass sich der Knoten des Ankerseils löste und das Boot auf dem Schweriner See trieb. Kräftige Blitze in der Ferne und ein krachendes Gewitter rissen Berger plötzlich aus dem Schlaf. Er bekam einen riesigen Schreck und wusste nicht, wohin er mit dem Boot getrieben war. Er hatte völlig die Orientierung verloren und schaute sich um. Es war nicht ein einziges Boot mehr auf dem See zu sehen.

Berger versuchte in seinem Alkoholrausch hektisch den Motor zu starten. Die Maschine tuckerte gequält, sprang aber nicht an. Beim zweiten Versuch gab er gar keine Geräusche mehr von sich. Lallend meckerte Berger vor sich hin und verfluchte die Batterie, die anscheinend ihren Geist aufgegeben hatte. Er suchte Paddel an Bord, fand jedoch keine.

Nach dem kräftigen Gewitter setzte nun starker Regen ein. Berger trieb in dem Boot vor sich hin und war erleichtert, dass wenigstens das Gewitter über den See hinweggezogen war. Es kamen starke Böen auf. Die Wellen schaukelten das Boot hin und her. Der Hauptkommissar fand in der Kajüte wenigstens einen Rettungsring. Er war verzweifelt und hatte Angst, jeden Moment zu kentern. Das weit entfernte Ufer war im Regen nur ganz schwach zu erkennen.

Immer mehr Wasser schwappte ins Boot. »Scheiße! Verfluchte Scheiße!«, schrie er und rechnete damit, jeden Moment über Bord zu gehen. Dabei umklammerte er ängstlich den Rettungsring.

Dann die Erlösung. Nördlich von ihm sah er die Rettung. Ein Motorboot der Wasserschutzpolizei steuerte direkt auf ihn zu.

Nach ein paar Minuten lagen die Kollegen längsseits und befestigten Bergers Motorboot an dem ihrem. Sie halfen ihm an Bord und gaben ihm erst einmal einen heißen Tee zu trinken. Ein Kollege reichte ihm eine Wolldecke.

Berger hatte sich bedankt und kurz vorgestellt.

»Sag mal, Berger, bist du noch zu retten? Bei dem Wetter auf dem See und ohne Schwimmweste! Hast du sie noch alle?«, fragte ein Beamter, der ihn von der Ausbildung bei der Polizei gut kannte. Es war ein netter Kollege, der vor Jahren von der Kripo zur Wasserschutzpolizei gewechselt war. Sie hatten gemeinsam viele Jahre zusammen ermittelt und pflegten daher einen lockeren und vertrauten Umgang.

Berger war fast wieder nüchtern. »Bin ich ein Vollidiot! Fahrt mich bitte zurück. Ich kann nicht mehr!«, fluchte er laut.

»Du hast Glück gehabt, dass der Kapitän vom Dampfer der Weißen Flotte dich mit deinem Boot gesehen und uns gleich informiert hat. Du hast echt Schwein, Berger! Für einen Segler, der gekentert und vermutlich von seinem Mast erschlagen worden ist, kam jede Hilfe zu spät. Den haben wir gerade tot aus dem Wasser gezogen«, musste der Hauptkommissar sich vorwurfsvoll anhören.

»Ist das Leihboot okay?«, fragte er besorgt. »Oder ist es genauso im Arsch, wie ich es bin?«

Berger saß im Boot und zog die Decke über seinen nassen Kopf, um sich unsichtbar wie ein kleines Kind zu machen.

Kapitel 11: Der Sturz

Ellen hatte sich in den vergangenen Tagen recht schnell auf der Krankenstation in der Untersuchungshaft erholt. Es wurde sogar ihrem Wunsch entsprochen, ihre Frauenärztin in Schwerin zu konsultieren. Zwei Beamte der Haftanstalt brachten Ellen mit einem Wagen von Waldeck nach Schwerin. Ellen bekam Handschellen angelegt und wurde bis ins Wartezimmer der Praxis begleitet. Die Patientinnen, die im Wartezimmer saßen und gelangweilt in Frauenzeitschriften blätterten, blickten erstaunt auf.

Ellen ging ohne Handschellen allein in das Behandlungszimmer, nachdem der Beamte die Räumlichkeiten auf eine eventuelle Fluchtgefahr geprüft hatte.

Lea Engel war überrascht. Sie kannte Ellen von regelmäßigen Untersuchungen. Dass eine inhaftierte Frau in ihre Sprechstunde kam, hatte sie bisher noch nicht erlebt.

»Hallo, Frau Dr. Engel!«, begrüßte Ellen die Ärztin verlegen und senkte sofort ihren Kopf.

»Hallo, Frau Arnold! Was führt Sie zu mir?«, fragte die Ärztin gespannt.

»Ich bin schwanger und über die zwölfte Woche hinweg. Mir droht eine lebenslängliche Haftstrafe und ich will das Kind nicht. Machen Sie es weg!«, flehte Ellen sie an.

»Darf ich fragen, warum Sie inhaftiert sind?«, erwiderte Lea Engel in ihrer behutsamen Art. »Vielleicht kommen Sie doch eher aus der Haft und bereuen die Abtreibung später?«, hinterfragte sie noch ruhiger und blickte ihre Patientin an.

»Gewiss nicht! – Ich habe nur 15 Minuten für diesen Arztbesuch bekommen und bin froh, dass ich jetzt bei Ihnen bin. Die genauen Umstände kann ich Ihnen nicht lang und breit erklären. Ich habe mich in meinen verheirateten Chef verliebt. Wir hatten ein Verhältnis und dann sind meine Nerven mit mir durchgegangen. Ich habe einfach die Pille nicht mehr genommen und war so naiv, zu denken, dass er sich bestimmt scheiden lässt, wenn ich ein Kind von ihm erwarte. Ich war auf alle Frauen in seinem Umfeld krankhaft eifersüchtig. Die ganze Sache ist dann eskaliert … Bitte, ich will das Kind nicht! Oder glauben Sie, der Vater will das Kind einer Mörderin großziehen! Ich habe sogar schon selbst versucht, eine Fehlgeburt auszulösen … Sie sind die Einzige, die mir noch helfen kann. Bitte!«, schluchzte Ellen und saß kraftlos auf ihrem Stuhl. »Bitte, tun Sie was und helfen mir!«

»Frau Arnold, beruhigen Sie sich bitte! Ich würde Sie gern erst einmal untersuchen. Bitte machen Sie sich frei und setzen sich auf den Stuhl!«, bat die Ärztin sie. Lea war verunsichert und nahm in der Eile ein falsches Instrument in die Hand. Sie tauschte es hektisch gegen das richtige aus. Sie fühlte sich mit der Situation und dem Zeitdruck im Nacken überfordert.

Ellen zog ihre lange Hose und den Slip aus und nahm auf dem Untersuchungsstuhl Platz. Die Ärztin positionierte sich mit ihrem Hocker zwischen Ellens gespreizten Beinen und begann, sie zu untersuchen. Dann drückte sie Gel aus einer Tube auf den Unterleib von Ellen und verteilte es mit der

Sonografiesonde. Auf dem angeschlossenen Monitor war nach ein paar Minuten ein winzig kleiner Fötus zu sehen. Sein Herz pochte doppelt so schnell wie Ellens. Die Ärztin sprach während der Untersuchung kein Wort. Nachdem sie die Sonografie abgeschlossen hatte, blickte sie Ellen an. »Der Fötus ist völlig normal entwickelt. Ich kann nichts Krankhaftes feststellen. Sie sind in der 14. Woche, schätze ich mal. Da kann ich keine Abtreibung mehr vornehmen. Ich weiß, es ist jetzt nicht passend, in der Eile, schnelle Entscheidungen zu treffen. Aber könnten Sie sich nicht vorstellen, dass Kind auszutragen und dann zur Adoption freizugeben?«, fragte die Ärztin behutsam.

»Nein! Auch das möchte ich nicht!«, antwortete Ellen barsch.

»Es ist Ihre Entscheidung. Aber aus gesetzlichen Gründen kann ich bei Ihnen keine Abtreibung vornehmen. Ich würde mich strafbar machen.« Mit diesen Worten beendete Lea Engel das Gespräch.

Ellen standen die Tränen in den Augen. Sie erhob sich und verließ wortlos das Behandlungszimmer. Die zwei Justizvollzugsbeamten warteten auf sie und legten ihr vor dem Körper die Handschellen wieder an. Ellen senkte den Kopf zu Boden und ging der Beamtin hinterher. Der Beamte hinter Ellen verabschiedete sich freundlich von der Ambulanzschwester und ließ sich dabei in ein kurzes Gespräch verwickeln. Ellen und die Beamtin standen bereits im fensterlosen Treppenhaus. Die Frau schaltete das Licht ein und wartete einen Moment, bis auch ihr Kollege den Anschluss zu Ellen erreicht hatte. Dann gingen sie los. Plötzlich ging im Treppenhaus das Licht aus. Die Beamtin hielt sich sofort seitlich am Geländer fest. Ellen jedoch übersah eine Stufe, trat ins Leere und stürzte über mehrere Stufen in die Tiefe. Sie konnte sich aufgrund der Handfesseln nicht beim Sturz schützen und knallte mit voller Wucht mit ihrem Kopf an die Wand und dann auf den Steinboden des letzten Treppenabsatzes. Ellen lag regungslos da.

Die Beamtin schrie ihrem Kollegen aufgeregt und laut entgegen: »Mach Licht an! Schnell!« Sie hangelte sich im Dunkeln am Geländer in Richtung Lichtschalter zurück. Es wurde hell im Treppenhaus. Ellen lag am unteren Treppenabsatz und eine dunkle Blutlache breitete sich langsam um sie herum aus. Der Mann riss die Tür der Praxis auf und schrie hinein. »Hilfe, die Ärztin muss kommen! Rufen Sie einen Notarztwagen, schnell!«

Kapitel 12: Letzte Verwarnung

Es war Montagmorgen, als Berger sich übermüdet in sein Büro schleppte. Seine Sekretärin hatte sich krankgemeldet und sein Chef, Dirk Wegner, hatte ihm noch am Wochenende eine SMS geschrieben, dass er am Montag gleich zu Dienstbeginn zu einem Vieraugengespräch zu erscheinen habe. Berger war sich nicht sicher, ob Paul Niemann seinen Chef informiert hatte, dass er ihn beim Trinken erwischt hatte. Möglich war auch, dass die Wasserschutzpolizei im Lagebericht des Wochenendes den Zwischenfall auf dem Schweriner See detailliert geschildert hatte. Vielleicht waren Wegner sogar beide Vorfälle bekannt. Auf jeden Fall bedeutete die SMS Ärger. ›Und das zu Recht‹, dachte Berger. Er hatte daher am Sonntagabend auf Alkohol verzichtet, obwohl es ihm sehr schwerfiel. Heute dürfte er als ohne Fahne zum Dienst erschienen sein.

Wenige Minuten später atmete er zweimal tief durch, knete nervös seine Hände und ging dann zu seinem Vorgesetzten.

»Sag mal, Thomas, was ist denn in dich gefahren! Hatte ich mich nicht klar und deutlich ausgedrückt?« Sein Chef begrüßte ihn nicht einmal und kam ohne Umstände gleich zur Sache. Die Ader an seiner Schläfe trat hervor. Wegner bekam vor Wut ein rotes Gesicht.

»Doch, das hast du ...«, stimmte Berger kleinlaut zu und senkte seinen Kopf.

»Du nimmst sofort mindestens eine Woche Urlaub und versuchst dein Leben wieder auf die Reihe zu bekommen!

Oder noch besser: Geh zum Arzt und lass dich krankschreiben! Am besten, du erzählst gleich als Erstes von deinem Alkoholproblem. Sonst sehe ich schwarz!«

Berger sah seinen Chef an.

»Damit das klar ist: Das ist die allerletzte Verwarnung, ansonsten fliegst du hier raus! Den Fall Goethestraße übergibst du sofort an Paul Niemann.« Wegners Tonfall klang wütend und verzweifelt zugleich, schließlich war Berger ein langjährig geschätzter Mitarbeiter. Aber bei Alkoholproblemen kannte er kein Pardon.

»Ja«, antwortete Berger, der vor Verlegenheit am Ringfinger seiner rechten Hand zog – dort, wo einst Inas Ehering gesteckt hatte.

»Berger, ich bitte dich! Krieg dich wieder ein, okay? Du musst dir helfen lassen, bevor es zu spät ist!« Wegner war aufgestanden und einen Schritt auf Berger zugegangen. Er fasste ihn nun mit beiden Händen an den Schultern, als wolle er ihn schütteln, um ihn so zur Vernunft zu bringen.

»Du hast ja recht … Ich habe mich zu sehr gehen lassen.« Berger war klar, dass er beruflich kurz vor dem Abgrund stand. Ein weiterer Schritt in die falsche Richtung und er könnte seinen geliebten Job an den Nagel hängen.

»Da ist noch was …«, sagte Wegner und blickte seinen Mitarbeiter an. In seinem Gesicht zeichneten sich jetzt Sorgenfalten ab. »Ellen ist gestürzt und liegt mit einem Schädel-Hirn-Trauma dritten Grades im Koma.«

»Waaas? Ellen liegt im Koma? Und was ist mit dem Kind … mit meinem Kind?«, fragte Berger verzweifelt.

»Sie ist unglücklich gestürzt und schwerverletzt ins Klinikum gebracht worden. Mehr weiß ich leider nicht.«

Bergers Gesicht war kreidebleich. Er hatte das Gefühl, als würde ihm der Boden unter den Füßen weggezogen werden. Er nickte seinem Chef kurz zu und verließ dann langsam dessen Büro, ohne »Tschüss!« zu sagen.

Mechanisch startete er wenige Minuten später seinen Wagen und fuhr wie in Trance zum Polizeiarzt, um sich krankschreiben zu lassen.

Kapitel 13: Mutter und Tochter

Am Montagabend schloss Lea Engel ihre Praxis ab und fuhr zum Einkaufen. Auf dem Weg sah sie sich sporadisch um und prüfte, ob sie wieder verfolgt würde. Hinzu kam, dass sie etwas verunsichert war. Hauptkommissar Berger hatte sich nicht bei ihr gemeldet, obwohl er sie nach dem Wochenende anrufen und die nächsten strategischen Schritte mit ihr besprechen wollte.

Mit vollen Einkaufstüten verließ sie den Real-Markt des Sieben-Seen-Centers in Krebsförden. Schnell packte sie die Waren in den Kofferraum ihres Leihwagens. Erleichtert blickte sie auf dem Weg nach Wittenförden mehrmals in den Rückspiegel – sie konnte keinen Verfolger entdecken. Sie fuhr am Sportplatz des Dorfeingangs vorbei und sah ihre Nachbarin in der Ferne auf der großen Wiese mit deren Labradorhündin Gassi gehen. Als sie in die Nebenstraße zu ihrer Villa einbog, kam ihr plötzlich der dunkelblaue Ford entgegen. Die Sonne stand bereits so tief, dass Lea von ihr geblendet wurde und nicht einmal erkennen konnte, wer in dem Auto saß, das mit rasanter Geschwindigkeit an ihr vorbeischoss.

Lea parkte das Fahrzeug nicht ein, ließ es einfach stehen und rannte zu ihrem Haus. Die Terrassentür stand weit offen. Es war nichts zu hören. Ihr Herz pochte bis zum Hals. Die Frau rannte über die Terrasse ins Haus und stolperte dabei fast über den Rahmen der Tür. »Lotti, wo bist du?«, rief sie verzweifelt ins Haus und warf ihre Handtasche in den

Flur. Sie schrie noch lauter, nachdem sie Küche und Bad kontrolliert hatte und ihre Tochter nirgends fand. »Loootti, wo steckst du denn bloß?« Auch diesmal kam keine Antwort. Lea rannte in das ebenerdige Zimmer ihrer Tochter und riss die Tür auf.

Lotti lag seelenruhig auf ihrem Bett und hatte Kopfhörer auf. Sie zuckte zusammen, als ihre Mutter plötzlich mit schreckgeweiteten Augen vor ihr stand. »Ist was passiert? Du siehst aus, als hättest du ein Gespenst gesehen?«, fragte Lotti verwundert.

»Hab ich dir nicht gesagt, du sollst die Terrassentür nicht immer offen stehen lassen! Da kann jeder hineinspazieren und unser Haus ausräumen. Lümmelst hier faul auf dem Bett herum und bekommst überhaupt nichts mit«, brüllte sie wütend ihre Tochter an.

»Entschuldige mal!«, erwiderte ihre Tochter patzig. »Nach meinem ›Ballettunterricht‹ habe ich mich ein bisschen ausgeruht ... und du sagst doch immer, ich solle meine nervige Musik mit Kopfhörern hören«, antwortete Lotti sarkastisch und schob wütend ihren Rollstuhl, den sie mehr und mehr hasste, mit der Hand vom Bett weg in Richtung ihrer Mutter. ›Ballettunterricht saß‹, dachte Lotti. Sie hatte es absichtlich gewählt, um ihrer Mutter in diesem Moment richtig weh zu tun.

»Tut mir leid, Liebes!«, entschuldigte Lea sich sofort für die Standpauke. »Ich habe doch bloß Angst um dich, wenn du allein im Haus bist.« Sie atmete tief durch. Es war nichts geschehen – Lotti war sicher in ihrem Zimmer.

Lea trat kurz aus dem Zimmer und schloss die Terrassentür. Dann ging sie noch einmal zu ihrer Tochter. »Sag mal, warst du beim Friseur? Und die Sachen, die du anhast, kenne ich ja gar nicht!«, stellte die Mutter neugierig fest.

Lotti trug einen kurzen Bob und hatte sich helle Strähnchen machen lassen. Die rote Jeans und eine cremefarbene Leinenbluse bildeten einen schönen Kontrast. »Du hast ja auch nie Zeit für mich. Deine Patienten sind dir viel wichtiger!«

»Das stimmt nicht, mein Schatz! Im Moment ist nur alles ein bisschen viel für mich«, sagte Lea traurig.

»Du hast doch immer Stress in der Praxis! Das ist doch nichts Neues«, antwortete Lotti beleidigt.

»Gibt es denn einen Grund für dein neues Outfit, was dir übrigens super steht?«, hinterfragte Lea vorsichtig und beobachtete die Mimik ihrer Tochter ganz genau.

Lotti lächelte trotz des Streites verschmitzt.

Lea wusste sofort, dass ein Mann die Ursache für die äußerliche Veränderung ihrer Tochter war. »Erzähl mal, Schatz. Wie heißt er? Wie sieht er aus? Und wo hast du ihn kennengelernt? – Deine Mama will alles ganz haargenau wissen.«

»Dann erzählst du mir aber heute endlich, wer mein Vater ist«, griff Lotti ihre Mutter unerwartet an.

»Wie kommst du denn plötzlich auf deinen Vater?«, fragte Lea irritiert. Sie musste ihre Stimme kontrollieren, damit diese vor Aufregung nicht wegbrach.

»Bei uns hat vorhin ein Mann geklingelt, der behauptete, er wäre ein Studienfreund meines Vaters.«

»Was?« Leas Hände begannen zu zittern. »Wie sah der Typ aus und wann war er da?«

»Ein ziemlich großer Mann … vor zehn Minuten«, antwortete sie. »Der sah mich mit großen Augen an und stellte fest, dass ich meinem Vater unheimlich ähnlich sehen würde. Dann hat er noch erzählt, dass mein Vater sehr oft von deinem tragischen Autounfall berichtet hätte … Schön, nicht wahr, wenn andere Menschen meinen Erzeuger besser kennen als ich!«, warf Lotti ihrer Mutter in einem Ton vor, der Lea die Luft zum Atmen nahm.

Lea verließ Lottis Zimmer und ging in den Flur. Aus ihrer Handtasche fischte sie das Portemonnaie heraus und suchte hektisch die Visitenkarte von Hauptkommissar Berger. Sie tippte die Nummer auf ihrem Handy ein und hoffte, dass er rangehen würde.

»Herr Berger, entschuldigen Sie die Störung! Ich weiß, wer mich mit dem dunkelblauen Ford verfolgt. Es ist Mark Röder.«

»Sind Sie es, Frau Engel?«, fragte Berger.

»Ja. Röder war gerade bei meiner Tochter zu Hause«, platzte es aus ihr heraus, ohne zwischen den Sätzen Luft zu holen.

»Sind Sie sicher?«

»Ja, bitte glauben Sie mir. Es ist Mark Röder!«, bestätigte Lea nochmals.

»Frau Dr. Engel, bitte beruhigen Sie sich erst einmal und entschuldigen Sie, dass ich mich heute nicht, wie versprochen, gemeldet habe. Es war bei der Polizei wieder einmal die Hölle los«, log er wohlwissend mit einem Krankenschein vom Polizeiarzt in der Tasche. »Was halten Sie davon, wenn ich nachher kurz bei Ihnen vorbeischaue und Sie mir alles genauestens erzählen? Dann brauchen Sie nicht wieder zur Polizeiinspektion zu fahren«, schlug Berger vor.

»Sehr gerne«, antwortete Lea.

Er war erleichtert, dass sie seinem Vorschlag zugestimmt hatte und er nicht näher hatte erklären müssen, warum sie ihn nicht in seinem Büro aufsuchen sollte. Berger duschte, zog frische Kleidung an und sprühte sich seinen Lieblingsduft »Le Male« an den Hals. Eine halbe Stunde später fuhr er zu Lea Engel nach Wittenförden.

Als er vor der Villa einparkte, sah er gerade ein Großraumtaxi wenden und losfahren. Lea stand an der Tür und nickte ihm erleichtert zu. Er stieg aus und ging auf sie zu.

»Wären Sie eine Minute eher gekommen, hätte ich Ihnen sogar meine Tochter Lotti vorstellen können. Schade, nun ist sie weg. Zu ihrem Date.« Mit diesen Worten bat sie Berger ins Haus.

Kapitel 14: Junges Glück

Charlotte Engel und Hendrik van Beuren trafen sich seit dem Nachmittag, an dem sie in der Orangerie des Schweriner Schlosses Eis essen waren, jeden Abend in der Innenstadt. Sie bestellte sich jedes Mal ein Taxi. Hendrik besuchte sie weiterhin jeden Tag im Museum und arbeitete fleißig am Inhalt seiner Hochglanzbroschüre, die im Herbst unter dem Titel »Meisterwerke der niederländischen Malerei« erscheinen sollte. Er telefonierte oft in seine Heimat. Charlotte fand ihn attraktiv und spürte, auch wenn sie den Inhalt seiner Telefonate manchmal nicht verstand, dass er liebevoll von ihr berichtete.

Diesen Abend hatten sie sich im Restaurant Bolero am Südufer des Pfaffenteichs verabredet, um gemeinsam zu essen. Hendrik sorgte dafür, dass der Rollstuhl nie zu einem Hindernis für ihre Vorhaben wurde. Manchmal trug er sie auch ein Stück auf seinen kräftigen Armen. In diesen Momenten fühlte sich Charlotte besonders wohl und glücklich. Ihr Handicap, nicht laufen zu können, war in diesen Augenblicken vergessen. Hendrik wartete bereits vor dem Restaurant auf Charlotte. Mit einem glücklichen Lächeln nahm er sie in Empfang und begleitete sie zu ihrem reservierten Tisch. »Guten Abend! Wow, siehst du umwerfend aus!«, begrüßte er sie strahlend.

»Danke für das Kompliment!«, antwortete Charlotte und fühlte sich geschmeichelt. Sie errötete vor Freude. Die neue Frisur und das schöne Kleid, das sie diesen Abend trug, verliehen ihr zusätzlich neues Selbstbewusstsein.

»Du wirst von Tag zu Tag schöner!«

»Woran das wohl liegt?«, fragte sie augenzwinkernd zurück und ergriff gern die Gelegenheit, mit ihm etwas zu flirten.

»Was darf ich Ihnen bringen?« Der Kellner nahm am Tisch ihre Bestellung auf.

»Bringen Sie uns bitte zwei Gläser Champagner als Aperitif! Unsere Menüwahl sage ich Ihnen dann«, bat Hendrik den jungen Mann.

Charlotte hörte das Wort »unsere« aus Hendriks Mund und freute sich, dass er sich so verhielt, als seien sie schon lange ein Paar. »Gibt es was zu feiern?«, fragte sie neugierig.

»Ja, ich habe eine Überraschung für dich.«

»Oh, ich liebe Überraschungen! Was ist es denn?«, hakte sie ungeduldig nach. Sie suchte ihn dabei systematisch mit den Augen ab und schaute, ob er irgendwo ein kleines Präsent versteckt hatte.

»Du wirst es nicht glauben. Ich habe vorhin mit meinem Onkel in den USA telefoniert, der ist Professor und arbeitet an einer neurochirurgischen Spezialklinik.«

»Und?« Sie sah ihn aufmerksam an.

»Ich habe ihm von dir und deinem Gesundheitszustand erzählt.«

»Nun spann mich nicht so auf die Folter!«, drängte Lotti und lächelte ihn flehend an.

»Er arbeitet an vielen Forschungsprojekten. Sein Team hat vor Wochen einen Patienten, mit einem ähnlichen Krankheitsbild wie deinem, operiert. Der Mann kann jetzt fast wieder allein auf eigenen Beinen stehen. Stell dir das mal vor!«, erzählte er mit einer Begeisterung, die sofort Hoffnung in Charlotte entfachte.

»Wirklich? Das ist ja unglaublich. Erzähl mir mehr!«

»Ich habe meinen Onkel gebeten, sich deine Befunde anzuschauen.«

»Und was hat er gesagt?«, fragte sie aufgeregt wie ein kleines Mädchen. »Nun sag schon!«

»Ich darf ihm deine Befunde und Röntgenbilder per E-Mail zukommen lassen«, antwortete Hendrik mit einem strahlenden Lächeln.

»Nein! Das ist nicht wahr«, freute Charlotte sich und trommelte mit beiden Händen abwechselnd laut auf der Tischplatte, sodass Gäste am Nebentisch aufmerksam auf das junge Paar wurden.

Nach einem kurzen Augenblick der Besinnung überlegte Charlotte, wie wohl ein Leben ohne Rollstuhl wäre. Sie ging mit ihrem Kopf dicht an Hendrik heran. »Danke, das werde ich dir nie vergessen. Auch, wenn ich gelähmt bleibe, allein dein Versuch macht mich überglücklich«, flüsterte sie ihm zu.

Sie saßen Kopf an Kopf und blickten einander in die Augen. Plötzlich ergriff Hendrik die Initiative und küsste sie auf den Mund. Charlotte hielt seinen Kopf fest und erwiderte seinen Kuss leidenschaftlich. Für einen Moment lang vergaßen sie alles um sich herum. Es war ein einschneidender Augenblick in Charlottes Leben. Noch nie hatte sie ein so attraktiver Mann mit solch einer Intensität geküsst.

Kapitel 15: Auf Entzug

Es war Mittwochnachmittag. Gerade hatte Lea Engel in ihrer Praxis Routine-Schriftverkehr für die Ärztekammer erledigt. Sie hatte die Unterlagen in einen Briefumschlag gesteckt und sich auf den Weg zur Post gemacht. Nach dieser eintönigen Arbeit war sie dankbar, einen kleinen Spaziergang machen zu können. In der Hauptpost am Marienplatz stellte sie sich in die Reihe und wartete ungeduldig, bis ein Dutzend anderer Kunden vor ihr bedient wurden. Sie nutzte die Zeit und überlegte, was sie später zum Abendessen einkaufen würde. Ihr Blick schwankte gedankenversunken zum Fenster am Eingang der Postfiliale. Plötzlich sah sie ihn: Mark Röder stand draußen vor dem Fenster und grinste sie hämisch an. Vor Schreck ließ sie den dicken Briefumschlag auf den Boden fallen, hob ihn hektisch auf und sah nochmals zum Fenster. Er war weg. Nervös trat sie von einem Bein auf das andere. Endlich war sie am Kundenschalter.

»Soll es ein Einschreibe-Brief sein?«, fragte die Postmitarbeiterin höflich.

Lea war unaufmerksam und hörte ihr gar nicht zu.

»Einschreiben oder nicht?«, wiederholte die Frau etwas lauter.

»Oh, Entschuldigung! Ich war in Gedanken. Ja, bitte als Einschreibe-Brief«, sagte Lea und legte das geforderte Geld passend auf den Tresen. Lea wollte sich bei der Mitarbeiterin bedanken, bekam aber beim Sprechen einen so trockenen Mund, dass sie fast kein Wort herausbrachte. Sie fühlte sich beobachtet und spürte förmlich Blicke im Nacken. Ruckartig drehte sie sich um, um zu prüfen, ob Mark in der Nähe war. Niemand war zu sehen. Sie war zwar erleichtert, aber ganz plötzlich war es wieder da. Dieses Gefühl. Sie konnte sich an das Verlangen vor fünfzehn Jahren genau zurückerinnern: Ihre innere Unruhe und die Angespanntheit waren wieder da. Sie brauchte auf der Stelle einen Cognac! Wo war der nächste Supermarkt? Welche Bar hatte schon geöffnet? Ihre Gedanken kreisten pausenlos.

Lea verließ die Post und ging zügigen Schrittes zum Pfaffenteich. In eine Bar wollte sie nicht. Was sollten ihre Patientinnen denken, wenn sie jemand sah? So führte sie ihr Weg spontan ins Kabana in der Friedrichstraße. Das Restaurant hatte ab 16 Uhr geöffnet. Man konnte dort gut speisen und fiel nicht gleich auf, wenn man sich nachmittags einen erfrischenden Cocktail bestellte. Sie hatte sich einen Platz im hinteren Bereich ausgesucht, obwohl das Wetter so herrlich war, dass sie gut draußen hätte sitzen können. Die sympathisch aussehende Bedienung brachte ihr die Karte. »Ich nehme einen Mojito!« Die Kellnerin machte sich gerade auf den Weg zum Tresen, da rief ihr Lea hinterher und korrigierte ihre Bestellung: »Bitte einen alkoholfreien Mojito!« ›Gerade noch so mit letztem Willen die Kurve bekommen‹, dachte Lea.

Lea nippte fast eine Stunde an ihrem Cocktail, bis sie ihn schließlich ausgetrunken hatte. Sie bezahlte und verließ das Restaurant. Sie blickte auf ihre Armbanduhr – es war gleich sechs. Zu dieser Zeit war sie früher häufig schon leicht angetrunken, erinnerte sie sich. Lea marschierte auf einmal zielstrebig, fast mit Tunnelblick, zum Spieltordamm 9. Nach ein paar Minuten angekommen, sah sie auf das Schild, das neben dem Eingang angebracht war. Da stand sie wieder vor der Haustür ... Sie hatte geglaubt, nie wieder durch diese schreiten zu müssen. Das große Logo, zwei weiße große A-Buchstaben in einem blauen Dreieck, das mit einem weißen Kreis umrandet war, leuchtete von der Tafel. Der Anblick des Schildes und die damit verbundenen Erinnerungen trafen sie schmerzhaft. Sie spürte für einen Moment ihren Herzschlag. Schnell trat sie in den hellen Flur, um nicht gesehen zu werden. Sie überflog die große Informationstafel. Nichts hatte sich verändert: mittwochs 18 Uhr die Alkoholiker. ›... und ich wieder mittendrin‹, dachte sie beschämt.

Lea war sich nicht schlüssig, ob sie in den Raum hineingehen sollte. Sie schaute sich um, ob noch jemand in das Gebäude kam. Sie war darauf vorbereitet, dass sie, wenn sie einen Bekannten treffen, gleich in die Offensive gehen und behaupten würde, dass sie da wäre, um Informationen für eine Freundin einzuholen. Im Grunde genommen wusste sie als Medizinerin jedoch ganz genau, dass Alkoholismus eine unheilbare Krankheit war. Eine Krankheit, die auch vor ihr keinen Halt gemacht hatte. Während sie die Tür langsam öffnete, kam ihr sofort das Zwölf-Punkte-Programm der Anonymen Alkoholiker in den Sinn. Die Leute saßen im Kreis. Drei Frauen schauten sie an. Entschlossen nahm Lea einen Stuhl von der Seite und schob ihn dazu. Sie sagte nur leise: »Guten Abend!«

Die Gesprächsrunde hatte gerade begonnen, als Lea sich in eine größere Lücke zwischen zwei sitzende Herren bewegte. Sie setzte sich und schloss vor Scham kurz die Augen. Als sie sich dann nach links wendete, glaubte sie ihren Augen nicht zu trauen. Neben ihr saß in Jeans und kariertem Oberhemd Hauptkommissar Thomas Berger. Sie war so verunsichert, dass ihr der Atem stockte.

Berger war ebenfalls überrascht. ›Wie peinlich‹, dachte er, gewann aber schnell seine Fassung zurück.

›Weg hier‹, dachte Lea. Gerade wollte sie ihren Stuhl zurückreißen und die Flucht aus dem Raum ergreifen, als Berger ihre Hand auf dem Stuhl festhielt und sie am Aufbruch hinderte.

»Bleiben Sie!«, forderte Berger sie mit seinem beruhigenden stahlblauen Blick auf. Er verstärkte seinen Händedruck sanft, aber bestimmt.

Lea schämte sich. Ihr Gesicht wurde feuerrot, doch Berger ließ ihre Hand nicht los.

Ein weiterer Teilnehmer bemerkte ihr Unbehagen und sagte: »Bitte gehen Sie nicht!«

Der junge Psychologe, der sich mit seinem Vornamen vorstellte, ergriff das Wort: »Jetzt haben Sie es schon bis hierher geschafft. Bleiben Sie doch! Bitte!«

Er hatte eine sanfte und einfühlsame Stimme, der Lea nicht widersprechen konnte. Zitternd ließ sie sich auf dem Stuhl nieder und musterte kurz die anderen Personen des Kreises.

»Herzlich willkommen bei uns!«, sagte eine ältere, gepflegt wirkende Dame.

Lea dachte fieberhaft nach, ob es wohl eine Patientin von ihr sei. Sie konnte sich aber nicht erinnern, obwohl sie ein sehr gutes Erinnerungsvermögen hatte. Da saß sie nun im Kreise der Anonymen Alkoholiker. Das Prozedere unzähliger Sitzungen vor vielen Jahren hatte sie noch gut in ihrem Gedächtnis.

»Da wir ein neues Mitglied in unserem Kreis haben, würde ich es schön finden, wenn wir uns kurz vorstellen, damit wir alle wieder die gleichen Ausgangsbedingungen haben«, bat der Psychologe.

Berger ergriff als erstes das Wort, um Lea Mut zu machen: »Mein Name ist Thomas. Ihr könnt mich gern Tommi nennen. Ich bin Polizist und trinke in letzter Zeit zu viel Whisky. Ich habe Angst, dass ich die Kontrolle komplett verliere und meinen Job riskiere.«

»Das ist sehr mutig, Tommi, sogar zu sagen, dass du Polizist bist. Es haben eben nicht nur Arbeitslose oder ungebildete Menschen Probleme mit dem Alkohol. Es kann jeden treffen. – Wer möchte sich als nächstes vorstellen?« Der Psychologe sah fragend in die Runde.

»Ich«, meldete sich eine ältere Dame mit einem Handzeichen. »Mein Name ist Ruth. Ich bin Rentnerin und habe vor zwei Jahren meinen Mann verloren. Er lag eines Morgens tot im Bett neben mir. Ich vermisse ihn so sehr ... Und trinke seit dem schrecklichen Ereignis jeden Abend fast eine halbe Flasche Weißwein, um die Einsamkeit zu vertreiben. Ich kann sonst nicht einschlafen.« Sie senkte traurig ihren Kopf.

»Das tut uns sehr leid, liebe Ruth. Ich hoffe, Sie fühlen sich in unserer Runde wohl und wir können Ihnen helfen.« Der Psychologe lächelte ihr ermutigend zu.

Nacheinander stellten sich alle Personen kurz vor. Es fehlte nur noch Lea. Sie fühlte sich mies und schämte sich. Während sich alle anderen vorstellten, wuchs ihre Anspannung. Sie war verunsichert. Berger bemerkte ihre Unruhe und ergriff nochmals ihre Hand.

Lea schaute in die Runde und begann: »Mein Name ist Karin, ich bin Angestellte in einem Bestattungsunternehmen und werde mit meinem Beruf nicht mehr fertig. Die vielen Toten, deren weinende Angehörige … Ich kann einfach nicht mehr.«

Berger hatte es vermieden, Lea direkt anzuschauen, um sie nicht noch nervöser zu machen, als sie ohnehin schon war. Nachdem er ihre Sätze hörte, blickte er sie erstaunt mit großen Augen an und hielt für einen Moment den Atem an. Er fragte sich, warum sie nicht die Wahrheit gesagt hatte, zumal er doch einen Teil ihrer Lebensgeschichte bereits kannte. ›Sie wird wohl ihre Gründe haben, so wie ich meine‹, grübelte er. ›Warum habe ich denn eigentlich den wahren Grund nicht benannt? Warum saufe ich seit Kurzem fast jeden Tag Whisky? Ich kenne doch die Ursache ganz genau. Meine Frau wurde umgebracht und meine Kollegin, mit der ich ein Verhältnis hatte, hat sie auf dem Gewissen! Diese Mörderin trägt mein ungeborenes Kind in sich und liegt jetzt auch noch im Koma.‹ War diese Geschichte hier jemandem zumutbar, fragte Berger sich und schweifte mit seinen

Gedanken weiter ab. Er hörte gar nicht zu, wie der Psychologe einen Vorschlag zum weiteren Ablauf der Stunde unterbreitete.

Nach sechzig Minuten war die Gesprächsrunde beendet. Für einige war sie erleichternd, für andere, wie Lea, sehr belastend und aufreibend. »Sagen Sie jetzt bitte nichts, Herr Berger!«, bat Lea ihn vor der Tür und siezte ihn auf einmal wieder. »Ich kann Ihnen das alles erklären, aber nicht jetzt!«

Sie verabschiedeten sich mit einem kurzen Kopfnicken voneinander. Lea verschwand zielstrebig.

Berger stand noch einen Moment lang nachdenklich vor dem Eingangsbereich. Er war sich plötzlich absolut sicher: Diese Frau bringt mich um den Verstand! Ihr Aussehen, ihre dunklen Haare, die weibliche Figur, die schöne Haut, ihr Gang und das Timbre ihrer Stimme ... Berger hatte sich bis über beide Ohren in Lea verliebt. Oder sollte er sie von nun an besser mit »Karin« ansprechen, rätselte er.

Er wurde plötzlich aus den Gedanken gerissen, als sein Telefon vibrierte, das während der Sitzung auf lautlos gestellt war. ›Oh nein, Niemann‹, dachte er, als er auf dem Display den Namen des Kollegen sah. »Ja, Berger hier. Bin krankgeschrieben«, antwortete er kurz angebunden und hörbar genervt.

»Hör zu, Berger, auch wenn es nicht immer ganz rund zwischen uns läuft ... Aber ich habe ja deinen Fall geerbt. Ich wollte dir nur mitteilen, dass das Labor ein paar gefundene Haare aus der Wohnung Goethestraße auswertet und die Spurensicherung am Fenster und in der Wohnung mehrere Hinweise finden konnte, die wahrscheinlich auf einen Kampf hinweisen. Es sieht also so aus, als ob deine Putzfrau nicht freiwillig auf die Gleise gesprungen ist.«

Hauptkommissar Berger war überrascht. »Okay, Niemann … Danke!«, stammelte er nur.

Kapitel 16: Wut

Lea war schon seit Tagen mit dem Leihwagen unterwegs. Auf der Fahrt nach Hause blinkte plötzlich die Tankanzeige auf. Sie hielt bei der ARAL-Tankstelle gegenüber der Kongresshalle an. ›Warum habe ich mich bei dem Treffen wieder als Karin vorgestellt und nicht meinen wahren Namen genannt‹, fragte sie sich, während sie die Zapfpistole hielt und Benzin in den Tank laufen ließ. Angestellte eines Bestattungsunternehmens, blöder ging es doch nicht, seufzte sie. Sie fragte sich, ob der Kommissar sie jetzt überhaupt noch ernst nehmen würde.

»Bin ich bescheuert«, fluchte sie laut vor sich hin und hupte zehn Minuten später in der 30er-Zone in Neumühle, weil ein vor ihr fahrender Rentner die Geschwindigkeit noch mit zehn Kilometern pro Stunde unterbot. So kannte sie sich gar nicht ... wütend und gereizt.

Als sie kurze Zeit später zu Hause ankam, stellte sie fest, dass vor der schmiedeeisernen Haustür ein Päckchen stand. Das schmale, liebevoll verschnürte Geschenk zauberte ein kleines Lächeln in ihr angespanntes Gesicht. Sie hob das schwere Päckchen auf und war so neugierig, dass sie es gleich an Ort und Stelle auspackte. Von wem das Geschenk war, konnte sie nicht erkennen. Das Papier flog zu Boden und sie hielt Sekunden später ihr Präsent in der Hand: eine edle Flasche Cognac, an deren Hals ein rotes Matchbox-Auto mit Geschenkband festgezurrt war. Auf der Frontscheibe des kleinen Spielzeugs war gut sichtbar die Zahl ›10 000‹ notiert. Vor Schreck rutschte ihr die Flasche aus der Hand, knallte zu Boden und zerbarst laut auf dem Gehweg vor ihrem Haus.

Von dem ungewöhnlichen Geräusch wurde ihre Tochter angelockt. Eilig kam sie ihr im Rollstuhl entgegen. »Was ist denn hier passiert?«, fragte sie aufgeregt.

Lea versteckte im letzten Moment das kleine Matchbox-Auto und log: »Ich hatte ein Geschenk für unseren Fensterputzer besorgt. Das ist mir aus der Hand gefallen. So ein Mist!«, fluchte sie.

Die Ärztin schaute sich um, ob sie den dunkelblauen Ford oder Mark Röder irgendwo entdecken konnte, der sich vermutlich vor Freude über den gelungenen Gag amüsierte. Es war niemand zu sehen. Wütend knallte sie die Haustür zu und verschwand im Haus.

»Lotti, mach die Scheißmusik leiser oder am besten ganz aus! Ich habe Kopfschmerzen. – Und wie sieht das hier im Bad aus! Räum das sofort auf! Hörst du!«, brüllte sie ihre Tochter an. Dann rannte sie wie eine garstige Furie durch das riesige Haus.

So wütend hatte Charlotte ihre Mutter noch nie erlebt. »Ja, ja, ist ja gut! Bevor du weiter herummeckerst, sag mir mal lieber, wo meine letzten Röntgenbilder und Befunde sind«, unterbrach sie ihre Mutter in deren Tobsuchtsanfall.

»Was? Wozu brauchst du die Befunde?«, fragte Lea hellhörig.

»Mein Freund benötigt sie. Er kann mir vielleicht helfen«, antworte Charlotte.

»Ist der Arzt oder was?«, hinterfragte Lea nervös und war auf die Antwort gespannt. Sie hatte sich ein wenig beruhigt und sogar schon ein schlechtes Gewissen gegenüber Charlotte. Sie nahm die Kehrschaufel und wollte gerade die Scherben vor der Tür auffegen gehen.

»Das geht dich gar nichts an! Sonst interessiert dich doch auch nichts mehr an mir. Gib mir meine Befunde und lass mich in Ruhe! Ach übrigens: Ich werde dich jetzt jeden Tag fragen, wer mein Vater ist. Bis du es mir endlich sagst!«, drohte sie ihrer Mutter. »Oder weißt du es gar nicht? Das kann ja auch möglich sein«, setzte sie in süffisantem Tonfall nach.

Lea gab ihr eine kräftige Ohrfeige.

Charlotte fasste sich an die brennende Wange. Danach fuhr sie mit ihrem Rollstuhl sofort in ihr Zimmer, schloss hinter sich ab und drehte die Musik auf maximale Lautstärke auf. Die Bässe der Anlage dröhnten dumpf durchs Haus.

Lea klopfte kräftig an die Tür und flehte um Einlass. Sie ärgerte sich über ihre Tochter. Noch mehr aber über sich selbst. Noch nie hatte sie Lotti geschlagen.

Charlotte hörte ihre Mutter nicht. Sie saß in ihrem Rollstuhl und bereitete sich auf die heute stattfindende Lange Nacht des Schweriner Museums vor. Sie hatte tagsüber frei. Ihr Dienst war in dieser besonderen Nacht von 22 Uhr bis morgens sechs Uhr festgelegt. Sie freute sich auf Hendrik, mit dem sie sich vor Beginn im Museumsfoyer verabredet hatte. Der Museumsdirektor rechnete mit einem riesigen Besucheransturm, da in der Schweriner Volkszeitung und im örtlichen Radiosender mit vielen Highlights geworben worden war. Außerdem war der Eintritt kostenlos und daher für viele ein Anreiz. Charlotte schaute sich noch einmal die Unterlagen zu den einzelnen Gemälden an und prägte sich die wichtigsten Details ein. Die Museumsnacht war seit vielen Jahren ein kultureller Höhepunkt in der Schweriner Altstadt. Das alte Gebäude wird in dieser Nacht grandios mit Scheinwerfern in Szene gesetzt. Dezente klassische Musik zaubert eine tolle Atmosphäre in die Gemäldegalerie. Sowohl Kunstliebhaber als auch Musikfreunde merkten sich den einmal jährlich stattfindenden Termin rechtzeitig vor.

›Es ist zwecklos‹, dachte Lea und ging nach einer Viertelstunde, die sie weinend vor Lottis Tür gehockt hatte, in den Flur. Sie nahm ihr Handy aus der Handtasche. Im Verlaufsprotokoll fand sie Bergers Nummer und rief ihn an.

»Guten Abend, Herr Berger! Lea Engel am Apparat.«

»Guten Abend, Frau Engel!«, erwiderte Berger irritiert. Er freute sich über den Anruf.

»Mir geht es nicht gut.«

»Wollen wir uns treffen?«, fragte Berger. Zugleich war es ihm unangenehm, zu sagen, dass er bereits drei Bier getrunken hatte und nicht mehr Auto fahren konnte, ohne seinen Führerschein zu riskieren. Daher schlug er ihr vor, in sein Haus nach Schwerin zu kommen.

Lea fragte nach seiner Adresse, wischte sich die Tränen aus den Augen und fuhr los. Sie gestand sich während der Autofahrt ein, dass Berger ihr als Polizist und Mann imponierte. Sie fühlte sich in seiner Gegenwart geborgen.

Kapitel 17: Offenbarung

Es klingelte. Das musste Lea Engel sein! Bevor Berger öffnete, sah er noch schnell prüfend durch den Flur und stellte fest, dass schon längst einmal der Fliesenboden hätte gewischt werden müssen. Er erkannte mit einem Blick, dass sie vor Kurzem geweint hatte, und sah Verzweiflung in ihrem Gesicht. Ihre Haare trug sie offen und ungekämmt. Der sonst so auffallend schönen Frisur war mehrere Stunden keine Beachtung mehr geschenkt worden. Beim Anblick von Berger brach Lea spontan wieder in Tränen aus. Wortlos zog er die verzweifelt wirkende Frau an sich, um sie zu trösten. Lea verbarg ihr Gesicht an seiner Brust und fühlte sich beschützt in seinen Armen. »Kommen Sie rein!«, sagte Berger, befreite sich vorsichtig aus der Umarmung und schob Lea ins Haus.

»Wollen wir nicht beim Du bleiben, wie in unserem Kreis heute Nachmittag?«, bat sie leise.

»Ja, gerne – Lea«, erwiderte Berger.

»Ich hoffe, ich störe nicht?«, fragte sie verunsichert.

»Nein, im Gegenteil! Ich freue mich, dass du gekommen bist. Die Umstände sind nicht schön, aber ich freue mich wirklich, dich zu sehen«, erwiderte Berger. »Soll ich uns eine schöne Kanne Tee kochen und uns die Feuerschale auf der Terrasse anzünden?«, fragte er mit einer Selbstverständlichkeit, als würden sie sich nicht eine Woche, sondern schon mindestens ein halbes Jahr kennen.

Lea fühlte sich behütet und tupfte ihre Tränen ab. Dann dachte sie nach. Wann hatte sie ein Mann das letzte Mal in seine Arme genommen und so große Anziehungskraft ausgeübt? Sie erinnerte sich flüchtig an einen One-Night-Stand auf einem Ärztekongress vor zwei Jahren in Berlin.

Bergers Schutzinstinkt gegenüber einer schwachen und wunderschönen Frau war geweckt. Er ging plötzlich entschlossen auf sie zu, nahm sie nochmals in den Arm und spürte, wie auch sie diesen Moment genoss.

Lea merkte, wie sich ihr Körper in den Armen von Berger lockerte. Sie empfand großes Vertrauen. Fasziniert blickte sie in seine stahlblauen Augen. Berger erwiderte den Blick.

»Danke, Thomas«, begann Lea plötzlich, als sie beide im zerwühlten Bett nebeneinander lagen, »danke, dass du dir beim Treffen nichts anmerken lassen hast!« Sie drehte sich auf die Seite und stützte sich mit ihrem Ellenbogen auf der Matratze ab. Entspannt legte sie ihren Kopf in ihre Handfläche und sah Berger an, der flach auf dem Rücken lag. Ein dünnes zerknittertes Laken lag über seinem Unterleib.

»Und warum hast du dich als Karin mit einem anderen Beruf vorgestellt?«, fragte Berger behutsam und zündete sich eine Marlboro an, die er von seinem Nachttisch genommen hatte. Es war in den letzten Tagen so viel geschehen, dass er gelegentlich mal wieder eine Zigarette rauchen musste. ›Besser als einen Whisky‹, dachte er, den hätte er nach diesem gemeinsam erlebten Rausch der Gefühle viel lieber genüsslich getrunken. Andererseits dachte er an seine Ina, in deren Betthälfte sich jetzt eine neue Frau nackt räkelte …

»Ich will dir das erklären: Ich war nach dem Unfall, den ich unter Alkoholeinfluss verursacht habe, völlig am Boden zerstört. Meine Tochter war querschnittsgelähmt. Gerade hatte ich meinen Facharzt gemacht und einen hohen Kredit für die Ausstattung der Praxis aufgenommen. Mir wuchs das alles über den Kopf. Einerseits war ich froh, dass ich aus der Unfallgeschichte glimpflich herausgekommen war, aber andererseits hatte ich große Angst, meine neu aufgebaute Existenz schnell wieder zu verlieren.«

»Ich verstehe. Aber ›Karin‹ und ›Bestatterin‹ ... das begreife ich immer noch nicht!«, unterbrach Thomas sie.

»Alleinstehend mit Kind ... eine Tätigkeit mit Schichtdiensten in einer Frauenklinik kam für mich nie infrage. Ich war ehrgeizig genug und hatte nur ein Ziel vor den Augen, eine erfolgreiche Ärztin in einer hochmodernen Praxis zu sein. Ich stand nach dem Unfall so unter Druck, dass ich zu trinken begann. Ich ging auf verschiedene Treffen der Anonymen Alkoholiker außerhalb von Schwerin. Dort wurde ich von einigen Männern so angehimmelt und fast gestalkt, dass ich es bereute, meine wahre Identität preisgegeben zu haben. Ein alkoholkranker Chirurg hatte schnell meinen Nachnamen herausgefunden und wo ich praktizierte. Er rief täglich in meiner Praxis an.«

»Bei deinem Aussehen kein Wunder!«, flirtete Berger und zwinkerte verschmitzt mit seinen blauen Augen.

»Genau aus diesem Grund habe ich mir einen neuen Kreis in Schwerin gesucht. Es mag überheblich klingen: Glaubst du, dass sich noch ein Mann für mich interessiert hat, nachdem ich sagte, ich sei Angestellte in einem Bestattungsunternehmen und an der rechten Hand einen auffälligen goldenen Ring trug. Das Schmuckstück sah, bewusst von mir ausgewählt, einem Ehering sehr ähnlich. Entschuldige, aber manchmal sind Männer eben einfach gestrickt. Die Männer, die mich näher kennengelernt hatten, wollten plötzlich mit einer Frau, die täglich Tote wäscht, einbalsamiert, kämmt und für Trauerfeierlichkeiten eingekleidet, nichts zu tun haben. Das ist meines Erachtens ein ähnliches Phänomen wie mit einer Prostituierten. Oder möchte ein intelligenter Mann ernsthaft eine Frau, die anschaffen geht? Die kann noch so gut aussehen und lieb sein, das macht kein Mann mit.« Nach einer Weile bat Lea um eine Zigarette.

»Du rauchst auch?«, fragte Thomas überrascht und gab ihr eine Marlboro, die er zuvor in seinem Mund für sie angezündet hatte.

»Gelegentlich ... ganz, ganz selten«, antwortete sie und übernahm die ihr zugereichte Zigarette.

Thomas konnte wieder eine Eigenschaft feststellen, die sie ihm trotz aller tragischen Umstände, die er über Lea erfahren hatte, noch sympathischer machte. ›Jeder hat eben sein Päckchen zu tragen‹, dachte Thomas. Perfekt wirkende Menschen waren ihm ohnehin zuwider. Er richtete sich im Bett auf und beugte sich zu Lea herüber. »Ich komme gleich wieder. Nicht bewegen!« Er gab ihr einen zärtlichen Kuss und verließ das Schlafzimmer. Dann sah er nach dem Feuer auf der Terrasse und kochte endlich den exotischen Tee, den er ihr schon vor einer Stunde auf dem Flur versprochen hatte.

Kapitel 18: Im Museum

Charlotte hatte noch gerade rechtzeitig ihr Taxi abbestellt, das sie um 21.30 Uhr von Wittenförden nach Schwerin bringen sollte, als es an der Tür klingelte. Sie öffnete und sah Hendrik lächelnd an, der es sich an diesem Abend nicht hatte nehmen lassen wollen, sie mit seinem Mercedes-Kombi abzuholen. Charlotte war allein zu Hause und hatte Hendriks Vorschlag am Telefon dankend zugestimmt. Nachdem er sie in den Wagen gehoben und den Rollstuhl im Kofferraum verstaut hatte, fuhren sie zum Museum.

Sie trafen zeitgleich mit dem Museumsdirektor, Prof. Georg Brandner, auf dem Parkplatz im Innenhof des Museums ein. Brandner bot ihnen einen Sonderparkplatz neben seinem Wagen an, als er sah, wie Hendrik van Beuren den Rollstuhl seiner Praktikantin aus dem Kofferraum herausholte und neben der Beifahrertür auseinanderklappte. Er hob Charlotte aus dem Wagen und setzte sie in ihren Rollstuhl. Mit dem Fahrstuhl fuhren sie direkt ins Foyer des Museums.

Brandner bat alle seine Mitarbeiter, seine Praktikantin Charlotte Engel und den niederländischen Journalisten Hendrik van Beuren kurz vor 22 Uhr ins Foyer. »Sehr geehrte Mitarbeiterinnen und sehr geehrte Mitarbeiter, ich freue mich sehr, dass wir heute gemeinsam die Nacht verbringen.« Er schmunzelte bei dem zweideutigen Satz und einige Mitarbeiter rollten sofort mit den Augen. Sie kannten seine ausschweifenden Reden. »Sie wissen aus den vergangenen Jahren, wie wichtig diese Veranstaltung für unser Haus ist …«, fuhr er fort.

»Bla, bla, bla«, flüsterte in den hinteren Reihen eine ältere Mitarbeiterin.

Der Direktor räusperte sich kurz, rückte seine Krawatte zurecht und strich mit seiner Hand das Hemd über den Bauch glatt. »… Sie kennen doch bestimmt die Oper von Richard Wagner ›Der Fliegende Holländer‹?«, fragte er in die Menge und blickte über seine Lesebrille in die Runde.

»Na klar«, antwortete ein Mitarbeiter grinsend, »ich kenne alle Wagner-Opern und kann sie auch singen!« Die Kollegen um ihn herum lachten über dessen witzige Antwort.

»Wir haben heute das große Glück«, fuhr der Direktor fort, »heute in unserer niederländischen Gemäldeabteilung einen echten Fliegenden Holländer bei uns zu haben! Sicherlich haben Sie schon längst bemerkt, dass wir seit zwei Wochen einen Journalisten aus Amsterdam bei uns zu Gast haben.« Brandner lächelte van Beuren zu. »Herr van Beuren recherchiert in unserem Museum für einen Verlag. Er wird uns in Kürze wieder verlassen. Ich freue mich daher ganz besonders, dass er sich heute Nacht bereiterklärt hat, mit seinem Fachwissen unseren Gästen zur Verfügung zu stehen.« Der Direktor hob plötzlich die Arme und begann enthusiastisch zu klatschen. Die Mitarbeiter, die sich von seiner Stimmung noch nicht hatten anstecken lassen, hörten betreten zu, wie das Geräusch durch das Foyer hallte. Schließlich erbarmten sich einige und applaudierten zaghaft mit. »Ich öffne jetzt die Türen für unsere Gäste und wünsche mir, dass wir zahlreiche Besucher empfangen und nicht allzu müde morgen früh das Museum verlassen.« Mit einem aufmunternden Kopfnicken beendete er seine Ansprache. Dann rückte er nochmals seine Krawatte zurecht, knöpfte das edle Jackett zu und schritt zum Eingangsbereich, um die Veranstaltung zu eröffnen. Brandner schloss die großen Flügeltüren des Haupteingangs auf und sah freudig auf eine Schlange von Menschen, die geduldig auf den Einlass gewartet hatten.

Die Menschenmenge schob sich langsam hinein. Einige Besucher gingen zuerst auf einen Tisch im Foyer zu, auf dem kostenlose Souvenirs zum Mitnehmen platziert waren. ›Immer das Gleiche, wenn es etwas umsonst gibt‹, dachte Brandner. Er freute sich aber dennoch auf den Ansturm der Leute.

Die Angestellten machten sich auf den Weg zu ihren vorgeschriebenen Plätzen. Jedem war ein Raum zugewiesen worden, wo er auf die Kunstwerke achten und Fragen beantworten sollte.

Hendrik schob den Rollstuhl mit einer strahlend gutgelaunten Charlotte in den größten und schönsten Saal des Museums, die Galerie der Alten Meister. Die Gefühle für Hendrik hatten Lotti den Streit mit ihrer Mutter schnell vergessen lassen. Klassische Musik verlieh dem Museum in dieser Nacht ein ganz spezielles Flair. Der Besucheransturm nahm um Mitternacht sogar noch deutlich zu. Hendrik verstand es, mit seinem niederländischen Akzent die Besucher galant zu unterhalten. In den Gruppen, die er betreute, wurde häufig gelacht. Er erzählte über die niederländische und flämische Malerei des 17. und 18. Jahrhunderts und trug mit interessanten Anekdoten über die jeweiligen Künstler ganz entscheidend dazu bei, dass sich seiner Gruppe immer mehr Besucher anschlossen.

Direktor Brandner entging dies nicht und bot ihm später sogar an, für die restliche Zeit, die er noch in Schwerin sein würde, Führungen auf Honorarbasis durchzuführen.

»So nett und zuvorkommend wurde ich noch in keinem Museum aufgenommen. Den meisten Museumsangestellten war ich bisher nur eine Last mit meinen vielen Fragen und den nervenden Fotos«, erwiderte Hendrik. Er freute sich über das Angebot von Brandner und nahm es dankend an.

Wenn gerade keine Besucher in der Nähe von Hendrik und Charlotte waren, flirteten sie heftig miteinander. Er streichelte zärtlich über ihr Haar und küsste die Fingerkuppe seines Zeigefingers, die er anschließend auf ihren Mund zubewegte und leicht auf ihre Lippen drückte.

Charlotte saß an diesem Abend in ihrem eleganten dunklen Hosenanzug in ihrem Rollstuhl und freute sich über das Engagement ihres Freundes.

»Ich habe deine Befunde heute Nachmittag digitalisiert und meinem Onkel bereits zukommen lassen«, verkündete Hendrik. »Sie liegen jetzt einem Spezialistenteam im neurochirurgischen Institut vor.«

»Das ist ja wunderbar. Vielen Dank, Hendrik!«, antwortete Charlotte aufgeregt. Sie erinnerte sich an den zärtlichen Kuss am letzten Abend und konnte ihr Glück kaum fassen, Hendrik kennengelernt zu haben. Beide schmiedeten bereits Pläne für eine gemeinsame Zukunft. Ob sie nun irgendwann wieder laufen konnte oder nicht, das war für beide an diesem Abend erst einmal zweitrangig.

Kapitel 19: Zweisamkeit

Thomas Berger stand um zwei Uhr morgens in der Küche und suchte nach dem Tee, den er Lea versprochen hatte. Er hatte bereits Wasser aufgesetzt, Teekanne und Gläser bereitgestellt. Nachdem er die Packung Jasmintee in der Hand hatte und sich erinnerte, dass Ina ihm diese Sorte immer zur Senkung seines Cholesterinspiegels gekocht hatte, entschied er sich für die karibische Mischung. Mit einem kleinen Tablett ging er zurück ins Schlafzimmer zu Lea.

Sie setzte sich im Bett auf und legte sich ein Kissen in den Rücken. Mit einem Laken bedeckte sie ihre Brüste. »Wir sind schon zwei …«, begann Lea schmunzelnd, »andere würden jetzt Champagner schlürfen. Wir genießen Tee! Der riecht ja herrlich«, stellte sie fest.

»Das ist eine karibische Mischung: exotische Frau, heiße Nacht … das passt doch!«, erwiderte Berger und goss bereits den Tee in die Gläser.

Lea nahm ein Glas und probierte vorsichtig, da der Tee noch heiß war. »Mmmhhh, köstlich. Das tut gut … nach diesem Tag!«

»Was war denn außer mir heute noch so aufregend?«, fragte Thomas augenzwinkernd.

»Mark Röder muss bei mir gewesen sein. Es stand ein Geschenk für mich vor der Haustür.«

»Wieso sagst du ›muss‹? Weißt du es nicht genau und vermutest es?« Thomas fiel sofort in die Rolle des Kommissars und setzte die Unterhaltung wie ein Verhör fort.

»Das Geschenk kann nur von ihm gewesen sein. Er hat es selbst abgelegt oder jemanden beauftragt, es vor meine Tür zu stellen. Es war eine Flasche Cognac, an der ein rotes Matchbox-Auto angebunden war. Auf der Frontscheibe war die Zahl ›10 000‹ raufgeschmiert. So ein Idiot ... Und geschmackloser geht es wohl nicht! Für wie blöd hält er mich eigentlich?«

»Hast du die Sachen als Beweismittel sichergestellt?«, bohrte Berger nach.

»Neee, die Buddel ist mir vor Schreck aus der Hand gefallen und hat eine riesige Sauerei vor meiner Tür verursacht. Anschließend ging es bei mir richtig rund.«

»Was ist denn noch passiert?«, fragte Berger nach.

»Ich habe mich wie eine hysterische Furie aufgeführt und meine Tochter dann wegen Belanglosigkeiten beschimpft. Die wurde frech, hat mich provoziert und dann habe ich ihr eine geknallt. – Das ist mir noch nie passiert!« Leas Stirn warf sich vor Sorge in Falten, als sie sich erinnerte. »Dann gab ein Wort das andere«, fuhr sie fort, »sie wollte ihre sämtlichen Krankenbefunde für ihren Freund haben. Der scheint ein Wunderheiler zu sein und hat ihr wohl Flausen in den Kopf gesetzt, dass sie bald wieder gehen könne«, echauffierte Lea sich. »Ich habe dann im Bad auf Lottis Handy herumgeschnüffelt, das sie dort vergessen hatte. Jetzt weiß ich erst einmal den Namen ... Ein Hendrik van Beuren raspelt Süßholz und schickt meiner Tochter eine liebevolle SMS nach der anderen. Ich habe auch in ihrem Fotoarchiv nach Bildern gesucht, um mal zu sehen, wie der Hendrik so ausschaut. Geschmack hat sie, das muss man ihr lassen!«

»Ganz die Mama«, grinste Berger. »Nun mal im Ernst. Das Cabrio und der Cognac: Das war Röder. Ziemlich naiv von ihm, zu denken, dass das nicht rauskommt und du nicht zur Polizei gehst! Andererseits sei doch froh, dass deine Tochter einen so gutaussehenden Freund hat, und der sich dann noch um ihre Gesundheit Gedanken macht.«

»Ja, du hast vermutlich recht! Der Hendrik tut ihr gut. Sie war beim Friseur und hat sich neue Klamotten zugelegt. Sie blüht seit Kurzem richtig auf. Genau an diesem Punkt bin ich dann immer unendlich traurig, dass ich damals angetrunken den Unfall verursacht habe und sie deshalb im Rollstuhl gelandet ist.«

»Du sagtest doch, es war Glatteis. Vielleicht wäre der Unfall auch so passiert«, versuchte Berger Leas Schuldgefühle ein wenig zu entkräften.

»Mag sein. Ich kann mir das niemals verzeihen und habe höllische Angst vor Mark und dass alles jetzt nach so vielen Jahren herauskommt. Ich hätte meiner Tochter längst die Wahrheit sagen müssen und erst recht, wer ihr Vater ist. Wie konnte ich mich bloß in diesen Kerl verlieben? Nein, ich musste ihn meiner Freundin Sophie nicht nur ausspannen, ich musste auch noch schwanger von ihm werden!« Ihre Stimme hatte einen sarkastischen Tonfall angenommen.

»Die Wahrheit schmerzt immer! Und deshalb bist du jetzt wieder zu den Anonymen Alkoholikern gegangen? Du warst doch trocken, oder? Du siehst nicht so aus, als wenn du ständig Alkohol trinken würdest.« Berger beantwortete sich mit dem Satz seine Frage selbst und hoffte sehr, dass sie ihm nicht widersprach.

»Ja, ich bin trocken. Aber es ist eine heimtückische Krankheit, die nur lauert, wieder auszubrechen, um alles kaputt zu machen, was du dir mühsam aufgebaut hast. Ich war in den letzten Tagen an meinem äußersten Limit angelangt und kurz davor, wieder mit dem Trinken zu beginnen. – Wieso bist du bei den Anonymen Alkoholikern?«, fragte Lea nach einer kurzen Pause. »Du siehst auch nicht gerade aus, als würdest du an der Flasche hängen«, stellte sie fest.

»Das stimmt. Ich bin gerade krankgeschrieben, weil ich in letzter Zeit auffallend viel getrunken habe. Mein Chef hat mir eine allerletzte Chance gegeben, sonst flieg ich raus. Ich war gerade beim Arzt und der hat mir empfohlen … bei meiner Vorgeschichte«, fügte er schnell ein, »einen Psychologen aufzusuchen. Bei dem bekommt man aber erst in ein paar Monaten einen Termin. Daraufhin habe ich mich entschlossen, einfach mal in so einen Kreis zu gehen, um für mich herauszubekommen, wo ich stehe und wo ich niemals hin möchte«, beendete Berger den Satz. ›Bitte frag jetzt nicht nach meiner Vorgeschichte‹, dachte er sofort. »Ich war zwei Monate in einer Klinik für psychosomatische Erkrankungen in Ahrenshoop. Dort sollte ich meine optimistische Lebenseinstellung zurückgewinnen. Das Fundament hatten die Ärzte gelegt. Die Umsetzung wäre schwierig, dessen waren sich die Mediziner mit ihrer Prognose einig. Ich bin gerade dabei, mein Leben neu zu sortieren.«

»Darf ich nach deiner Vorgeschichte fragen, Thomas?«, fragte Lea behutsam und schaute ihm direkt in die Augen.

Da war sie auch schon: Die Frage nach der Vorgeschichte! ›Das musste ja kommen‹, dachte er und goss erst einmal Tee in die Gläser nach, um etwas Zeit zu gewinnen und seine Gedanken zu ordnen. ›Ein falscher Satz und die Frau ist weg. Nicht nur für heute, sondern für immer‹, mutmaßte Thomas. »Okay. Es fällt mir nicht leicht, darüber zu sprechen, und sicherlich wirst du mit so einer Geschichte nicht rechnen. Es ist aber die Wahrheit«, begann er leise und holte tief Luft.

»Wenn du nicht darüber reden möchtest, dann musst du es auch nicht«, unterbrach Lea ihn. »Schließlich kennen wir uns ja noch gar nicht richtig.«

Während der Hauptkommissar erzählte, was in den letzten Monaten in seinem Leben geschehen war, bemerkte er selbst, dass es ihm guttat, sich zu offenbaren.

Lea war fassungslos. »Das ist ja heftig. Mit einer solchen Geschichte habe ich wirklich nicht gerechnet. Einen Moment bitte, der Tee«, mit diesen Worten stand sie auf und ging zur Toilette. Sie war entsetzt darüber, was sie gerade gehört hatte und dass sie selbst urplötzlich Teil dieser Geschichte geworden war. Sie schaute in den Spiegel über dem Waschbecken. Sie war blass und zitterte am ganzen Körper. Ellen Arnold und Thomas Berger … das war doch nicht möglich! ›Warum kann ich nicht einmal im Leben einen völlig normalen Mann kennenlernen‹, fragte sie sich. Sie spülte die Toilette, wusch sich die Hände und ging nach einem Moment der Besinnung langsam zurück ins Schlafzimmer. »Das ist wirklich unglaublich, was du erlebt hast, Thomas! Ich bin geschockt und ehrlich gesagt sprachlos!« Lea ließ sich nichts anmerken und sagte auch nicht, dass Ellen bei ihr in der Praxis war, um eine Abtreibung gebeten hatte und anschließend schwer im Treppenhaus gestürzt war.

»Ich bin erleichtert, dass es raus ist und wir beide wissen, woran wir sind.« Thomas legte sich bequem hin.

Lea knipste das Licht aus und kuschelte sich an Thomas heran. Er fiel sofort in einen tiefen Schlaf.

Nach dieser Offenbarung konnte Lea nicht einschlafen und hörte plötzlich ihr Handy in der Tasche im Flur leise summen. Sie löste sich vorsichtig aus Bergers Umarmung und schlich aus dem Schlafzimmer. Hinter sich schloss sie die Tür. Lea nahm den Anruf sofort an, nachdem sie die Nummer von Mark Röder auf dem Display gesehen hatte. Zu groß war ihre Neugier, was Mark mitten in der Nacht von ihr wollte. »Spinnst du! Was willst du um diese Uhrzeit von mir?«, flüsterte sie.

»Die 10 000 Euro«, antwortete er.

»Woher soll ich so schnell diese Summe auftreiben?«, fragte sie leise.

»Ist schon tragisch, wenn Kinder plötzlich auf Nimmerwiedersehen verschwinden oder in der Zeitung steht: ›Tödlicher Sturz einer Rollstuhlfahrerin von der Schweriner Museumstreppe‹.«

»Was? Wo bist du?« Lea zitterte am ganzen Körper.

»Im Museum. Ich warte am Eingang bei den Löwenskulpturen. Aber ich warte nicht mehr lange«, drohte er ihr.

›Das Schwein beobachtet nicht nur mich, sondern auch Charlotte‹, dachte sie wütend. »Rühr dich nicht von der Stelle! Ich komme hin.« Lea beendete das Telefonat. Sie ging in die Wohnstube und kramte all ihre Sachen in der Dunkelheit zusammen. Schnell zog sie vor der Couch ihre Schuhe an und stieß dabei mit ihrem großen Zeh an etwas Hartes. Sie bückte sich und hielt plötzlich den Schaft einer Pistole in der Hand, die in ihrem Lederhalfter steckte. Berger hatte seine Dienstwaffe einfach unter die Couch gelegt, jedoch nicht weit genug nach hinten geschoben. Sie nahm die Pistole aus dem Halfter, das sie wieder unter das Sofa schob, steckte die Waffe in ihre Handtasche und schlich sich hinaus. Anschließend blickte sie sich noch einmal um und wartete ab, ob das Licht im Haus anging. Nichts.

Lea stieg in den Leihwagen und fuhr zum Museum. Knaudtstraße, Werderstraße und schon war sie am Alten Garten. Sie stand direkt vor dem hell angestrahlten Prachtbau und stellte den Motor ab. Schnell knallte sie die Fahrertür zu. Sie war so in Rage, dass sie in der Aufregung sogar die Autoschlüssel stecken ließ. Sie lief los, übersprang jeweils eine Stufe auf der langen Treppe hinauf zum Haupteingang, oben angekommen, hielt sie hektisch nach Mark Röder Ausschau. ›Wo ist das Schwein‹, fragte Lea sich mehrmals. Ihr Herz raste. Sie suchte im Schatten der beiden großen Löwenskulpturen ihren Erpresser. ›Wo hat sich dieser Mistkerl bloß versteckt?‹

Kapitel 20: Die Katastrophe

Mark Röder stand nicht im Eingangsbereich des Museums. Fieberhaft blickte Lea sich um. Was sollte sie tun? Schließlich lief sie aufgeregt in das Gebäude hinein und hastete durch die Hallen. Hoffentlich war er nicht dort, wo Lotti Dienst tat? So dreist würde er doch nicht sein?

Völlig außer Atem lief sie von der Porzellanausstellung zur modernen Kunsthalle. Sie konnte ihn nirgends erblicken und verlangsamte ihre Schritte. In der großen Halle der niederländischen Meister sah sie ihre Tochter im Rollstuhl sitzen. Lotti unterhielt sich angeregt mit zwei Herren und war sichtlich guter Laune. Lea stockte der Atem, als sie ihren Ex-Freund und Erpresser neben Lotti erkannte. Sie kramte in ihrer Handtasche, während sie zu ihrer Tochter lief. »Sei ruhig, glaub ihm gar nichts!«, schrie sie ihrer Tochter von Weitem zu. Die Besucher und ein Mann vom Sicherheitspersonal warfen ihr erstaunte Blicke zu, aber Lea beachtete sie nicht, sondern rannte schnurstracks zu ihrem Kind. »Nimm deine dreckigen Pfoten weg!«, brüllte sie Mark an, der Lotti gerade einen Prospekt abnahm. Lea zog die Waffe aus der Tasche.

Mark blickte ihr entsetzt ins Gesicht, und dann glitt sein Blick nach unten. Er sah direkt in den Lauf der Pistole.

Die Besucher bemerkten dies und liefen schreiend aus dem Saal. Sie drängelten vor die Tür, um möglichst schnell den gefährlichen Ort zu verlassen. Ein Wachmann hatte Alarm ausgelöst, der jetzt durch das gesamte Museum schallte.

»Mama«, schrie Lotti, »bist du verrückt geworden? Das ist ein Studienfreund meines Vaters. Was soll das?«

»Hat er dir das erzählt?«, fragte Lea irritiert. Sie ließ die Waffe jedoch auf Mark gerichtet.

»Ja, das hat er«, mischte sich Hendrik ein, der regungslos vor Schreck auf Lea starrte. »Machen Sie sich und Ihre Tochter nicht unglücklich, Frau Engel. Ganz ruhig mit der Waffe! Geben Sie mir die Pistole! – Ganz langsam!« Hendrik streckte Lea zaghaft seinen Arm entgegen.

Lea wurde von einer Sekunde zur anderen bewusst, in welch fatale Lage sie sich gebracht hatte und was der Tod von Mark Röder für Folgen hätte. Sie zitterte. Ihre Augen wanderten hektisch zu Mark, zu Lotti und zu Hendrik zurück. »Wer sind Sie?«, fragte Lea.

»Das ist Hendrik, Mama. Er ist mein Freund.«

»Hendrik van Beuren«, vervollständigte er seinen Namen. »Bitte geben Sie mir jetzt die Waffe! Das bringt doch nichts«, versuchte er Lea zu beruhigen.

Mark Röder stand in Schockstarre da und sagte gar nichts. Sein Gesicht war blass. Seine Arme hingen gerade am Körper herunter. ›Bloß nicht bewegen, die dreht durch‹, dachte er ängstlich.

»Bitte Frau Engel, es nähert sich von hinten ein Wachmann! Geben Sie mir schnell die Waffe und ich rufe ihm laut zu, dass alles in Ordnung ist! Bitte!«, forderte Hendrik laut mit Nachdruck.

Lea ergriff den letzten Strohhalm und gab auf. Sie reichte Hendrik die Waffe und beugte sich zu ihrer Tochter herunter.

Mark Röder atmete erleichtert auf und lockerte seine verkrampfte Haltung ein wenig.

»Ich weiß gar nicht, was Sie haben. Ich habe lediglich Ihrer Tochter von ihrem Vater erzählt«, sagte Röder und grinste hämisch. Er tat so, als würde er Lea Engel das erste Mal begegnen und siezte sie.

Der Angestellte der Schweriner Sicherheitsfirma kam ebenfalls sichtlich ruhiger auf die vier Personen zu, nachdem Hendrik ihm laut zugerufen hatte, dass alles in Ordnung sei, und die Waffe hoch in die Luft gestreckt hielt. Als der Wachmann etwa fünf Meter von Hendrik entfernt war, richtete der plötzlich die Waffe auf ihn und zog eiskalt mit seinem Zeigefinger den Abzug durch. Es gab einen ohrenbetäubenden Knall, und der Mann sackte in sich zusammen.

Die beiden Frauen schrien laut. Röder warf sich geistesgegenwärtig zu Boden.

Hendrik schaute die beiden Frauen an und brüllte: »Ruhe jetzt! Sonst seid ihr die Nächsten.«

Lea und Lotti wussten nicht, was ihnen geschah, und waren geschockt.

»Runter auf den Boden!«, schrie Hendrik. »Du auch, Darling!« Er sprach Lotti direkt an und zwang sie somit, aus dem Rollstuhl zu klettern.

»Was soll das, Hendrik?«, wimmerte Lotti.

»Halts Maul und ruf den Direktor mit deinem Mobiltelefon! Nun mach schon! Schnell, ehe die Bullen kommen«, befahl er ihr.

Lotti lag auf dem Boden und suchte die Nummer des Direktors in ihrem Handy. Sie hörte es nebenan laut klingeln. Professor Brandner hatte sich hinter einer Glasvitrine versteckt und das Ganze aus sicherer Entfernung beobachtet. Er traute sich nicht aus dem Versteck heraus. Längst war die Polizei informiert. Das Handyklingeln hatte seinen Standort verraten.

Hendrik sah ihn und schrie zu ihm: »Herkommen, sonst sind hier alle tot und du gleich mit!«

Brandner kam zitternd auf Hendrik zu. Er hatte Schweißperlen auf der Stirn und atmete flach und schnell.

»Hendrik, bitte, was soll das?«, jammerte Lotti auf dem Boden liegend.

»Halts Maul! Hast du im Ernst gedacht, ich verliebe mich in einen Krüppel? Schau dich doch mal an«, brüllte er.

»Brandner!«, rief Hendrik.

»Ja, was wollen Sie denn von mir? Ich habe Ihnen doch nichts getan?«, antwortete Brandner leise und zitterte. Er war kreidebleich. Das wenige Haar klebte klitschnass an seiner Halbglatze.

»Zügig jetzt! Sofort die Sicherung vom Bild entfernen und die Alarmanlage ausschalten!« Hendrik zeigte mit der Waffe auf das Gemälde »Die Torwache« von Carel Fabritius. »Den Holzrahmen abmachen und die Leinwand einrollen! Zügig, sonst bist du tot!«

»Nein, nein ... bitte nicht schießen, ich mache ja alles, was Sie wollen«, flehte Brandner. »Ich kann den Alarm nicht ausschalten. Das ist technisch nicht möglich.«

»Dann das Bild ... schnell und keine Tricks«, forderte Hendrik van Beuren.

Brandner riss eines der wertvollsten Gemälde des Museums von den Metallschnüren und brach den Holzrahmen ab, ohne das Bild zu beschädigen. Er rollte die Leinwand hektisch zusammen. »Fertig«, rief er van Beuren entgegen und hoffte, dass die Polizei jeden Moment mit einem riesigen Aufgebot eintreffen würde.

»Los, mitkommen!«, wies er Brandner an. »Und ihr Drei rührt euch nicht von der Stelle, sonst knallt es!«, rief er in Richtung Lotti.

»Vorwärts, du Trottel, zu meinem Wagen!«, forderte van Beuren den Direktor auf.

Dieser lief mit dem eingerollten Gemälde vor dem Niederländer in den Innenhof des Museums, der nun hektisch telefonierte. »... programmieren ...«, hörte Brandner seinen Verfolger in einem Befehlston, der ihm noch mehr Angst machte, als er ohnehin schon hatte. An van Beurens Auto angekommen, hörte der Direktor den Befehl »Achtung!« hinter sich. Er zitterte und harrte ängstlich der Dinge, die jetzt passieren würden.

Van Beuren holte aus dem Kofferraum seines Mercedes eine Drohne heraus. Der Quadrocopter sah aus wie ein Spielzeughubschrauber aus einem Metallbaukasten. Er riss Brandner die eingerollte Leinwand aus der Hand und legte sie in eine Plastikröhre, die genau die Breite des Gemäldes hatte und am Flugkörper angeschraubt war. »Start!«, schrie van Beuren in sein Handy.

Brandner glaubte nicht, was er sah: Ein Hightech-Flugobjekt mit seinem Gemälde an Bord stieg in den Schweriner Nachthimmel auf und verschwand über der Goldkuppel des gegenüberliegenden Schlosses. »So, Brandner, einsteigen!«, brüllte van Beuren und warf ihm die Autoschlüssel seines Mercedes zu. »Du fährst!«

Brandner konnte den Schlüssel nicht fangen und musste sich bücken, um ihn vom Boden aufzuheben. Dabei bemerkte der Direktor, wie ein schwarzer Schatten in Nähe des Dachgiebels verschwand. Brandner ging mit dem Autoschlüssel zur Fahrertür, simulierte ein Stolpern und fiel zu Boden.

»Du mieses Stück«, schrie van Beuren und richtete die Waffe direkt auf ihn. Die Szene glich einer bevorstehenden Hinrichtung.

Hendrik van Beuren hatte den Arm noch nicht ganz gestreckt in Position gebracht, da fiel plötzlich ein Schuss. Ein Präzisionsschütze eines SEK hatte den Mann direkt in den Kopf geschossen. Das Risiko, dass der bewaffnete Angreifer noch einen Schuss auslösen würde, war zu groß. Die Wucht schleuderte van Beuren an sein Auto. Von dort glitt er in Zeitlupe zu Boden. Er war augenblicklich tot.

Aus allen Winkeln des Museums kamen vermummte SEK-Beamte. Zwei von ihnen zogen den Direktor vom Wagen weg und brachten ihn in Sicherheit. Ein Beamter kickte mit seinem Fuß die Waffe aus van Beurens Hand weg. »Gesichert«, rief er seinen Kollegen laut und deutlich zu.

»Einsatz beendet«, hörte der SEK-Beamte einen Augenblick später in seinem Headset.

Kapitel 21: Verwunderung

Nach ein paar Minuten kam der Einsatzleiter des SEK zusammen mit Dirk Wegner von der Polizeiinspektion zu Direktor Brandner, der gerade von einem Notarzt versorgt wurde.

»Es geht schon wieder«, murmelte Brandner und wollte aufstehen.

»Sie kommen auf jeden Fall zur Beobachtung mit ins Krankenhaus«, widersprach der Arzt energisch.

»Hätte der Kerl doch nur das Bild geklaut und uns nicht alle ins Unglück gestürzt ... und ich scherzte gestern noch vor meinen Mitarbeitern und sprach von einem fliegenden Holländer ...«, sagte Brandner traurig.

»Interpol hat gerade gemeldet, dass van Beuren für einen international operierenden Ring von Kunstdieben arbeitet. Das Bild werden wir zurückbekommen, die Kollegen sind zuversichtlich«, beruhigte Dirk Wegner den Direktor.

»Das Bild ist scheißegal. Es muss nicht wiederbeschafft werden«, erwiderte Brandner in beinahe lässig klingendem Tonfall.

»Wie meinen Sie das?«, fragte Wegner. »Es wird bereits weiträumig gefahndet. Irgendwo muss die Drohne ja schließlich landen«, gab der Polizist in zuversichtlichem Ton von sich.

»Nicht notwendig«, wiederholte Brandner.

»Nein? Wieso denn nicht?«, fragte Wegner irritiert.

»Ganz einfach: Es ist eine Kopie, die uns eben davongeflogen ist.«

»Nein, das glaube ich jetzt nicht. Sie scherzen«, erwiderte Wegner. »Für einen Direktor, dem gerade ein wichtiges Kunstwerk gestohlen wurde, haben Sie wirklich einen bestechenden Humor.«

»Mein Freund Herbert Reuss ist legaler Kunstfälscher. Er hat mehrere Werke nachgemalt, die sogar im Kunstfälscher-Museum in Binz auf Rügen zu bewundern sind. Wir hatten eine Wette abgeschlossen. Herbert behauptete, dass niemand bei der Torwache den Unterschied zwischen Original und seiner Fälschung bemerken würde. Ich versprach ihm, das Original zu verschließen und die Fälschung im Museum auszuhängen. Noch vor ein paar Wochen haben wir telefoniert und uns darüber amüsiert, dass seit zwei Jahren die Fälschung unbemerkt im Museum hängt. Mein Einsatz betrug gerade mal 100 Euro ...« Er grinste.

»Dann hat Herbert Reuss die Wette wohl gewonnen« erwiderte Dirk Wegner bewundernd. »Und Sie sind 100 Euro los!«

»Aber zu welchem Preis?«, sagte Brandner traurig. »Der Wachmann ist tot, nicht wahr?«

»Ihm konnte leider nicht mehr geholfen werden. Aber den internationalen Kunstdiebring werden wir enttarnen und zerschlagen. Darauf können Sie sich verlassen.«

»Sie müssen doch schon nah dran gewesen sein«, fuhr Brandner fort. »Vor ein paar Tagen rief ein Hauptkommissar Berger an und wollte mich zu einer Reinigungskraft meines Hauses befragen, die tödlich verunglückt ist. Meine Mitarbeiterin hätte Fotos auf ihrer Kamera, auf denen Handwerker im Museum abgebildet sind. Wir haben gegenwärtig gar keine Handwerker im Museum. Ich möchte wetten, dass der van Beuren bestimmt auch auf den Fotos zu sehen ist«, beendete Brandner seine Vermutungen.

In diesem Moment kam einer der Beamten auf seinen Chef zu und bat ihn, kurz unter vier Augen sprechen zu dürfen. »Dirk, die Waffe, die der Niederländer benutzt hat, ist auf einen unserer Kollegen registriert«, sagte er leise.

»Wer ist es?«, fragte der Chef der Schweriner Kripo.

»Hauptkommissar Berger«, war die knappe Antwort.

Es war mittlerweile hell geworden, und die Einsatzfahrzeuge der Polizei zogen vom Museum ab. Lea und Lotti Engel wurden von einem Krankenwagen ins Klinikum gefahren. Sie waren erschüttert, dass Hendrik van Beuren alle getäuscht hatte. Es überwog jedoch die Erleichterung, noch am Leben zu sein.

Mark Röder war geflüchtet, als van Beuren mit dem Direktor die Galerie verlassen hatte. Er war unbemerkt aus dem Museumsgebäude entwischt und verdankte dem Niederländer, dass Lea Engel ihn nicht erschossen hatte. Aber die Sache war für ihn, aufgrund der Erpressung, noch lange nicht ausgestanden. Das wusste er.

Kapitel 22: Böses Erwachen

Berger erwachte in seinem zerwühlten Bett und wunderte sich, dass Lea gegangen war, ohne sich zu verabschieden. Er ging auf Toilette und anschließend ins Wohnzimmer, um seine Kleidung aufzuheben und sich anzuziehen. Dann bückte er sich, um seine Dienstwaffe unter der Couch hervorzuholen, die er dort versteckt hatte. Er war abends zu faul gewesen, sie in seinem Tresor einzuschließen, als er den plötzlichen Anruf von Lea Engel erhalten hatte. Berger hockte da und zog das schwarze Lederhalfter hervor. Die Waffe war weg! Sofort rief er die Leitstelle der Polizei an.

»Polizeiinspektion Schwerin, Leitstelle, Hauptkommissar Niemann am Apparat.«

›Oh nein!‹, dachte Berger, der hatte ihm gerade noch gefehlt. »Guten Morgen! Thomas Berger hier. Mir wurde meine Dienstwaffe gestohlen«, sagte er und bemühte sich um einen sachlichen Ton, da er wusste, dass das Gespräch aufgezeichnet wurde.

»Na, auch schon wach?«, antwortete Paul Niemann sarkastisch.

»Hör auf zu scherzen und informiere Wegner und das Lagezentrum im Innenministerium. Sofort!«, fuhr Berger seinen Kollegen an.

»Ist nicht notwendig. Während du schliefst, haben wir deine Dienstwaffe schon sichergestellt.«

»Was? – Wo denn?«, fragte Berger aufgeregt. Er wusste, dass nur Lea in deren Besitz sein konnte.

»Es gab zwei Tote heute Nacht im Museum«, warf Niemann ihm einen weiteren Brocken zu. Paul Niemann freute sich, es Berger heimzahlen zu können. Er stellte sich vor, wie Berger zu Hause mit den gerade gehörten Informationen vermutlich durchdrehte.

»Wer ist tot? Nun rede schon!«, bohrte Berger nach. »Lass dir nicht alles aus der Nase ziehen.«

»Wir haben zwei Tote. Eine Lea Engel hatte deine Waffe gestohlen. Wo und wobei sie dir die Waffe geklaut hat, wirst du ja am besten wissen«, rückte Niemann raus und verheimlichte bewusst die restlichen Erkenntnisse, die ihm vorlagen.

»Ist sie tot?«, schrie Berger verzweifelt. Er trat nervös von einem Bein auf das andere und wollte nicht glauben, die Worte »zwei Tote und Lea Engel« in einem Satz gehört zu haben.

Paul Niemann wurde der Dialog nun doch zu heiß. Er klärte seinen Kollegen in einem sachlichen Tonfall auf, was sich nachts im Museum genau zugetragen hatte.

»Dieses Telefonat hat ein Nachspiel, du Idiot! Darauf kannst du dich verlassen«, drohte Berger ihm.

»Nein, warte doch mal! Stell dir mal vor: Bei dem toten Hendrik van Beuren haben wir sogar den Ausweis und die EC-Karte von der Frau, die in der Goethestraße aus dem Fenster gestürzt ist, gefunden. Das untermauert die Ergebnisse der Spurensicherung. Es war kein Suizid.« Paul Niemann versuchte, mit den neuen Informationen Berger auf die Sachebene zurückzuholen und den Streit etwas zu schlichten.

»Es muss einen Zusammenhang geben. Dem Museumsdirektor hatte ich eine Befragung zu seiner Reinigungskraft bereits angekündigt.« Berger beendete mit diesen Sätzen das Telefonat, ohne sich zu verabschieden und mitzuteilen, warum er nicht im Dienst sei.

Er ging zitternd an den Schrank, nahm die halb volle Whisky-Flasche heraus, schraubte sie hektisch auf und wollte sie gerade ansetzen … ›Nein‹, dachte er, nahm die Flasche und ging in die Küche. Er goss den Alkohol ins Abwaschbecken. Dann drehte er schnell den Wasserhahn auf und spülte den Whisky weg.

Kapitel 23: Mut

Lea und Lotti Engel waren in einem Zwei-Bett-Zimmer des Klinikums Schwerin untergebracht worden. Beide standen unter starken Beruhigungsmitteln. Lea wachte auf und wusste im ersten Moment gar nicht, wo sie sich befand. Sie blickte auf das Bett neben ihr. Ihre Tochter schlief und rührte sich nicht. Der Anblick des Rollstuhls, der am Fußende parkte, versetzte Lea in Angst. Sie erinnerte sich an die vergangene Nacht und machte sich große Vorwürfe. Hoffentlich hatte Lotti den Vorfall unbeschadet überstanden. Sie griff nach dem Glas Wasser, das auf ihrem Nachttisch stand, und trank einen Schluck. Um die Situation zu bereinigen, würde sie wohl alles erzählen müssen: die Umstände des Verkehrsunfalls und wer Lottis Vater war. Sie konnte ihre Tochter nach dieser Nacht nicht mehr in Ungewissheit weiterleben lassen. Mark Röder würde so schnell nicht aufgeben. Er hatte seine Hartnäckigkeit deutlich unter Beweis gestellt. Nur wie und wo sollte sie am besten anfangen?

Lotti begann, sich zu bewegen. Als sie die Augen öffnete, schloss Lea schnell die Augen, um noch einen Augenblick Zeit zu gewinnen. Aber ihre Sorge war unbegründet, denn Lotti drehte lediglich ihren Kopf und schlief dann wieder ein. Wenige Minuten später schnarchte sie sogar leise.

Lea versuchte, in Gedanken das Gespräch mit Lotti vorzubereiten, als es zaghaft an der Zimmertür klopfte. Durch den Türspalt sah sie zuerst einen großen Blumenstrauß. Der Strauß war so groß, dass sie gar nicht erkannte, wer sich dahinter verbarg. »Raus hier!«, schrie sie laut, als Mark Röder im Zimmer stand.

Lotti wurde schlagartig wach und zuckte zusammen. Sie drehte den Kopf, erblickte Mark Röder und sah ihre Mutter, die gerade aus dem Bett sprang und auf ihn losgehen wollte. Lotti hatte plötzlich das Szenario der letzten Nacht vor den Augen. »Hilfe!«, schrie sie aus voller Kehle und sah, wie ihre Mutter mit beiden Händen auf Röders Brustkorb einschlug.

»Du Schwein bist an allem schuld«, schrie Lea mehrmals.

Plötzlich ging die Tür des Zimmers auf und eine Krankenschwester kam herein. »Besuch für die Damen«, sagte sie freundlich. Hinter ihr betrat Thomas Berger den Raum. Als die Krankenschwester die Rangelei bemerkte, schrie sie: »Was ist denn hier los? Aufhören!«

Berger ließ seinen Rosenstrauß fallen, machte ein paar Schritte auf Lea zu und riss Röder von ihr weg. Er holte aus und schlug ihm mit voller Wucht die Faust ins Gesicht.

Mark Röder taumelte und sackte zu Boden.

Die Schwester lief aus dem Zimmer und schrie auf dem Flur der Station: »Hilfe! Hilfe! Schnell in Zimmer 7.« Zwei Schwestern und ein Stationsarzt rannten ahnungslos herbei.

»Sind Sie verrückt? Was machen Sie hier?«, schrie der Arzt, der den Hilferufen der Schwester gefolgt war, Berger an. »Ich rufe sofort die Polizei«, drohte er.

»Das brauchen Sie nicht«, sagte Berger ruhig und zeigte ihm seinen Dienstausweis.

»Der Mann muss behandelt werden«, sagte der Arzt besorgt.

»Keine Bange, das können Sie gleich. Ich leite ein Ermittlungsverfahren und habe seinen Angriff auf Ihre Patientin soeben beendet.«

Lea hatte inzwischen ihre Tochter fest in den Arm genommen.

»Ich bitte Sie, uns einen kleinen Moment allein zu lassen! Sollten Probleme auftauchen, rufen wir Sie«, bat Berger forsch und erwartete, dass seinen Anweisungen nicht widersprochen wurde.

»Frau Engel, sind Sie damit einverstanden?«, sicherte der Arzt sich kurz ab.

Lea nickte. Dabei hielt sie immer noch ihre Tochter fest an sich gedrückt.

Der Arzt und die zwei Schwestern gingen skeptisch aus dem Zimmer. Röder stöhnte und drehte langsam seinen Kopf. Er fasste mit der Hand an seine blutende Lippe. Lea und Lotti starrten die beiden Männer gespannt an.

»Ich bin Hauptkommissar Berger von der Polizeiinspektion Schwerin«, begann er. »Ich gehe doch recht in der Annahme, dass Sie der Erpresser von Lea Engel sind«, fuhr er fort wie in einem Kreuzverhör. Berger musterte den Mann am Boden von oben herab mit seinen stahlblauen Augen.

»Ja«, gab Röder kleinlaut von sich. »Was soll das Ganze?«

»Sie haben jetzt die Möglichkeit, zu schildern, womit Sie Frau Engel erpressen«, bot Berger an.

»Nein, Thomas! Ich will es Lotti selbst sagen«, flehte Lea.

»Ist das mein Vater?«, fragte Lotti plötzlich und sah ihre Mutter erstaunt an.

»Ja«, antwortete Lea beschämt, »er ist dein Vater.«

»Ich habe es mir fast schon gedacht. Nachdem er zweimal bei uns zu Hause war und immer irgendwelche merkwürdigen Geschichten über meinen Vater erzählt hat. Das kam mir schon eigenartig vor«, sagte Lotti traurig.

»Herr Röder, erklären Sie doch mal, warum sie jetzt, nach fünfzehn Jahren, Frau Engel und ihrer Tochter ständig auflauern. Was wollen Sie?« Bergers Schlagader pulsierte, sein Gesicht war rot geworden. »Warum haben Sie keinen Unterhalt für Ihre Tochter bezahlt? Warum sind Sie vor fünfzehn Jahren schon einmal, wie aus heiterem Himmel, in Schwerin aufgetaucht und wollten damals Lea Engel ihre über alles geliebte Tochter wegnehmen?«, fragte Berger ihn.

»Ist das hier ein Familiengericht, oder was?«, erwiderte Röder patzig.

»Oder können Sie sich erklären, wie die rote Farbe in Frau Engels Auto gelaufen ist? – Als Entschädigung hat Frau Engel ja dann ein Geschenk von Ihnen vorgefunden. Das Auto mit der Zahl ›10 000‹. Ist das die Höhe Ihrer Schulden oder wozu brauchen Sie das Geld?«, provozierte Berger weiter.

»Was hat das alles zu bedeuten, Mama?«, fragte Lotti und sah ihre Mutter an, die zitternd neben ihr saß und leise weinte.

»Bitte, Thomas, lass es gut sein!«, flehte sie den Kommissar erneut an.

»Sie geben mir jetzt Ihren Ausweis und verlassen auf der Stelle das Krankenhaus! Den Personalausweis bekommen Sie von mir persönlich in der Polizeiinspektion wieder. Die

Inspektion, die sich hinter dem Baumarkt befindet, wo es die blutrote Farbe gibt. Ich rufe Sie an. Die Telefonnummer hat Frau Engel ja auf ihrem Handy – dank Ihrer zahlreichen Anrufe ...« Bergers Tonfall war von Wut in Sarkasmus umgeschlagen. Er riss die Tür des Zimmers auf und brüllte Röder an: »Und jetzt raus! Sofort!«

Mark Röder stand auf, warf einen letzten Blick auf Lotti und verließ den Raum.

»Danke, Thomas!« Lea stand auf und warf Röders Blumenstrauß in den Papierkorb. Anschließend sammelte sie langsam die langstieligen Rosen auf. Ihre Augen hielt sie auf den Boden gesenkt. »Es tut mir leid, Thomas, dass ich heute Morgen mit deiner Waffe abgehauen bin«, flüsterte sie. »Ich hatte sie durch Zufall gefunden, nachdem Mark mich angerufen und mich mit 10 000 Euro zum Museum bestellt hatte. Er drohte mir, meiner Tochter etwas anzutun oder mit ihr zu verschwinden. Da habe ich die Nerven verloren. Ich wollte ihn nicht töten, das musst du mir glauben! Ich wollte ihm Angst einjagen, damit er aus meinem Leben verschwindet.«

Lea sah traurig zu ihrer Tochter. »Lotti, ich wollte es dir schon so lange sagen ... Es tut mir so unendlich leid, was heute Nacht passiert ist. Zwei Tote ... weil ich mit einer Waffe ...« Sie begann heftig zu weinen.

»Mama, hast du eigentlich mal überlegt, was mir hätte passieren können, wenn es heute Nacht nicht zu dieser Katastrophe mit Hendrik gekommen wäre? Er hat mich nur benutzt, um an das wertvolle Gemälde heranzukommen. Er hatte vermutlich alles eiskalt geplant und die Waffe kam im rechten Augenblick. Vielleicht hätte er mich als Geisel genommen und mich getötet ...« Lottis Tonfall war leise und klang seltsam monoton.

»Das können wir nicht ausschließen«, bestätigte Berger Lottis Vermutung. »Er war für einen Kunstdiebring weltweit tätig. Das habe ich heute Morgen von der Leitstelle erfahren. Er hat nach ersten Ermittlungen vermutlich noch das Leben einer Reinigungskraft aus dem Museum auf dem Gewissen.«

»Mama, du hast dich bestimmt in meinem Vater damals genauso getäuscht, wie ich mich in Hendrik getäuscht habe«, beruhigte Lotti ihre weinende Mutter und nahm sie fest in den Arm. »Wir haben beide den gleichen Fehler gemacht!«

»Aber ...«, begann Lea.

»Nichts aber ...«, unterbrach ihre Tochter sie. »Ich weiß jetzt, wer mein Vater ist und was er dir angetan hat. Ich möchte nicht mehr wissen, wie genau es zu diesem Unfall damals im Winter gekommen ist. Was würde es denn ändern? – Ich sitze im Rollstuhl und bleibe im Rollstuhl! Wie blauäugig war ich eigentlich, als Hendrik mir versprach, mit Hilfe seines Onkels aus dem Rollstuhl herauszukommen. Auch das war bestimmt nur eine von vielen Lügen!«

»Aber ...«, setzte Lea erneut an.

»Nein, Mama! Du bist die liebevollste Mami, die man sich nur wünschen kann. Es gibt kein Aber.« Lotti nahm Lea in den Arm, und beide drückten sich und weinten vor Erleichterung.

»Ein Aber gibt es doch noch«, mischte Berger sich sein. »Es wird ein Disziplinarverfahren für Thomas Berger eingeleitet werden, der nicht auf seine Waffe aufpassen konnte. Er hat sich seine Waffe von einem Engel klauen lassen. Engel quält man nicht, sonst werden sie böse, nicht wahr?« Thomas lächelte Lea an und wollte die tränengeladene Situation etwas entschärfen. Dann ging er auf Lea und Lotti zu.

Sie schauten beide gleichzeitig mit ihren verheulten roten Augen zu Thomas.

Jetzt, als er Mutter und Tochter ansah, kam ihm Ellen und sein ungeborenes Kind in Erinnerung. Er atmete tief durch, legte seinen rechten Arm um Leas Schulter und seinen linken um Lotti. Das Erlebnis hatte alle drei zusammengeschweißt. Niemand dachte in diesem Augenblick mehr an die schreckliche Nacht. Für sie begann ein gemeinsamer neuer Tag.

»Wenn ich dich finde«

Kommissar Bergers vierter Fall

Ähnlichkeiten mit real existierenden Personen oder Gegebenheiten sind rein zufällig, nicht beabsichtigt und entsprangen meiner Fantasie.

Kapitel 1: Das Mühlrad

Neun Kinder waren gerade dabei, Reißverschlüsse und Knöpfe ihrer Anoraks zu schließen. Sie standen im Vorraum der Kindertagesstätte Schlossgeister am Franzosenweg und zogen sich für ihren Morgenspaziergang an. Die Kinder, die den Vorteil von Klettverschlüssen an ihren Schuhen genossen, sprangen bereits aufgeregt herum, während die anderen sich noch im Schleifenbinden übten.

Allmählich wurde es Herbst. Nebelschwaden verdeckten die Sonne, deren Standort am Himmel nur zu erahnen war. Feuchte Luft ließ die Erzieherin frösteln und lud nicht gerade zum Spazierengehen ein. Den Kindern war das Wetter egal, sie freuten sich darauf.

»Beeilt euch, Kinder!«, mahnte die Erzieherin und klatschte in die Hände. »Wir wollen rechtzeitig zurück sein und später ein neues Lied lernen.«

»Tante Ruth, singen ist langweilig. Können wir nicht basteln?«, fragte der sechsjährige Ben, dessen Wangen vor Aufregung schon leicht gerötet waren. »Wir sammeln Kastanien im Schlossgarten und basteln daraus lustige Tiere, ja?« Ben hatte Mühe, mit seinen kleinen Fingern eine Schleife an seinem rechten Turnschuh zu binden.

Ruth dachte einen Augenblick nach. »Warum nicht? Das ist eine gute Idee«, sagte sie schließlich. »Habt ihr gehört, was Ben vorgeschlagen hat? Wir basteln heute mit Kastanien und Laub.«

Die Kinder riefen laut durcheinander. Einige hatten schon genaue Vorstellungen, was sie benötigten, um daraus Eulen, Schlangen oder andere Tiere zu basteln.

»Theresa, fertig werden! Wir wollen los«, forderte Ben altklug das blonde Mädchen neben sich auf.

Sie war immer die Letzte. Die kleine Tagträumerin war noch dabei, die geflochtenen Zöpfe behutsam unter ihrer Strickmütze zu verstecken, als die Erzieherin sie vorsichtig aus der Tür schob.

»Wartet, Kinder! Stellt euch bitte immer zu zweit zusammen, bevor wir losgehen.«

»Guten Morgen, Ruth!«

»Morgen, Karin! Na, haben wir wieder mal verschlafen?«, fragte Ruth die junge Praktikantin, die gerade noch rechtzeitig ihr Fahrrad am Zaun angelehnt hatte und sich eilig der Gruppe anschloss.

»Nein, ich habe nicht verschlafen«, beeilte sich Karin zu erklären. »Meine Mutter wird heute operiert. Ich habe sie ins Klinikum gebracht und hole sie heute Nachmittag wieder ab.«

»Ach so.«

»Die Anmeldung hat ewig gedauert. Die Chipkarte konnte nicht eingelesen werden und dann fiel die Technik komplett aus«, begründete Karin ihr spätes Erscheinen.

Die beiden Erzieherinnen machten sich mit der Gruppe auf den Weg. Einige Kinder sangen und sammelten dabei entlang des Schleifmühlenwegs Kastanien und bunte Blätter. Sie stopften die nassen Kastanien in ihre Jackentaschen und hielten freudestrahlend glitschige Blätter in allen Farben in die Höhe.

Ben erzählte der Praktikantin von seinem Vater. »Mein Dad ist doch Acholoooge ...«

»Archäologe heißt das, Ben«, verbesserte ihn Karin.

»Dann eben Archeeeeloge«, wiederholte Ben und rollte dabei genervt mit den Augen. »Er hat Schätze im Schloss ausgegraben. Da buddelt er gerade herum.«

»Ja? Was hat er denn gefunden?«, fragte ein anderer Junge mit neidvollem Blick.

»Alte Münzen aus Gold. Die sind total wertvoll!«

»Mein Papa ist Straßenbahnfahrer. Ich durfte sogar schon mal vorne mitfahren«, gab der Junge zurück und wollte damit beweisen, dass sein Vater auch einen wichtigen Job ausübte.

Die kleine Theresa weigerte sich, ein anderes Kind anzufassen. Sie ging lieber an der Hand von Karin. Da fühlte sie sich sicher. Der Wind wehte durch die alten Kastanienbäume und ließ das abgefallene Laub auf der Straße tanzen. Die Gruppe hatte gerade den Kreuzungsbereich an der Schleifmühle erreicht, als ein leichter Nieselregen einsetzte.

»Kinder, wir drehen um! Zum Faulen See gehen wir ein anderes Mal. Und zum Jugendtempel schaffen wir es bei diesem ungemütlichen Wetter auch nicht.« Ruth breitete ihre Arme aus und hielt die Kinder vom Weitergehen ab.

»Ohhhh!«, riefen die Kinder wie im Chor und sammelten noch rasch Kastanien ein.

Nur die kleine Theresa hatte schon ganz kalte Hände und war froh, dass es zurück in den Kindergarten ging. Dort war es warm und außerdem warteten neue Spielsachen auf sie. Plötzlich löste sie ihre Hand aus der Hand der Praktikantin. »Tante Karin, schau mal!«

»Lass uns zurückgehen, Theresa! Sonst werden wir alle nass bis auf die Haut.« Karin nahm Theresas Hand und folgte der Gruppe, die sich aufgrund des stärker werdenden Regens immer schneller in Richtung Kindergarten zurück bewegte.

»Schau doch mal!« Theresa ließ nicht locker. »Da drüben – die große Puppe.« Sie befreite sich aus der Hand der Erzieherin und blieb stehen. »An der Mühle, Karin«, bat das Mädchen erneut. Sie schaute fasziniert auf das große Rad der historischen Schleifmühle.

»Oh, Gott!«, kam Karin über die Lippen, als sie entdeckte, worüber Theresa sprach, und ihrem Blick folgte. »Ruth, warte! Hast du ein Handy dabei?«

»Ja, habe ich«, antwortete Ruth, ohne ihren Blick von der Straße und den Kindern abzuwenden, die ausgelassen zurück in Richtung Kindergarten marschierten. Das Wetter machte ihnen nichts aus.

»Ruf bitte die 110!« Karin bemühte sich, keine Panik aufkommen zu lassen. Sie wählte absichtlich nicht das Wort Polizei. Sie wollte die Kleinen nicht beunruhigen. »Schau mal auf die Schleifmühle! Die große Puppe, die dort am Rad befestigt ist. Die wird ganz nass.«

Ruth warf einen Blick über die Schulter und an ihrem Gesicht konnte Karin ablesen, dass die Erzieherin den Ernst der Lage begriffen hatte. »Ja, du hast recht«, sagte Ruth. »Ich kümmere mich darum. Lauf mit den Kindern das letzte Stück zurück, damit sie nicht völlig nass werden.«

Mit energischen Worten sicherte Karin sich die Aufmerksamkeit der Kinder, versammelte sie in Zweierreihen und führte sie so schnell wie möglich zurück zum Kindergarten.

»Was ist denn mit der Puppe?«, fragte Theresa schnaufend, während sie sich bemühte, an Karins Hand mit ihr Schritt zu halten.

»Tante Ruth kümmert sich jetzt um die Puppe. Die darf nicht nass werden. So eine große Puppe mit so hübschen Sachen ist sehr teuer.«

Wenige Minuten später erreichten sie den Kindergarten gegenüber des Kavaliershauses. Die Kleinen kramten ihre Kastanien aus den Jackentaschen und verglichen lauthals ihre Schätze. Der übliche Lärmpegel setzte ein, den Karin jedoch nur wie durch einen Wattebausch wahrnahm. Sie musste sich erst einmal hinsetzen. Ihre Beine schlotterten in der engen Jeans und ihre Hände zitterten.

»Bist du krank, Tante Karin?«, fragte Theresa besorgt.

»Nein, mir ist nur kalt«, antwortete sie dem Mädchen, das sie mit großen Augen ansah. Es kostete sie alle Kraft, das Kind anzulächeln.

Theresa ergriff Karins Hand und rieb sie, so wie die Erwachsenen es auch bei ihr machten. »Das ist gleich vorbei, Tante Karin. Hier ist es doch schön warm.«

Ruth stand immer noch fassungslos an der Schleifmühle. Der Nieselregen hatte den Schulterbereich ihres Mantels durchnässt. Ihre Haare klebten im Gesicht. Ihr kalter Zeigefinger hatte den Notruf der Polizei auf dem Display ihres Handys eingegeben. Sofort meldete sich ein Polizist.

»Bitte kommen Sie schnell zur Schleifmühle! Am Rad der Schleifmühle ist eine Frau festgebunden. Ich glaube, sie ist tot.« Mehr brachte Ruth nicht über ihre Lippen. Sie hatte in der Aufregung vergessen, sich namentlich vorzustellen, und war nicht in der Lage gewesen, weitere Sätze zu formulieren. Sie steckte ihr Handy in die Manteltasche und hielt sich dann die Hand vor den geöffneten Mund, um nicht laut zu schreien. Mit schreckgeweiteten Augen suchte sie die Gegend rings um die Schleifmühle ab. Entsetzt starrte sie auf die Frau, die einen Minirock, hohe dunkle Stiefel sowie eine kurze sportliche Lederjacke trug und ausgestreckt wie ein großes X am Rad der Schleifmühle befestigt war.

Kapitel 2: Der vitruvianische Mensch

»Au ... au ... höhen!«, bat Hauptkommissar Berger mit weit geöffnetem Mund.

Seine Zahnärztin nahm sofort den Bohrer aus seiner Mundhöhle und sah ihn aufmunternd an. »Wir sind doch gleich fertig, Herr Berger«, ermutigte sie den Hauptkommissar und steckte den Bohrer in die Halterung zurück.

»Mein Handy vibriert in der Hosentasche. Es muss dringend sein.«

»Bärbel, bitte bereiten Sie die Füllung vor«, bat Frau Dr. Rossberg ihre zahnmedizinische Assistentin.

Währenddessen setzte Berger mit seiner linken Hand einen Plastikbecher mit Wasser zum Spülen an seine Lippen und kramte mit der anderen Hand sein Handy aus der Hosentasche. »Na, was gibt es Dringendes?«, fragte er, nachdem er ausgespuckt hatte.

»Kennst du den vitruvianischen Menschen von Leonardo da Vinci?«, antwortete Lars Paulsen.

»Sag mal, hast du was genommen? Fass dich kurz und komm auf den Punkt! Ich liege gerade auf dem Behandlungsstuhl meiner bezaubernden Zahnärztin und warte auf eine Füllung.«

Die Ärztin schmunzelte ihrer Mitarbeiterin zu und freute sich insgeheim über das Kompliment.

»Na, die Skizze von da Vinci, wo ein nackter Mann mit gestreckten Armen und Beinen in einem Kreis dargestellt ist.«

»Ja, die kenne ich. ... ist auch auf meiner Chipkarte der Krankenkasse drauf.«

»Richtig! So musst du dir unsere Leiche vorstellen. Wir sind gerade an der Schleifmühle und machen Fotos von einer Frau, die am Rad der Mühle so gefesselt hängt.«

»Ach du Scheiße!«, rutschte es Berger heraus. »Ich komme gleich. Von der Moritz-Wiggers-Straße brauche ich nur ein paar Minuten.«

»Schon wieder ein Mord?«, fragte die Ärztin nach, hielt den Bohrer startbereit in der Hand und schob sich mit dem Handrücken ihre Schutzbrille auf der Nase in die richtige Position. »Ich weiß, Sie haben Schweigepflicht.«

»Ja, wir haben eine tote Frau und ich muss schnellstens los. – Die genauen Details können Sie morgen in der Zeitung lesen.«

»Eine Minute, Herr Berger, einmal bohren und die Füllung, dann haben Sie wieder ein halbes Jahr Ruhe vor mir.«

Berger schaute in die grünen Augen seiner Zahnärztin, grinste ein wenig und gab nach. Sie lächelte und der Bohrer setzte pfeifend seine Arbeit am rechten Backenzahn fort.

Nachdem Berger seine Füllung erhalten hatte, verabschiedete er sich von der Ärztin und nahm seine Jacke vom Garderobenständer. »Bis zum nächsten Mal, Frau Dr. Rossberg!«

»Ja, beehren Sie mich bald wieder!«

›Hoffentlich nicht allzu bald‹, dachte Berger und nickte ihr freundlich zu. Dann lief er die Moritz-Wiggers-Straße hoch in Richtung Paulskirche und entriegelte schon von Weitem per Funkbedienung seinen Wagen, stieg ein und startete das Auto. Von einer Sekunde zur anderen war der Flirt mit seiner Zahnärztin vergessen. Er stellte sich gedanklich auf den Fundort der Frauenleiche ein. Auf der Fahrt kramte er seine Chipkarte aus der Jacke und schaute auf das Da-Vinci-Motiv mit dem Kreis, das links neben der weißen Aufschrift ›AOK‹ platziert war. Ein Mann, schlank, mit lockigem Haar, der mit vier Armen und vier Beinen in idealisierten Proportionen dargestellt war. Berger googelte auf seinem Smartphone, während er am Schloss vorbeifuhr, nach der Skizze von da Vinci. An der Ampel am Burgsee überflog er den Text: ausgestreckte Extremitäten, überlagerte Positionen, Fingerspitzen und Fußsohlen berühren einen Kreis und ein Quadrat. Der Hauptkommissar stellte sich vor seinem inneren Auge nun eine Frau in der gleichen Position vor. Er begann zu frösteln. Langsam ließ die Betäubung, die er sich vorsorglich hatte spritzen lassen, in seiner rechten Wange nach.

Kapitel 3: Überfall

Frauenärztin Lea Engel nahm sich Mittwochnachmittag immer Zeit für persönliche Erledigungen. Gerade hatte sie sich nach der letzten Patientin einen Tee gekocht und Hilde, ihrer Sprechstundenhilfe, Unterlagen übergeben, die diese sorgfältig in die Hängeregistratur einsortierte. »Ich will heute auf den Friedhof und das Grab meiner Oma winterfest machen«, erzählte sie Hilde.

»Ja, der Totensonntag steht bevor. Ich habe auch schon ein Gesteck aus Tannengrün gekauft«, antwortete sie und hob eine Patientenakte auf, die ihr aus der Hand gerutscht war.

»Die fertigen Gestecke sind mir viel zu teuer. Ich habe schöne Blautannen im Garten. Die Zeit, um ein liebevolles Gesteck herzustellen, nehme ich mir. Ich finde es persönlicher als so ein gekauftes Ding«, erwiderte Lea.

»Das stimmt allerdings. 20 Euro für ein bisschen Tannengrün ist ganz schön heftig«, gab Hilde ihr recht.

»Ich kann dir gern nächstes Jahr ein paar Zweige mitbringen, wenn du mich rechtzeitig erinnerst«, bot Lea an.

»Das wäre schön. Ich hole sie mir dann bei dir in Wittenförden bei Gelegenheit ab.«

Lea zog den Arztkittel und die weiße Hose aus. Sie schlüpfte in ihre Jeans, einen dunklen Rolli und freute sich bei dem nasskalten Wetter auf ihre neue Daunenjacke. Das schicke taillierte Stück hatte sie vor ein paar Tagen zum Geburtstag von ihrem Freund bekommen, der es nicht länger ertragen konnte, sie ständig in einem schon etwas älteren

Mantel frieren zu sehen. »Tschüss, bis morgen und einen schönen Feierabend!«, rief sie laut durch den Wartebereich der Praxis und zog den Reißverschluss hoch.

»Danke, dir auch«, antwortete Hilde ihrer Chefin und fuhr bereits ihren Computer herunter.

Lea ging zügigen Schrittes von der Mecklenburgstraße zum Parkhaus gegenüber der Burgsee-Galerie. Sie holte ihr Handy aus der Tasche und schrieb eine SMS an ihren Freund: ›Fahre kurz zum Friedhof und freue mich heute Abend auf dich! Ich mache uns den Kamin an und erwarte dich!‹ Sie setzte noch zwei rote Herzchen hinter die Sätze und schickte die Nachricht ab.

Wenige Minuten später erhielt sie die Antwort: ›Warte nicht auf mich, kann spät werden, wir haben eine Tote. Bin in Eile!‹

›Schade‹, dachte Lea, ›aber so ist es nun einmal, wenn man mit einem Kommissar zusammen ist.‹ Sie setzte sich in ihren Wagen und fuhr aus dem Parkhaus in Richtung Waldfriedhof. Dort parkte sie ihr Auto wie gewohnt vor dem Steinmetz-Geschäft und holte die Tannenzweige vorsichtig aus dem Kofferraum. Ihre Handtasche legte sie unter eine Decke, sodass diese nicht gleich zu sehen war, wenn man durch die Heckscheibe ihres Wagens blickte.

Auf dem Weg zur Grabstelle ihrer Oma sah sie kaum Leute. Nur ein älteres Ehepaar kam ihr entgegen. Er trug eine Harke und eine Gießkanne. Sie humpelte leicht und schob einen Rollator langsam vor sich her. Ansonsten hatte sich bei dem schmuddeligen Wetter niemand auf das große Friedhofsgelände verirrt. Lea hätte auch einen anderen

Tag hinfahren können. Aber ihr Leitspruch »Was du heute kannst besorgen, verschiebe nicht auf morgen« war ein fester Bestandteil in ihrem geordneten Leben und hatte sich schon oft bewährt. Sie hatte sich den heutigen Tag für die Friedhofsarbeit ausgesucht und so sollte es dann auch sein.

Fast an der Grabstelle ihrer Oma angekommen, bedauerte sie, nicht wenigstens ihr Handy eingesteckt zu haben. Ihr war etwas mulmig auf dem großen Friedhof. Sie verdrängte den Gedanken, als sie plötzlich auf dem Weg ein Eichhörnchen erblickte, das ein paar Meter vor ihr sitzen blieb. ›Wie niedlich‹, dachte sie. Und schon war es in Windeseile den Stamm einer morschen Eiche hochgespurtet und wieder verschwunden.

Am Grab angekommen, begrüßte sie ihre Großmutter. Sie zog ein Teelicht in einem kleinen Glas aus der einen Jackentasche. Es war seit dem Tod ihrer Oma ein Ritual von Lea, erst einmal kurz mit ihr zu sprechen. Sie war froh, dass selten jemand in der Nähe war, der ihre Selbstgespräche hören und sie für verrückt halten konnte. Langsam ging sie in die Hocke und stellte das angezündete Teelicht dicht am Grabstein ab, sodass der Wind es nicht so leicht auslöschen konnte. Liebevoll erzählte Lea Neuigkeiten über ihre Tochter und ihre neue Liebe. Dann beteuerte sie ihrer Oma wie immer, dass sie ihr sehr fehlte. Lea wurde wehmütig, als sie den Namen in den goldenen, eingemeißelten Buchstaben auf dem dunklen, polierten Granitstein las. Sie entfernte ein paar alte Chrysanthemenbüsche und harkte sorgfältig nasses Laub zusammen, das sich von den umliegenden Pappeln angesammelt hatte. An die Gummihandschuhe, die sie sonst immer dabeihatte, um ihre Hände zu schonen, hatte sie diesmal nicht gedacht. Sie schob die alten Pflanzen und das Laub mit den Händen zu einem kleinen Häufchen zusammen, das sie später zu einer Laubtonne wegbrachte. Als sie die Arbeit beendet hatte, sagte sie: »So, mein Schatz, das war es für heute.« Sie rückte das kleine Teelichtglas im Tannengrün in eine feste Position, sodass es nicht umkippen konnte. Dabei bemerkte sie ihre schmutzigen Hände. Vorsichtig zog sie mit zwei Fingern ein Papiertaschentuch aus der Hosentasche und bemühte sich, dabei keinen Schmutz an ihre Kleidung zu schmieren. Sie verabschiedete sich von ihrer toten Großmutter und versprach, bald wiederzukommen.

Lea wählte einen kleinen Umweg an hohen Büschen vorbei, um an das große Becken zu kommen, aus dem sie sonst abgestandenes Regenwasser für Blumengefäße schöpfte. Als sie sich hinunterbeugte, um wenigstens grob ihre Hände zu reinigen, hörte sie plötzlich hinter sich ein Rascheln. Als sie sich umdrehen wollte, packte sie jemand von hinten. Vor Schreck schrie sie laut auf und versuchte instinktiv, sich aus der Umklammerung zu befreien. Sie konnte sich nicht wehren, da ihr der nasse Boden keinen Halt gab. Sie schrie, so laut sie konnte. Der Schrei verhallte auf dem großen Friedhofsgelände, als sich eine Hand in ihrem Haar festkrallte und ihren Kopf in das Wasserbecken tauchte. Das Wasser schwappte mit einer Welle über den Rand. Leas verzerrtes Gesicht wurde ins Becken gedrückt. Ihr Mund, vom Schreien noch geöffnet, nahm das schmutzige Regenwasser auf, das in ihren Hals und ihre Lungen gelangte. Sie verschluckte sich. Dann war es plötzlich still.

Kapitel 4: Die Unbekannte

»Wissen wir schon, wer sie ist?«, fragte Berger die Kollegen der Spurensicherung. Das Gelände um die Schleifmühle war großräumig abgesperrt. Das rot-weiße Trassierband flatterte im Wind. Der Regen wurde kräftiger.

»Nein, sie hat nichts an Papieren dabei. An diesem Ort wurde sie vermutlich nicht getötet«, ließ ihn der Rechtsmediziner wissen und unterbrach kurz seine Untersuchungen. »Dem ersten Anschein nach kein Sexualverbrechen. Nach der Leichenstarre zu urteilen, liegt der Todeszeitpunkt ungefähr sechs Stunden zurück.«

»Okay, ich muss mir den Fundort genau anschauen, und dann könnt ihr sie in die Rechtsmedizin mitnehmen.« Berger schlug den Kragen seiner Lederjacke hoch. Er ging mit den Händen in den Jackentaschen um die Schleifmühle herum. »Beeilt euch, Jungs, der Regen wird heftiger! Bald haben wir keine Spuren mehr«, trieb er seine Kollegen an.

»Wir haben eine Autospur sichern können. Fußabdrücke im Gras konnten wir nicht feststellen. Ein Suchhund hat die Fährte bis zu den Reifenabdrücken aufgenommen. Dort ist Schluss«, sagte ein Beamter der Spurensicherung.

Berger kroch die Kälte langsam von den Füßen über die Beine den Rücken hinauf. Er holte sein Handy aus der Jackentasche und schoss ein paar Fotos. Er hatte sich angewöhnt, selbst einige Fotos mit dem Smartphone aus verschiedenen Perspektiven für weitere Ermittlungen zu machen.

Die Bilder vom Tatort zeigten eine zierliche Frau. Er schätzte ihr Alter auf etwa zwanzig Jahre. An ihrem Hals waren eindeutig Würgemale zu erkennen. ›Armes Ding‹, dachte Berger, ›jung, vermutlich erwürgt und auf makabre Weise vom Täter oder der Täterin entsorgt. Wer beseitigt auf diese Art eine Leiche?‹ Er oder sie hätte die Frau simpler verschwinden lassen können. Warum hatte sich jemand die Mühe gemacht und die Leiche an das Rad einer Mühle gefesselt? Jederzeit hätten Anwohner des Schleifmühlenweges etwas bemerken können. ›Absolut riskant‹, stellte Berger fest.

Kapitel 5: Schutzengel

»Sag mal, Gerlinde, wo ist deine Handtasche?«, fragte Herbert kurz vor dem Blumenladen am Waldfriedhof und suchte den Rollator seiner Frau ab.

»Oh Gott, die habe ich liegen lassen. Lauf, Herbert! Hoffentlich hat sie keiner geklaut.« Gerlinde zitterte vor Aufregung und ärgerte sich über ihre Vergesslichkeit. In den vergangenen Tagen spürte sie, dass sie häufiger Gegenstände verlegte oder Dinge vergaß. Tränen rollten ihr über das Gesicht, nachdem ihr Mann sie am Friedhofseingang mit dem Rollator stehengelassen hatte. Sie blickte ihm hinterher und hoffte, dass er die Tasche finden würde. Autoschlüssel, Geldbörse und Handy waren darin verstaut.

Herbert war erleichtert, als er in der Ferne schon Gerlindes Tasche am Grab seiner Eltern stehen sah. Er verlangsamte schnaufend sein Schritttempo. »Mannomann, da haben wir noch einmal Glück gehabt!«, murmelte er vor sich hin, als er die Handtasche aufhob. Er warf gleich noch einen Blick hinein und konnte beruhigt feststellen, dass offenbar nichts darin fehlte. Er klopfte den Boden der Tasche mit seiner Hand ab, als er plötzlich Hilferufe hörte. Der alte Mann hielt den Atem an und lauschte, um sicherzugehen, sich nicht getäuscht zu haben. Tatsächlich, jemand rief laut um Hilfe. Er blickte sich um und suchte das Areal um die naheliegenden Grabstellen ab.

»Hilfe! Hilfe!« Lea kroch in ihrer nassen Kleidung auf dem feuchten Boden entlang.

Herbert sah die Frau ungefähr zwanzig Meter von sich entfernt auf sich zu robben und rannte ihr sofort entgegen. »Oh Gott, sind Sie verletzt? Was ist mit Ihnen?« Herbert zitterte und ließ die Tasche seiner Frau fallen.

»Ich bin überfallen worden. Es ging alles so schnell. Bitte rufen Sie die Polizei!«, forderte Lea den älteren Mann auf. Sie war froh, dass sie nicht mehr allein war. Sie fror und das nasse Haar klebte an ihrem Kopf.

Herbert war entsetzt über ihren Anblick. Schnell kramte er das Handy aus der Handtasche seiner Frau und tippte den Notruf der Polizei ein. Gleichzeitig fiel ihm ein, dass seine Frau am Eingang des Friedhofes stand und sicherlich schon bald in Sorge sein würde, wo er blieb. Noch größer war seine Angst, dass der Täter auch Gerlinde überfallen könne oder es schon getan hatte. Er war so aufgeregt, weil er nicht wusste, ob er bei der Frau bleiben sollte, die zitternd wie ein Häufchen Elend vor ihm auf dem Boden lag, oder zurück zu seiner wartenden Ehefrau eilen. »Ja, hier ist Herbert Graubner. Kommen Sie schnell zum Waldfriedhof! Eine Frau ist eben überfallen worden. Sie ist verletzt und völlig unterkühlt«, teilte er der Leitstelle mit und beendete das Telefonat. »Die Polizei kommt gleich«, versuchte er, die Frau zu beruhigen. »Ich muss jetzt aber erst einmal zu meiner Frau zurück, die am Eingang auf mich wartet.«

»Bitte bleiben Sie, lassen Sie mich nicht allein! Bitte ... ich habe Angst. Bitte!«, flehte Lea den älteren Mann an.

»Ich komme sofort wieder. Meine Frau ist da vorn. Wir kommen gleich zurück. Ich verspreche es Ihnen.« Herbert zog seine Jacke aus, legte sie über die Frau und rannte los. Völlig außer Atem kam er zitternd am Eingangstor des Friedhofs an. Er fror in seinem dünnen Pullover und wurde blass, als er seine Frau nirgends entdecken konnte. Mit starrem Blick suchte er die Gegend ab und rannte zum Parkplatz. Auch am Opel Corsa konnte er sie nicht finden. In der Aufregung wusste er nicht mehr, was er tun sollte, seine Gerlinde suchen oder sich um die verletzte Frau kümmern. Er lief zurück und ging in den Blumenladen am Waldfriedhof. Die Sirene eines Polizeifahrzeugs in der Ferne brachte ihn dazu, wieder klar zu denken. Er musste Gerlinde finden.

»Schatz, wo warst du so lange?«, hörte er seine Frau, die plötzlich mit dem Rollator hinter einem großen Regal im Blumenladen hervorrollte. »Schau mal, wollen wir den Topf mit nach Hause nehmen? – Wo ist deine Jacke?«, fragte sie und hielt ihm mit der rechten Hand einen Blumentopf mit einer tiefroten Flamingoblume entgegen. Sie stützte sich mit der linken Hand auf dem Rollator ab und sah Herbert fragend an. Dass er ihre liegengelassene Handtasche auf dem Friedhof gesucht hatte, hatte sie vergessen.

»Gerlinde, bitte bleib hier im Laden!«, rief er seiner Frau erleichtert zu. »Bitte schließen Sie den Laden sofort ab!«, bat er die Verkäuferin. »Hier rennt jemand herum, der eine Frau überfallen hat. Die Polizei ist gleich hier.«

»Was? Bleib hier, Herbert!«, schrie Gerlinde ängstlich.

»Nein, ich muss zu der Frau. Die liegt dort mit klitschnassen Sachen und verletzt auf dem Boden. Die Polizei findet sie sonst nicht auf dem großen Friedhofsgelände«, beruhigte er Gerlinde. Herbert rannte aus dem Laden und hörte, wie die Verkäuferin die Tür hinter ihm verschloss. Er fuchtelte und winkte den Polizisten entgegen, die bereits am Eingangstor den Wagen abstellten. »Dort entlang, da drüben liegt die Frau. Kommen Sie schnell!«, forderte er die beiden Polizeibeamten auf.

Zu dritt nahmen sie eine Abkürzung und liefen über eine große Wiese.

Lea lag am Boden. Ihre Hände hatten sich fest in Herberts Jacke gekrallt. Sie guckte ängstlich über den Jackenkragen und zitterte, als sie die Polizisten auf sich zukommen sah. In weiter Ferne hörte sie das ihr vertraute Geräusch eines Rettungswagens. Sie war erleichtert. ›Ich habe überlebt‹, war ihr letzter Gedanke, als sie völlig entkräftet die Augen schloss.

»Schnell, sie ist ohne Bewusstsein. In die stabile Seitenlage. Der Puls ist schwach. Sie atmet noch.«

Herbert beobachtete das Geschehen. Ein Beamter fühlte den Puls der Frau am Handgelenk und klopfte ihr leicht auf die Wangen. Der zweite suchte die Gegend ab, nachdem Herbert ihm mitgeteilt hatte, dass der Täter noch auf dem Gelände sein könnte. Anschließend rannte der Beamte in Richtung Friedhofseingang und holte den Notarzt ab. Dieser ließ sich, während er zum Tatort lief, schnell erklären, was geschehen war. Vor Ort übernahm er seine Patientin, die das Bewusstsein zurückerlangt hatte. Lea beantwortete leise alle Fragen und fühlte sich wohl in der Obhut des Notarztes.

»Bitte bringen Sie mich nach Hause! Ich möchte nicht ins Krankenhaus. Ich bin selbst Medizinerin«, bat sie den Arzt.

»Ich möchte Sie gern im Klinikum genauestens untersuchen, Frau …?«, erwiderte der Arzt.

»Engel. Lea Engel ist mein Name.«

»Dann haben Sie ab heute einen Schutzengel. Der ältere Herr hat Ihnen wahrscheinlich das Leben gerettet.«

»Ich weiß. Aber bringen Sie mich jetzt bitte nach Hause! – Ob mein Wagen nach Wittenförden gebracht werden kann?«, fragte sie besorgt und holte aus ihrer klammen Jeans die Autoschlüssel heraus. Behutsam half der Arzt ihr auf die Beine, nachdem sie abgelehnt hatte, auf einer Trage transportiert zu werden.

»Kann ich Ihren Namen erfahren?«, fragte Lea den älteren Mann, der neben ihr stand und besorgt dreinschaute.

»Herbert Graubner«, antwortete er während er seine Jacke entgegennahm.

»Vielen Dank, Herr Graubner! Ich melde mich in ein paar Tagen bei Ihnen«, versprach Lea.

Herbert hatte sich beruhigt und war froh, dass die Frau überlebt hatte. Er war sich bewusst, dass die Vergesslichkeit seiner Gerlinde in diesem Fall etwas Gutes gehabt hatte.

Kapitel 6: Angst

Lea Engel wurde dank ihrer Überredungskünste tatsächlich nach Hause und nicht ins Krankenhaus gebracht. Sie schmiss die nasse Daunenjacke in den Flur und schleppte sich hinauf ins Badezimmer der ersten Etage. Während Wasser in die Badewanne lief, zog sie ihre restliche Kleidung aus und ließ alles achtlos auf dem Boden liegen. Sie blickte in den Spiegel und sah ihre traurigen, von Mascara verschmierten Augen und die nassen, teilweise mit Sand verschmutzten Haare. ›Wie gruselig‹, dachte sie.

Einen Augenblick später saß sie in der Wanne. Langsam entkrampfte sich ihr steif gefrorener Körper. Sie tauchte unter in den duftenden Schaum und hatte sofort die schreckliche Szene im Kopf, die sich auf dem Friedhof zugetragen hatte. ›Wieso ich, und warum?‹, fragte sie sich. ›Wer war das, und weiß er, wo ich wohne?‹ Plötzlich kam Panik in ihr auf. Sie tauchte wieder auf, stieg aus der Wanne und lief zu ihrem Festnetztelefon im Schlafzimmer. Sie tippte auf die eingespeicherte Nummer ihres Freundes.

»Ich kann jetzt nicht«, meldete Thomas sich. »Ich rufe dich gleich zurück. Pressekonferenz«, gab er ihr zu verstehen.

»Ich wurde überfallen«, flüsterte sie leise hinterher.

»Was?«, fragte Thomas. »Seid doch mal leise! Ich habe einen wichtigen Anruf«, maßregelte er seine Kollegen, die neben ihm standen und laut diskutierten.

»Ich wurde auf dem Friedhof überfallen. Bitte komm so schnell du kannst, ja?«, bettelte Lea.

»Brauchst du einen Arzt?«

»Nein, ich brauche nur dich!«

»Ich bin unterwegs. In zehn Minuten bin ich da«, versicherte Thomas ihr. »Ich muss dringend weg ... ein Notfall«, rief er seinem Kollegen zu, der vor einer großen Anzahl von Journalisten Platz genommen hatte.

»Mann, Thomas, du kannst doch jetzt nicht abhauen!«, rief er ihm hinterher.

Thomas Berger hörte nichts mehr und rannte hinaus auf den Parkplatz zu seinem Wagen. Routinemäßig befestigte er das blaue Sondersignal auf seinem Wagendach. Gerade noch rechtzeitig fiel ihm ein, dass er privat losfuhr und nicht im Dienst war. Er verstaute die blaue Lampe wieder unter dem Beifahrersitz.

Wenige Minuten später nahm er in Wittenförden seine Lea in den Arm. Sie stand im Bademantel und mit einem großen Handtuchturban auf dem Kopf vor ihm. Tränen liefen ihr über das Gesicht, als sie schilderte, was sich auf dem Waldfriedhof zugetragen hatte.

»Das war dein Exfreund Mark Röder. Hundertprozentig!«, mutmaßte Thomas. »Dieser Idiot gibt keine Ruhe.«

»Nein, das glaube ich nicht.«

»Er hat dir schon mehrmals wehgetan. Das würde zu ihm passen.«

»Mark wurde auf Bewährung verurteilt. So blöd ist der nicht. Dafür würde er doch sofort ins Gefängnis gehen.«

»Lea, geh doch mal logisch an die ganze Geschichte: Wer überfällt eine sportliche Frau, die nicht einmal eine Tasche oder ähnliches bei sich hat? Das war Mark. Er wollte sich rächen und dir Angst einjagen.«

»Meinst du?«

»Hundertprozentig!« Thomas ließ Lea aus seiner Umarmung und ging in die Wohnstube, um den Kamin anzuzünden.

»Deine Kollegen werden schon rausbekommen, wer es war. Davon bin ich überzeugt.«

»Sicherlich. Es gibt bestimmt verwertbare Spuren.«

Lea und Thomas kuschelten sich auf dem großen Sofa vor dem Kamin aneinander. Für einen Moment war das schreckliche Ereignis vergessen. Thomas konnte sogar das grauenvolle Bild der toten Frau am Rad der Schleifmühle verdrängen. Er hielt Lea fest in seinen Armen, gab ihr Schutz und Geborgenheit.

Leas Gedanken kreisten um Thomas. Sie waren jetzt schon mehrere Monate befreundet. Sollte sie ihm nicht anbieten, bei ihr einzuziehen? Sie hielten sich ohnehin viel öfter in ihrem Haus als in seinem auf. Oder war es dafür noch zu früh und sie suchte nur die Obhut eines Mannes? Lea hatte sich seit Wochen einsam in ihrem Haus gefühlt. Seitdem ihre Tochter ausgezogen und zum Studium nach Greifswald gegangen war, war ihr das Haus zu groß und viel zu ruhig.

Nachdem Thomas eine Stunde später das Haus verlassen hatte, um wieder zur Dienststelle zu fahren, versicherte Lea sich mehrmals, ob alle Fenster und Türen geschlossen waren.

Sie hatte Angst.

Kapitel 7: Das Achteck

Hellwach saß Lea ein paar Stunden später in ihrem Bett und riss die Decke von sich. Sie wusste im ersten Moment gar nicht, an welchem Ort sie war. Hatte sie geträumt oder war der Überfall auf dem Friedhof tatsächlich geschehen? Sie tastete in der Dunkelheit nach dem Wecker auf ihrem Nachttisch. Es war kurz nach zwei Uhr. Sie hörte Thomas' tiefe, gleichmäßige Atemzüge neben sich im Bett. Langsam fügten sich die Erinnerungen des letzten Tages zu Bildern zusammen. Lea war beunruhigt, wischte sich über das Gesicht und stand auf. Sie schlich barfuß aus dem Schlafzimmer. Thomas wollte sie auf keinen Fall wecken. In der Küche brühte sie sich einen Tee auf und ging in die Wohnstube. Sie schaltete eine kleine Lampe an. Auf dem Tisch lag noch die Post, die Thomas aus dem Briefkasten geholt hatte. Sie hatte es aufgrund der Ereignisse versäumt, die Briefe durchzusehen. Während sie mit einer Hand Werbung aussortierte, nahm sie einen Schluck vom heißen Tee. Er schmeckte nach Erdbeeren und Vanille und tat ihr gut. Sie legte die GEZ-Rechnung zur Seite und nahm einen Brief ihrer Schulfreundin Sophie in die Hand, der nach dem Poststempel zu urteilen, schon eine Weile unterwegs gewesen war und sie über einen Nachsendeauftrag erreicht hatte. Mit einem Lächeln las sie, dass es am ersten Advent ein Klassentreffen unter dem Motto »Dem Himmel etwas näher« geben sollte. Alle zehn Jahre traf man sich, um Erinnerungen an vergangene Zeiten aufzufrischen. Das Restaurant im

Schweriner Fernsehturm im Stadtteil Großer Dreesch sollte in diesem Jahr der Wiedersehensort sein. ›Ich war schon eine Ewigkeit nicht mehr auf dem Fernsehturm‹, stellte Lea erfreut fest. Vom Restaurant aus, das sich in einhundert Metern Höhe im Funkturm befand, gab es einen fantastischen Blick auf Schwerin und seine vielen Seen. Lea freute sich auf das Klassentreffen und hatte bisher nicht ein einziges versäumt. Es war immer am ersten Advent alle zehn Jahre. Lea hatte den Termin bereits in ihrem Kalender stehen und fügte nun den Ort und die Uhrzeit hinzu. Sie fand es toll, dass Sophie damals nach Schulende die Initiative ergriffen hatte, sich regelmäßig um die Treffen zu kümmern. Obwohl es leicht wäre, alle per E-Mail einzuladen, ließ Sophie es sich nicht nehmen, liebevolle Anschreiben an jedes einzelne Klassenmitglied vorzubereiten. Selbst einige Lehrer kamen, wenn es ihr Gesundheitszustand zuließ, zu den Treffen.

Lea dachte zurück an die Zeit, als Sophie mit ihren Eltern damals über ihr wohnte. Wie oft hatten sie sich als Jugendliche gegenseitig ein Alibi gegeben, sich abends im Keller des Miethauses getroffen, geschminkt, schick angezogen und waren dann heimlich ins Achteck am Lambrechtsgrund gegangen. Lea schmunzelte. Sie hatten dem jungen Mann, der am Einlass der Diskothek die Ausweise kontrollierte, immer spät am Abend mehrere Drinks ausgegeben. Er hatte Sophie und sie, obwohl beide noch keine sechzehn Jahre alt waren, regelmäßig in den Klub hineingelassen und auch nach 22 Uhr nicht nach Hause geschickt. Das Achteck in Schwerin war *die* Szenedisco. Man musste stundenlang warten, um hineinzukommen, und war ständig der Willkür der Türsteher ausgesetzt. ›Mann, wie doch die Zeit vergeht‹, dachte Lea. Heute ging man nach 23 Uhr zur Diskothek los und war im Morgengrauen erst wieder zu Hause. Der junge Mann vom Achteck hatte mittlerweile graue Haare. Lea sah ihn heute noch manchmal in der Stadt. Sie kannten gegenseitig nicht einmal ihre Namen, aber sie lächelten sich jedes Mal zu. Einmal hatte sie ihn sogar auf einer Silvesterparty getroffen, auf der er sie gefragt hatte: »Und, heute gar nicht im Achteck?« Darüber mussten beide schallend lachen. Sophie hatte sich aber vor ein paar Jahren zurückgezogen und war in sich gekehrter geworden, was Lea bedauerte. Aber nun würde sie sie wiedersehen.

Sie legte die Post zur Seite, schaltete die Lampe aus, ging zum Kühlschrank und nahm einen Schokoladenpudding heraus. Der süße Geschmack auf der Zunge ließ sie in Erinnerungen schwelgen. Wie oft hatte sie als Kind zur Belohnung oder als Trost einen selbst gekochten Schokopudding von ihrer Mama erhalten.

Danach schlich sie wieder ins Schlafzimmer. Sie versuchte, wenigstens noch ein paar Stunden zu schlafen.

Kapitel 8: Hitzige Diskussion

Thomas Berger fuhr am nächsten Tag eine Stunde früher als gewöhnlich ins Büro. Er hatte sich für den Tag viel vorgenommen. Die Sorgen über das, was seiner Freundin Lea auf dem Friedhof passiert war, hatten ihn erst spät zur Ruhe kommen lassen. Der brutale Überfall und die tote Frau vom Schleifmühlenweg hatten ihn gleich auf der Autofahrt beschäftigt. Jetzt saß er allein in seinem großen hellen Büro.

Während er den Tank der Kaffeemaschine mit Wasser auffüllte, wurde ihm bewusst, wie sehr er die neue Frau in seinem Leben liebte. Gern hätte er jetzt eine Tasse Kaffee mit ihr getrunken.

Wut stieg plötzlich in ihm hoch. Mark Röder, der Exfreund von Lea und Vater ihrer Tochter Charlotte, musste hinter dem Überfall stecken. Niemand anderes kam für ihn infrage.

Als er den Namen ›Mark Röder‹ ins Suchfeld der Datenbank eingegeben hatte, gab die alte Kaffeemaschine bereits zischende Geräusche von sich und der Duft des Frischgebrühten breitete sich in Bergers Büro aus. Der Monitor gab in Sekundenschnelle die letzte Anschrift von Röder preis. ›Wusste ich es doch‹, dachte Berger und schlug mit der Hand auf die Tischplatte. »Letzter Wohnsitz: Schwerin! – Ach, und erst seit zwei Monaten«, sprach er leise vor sich hin. »Schwerin, Wismarsche Straße 305. Es zieht ihn immer wieder nach Schwerin zu seiner Exfreundin zurück.«

Er stand auf, holte sich Kaffee, trank den ersten Schluck und überlegte, in welcher Höhe der endlos langen Wismarschen Straße das Haus mit der Nummer 305 ungefähr liegen musste. Bei Google Streetview sah er sich wenige Minuten später das Mehrfamilienhaus, das am Demmlerhof auf dem Lewenberg stand, genauer an.

»Moinsen!«

»Morgen!«, antwortete Berger seinem neuen Kollegen Lars Paulsen, der gerade ins Büro hereinschaute. »Bei uns heißt es: Guten Morgen!«

»In Hamburg: Moin, moin oder Moinsen!«, konterte Paulsen.

»Da wir aber in Schwerin sind und nicht in Hamburg …«

»Ist gut, Thomas«, unterbrach Lars Paulsen ihn und beendete damit die allmorgendliche Diskussion. Vor einem Vierteljahr war er von Hamburg nach Schwerin versetzt worden. Er selbst hatte nach seiner nervenaufreibenden Scheidung darum gebeten. Mit Ende vierzig noch einmal neu in einer anderen Stadt durchzustarten, war seine Motivation. Er hatte keine Kinder und wollte sein Leben neu ordnen. Dazu hatte er sich die Stadt Schwerin ausgesucht. Seinem Versetzungsgesuch hatte das Innenministerium schnell entsprochen. Paulsen wurde Hauptkommissar Berger zugeteilt, dessen Kollegin nach einem Unfall immer noch im Koma lag und aufgrund ihrer begangenen Verbrechen ohnehin nicht wieder ihren Dienst bei der Polizei antreten würde. Sollte sie aus dem Koma erwachen, erwartete sie eine langjährige Haftstrafe.

»Die Pressekonferenz gestern ist ja ganz gut gelaufen?«, stellte Berger beiläufig fest.

»Ja, halt das Übliche. Ich habe ein bearbeitetes Foto der Toten an die Presse gegeben. Es müsste heute in allen Zeitungen und Onlinemedien abgebildet sein.« Paulsen stützte sich an Bergers Schreibtisch ab. »Hast du Probleme? Ist alles in Ordnung, Thomas?«, fragte Paulsen seinen Kollegen, der nervös auf ihn wirkte und es nicht für nötig gehalten hatte, auch nur für einen kurzen Moment seinen Blick vom Monitor abzuwenden.

»Nein, wie kommst du darauf?« Berger schaute fragend auf. Er fühlte sich ertappt und versuchte sofort, konzentriert auf seinen Kollegen zu wirken.

»Weil du gestern fluchtartig abgehauen bist und auch jetzt den Eindruck erweckst, als würdest du mir nicht zuhören.«

Berger verzog angespannt sein Gesicht: »Meine Freundin wurde gestern auf dem Waldfriedhof überfallen.«

»Oh Gott! Tut mir leid! Warum sagst du denn nichts?« Lars Paulsen zog sich einen Stuhl heran und setzte sich zu ihm.

»Sie hat nur einen Schock. Verletzt ist sie nicht weiter. Ich vermute, es war ihr Exfreund.« Thomas Berger hob die Schultern an.

Bergers Sekretärin steckte plötzlich den Kopf zur Tür herein. »Jungs, wir haben eine Anruferin in der Leitung. Sie will die Tote auf dem Bild in der Schweriner Volkszeitung erkannt haben.«

Berger nickte seiner Sekretärin zu, die jetzt im Büro stand.

Paulsen machte durch eine Handbewegung deutlich, dass sie das Gespräch durchstellen sollte.

»Dein Hörer muss nicht richtig aufgelegt sein, Thomas, sonst hätte ich dir das Gespräch schon weitergeleitet!«

Berger nahm den Hörer auf und legte ihn richtig auf den Apparat. Anschließend nahm er das Gespräch an. »Hauptkommissar Berger, guten Tag! Mit wem spreche ich?«

»Mein Name ist Laura Kröger. Ich arbeite im H&M-Laden am Marienplatz.«

»Frau Kröger, Sie kennen also die tote Frau, die in der Zeitung abgebildet ist?«

»Ich kenne sie nicht, aber die junge Dame war gestern bei uns im Laden. Mir ist sie aufgefallen, weil sie sich mit einer anderen Kundin laut gestritten hat. Jede der Damen bestand darauf, zuerst an der Umkleidekabine gewesen zu sein und sie demzufolge als Erste betreten zu dürfen. Die junge Frau auf dem Foto in der Zeitung hat die ältere Dame aufs Übelste beschimpft und beleidigt. Sie hat ihr laut nachgerufen, dass sie in ihrem Alter und mit ihrer Figur nichts mehr bei H&M zu suchen habe. Einige herumstehende Kundinnen haben sich köstlich über das Wortgefecht amüsiert. Andere nur verständnislos den Kopf geschüttelt. Die ältere Dame hat daraufhin ausgewählte Blusen und Röcke hingeschmissen und den Laden wütend verlassen.«

»Sind Sie absolut sicher, dass es die Frau auf dem Foto war?«

»Ja, absolut, ohne Zweifel. Ich habe die junge Dame nach dem Vorfall sogar angesprochen und ihr höflich gesagt, dass ihr Verhalten nicht in Ordnung war. Daraufhin hat sie mich nur abwertend von Kopf bis Fuß angeschaut und gesagt: ›Sie können mich mal!‹ Danach ist auch sie gegangen.«

»Gekauft hat sie also nichts?«

»Nein. Aber glauben Sie mir, das ist die Frau. Ich bin mir ganz sicher!«

Berger notierte die Erreichbarkeit der Verkäuferin und verabschiedete sich von ihr. ›Schade, dass sie nichts gekauft und dabei mit einer Kreditkarte bezahlt hatte‹, dachte Berger.

Kapitel 9: »305«

Es ließ Thomas Berger keine Ruhe. Nachdem ihm immer noch kein Bericht der Rechtsmedizin zur toten Frau vorlag, fuhr er nach Dienstschluss bewusst zur Wismarschen Straße. Er parkte seinen Wagen vor dem Edeka-Markt am Lewenberg und wollte kurz einkaufen. Doch seine Neugier siegte. Er ging nicht in den Supermarkt, sondern über die Straße direkt zum Demmlerhof, wo Mark Röder anscheinend wohnte. Durch die markanten spitzen Torbögen der backsteinroten Wohnblöcke sah er die Skulptur von Georg Adolf Demmler. Die Büste des wohl bekanntesten Schweriner Architekten, dessen zahlreiche Gebäude das Stadtbild prägen, war von farbenprächtigen Dahlienbeeten umsäumt. Die dunkelbraune Steinbüste hatte im Karree der Wismarschen Straße und der Dr.-Hans-Wolf-Straße einen schönen Platz gefunden. Berger ging zielstrebig über den Innenhof auf die Eingangstür der Nummer 305 zu. Er hatte Glück, dass gerade eine Dame aus dem Haus herauskam. Denn er wollte nicht unnötig auf sich aufmerksam machen, um in den Hausflur zu gelangen. Schnell hatte er das Briefkastenschild mit dem Namen ›Röder‹ erkannt. Es war weiß und hob sich gegenüber den anderen vergilbten Namensschildern deutlich ab. Berger spürte eine innere Anspannung und sein Puls beschleunigte sich zunehmend, als er Stimmen im Treppenhaus hörte. Er ließ sich jedoch nicht abhalten und ging die Treppen zu den ersten zwei Wohnungen des dreigeschossigen Hauses hinauf.

Ein junger Mann kam ihm entgegen. An der Hand hatte er einen circa fünfjährigen Jungen, der stolz einen Fußball in der Armbeuge trug. Der Ball fiel ihm plötzlich herunter und sprang Berger entgegen.

Berger hielt den Ball auf und gab ihn dem Jungen, der ihn anstarrte, freundlich zurück.

»Du kannst dich ruhig bedanken, dass der Mann dir deinen Ball wiedergegeben hat!« Der junge Vater lächelte das Kind an und nickte Berger zu.

»Danke schön!«, antwortete der Junge schüchtern und senkte seinen Kopf.

Kurz darauf hörte Berger die Tür unten zufallen. In der zweiten Etage las er das Klingelschild mit der Aufschrift ›Röder‹. ›Hier wohnt der Mistkerl also‹, dachte Berger und ehe er überlegte, was er ihn fragen wollte, hatte er bereits mit dem Finger auf die Klingel gedrückt. Er atmete tief durch und spürte den Adrenalinschub in seinem Körper. ›Nun mach schon auf!‹, dachte er und konnte es kaum erwarten, dass sich die Tür öffnete und er Mark Röder gegenüberstand. Er klingelte nochmals. Nichts tat sich. Röder war nicht zu Hause oder öffnete er nicht?

Berger verließ das Haus und schaute von der Straße noch einmal zu den Fenstern der Wohnung hoch, um zu prüfen, ob sich dort irgendetwas tat. Er konnte nichts erkennen. Dann stieg er in seinen Wagen. Er wollte so schnell wie möglich zu Lea nach Wittenförden fahren.

Kapitel 10: Vergessene Überraschung

Lea stand am Erkerfenster der Küche und konnte die Straße und den Eingangsbereich ihres Hauses gut überblicken. Sie hatte sich für zwei Tage in der Praxis abgemeldet und wollte erst einmal zur Ruhe kommen. Schnell lief sie zur Haustür, als sie Thomas mit seinem Wagen in den Carport hineinfahren sah.

Thomas erschrak, als er Lea an der Tür erblickte. Sie hatte noch ihr Nachthemd an, sah ungekämmt und blass aus. Traurig wirkende Augen, mit dunklen Rändern unterlegt, starrten ihn an. Er nahm sie sofort schützend in seine Arme.

»Haben deine Kollegen schon etwas ermitteln können?«, fragte sie, ohne ihn mit einem Kuss zu begrüßen.

»Nein, bisher leider nicht«, antwortete er. »Ich habe herausbekommen, dass Mark Röder wieder in Schwerin wohnt, und war bei ihm.«

»Was? Er wohnt hier und du warst bei ihm?«, wiederholte Lea erstaunt. »Und?« Sie konnte die Antwort kaum abwarten.

»Er war nicht zu Hause. Sicherlich ist er verschwunden, nachdem er dich überfallen hat.«

»Meinst du wirklich, dass er es war?«

»Sei nicht so naiv!« Berger wurde laut. »Entschuldige bitte, das wollte ich nicht sagen! Aber wer soll dich sonst überfallen haben? Er hat dich schon einmal erpresst und wurde auf Bewährung verurteilt. Kannst du dich nicht an irgendetwas erinnern, das den Täter identifizieren könnte. Stimme,

Haare oder Statur?« Thomas wurde wieder sachlich in seiner Argumentation.

»Ich weiß es nicht. Ich glaube einfach nicht, dass Mark es war.«

»Ich werde dafür sorgen, dass die Kollegen in die Puschen kommen. Mir dauert das alles zu lange.« Thomas ging in die Küche und entdeckte, dass Lea Eier, Tomaten, geräucherte Schinkenwürfel und frische Kräuter für ein Omelett bereitgelegt hatte. Er öffnete eine Flasche Rotwein und goss sich ein Glas voll. Wie gern würde er in solchen Momenten mit seiner Freundin anstoßen, aber er erinnerte sich, wie er Lea beim Treffen der Anonymen Alkoholiker kennengelernt hatte. Dann schob er ein tiefgefrorenes Ciabatta in den Backofen. Anschließend begann er mit der Zubereitung des Omeletts.

»Mmh, das duftet gut.« Lea kam frisch geduscht und im Jogginganzug zur Küche hinein. Sie erhob ihre Teetasse, hielt sie vor sich und suchte einen winzigen Moment nach passenden Worten. »Thomas, möchtest du nicht bei mir einziehen? Verkaufe oder vermiete doch dein Haus in Schwerin. Was meinst du?«, kam sie gleich auf den Punkt.

Thomas nahm sein Glas und hielt es Lea zum Anstoßen entgegen: »Ich habe in letzter Zeit auch schon öfter darüber nachgedacht. Die meiste Zeit verbringe ich eh bei dir in Wittenförden. Aber ich möchte nicht aus praktischen Gründen bei dir einziehen, sondern weil ich dich liebe und deine Nähe brauche. Seit dem Vorfall auf dem Friedhof wurde es mir noch bewusster.«

Lea stellte ihre Tasse, ohne daraus zu trinken, auf dem Tisch ab und schmiegte sich an Thomas. Sie sagte nichts. Tränen rollten langsam über ihr Gesicht. Thomas nahm sie fest in seine Arme und schwieg. Sie spürte, dass es die richtige Entscheidung und der passende Moment war, das Thema zu erörtern. Er küsste sie auf die Stirn. Sie neigte ihren Kopf nach oben und suchte mit ihrem Mund seine Lippen. Beide waren erleichtert und glücklich.

Erst das Klingeln ihres Handys beendete den sinnlichen Kuss, der sie ziemlich erregt hatte. Lea trennte sich nur schwer von Thomas, doch dann ging sie in den Flur und holte ihr Handy aus der Handtasche. Thomas füllte zwischenzeitlich das Omelett auf die Teller. Das Ciabatta lag im Ofen und hatte eine leicht bräunliche Färbung angenommen. Die Knoblauchbutter lief bereits aus dem Brot auf das Blech.

»Hallo, Lotti!«, begrüßte Lea ihre Tochter mit einem Lächeln und hörte ihr zu. »Schön, wir sehen uns dann am Wochenende. Ich ... äh, Thomas und ich«, korrigierte Lea, »freuen uns auf dich. Bis dann. Mach's gut, meine Kleine!« Lea hatte ihrer Tochter weder etwas von dem Vorfall auf dem Friedhof noch vom geplanten Umzug von Thomas erzählt.

»Du hast Lotti gar nicht gesagt, dass ich zu dir ziehe?«, fragte Thomas verwundert.

»Das können wir ihr am Wochenende gemeinsam verkünden. Jetzt möchte ich endlich essen, mein Schatz!«

»Ich werde einen Immobilienmakler beauftragen, der mein Haus verkaufen soll. Ich möchte es nicht behalten«, griff Thomas das Thema Umzug wieder auf.

»Das ist deine Entscheidung, mein Liebling. Wir werden uns hier gemütlich einrichten. Einiges wirst du mitbringen und von ein paar Gegenständen muss ich mich eben trennen.«

Thomas war zufrieden und zog zwei Eintrittskarten aus der Gesäßtasche seiner Jeans.

»Was ist das?«, fragte Lea neugierig und starrte auf Thomas' Hand.

»Das sind zwei Karten für den Polizeiball in vier Wochen. Damit wollte ich dich gestern schon überraschen. Durch den Überfall habe ich ganz vergessen, sie dir zu schenken.«

»Oh, vielen Dank! Das ist aber schön. Ich freue mich, mit dir über das Tanzparkett zu schweben.« Lea lächelte ihn an.

»Ich bin ja nicht so der klassische Tänzer. Aber ich dachte, es wäre eine schöne Gelegenheit, dich meinen Kollegen vorzustellen.«

Lea nahm ihm die Karten aus der Hand, legte sie auf den Tisch und umarmte ihn. »Wir können vorher ja noch ein wenig tanzen üben. Ich bin nämlich auch keine perfekte Standardtänzerin.« Sie blickte ihn verschmitzt an und sah gedanklich schon den festlich dekorierten Ballsaal und zahlreiche tanzende Pärchen um sich herum. Für einen Moment vergaß sie den schrecklichen Vorfall auf dem Waldfriedhof und ihre Angst, wer ihr das angetan hatte.

Kapitel 11: Identität

Thomas Berger ging am nächsten Morgen etwas später ins Büro. Er hatte sich die Zeit genommen und zuvor gemütlich mit Lea in Wittenförden gefrühstückt. »Grüß Gott!«, begrüßte Berger seinen Kollegen in bayerischem Dialekt.

Lars Paulsen amüsierte sich und war erfreut, Thomas so gut gelaunt zu sehen. »Ist das deine Freundin, Thomas?«, fragte Lars und zeigte auf das Foto neben Bergers Monitor.

»Ja, das ist Lea. Sie ist Frauenärztin. Wir sind schon ein paar Monate zusammen.«

»Attraktive Frau.«

»Oh, ja!«, stimmte Berger mit einem zufriedenen Lächeln zu. »Ich habe einen Termin beim Makler. Mein Haus in Schwerin verkaufe ich und dann ziehe ich zu ihr nach Wittenförden. Ich bin die meiste Zeit bei ihr und nur noch gelegentlich in meinem Haus.«

»So eine tolle Frau würde ich auch nicht allein wohnen und schlafen lassen.« Lars grinste.

»Und wie läuft es bei dir so frauentechnisch, wenn ich mal fragen darf?«

»Ich lasse mir erst einmal Zeit. Die Scheidung war ganz schön heftig. Ich muss mich nicht gleich wieder binden und Verpflichtungen eingehen. Mal sehen, was Schwerin so an Frauen zu bieten hat.«

»Das stimmt«, murmelte Berger vor sich hin und öffnete sein E-Mail-Postfach. »Endlich! Der Bericht der Rechtsmedizin ist eingegangen.«

»Dann lies mal vor! Warte, ich ruf die Kollegen noch zusammen, damit wir alle den gleichen Wissensstand haben.«

Lars Paulsen rief über den Flur die Sonderkommission zusammen. Wenige Minuten später waren alle um Thomas Berger versammelt.

»Also, Jungs ...«, begann er und holte Luft, als er gleich von einem genervten Räuspern unterbrochen wurde. »Anja, entschuldige bitte, ich habe dich übersehen.«

»Wie kann man eine so hübsche Kollegin denn übersehen?«, fragte Paulsen in die Runde und bedachte Anja mit seinem schönsten Lächeln.

»Danke, Lars!« Anja fühlte sich geschmeichelt. Ihre Wangen wurden rot und sie erwiderte sein Lächeln. »In Hamburg sind die Polizisten wohl charmanter.«

»Ich habe den Befund der Rechtsmedizin vorliegen und will euch das Wichtigste daraus vorlesen«, begann Berger noch einmal von vorn.

»Und ich habe vor ein paar Minuten einen Anruf erhalten und kann euch sagen, wer die tote Frau ist«, unterbrach Paulsen ihn euphorisch.

»Okay, dann du zuerst, Lars.« Berger sah ihn erwartungsvoll an.

»Der Rektor des Baltic College hat unsere Tote in der Zeitung erkannt und hier angerufen. Das College ist in eine private Fachhochschule des Mittelstandes integriert. Ihr kennt die Einrichtung wahrscheinlich, oder? Ich als Neu-Schweriner war noch nie dort. Die junge Frau, ihr Name ist Sarah Döring, studierte dort bereits drei Semester die Fachrichtung Hotelmanagement. Sie hatte die Hälfte der Studienzeit hinter sich. Sarah Döring hat häufig, angeblich krankheitsbedingt, gefehlt. Sie wirkte arrogant, introvertiert und war nicht beliebt unter ihren Kommilitonen, so formulierte es der Rektor.« Paulsen drehte seinen Stichpunktzettel um und fuhr fort. »Die Verwaltung hatte sie vor Kurzem auf einen Zahlungsrückstand bei ihren Studiengebühren aufmerksam gemacht. Sarah Döring ist in Nürnberg geboren und hat laut Einwohnermeldeamt allein in der Apothekerstraße gelebt. Die Anschrift der Eltern ist für den Notfall im Sekretariat der Hochschule hinterlegt.« Paulsen faltete den kleinen Zettel zusammen und schaute in die Runde.

»Anja, gibst du bitte den Kollegen in Nürnberg Bescheid? Sie müssen die Eltern informieren. Ich gehe davon aus, dass ein Seelsorger dabei sein wird«, sagte Berger.

Anja nickte zustimmend.

»Danke, Lars, für die ausführlichen Informationen«, fuhr Berger fort. »Ich habe die wichtigsten Fakten zur Toten. Dr. Schwarz von der Rechtsmedizin schreibt in seinem Bericht, dass der Tod circa sechs Stunden vor dem Zeitpunkt des Auffindens eingetreten ist. Das Opfer, höchstwahrscheinlich Sarah Döring, wurde nicht, ich betone *nicht*, sexuell missbraucht. Sie wurde zweifelsfrei erdrosselt. Dem ging offenbar ein ziemlich heftiger Kampf voraus. Es liegen innere Blutungen der Halsvenen und Frakturen von Zungenbein und Schildknorpelhörnern vor. Schwarz hat feinblasig-schaumigen Inhalt in der Trachea diagnostiziert. Die Blutuntersuchungen haben ergeben, dass Sarah Döring betrunken war. Der Blutalkoholwert lag bei 1,6 Promille. Aber jetzt kommt's: Schwarz hat das Amphetaminderivat Ritalin im Blut nachgewiesen, und zwar in ziemlich hoher Dosis. Die Nachweiszeit im Blut beträgt ungefähr sechs Stunden. Somit liegt ein Verstoß gegen das Betäubungsmittelgesetz vor. Die Wechselwirkung beim Mischkonsum von Alkohol und Ritalin ist nicht kalkulierbar. In ganz schweren Fällen ist eine Alkoholvergiftung möglich.« Berger scrollte mit der Maus die E-Mail zum Anfang zurück. »Es gibt also viel zu tun!«

Die Kollegen wollten Bergers Büro verlassen, als er gerade noch rechtzeitig »Stopp!« rief. »Sagt mal, hat jemand was zum Überfall auf die Frauenärztin auf dem Waldfriedhof gehört? Gibt es da schon Ermittlungsergebnisse?«

»Die Kollegen sind dran, Chef«, rief ein älterer Beamter. »Es liegen noch keine Ergebnisse vor. In der Abteilung sind fast alle krank. Die Grippe geht um.«

»Stimmt«, brummte Berger.

Kapitel 12: Einverstanden

›Immobilienmakler müsste man sein‹, dachte Berger, als er am späten Nachmittag im Büro von Bertold Gerber in einem cremefarbenen Ledersessel Platz nahm. Der helle Empfangsbereich, weiße Orchideen und das kostspielig möblierte Büro ließen den Hauptkommissar schmunzeln. Von Designer-Büromöbeln konnte er privat – und erst recht dienstlich – nur träumen. Er war froh, dass er für sein Dienstzimmer einen höhenverstellbaren Schreibtisch genehmigt bekommen hatte. Nicht mal ein großer Kaffeevollautomat, der für die vielen Besprechungen äußerst sinnvoll wäre, war im Haushaltsbudget der Polizei drin. Den Kaffee für seine Kollegen, der in der kleinen Senseo gebrüht wurde, bezahlte er aus eigener Tasche. Die Kaffeerunden wurden nur durch frisch gebackene Kekse, die Bergers Sekretärin manchmal mitbrachte, aufgewertet.

»Kaffee, Tee oder Wasser? Was darf ich Ihnen anbieten, Herr Berger?«, fragte Gerber, der seine edle Krawatte zurechtrückte und einen Knopf vom Jackett öffnete, um sich zu setzen.

»Ein Espresso wäre schön. Vielen Dank!«

Gerbers Assistentin, die die Getränkewünsche mit einem freundlichen Kopfnicken entgegennahm, schloss die Tür.

»Herr Berger, ich habe das Exposé für den Hausverkauf nach Ihren Angaben erstellt und die Fotos einarbeiten lassen. Wollen Sie bitte einen Blick darauf werfen, ob alle Daten korrekt sind?« Gerber reichte Thomas Berger eine farbige Mappe, die wie ein edler Werbeprospekt aussah.

Berger überflog die Ausdrucke und war beeindruckt, wie Vorzüge seines Hauses in den Mittelpunkt gerückt und Makel nur versteckt zwischen den Zeilen zu lesen waren.

»Das ist mein Job. Dafür müssen Sie Ihr ehrlich verdientes Geld bei mir lassen«, grinste der Makler über seinen Witz. »Spaß beiseite, sind Sie also einverstanden mit dem Inhalt?«, vergewisserte er sich.

»Ja, das können Sie so veröffentlichen. Ich bin gespannt, ob es bei der Kaufsumme Interessenten geben wird.«

»Sicher! Das geht schneller, als Sie denken. Okay, ich lege los und informiere Sie, wenn ich potenzielle Käufer gefunden habe und erste Besichtigungstermine anstehen.«

Nachdem Berger seinen Espresso ausgetrunken hatte, verabschiedete er sich mit einem guten Gefühl im Bauch. Auf dem Weg zu seinem Auto war er überzeugt, die richtige Wahl hinsichtlich des Maklers getroffen zu haben. Dass Gerber gut an seinem Hausverkauf verdienen würde, war ihm klar. Sollte er tatsächlich die angestrebte Verkaufssumme bekommen, konnte er mehr als zufrieden sein.

Berger wollte nach Wittenförden zu Lea fahren, bog aber zuvor wieder in die Wismarsche Straße ein. Vielleicht hatte er heute Glück und traf Mark Röder an, um ihn zur Rede zu stellen und nach einem Alibi zu fragen. Berger schlich sich wieder in den Hausflur und klingelte bei Röder. Auch dieses Mal wurde die Tür nicht geöffnet.

Anschließend fuhr Berger doch noch einmal in sein Büro zurück und durchforstete weitere Ermittlungsergebnisse, die ihm auf seinen Computer zugeleitet worden waren.

Kapitel 13: Selbstbehauptung

»Lass uns heute Abend schön essen gehen«, schlug Berger Lea am Telefon vor, nachdem er die eingegangenen E-Mails im Büro alle abgearbeitet hatte. »Ich war heute beim Makler. Das Exposé ist erstellt und der Hausverkauf kann beginnen.«

»Das ist schön. Kommst du erst nach Wittenförden oder wollen wir uns in der Stadt beim Italiener treffen?«, fragte Lea.

»Nein, ich komme erst zu dir, möchte mich frischmachen und umziehen. Dann fahren wir zusammen in die Stadt zurück«, antwortete Berger. Er freute sich auf Lea und malte sich in Gedanken bereits ein leckeres Drei-Gänge-Menü im Brinkama's in der Lübecker Straße aus.

Eine Stunde später saßen beide vor der Menükarte und wählten die Lachs-Lasagne mit Blattspinat und das leckerste Tiramisu, das es in Schwerin gab. Das Restaurant war gut gefüllt. Stimmengewirr und Tellerklappern übertönten die elegante Musik im Hintergrund. Es roch nach Knoblauch und frischer Pizza. Die Tische standen dicht beieinander, sodass Thomas auf dem Teller seines Nachbarn lecker angerichtete Scampi sah. Ihm entging natürlich nicht, dass Lea einen eleganten dunklen Hosenanzug trug. Das schwarze Top war tief ausgeschnitten und zeigte ihr reizendes Dekolleté, auf dem eine Kette mit weißen Perlen lag. Eine junge Kellnerin servierte das Essen.

Thomas sah Lea verliebt in die Augen und wünschte ihr einen guten Appetit. Dann sagte er: »Lea, ich weiß, dass es jetzt unpassend ist, und ich will die Stimmung keineswegs trüben. Aber kannst du dir vorstellen, einen Selbstbehauptungskurs zu besuchen?«

Lea schaute ihn fragend an, während sie ein Stück von der Lasagne mit dem Messer auf ihre Gabel schob.

»Wir bieten bei der Polizei Selbstbehauptungskurse speziell für Frauen an. Es werden alltägliche Szenen wie im Parkhaus und auf nächtlicher Straße in Rollenspielen geübt. Frauen werden durch Polizeibeamte trainiert, selbstbewusst aufzutreten. Das Abwehrverhalten bei Angriffen wird besprochen und praktisch geübt, um im Notfall erfolgreich reagieren zu können.«

»Hört sich interessant an! Ich denke darüber nach. Ich könnte sogar einen Aushang im Wartezimmer meiner Praxis machen und andere Frauen motivieren, teilzunehmen«, schlug Lea vor, tupfte sich mit einer Serviette den Mund ab und trank einen Schluck Wasser.

»Ja, das wäre eine tolle Sache. Gute Idee! Die Kurse sind kostenfrei, sodass auch wirklich alle Frauen daran teilnehmen können. Ich bringe Flyer von der Polizei mit, auf denen alle wichtigen Informationen zusammengefasst sind.«

»Sag mal, Thomas, gibt es schon Ermittlungsergebnisse zu meinem Überfall?«

Thomas atmete tief ein: »Nein, zu deinem Fall bisher nicht. Wir arbeiten mit Hochdruck an der Aufklärung des Mordes vom Schleifmühlenweg. Es werden Zeugen vernommen, Verwandte der toten Frau ausfindig gemacht, Datenbanken nach ähnlichen Fällen durchforstet und so weiter. Das kostet enorme Zeit! In der Abteilung, die mit deiner Sache beschäftigt ist, haben wir einen hohen Krankenstand. Das wird wohl noch etwas dauern«, mutmaßte Thomas. »Aber nun lass uns von etwas Erfreulichem reden, ja?«

»Ja, du hast recht. Ich gehe demnächst zu einem Abi-Treffen meines Jahrgangs. Meine alte Freundin Sophie – wir haben uns aus den Augen verloren – kümmert sich um die Organisation. Ich freue mich riesig darauf! Auch sie nach Jahren wiederzusehen. Wir wollen in das Restaurant auf dem Fernsehturm.«

»Gehst du in Begleitung?«, wollte Thomas wissen. Insgeheim hasste er solche Treffen, auf denen die Ehemänner und -frauen meist nur danebenstanden, während die ehemaligen Klassenkameraden sich über gemeinsam Erlebtes austauschten. Seine verstorbene Frau Ina hatte ihn zweimal dahin mitgenommen. »Übrigens«, wollte er vom Thema ablenken, »ich habe beim Hausverkauf ein ziemlich gutes Gefühl. Lea, das klappt bestimmt bald. Ich kann ja schon einmal beginnen und ein paar Dinge zu dir transportieren.«

»Aber die alten Gartenmöbel von der Terrasse bringst du doch nicht mit, oder?« Lea grinste.

»Oh doch«, schmunzelte er und zwinkerte Lea scherzhaft zu. »Ich möchte, wenn ich einen Wunsch äußern darf, dass wir uns ein großes französisches Bett kaufen. In dem jetzigen Bett, in dem du mit einem anderen Mann ...«

»Du brauchst nicht weiterzureden«, unterbrach Lea ihn und legte ihren Zeigefinger auf seinen Mund. »Ich verstehe, was du meinst.« Sie lächelte ihn verführerisch an.

»Ich möchte jetzt nach Hause … in unser neues Zuhause fahren«, erwiderte Thomas und beugte sich zu ihr hinüber, um sie zu küssen.

»Gern, mein Schatz!«

Sie konnten nicht abwarten, bis die Kellnerin erschien, und gingen eng umschlungen zum Tresen, um die Rechnung zu bezahlen. Anschließend verließ Berger mit Lea im rechten Arm das Brinkama's. Gedanklich sah er bereits, was sich in Kürze in Wittenförden im Schlafzimmer abspielen würde. Er wusste genau, dass er bis zum Dienstbeginn am nächsten Morgen wenig Schlaf bekommen würde.

Kapitel 14: Miss Marple

Müde, aber glücklich, fuhr Berger am nächsten Morgen zur Dienststelle. Bevor er mit seiner Arbeit begann, bat er seine Sekretärin, ausreichend Flyer für den nächsten Selbstbehauptungskurs auf seinen Schreibtisch zu legen. Diese wollte er abends Lea übergeben, bevor sie es sich anders überlegen konnte.

Berger schaute sich erneut seine Handyfotos vom Fundort der Leiche am Schleifmühlenweg an und dachte nach. Zeugen, die etwas in der Mordnacht bemerkt haben wollten, waren von seinen Kollegen vernommen worden. Eine heiße Spur gab es bisher nicht. Mehrere Anwohner hatten berichtet, dass ein Fahrzeug, das niemandem in der Straße gehörte, an der Schleifmühle geparkt hatte. Die Aussagen der Zeugen waren jedoch recht unterschiedlich. Ein Mann, der dort regelmäßig mit seinem Dackel Gassi ging, sprach von einem dunklen Seat. Zwei Frauen waren sich sicher, dass dort jemand, ob Mann oder Frau konnten sie aufgrund der Dunkelheit nicht sagen, in einem dunklen VW Golf gesessen und geraucht hatte. Ein Busfahrer hatte zu Protokoll gegeben, dass er mehrfach die Umrisse eines kräftig wirkenden, großen Mannes gesehen hatte. Der schon etwas ältere Fahrer hatte seinen Bus zweimal in der Nachtschicht an der Schleifmühle vorbeigelenkt. Er hatte dort beide Male vermutlich dieselbe Person stehen sehen. Ganz sicher war er jedoch nicht. Für ein aussagekräftiges Phantombild waren seine Angaben nicht verwertbar.

»Was meint ihr«, fragte Lea ihre zwei Mitarbeiterinnen während der morgendlichen Runde vor Sprechstundenbeginn, »ob die Flyer für die Frauenselbstverteidigungskurse im Wartebereich von den Frauen mitgenommen werden?«

»Bestimmt! Das ist doch eine gute Idee«, antwortete Jenny, die jüngere Mitarbeiterin. »Ich habe auch jedes Mal Angst, wenn ich nachts von der Disco oder aus dem Kino allein nach Hause muss und zu geizig bin, mir in der Innenstadt für zwei Kilometer Heimweg ein Taxi zu nehmen. Ich finde es sehr gut!«

»Wir werden ja sehen, wie schnell die Flyer weg sind«, beendete Lea die Runde. Anschließend standen sie auf und verließen gemeinsam den gemütlichen Pausenraum, der von Hilde vor Jahren liebevoll eingerichtet worden war.

Lea hatte sich noch eine Tasse Kaffee eingeschenkt und in ihr Behandlungszimmer mitgenommen. Sie wartete auf die erste Patientin und blätterte flüchtig einen Möbelwerbeprospekt, den sie morgens aus dem Briefkasten gefischt hatte, durch. Sie war müde. Die abgebildeten Boxspringbetten erinnerten sie an die letzte Nacht, in der sie vor Leidenschaft und Begierde kaum Schlaf gefunden hatte. Sie stellte sich gerade Thomas auf einem dieser Betten liegend vor, als es an der Tür klopfte. »Einen kleinen Moment, bitte.« Sie fotografierte das größte Bett aus dem Prospekt mit ihrem Handy ab und schickte das Foto mit einem roten Herz versehen per SMS an Thomas.

Wenige Sekunden später kam von Thomas per SMS die Antwort: ›Ich liebe dich!!!‹ und einer symbolischen Rose.

Lea lächelte und stand auf. Sie öffnete die Tür und begrüßte ihre erste Patientin.

»Guten Morgen!«, erwiderte die schwangere Frau.

Lea bot ihr freundlich einen Platz an und entschuldigte sich, dass sie einen Moment an der Tür hatte warten müssen.

Die Patientin ließ sich langsam mit ihrem dicken Bauch auf einem Stuhl nieder.

Lea strahlte sie an. Hochschwangere mit ihrem erwartungsvollen Auftreten, allein oder in Begleitung des werdenden Vaters, bestätigten ihr täglich, die richtige Facharztentscheidung getroffen zu haben. Frauen schwerwiegende Diagnosen zu überbringen, die Operationen nach sich zogen oder bei denen es keine Hoffnung auf Genesung gab, belasteten sie nach vielen Jahren immer noch. Zwar nicht mehr so wie am Anfang ihrer Tätigkeit, wo sie gegen Tränen ankämpfen musste, wenn Frauen zusammenbrachen, nachdem sie erfahren hatten, dass sie unheilbar krank waren. Sie hatte immer noch ein Problem damit, hochschwangere Frauen vor sich sitzen zu haben, deren Atemluft nach Alkohol und Zigaretten roch.

Eine bestellte Patientin hatte sich telefonisch kurzfristig abgemeldet, sodass Hilde die entstandene Pause nutzte, um kurz zu ihrer Chefin ins Behandlungszimmer zu gehen.

»Lea, hast du einen Moment Zeit?«

»Na klar, immer«, antwortete Lea, ohne hochzuschauen. Sie bereitete gerade die vorangegangene Untersuchung nach und schrieb noch ein paar Zeilen in die Unterlagen der Patientin, die gerade das Zimmer verlassen hatte. »Worum geht's?«, fragte Lea und blickte Hilde an, die mittlerweile auf einem der Stühle Platz genommen hatte.

»In den letzten Tagen ist eine Frau mehrfach hier gewesen. Sie hat einfach kurz im Wartezimmer Platz genommen, ohne sich anzumelden. Sie hat freundlich gegrüßt und immer so getan, als würde sie auf ihre Tochter oder Mutter warten, die gerade zur Behandlung bei dir ist.«

Lea stutzte. »Das ist ja merkwürdig.«

»Ja, sie war auch heute wieder hier und hat sich genau umgeschaut. Als sie auf deine Approbationsurkunde, die vorn aushängt, starrte, habe ich sie freundlich angesprochen und gefragt, ob ich ihr helfen könne oder ob sie einen Termin bräuchte.«

»Und«, fragte Lea gespannt, »was hat sie geantwortet?«

»Sie ist, ohne ein Wort zu verlieren, einfach gegangen.«

»Wer kann das sein? Kassenärztliche Vereinigung, Konkurrenz oder habe ich eine Stalkerin am Hals?«, fragte Lea und zog die Situation durch ein Zwinkern ins Lächerliche.

Hilde hob die Hände. »Ich wollte es nur gesagt haben.«

»Wenn sie das nächste Mal kommt, sagst du mir per Telefon gleich Bescheid. Das Stichwort ist: Ultraschallgerät defekt! Dann verlasse ich, sobald ich kann, mein Behandlungszimmer. Oder noch besser: Fotografiere sie heimlich mit deinem Handy, falls ich nicht da sein sollte. Vielleicht wird sie jetzt nicht mehr kommen, nachdem du sie direkt angesprochen hast. Ist schon komisch, oder?«

»Ja, das ist eigenartig. Aber Miss Marple ist ab sofort noch wachsamer und passt natürlich auf ihre Chefin auf«, sagte Hilde mit erhobenem Zeigefinger.

»Das weiß ich. Danke!« Lea lächelte Hilde, die gute Seele ihrer Praxis, an.

»Dann lass ich dich mal weiterarbeiten«, kündigte diese an und verließ das Behandlungszimmer.

Lea dachte einen Moment über die mysteriöse Frau nach. Sie hatte ganz vergessen zu fragen, wie die Dame aussah und wie alt sie war. Dann drückte sie auf die Taste der Sprechanlage und bat ihre nächste Patientin, ins Behandlungszimmer zu kommen. Sie wollte sie nicht länger warten lassen, denn zufriedene Patientinnen hatten für Lea Priorität.

Während ihrer Kaffeepause am Nachmittag surfte Lea im Internet und machte sich erste Gedanken, was sie zum bevorstehenden Polizeiball und beim Klassentreffen in ein paar Wochen anziehen wollte. Für Letzteres hatte ihre ehemalige Freundin Sophie bei der Einladung um eine festliche Garderobe gebeten. Lea freute sich insgeheim, hatte sie also die Gelegenheit, sich gleich zweimal herauszuputzen. Thomas wollte sie auf dem Ball seinen Kollegen vorstellen, da sollte es schon etwas Besonderes sein. Sonst gefiel sich Lea auch in taillierten Blusen und engen Jeans sehr gut, aber ein Ball war nun einmal ein Ball. Sie scannte gedanklich ihren Körper von oben bis unten ab und überlegte, wann sie sich Zeit für einen ausgiebigen Kosmetik- und Friseurtermin nehmen wollte. Am Ballabend noch vorher zum Friseur zu gehen, fand sie dennoch übertrieben. ›Ganz schön teuer so ein Ballkleid‹, dachte Lea, nachdem ihr Blick an einem schwarzen, raffiniert geschnittenen Traum aus Chiffon haften geblieben war.

Nach einer Viertelstunde hatte Lea genaue Vorstellungen, wie ihr Outfit aussehen sollte, und ging nach Arbeitsende ins Schlossparkcenter am Marienplatz, um in einigen Boutiquen und Schuhläden ihr Kleid und passende Pumps zu suchen. Leicht entnervt von dem großen Kleiderangebot und ihrem ergebnislosen Shoppingausflug, bemerkte sie beim Verlassen des Einkaufscenters eine Frau, der sie an dem Nachmittag schon mehrfach im Center begegnet war. Die Frau trug einen langen taillierten Mantel. Lea konnte sie zwischen den Gästen, die im offenen Café Rothe saßen, hindurch sehen. Es war keine Einbildung, die Frau beobachtete sie. Lea nahm ihren Mut zusammen und versuchte, sich durch das überfüllte Café durchzuschlängeln, um auf der anderen Seite des Centers zu der Frau zu gelangen, die sie anscheinend verfolgte.

»Können Sie nicht aufpassen!«, schimpfte eine junge Kellnerin, die mit ihrem Tablett, auf dem zwei Tassen Milchkaffee und ein großer Erdbeer-Eisbecher standen, gerade noch die Balance halten konnte.

»Entschuldigung!«, erwiderte Lea und sah, dass zum Glück nichts passiert war.

Sie wollte schnellstens weiter, doch als sie sich wieder umdrehte, war die Frau aus ihrem Blickwinkel verschwunden. Suchend sah Lea sich um. Vergebens. Die Frau war weg. ›Miss Marple‹, Hilde aus ihrer Praxis, ›wäre das nicht passiert‹, dachte Lea und verließ verunsichert das Schlossparkcenter.

Zu Hause angekommen, machte sich Lea einen Cappuccino. Sie saß in der Wohnstube und kramte die Post der vergangenen Tage durch. Sie suchte die Einladung zum Klassentreffen und hatte sich vorgenommen, ihre Zusage bei ihrer Schulfreundin Sophie persönlich vorzunehmen. Lea musste ihre Lesebrille aufsetzen, um die kleinen Zahlen der Telefonnummer, die auf der Einladung angegeben war, korrekt lesen zu können. Ein paar Minuten später erreichte sie Sophie.

»Hallo, rate mal, wer hier ist«, begann Lea das Telefonat wie eine Teenagerin, nachdem sie Sophies Stimme erkannt hatte.

»Bist du es, Lea?«, fragte Sophie schüchtern.

»Jaaa! Deine Schulkameradin Lea ist hier.«

»Hallo Lea, schön dich zu hören!«, antwortete sie laut und freudig.

»Vielen Dank für deine Einladung zum Klassentreffen! Du hast dir so viel Mühe gemacht. Ich komme sehr gern.«

»Oh, das ist schön. Ich habe schon so viele Zusagen … Sei nicht böse, Lea! Ich muss Schluss machen. Ich bekomme gleich einen Handwerker«, entschuldigte sich Sophie und wollte das Gespräch beenden.

»Wir können gern noch einmal die nächsten Tage telefonieren«, schlug Sophie vor.

»Kein Problem. Ich wollte nur persönlich zusagen und deine Stimme mal hören. Wir sehen uns ja bald. Bis dahin, mach's gut, Sophie!«

»Ja, bis bald auf dem Fernsehturm. Tschüss, Lea!«, verabschiedete sich Sophie eilig.

Kapitel 15: Überraschung

Thomas erwartete Lea schon in Wittenförden. Es war ungewohnt, dass er auf sie in ihrem Haus wartete. Doch das würde sich bestimmt bald geben, dachte er lächelnd. Den Abend zuvor hatte Lea ihm einen Hausschlüssel gegeben. Er stand sofort auf, als er einen Schlüssel im Schlüsselloch drehen hörte, und ging zum Flur. »Hallo Liebling, ich habe auf dich gewartet! Ich habe eine Überraschung«, sagte er und gab ihr einen Kuss zur Begrüßung.

»Schon wieder!«, antwortete Lea freudig. »Gestern die Ballkarten, und heute?«

»Komm, setz dich erst mal zu mir!« Thomas zog Lea auf der Couch im Wohnzimmer an sich heran. Er hatte ihr nicht einmal Zeit gegeben, ihren Mantel abzulegen und die Schuhe auszuziehen. »Ich war heute kurz in der Stadt, im Schlossparkcenter«, begann er.

»Du, ich auch! Leider habe ich kein Ballkleid bekommen. Ich muss im Internet weitersuchen«, unterbrach Lea ihn.

»Dafür habe ich was Tolles gefunden. Ich habe ein Last-Minute-Angebot fest reserviert!«

Lea starrte ihn an. »Du hast was? Ohne mich zu fragen? Ich kann nicht einfach spontan freinehmen. Wie stellst du dir das vor?«

»Es ist ein super Schnäppchen. Da musste ich zuschlagen. Es sind nur drei Übernachtungen und der Reformationstag liegt als Brückentag dazwischen. Es ist nur ein Urlaubstag, den du opfern musst«, beschwichtigte er.

»Trotzdem. Du hättest mich erst fragen müssen. Ich hab Termine!«

»Wenn ich dir sage, wo es hingeht und für welchen Preis, dann hättest du es auch sofort gebucht.«

»Bekommst du denn frei von deinem Chef? Jetzt, wo der Mord am Schleifmühlenweg noch nicht einmal aufgeklärt ist?«

»Den einen Tag wird es schon gehen.«

»Also hast du noch gar nicht gefragt? Ich soll mich auf eine Reise freuen, obwohl noch nicht einmal sicher ist, ob du freibekommst! Das ist doch nicht dein Ernst!« Lea stand abrupt auf und ging in den Flur, um ihre Schuhe auszuziehen und ihren Mantel auf einen Bügel zu hängen.

»Lea, warte bitte mal! Nimm mir doch nicht die Freude!« Thomas ging ihr kopfschüttelnd hinterher.

Sie blickte ihn erwartungsvoll an. »Na, wo soll es denn hingehen?«

»Ich habe einen dreitägigen Trip mit Flug und Übernachtung nach New York gebucht.« Thomas lächelte Lea an.

Die machte große Augen. »Was, du bist doch verrückt!« Sie lief auf ihn zu und umarmte ihn. »Im Ernst?« Sie konnte kaum glauben, was sie gehört hatte.

»Ja, ich bin verrückt ... verrückt nach dir! Kannst du mich jetzt verstehen?« Thomas hob Lea einen Moment hoch.

Sie hielt dabei seinen Kopf zwischen ihren Händen und gab ihm einen Kuss. »Das ist ja klasse! Ist der Preis denn wirklich so spitzenmäßig? Sonst möchte ich mich gern daran beteiligen.«

»Nein, es ist ein Geschenk und bei dem Preis musste ich zuschlagen.«

»Thomas Berger, Sie sind wirklich verrückt und ich liebe Sie!« Lea stellte sich auf ihre Zehenspitzen und küsste ihn nochmals auf den Mund.

»Und Sie, Frau Dr. Engel, müssen für einen Tag ihre Patientinnen umbestellen. Sonst muss ich Sie leider festnehmen.« Thomas sah sie erwartungsvoll an.

»Ist das schön, Thomas. Ich war noch nie in New York.«

»Ich weiß. Deine Tochter hat mir versichert, dass du noch nicht da warst.«

»Charlotte weiß auch schon Bescheid?«

»Ja, ich habe sie angerufen und gefragt. Sie hat gesagt: ›Buch die Reise! Mama wird sich freuen.‹«

Lea war glücklich und nahm sich für den nächsten Tag vor, alle Patientinnen an dem besagten Montag durch Hilde umbestellen zu lassen. In ihrer Euphorie vergaß sie, Thomas von der Frau aus dem Schlossparkcenter zu berichten, die sie beobachtet hatte und plötzlich spurlos verschwunden war.

Kapitel 16: Falscher Duft

Endlich war es soweit. Lea hatte das trägerlose Kleid mit einem verführerischen Herzausschnitt gerade noch rechtzeitig zum Polizeiball von Zalando geliefert bekommen. Beim Ankleiden zu Hause hatte Thomas ihr geholfen, den langen Reißverschluss am Rücken zu schließen. Er hatte sie dabei auf ihre nackte Schulter geküsst und bedauert, dass sie zum Ball mussten. Am liebsten hätte er ihre Hochsteckfrisur geöffnet und sich mit ihr auf das Bett im Schlafzimmer gelegt.

Nun saßen sie elegant gekleidet im Taxi und fuhren von Wittenförden nach Schwerin. Thomas gab dem Fahrer ein großzügiges Trinkgeld und freute sich auf den Abend. Er stieg in seinem schwarzen Anzug aus dem Wagen und öffnete Lea die Tür. Behutsam richtete sie ihr bodenlanges Ballkleid und lächelte Thomas beim Aussteigen an. In dem weinroten Chiffonkleid mit den aufgesetzten Rüschen sah Lea bezaubernd aus. Sie fühlte sich wie ein Filmstar. Lea zupfte bei Thomas die schwarze Schleife zurecht und bat ihn, sein zweireihiges Sakko zu schließen. Der schwarze Anzug in klassischem Design stand Thomas sehr und ließ ihn viel schlanker wirken als in Jeans und Sweatshirts. Lea dachte, wie einfach Männer doch einzukleiden sind und wie viel Zeit und Mühe es sie gekostet hatte, das eigene passende Outfit für den Ball zu finden.

Es war das erste Mal, dass die Polizeiinspektion ihre Beamten und Angestellten in die Orangerie des Schweriner Schlosses zum Event des Jahres einlud. Brennende Fackeln säumten den Weg durch den in französischem Stil angelegten Burggarten. Die Orangerie, eigentlich zum Überwintern von exotischen Pflanzen gedacht, war aufwendig als Ballsaal dekoriert worden. Vom Arkadengang aus sah man bereits durch die Fensterfront die riesigen Kristallleuchter. Hell erleuchtet verliehen diese dem Saal ein ganz besonderes Ambiente. Jeder einzelne Platz war dezent mit Blumen, Besteck für mehrere Gänge und Kerzen hergerichtet worden.

Der Saal war schon reichlich gefüllt. Die dezente Musik schaffte es nicht, den hohen Geräuschpegel zu übertönen. Nachdem Lea und Thomas ihre Garderobe abgegeben hatten, geleitete das Personal sie galant an ihren Tisch. Thomas' Kollegen saßen bereits am Tisch und konnten das Paar vorerst nur mit einem Kopfnicken begrüßen, da der Innenminister gerade aufgestanden war und um Aufmerksamkeit gebeten hatte.

Der Minister eröffnete den Ball und begrüßte die Gäste nach protokollarischen Vorschriften. Ungefähr dreihundert Zuhörer lauschten seiner Rede, in der er hauptsächlich den Polizeibeamtinnen und -beamten Dank für ihre tägliche Arbeit aussprach. Er würdigte langjährige Kollegen, die in den Ruhestand verabschiedet wurden. Abschließend prostete er allen mit einem Sektglas zu und eröffnete unter Beifall das Buffet. Er versprach, in Kürze mit seiner Gattin den ersten Tanz folgen zu lassen. Die Schweriner Band Blue Light spielte angemessene leise Hintergrundmusik und die ersten Hungrigen machten sich auf den Weg zu den kulinarischen Köstlichkeiten.

»So, ihr Lieben, das ist Frau Dr. Lea Engel.« Thomas freute sich, dass seine engsten Kollegen und Kolleginnen an dem großen Tisch, den er für seine Abteilung reserviert hatte, alle zu ihm schauten. Er war stolz auf Lea, genoss die bewundernden Blicke und stellte sie allen Personen am Tisch nach und nach vor. Sie gingen gemeinsam um die große Tafel herum. Die Namen konnte Lea sich nicht auf einmal merken. Sie war viel zu aufgeregt.

»Mein Name ist Lars Paulsen.« Paulsen erhob sich von seinem Stuhl und lächelte Lea charmant an. Er streckte ihr seine Hand entgegen.

»Oh ja, von Ihnen habe ich schon viel gehört. Sie sind Thomas' engster Kollege, nicht wahr?«, sagte Lea und erwiderte den Händedruck.

»Richtig!«

»Sehr angenehm. Sind Sie gar nicht in Begleitung?«, fragte sie und wunderte sich, dass so ein attraktiver Mann allein zum Ball erschienen war.

»Er ist frisch geschieden«, mischte sich Thomas in das Gespräch ein. »Er hat erst einmal genug von den Frauen.«

»Erst einmal! Das hast du richtig gesagt, Thomas.« Lars zwinkerte Lea zu. Ohne, dass es jemand sehen konnte, kniff Thomas ihr zärtlich in den Po und hielt sie davon ab, sich auf ihren Stuhl zu setzen. »Lea, lass uns doch zum Buffet gehen! Ich habe riesigen Hunger.«

»Sehr gern, mein Schatz!«

»Nehmt ihr mich mit?«, fragte Lars Paulsen und schob seinen Stuhl zurück, ohne eine Antwort abzuwarten.

»Na klar, ich lasse mich gern von zwei äußerst attraktiven Männern zum Buffet begleiten«, antwortete Lea.

Alle drei taten sich reichlich von den Antipasti auf und setzten sich wieder an ihren Tisch. Es herrschte eine nette und unterhaltsame Atmosphäre. Es wurde viel geplaudert und eine Menge getrunken. Lea hatte mehrere Gläser alkoholfreien Sekt servieren lassen und mit einem Schluckauf zu kämpfen. Berger und Paulsen luden sich nach dem Hauptgang gegenseitig zu einem Jägermeister nach dem anderen ein.

Um Mitternacht gab es eine Überraschung. Als Show-Act betrat ein Helene-Fischer-Double die Bühne und heizte den Tanzwütigen mächtig ein. In einer kurzen Pause ließ der Innenminister es sich nicht nehmen, die Tombola-Preise persönlich zu überreichen. Als Glücksengel assistierte ihm seine Gattin. Als das Helene-Fischer-Double das Lied »Atemlos durch die Nacht« anstimmte, war die Tanzfläche sofort gefüllt.

»Das ist mein Lied«, rief Lars Paulsen angeheitert und zwinkerte Lea zu. Er bat sie um den Tanz.

Lea sah Thomas fragend an, der die Schultern skeptisch anhob. Er hoffte insgeheim, dass sie nicht mit ihm auf die Tanzfläche gehen würde. Sie lächelte jedoch, gab Thomas einen Kuss und ging mit Lars los. Beide tanzten und bewegten sich, als hätten sie gemeinsam einen Tanzkurs absolviert. Thomas kochte innerlich und bedauerte, dass er nicht einfach auf die Tanzfläche gehen konnte, um Lars abzulösen. Er ließ Lea nicht einen Moment aus den Augen. Er bewunderte ihr Aussehen und ihre Natürlichkeit. Lea hatte Charisma, das ihm fehlte, gestand er sich sein und bestellte sich beim Kellner einen doppelten Jägermeister. Nachdem der Musiktitel beendet war, war es Lea, die Lars klarmachte, dass sie sich wieder setzen wollte. So interpretierte Berger die Szene aus der Ferne. Lea kehrte an den Tisch zurück. Lars folgte ihr.

»Ich geh zur Toilette«, sagte Thomas, als Lea sich setzte.

»Warte, ich muss auch mal für kleine Königstiger«, erwiderte Lars Paulsen.

Beide verließen leicht schwankend den Saal.

Lea saß am Tisch, tupfte sich mit einem Taschentuch die Stirn ab und sprühte sich Parfum aus einem kleinen Proberöhrchen, das sie in ihrer Handtasche gefunden hatte, an den Hals. Sie schaute auf die Tanzfläche und stellte zufrieden fest, dass sie hinsichtlich ihrer Bekleidung eine gute Wahl getroffen hatte. Gott sei Dank, hatte keine andere Frau das gleiche Kleid an wie sie, dachte sie erleichtert.

»Klasse Frau, Thomas, die würde ich niemals laufen lassen!«

»Ach ja? Vergiss aber nicht, dass es meine Frau ist!«

»Deine oder meine, ihr seid doch gar nicht verheiratet.«

»Noch nicht, aber such du dir bitte ein anderes Objekt der Begierde!«

»Wieso? Flirten wird doch wohl erlaubt sein. Du hast es doch in deiner Ehe, wie ich gehört habe, auch nicht so streng mit der Treue gehalten.«

Thomas starrte Lars wütend im Spiegel über dem Waschbecken an und ließ kaltes Wasser über seine Hände laufen.

Lars grinste: »Pass bloß auf, Herr Kolleg, dass du nicht so viel trinkst. Da sollst du dich ja nicht mehr unter Kontrolle haben.«

Thomas schmiss sein Papierhandtuch, das er gerade aus der Halterung entnommen hatte, auf den Boden und schlug Lars plötzlich seine Faust ins Gesicht.

Der schwankte ein paar Schritte zurück und konnte sich gerade noch auf den Beinen halten. »Sag mal, spinnst du!«, schrie Lars und wehrte die zweite Faust, die im entgegenkam, reaktionsschnell ab. »Mensch, Berger, das war ein Witz!«

»Ja, ich lach mich gleich tot!«, lallte Thomas.

Lars' Wange rötete sich. Thomas ärgerte sich, dass er sich so hatte provozieren lassen. Er knallte die Tür vom Waschraum zu und ließ Paulsen zurück, der sich im Spiegel ansah und seine Wange mit kaltem Wasser zu kühlen begann.

Thomas ging zum Tisch zurück und setzte sich neben Lea. Er tat so, als wäre nichts gewesen. »Wonach riecht das hier?«, fragte er Lea und starrte sie man.

»Nach Shrimps mit Knoblauchdip. Ich habe mir noch eine Kleinigkeit vom Buffet geholt.«

»Nein, es riecht nach Parfum. Ist das dein Parfum? Zeig mal den Flakon!« Er streckte fordernd seine Hand aus.

»Was ist denn plötzlich los mit dir?« Lea kramte aus ihrem kleinen Täschchen das Röhrchen heraus. »Hier ist es.« Sie hielt ihm die Probe direkt vor die Augen.

»Sofort gehst du auf die Toilette und wäschst es ab, hörst du!«, schrie Thomas sie an. Er zitterte und nahm einen Schluck Wasser direkt aus der Flasche.

Lea erhob sich wortlos mit versteinertem Gesicht und verließ wütend den Saal. Sie ging nicht zur Toilette, sondern zur Garderobe. Dort übergab sie ihre Marke und bekam ihren Mantel gereicht. Beim Anziehen telefonierte sie.

»Sie müssen kein Taxi zu rufen, junge Frau, da stehen genügend vorm Gartenportal«, schlug die Dame von der Garderobe höflich vor, die das Telefonat ungewollt mitgehört hatte.

Lea steckte ihr Handy weg, stieg allein in eines der wartenden Taxis. ›So geht niemand mit mir um‹, dachte sie wütend, nachdem sie dem Fahrer ihr Ziel genannt hatte.

Kapitel 17: Der Morgen danach

Thomas und Lars gehörten zu den letzten Gästen, die den Polizeiball verließen. Beide hatten sich wieder beruhigt und sich nach dem Vorfall mehr oder weniger wortlos zugeprostet. Der Ball endete bei abgestandenem Bier, kalten Bouletten und der Feststellung, dass Thomas seine Schlüssel zu Leas Haus in Wittenförden nicht mitgenommen hatte. Er traute sich nicht, sie morgens um drei Uhr wach zu klingeln, und nahm daher Lars' Angebot an, bei ihm in der Thomas-Mann-Straße zu übernachten.

Gegen elf Uhr brutzelte Lars Paulsen in seiner gemütlichen Dachwohnung Eier mit Schinken. Berger saß am Küchentisch im zerknitterten weißen Hemd und Slip. Die teure Fliege hing wie ein Schal um seinen Hals. Er aß nur eine trockene Scheibe Toast, trank Kaffee und nahm anschließend eine Kopfschmerztablette ein.

»Meinst du, ich kann mich schon bei Lea blicken lassen?«, fragte er zweifelnd.

»Ich würde nicht so lange warten. Du kennst doch die Frauen!« Lars lachte.

Thomas hielt sich die Hand an die Stirn. Die Kopfschmerzen pochten stark. Er bat um eine Flasche Wasser.

»Der Alkohol, Stress … Bei mir lagen die Nerven blank. Erst baggerst du Lea an und dann habe ich sie wie ein kleines Kind behandelt, sie in den Waschraum geschickt, um den Parfumduft zu beseitigen. Warum musste sie auch das Lieblingsparfum von Ina auflegen?«

»Ich habe deine Lea nicht angebaggert. Es war nur ein Beweis, dir zu zeigen, dass du eifersüchtig bist und sie liebst. Ihr passt, soweit ich es beurteilen kann, sehr gut zusammen. Ruf sie an und klär die Sache wegen des Parfums auf!«

Thomas tippte Leas Nummer ins Display seines Handys und wartete ab. Nach mehrmaligem Klingeln drückte Lea ihn weg. Er versuchte es noch ein zweites Mal. Nun war ihr Handy ausgestellt. Er trommelte aufgeregt mit den Fingern auf dem Tisch. »So ein Mist!«, fluchte er. »Das habe ich ja wieder einmal toll hinbekommen.«

»Kauf einen Strauß Blumen und fahr zu ihr!«, schlug Lars vor und trank seinen Kaffee, der fast kalt war, in einem Zug aus.

»Was anderes bleibt mir ja nicht übrig. Danke nochmals, dass ich bei dir übernachten konnte. Tut mir leid wegen gestern Abend. Gott sei Dank hat es niemand mitbekommen und du bist nicht verletzt.«

»Ist schon gut. Vielleicht hätte ich auch so reagiert und dir einen Kinnhaken verpasst. So eine entzückende Frau findest du so schnell nicht wieder. Versöhnt euch und pass gut auf die Lady auf! Schönes Wochenende!«

Thomas hatte zwischenzeitlich versucht, die Knitterfalten seines Smokings zu glätten und ihn dann angezogen.

»Das wünsche ich dir auch. Mach's gut und bis Montag in alter Frische zum Dienst!«

Lars brachte Thomas noch zur Tür. Ein Taxi, das Lars Thomas bestellt hatte, wartete bereits vor dem Haus. »Fahren Sie mich bitte zum Sieben-Seen-Center. Dort warten Sie kurz vor dem Blumenladen und dann geht es weiter nach Wittenförden«, gab Thomas dem Taxifahrer zu verstehen, nachdem er eingestiegen war. Dabei kramte er in seinen Hosentaschen nach Kleingeld. Er zählte das Geld und legte sich schon gedanklich die Worte zurecht, mit denen er sich bei Lea entschuldigen wollte.

Mit einer rosafarbenen Gerbera, die dekorativ mit weißem Schleierkraut aufgebunden war, stand Berger eine halbe Stunde später vor Leas Haus in Wittenförden. Er hatte schnell das Papier entfernt und nur einmal geklingelt. Lea öffnete die Tür. Ohne ein Begrüßungswort drehte sie sich um und ließ ihn stehen. Die Haustür hatte sie so weit offen gelassen, dass er eintreten und ihr nachgehen konnte.

Er entschuldigte sich für seinen Ausraster wegen des Parfums. Sie schwiegen einen Moment lang und schauten sich in die Augen.

»Ach, lass uns den Abend vergessen! Ist eben nicht so unser Ding ... so eine rauschende Ballnacht«, schlug Lea seufzend vor. Sie nahm Thomas die Blume ab, die er noch in der Hand hielt, legte sie auf den Tisch und umarmte ihn.

Kapitel 18: Standpauke

Ein deftiges Mettbrötchen aus der Kantine und ein starker Kaffee reichten Thomas am nächsten Morgen aus. Beides nahm er nebenbei zu sich, während er die morgendliche Infoline der Polizeiinspektion auf dem Monitor durchforstete. Er verschaffte sich erst einmal einen Überblick, was in der vergangenen Nacht im Schweriner Stadtgebiet passiert war, und war somit, bevor andere Kollegen zur Arbeit kamen, schon bestens im Bilde. »Morgenstund' hat Gold im Mund« war sein Motto, das er täglich zelebrierte.

Thomas hörte an diesem Morgen, wie in den benachbarten Büros über den Polizeiball geredet wurde. Die Kollegen waren einhellig der Meinung, dass es ein gelungener Ball und das Buffet für den Eintrittspreis hervorragend war. Insgeheim war er froh, dass weder von seinem Streit mit Lea noch von den Handgreiflichkeiten mit Lars irgendjemand etwas mitbekommen hatte. Es war anscheinend auch niemandem aufgefallen, dass Lea den Ball kurz nach Mitternacht wütend und allein verlassen hatte.

»Moinsen! Der Möchtegern-Klitschko ist ja schon da.« Lars schaute durch den Türspalt.

»Hör bloß auf! Das ist mir echt peinlich«, erwiderte Thomas, winkte Lars herein und schloss die Bürotür hinter ihm.

»Ach, vergiss es! Hauptsache, du hast dich wieder mit Lea vertragen.«

»Ja, das haben wir. Sie konnte mir und meiner Blume nicht widerstehen. Für einen großen Strauß hat mein Geld nicht gereicht. Ich habe mich entschuldigt und die Sache war vergessen. Gott sei Dank ist sie nicht so nachtragend. Ina hätte bestimmt ein paar Tage gemault und mich schmollend abblitzen lassen.«

Lars stellte seine Tasche auf Thomas' Tisch ab. »Übrigens hat am Freitagnachmittag Ellen Arnolds Mutter hier angerufen. Sie wollte dich unbedingt sprechen. Sorry, ich hatte vergessen, dich zu informieren. Deine Handynummer habe ich ihr nicht gegeben, da ich nicht wusste, ob dir das recht wäre. Sie wollte sich heute Vormittag erneut melden.«

»Okay, danke.« Thomas überlegte, was Ellens Mutter von ihm wollte. Seit Ellens schwerem Unfall hatte er sich nicht getraut, mit der alten Frau zu sprechen. Ellen lag jetzt schon mehrere Wochen mit einem Schädel-Hirn-Trauma dritten Grades im Koma. Die Ärzte wagten keine Prognose über den weiteren Genesungsverlauf. Sie waren sich nicht einmal sicher, ob Ellen jemals wieder aufwachen würde. Berger war ständig in Gedanken. Was würde aus seinem Kind werden? Obwohl schon lange feststehen musste, ob es ein Mädchen oder Junge werden würde, ließ Thomas es sich nicht sagen. Er wollte es einfach nicht wissen. Ellen stand eine lange Haftstrafe oder ein Aufenthalt in einem Pflegeheim bevor. Das Kind, das sie von Berger in sich trug, hatte den Treppensturz in Leas Praxis unbeschadet überstanden. Die Schwangerschaft verlief wie durch ein Wunder ohne Komplikationen.

Berger sah manchmal vor seinem inneren Auge ein kleines Mädchen, das Ellens schönes Gesicht geerbt hatte. Ein anderes Mal sah er einen blonden Jungen, der blaue Augen, wie er selbst, hatte.

Das Klingeln seines Telefons riss ihn aus der Gedankenwelt. Er wollte sich, wenn der Hausverkauf über die Bühne gegangen war, sofort anwaltlich beraten lassen, was er als künftiger Vater für Rechte und Pflichten hatte, wenn das Kind überleben sollte. Viel zu lange hatte er diese wichtigen Dinge vor sich hergeschoben. Der Anruf von Ellens Mutter würde sicherlich die nächsten Probleme mit sich bringen, dachte er und nahm den Telefonhörer ab. Im letzten Moment sah er auf dem Display, dass sein Chef anrief. Dieser teilte ihm mit, dass er unverzüglich zu einem Gespräch in seinem Büro erscheinen solle.

Als Thomas kurz darauf vor ihm stand, brüllte dieser ihm sofort entgegen: »Das ist ja wohl eine Unverschämtheit, mir jetzt einen Urlaubsschein vorzulegen! Wir haben eine zwanzigjährige tote Studentin, von der wir bisher nur wissen, dass sie erdrosselt wurde, angetrunken war und Reste von Ritalin im Blut hatte. Uns fehlt vom Mörder jede Spur. Die Sonderkommission schläft wohl so in den Tag hinein. Und nun will der Leiter der träumenden Truppe auch noch in den Urlaub!?« Sein Chef holte kaum Luft und bekam vor Aufregung ein feuerrotes Gesicht. »Übertreiben Sie es nicht, Berger! Ich habe die Staatsanwaltschaft im Nacken und die Zeit läuft uns davon.« Er brachte sich immer mehr in Rage. »Journalisten rennen mir die Bude ein, ganz Schwerin ist in heller Aufregung und ängstliche Frauen rufen hier mehrmals täglich an und fragen, ob es Neuigkeiten bei der Aufklärung des Falls gibt.« Er riss das Fenster auf und lockerte seine Krawatte, die ihm fast den Hals zuschnürte. »Und was ich Ihnen noch sagen wollte: Passen Sie auf, dass Ihr neuer Kollege aus Hamburg nicht an Ihrem Stuhl sägt. Der hängt sich nämlich mehr in den Fall rein als Sie!«, provozierte er Berger absichtlich, um ihn zu treffen.

»Ich habe so viele Überstunden und möchte nur den einen Tag freibekommen«, antwortete Berger sachlich. Er ärgerte sich über die Standpauke seines cholerischen Vorgesetzten, ließ sich aber nichts anmerken und dachte darüber nach, wie er wohl vor Lea dastehen würde, wenn ihm der Urlaub nicht genehmigt würde. Ein Kurztrip, für den er die Flüge fest gebucht hatte, die er nun stornieren müsste.

»Hauptkommissar Berger«, jetzt wurde der Chef förmlich – wie immer, wenn er Berger richtig rundgemacht hatte –, »ich erwarte von Ihnen Ergebnisse und keinen Urlaubsschein!« Er gab ihm mit einer Handbewegung zu verstehen, dass er keinen Widerspruch duldete, Berger schleunigst sein Büro verlassen und sich an die Lösung des Falls machen solle.

Berger war wütend und verließ mit geballten Fäusten und einer pochenden Halsschlagader wortlos das Büro seinen Vorgesetzten.

Kapitel 19: Patientenverfügung

Thomas betrat gerade sein Büro, da rief Lars Paulsen ihm schon entgegen, dass Frau Arnold wieder am Telefon sei.

›Auch das jetzt noch‹, dachte Berger. ›Wie passend!‹ Er griff nach dem Hörer. »Berger hier. Kann ich Sie später zurückrufen, Frau Arnold?«, bot er ihr an, ohne sie aussprechen zu lassen.

»Herr Berger, es wäre schön, wenn Sie in Ellens Wohnung kommen würden. Ich muss Ihnen etwas Wichtiges zeigen!« »Was ist es denn?«, fragte Thomas genervt.

»Das möchte ich nicht am Telefon besprechen. Ich werde in Ellens Wohnung am Platz der Freiheit auf Sie warten! Egal, wann Sie heute vorbeikommen. Ich warte hier.«

»Es kann aber später Nachmittag werden, Frau Arnold.«

»In Ordnung. Ich warte auf Sie.« Dann legte sie auf, ohne sich zu verabschieden.

Thomas hatte keine Zeit, über Frau Arnolds Ansinnen nachzudenken. Er trommelte die Sonderkommission zusammen und beschimpfte seine Kollegen, weil keine weiteren Ermittlungsergebnisse vorlagen. Er stellte sich vor sie: »Es kann doch nicht sein, dass wir überhaupt nicht weiterkommen. Was macht ihr denn den ganzen Tag?« Thomas war sich darüber im Klaren, dass es nicht richtig war, seine Leute genauso anzuschnauzen, wie er eben noch von seinem Chef angeschnauzt worden war. ›Jetzt bin ich schon cholerisch wie der Alte‹, dachte er und ärgerte sich über seinen Ausraster. Nie hatte er so sein wollen. Thomas atmete tief durch und ging mit deutlich ruhigerer Stimme dazu über, den aktuellen Ermittlungsstand zu erörtern und weitere Aufgaben zu verteilen.

Lars Paulsen hatte gespürt, wie Berger in der Besprechung unter Druck stand. »Sagt mal, kennt ihr den Witz?«, fragte er spontan in die Runde, um die bedeckte Stimmung etwas aufzuheitern. »Sitzen zwei Blondinen vor einem platten Reifen ihres Autos. – Sagt die eine: ›Verdammter Mist, der Reifen ist platt!‹ – Da fragt die andere: ›So ein Pech! Ist er ganz platt?‹ – »Nein, zum Glück nur unten!‹« Die Kollegen lachten schallend laut los. »Entschuldige bitte, Anja«, sprach Lars seine Kollegin an und bekam den nachfolgenden Satz vor Lachen fast nicht über die Lippen. »Das musste jetzt mal sein … Gott sei Dank, bist du ja nicht blond!«

Lars war es mit dem Witz gelungen, Thomas' unsachliches Verhalten zu entschärfen, ohne ihn als Vorgesetzten bloßzustellen und zu blamieren. Thomas schmunzelte und war Lars dankbar für sein Gespür. Er freute sich jeden Tag mehr über seinen neuen Kollegen, der hinter ihm stand und sich zu einem wahrhaftigen Freund entwickelte. »So, nun geht's aber wieder an die Arbeit. Jeder weiß, was er zu tun hat. Und wenn ihr die zwei Blondinen nicht aus eurem Kopfkino bekommt, dann hat Lars Schuld!« Thomas klopfte Lars kräftig auf die Schulter. »Du kannst ja dann den ADAC für die Blondinen anrufen, sodass sie mit ihrer Autopanne keinen Verkehrsstau verursachen«, setzte Thomas noch einen drauf und lachte entspannt.

Es war kurz nach 16 Uhr, als Berger die Polizeiinspektion verließ und sich auf den Weg zu Ellens Wohnung machte.

Er parkte seinen Wagen bewusst etwas weiter vom Platz der Freiheit entfernt, um einen Moment durchzuatmen und einen klaren Kopf für das anstehende Gespräch mit Ellens Mutter zu bekommen.

Beim Ausschalten seines Handys stellte er fest, dass Lea ihm morgens noch eine SMS geschickt hatte. Er las: ›Thomas, ich glaube, ich werde verfolgt.‹ Sofort rief er sie an. Er hatte stundenlang nicht auf sein Handy geschaut und jetzt das. Sie meldete sich nicht. Es war Montag, da ging die Sprechstunde bis 17 Uhr. Er wählte die Praxis an und fragte nach, ob Lea noch in der Sprechstunde sei. Hilde bestätigte ihm dies. Er war erleichtert, dass anscheinend alles in Ordnung war, und ließ ganz liebe Grüße an Lea ausrichten. »Bitte sagen Sie Frau Dr. Engel, dass ich einen wichtigen Termin habe und nun mein Handy stummschalten werde. Und noch wichtiger: Sagen Sie ihr, dass ich sie liebe!«

»Das mache ich sehr gern, Herr Berger«, antwortete Hilde. »Dann alles Gute für Ihren Termin und einen schönen Abend. Übrigens, die Flyer für die Selbstbehauptungskurse gehen weg wie warme Semmeln!«

»Oh, das freut mich. Schönen Abend!« Berger beendete das Gespräch. Er war noch nicht ganz vor Ellens Wohnung, da ging schon die Tür auf.

»Kommen Sie rein, ich habe Sie schon vom Fenster aus kommen sehen!«

»Hallo, Frau Arnold, tut mir leid, eher konnte ich leider nicht hier sein.«

Thomas folgte Ellens Mutter ins Wohnzimmer.

»Nehmen Sie bitte Platz! Glauben Sie mir, dies fällt mir alles nicht leicht.« Ellens Mutter setzte sich auf den Sessel ihm gegenüber und begann zu weinen. »Es steht mir nicht zu, Ihr Verhältnis zu meiner Tochter zu beurteilen. Ich kenne meine Tochter nur zu gut und weiß, dass sie auch nicht fehlerlos ist. Sie hat Ihre Frau kaltblütig umgebracht ... Aber es ist meine Tochter, mein einziges Kind«, fuhr sie fort.

»Frau Arnold, ich möchte jetzt nicht über Ihre Tochter reden. Ich habe auch viele Fehler gemacht und hätte niemals eine Affäre mit Ellen anfangen dürfen. Was wollen Sie mir Wichtiges zeigen?«, fragte Berger und brachte das Gespräch in eine andere Richtung. Er schaute sich in der Wohnung um, es war alles unverändert.

»Hier, sehen Sie, das habe ich beim Durchräumen gefunden.« Frau Arnold reichte ihm ein Blatt Papier.

»Was ist das?«, fragte er aufgeregt und starrte sie an.

»Lesen Sie selbst!«

Berger nahm das Blatt und las die fettgedruckte Überschrift ›Patientenverfügung‹.

»Ich habe nicht gewusst, dass meine Tochter eine derartige Verfügung geschrieben hat«, stammelte Frau Arnold.

Berger hörte gar nicht zu und überflog den Text. Bei den Sätzen ›Für den Fall, dass ich meinen eigenen Willen nicht mehr äußern kann, soll Thomas Berger, wohnhaft in Schwerin, Dr.-Hans-Wolf-Straße, für mich, Ellen Arnold, und unser Kind entscheiden‹, stockte Berger der Atem. Ihm wurde heiß. Nervös rutschte er auf dem Sessel hin und her. Nie zuvor hatte er mit Ellen über eine Patientenverfügung gesprochen. »Warum hat sie Sie, ihre Mutter, nicht als Verfügungsberechtigte eingesetzt?«, fragte er behutsam.

»Schauen Sie doch mal auf das Datum der Verfügung!«, forderte Frau Arnold ihn auf.

Berger nahm das Schriftstück und stellte fest, dass es der Tag war, an dem Ellen ihm mitgeteilt hatte, schwanger von ihm zu sein. Er war geschockt. Jetzt lagen alle weiteren Entscheidungen, die Ellen und sein ungeborenes Kind betrafen, in seiner Hand. Er war sprachlos.

»Herr Berger, Sie müssen Kontakt mit Ellens behandelnden Ärzten aufnehmen! Ich schaffe das psychisch nicht. Ich habe zwei Bypass-Operationen hinter mir und habe keine Kraft mehr für Ellen. Denken Sie an Ihr Kind und meinen ungeborenen Enkel. Es wird ein …«

»Entschuldigung«, fiel er Frau Arnold ins Wort, »ich will noch nicht wissen, was es wird. Bitte akzeptieren Sie das!« Er entschuldigte sich sofort für seinen barschen Ton, nachdem er sah, wie hilflos sie dasaß und zitterte.

»Bitte, Herr Berger, Sie müssen Verantwortung übernehmen! Wenn schon nicht für Ellen, dann aber für Ihr Kind.«

»Ich muss hier erst einmal raus. Oh Gott, entschuldigen Sie … Ich muss weg …« Er nahm das Schriftstück und verschwand aus der Wohnung.

Ellens Mutter blieb zurück. Sie hielt sich beide Hände vors Gesicht und saß weinend im Lieblingssessel ihrer Tochter.

Thomas Berger setzte sich in seinen Wagen und ließ das Fenster herunter. Er hielt die Verfügung zitternd vor seinem Gesicht und las noch einmal langsam Satz für Satz.

Kapitel 20: Das Recht zu leben

Als Thomas in Wittenförden ankam, nahm er Lea, die im Garten Laub von Obstbäumen zu einem großen Haufen zusammenharkte, in den Arm.

»Thomas, wir müssen die Hecke kürzen und die Bäume noch beschneiden. Am Dorfeingang wird auf dem Festplatz schon alles für das Herbstfeuer zusammengetragen. Da können wir unseren Gartenabfall auch abladen.«

»Lass erst einmal und sag mir, wer dich heute verfolgt hat«, unterbrach er sie.

»Ich war heute Morgen joggen und mir war so, als wenn mich jemand in einem Auto verfolgt hat. Es bremste immer langsam ab, wenn ich mich umdrehte. Ich konnte nicht erkennen, wer im Auto saß, weil die Sonne so tief stand und mich blendete. Es war jedenfalls ein dunkler Pkw – schwarz oder dunkelblau. Ich hörte dann auf zu laufen und tat so, als würde ich am Straßenrand meine Beinmuskulatur dehnen, um das Auto an mir vorbeizulassen. Der Wagen wendete dann plötzlich und war verschwunden.«

»Das ist wirklich eigenartig. Wo bist du denn lang gelaufen?«, fragte er.

»Erst jogge ich immer den Hansberg hoch und am Fußballplatz vorbei, dann zur Dorfkirche und von dort dann in Richtung Grambower Moor und wieder zurück.«

»Da sind doch kaum Leute! Häuser stehen dort hinten auch nicht mehr«, stellte Thomas entsetzt fest. »Wenn dir irgendetwas passiert, kann dir niemand helfen.«

»Ach wo, ich bin fit und die Strecke laufe ich regelmäßig. Es ist immer derselbe Weg. Dann sehe ich, ob ich im zeitlichen Limit liege oder ob ich nachlasse«, antwortete sie selbstgefällig.

»Ich möchte nicht, dass du diese Strecke allein läufst! Oder hast du schon vergessen, dass du auf dem Waldfriedhof überfallen worden bist?« Thomas wurde etwas lauter. »Bitte lauf dort, wo Leute sind, und dann besorge ich dir noch etwas ganz Spezielles für Frauen.«

»Oh, was denn?«, fragte sie leise und sah ihn neugierig an. »Einen Bodyguard?«

»Nein, eine Jogger-Alarm-Uhr. Das ist eine Uhr, die mit Klettverschluss an deinem Arm befestigt wird. Wenn du in eine Notsituation gerätst, dann drückst du auf den Knopf und es ertönt ein extrem lauter Alarm. Er macht auf dich aufmerksam und schreckt Verfolger ab.«

»Das ist eine tolle Sache. Von solchen Uhren habe ich noch nie gehört!«

»So eine Alarm-Uhr bestelle ich dir jetzt sofort im Internet. Du versprichst mir aber trotzdem, nicht mehr allein bis zum Moor zu laufen, okay?«

»Versprochen!«, antwortete Lea. Sie freute sich auf die Uhr, die ihr Sicherheit beim Joggen geben würde, aber noch glücklicher machte sie, dass Thomas so viel Fürsorge zeigte. »Und wie war dein Tag, Thomas? Hilde sagte mir, du hattest einen wichtigen Termin. Davon hast du heute Morgen gar nichts erwähnt.« Lea klopfte sich den Sand von ihren Arbeitshandschuhen.

»Ellens Mutter hat angerufen.«

»Gibt es was Neues von Ellen?«

»Das kann man wohl sagen.«

»Ist sie aus dem Koma erwacht?«, fragte Lea unsicher.

»Nein, ihr Krankheitszustand hat sich nicht verändert.«

»Was denn?«

»Stell dir mal vor: Ellen hat eine Patientenverfügung verfasst!«

»Das ist doch als Polizistin nichts Außergewöhnliches.«

»Sie hat festgelegt, dass ich über Maßnahmen, die ihren Gesundheitszustand betreffen, entscheiden soll.«

»Wie bitte? Was hat sie gemacht? Ellens Mutter lebt doch! Warum ist sie als leibliche Verwandte nicht verfügungsberechtigt?« Lea sah ihn mit aufgerissenen Augen an.

»Die Mutter hat schon zwei Bypass-Operationen hinter sich und ist körperlich und erst recht nervlich nicht mehr belastbar. Ellen hat mir nie von einer derartigen Patientenverfügung erzählt. Über solche Themen haben wir nicht gesprochen.«

»Das ist eine große Verantwortung und ich finde, dass derjenige, der sie zu tragen hat, es vorher wissen muss.«

Lea stellte die Harke in den Schuppen und fuhr die volle Schubkarre mit dem alten Laub in den Carport. »Aber sieh es doch mal von der anderen Seite: Möchtest du, dass jemand Fremdes über Ellen entscheidet? Und noch wichtiger: Möchtest du, dass jemand über Ellen entscheidet und über dein Kind, das sie in sich trägt?«

»Nein ... aber ...«

»Es gibt kein Aber, Thomas. Es ist deine Affäre gewesen und euer Kind. Du musst dich der Verantwortung stellen! Ellen wird dazu nicht mehr in der Lage sein.«

Thomas fuhr sich mit beiden Händen nervös durch die Haare: »Genauso hat es Ellens Mutter mir heute auch gesagt.«

»Es ist die Wahrheit, Thomas! Oder willst du dich später nicht um dein Kind kümmern? Dein Sohn oder deine Tochter kann wahrhaftig nichts für die traurigen Umstände. Es ist ein Wesen, das ein Recht auf Leben hat ... so wie du und ich auch.«

»Ja, du hast recht, Lea! Aber das ist alles so viel für mich!«

»Herumjammern gibt es nicht«, erwiderte Lea, schob die Ärmel ihrer alten Jacke hoch und zog die Arbeitshandschuhe aus.

»Du kannst klug reden. Deine Tochter ist schon über achtzehn Jahre alt und studiert«, stellte Thomas fest.

»Ach ja, und was ist mit ihrem Vater? Der Idiot ... Entschuldige!« Lea starrte ihn an. »Meinst du, für mich war es einfach, zu studieren und nebenbei meine Tochter allein großzuziehen? Meine Eltern habe ich durch einen tragischen Verkehrsunfall sehr früh verloren. Ich hatte niemanden. Aber ich habe mich der Verantwortung gestellt. Etwas anderes blieb mir nicht übrig. Ich liebe meine Tochter über alles. Auch, wenn ich manchmal ihren Vater in ihr erkenne, ich liebe sie. Eine Abtreibung wäre niemals für mich infrage gekommen.« Lea verschloss den Geräteschuppen und ging mit Thomas ins Haus.

»Ich bin froh, wenn wir in zwei Wochen ein paar Tage in New York verbringen und mal abschalten können«, wechselte Thomas das Thema. Bei dem Satz war ihm sofort mulmig zumute, da der Urlaub noch nicht von seinem Chef genehmigt worden war.

»Dann gib im Krankenhaus deine Telefonnummer und Erreichbarkeit an! Das ist wichtig, falls sich an Ellens Gesundheitszustand etwas ändert«, schlug Lea vor.

Berger rieb sich mit beiden Händen langsam über das Gesicht. ›Hoffentlich bekomme ich von meinem Chef frei‹, dachte er und hatte ein flaues Magengefühl. Noch mehr hoffte er, dass seinem Kind nichts passierte. Er hatte ein schlechtes Gewissen, dass er in erster Linie nur an sein Kind dachte. Das Kind aus seiner kurzen Affäre mit Ellen.

Berger hatte sich gleich am nächsten Tag mit Ellens Mutter verabredet, ihr vorgeschlagen, gemeinsam auf die Intensivstation zu fahren und mit den behandelnden Ärzten zu reden. Die Mutter hatte zugestimmt und war erleichtert, dass er sie in alle Entscheidungen einbeziehen wollte. So hatte er die Hauptverantwortung übernommen und billigte ihr ein Mitspracherecht zu, das sie dankend annahm.

Kapitel 21: Der Alptraum

»Es ist tot. Mein Kind ist tot«, schrie Berger. »Warum haben Sie nichts unternommen? Sie haben mein Kind sterben lassen! Ich bring Sie um!«

»Thomas, wach auf! Wach auf, du hast geträumt!« Lea rüttelte ihn so lange, bis er im Bett aufrecht neben ihr saß. Er war klitschnass geschwitzt und völlig benommen. Es dauerte einen Moment, bis ihm klar wurde, dass es ein Traum gewesen war. Er griff zu seinem Handy auf dem Nachttisch: Kein Anruf. Keine schlechte Nachricht. Es war tatsächlich nur ein Traum. Ein Albtraum, der ihm nur allzu deutlich bewusst machte, wie wichtig ihm das Leben seines Kindes war.

»Ich steh auf, Lea. Schlaf weiter! Ich muss erst einmal auf andere Gedanken kommen und mich beruhigen. Ich kann im Moment nicht wieder einschlafen.«

»Soll ich dir ein pflanzliches Schlafmittel geben? Ich hole es.«

»Nee, lass mal. Ich geh erst mal runter und setze mich etwas hin oder lese was.«

Berger ging leise die Treppen hinunter ins Gästebad auf der unteren Etage. Er duschte kurz und spülte den kalten Schweiß von seiner Haut. Anschließend setzte er sich im Bademantel auf die Couch und hüllte sich zusätzlich in eine Decke, so wie Lea es immer tat, wenn sie fror. Er schaute auf die Uhr an der Wand. Es war drei Uhr morgens. Dann schaltete er das Licht aus und starrte in die Dunkelheit hinaus auf die Terrasse. Plötzlich sah er einen Schatten vor dem großen Panoramafenster verschwinden. ›Mark Röder‹, war sein erster Gedanke. Er sprang auf und riss die Terrassentür auf. Dabei kippte eine Bodenvase um und ging scheppernd zu Bruch. »Scheiße, verdammte Scheiße!«, fluchte er laut.

Kurz darauf stand Lea in der Wohnstube und schaltete das Licht an. »Was ist denn passiert, mein Schatz? ... Ich hole schnell einen Lappen und wische alles trocken«, versuchte sie, ihn zu beruhigen.

»Da war jemand auf der Terrasse. Ich wollte hinausrennen und dann ist mir das Malheur mit der Vase passiert.«

»Wer soll denn hier nachts ums Haus laufen? Dann hätte doch ein Auto wegfahren müssen. Und das hätte ich bestimmt gehört!«

»Hätte ... hätte. Sicherlich! Röder wird gerade seinen Wagen direkt vor deinem Haus parken und dann hier herumschleichen. Lea, sei nicht so naiv!«

»Hast du Mark denn erkannt?«

»Ich bin mir nicht sicher. Aber ich glaube schon, dass er es war.«

»Weißt du, was ich glaube: Du bist überarbeitet. Dann der Albtraum vorhin. Es ist alles zu viel im Moment für dich ... für uns«, verbesserte sie sich vorsichtig, nachdem sie sein sorgenvolles Gesicht gesehen hatte.

»Da war jemand, hundertprozentig. Ich bin nicht überarbeitet«, versicherte Thomas. »Ich bin höchstens urlaubsreif und muss mal raus. Das ist alles!«

»Nun komm, wir gehen hoch. Wir müssen bald aufstehen«, versuchte Lea, ihn zu besänftigen.

»Ich komme gleich. Erst will ich eine Runde ums Haus gehen.«

»Dann komm ich mit.«

»Du gehst schön hoch, sonst erkältest du dich! Ich komme gleich nach«, befahl er ihr.

»Im Schubfach in der Kommode im Flur liegt eine Taschenlampe. Die Außenbeleuchtung der Terrasse ist seit ein paar Tagen defekt«, rief Lea Thomas hinterher und ging langsam die Treppe hoch. Sie stand dicht am Schlafzimmerfenster und schaute in die Dunkelheit. Ihr Atem beschlug die Scheibe und sie begann, in ihrem dünnen Nachthemd zu frösteln.

›Nicht, dass ich mich doch geirrt habe‹, dachte Thomas, als er draußen die zwei Meter hohen Tannen vor der Terrasse sah, die im Licht der Taschenlampe im Wind leicht hin- und herschaukelten. Er konnte nichts Auffälliges feststellen, ging ins Haus zurück und schaltete in der Küche den Wasserkocher an, um sich einen Tee zu kochen. Er hatte den Teebeutel schon in die Tasse fallen lassen, da hörte er ein lautes Krachen von der oberen Etage. Schnell rannte er die Treppe hoch ins Schlafzimmer.

»Entschuldige, mein Schatz, mir ist der Stuhl im Dunkeln umgekippt. Ich wollte kein Licht anschalten.«

Thomas knipste das Licht an und schüttelte genervt den Kopf, als er den Stuhl aufhob und seine Kleidung wieder darauf platzierte.

Kapitel 22: Die Stirn geboten

Ein paar Tage später sprach Berger mit seinem Kollegen Lars Paulsen und fragte ihn, ob er bereit wäre, am kommenden Wochenende die Leitung der Sonderkommission zu übernehmen.

»Kein Problem«, war seine Antwort. Er wusste, wie wichtig Thomas der Kurzurlaub mit Lea war.

Im Anschluss ging Berger schweren Herzens zu seinem Chef und forderte mit Nachdruck seinen Kurzurlaub. Er rechnete ihm vor, wann er die letzten freien Tage genommen hatte, und machte ihm klar, dass es sich aufgrund des Feiertages um lediglich einen Arbeitstag handelte. Sein Chef stimmte griesgrämig und missbilligend zu, als Berger ihm versicherte, er werde ständig in Rufbereitschaft sein und Lars Paulsen werde ihn über neue Erkenntnisse sofort informieren. Er wünschte ihm widerwillig einen schönen Urlaub.

›Geht doch‹, dachte Berger siegessicher. Dem Alten mal die Stirn zu bieten, tat richtig gut. ›Damit kann der gar nicht umgehen. Ich habe mir bis zu Inas Tod und Ellens Unfall viel zu viel aufbürden lassen. Mein Privatleben stand bis dahin immer im Hintergrund. Damit ist jetzt Schluss‹, redete Berger sich ein und wusste dennoch, dass ihm sein Job sehr viel bedeutete und er einer von den Polizeibeamten war, die jederzeit erreichbar waren und unermüdlich schufteten, bis ein Mordfall aufgeklärt war und ad acta gelegt werden konnte. Aber im Moment ging die Lösung seiner privaten Probleme vor.

Als er in seinem Büro ankam, nahm er den Telefonhörer in die Hand und rief seinen Studienkollegen Alex Winkler in München an. Alex war seit Jahren ein gefragter Profiler beim LKA in Bayern. Er war den Tätern längst auf der Spur, wenn seine Kollegen noch völlig im Dunkeln tappten. Alex überführte Täter und legte Geständnisse vor, an die niemand zuvor geglaubt hatte, ohne dass er sich als Polizist strafbar machte oder sich auf illegalem Terrain bewegte. Er war oft Interviewpartner von Rudi Cerne in der ZDF-Sendung »Aktenzeichen XY ungelöst«.

»Hi, Alex, hier ist Thomas aus Schwerin«, begrüßte Berger ihn.

»Mach es kurz, Thomas, ich bin auf dem Sprung!«

»Ich wollte einen Fall mit dir besprechen und um deinen Rat bitten.«

»Gern! Ruf mich heute Abend um 22 Uhr auf meinem Handy an! Dann trinken wir gemeinsam ein Bier – du in Schwerin und ich zeitgleich in München, okay?«

»So machen wir das.« Thomas mochte die unkonventionelle Art seines Studienkollegen und stellte nach dem Telefonat den Termin in seinem Handy ein, sodass er ihn auf keinen Fall vergessen konnte.

Berger besprach noch einmal die wichtigsten Aufgaben mit seinen Kollegen der Sonderkommission und wies darauf hin, dass er für ein paar Tage im Ausland sein werde. Er stellte deutlich klar, dass alle neuen Details aus Zeugenaussagen und Recherchen umgehend Lars Paulsen mitzuteilen seien, der ihn vertreten würde.

Kapitel 23: Mosaiksteinchen

»Willst du heute Abend noch ausgehen?«, fragte Berger Lea, als er sah, wie sie vorm Spiegel einen Tupfer Make-up auf der Stirn verteilte und wenige Sekunden später ihr Teint makellos aussah.

»Ja, ich möchte nachher kurz zu Herbert Graubner, das ist der ältere Herr, der mir auf dem Friedhof behilflich war. Ich möchte ihm einen Blumenstrauß bringen und mich in aller Form persönlich bedanken. Danach geht es ins Theater.« Es dauerte nur wenige Augenblicke, bis sie ihre braunen Augen perfekt durch einen Smokey-Eyes-Look zum Strahlen gebracht hatte. Abschließend verteilte sie dezent etwas Rouge auf den Wangen, sodass sie frisch aussahen. Das schulterlange dunkle Haar trug sie offen. Es glänzte im Licht der Badezimmerlampe.

»Weißt du eigentlich, dass du Ähnlichkeit mit Sandra Bullock hast?«, fragte Thomas.

»Nein«, sagte sie mit einem Lächeln. »Danke für das Kompliment, Schatz!« Sie fühlte sich geschmeichelt, zog den Bauch ein wenig ein, sodass sie noch schlanker wirkte, als sie vor Thomas in ihrem BH und Slip stand.

»Was gibt es denn im Theater?«

»Das hatte ich dir gestern erzählt. Ich will mit meinem Praxisteam in die Rocky Horror Show.«

»Ach ja, stimmt. Musicalabend.«

»Das wird ein Spaß. Ich bin so happy, dass ich noch Karten bekommen habe. Alle vierzehn Vorstellungen sind restlos ausverkauft.«

»Genieß den Abend mit deinen Mitarbeiterinnen! Ich kenne die Verfilmung.«

»Okay, mein Schatz, Sandra Bullock nicht auf dem Walk of Fame, sondern mal inkognito in der Provinz!« Lea lachte über ihren Witz und zog sich eine enge Jeans an. Ein weißes Shirt mit Strass-Applikationen rundete ihr Outfit ab. Sie hatte sich in letzter Sekunde doch noch entschlossen, ihr frisch gewaschenes Haar zu einer Hochsteckfrisur zu stylen.

»Wow, du siehst fantastisch aus! Dass du auf den hohen Schuhen laufen kannst, ist bewundernswert«, stellte Thomas fest, als sie fertig angezogen vor ihm stand. Er schaute sich die schwarzen High Heels genauestens an.

»Ich zieh die Schuhe erst im Parkhaus an – vor dem Weg zum Theater. Auto fahren kann ich mit den hohen Dingern auch nicht.«

»Das ist vernünftig. Ich wünsche euch viel Spaß!« Thomas verabschiedete Lea an der Haustür mit einem Kuss und winkte ihr noch hinterher, als sie mit dem Wagen aus dem Carport herausfuhr.

Er ging zum Kühlschrank, nahm sich ein Bier und setzte sich auf die Couch in der Wohnstube. Gelangweilt zappte er durch alle Fernsehkanäle, las Nachrichten aus aller Welt im Videotext und verfolgte anschließend eine Dokumentation über Erdmännchen. Das putzige Verhalten der kleinen Tiere aus Afrika ließ ihn schmunzeln und die Hektik des vergangenen Tages vergessen.

Der schrille Signalton seines Handys riss ihn aus dem Tierfilm. Er war froh, dass er sein Handy auf Erinnerungsmodus eingestellt hatte, und somit das Telefonat mit seinem Freund und Kollegen Alex aus München nicht vergessen konnte.

»Guten Abend, mein Bester, wie geht es dir?«, fragte Thomas ohne Umschweife.

»Ganz gut, und dir?«

»Ich kann nicht klagen. Bei der Mordkommission wird es nie langweilig. Das weißt du ja selbst.«

»Na, dann erzähl mal! Was kann ich für dich tun?«, fragte Alex.

»Du kennst doch in Schwerin die historische Schleifmühle hinter der Freilichtbühne, oder?«

»Na klar. Ich erinnere mich. Wir mussten bei der Polizeiausbildung doch immer um den Faulen See rennen, um Ausdauer und Fitness zu trainieren. An der Schleifmühle war Start und Ziel.«

»Stimmt. Also diese Schleifmühle hat ein großes Wasserrad und wurde im 18. Jahrhundert zur Bearbeitung von Steinen eingesetzt. Das Bauwerk ist heute ein technisches Kulturdenkmal. Und genau an diesem Rad haben wir eine Tote gefunden. Es ist eine Studentin, die erdrosselt und anschließend an dem Rad befestigt wurde.«

»Alter Falter! Das ist ja bizarr«, antwortete Alex in seinem witzigen Jargon, von dem er bei Unterhaltungen mit engen Kollegen gern Gebrauch machte.

»Du kannst dir das Bild vorstellen? Die Tote mit gespreizten Beinen und ausgestreckten Armen am Rad angebunden.«

»War sie bekleidet oder nackt?«, fragte Alex.

»Sie war bekleidet. Es liegt auch kein Sexualverbrechen vor. Sie wurde nicht vergewaltigt. Wir haben keine Spuren und überhaupt keine hilfreichen Beobachtungen. Ein paar Zeugen wollen etwas gesehen haben. Aber der entscheidende Hinweis fehlt uns. Welcher Psychopath bringt jemanden um und macht sich dann die Mühe, die Leiche öffentlich an ein Rad zu fesseln? Sie wie an einen Pranger zu stellen!«

»Das ist schon ganz schön krank, da gebe ich dir recht. Da sind doch auch Villen neben der Schleifmühle, wenn ich mich nicht irre.«

»Richtig. Luxushäuser und niemand von den Bewohnern hat etwas mitbekommen.«

»Hast du weltweit im Netz mal gesucht, ob es irgendwo einen ähnlichen Fall gibt?«

»Habe ich alles schon recherchieren lassen. National und international. Nichts dergleichen.«

»Ich versuche mich jedes Mal in den Täter hineinzuversetzen, verlasse mich nicht auf die Zeugenaussagen. Das sind subjektive Fakten. Ich stelle eine Hypothese auf und filtere die wahrscheinlichste Theorie heraus. Dann finde ich meistens den kausalen Zusammenhang und entdecke die perverse Logik, die hinter einem Mord steht.«

»Ich habe schon so viel darüber nachgedacht, das kannst du dir gar nicht vorstellen.«

»Doch, das kann ich, Thomas. Es ist manchmal nur ein Mosaiksteinchen oder ein Puzzleteil, das zur Lösung eines Verbrechens fehlt. Es sind manchmal auch symbolische Dinge, die entscheidend zur Aufklärung einer Straftat beitragen. Warum hat der Täter das riesige Rad gewählt? Ich sage jetzt mal Täter, es kann natürlich auch eine Täterin sein.«

»Ja, das Rad bereitet mir von Anfang an Kopfzerbrechen. Diesen Aspekt habe ich bei diesem Verbrechen anscheinend noch nicht genügend berücksichtigt. Du bist und bleibst eben der Profi-Profiler!«

»Profi-Profiler … was für ein Wortspiel. Danke für das Kompliment! Wenn du den Fall löst, dann bewirb dich in meiner Abteilung! Wir suchen ständig Mitarbeiter im Bereich der operativen Fallanalyse«, schlug Alex ihm vor.

»Nee, lass mal gut sein! Ich fühle mich in Schwerin pudelwohl und möchte nicht nach München umsiedeln. Aber danke für das Gespräch und dass du dir einen Moment Zeit genommen hast. Du steckst bestimmt auch wieder in Ermittlungen, oder?«

»Immer, und wenn ich nicht ermittle, dann unterrichte ich. Ich halte seit Kurzem Vorlesungen an der Uni Regensburg. Dort gibt es einen Master of Arts in Kriminologie und Gewaltforschung. Der Studiengang beschäftigt sich mit den Ursachen, Erscheinungsformen und Folgen von Straftaten, Gewalt und Aggression.«

»Das hört sich interessant an, wäre vielleicht auch etwas für mich – später mal. Nochmals vielen Dank und bis bald! Mach's gut!«

»Du auch! Und viel Glück. Ich hoffe, du löst den Fall recht bald.«

Berger trank einen kräftigen Schluck Bier, klappte seinen Laptop auf und nahm sein Smartphone, um sich erneut die Fotos vom Fundort der Leiche anzuschauen. Mit Zeigefinger und Daumen vergrößerte er die Fotos auf dem Display und suchte krampfhaft nach einem Detail, das er bisher übersehen hatte. Er googelte den Begriff ›Schleifmühle Schwerin‹ und vertiefte sich in seine Ermittlungsarbeit. ›Warum die Schleifmühle, warum das riesige Rad?‹, fragte er sich und fand keinen Hinweis, der zur Lösung seines Falls beitragen konnte. Er öffnete sich ein weiteres Bier.

Nach zwei Stunden klappte er wütend seinen Laptop zu und schob ihn genervt von sich. Er rieb sich die Augen, war müde und konnte sich kaum noch konzentrieren. Er zog es vor, sich abzulenken und sich kurz noch den Reiseführer von New York zu Gemüte zu führen, prüfte grob, was man innerhalb von drei Tagen unbedingt anschauen sollte – in der besagten Stadt, die sprichwörtlich niemals schläft.

›Siehste!‹, dachte er später, das ist der Unterschied, ›Alex hätte nicht so schnell aufgegeben und weiter nach dem Mosaiksteinchen gesucht.‹

»Mir reicht es für heute«, murmelte er vor sich hin und schaute auf seine Armbanduhr. Schon nach Mitternacht und Lea war noch nicht wieder zurück, stellte er besorgt fest. Er rief sie auf dem Handy an. »Alles okay, Lea?«, fragte er.

»Na, klar! Ich komme bald. Rocky Horror war fantastisch«, antwortete sie kurz.

»Ich geh schon ins Bett, okay? Es war ein langer Tag«, verabschiedete er sich am Telefon.

»Mach das! Deine Sandra Bullock kuschelt sich nachher an dich heran. Gute Nacht!«

Thomas duschte schnell und ging dann ins Bett. Er schlief sofort fest ein und wachte morgens um sieben Uhr durch das Autohupen des Nachbarn auf. Dieser verabschiedete sich jeden Morgen auf diese Weise von Frau und Tochter, die hinter dem Fenster standen und ihm zuwinkten.

Die Betthälfte neben Thomas war leer und unberührt. Panik kam in ihm auf. Er sprang aus dem Bett und lief hinunter ins Wohnzimmer. Weil gerade jetzt das Akku seines Handys leer war, schloss er es schnell an das Ladekabel an und starrte ungeduldig auf das Display, bis die Icons endlich erschienen. Keine Nachricht. Nichts. ›Das kann doch nicht wahr sein‹, dachte er. Er scrollte die Kontakte in seinem Telefonbuch durch, tippte auf Leas Namen und stellte die Verbindung her.

»Hallo, mein Schatz!«, meldete sie sich sofort.

»Wo bist du?«, fragte er fast wütend.

»Wir waren noch bis sieben unterwegs. Ich fühle mich fast wie zu Studienzeiten … Ich bin dann in die Praxis gegangen und habe auf der Patientenliege im Behandlungszimmer geschlafen.«

»Sag mal, geht es noch? Ich habe mir Sorgen gemacht.« Dann legte er wütend auf, ohne sich von ihr zu verabschieden. Er wollte in dem Moment nichts sagen, was er später bereute oder wofür er sich entschuldigen müsste.

Kapitel 24: Keine Fortschritte

›Es tut mir leid‹, las Thomas Berger wenige Minuten später auf seinem Handy. ›Bitte sei nicht böse mit deiner Sandra Bullock‹, schrieb Lea noch hinterher und bat um Verzeihung. Berger schmunzelte und war erleichtert, dass ihr nichts passiert war. Er fotografierte schnell aus dem Reiseführer, der auf dem Tisch lag, die Freiheitsstatue ab und schickte Lea das Foto mit den Worten: ›Übermorgen geht es los. Ich liebe dich!‹

Die Aufregung war schnell vergessen, als Berger wieder mit den Kollegen der Sonderkommission zusammensaß. Eine Psychologin war hinzugezogen worden, die Vermutungen zum Fall äußerte. Berger stellte fest, dass sie sich gern selbst reden hörte und gewiss nicht zur Lösung beitragen würde.

Lars Paulsen musterte die junge Frau von oben bis unten und war von den Armreifen, die hörbar an ihren Handgelenken klapperten, genervt.

Nach einer Viertelstunde bedankte sich Berger für die Ausführungen und versprach, sie bei weiteren Erkenntnissen wieder zu kontaktieren.

Die Psychologin blinzelte Lars Paulsen zu. Ihr war nicht entgangen, wie er sie die ganze Zeit beobachtet hatte. Paulsen zwinkerte zurück und dann verließ sie das Büro, in dem die Luft stand und ein allgemeines Gemurmel unter den Ermittlern begann.

Nach der Gesprächsrunde, die nichts Neues hervorgebracht hatte, außer dass sich Zeugenaussagen widersprachen, setzte Berger sich in sein Büro und rief in der Helios-Klinik auf der Intensivstation an, um nachzufragen, wie es Ellen ging.

»Unverändert und den Umständen entsprechend«, hörte er und bedankte sich für die Information. Wenige Sekunden später ertappte er sich bei der Frage, welchen Namen er seinem Kind, sollte es jemals das Licht der Welt erblicken, geben würde.

Kapitel 25: Tod

»Enjoy your holidays!«, verabschiedete sich der nette Fahrer und freute sich über das großzügige Trinkgeld seiner Gäste. Lea und Thomas waren nach dem langen Flug nach New York und einer ausgiebigen Stadtrundfahrt durch Manhattan und Brooklyn ins Hotel gekommen. Es lag in der Nähe des mit seinen Reklametafeln und wuseligen Autoverkehr blinkenden Time Square. Überwältigt von den Eindrücken und erschöpft von den langen Reise hatten sie sich sofort ins Bett begeben, sich aber noch die Zeit genommen und dem Liebesspiel hingegeben.

Am nächsten Morgen saßen sie entspannt und gut gelaunt im kleinen Hotelrestaurant. Toastbrot, Speck, Eier und Kaffee waren für Lea kein optimales Frühstück. Aber der Hunger und die Hektik der Stadt ließen beide nicht zur Ruhe kommen. Berger bestellte noch Pancakes mit Ahornsirup im Coffeeshop. Er hatte Heißhunger auf etwas Süßes.

Als sie die Rechnung bekamen, schluckte Lea und stellte fest, dass die Summe, umgerechnet in Euro, in Deutschland für einen kompletten Tageseinkauf gereicht hätte.

»Ist eben New York, sündhaft teuer und aufregend«, antwortete Berger, der genüsslich seinen zweiten Pfannkuchen aß.

Gestärkt saßen beide anschließend auf der Staten-Island-Fähre und fuhren von der Südspitze Manhattans in Richtung Liberty Island. Eisiger Wind ließ es nicht zu, dass sie die ganze Überfahrt auf dem Deck der Fähre verbringen konnten, um die grandiose Skyline von New York in aller

Ruhe auf einem Foto festhalten zu können. Lea fotografierte also nur schnell mit ihrem kleinen Apparat und Thomas mit seinem Smartphone. Sie verließen das Deck. Plötzlich ging auf seinem Handy eine SMS ein.

»War ja klar, dass im Urlaub was passiert«, stellte er fest, nachdem er die Nachricht gelesen hatte.

»Was ist denn los?«, fragte Lea und zog den Reißverschluss ihrer dicken Jacke am Hals hoch. Sie packte zitternd den Apparat ein und zog sich schnell dünne Handschuhe über.

»Es ist die Helios-Klinik. Es muss irgendetwas mit Ellen sein. Ich soll so schnell wie möglich anrufen.« Thomas war nervös. Er grübelte und malte sich aus, was passiert sein könnte. »Mein Akku ist fast leer und das Netz ist total beschissen.« Thomas ärgerte sich über seine Wortwahl. »Wir sehen uns schnell die Freiheitsstatue an, und dann fahren wir mit der nächsten Fähre zurück, nehmen uns ein Taxi zum Hotel und dort werde ich in Ruhe telefonieren. Was passiert ist, kann ich jetzt eh nicht mehr ändern«, versuchte er, sich selbst zu beruhigen.

»Wenn du meinst«, erwiderte Lea. »Vielleicht sollten wir doch lieber auf der Insel nach einem Telefon suchen und gleich anrufen«, schlug sie vor.

»Nein, ich möchte den Augenblick jetzt hier mit dir genießen. Wir haben uns so gefreut. Das macht uns niemand kaputt«, antwortete er, wusste aber insgeheim, dass Lea recht hatte. ›Wer weiß, was passiert ist‹, dachte er.

Sie kamen auf der Insel an und liefen dem Touristenstrom hinterher. Alle paar Minuten schaute Berger auf sein Handy und prüfte, ob neue Nachrichten eingegangen waren.

Als beide dann vor dem massiven Sockel der Freiheitsstatue standen und Lea auf die rechte Hand mit der vergoldeten Fackel sah, war sie sprachlos. Der Blick auf die weltbekannte Figur mit einer Höhe von mehr als 45 Metern und der Gedanke, vor einem der bekanntesten Symbole der Vereinigten Staaten zu stehen, ließen sie für einen Moment verstummen.

Berger war traurig, dass dieser atemberaubende Augenblick jetzt einen Beigeschmack bekommen hatte, den er sicherlich niemals vergessen würde. Er war überzeugt, dass er den Inhalt des bevorstehenden Telefonates immer mit dem Anblick der Freiheitsstatue in Verbindung bringen würde.

Er nahm Lea an die Hand und drängte sie zum Anleger der Fähre. Völlig überwältigt von den Eindrücken, verließen sie wortlos die Insel, fuhren an Ellis Island vorbei zum Battery Park an der Südspitze von New York. Dort nahmen sie ein Taxi zurück zum Hotel.

Berger schloss sofort sein Handy an, nahm den Hörer vom Festtelefon ab und wählte die Nummer der Helios-Klinik in Schwerin. Er überlegte kurz, wie spät es durch die Zeitverschiebung in Deutschland war. Er war angespannt und konnte kaum erwarten, was er für Neuigkeiten zu hören bekommen würde.

Lea hatte heiß geduscht, nachdem sie durchgefroren das Hotelzimmer erreicht hatten. Sie saß im Bademantel in einem altmodischen Sessel und schalte ihr Handy ein. Drei

SMS waren in ihrer Abwesenheit eingegangen. Ihre Tochter wünschte ihr viel Spaß in New York und forderte sie mit einem Smiley auf, die Einnahme der Antibabypille nicht zu vergessen. Ihre Friseurin bat um einen Rückruf bezüglich einer kurzfristigen Terminänderung aus familiären Gründen. ›Gott sei Dank, alles harmlos‹, dachte sie, bis sie die letzte Nachricht las, die sie in Staunen versetzte. Hilde hatte ihr geschrieben: ›Ultraschallgerät defekt. Die unbekannte Frau war wieder da, konnte jedoch kein Foto von ihr schießen, ging alles zu schnell. Gruß nach New York, Hilde‹.

Thomas war einem Nervenzusammenbruch nahe. Das Telefonat mit dem Arzt brach immer wieder zusammen. Er fluchte und bemerkte gar nicht, dass Lea schweigend im Sessel saß und ihn beobachtete. Er nahm den Hörer erneut ab. Jetzt hatte er Glück und die Verständigung war einigermaßen gut. Thomas sprach mit Ellens behandelndem Arzt. Er konnte nicht antworten, stand da wie gelähmt und hörte nur zu. Dann legte er den Hörer auf und sank auf einem Stuhl neben Lea kraftlos zusammen.

»Was ist passiert, Thomas? Was ist los? Nun rede schon«, sprach sie ihn behutsam, aber dennoch fordernd an.

»Ellen ... Ellen ist tot.« Mehr sagte Thomas zunächst nicht. »Sie ist verstorben. Der Arzt hat mir mitgeteilt, dass sie sie nicht mehr retten konnten. Dann habe ich aufgelegt«, ergänzte er nach einer Weile völlig monoton und teilnahmslos. Er rührte sich nicht mehr und war kreidebleich. Seine Arme hingen kraftlos an dem Stuhl herunter, auf dem er saß. Er starrte ins Leere.

Lea nahm den Telefonhörer ab und drückte auf die Wahlwiederholungstaste. »Ja, Dr. Lea Engel am Apparat. Ich hätte gern Chefarzt Muchalik gesprochen. Es ist dringend!«

Einen Moment später meldete sich der Chefarzt.

»Mein Name ist Dr. Lea Engel. Ich bin, sorry, ich war die Gynäkologin Ihrer Patientin Ellen Arnold. Ich hörte eben, dass sie verstorben ist. Können Sie mir bitte weitere Informationen geben, Herr Kollege?«

»Am Telefon möchte ich keine weiteren Angaben machen. Das werden Sie aus Datenschutzgründen verstehen ... Wer sagt mir denn, dass Sie wirklich die Ärztin sind, für die Sie sich ausgeben?«

»Ich weiß, dass die Patientin hochschwanger war und aufgrund eines offenen Schädel-Hirn-Traumas im Koma lag und nun verstorben ist ...«

»Woher wissen Sie das? Die Patientin ist erst vor einer Stunde verstorben.«

»Auch das weiß ich. Es ist eine Verkettung von vielen Umständen, die ich Ihnen nicht näher erläutern möchte. Nur so viel: Ich bin mit Thomas Berger liiert.«

»Sind Sie auch in New York, zusammen mit Herrn Berger?«

»Ja.«

»Herr Berger hat einfach den Hörer aufgelegt. Ich wollte ihm alles schonend beibringen.«

»Ich weiß, er sitzt neben mir. Und ich möchte ihm erklären, was passiert ist. Können Sie mich verstehen?«

»Frau Kollegin, kommen Sie am besten mit Herrn Berger, wenn Sie aus New York zurück sind, sofort in die Klinik. Wir mussten mit einem Kaiserschnitt das Kind holen. Es kämpft gerade um sein Leben. Es ist ein Junge und jetzt entschuldigen Sie mich bitte! Wir haben einen Notfall und die Mutter von Ellen Arnold ist gerade erschienen, um sich von ihrer Tochter zu verabschieden.« Damit beendete Chefarzt Muchalik das Telefonat.

Lea konnte nicht so schnell verarbeiten, was sie gerade gehört hatte, und ließ die letzten Sätze erst einmal sacken. Sie goss Wasser in ein Glas und reichte es Thomas, überlegte währenddessen, wie sie ihm sagen sollte, dass er einen Sohn hatte. Einen Jungen, ein Frühchen, um dessen Leben die Neonatologen der Schweriner Helios-Klinik gerade kämpften.

Kapitel 26: »Kleiner Wurm«

»Beruhige dich, Thomas! Leg dich einen Moment hin! Ich fahre runter zur Rezeption und versuche zu arrangieren, dass wir den nächsten Flieger nach Hamburg bekommen.«

»Ich habe einen Sohn, Lea! Ich will nicht, dass er auch stirbt. Ich muss zu ihm.« Er war nicht in der Lage, einen Moment still zu stehen, geschweige sich hinzulegen.

»Thomas, bitte beruhige dich!«

»Ich will mich nicht beruhigen. Ich will nach Schwerin.« Thomas begann, seine Sachen zusammenzusuchen und auf das Bett zu legen.

»Ich tue mein Möglichstes. Aber du bleibst jetzt hier im Zimmer. Ich kümmere mich um alles«, versprach Lea.

»Danke, das ist lieb von dir. Es tut mir leid, dass ich jetzt die ganze Reise vermasselt habe.«

»Du hast die Reise nicht vermasselt. Es konnte doch vorgestern niemand ahnen, dass sich bei Ellen akut etwas verändert. Wir fliegen irgendwann noch einmal nach New York. Ganz bestimmt«, versicherte sie ihm.

»Lea, ich hatte sogar über das Internet einen Rundflug über Manhattan organisiert.« Thomas hielt inne und sah sie entschuldigend an. »Ich wollte dich morgen damit überraschen.«

»Der Rundflug wird wohl ausfallen müssen, falls ich einen Flieger nach Deutschland bekomme.«

»Ich kann kaum klar denken. Danke für dein Verständnis, mein Liebling!« Er legte sich auf das Bett und starrte an die Decke, während Lea die Tür hinter sich schloss und sich auf den Weg zur Rezeption machte.

Thomas sah schon gedanklich den kleinen Wurm in einem Brutkasten liegen. Er hatte Angst, dass ihn im nächsten Moment eine neue schreckliche Nachricht aus Schwerin erreichen und er seinen Sohn nicht einmal zu Gesicht bekommen würde.

Lea kam zwanzig Minuten später ins Hotelzimmer zurück.

Thomas stand am Fenster und schaute auf den Times Square. Unzählige Menschen bewegten sich wie emsige Ameisen hin und her. Auf der Straße sah er ein Dutzend gelbe Taxis zwischen anderen Autos und eine riesige bunte Leuchttafel, die Szenen aus dem Musical »The Lion King« wiedergab. Die Reklame nervte ihn zunehmend, wie auch die Luft der Klimaanlage. Die Fenster ließen sich aus Sicherheitsgründen nur einen Spalt von circa zehn Zentimetern öffnen. Und hatte man sie geöffnet, hörte man laufend die Sirenen von Polizeiautos. Die typischen Signaltöne hatte er bisher nur aus amerikanischen Spielfilmen gekannt.

»Ich habe für heute Abend noch zwei Plätze buchen können. Wir sitzen zwar getrennt im Flieger, anders ging es leider nicht, aber Hauptsache, wir fliegen heim«, teilte Lea ihm mit.

Kapitel 27: Verschwiegen

Gerädert und übermüdet schlurften Lea und Thomas mit ihren Koffern zum Parkhaus. Es war gegen 17 Uhr am Sonntagnachmittag. Thomas schaltete die Scheibenwischer an, da es zu regnen begann. Lea bemerkte, dass er müde war und seine Konzentration nachließ. Sie drehte das Radio laut und bot Thomas an, nach Schwerin zu fahren.

»Nein, ich fahre«, sagte Thomas energisch.

Kurz nachdem sie die A 24 verlassen hatten und an der Tankstelle in der Ortschaft Bandenitz halten wollten, piepte Thomas' Handy. Eine SMS.

»Gib mir das Handy, ich schaue drauf«, sagte Lea, als Thomas während der Fahrt in seiner Jackentasche nach dem Gerät fischte.

Widerwillig reichte er es ihr. »Von wem ist die Nachricht? Aus der Klinik?« Er schaute sie ungeduldig an und wartete auf eine Reaktion von ihr. Das Auto glitt plötzlich auf die Gegenfahrbahn. Ein entgegenkommender Lastwagen signalisierte mit Fernlicht die Gefahr. Gerade noch rechtzeitig riss Berger sein Fahrzeug wieder auf seine Straßenseite.

»Pass doch auf! Ich kann mit deinem Handy nicht so schnell umgehen.«

»Dann gib das Ding doch endlich her!«, maulte er sie an.

»Nee, jetzt habe ich es. Die SMS ist von Lars Paulsen. – Der macht aber auch kein Wochenende! – Er schreibt, dass die Verkäuferin aus dem H&M-Laden sich noch einmal gemeldet hätte und sie sich plötzlich nicht mehr sicher sei, ob die ältere Frau, die im Laden auf übelste Weise beschimpft wurde, wirklich eine Frau war. Es könnte demnach auch ein Mann gewesen sein. Weißt du, was Lars damit meint?«

»Ja, es geht um den Mord an der Studentin, die wir an der Schleifmühle an das Rad gefesselt gefunden haben. Die Studentin hatte einen heftigen Streit mit einer Frau im H&M-Laden am Marienplatz. Und jetzt schreibt Lars, dass es wohl keine Frau, sondern ein Mann war. Das ist ja ziemlich eigenartig«, stellte Berger fest.

»Ich hatte letztens auch eine merkwürdige Situation in meiner Praxis. Es tauchte eine Transfrau, also eine Frau, die im Körper eines Mannes geboren wurde, auf, trug auch Frauenkleidung und wollte sich Infos holen, an wen sie sich wenden könnte. Hilde hat nicht einmal erkannt, dass er beziehungsweise sie ein Mann war. Die Transsexuelle erzählte von akuten Schmerzen und hatte keine Krankenkarte dabei. Hilde hat sie dann einfach zu mir in die Sprechstunde gelassen, nachdem sie versichert hatte, die Krankenkarte umgehend nachzureichen. Sie war fast verzweifelt, nachdem ich ihr sagen musste, dass es in Schwerin keine Spezialisten für Geschlechtsangleichungen gäbe. Sie verlangte von mir, dass ich ihm Hormonspritzen verschreiben solle, und rastete aus, als ich das ablehnte. Ganz merkwürdige Situation. Ich war völlig überfordert und Hilde, die in solchen Dingen ja eher konservativ ist, war hilflos. Eine derartige Situation hatten wir noch nie.«

»Das ist ja interessant« Berger wurde hellhörig. »Wann war das genau? Überlege bitte mal!«

»Lass mich mal nachdenken! Ich glaube, es war an dem Tag, an dem du die Pressekonferenz hattest und ich auf dem Friedhof überfallen wurde. Oder war es vorher? Ich bin jetzt nicht ganz sicher.«

»Habt ihr den Namen notiert?«

»Ich hatte mir Notizen gemacht. Die habe ich aber weggeworfen. Nach dem Streitgespräch war ich sicher, dass sie nicht nochmals erscheinen und schon gar nicht ihre Chipkarte im Nachgang einlesen lassen würde«, antwortete Lea.

»Das passt ja gut zusammen. Ruf bitte mal Lars an!«, bat Thomas. »Ich werde dann über die Freisprechanlage mit ihm telefonieren.«

»Na klar!« Lea klickte sich durch das Handymenü zu den Kontakten.

»Hi, Lars!«, begrüßte Thomas seinen Kollegen.

»Moinsen!«, antwortete der.

»Lass bitte umgehend mit der Hilfe der Verkäuferin ein Phantombild von dem Mann erstellen und schicke es mir aufs Handy, okay?«

»Die Telefonverbindung ist ja perfekt. Ich kann gar nicht glauben, dass du in New York bist!«

»Bin ich auch nicht. Ich bin kurz vor Schwerin. Wir haben nur eine Nacht in New York verbracht und müssen morgen recht früh ins Klinikum.«

»Ist was mit deiner ehemaligen Kollegin passiert?«

»Ja, aber das erzähle ich dir in Ruhe. Bitte lass mir das Phantombild so schnell wie möglich zukommen! Ich glaube, wir haben endlich eine heiße Spur, sollte sich meine Theorie bestätigen.«

Lars versicherte Thomas, den Auftrag sofort auszuführen, und beendete das Telefonat.

»Lea, wenn wir morgen im Krankenhaus waren, möchte ich, dass auch du ein Phantombild des verkleideten Mannes, der bei dir in der Praxis war, bei meinen Kollegen erstellen lässt«, bat Thomas.

»Meinst du wirklich, da gibt es einen Zusammenhang?«, fragte Lea und schaute ihn ängstlich an. »Das ist alles seltsam. Erst dieser Mann. Dann eine Frau, die schon mehrmals im Wartezimmer bei Hilde aufgetaucht, und, wenn sie angesprochen wurde, wieder verschwunden ist. Und dann diese Frau im Schlossparkcenter … Das kommt mir auf einmal alles merkwürdig vor.«

»Sag mal, Lea, was für zwei Frauen meinst du? Ich kann dir nicht folgen.«

»Im Schlossparkcenter hat mich eine Frau verfolgt und in der Praxis schnüffelt mir eine Frau hinterher. Kürzlich ist sie wieder aufgetaucht. Hilde wollte sie heimlich mit dem Handy fotografieren. Es ist ihr bedauerlicherweise nicht geglückt. Dann hätte ich gewusst, ob es ein und dieselbe Frau ist, die mich im Schlossparkcenter verfolgt hat, als ich mir ein Kleid für den Polizeiball kaufen wollte.«

»Jetzt reicht es aber! Warum erzählst du mir so etwas nicht? Erst der Überfall auf dem Friedhof – vermutlich durch Röder. Und nun tauchen zwei mysteriöse Frauen auf? Du hältst es nicht für nötig, das zu erwähnen!?« Thomas war außer sich. Er gab Gas und raste mit siebzig Kilometern pro Stunde durch den kleinen Ort Pampow.

»Du hast doch schon genug Probleme am Hals, Thomas. Ich fand es belanglos. Aber jetzt, wo eine der Frauen wieder erschienen ist, komme ich doch ins Grübeln. Nun lass uns erst einmal nach Hause fahren. Das ist jetzt wichtiger!«

»Du bist der wichtigste Mensch für mich, Lea. Ich möchte mich nicht ständig um dich sorgen. Ich liebe dich! Bitte erzähl mir sofort, wenn dich etwas beunruhigt oder du Angst vor etwas hast!«

»Das mache ich, Thomas, versprochen! Und bei deinem Kollegen melde ich mich zum Selbstbehauptungskurs an. Meine zwei Mitarbeiterinnen nehme ich gleich mit. Kann ja nicht schaden«, versuchte sie, sich selbst und noch mehr Thomas zu beruhigen.

Kapitel 28: Fahndung

Lars Paulsen hatte am folgenden Montag gleich mehrere Verkäuferinnen der H&M-Filiale in die Polizeiinspektion vorgeladen. Die drei Damen waren Zeuginnen des unschönen Vorfalls gewesen, der sich vor Kurzem im Laden am Marienplatz ereignet hatte. Der Kommissarm ließ jede Frau ein Phantombild erstellen. Für ihn war das Endergebnis entscheidend. Nach und nach wurde das Gesicht der älteren Dame, die nun tatsächlich einstimmig als verkleideter Mann bezeichnet wurde, rekonstruiert. Die Computersoftware zur Erstellung des Bildes verarbeitete alle eingegebenen Informationen. Jedes kleine Detail zur Gesichtsform, zu den Augenbrauen, den Augen, der Nase und dem Mund wurde registriert. Für Lars Paulsen war es wieder einmal interessant, zu beobachten, auf was für Kleinigkeiten insbesondere Frauen achteten. Die Hauptzeugin schilderte abschließend nochmals den Streit zwischen der Studentin, die später tot am Schleifmühlenweg aufgefunden worden war, und der Frau, die anscheinend ein Mann war. Der Kriminalpolizist fertigte ein Protokoll an und bedankte sich charmant bei den jungen Damen für die Unterstützung. Das entstandene Phantombild schickte er sofort auf Thomas Bergers Handy.

Paulsen fragte sich, ob der Streit zwischen der Studentin und dem Mann so hatte eskalieren können, dass dieser als mutmaßlicher Mörder infrage kam. Zu Handgreiflichkeiten oder Rangeleien konnte es bei derartigen Streitigkeiten schnell kommen, aber zu einem Mord? Wenn es so sein sollte, war die Szene im Laden nur der Anfang eines grausamen Geschehens gewesen. Lars Paulsen ärgerte sich, dass die Hauptzeugin nicht gleich ihre Vermutung geäußert hatte und wertvolle Zeit verstrichen war, und dieser tatverdächtige Mann, der anscheinend in Frauenklamotten unterwegs war, noch frei herumlief. ›Eine tickende Zeitbombe‹, dachte er.

Er wartete auf die nächsten Anweisungen von Thomas Berger und bereitete schon alles für die Fahndung vor. Das Phantombild wurde für alle Medien und Nachrichtensendungen aufbereitet. Selbst Facebook und Twitter, mit denen die Polizei in Schwerin seit Kurzem arbeitete, sollten für die Öffentlichkeitsfahndung eingeschaltet werden. Paulsen wartete nur auf ein Signal und die Fahndungsmaschinerie würde ihren Lauf nehmen.

Der Pressesprecher der Polizei bereitete einen Artikel für die Personenfahndung vor. Die besondere Herausforderung lag darin, einen Mann für die Fahndung auszuschreiben, der auch als Frau komplett untergetaucht sein könnte. Fahndungserfolge wurde bei vielen Straftaten durch Beiträge im NDR-Fernsehen, in der abendlichen Nachrichtensendung Nordmagazin, erreicht. Viele Bürgerinnen und Bürger schauten täglich um 19.30 Uhr die regionale Sendung mit vielen Informationen zu ihrem Bundesland oder sahen sie sich in der Mediathek des NDR an.

Kapitel 29: Willi Berger

Als Thomas rasant in die letzte Parklücke vor der Helios-Klinik in Schwerin einbog, stellte Lea die Parkscheibe eine Stunde vor, damit sie die vorgegebenen dreißig Minuten überschreiten konnten, ohne ein Knöllchen vom Ordnungsamt zu erhalten. Thomas verschloss den Wagen und die beiden machten sich zügigen Schrittes auf den Weg in die Klinik. Zuerst wollten sie den Chefarzt der Intensivstation aufsuchen. Beide hofften, dass Bergers Sohn lebte und sich an seinem Zustand nichts geändert hatte.

Sie gingen zum Fahrstuhl und drückten auf die Taste, auf der ›Intensivstation‹ stand. Thomas Berger hatte für sich beschlossen, sich von Ellen zu verabschieden. Ob sie noch in der Klinik aufgebahrt oder schon in ein Bestattungsinstitut überführt worden war, wollte er gleich zu Beginn erfragen. Seine Hand zitterte, als er den Klingelknopf betätigte. Über die Sprechanlage teilte er seinen Namen mit und bat darum, Chefarzt Muchalik sprechen zu dürfen.

»Herr Berger, Frau Dr. Engel, nehmen Sie bitte Platz!« Chefarzt Muchalik schob beiden jeweils einen Stuhl in seinem Arbeitszimmer hin. Er brauchte noch einen Moment, um sich für das wichtige Gespräch zu sammeln. »Wie ich Ihnen schon am Telefon mitgeteilt habe, konnten wir das Leben von Frau Arnold nicht retten.«

»Haben Sie vielleicht ein Glas Wasser für mich?«, fragte Berger, der vor Aufregung einen ganz trockenen Mund bekam.

»Selbstverständlich!« Der Arzt holte zwei Gläser aus dem Schrank und goss Wasser ein.

»Entschuldigen Sie bitte, ich habe Sie unterbrochen«, sagte Thomas, als er einen großen Schluck getrunken hatte und gleich ruhiger wirkte.

Der Arzt begann noch einmal: »Von den Patienten mit einem schweren Schädel-Hirn-Trauma versterben dreißig bis vierzig Prozent. Zwei bis vierzehn Prozent verbleiben in einem vegetativen Zustand – also im Koma – so wie Frau Arnold. Die Prognose nach so einem schweren Trauma hat sich in den letzten zwanzig Jahren erheblich verbessert. Komplikationen wie Wundheilungsstörungen, Infektionen oder Nachblutungen sind eher selten. Für die Mehrzahl der Hirngeschädigten bleiben jedoch lebenslange körperliche oder geistige Behinderungen zurück. Bei Frau Arnold konnten wir durch die Computertomografie schwere Schädigungen durch den Treppensturz feststellen. Es soll kein Trost sein, aber Frau Arnold hätte für eine Rehabilitation meines Erachtens Jahre benötigt. Bei ihr ist es nun plötzlich zu einem akuten subduralen Hämatom gekommen, das heißt zu einer Blutung aufgrund der Hirngewebsverletzung. Der Umstand, dass Frau Arnold schwanger war, kam für uns erschwerend hinzu.«

»Ist sie noch hier?«, fragte Berger. Statistische Erhebungen zum Thema Schädel-Hirn-Trauma interessierten ihn nicht. Er wurde zunehmend unruhig und wollte wissen, wie es seinem Sohn ging und wo Ellen jetzt war.

»Die Mutter von Frau Arnold konnten wir sofort verständigen. Sie kam und hat sich von ihrer Tochter verabschiedet. Eine Überführung des Leichnams zum Bestattungsinstitut Trendel ist vorgesehen. Ob die Abholung bereits erfolgt ist, entzieht sich momentan meiner Kenntnis. Das kann ich aber sofort für Sie prüfen lassen.«

»Was ist mit dem Jungen?«, mischte Lea sich ein.

»Wir konnten ihn durch einen Kaiserschnitt retten. Er hatte akute Anpassungsstörungen, insbesondere Atemprobleme. Aufgrund der Tatsache, dass es die 37. Schwangerschaftswoche war, unterscheidet sich der Junge von reif geborenen Kindern nur unwesentlich. Dennoch fehlt ihm wertvolle Entwicklungszeit. An dieser Stelle möchte ich Sie an meine Kollegin von der Neonatologie, also der Frühchenstation, verweisen. Frau Dr. Kaminsky wird Ihnen mit Rat und Tat zur Seite stehen. Sie ist eine sehr erfahrene Ärztin. Ihrer langjährigen Tätigkeit ist es wohl hauptsächlich zu verdanken, dass sie Ihren Sohn in dieser prekären und für uns außergewöhnlichen Situation gerettet hat. Das Medieninteresse wird, wenn die Öffentlichkeit von diesem Ereignis erfährt, enorm sein. Bis jetzt ist noch nichts nach außen gelangt. Auf Interviewanfragen sollten Sie vorbereitet sein!« Muchalik sah Berger direkt an.

»Kann ich meinen Sohn sehen?«

»Selbstverständlich! Er liegt auf Station A 6 in einem Inkubator, einem Brutkasten, und wird intensivmedizinisch überwacht. Er hat ein Geburtsgewicht von fast 2 900 Gramm. Die Größe kann ich Ihnen nicht genau sagen.«

»Dann bedanke ich mich für das Gespräch! Vielen Dank an Sie und Ihre Station, Herr Dr. Muchalik!«

Thomas und Lea standen gleichzeitig auf.

»Alles Gute, Herr Berger, insbesondere für Ihren Sohn, und Ihnen natürlich auch, Frau Kollegin!« Muchalik gab beiden die Hand und öffnete die Tür seines Büros.

Thomas und Lea verließen, ohne ein Wort zu wechseln, die Intensivstation. Auf dem Gang der Klinik fragten sie, wie sie am schnellsten zur A 6 gelangen könnten.

Thomas hatte sein Handy auf Vibrationsalarm gestellt und spürte in seiner Jackentasche, dass ein Anruf oder eine Nachricht eingegangen war. Er holte das Handy schnell hervor. »Kennst du den Mann?«, fragte er Lea und hielt ihr das Display mit dem Foto, das Lars Paulsen ihm geschickt hatte, vors Gesicht.

»Ja, das ist der Mann ... ähm, die Frau, die in meiner Praxis war. So sah sie aus«, antwortete Lea aufgeregt. »Mit ihm ... also ihr habe ich über eine Geschlechtsangleichung gesprochen.«

»Und du bist dir wirklich sicher?«, vergewisserte sich Thomas nochmals.

»Ja, absolut! Schick mir das Bild auf mein Handy und ich leite es zu Hilde weiter! Die wird es auch bestätigen«, schlug Lea vor.

»Okay, das machen wir nachher. Erst einmal gehen wir jetzt meinen Sohn besuchen.« Berger war aufgeregt und kramte in seiner Jackeninnentasche herum. Er holte ein kleines Tütchen heraus, das in seiner Hand raschelte.

»Was hast du da?«, fragte Lea neugierig.

»Guck mal!« Berger holte zwei kleine Schühchen aus der Tüte. Winzige weiße Samtschühchen, auf denen mittig zwei dunkelblaue große Buchstaben aufgestickt waren. »NY für New York!«

»Sind die süß. Wann hast du die gekauft?«

»Auf dem Flughafen in New York, als du zur Toilette warst.« Berger senkte seinen Kopf und musste sich beherrschen, nicht zu heulen. »Ich wollte meinem Sohn doch etwas mitbringen. Ich weiß vor Aufregung nicht einmal, wie ich ihn nennen soll, aber kleine Schühchen hat er schon einmal. Hoffentlich kann ich sie ihm jemals anziehen.«

»Er wird es schaffen! Davon bin ich überzeugt.« Lea gab Thomas einen zärtlichen Kuss auf den Mund.

»Warte, Lea, einen kleinen Augenblick noch! Lass mich noch einmal durchatmen! Es ist alles so aufregend. Ich bin mit meinen Gefühlen so hin- und hergerissen. Ellen ist tot und mein Sohn lebt. Hoffentlich!«

Beide standen sie einen Moment vor der Frühchenstation. Plötzlich ging die Tür automatisch auf und sie konnten einen ersten Blick auf den langen Gang der Krankenhausabteilung werfen.

»Zu wem wollen Sie?«, fragte eine Schwester in ziemlich barschem Ton. Sie hatte es mit einem Tablett, auf dem beschriftete Röhrchen mit Blut standen, eilig.

»Ich möchte meinen Sohn besuchen.«

»Wie heißt denn Ihr Sohn?«

»Äh … das weiß ich noch gar nicht.«

»So, das wissen Sie noch gar nicht!«, antwortete sie laut. Sie drehte kurz den Kopf weg, sodass Thomas und Lea nicht sehen konnten, wie sie genervt mit den Augen rollte.

»Die Mutter des Kindes lag im Koma und ist verstorben. Reicht Ihnen das jetzt?«, erwiderte Thomas patzig.

»Oh, entschuldigen Sie bitte! Das ist heute nicht mein Tag. Wir sind total unterbesetzt. Melden Sie sich bitte dort vorn!« Die Schwester wirkte plötzlich zuvorkommend und zeigte mit der freien Hand zur Mitte der Station. »Die Ärztin ist gerade da, mit ihr können Sie sprechen.«

Thomas und Lea stellten sich der Ärztin vor. Sie wurden außerordentlich freundlich von Frau Dr. Kaminsky begrüßt. Sie gratulierte Thomas zu seinem Sohn. »Sie ziehen die sterilen Sachen und Handschuhe an, die Ihnen eine Schwester geben wird, und befestigen den Mundschutz bitte sorgfältig über Mund und Nase. Dann zeige ich Ihnen den kleinen Kämpfer. Danach reden wir in Ruhe, okay?«, schlug die Ärztin vor.

Gemeinsam gingen sie in einen Raum, in dem mehrere Inkubatoren standen. Der Raum war groß und hell. Die Wände waren mit kindgerechten Motiven gestaltet. Berger war aufgeregt. Ihm zitterten die Knie beim Gehen. ›Wo liegt er‹, fragte er sich, und schaute suchend im Raum umher.

»Da haben wir ihn, den kleinen Racker!« Die Ärztin blieb stehen und zeigte auf einen winzig kleinen Körper, der in einem Inkubator direkt am Fenster lag.

»Er soll Willi heißen«, war der erste Satz, den Thomas herausbrachte, als er den kleinen Kopf mit der hellen Mütze sah. Ihm und auch Lea standen die Tränen in den Augen. Thomas Berger schluckte. Er hatte einen Kloß im Hals und war erst ein paar Minuten später in der Lage, einen weiteren Satz zu formulieren. »Mein Vater heißt Wilhelm, und Willi ist eine wunderschöne Kurzform. Findest du nicht auch, Lea? Willi ist doch passend.«

Lea guckte den kleinen Willi an und freute sich. Sie sah in seinem Gesicht ein kleines Pflaster kleben, das die Form eines Herzens hatte, und mit dem ein dünnes Kabel, das zur Nase führte, befestigt war.

»Ist das nicht zu warm mit einer Mütze im Brutkasten?«, fragte Thomas besorgt und schaute die Ärztin an.

»Nein, der kleine Willi kann seine Körpertemperatur noch nicht selbstständig regulieren«, antwortete sie. »Schöner Name übrigens. Deutsche Namen sind wieder im Kommen, nicht wahr? Willi Berger oder Willi Arnold, wie lautet der Name vollständig?«, fragte die Ärztin.

»Er wird Willi Berger heißen. Darum kümmere ich mich.«

Lea sah abwechselnd von Thomas zu dem kleinen neuen Erdenbewohner. Sie suchte nach Ähnlichkeiten mit Thomas oder Ellen. Etwas wehmütig dachte sie an die Geburt ihrer Tochter Charlotte zurück und stellte fest, wie schnell die Zeit verging und sich aus so einem kleinen Wurm ein eigenständiger Mensch entwickelte.

»Nun erzählen Sie uns bitte alles über Willis Zustand!«, bat Thomas die Kinderärztin und wollte durch die Öffnung des Inkubators die kleinen Samtschühchen hineinstellen.

»Halt«, rief die Ärztin, »die Schühchen nehme ich erst einmal in Gewahrsam. Da sind unzählige Keime dran. Wir wollen doch keine Infektion hervorrufen.«

Schnell zog Berger die Schühchen von der Öffnung weg.

»Der kleine Willi wollte erst nicht atmen, aber dann hat er geschrien und fast eine Migräneattacke bei der Hebamme verursacht.« Die Ärztin lächelte und freute sich über die langsamen Bewegungen, die der Junge gerade machte. »Nach ersten Untersuchungen ist Willi völlig gesund. Er bleibt voraussichtlich nur kurze Zeit im Inkubator, um seine Körpertemperatur zu stabilisieren. Wenn nötig, können wir auch zusätzlich Sauerstoff zuführen oder Infusionen legen. Spezielle Geräte überwachen ständig seinen Zustand. Schließlich war es für ihn ein großer Schock, plötzlich aus dem Mutterleib geholt zu werden. Wenn er aus dem Brutkasten kommt, werden wir ihn in ein Wärmebett legen. So schön, wie der Moment jetzt für Sie ist, es ist eine hohe emotionale Belastung für Sie. Kuschelige Stunden wird es für den Kleinen mit Ihnen noch nicht geben. Wir müssen ihn noch eine Weile beobachten. Sie haben jetzt erst einmal viele Formalitäten zu erledigen: die Anmeldung beim Standesamt und der Krankenkasse, die Vaterschaftsanerkennung und die Information an Ihren Arbeitgeber, damit Sie Kindergeld erhalten. Da kommt so einiges auf Sie zu, Herr Berger. Aber das schaffen Sie schon, dessen bin ich mir sicher.« Die Ärztin lächelte.

»Ja, das ist mir bewusst«, seufzte Berger. »Aber erst einmal genieße ich das Vatersein. Auch wenn traurige Umstände für den Kleinen mit im Vordergrund stehen. Er hat seine Mama verloren. Er wird nicht gestillt und so weiter …«

»Sie werden das schon alles bewältigen, davon bin ich überzeugt. Der Kleine ist bei uns in besten Händen«, versicherte ihm die Ärztin.

»Ich vertraue und danke Ihnen!« Berger streckte seine Hand aus und wollte sich verabschieden.

»Ihren Sohn können Sie jederzeit besuchen. Mit den Besuchszeiten, die vorn an der Tür stehen, nehmen wir es nicht so genau. Alles Gute für Sie!« Die Ärztin hatte schon den Bereitschaftspieper am Ohr und wurde zu einem Notfall gerufen.

Thomas und Lea schauten noch einmal den kleinen Willi an und waren erleichtert, dass er zwar zu früh geholt werden musste, es ihm aber den Umständen entsprechend gut ging.

Sie verließen die Station. Im Erdgeschoss der Klinik sah Thomas Berger plötzlich Mark Röder am Fahrstuhl stehen.

»Das gibt es doch gar nicht«, stellte er fest und befahl Lea, stehen zu bleiben und auf ihn zu warten. Thomas rannte zum Fahrstuhl und stellte seinen Fuß zwischen die automatisch schließende Tür, um Röder aufzuhalten.

»Was soll das?«, fragte Röder erstaunt.

»Aussteigen aus dem Fahrstuhl!«, forderte Thomas ihn auf.

»Warum?« Röder kam aus dem Fahrstuhl heraus.

»Ich war schon zweimal bei Ihnen zu Hause und habe Sie nicht angetroffen!«

»Was gibt es denn Wichtiges?«

»Sie haben Lea verfolgt und auf dem Friedhof überfallen!« Berger packte ihn am Arm und hielt ihn fest.

»Sind Sie verrückt? Lassen Sie mich sofort los!«, schrie Röder und versuchte, sich von Bergers Hand zu lösen.

»Sie beobachten Lea doch noch immer und können anscheinend nicht von ihr lassen. Das hat Konsequenzen, mein Freund!« Berger wurde immer lauter. »Sie kommen jetzt mit! Wir werden eine DNA-Probe von Ihnen nehmen und dann können Sie sich schon einmal überlegen, wo Sie vor zwei Wochen waren. Am besten, Sie rufen schon Ihren Anwalt an, wenn Sie überhaupt einen haben. Oder noch besser: Sie suchen sich jemanden, der Ihnen ein Alibi gibt!« Siegessicher stand Berger vor Röder und starrte ihm entschlossen in die Augen.

»Ich komme auf keinen Fall mit! Oder wollen Sie mich festnehmen, Hauptkommissar Berger? Befragen Sie mich als Privatperson oder als Polizist?«, provozierte Röder Thomas Berger und hob arrogant seine linke Augenbraue. »Ich kann Ihnen genau sagen, wo ich vor zwei Wochen war. Ich brauche keinen Anwalt und erst recht muss ich mir kein Alibi suchen«, antwortete er patzig.

»Na, da bin ich aber gespannt!«, erwiderte Berger und ließ ihn los.

»Ich lag hier auf der Chirurgie und hatte eine Blinddarm-Notoperation. Und jetzt gehen Sie mir aus dem Weg, Sie Affe! Sonst vergesse ich mich und werde mich über Sie bei Ihrem Vorgesetzten beschweren!« Mark Röder ließ Berger stehen und stieg in den Fahrstuhl zurück.

Berger kochte vor Wut und war sprachlos. So hatte ihn noch niemand abgefertigt. Er atmete tief durch und ging zu Lea zurück.

»Was war denn los?«, fragte sie. Sie hatte die Szene aus der Ferne beobachtet.

»Du hattest recht. Mark Röder hat dich vermutlich nicht auf dem Friedhof überfallen. Aber ich werde das noch genauestens prüfen«, antwortete Thomas brüskiert.

»Siehst du, habe ich doch gleich gesagt. Was habt ihr denn so lange diskutiert?«

»Nichts. Ist doch egal«, antwortete Berger und war immer noch geschockt, wie Röder ihn hatte dastehen lassen. Er ärgerte sich über sein eigenes Verhalten und hoffte, dass der Kerl ihm nicht noch Schwierigkeiten bei seinem Chef machen würde. ›Zuzutrauen wäre es dem arroganten Idioten‹, dachte Berger.

Als sie vor der Klinik standen und Thomas sich etwas beruhigt hatte, sagte er Lea, dass der Anblick seines Sohnes der ergreifendste Augenblick in seinem bisherigen Leben gewesen war und er jetzt zu Ellens Mutter fahren würde, um ihr in den schwersten Stunden beizustehen. Er wollte sie bei der Vorbereitung der Beerdigung unterstützen. Thomas war einerseits glücklich, dass sein Sohn gerettet werden konnte, andererseits rief er sich in sein Gedächtnis zurück, dass Ellen diejenige war, die seine Ehefrau Ina kaltblütig und vorsätzlich umgebracht hatte. So war das Schicksal. Ellen hatte ihm den wichtigsten Menschen genommen und ihm wiederum einen Sohn geschenkt, der von nun an sein Lebensmittelpunkt sein würde.

Lea verabschiedete sich vorm Krankenhaus von ihm und bestellte sich ein Taxi nach Wittenförden. Nach den nervenaufreibenden Ereignissen wollte sie sich erst einmal etwas hinlegen. Das Auspacken des Koffers war ihr nicht so wichtig. Sie wollte zur Ruhe kommen und Schlaf nachholen.

Während der Taxi-Fahrt erhielt sie von Thomas das Phantombild auf ihr Handy. Sie leitete das Foto an Hilde weiter und suggerierte ihr die passende Antwort. ›Das ist doch der Mann, der bei uns in der Praxis in Frauenklamotten ausgeflippt ist?‹, fragte sie.

Hilde schrieb nur das Wort ›Bingo‹ zurück und bestätigte damit Leas Überzeugung.

Kapitel 30: Veränderungen

»Lars, bitte leite alles in die Wege, um mit dem Phantombild eine Personenfahndung auszulösen! Der Mann ist unser Tatverdächtiger. Ich muss einige Behördengänge machen und komme dann sofort ins Büro. Ach übrigens, du kannst mir gratulieren. Ich habe einen Sohn.« Thomas Berger war stolz und konnte es nicht für sich behalten. »Aber bitte hänge es nicht an die große Glocke. Ellen ist verstorben. Ich will kein Getratsche und informiere erst mal selbst offiziell den Chef der Polizeiinspektion, wenn er es nicht schon weiß.«

»Herzlichen Glückwunsch zu deinem Sohn, Thomas!« Paulsen verstummte einen Augenblick. »Der Tod ist für Ellen selbst, entschuldige bitte, doch eigentlich eine Erlösung gewesen, oder? Für den Kleinen wird es vielleicht schwer ohne seine leibliche Mama. Andererseits hat er ja Lea, oder? Wie heißt er denn?«

»Willi. Ich weiß noch gar nicht, wie das künftig alles werden soll. Der Job, der Kleine ... und wie wird Lea sich daran gewöhnen, Stiefmama zu sein. Sie wird der Herausforderung bestimmt gewachsen sein, denn sie hat sogar schon ein Kind allein großgezogen. Sie ist als Ärztin voll berufstätig. Ihre Tochter ist fast zwanzig. Wir hatten noch gar keine Zeit, über unsere Zukunft zu reden«, stellte Thomas fest.

»Das wird schon, Thomas. Erledige deinen Kram und dann quatschen wir im Büro. Vielleicht legst du dich auch noch etwas hin. Du musst doch Jetlag haben, oder war die Zeit zu kurz? Ich kümmere mich um die Fahndung. Und du bist dir sicher, dass der Kerl unser Täter ist?« Paulsen wartete auf Zustimmung von Berger.

»Ich sehe deutlich einen kausalen Zusammenhang: der Streit im H&M-Laden zwischen dem verkleideten Mann und der Studentin, die später tot aufgefunden wurde. Dann der Praxisbesuch genau dieses Mannes bei Lea«, zählte Berger auf.

»Und dann wird Lea noch auf dem Friedhof überfallen. Das war er bestimmt auch«, ergänzte Paulsen. »Aber andererseits warst du doch so sicher, dass Leas Exfreund, Röder oder wie heißt er noch, sie auf dem Friedhof überfallen hat.«

»Nee, Röder war das wahrscheinlich nicht auf dem Friedhof. Der hat nach meinen ersten Erkenntnissen ein Alibi. Das prüfe ich aber noch. Schalte alle Massenmedien ein, Lars! Auch auf die Gefahr hin, dass ich mich geirrt habe. Irgendjemand wird den Kerl kennen, oder er stellt sich selbst.«

»Okay, bis später.« Lars Paulsen rief die Sonderkommission zusammen, gab den aktuellen Ermittlungsstand bekannt und verteilte diverse Anweisungen an die Beamten.

Thomas erledigte schnell einige Formalitäten in der Stadt und fuhr anschließend zu Ellens Mutter.

Er rief Stunden später Lea an. »Du, Liebling, bist du böse, wenn ich heute in meinem Haus in Schwerin übernachte? Der Makler hat sich noch gemeldet ... Aber wenn ich ehrlich bin, möchte ich gern eine Nacht allein sein. Der Tag war so anstrengend. Mir glüht der Kopf. Ich muss über vieles nachdenken und ...«

»Ist schon in Ordnung. Mir geht es auch so. Es sind ziemlich viele Veränderungen, die da auf uns beide zukommen, nicht wahr?«

»Das stimmt. Ich bin erleichtert, dass du ›uns‹ sagst ... ›auf uns gemeinsam zukommen‹. Lea, ich liebe dich, aber im Moment ist alles ganz schön viel, was da vor mir steht. Das muss ich erst einmal verarbeiten.«

»Zweifelst du an mir oder an uns, Thomas?«, fragte Lea besorgt.

»Ich zweifele gar nicht. Ehrlich gesagt kann ich im Moment keinen klaren Gedanken fassen und mag jetzt auch nicht mehr reden. Sei nicht böse, bis morgen, okay?«

»Einverstanden, dann gute Nacht!«

»Schlaf gut, mein Liebling!«

Kapitel 31: Der Hinweis

Thomas hatte kaum schlafen können. Der kleine Willi und der mutmaßliche Täter ließen ihn sich die ganze Nacht in seinem Bett hin und her wälzen und nicht zur Ruhe kommen. Übermüdet fuhr er ins Büro. Dort blätterte er sofort die Schweriner Volkszeitung durch und fand im Lokalteil das Phantombild. Unter der Überschrift ›Zeugen gesucht‹ las er folgenden Text: ›Die abgebildete Person wird gebeten, sich zur Aufklärung einer Straftat bei der Kriminalpolizei in Schwerin unter der Telefonnummer 0385/581 31 98 zu melden. Wer Hinweise zum abgebildeten Mann geben kann, wird aufgefordert, sich ebenfalls zu melden.‹ Berger war froh, dass Lars nicht erwähnt hatte, dass die gesuchte Person auch in Frauenbekleidung unterwegs sein könnte und mit dem Mord an der Schleifmühle in Verbindung gebracht wurde. ›Nicht auszudenken, was geschehen kann, wenn es nicht unser Täter ist‹, dachte er.

Gerade hatte Thomas sich telefonisch von Frau Dr. Kaminsky über den Gesundheitszustand seines Sohnes unterrichten lassen, da kam Lars Paulsen in sein Büro gestürmt.

»Leg auf, Thomas! Wir haben eine Anruferin in der Leitung, die behauptet, der Mann sei ihr Sohn.«

Thomas bedankte sich für die Informationen der Kinderärztin und konnte nicht schnell genug gedanklich umschalten: »Was sagst du? Was ist mit meinem Sohn?« Er war irritiert.

»Nicht dein Sohn! Wahrscheinlich ist die Mutter unseres mutmaßlichen Täters in der Leitung.« Lars war aufgeregt und freute sich, dass das Phantombild anscheinend so schnell zu einem Erfolg geführt hatte.

»Ach so«, begriff Berger. »Wir müssen der Sache sofort nachgehen und jetzt damit rechnen, dass der mutmaßliche Täter das Bild vielleicht auch gesehen hat und nun auf der Flucht ist«, antwortete er. »Nimm alle Informationen auf und dann fahren wir zu der Dame. Ich ruf kurz Lea an und dann legen wir los, okay?«

»Einverstanden!« Lars verließ das Büro und rannte in sein Zimmer. Er nahm den Hörer in die Hand und entschuldigte sich für seine Abwesenheit. »Hallo, hören Sie mich?«, fragte er und stellte fest, dass die Anruferin anscheinend nicht so viel Zeit gehabt hatte. Sie hatte aufgelegt.

Thomas hatte Lea auf ihrem Handy nicht erreichen können und rief deshalb in der Praxis an. Erstaunt nahm er zur Kenntnis, dass Lea nicht zum Dienst erschienen war. Hilde war besorgt. »Unsere Chefin ist nicht erreichbar. Die Mailbox ihres Handys springt immer gleich an. Das ist gar nicht ihre Art. Wenn Sie es nicht rechtzeitig in die Sprechstunde schafft, sagt sie immer vorher Bescheid«, versicherte die Sprechstundenhilfe.

Lars Paulsen drückte derweil auf seinem Telefonapparat auf die Menütaste ›Anrufliste‹ und wählte die Nummer.

Es meldete sich eine freundliche und jung wirkende Stimme: »Augustenstift, Schwester Juliane, was kann ich für Sie tun?«

»Guten Tag! Lars Paulsen von der Polizeiinspektion Schwerin. Hatten Sie gerade bei uns angerufen?«, fragte er.

»Nein, ich nicht. Das war Frau Schneider. Martha Schneider hat hier eine ganze Weile am Telefon gestanden und gewartet. Sie ist jetzt wieder in ihrem Zimmer. Sie konnte aufgrund ihres Alters nicht so lange stehen. Soll ich die Dame holen?«, bot die Schwester an.

»Nein, das ist nicht nötig, Schwester Juliane. Ich komme bei Ihnen vorbei. Gehe ich recht in der Annahme, dass Frau Schneider Bewohnerin Ihrer Einrichtung ist?«

»Ja, die betagte Seniorin wohnt schon sehr lange bei uns.«

»Auf welcher Station finde ich Frau Schneider denn?«, fragte Paulsen charmant.

»Im Bereich Betreutes Wohnen im Erdgeschoss.«

»Vielen Dank! Aber beunruhigen Sie die Dame nicht. Es ist alles in Ordnung. Ich habe nur ein paar Fragen an sie. Ankündigen müssen Sie mich auch nicht.«

»Okay, dann bis gleich, Herr Paulsen.«

Lars Paulsen machte sich sofort auf den Weg zum 160 Jahre alten Augustenstift in der Feldstadt.

Thomas Berger hatte sich nicht von Lars Paulsen überzeugen lassen, mitzufahren. Er war so beunruhigt, weil er Lea nicht erreichen konnte, seinen Kaffee stehen lassen und raste mit seinem Privatwagen über die Umgehungsstraße nach Wittenförden.

Kapitel 32: Verschwunden

›Warum meldete sich Lea nicht? Warum rief sie nicht zurück? Hatte er irgendetwas Falsches gesagt?‹ Berger hielt die Anspannung kaum noch aus, als er das Ortseingangsschild der kleinen Gemeinde Wittenförden hinter sich ließ. Es war bereits nachmittags, die Sonne stand tief und es war windstill. Berger war froh, dass Leas Wagen im Carport stand und er sie nun zu Hause antreffen würde. Er musste sich sehr beherrschen, um nicht laut zu fluchen, weil sie all seine Anrufe ignoriert hatte, schloss die Tür auf und rief nach ihr. Niemand antwortete. Als Erstes ging er in die Küche und sah sich um. Auf dem Tisch stand ein Schälchen Müsli und ein Glas mit Orangensaft. Die Haferflocken im Müsli sahen grau und aufgequollen aus. Appetitlich wirkte die pampige Masse nicht gerade. Sie schienen dort schon länger zu stehen.

»Lea! Lea, wo bist du?« Er rannte die Treppen hoch. Von Lea keine Spur. Ihr Nachthemd lag zerknittert auf den dunkelblauen Fliesen im Badezimmer. In der Schlafstube lag ihr Handy, angeschlossen an die Steckdose. Es blinkte und signalisierte, dass der Akku aufgeladen war. Neun Anrufe in Abwesenheit, stellte er fest. Fünfmal hatte er versucht, sie zu erreichen, dreimal Hilde und einmal ihre Tochter Charlotte. Es war unheimlich. Stille im ganzen Haus. Berger ging die Treppen wieder hinunter und konnte Leas Laufschuhe im Flur nicht entdecken. Dann rannte er in den Hauswirtschaftsraum, in dem ihre Laufsachen immer über einem Wäschetrockner hingen. Auch die Sachen waren verschwunden. Thomas war jetzt nicht nur besorgt, sondern auch wütend. Hatte er ihr nicht mehrfach gesagt, sie sollte nicht ohne Handy laufen gehen? Wieso war diese Jogger-Alarm-Uhr noch nicht angekommen, die er unlängst im Internet für Lea bestellt hatte? Wahrscheinlich lag das Ding auf irgendeinem Postzustellamt, weil die Deutsche Post zum dritten Mal in diesem Jahr streikte und keine Pakete zugestellt wurden. Er war außer sich, schlug mit der Hand an die Wand im Flur, rannte raus zu seinem Wagen und fuhr die Strecke, die Lea üblicherweise morgens lief, im Schritttempo komplett ab.

Er konnte Lea dort nicht finden und machte einen großen Bogen in Richtung Grambower Moor. Der Innenraum seines Wagens hatte sich in der Sonne so aufgeheizt, dass ihm heiß war und sich schon Schweißperlen auf der Stirn und im Nacken ansammelten. Er wollte nicht glauben, dass Lea bis zum Grambower Moor gelaufen war. Er hatte Angst, dass sie irgendwo erschöpft liegen könnte oder überfallen worden war. Plötzlich wandelte sich seine Besorgnis in Hoffnung um. Könnte sie nicht irgendwo mit einem verstauchten Knöchel liegen und auf Hilfe warten? »Mensch, was rennt sie auch ohne Handy los«, fluchte er laut. »Wie oft habe ich ihr das eingetrichtert!«

Dann fuhr er die komplette Runde ein zweites Mal ab, weil er dachte, er hätte irgendetwas übersehen. Nichts. Auch diesmal fand er Lea nicht, nahm sein Handy aus der Tasche und rief Lars Paulsen an. »Lars, ich brauche umgehend einen Diensthundeführer mit Personenspürhund in Wittenförden. Bitte keinen Fährtenhund, der hilft mir nicht! Am besten Senta, die Bloodhound-Hündin. Sie hat den besten Geruchssinn und hat sich besonders bei Ermittlungen auf bebauten Flächen und in Gebäuden bewährt.«

»Was ist denn passiert?«, unterbrach ihn Lars.

»Lea ist verschwunden. Sie muss irgendwo in Wittenförden sein. Das Haus hat sie nur zum Joggen verlassen. Entweder ist sie gestürzt und verletzt oder sie wurde entführt.« Berger überschlug sich beim Artikulieren seiner Sätze und konnte sich gar nicht mehr beruhigen.

»Ich ruf noch in der Notaufnahme im Klinikum an«, schlug Lars vor. »Wenn sie dort nicht registriert und aufgenommen wurde, dann schick ich dir jemanden vorbei. Wie lautet die genaue Adresse in Wittenförden?«, fragte er und notierte hektisch Straße und Hausnummer auf einem Zettel.

Berger stand im Carport und rannte beim Telefonieren immer wieder um Leas Auto herum. Er beugte sich und guckte durch die Seitenscheiben, konnte aber auf den ersten Blick nichts Auffälliges feststellen. Dann rannte er zur Nachbarin, klingelte und fragte, ob sie heute Morgen etwas Außergewöhnliches beobachtet hätte. Sie verneinte, hatte Lea nicht gesehen und konnte ihm somit nicht weiterhelfen.

Es dauerte nicht lange, dann stand ein Diensthundeführer der Polizeiinspektion mit der quirligen Senta vor der Tür. Berger hatte aus dem Badezimmer Leas Nachthemd geholt und es in eine Plastiktüte gestopft. Dem Kollegen schilderte er, dass Lea vermutlich vom Joggen nicht zurückgekehrt sei. Er übergab ihm die vorbereitete Tüte mit der Geruchsprobe. Dieser wiederum hielt sie Senta zum Schnüffeln entgegen. Die Hündin wartete fokussiert auf ihren Einsatz und die Befehle ihres Herrchens. Sie schnüffelte an dem Kleidungsstück. Schon rannte sie an einer langen Leine los – der Diensthundeführer und Berger ihr hinterher. Beide sprachen kein Wort und konzentrierten sich auf die Hündin. Sie lief tatsächlich die gleiche Strecke, die Berger bereits zweimal abgefahren hatte – erst zum Hansberg, dann zum Sportplatz und weiter am Dorfteich entlang. Senta umlief die Kirche und verließ Wittenförden in Richtung Grambow. Obwohl der Kollege trainiert war, kam er aus der Puste. Auch Berger schwitzte und bekam nur noch schwer Luft. Noch ein Stück, dann wollten sie eine kleine Pause einlegen. Sie brauchten jedoch nicht anzuhalten, da die Hündin einen guten Kilometer hinter dem Dorfausgang plötzlich stehenblieb und sich hinsetzte. Senta fixierte ihr Herrchen und wartete auf eine Belohnung, die sie prompt in Form eines Leckerli und ihres Lieblingsspielzeugs bekam.

»Gut gemacht, meine Senta!«, lobte und streichelte er sie. »Hier hört die Spur auf«, erklärte er Thomas.

»Mitten auf der Straße? Das glaube ich nicht«, zweifelte Berger das Ergebnis an.

»Hier ist definitiv Schluss«, versicherte der Kollege.

»Dann haben wir keine Spuren auf der asphaltierten Straße.« Berger guckte sich die Stelle genauer an und fand nichts im Umfeld, was Lea gehören könnte. Was sollte sie beim Joggen auch verloren haben, fragte er sich. »Wir müssen davon ausgehen, dass Lea entführt wurde. Ob sie bewusst verschleppt wurde oder ob sie ein Zufallsopfer geworden ist, kann ich momentan nicht sagen. Aber an Zufälle glaube ich, seitdem ich bei der Polizei arbeite, nur äußerst selten«, stellte Berger routiniert fest.

»Wir können die Kriminaltechniker anfordern«, schlug der Diensthundeführer vor und hatte schon sein Handy aus der Jackentasche herausgeholt.

»Was sollen die Kollegen denn finden? Lea war joggen und die Sachen, die zu Hause bei ihr fehlen, sind hier nirgends.«

»Du gibst aber schnell auf, Kollege! Vielleicht finden sie etwas, das auf den vermeintlichen Entführer hinweist und das wir übersehen haben«, maßregelte er Berger.

Senta sprang während der Diskussion verspielt neben ihm hin und her. Sie warf ihr Spielzeug mit der Schnauze hoch, nahm es schnell wieder auf und schüttelte das Teil, das fest zwischen ihren Zähnen hing, kraftvoll durch die Gegend.

»Ich dreh noch durch. Wo kann Lea denn bloß sein?« Berger schaute in der Gegend umher. Er suchte vom nahe liegenden Feld bis zum Waldrand alles ab. Vielleicht war sie doch gestürzt und hatte sich von der Straße weggeschleppt? Er konnte nicht mehr klar denken, keine kausalen Zusammenhänge mehr herstellen und wurde zunehmend nervöser.

»Wenn sie hier irgendwo liegen würde, dann hätte Senta sie gefunden! Wir gehen zurück. Ich fahre in die Dienststelle und dann sehen wir weiter. Tut mir leid, dass wir nicht helfen konnten.« Der Kollege rief Senta zur Räson und verkürzte die Laufleine auf einen Meter.

Eine gute Viertelstunde später waren sie mit der Hündin wieder an Leas Haus angelangt. Der Diensthundeführer öffnete die Kofferraumklappe seines Caddys. Senta sprang in den Wagen und legte sich bequem hin, nachdem er das Auto sicher verschlossen hatte. Er fuhr zur Dienststelle zurück.

Thomas stand verzweifelt vor dem Haus und fasste die Fakten zusammen: Lea hatte morgens definitiv das Haus zum Joggen verlassen. Danach hatte sie frühstücken wollen. Im Haus sah nichts verdächtig aus. Sie war seitdem verschwunden. ›Oder habe ich irgendetwas übersehen‹, grübelte Berger und kaute hektisch auf dem Nagel seines Daumens.

Kapitel 33: Eine heiße Spur

Lars Paulsen ließ sich von Schwester Juliane zeigen, in welchem Appartement Martha Schneider wohnte, und bedankte sich für die Hilfe. Er klopfte vorsichtig an die Tür.

»Ja, bitte!«, hörte er und trat zaghaft ein.

»Guten Tag, Frau Schneider, mein Name ist Lars Paulsen von der Polizei. Entschuldigen Sie bitte, dass ich Sie so überfalle!«

Eine zierliche Frau stand vor ihm. Sie wirkte für ihr Alter, das er auf knapp über achtzig Jahre schätzte, sehr gepflegt und agil. »Ist schon gut. Ich bin froh, dass Sie da sind. Sie kommen doch wegen des Zeitungsbildes?« Sie bot ihm einen Platz in einem Ohrensessel am Fenster an und knöpfte ihre Strickjacke zu. Das geräumige Zimmer war mit dunklen, alten Möbeln ausgestattet. Auf der Anrichte standen künstliche Blumen und diverse Fotos in Bilderrahmen. Sie griff zu einem Foto und hielt es ihm entgegen: »Das ist er, mein Sohn.«

»Darf ich mal schauen?«, bat Lars Paulsen und nahm ihr das Foto ab.

»Gerne. Das Foto hat Schwester Juliane gemacht, als der Junge mich das letzte Mal besucht hat. Sehen Sie die Ähnlichkeit mit dem Bild aus der Zeitung? Das ist mein Sohn, hundertprozentig! Ich mag alt auf Sie wirken, aber im Kopf bin ich fit!« Sie tippte mit dem Zeigefinger an ihre rechte Schläfe.

»Oh, das habe ich schon gemerkt. Daran habe ich überhaupt nicht gezweifelt.«

»Was ist mit ihm? Oder ist er tot und Sie haben das nicht in der Zeitung erwähnt?«, fragte sie aufgeregt.

»Wir suchen ihn. Wie ist denn der Name und wo finden wir Ihren Sohn?«

Es dauerte einen kleinen Moment, ehe sie antwortete: »Es ist so, ich habe meinen Sohn Rahul schon sehr lange nicht gesehen. Aber vor Kurzem war er hier. Anfangs war es sehr nett. Sie sehen ja, wie freundlich er in die Kamera gelächelt hat.« Sie nahm das Foto wieder in die Hand und schmiegte es vorsichtig an ihre linke Brust in die Nähe ihres Herzens. »Dann haben wir uns heftig gestritten und er ist seitdem nicht wieder hergekommen.«

»Darf ich fragen, worüber Sie gestritten haben?«, fragte Paulsen behutsam. Er beobachtete die ältere Dame ganz genau und wollte sie in ihrem Alter keineswegs aufregen.

»Das ist eine sehr lange Geschichte. Ich weiß nicht, ob Sie so viel Zeit mitgebracht haben?«

»Am besten, Sie fangen an, und wenn es zu spät wird oder Sie meine Befragung zu sehr anstrengt, brechen wir einfach ab. Einverstanden?« Paulsen zog seine Jacke aus, da er zu schwitzen begann.

»Ich unterhalte mich sehr gern mit Ihnen. Sonst bekomme ich doch kaum Besuch. Aber die Geschichte, die ich Ihnen erzählen werde, wirft ein schlechtes Licht auf mich. Sie werden bestimmt überrascht sein.«

»Darum geht es nicht, Frau Schneider. Es steht mir nicht zu, ihre Lebensgeschichte zu bewerten. Ich brauche nur Fakten. Und glauben Sie mir eins, meine Lebensgeschichte um diverse Frauen möchten Sie erst recht nicht hören.« Paulsen lächelte sie verschmitzt an und versuchte, die Unterhaltung locker anzugehen.

Martha Schneider lachte laut, richtete sich ihren kleinen Dutt und zwinkerte ihm zu. »So attraktiv, wie Sie aussehen, kann ich mir das gut vorstellen. Ich war ja auch mal jung und schön.«

»Spaß beiseite, Frau Schneider. Ich bin gespannt. Erzählen Sie bitte über Ihren Sohn! Ich benötige das Geburtsdatum und auch seine Adresse«, forderte Paulsen sie freundlich auf.

»Ich versuche, mich kurz zu fassen, sonst müssen Sie noch im Augustenstift übernachten.« Martha Schneider hatte den Satz beendet, und plötzlich änderte sich von einem Moment zum nächsten ihr Gesichtsausdruck. Sie spannte die Stirn an und hatte auf einmal mehr Falten. Ihre Augen blickten durch Paulsen hindurch.

Er spürte, wie sie sich zwang, sich zu erinnern und ihre Vergangenheit in Worte zu fassen. Er zweifelte nicht einen Moment daran, sie war weder senil noch dachte sie sich die Geschichte aus. ›Wenn ich in dem Alter rhetorisch noch so gut drauf bin, kann ich nur dankbar sein‹, dachte Paulsen und war gespannt, was die Dame ihm nun offenbaren würde.

»Ich war früher als Stewardess tätig und weltweit unterwegs. Langstreckenflüge in die Ferne liebte ich ganz besonders. Auf einer Reise nach Indien habe ich in einem Hotel in Neu-Delhi mehrere Tage mit unserer Crew übernachtet. Nach einem Stadtbummel kam ich ins Hotel zurück und stellte fest, dass mein Zimmer aufgebrochen war und meine persönlichen Dinge gestohlen worden waren. Ich informierte die Polizei und begab mich zur deutschen Botschaft, um einen neuen Pass zu beantragen. – Sie können sich vorstellen, dass es für mich als Frau in dem Land, trotz rechtlicher Gleichstellung, nicht einfach war. – Jedenfalls verliebte ich mich in den Mann, der zuständig für die Ausstellung meiner neuen Papiere war. Er hatte eine gehobene Stellung und verdiente für indische Verhältnisse viel Geld. Er war mein Traummann. Ich warf meinen Job hin und blieb in Indien. Riskant und waghalsig, nicht wahr? Was wusste ich schon von Indien? Das Aussehen des Mannes, ein gebürtiger Österreicher, und sein unwiderstehlicher Charme, ließen mich dahinschmelzen. Bald bekamen wir einen Jungen. Geheiratet haben wir nicht. Wir waren auch so glücklich. Unserem Jungen gaben wir den Namen Rahul. Er sollte einen indischen Vornamen haben, wenn er schon zweisprachig aufwachsen musste. Als Rahul in die Schule kam, habe ich mir eine Arbeit gesucht. In einer renommierten Bekleidungsfirma, die weltweit exportierte, wurde ich sofort aufgrund meiner guten Sprachkenntnisse eingestellt. Und hier beginnt der tragische Teil meiner Geschichte.« Martha Schneider stand auf und ging zum Fenster. Sie blickte einen Moment hinaus.

»Wollen wir eine Pause machen, Frau Schneider?«, fragte Paulsen, obwohl er vor Neugier kaum erwarten konnte, was er zu hören bekommen würde.

»Nein, ich will Ihnen das jetzt erzählen. Es befreit mich. Ich habe noch nie darüber gesprochen.«

»Einverstanden, ich bin ganz Ohr.« Paulsen lockerte seine Haltung etwas.

»Ich arbeitete, wie gesagt, in einer Bekleidungsfabrik, und Rahul besuchte mich des Öfteren dort. Ich zeigte ihm im Versandbereich die schönsten Materialien und musste nach und nach feststellen, dass mein Sohn sich dort spielerisch wie ein kleiner Prinz verkleidete und in edle Stoffe hüllte. Er wollte unbedingt seine Haare länger wachsen lassen. Ich erschrak, als ich beobachtete, wie er weibliche Bewegungen, Mimik und Gestik vor dem Spiegel regelrecht trainierte. Erst dachte ich, er wolle Schauspieler werden. Sie kennen doch diese ganzen Bollywoodfilme bestimmt auch, oder?« Frau Schneider schaute Paulsen fragend an.

»Nein, aber ich habe davon gehört. Aber gesehen habe ich solche Filme noch nicht.«

»Das Verhalten meines Sohnes flößte mir jedenfalls Angst ein. Mein Mann beobachtete es mit noch größerer Sorge als ich und bestrafte ihn dafür oftmals mit einer Ohrfeige. – Lange Rede, kurzer Sinn: Unser Sohn war in unseren Augen nicht normal. Mein Mann lernte dann später in der Botschaft eine jüngere Frau kennen und verließ mich ihretwegen. Ich war so am Boden zerstört, dass ich im wahrsten Sinne des Wortes meine Sachen gepackt habe und Indien verlassen wollte. Mein indischer Traum war geplatzt wie eine Seifenblase. Ich habe auf Unterhalt und Alimente verzichtet und bin mit Rahul zurück nach Deutschland geflogen. Ein neues Leben wollte ich mir aufbauen. Rahuls Vater hat mir und meinem Sohn alles Gute gewünscht und war froh, dass wir aus seinem Leben verschwanden. Er hat weder um mich, noch um seinen Sohn gekämpft. – Wissen Sie, wie weh das tat?« Martha Schneider machte eine Pause und schluckte.

»Das kann ich mir vorstellen, obwohl ich keine Kinder habe. Aber ich denke, Sie haben das gut gemeistert«, schmeichelte Paulsen ihr.

»Zum Abschied schenkte er Rahul damals auf dem Flughafen eine wertvolle Kette. Es war ein Erbstück, das er aus dem Privatbesitz eines Goldschmiedes gekauft und wohl eigentlich beabsichtigt hatte, so dachte ich später, mir zum Geburtstag zu schenken. Es war eine silberne Kette mit einem Anhänger. So ließ er uns auf dem Flughafen stehen. Dann verschwand er. Ich habe bis heute nie wieder etwas von ihm gehört. Ob er noch lebt und die Inderin damals geheiratet hat? Ich weiß es nicht. Ich weiß auch nicht, ob mein Sohn später noch einmal mit ihm in Kontakt getreten ist. Wohl kaum, vermute ich. Mein Sohn und ich haben uns dann nach seiner Schulausbildung aus den Augen verloren und nur sehr unregelmäßig gesehen – vielleicht einmal im Jahr. Er hatte im Süden eine Lehrstelle angetreten. Wir hatten nie ein gutes Verhältnis. Ich wusste bis vor Kurzem nicht einmal, was aus ihm geworden ist.«

»Heißt das, dass er zu Ihnen Kontakt gesucht hat?«

»Ja, dass er hier vorbeigekommen ist, war ganz überraschend. Ich habe mich so gefreut, ihn wiederzusehen, und dann habe ich es vermasselt! Hätte ich ihn nicht vor Kurzem gesehen, dann hätte ich ihn vermutlich auf dem Zeitungsbild gar nicht erkannt. Er muss es sein!« Frau Schneider hielt das ausgeschnittene Phantombild neben ihr Foto. Sie senkte ihren Blick und sah auf den Boden.

»Inwiefern? Was haben Sie vermasselt?«, hakte Paulsen sofort nach.

»Rahul war hier und offenbarte mir ...« Frau Schneider brach ab und holte sich ein Papiertaschentuch aus dem Schrank, »... dass er vorhabe ... oh Gott, ich mag es nicht aussprechen.«

»Was hatte er vor?«

»Er fragte mich, ob ich Ersparnisse hätte. Er könne so nicht weiterleben und wollte sich ...«

»Bitte sagen Sie es, Frau Schneider! Was wollte er?«

»... sich vom Mann zur Frau umoperieren lassen.« Sie brach in Tränen aus und wagte kaum, Lars Paulsen anzugucken. Sie schämte sich. »Ich habe geflucht und mit ihm geschimpft und ihm versichert, dass ich dafür nicht einen Euro herausrücken würde. Ausgelacht habe ich ihn und er ist wütend geworden. Dann riss er sich die Kette, die er damals von seinem Vater zum Abschied auf dem Flughafen bekommen hatte, vom Hals und schmiss sie mir vor die Füße. Anschließend knallte er die Tür hinter sich zu und war verschwunden.«

Lars Paulsen holte tief Luft. »Danke, Frau Schneider, dass Sie sich überwunden und so offen erzählt haben. Das war nicht leicht für Sie«, stellte er fest.

»Ich habe als Mutter versagt. Das werde ich mir nie verzeihen können!« Martha Schneider weinte und schnaubte hemmungslos in ihr Taschentuch.

»Frau Schneider, haben Sie die Kette noch? Sicherlich. Oder?«

»Ja, sie liegt dort in der Schatulle.« Sie zeigte auf ein Schmuckkästchen auf dem Nachttisch.

»Dürfte ich die Kette mitnehmen? Ich bringe sie Ihnen in ein paar Tagen zurück.«

»Gerne. Ich trage sie ja eh nicht und sie liegt nur herum. Ich bin ehrlich gesagt froh, wenn ich sie nicht sehen muss.«

Paulsen stand auf, holte die Schmuckschatulle und gab sie der Dame. Martha Schneider zog eine silberne Kette mit einem filigranen Anhänger hervor.

»Schauen Sie mal«, sie hielt Paulsen die Kette entgegen, »das ist ein silbernes Rad. Das Speichenrad ist ein uraltes indisches Symbol des Lebens. Es ist noch heute in fast allen buddhistischen Klöstern im Eingangsbereich als Wandmalerei zu sehen. Das Lebensrad ist nicht nur ein Appell, sein Leben zu ändern, sondern auch ein Spiegel, in dem der Mensch sich selbst erkennen kann, weil es ein verschlüsselter Ausdruck seines Unbewussten ist. Es sollte ein Glücksrad für Rahul sein und ihn vor Unheil bewahren.«

»Was ist denn genau in dem Kreis dargestellt?«, fragte Paulsen interessiert.

»In der Mitte bewegen sich drei Tiere: ein Schwein, eine Schlange und ein Hahn. Jedes von ihnen beißt in den Schwanz des vorangehenden, sodass sie zu einer geschlossenen Kette verbunden sind. Die Kraft, die ein Rad antreibt, setzt an seiner Nabe an. Die drei Tiere sind Sinnbilder jener Kräfte, die das Rad des Lebens treiben. Diese Kräfte werden in der buddhistischen Überlieferung auch unheilsame Wurzeln genannt, weil aus ihnen alles Elend des Lebens wächst.«

»Elend des Lebens? Das hört sich kompliziert an«, stellte Paulsen fest. »Das verstehe ich nicht.«

»Es ist ganz einfach, Herr Paulsen: Das abgebildete Schwein steht für Unwissenheit, Dummheit und Verblendung; der Hahn für Sinnlichkeit und Begierde. Und die Schlange ist das Symbol für Hass, Zwietracht und Feindseligkeit. Die einzelnen Lebensbereiche sind durch die Speichen geteilt.« Frau Schneider reichte Paulsen, der etwas ungläubig schaute, die Kette.

»Das ist wirklich sehr interessant«, stellte Paulsen fest, nahm ihr behutsam das Schmuckstück ab und packte es vorsichtig in ein kleines Plastiktütchen, das er aus seiner Jackentasche herausgekramt hatte. »Darf ich das Foto mitnehmen und ein Haar von Ihrer Haarbürste oder Ihrem Kamm?«, fragte er, und sie nickte zustimmend. Paulsen wusste, dass bei der DNA-Analyse Mischspuren vorhanden sein würden, da die Kette von mehreren Personen angefasst worden war. »Ich bringe Ihnen die Sachen bald wieder. Haben Sie vielen Dank für das Gespräch, Frau Schneider!«

»Das Geburtsdatum und die Anschrift von Rahul benötigen Sie nicht, Herr Paulsen?«

»Oh, doch, das hätte ich fast vergessen. Sie sind aber auch aufmerksam, Frau Schneider«, lobte er sie.

»Er wurde am 6. Dezember 1965 geboren und wohnt in der Nähe der Paulskirche, in der Franz-Mehring-Straße, hat er gesagt. Die Hausnummer weiß ich nicht.«

»Am Nikolaustag geboren, das behalte ich. Vielen Dank noch einmal!« Paulsen verabschiedete sich schnell, um nicht noch unangenehme Fragen der Dame beantworten zu müssen.

»Ach übrigens, mein Sohn heißt nicht mehr Rahul Schneider. Wir haben damals nach der Rückkehr aus Indien der Einfachheit halber seinen Namen behördlich in Rolf ändern lassen. Es hat Monate gedauert, aber es hat geklappt. Mein Sohn ist damals in der Schule wegen seines Namens – wie man es heute sagt – gemobbt worden.«

Paulsen wunderte sich, warum die Dame gar nicht weiter nachgefragt hatte, weshalb ihr Sohn gesucht wurde. Andererseits war er erleichtert, ihr nicht erklären zu müssen, welchem Verdacht die Polizei nachging.

Nach dem Einsteigen in den Wagen legte er das Tütchen mit der Kette und ein weiteres mit ein paar Haaren von Martha Schneider sorgfältig auf dem Beifahrersitz ab. Er rief sofort Berger an. »Ich glaube, wir haben ihn. Ich bin mir ziemlich sicher: Wir suchen Rahul ... nein, nicht Rahul, sondern Rolf Schneider!«

Kapitel 34: Die Verbindung

Im Büro erzählte Paulsen Thomas Berger von dem Gespräch mit Martha Schneider. Als Berger die silberne Kette sah und sich die Details zu den Sinnbildern des Anhängers erklären ließ, rief er laut: »Das ist das Puzzleteil, das uns noch fehlte. Die Kette geht sofort zur DNA-Analyse!«, wies er an.

»Gute Arbeit, Lars!«, lobte er seinen Kollegen. »Er ist der Mörder, ich habe keine Zweifel. Ein Psychopath, der gemordet hat und sein Opfer an ein Rad ... verstehst du? Ein Rad ... das Rad der Schleifmühle ... gefesselt hat. Lebensrad! Rad – die Verbindung, das ist es! Glaub mir!«

»Wie sieht es bei dir aus? Schon eine Spur zu Lea?«, fragte Paulsen und freute sich insgeheim über das Lob und den neuen Ermittlungsstand im Fall der toten Studentin.

»Bisher haben wir nichts.« Berger dachte nach. »Lars, wenn der mutmaßliche Mörder der Studentin der Sohn von Martha Schneider ist und dieser Kerl bei Lea in der Praxis unangenehm aufgefallen ist, dann hat er Lea auch auf dem Friedhof überfallen und sie jetzt entführt. Ich glaub, ich dreh durch! Wir sollten sofort die Fahndung nach dem Mann auslösen!«

»Willst du nicht erst mit dem zuständigen Staatsanwalt sprechen?«, schlug Lars vor.

»Das ist mir jetzt scheißegal! Der Kerl ist ein Psychopath und auf der Flucht mit Lea. Glaub mir das doch!« Berger lief wie ein Tiger im Käfig in seinem Büro hin und her. »Ruf das Einwohnermeldeamt an und die Zulassungsstelle! Prüfe bitte, wo er wohnt und ob ein Fahrzeug auf ihn zugelassen ist, okay?«

»Mache ich. Hauptsache, wir bekommen keinen Ärger mit der Staatsanwaltschaft«, gab Paulsen nochmal zu bedenken.

»Übrigens, die Kollegen haben ermittelt, dass die ermordete Studentin regelmäßig Ritalin eingenommen hat. Sie hat sich das ADHS-Medikament illegal besorgt. In Amerika nimmt angeblich jeder vierte Student das leistungssteigernde Mittel ein. Stell dir das mal vor!«

»Hirndoping?«, fragte Berger.

»Ich habe einen Artikel darüber gelesen. Um es sinngemäß auf den Punkt zu bringen: Nimmt man Ritalin, verspürt man keine Impulse mehr. Keinen Drang mehr, herumzulaufen, schlafen zu gehen, eine Pause zu machen oder etwas zu essen. Man könnte die ganze Zeit durcharbeiten«, erklärte Paulsen. Er schlug mit der Hand auf den Tisch und stand auf. »Wir warten das Ergebnis der DNA-Analyse ab. Ich mache den Kollegen Dampf, sodass wir das Resultat recht bald haben.«

Thomas brummte der Kopf. Er wusste gar nicht, was er zuerst machen sollte. Weiter nach Lea suchen? ›Bloß wo?‹, war die Frage, die in seinem Kopf kreiste. Im Krankenhaus nachfragen, wie es seinem Sohn ging, oder sich um den bürokratischen Teil der Vaterschaftsanerkennung kümmern? Er ließ eine Kopfschmerztablette in ein Wasserglas fallen. Wie besessen grübelte er und beobachtete, wie sich die Tablette sprudelnd und im Wasser tanzend auflöste.

Kapitel 35: Theorien

Berger hatte Leas Handy aus Wittenförden mitgenommen. Es war der einzige Gegenstand, den er, seitdem er Lea suchte, ständig bei sich trug. Er passte sorgsam auf, dass der Akku nicht vollkommen entladen war und er sich nicht mit ihrer PIN neu einloggen musste. Er ließ ein Foto von Lea in allen Zeitungen abbilden, um Zeugen zu finden, die sie vielleicht gesehen hatten. Er war verwundert, dass er Leas Tochter nicht erreichen konnte, und schickte eine SMS nach der anderen, in denen er sie bat, sich umgehend bei ihm zu melden.

Nachdem am folgenden Tag im Nordmagazin des Regionalfernsehens über die tote Studentin berichtet worden und nun eine Frauenärztin spurlos verschwunden war, standen die Telefonapparate in der Polizeiinspektion Schwerin nicht mehr still. Beunruhigte Frauen überschütteten die Beamten mit Fragen oder kritisierten erbost, dass die Aufklärung des Falles so viel Zeit in Anspruch nehme. Beide Fälle reichten aus, um die Landeshauptstadt in Angst und Schrecken zu versetzen. Es gab in Schwerin nur noch ein Thema, das alle beschäftigte. Mutmaßungen und waghalsige Theorien machten in Straßenbahnen und Bussen, in Firmen, Sportstätten, Schulen und Kindergärten die Runde. Es gingen bei der Polizei zahlreiche Anrufe von Frauen ein, die Lea Engel gesehen haben wollten. Dem wurde sofort nachgegangen. Nichts trug jedoch zur Aufklärung bei. Die Sonderkommission bekam jetzt sogar Druck vom Polizeipräsidium aus Rostock. Selbst der Innenminister des Landes ließ sich jeden neuen Ermittlungsstand zuleiten.

»Uns läuft die Zeit davon«, drohte Berger. »Lea ist jetzt seit vierundzwanzig Stunden weg. Der Kerl hat sie umgebracht oder entführt«, mutmaßte er.

»Wenn sie tot wäre, dann hätten wir sie gefunden. Oder meinst du, Rolf Schneider fährt mit ihrer Leiche durch die Gegend?«, antwortete Lars behutsam. Er sah Berger die Anspannung förmlich ins Gesicht geschrieben. Der Hauptkommissar war blass und hatte dunkle Augenränder.

»Sollte er der Mörder der Studentin sein, dann ist er mit der Toten auch durch die Gegend gefahren, bevor er sie an das Rad gefesselt hat«, erwiderte Berger. »Der Fundort war nicht der Tatort! Hast du das vergessen, Lars? Das konnten wir ausschließen. Wir brauchen den genetischen Abgleich. Damit steht und fällt alles«, mahnte Berger und riss sich hektisch Nagelhaut vom Daumen. Er schraubte eine Wasserflasche auf und trank einen riesigen Schluck.

Lars verließ das Zimmer und Thomas versuchte erneut, Charlotte telefonisch zu erreichen.

»Thomas, ich habe bei der Staatsanwaltschaft angerufen und alles geschildert. Mir ist die Sache zu brenzlig«, erklärte Paulsen, der wieder in Bergers Büro erschien.

»Und was sagt der zuständige Staatsanwalt?«

»Er sieht es genauso wie wir. Die Kontaktspuren an dem Hanfseil, mit dem die Studentin gefesselt wurde, und die Spuren an Leas Jacke, die sie auf dem Friedhof trug, sind entscheidend. Wir haben Abriebspuren und können daher Epithelien untersuchen. Die Hautzellen, die wir mit Sicherheit an der Kette von Rolf Schneider finden, werden damit übereinstimmen. Davon bin ich überzeugt. Wir haben an der Schleifmühle auch noch eine Zigarettenkippe sichergestellt. Damit haben wir genügend Material, ihn zu überführen«, versicherte Paulsen.

»Richtig! Für mich ist momentan nur wichtiger, wo Lea ist. Was macht der Kerl, wenn er merkt, dass wir nach ihm und Lea fahnden? Vielleicht bringt er sie dann erst um? Was hat er noch zu verlieren? Wenn er krank ist, ist es ihm doch egal, ob er eine Frau oder zwei Frauen getötet hat.« Thomas ging zur Kaffeemaschine und stellte sie an. Er war müde und erschöpft, sein Kopf kam jedoch nicht zur Ruhe.

»Thomas, dein Immobilienmakler ist am Telefon«, rief seine Sekretärin aus dem Vorzimmer.

»Jetzt nicht! Dafür habe ich keinen Nerv«, schnauzte er seine Mitarbeiterin an, entschuldigte sich aber sogleich für die Überreaktion. »Sag ihm bitte, ich melde mich bei ihm später!« – ›... oder gar nicht mehr‹, dachte er. ›Wenn Lea tot ist...‹

Lars Paulsen riet Berger, nach Hause zu fahren und sich auszuruhen. »Solange das DNA-Ergebnis nicht da ist, können wir Rolf Schneider nichts nachweisen. Wir haben von Schneider keine klassischen Spuren wie Blut, Speichel oder Sperma. Daher kann die Untersuchung etwas dauern.«

»Hast ja recht! Ich habe aber keine Ruhe. Ich kann nicht schlafen«, widersprach Berger. »Ich bleibe hier im Büro.« Er klappte eine alte Campingliege auf, die er aus einem Abstellraum geholt hatte, klopfte den Staub ab und legte sich einen Moment hin. Aus einem Handtuch formte er sich eine Nackenrolle und mit seiner Jacke deckte er sich zu.

Kapitel 36: Fluchtgefahr

»Thomas, wach auf!« Paulsen rüttelte seinen Kollegen, sodass der fast von der wackligen Liege fiel.

»Was ist los?«

»Die DNA-Spuren von der Kette und von dem Hanfseil der Studentin stimmen eindeutig überein. Die Fahndung läuft. Die ersten Ergebnisse laufen gerade zusammen. Schneiders Wohnung in der Franz-Mehring-Straße wird rund um die Uhr überwacht. Sein blauer VW Golf mit Schweriner Kennzeichen ist deutschlandweit zur Fahndung ausgeschrieben. Sein Foto wird gerade auf allen Fernsehsendern gezeigt.«

»Wahnsinn! Wie lange habe ich denn geschlafen?« Thomas streckte sich und war sofort hellwach. Er schaute als Erstes auf Leas Handy, das auf seinem Schreibtisch lag. Keine Anrufe, stellte er fest. Nicht einmal Charlotte hatte sich gemeldet. Er zog seine Schuhe an und ging zum Waschraum. Kaltes Wasser klatschte er sich über dem Waschbecken ins Gesicht, um richtig fit zu sein. Sein Puls ging in die Höhe und er spürte seine steigende Anspannung. Das war bisher immer so gewesen, wenn er das Gefühl hatte, dass er kurz vor der Lösung eines Falles stand.

Ein Beamter der Sonderkommission kam in Bergers Büro gestürzt. »Kollegen in Potsdam haben Schneiders blauen Golf gefunden. Er parkt vor einer Klinik. Rolf Schneider haben sie jedoch noch nicht entdeckt«, berichtete der Kollege hastig.

»Lars, los, ruf die Einsatzleitstelle an. Wir brauchen einen Helikopter. Es ist Gefahr im Verzug. Es zählt jede Minute. Was ist das für eine Klinik?«, fragte Thomas und starrte Lars an. Er konnte die Situation nicht einschätzen. War Schneider verletzt oder Lea? Es rauschte dumpf in seinen Ohren und ein kurz anhaltender hoher Piepton machte ihn zunehmend nervöser. ›Bloß keinen Hörsturz bekommen. Das fehlt mir jetzt noch‹, dachte er und versuchte, bewusst langsam tief ein- und auszuatmen, wie er es beim autogenen Training vor einem Jahr erlernt hatte.

Die Staatsanwaltschaft hatte Haftbefehl erlassen. Es lag nicht nur Wiederholungsgefahr vor, sondern auch Flucht- und Verdunkelungsgefahr.

»Der Hubschrauber ist in Kürze da. Wir können sofort nach Potsdam fliegen. Ich bin gespannt, wer eher am Einsatzort sein wird: wir oder das SEK von Brandenburg«, murmelte Berger. »Danke, Lars! Dich möchte ich echt nicht mehr missen. So routiniert und schnell war Ellen nicht – möge sie in Frieden ruhen«, gab Berger von sich.

»Sie war jung und hatte noch nicht die Berufserfahrung«, relativierte Lars das Lob. Er freute sich aber dennoch über Bergers Sätze.

»Das stimmt. Und sie war eine Mörderin …«, ergänzte Berger, als er und Paulsen zum Hubschrauberlandeplatz rannten.

Sie waren noch keine fünfzehn Minuten unterwegs, da erreichte sie ein Funkspruch der Sonderkommission aus Schwerin, in dem mitgeteilt wurde, dass Schneider im Wartebereich eines Arztes in einer Potsdamer Klinik säße.

»Ich will sofort mit dem Arzt verbunden werden. Schnell! Ich brauche jede Information. Die Klinik, was für eine Klinik ist das, zum hundertsten Mal? Ich brauche Informationen, und zwar zügig. Die Klinik muss umstellt werden, falls das SEK noch nicht vor Ort ist!« Bergers Anweisungen überschlugen sich förmlich.

»Der mutmaßliche Mörder sitzt im Wartebereich der Klinik Sanssouci in Potsdam. Anschrift: Helene-Lange-Straße 13. Er will vermutlich zu Professor Rutkowski«, bekam er ein paar Minuten später von Lars zu hören.

»Hol mir den Rutkowski sofort an die Strippe, sonst dreh ich durch! Bitte alles so, dass Schneider im Wartezimmer nichts mitbekommt. Verstanden?«

Berger und Paulsen warteten auf den wichtigen Anruf aus Potsdam. Sie beobachteten aus dem Hubschrauber die Landschaft unter ihnen. Berger war ein wenig schlecht, weil er vorher aus Zeitgründen nichts hatte essen können und nur auf einem Kaugummi herumkaute, das sich fast auflöste. Das Telefon klingelte. Durch die Rotorengeräusche des Hubschraubers war die Verständigung sehr schlecht. »Hauptkommissar Berger hier. Mit wem spreche ich?«, fragte er dreimal hintereinander.

»Professor Rutkowski am Apparat. Was ist denn los?«, fragte der Arzt ganz aufgeregt.

»Bei Ihnen im Wartezimmer sitzt ein mutmaßlicher Mörder. Sie hören jetzt genau zu, was ich Ihnen sage ...« Berger versuchte, ruhig zu bleiben, was ihm aufgrund der Geräuschkulisse schwerfiel.

»Wird hier mit versteckter Kamera für ›Verstehen Sie Spaß?‹ gedreht?«, witzelte der Professor.

»Nein, es ist ernst. Jetzt hören Sie mir zu!« Die schlechte Verbindung brachte Berger immer mehr in Rage. »Verstehen Sie mich? Die Klinik müsste in Kürze von der Polizei umstellt sein. Hören Sie genau auf meine Anweisungen und verhalten Sie und Ihre Angestellten sich so unauffällig wie möglich. Ist das jetzt klar?«

»Okay, ich habe verstanden! Es haben sich drei Männer zur Vormittagssprechstunde bei mir angemeldet, die draußen sitzen müssten.« Rutkowski prüfte auf dem Bildschirm die Namen, die im digitalen Kalender von seiner Assistentin eingetragen worden waren.

»Sehr gut! Der von uns gesuchte Mann heißt Rolf Schneider.«

»Ja, der ist als Letzter dran«, bestätigte der Professor.

»Sie gehen jetzt raus und rufen den Patienten in Ihr Zimmer! Dann bitten Sie ihn, Platz zu nehmen, und verlassen unter einem Vorwand unauffällig den Raum! Bitte versuchen Sie, ihn einzuschließen! In welcher Etage befindet sich Ihr Behandlungszimmer?«

»In der fünften Etage«, antwortete der Professor.

»Okay, dann wird Rolf Schneider wohl nicht aus dem Fenster springen, oder?«

»Wenn er flüchten will, dann nicht. Um sich das Leben zu nehmen, reicht die Höhe definitiv aus.«

»So, sie legen jetzt auf und machen, was ich Ihnen gesagt habe! Ich habe eben die Information erhalten, dass der Täter nicht flüchten kann und Polizei vor Ort ist. Wir wissen nicht, ob er ein Messer oder vielleicht sogar eine Schusswaffe bei sich trägt. Also, bitte äußerste Vorsicht!«

»Oh Gott, nicht, dass er um sich schießt. Ich will keine Skandale an meiner Klinik. Dann kann ich schließen!«

»Andere Sorgen haben Sie wohl nicht, oder?« Berger war entsetzt, wie wichtig dem Professor der Ruf der Klinik und nicht sein eigenes Leben bei dieser waghalsigen Aktion war.

Paulsen hatte gegoogelt und herausgefunden, dass es eine Privatklinik war, die sich auf Geschlechtsangleichungen vom Mann zur Frau spezialisiert hatte. Die Entfernung von Hoden und Penis sowie Bildung von Schamlippen, Scheide und Klitoris sollte über 15 000 Euro kosten. Brustaufbau und weitere Eingriffe, wie die Veränderung der Stimme durch operative Maßnahmen am Kehlkopf, waren in dem Preis noch nicht einmal inbegriffen.

»Paulsen, wir landen gleich«, waren Bergers letzte Worte, die der Kollege hörte, bevor der Hubschrauber zum Sinkflug ansetzte. Die Polizeibeamten aus Potsdam warteten bereits in einem Fahrzeug auf ihre Schweriner Kollegen.

Kapitel 37: Die Geiselnahme

Das Polizeiauto raste mit Blaulicht vom Landeplatz aus durch die Innenstadt von Potsdam und erreichte die Klinik genau zu dem Zeitpunkt, als Berger von den Kollegen vor Ort erfahren musste, dass Rolf Schneider am Fenster der fünften Etage geraucht hatte und nicht in das Zimmer des Professors gegangen war. Schneider hatte die Beamten vor der Klinik gesehen, seine Zigarette weggeschmissen und nun irrte er in der Klinik umher.

Schneiders Golf war bereits durch die Polizei geöffnet worden. Nichts wies darauf hin, dass Lea in dem Wagen gesessen oder gelegen hatte. Genaue Spurenuntersuchungen mussten jedoch abgewartet werden.

Ein Zeuge, den Schneider fast umgerannt hatte, berichtete Berger, dass der Mann am Eingangsbereich des Operationstraktes eine Schwester überwältigt und sich über einen Schleusenraum Zutritt zu einem Operationssaal verschafft hatte. Berger und Paulsen positionierten sich neben weiteren Beamten direkt davor.

Durch die Tür stürzte eine Laborantin mit Blutkonserven heraus. »Hilfe! Hilfe«, schrie sie, »da ist ein Mann drin, der den Anästhesisten mit einem Skalpell verletzt hat.«

»Beruhigen Sie sich bitte!«, forderte Berger die Frau auf. »Wer ist da noch drin?«

»Ich weiß es nicht genau. Es ging alles so schnell.«

»Hat der Mann eine Waffe?«

»Nein, ich habe keine Waffe gesehen, oder doch?« Die Frau war völlig aufgelöst und zitterte. Sie wollte sich entfernen.

»Einen Moment bitte noch!«, bat Berger. »Was heißt verletzt? Liegt der Anästhesist am Boden? Was haben Sie genau gesehen? Bitte, es ist ganz wichtig für uns!«

»Der Mann muss ihn am Arm verletzt haben. Es war alles voller Blut.«

»Stand der Verletzte noch oder lag er schon?«

»Er taumelte und riss den Instrumententisch um. Dann konnte ich mich in Sicherheit bringen.«

»Lief die Operation schon?«

»Das weiß ich nicht. Ich will hier weg. Lassen Sie mich doch endlich gehen!«, flehte die Laborantin.

»Okay, vielen Dank!« Berger übergab die Frau in die Obhut eines Arztes. »Wie konnte das passieren?«, schimpfte Berger. »Wie konnte Schneider aus dem Wartezimmer fliehen und dann noch in einen Operationstrakt eindringen. Bestimmt hat es der Professor vermasselt«, setzte er noch einen drauf.

Paulsen packte Berger am Arm und hielt ihn fest. »Jetzt bleib mal ruhig und reiß dich zusammen!«

»Ich bin ruhig!«, schrie Berger Paulsen an.

»Das sehe ich. Sei still!«, forderte Paulsen ihn mit einem Blick auf, den Berger bisher noch nicht kannte.

»Wenn die Kollegen Rolf Schneider jetzt überwältigen und töten, dann werden wir nie erfahren, wo Lea ist. Begreifst du das denn nicht?«

»Es wäre besser gewesen, wenn du in Schwerin geblieben wärst. Du bist befangen und hättest gar nicht mitkommen dürfen. Reiß dich zusammen und bleib sachlich! Auch wenn es dir schwerfällt.« Paulsen rüttelte seinen Kollegen kräftig. »Hast du mich verstanden? Ich will Lea auch finden. Aber wir müssen die Ruhe bewahren, professionell auftreten und dürfen uns hier nicht zum Affen machen.« Paulsen schaute sich um und prüfte, ob jemand von den Potsdamer Kollegen die Szene mitbekommen hatte. Das war nicht der Fall.

»Ja, klar! Du hast ja recht.« Berger atmete durch. Der Piepton in seinem rechten Ohr setzte wieder kurzzeitig ein.

Wenige Minuten später lernten Berger und Paulsen Professor Rutkowski kennen. Berger hatte sich einen viel älteren Mann vorgestellt. Er entschuldigte sich bei ihm für seinen ungehaltenen Ton beim Telefonat.

Professor Rutkowski, circa fünfzig Jahre alt, sportlich und eloquent, schlug vor, selbst in den Operationssaal zu gehen und mit dem mutmaßlichen Täter zu reden. Er wolle ihn überzeugen, aufzugeben, oder ihm vorschlagen, den Anästhesisten gehen zu lassen und statt seiner ihn selbst als Geisel zu nehmen.

So einen couragierten Professor hatten Berger und Paulsen keineswegs erwartet. Oder war dies ein Werbezweck für ihn und seine Klinik, fragte sich Berger. Er lehnte den Vorschlag ab. »Wenn dort einer reingeht, dann bin ich es«, legte Berger fest und diskutierte mit dem Einsatzleiter des SEK.

»Dann können Sie sich ja auch gleich um den Patienten, der auf dem Operationstisch liegt, kümmern«, schlug der

Professor sarkastisch vor. »Haben Sie darüber mal nachgedacht? Der Kerl ist nicht nur eine Gefahr für mein Personal, sondern auch für den Patienten, der dort auf dem Tisch liegt.«

»Lars, fordere beim SEK einen dieser Anzüge an, durch die man nicht verletzt oder erstochen werden kann! Einen Kettenanzug. Der ist sicher!«

»Okay«, antwortete Lars.

»Was ist das für ein Anzug?«, fragte der Professor. »Dann kann ich doch auch mit reingehen ...«

»Der Anzug ist gleich hier«, sagte Lars.

Berger wandte sich dem Professor zu: »Haben Sie schon einmal einem Schlachter bei seiner Arbeit zugesehen? Der trägt einen Kettenhandschuh, damit er sich nicht verletzt. So etwas müssen Sie sich als ganzen Anzug vorstellen.«

Der Anzug wurde gebracht und Berger zog ihn rasch über. Er war hochkonzentriert. »Holen Sie mir eine kleine leere Flasche, mit einem Gefahrensymbol ... so ein durchgestrichener Totenkopf wäre gut!«, wies er den Professor an.

»Wozu das denn?«

»Schnell, machen Sie, was ich Ihnen sage!«

»Okay.« Der Professor lief in einen anderen Operationssaal und holte ein derartiges Gefäß.

»Mit Wasser auffüllen und fest zuschrauben!«, befahl Berger.

»Thomas, ich komme mit rein. Du gehst nicht allein«, legte Lars fest.

»Du bleibst aber in einem sicheren Abstand hinter mir, verstanden?«

Der Leiter des SEK schüttelte nur den Kopf.

»Fertig?«, fragte Thomas seinen Kollegen Lars, dem die Anspannung jetzt auch in seinem roten Gesicht anzusehen war.

»Ich bin soweit«, antwortete er.

»Dann wollen wir mal.«

Berger und Paulsen gingen in den Operationssaal, in dem Schneider sich verschanzt hatte.

»Was wollt ihr hier? Verschwindet, sonst stirbt der Mann!«, schrie Schneider Berger und Paulsen an. Er drückte das Skalpell an den Hals des Anästhesisten, der blutend und gekrümmt am Boden lag. »Der Scheißanzug, den du anhast«, er zeigte mit der Hand auf Berger, »wird dem Kerl hier nicht helfen.«

»Herr Schneider, kommen Sie doch zur Vernunft! Die ganze Klinik ist umstellt. Sie kommen hier nicht unbeschadet heraus. Sie verschlimmern Ihre Situation nur noch«, sagte Paulsen behutsam und aus sicherer Entfernung.

»Sehr witzig, was habe ich denn noch zu verlieren?«, schrie Schneider nervös zurück. Seine Blicke wanderten hektisch zwischen den Polizisten hin und her. Das Skalpell hielt er weiter krampfhaft an den Hals des Anästhesisten.

»Lassen Sie den Mann und alle anderen hier im Saal gehen!«, forderte Berger ihn auf.

Zwei OP-Schwestern lagen regungslos auf dem Boden und ein weiterer Mann saß mit seinem Rücken an den OP-Tisch gelehnt. Es war heiß im Saal und grelles Licht blendete. Die

Person, die auf dem OP-Tisch lag und in grüne Tücher gehüllt war, rührte sich nicht.

»Herr Schneider, ich war bei ihrer Mutter im Augustenstift«, begann Paulsen. »Sie bedauert sehr, dass sie sich gestritten haben, und möchte Ihnen gern helfen«, log er.

»Das hätte sie mal eher sagen sollen. Jetzt ist es zu spät«, antwortete Schneider wütend. Sein Gesicht glänzte.

Berger und Paulsen wurde immer heißer in dem überhitzten Saal. Schweißperlen standen ihnen auf der Stirn.

Schneider wurde zunehmend unruhig: »Okay, es können alle raus. Aber der Arzt bleibt hier.« Er bewegte das Skalpell nicht einen Millimeter von dessen Hals weg. »Sie stellen mir vor der Klinik ein vollbetanktes Polizeiauto hin. Der Arzt hier wird mich dorthin begleiten und dann bin ich weg.«

»Okay«, stimmte Berger zu und überlegte, wie er Schneider überwältigen könnte. »Lars, geh raus und veranlasse, dass der Wagen bereitgestellt wird, und sorge dafür, dass das SEK abgezogen wird!« Berger zwinkerte Paulsen zu, sodass Schneider dies nicht bemerkte.

Paulsen wusste, was gemeint war: Wagen bereitstellen. SEK nicht abziehen. Er nahm die zwei OP-Schwestern und den Mann, der am OP-Tisch saß, in seine Obhut. Sie verließen hektisch den Saal.

Plötzlich regte sich die Person auf dem OP-Tisch. Ein Arm kam unter einem grünen OP-Tuch zum Vorschein und riss einen Ständer mit einer Infusion um. Dieses Überraschungsmoment nutzte Berger für sich und stieß den Ständer mit seinem Fuß direkt auf Schneider zu. Der Arzt konnte sich geistesgegenwärtig blitzschnell aus seiner misslichen Lage befreien und robbte von Schneider weg. Schneider griff nach dessen linkem Fuß, bekam ihn aber nicht zu fassen.

Blitzartig stürzte sich Berger auf Schneider und eine heftige Rangelei begann. Der Kettenanzug klirrte auf dem Boden hin und her. Berger fokussierte das Skalpell. Jetzt konnte er Schneider auf dem Bauch liegend festhalten, sodass er sich nicht mehr rühren konnte. Er lag auf Schneider, der immer noch krampfhaft und mit letzter Kraft das Skalpell in der Hand hielt. Schneider rührte sich nicht, lag erschöpft und schwer atmend unter Berger.

»Öffne verdammt noch mal deine Hand und lass das Skalpell los! Sonst werde ich dir gleich unglaublich wehtun.« Berger packte ihn noch fester im Genick.

Schneider wurde schwarz vor den Augen. Dabei fiel ihm das Skalpell aus der Hand.

»Ich habe ihn. Ihr könnt reinkommen«, schrie Berger zu seinen Kollegen, die vor dem Operationssaal gespannt warteten.

Rolf Schneider wurde durch SEK-Beamte abgeführt. Als er an Berger vorbeikam, verzog er sein Gesicht zu einer hässlichen Fratze.

Lars ging auf Thomas zu: »Gut gemacht!«

»Danke, Lars! Das ist ja gerade noch einmal gut gegangen.«

»Sag mal, Thomas, was hattest du mit dieser Giftflasche vor?«, fragte Lars neugierig.

Thomas grinste. »Ich wollte ihn mit der angeblichen Säure einschüchtern.«

»Gut, dass es dazu nicht mehr gekommen ist und Schneider nicht bemerken konnte, dass du geblufft hast.«

Erleichtert verließen sie die Klinik. Zusammen mit Professor Rutkowski gingen sie anschließend zum Helikopter.

»Über ein neues Sicherheitskonzept in meiner Klinik werden wir uns in den nächsten Tagen Gedanken machen müssen.« Mit diesen Worten verabschiedete sich Professor Rutkowski und sah zu, wie Berger und Paulsen zu Schneider in den Helikopter stiegen.

Kapitel 38: Wo ist Lea Engel?

»Rolf Schneider, Sie stehen unter dem dringenden Verdacht, die Studentin Sarah Döring ermordet zu haben. Sie sind vorläufig festgenommen und werden jetzt nach Schwerin geflogen. Dort werden Sie dem Haftrichter vorgeführt.« Berger sprach die Worte wie in Trance aus. »Und jetzt sagen Sie mir sofort, wo Lea Engel ist!«, forderte er den Beschuldigten auf.

Schneider war noch benommen und klitschnass. Die Haare klebten an seiner Stirn, und er roch nach Schweiß. Seine Hände waren vor dem Körper gefesselt. »Ich werde gar nichts sagen.« Das war der einzige Satz, den er von sich gab, bevor er schwieg und vor Erschöpfung einzuschlafen drohte.

»Du schläfst jetzt nicht, hörst du!«, drohte Berger und duzte ihn auf einmal. Er schüttelte den Mann und war kurz davor, ihm eine Ohrfeige zu verpassen. Paulsen schaute Berger entsetzt an.

»Ihr Bullen könnt euch doch gar nicht vorstellen, wie es ist, in einem fremden Körper zu leben und jahrelang beleidigt und gemobbt zu werden. Ich wurde bisher durch die Gesellschaft nur ausgegrenzt.« Schneider schloss die Augen und war für einen Moment ruhig. »Lea Engel wollte mir auch nicht helfen. Und die Schlampe, die Göre aus dem H&M-Laden, hat mich beleidigt und öffentlich bloßgestellt. Das Miststück!« Schneider geriet mehr und mehr in Rage. »Dafür musste sie ihr Leben lassen. Nachdem mir die verdammte Ärztin nichts gegen die Schmerzen verschreiben wollte, hab ich mir am Bahnhof etwas Crystal besorgt und mit Tequila nachgeholfen. Die Frau hat's verdient, am Lebensrad ihr Ende zu finden. Jeder sollte es sehen!«

»Wo ist Lea Engel?«, fragte jetzt Paulsen vorsichtig. »Lebt sie oder ist sie tot? Wenn Sie jetzt sprechen, kann Ihr Geständnis strafmildernd wirken«, schlug er Schneider vor.

»Strafmildernd? Dass ich nicht lache! Bei einem Mord? Was soll da noch strafmildernd wirken? Wollt ihr mich verarschen?«

»Nein, das ist nicht unsere Absicht«, lenkte Paulsen ein. »Ich habe mit Ihrer Mutter gesprochen. Es tut ihr leid, dass Sie sich gestritten haben.«

»Das glaube ich nicht. Was tut ihr leid? Ihr lügt doch«, antwortete Schneider wütend.

»Ich lüge nicht, Herr Schneider. Ich war bei Ihrer Mutter Martha im Augustenstift. Sie hat mir Ihr leidvolles Leben geschildert und bedauert es sehr, dass sie Sie im Streit gehenlassen hat.«

Schneider starrte Paulsen verwirrt an.

»Herr Schneider, wir werden genau ermitteln, unter welchen Umständen es zu der schrecklichen Tat gekommen ist. Vielleicht liegt auch eine verminderte Schuldfähigkeit vor. Bitte glauben Sie mir«, versicherte Paulsen, »wir leben in einem Rechtsstaat ohne Willkür. Menschenwürde und Gerechtigkeit stehen an oberster Stelle.«

»Ach ja? Wie werde ich denn in der Gesellschaft behandelt? Können Sie sich vorstellen, was auf mich im Knast zukommt, wenn sie mich bei den Männern einsperren und wo dann meine Menschenwürde bleibt?«, fragte Schneider wütend.

»Herr Schneider, Sie kommen erst einmal vor den Haftrichter und dann sicherlich in die Untersuchungshaft nach Bützow. Dort sind Sie in Einzelhaft, werden untersucht und dann werden wir sehen ...«

»... sehen und entscheiden, ob ich in die Psychiatrie weggesperrt und mit Psychopharmaka ruhiggestellt werde«, unterbrach er Paulsen und starrte ihn mit aufgerissenen Augen an.

»Vielleicht gibt Ihnen Ihre Mutter die Ersparnisse, die sie für die Operation nicht herausrücken wollte, für einen renommierten Strafverteidiger. Ich kann mir das nach meinem Gespräch mit ihr sehr gut vorstellen, Herr Schneider.«

Rolf Schneider drehte seinen Kopf weg und schwieg.

Kapitel 39: Verrat

Lea Engel hatte gerade die Augen langsam geöffnet und verspürte einen süßlichen Geschmack auf ihrer trockenen Zunge. Chloroform. Sie war sich absolut sicher und kannte aus dem Studium den Geruch und die stark giftige Wirkung auf Leber und Herz. Sie war bewusstlos gewesen. Wie lange, wusste sie nicht. Ihr war übel. Sie wollte sich an den Kopf fassen, da sie starke Kopfschmerzen verspürte. Erst jetzt stellte sie fest, dass ihre Handgelenke gefesselt waren. Wo war sie? Wie kam sie hierher? Lea atmete tief ein und versuchte, sich zu erinnern. Sie war joggen gewesen und dann ließ die Erinnerung nach. Tief sog sie Luft ein, weil sie wusste, dass die Wirkung von Chloroform nicht lange anhält, wenn es abgeatmet wird. Was war geschehen? Ihre Gedanken kreisten und sie fror.

»Du? ... Sophie«, stotterte Lea. »Was ist passiert? Wie kommen wir hierher?«, fragte sie aufgeregt.

»Da staunst du, was?«, erwiderte Sophie grinsend.

»Was ist ... los?«, fragte Lea und sah ihrer langjährigen Jugendfreundin, die sie schon eine Ewigkeit nicht gesehen hatte, ins Gesicht. Sie hatte, nachdem die Einladung zum Klassentreffen gekommen war, oft an ihre ehemalige Freundin denken müssen, konnte aber noch immer nicht begreifen, wo sie war und warum Sophie plötzlich vor ihr hockte. Die Haut an ihren Handgelenken begann zu brennen. Ihr war schlecht vor Hunger und sie hatte einen trockenen Mund. »Wie lange haben wir uns nicht gesehen? Sophie, mach mich bitte los!«, bat sie und streckte ihre Arme vor. Sie wunderte sich, dass ihr Gegenüber nicht gefesselt war, und konnte die Szene, die sich gerade abspielte, immer noch nicht deuten. Träumte sie oder war es die Realität?

Lea schaute sich um und langsam erkannte sie, wo sie war. Das riesige alte Gebäude kannte sie aus ihrer Jugend. Ein modriger Geruch, vermischt mit Chlor, lag in der Luft. Hier hatte sie mit sieben Jahren schwimmen gelernt und mit vierzehn Jahren so hart trainiert, dass sie als Landesmeisterin im Delfinschwimmen gefeiert wurde. Lea benötigte nicht lange, um festzustellen, dass sie gefesselt in der seit Kurzem geschlossenen Schwimmhalle am Fliederberg im Schweriner Stadtteil Lankow saß. Noch weniger Zeit benötigte sie, um zu erkennen, dass ihre ehemalige Freundin Sophie augenscheinlich psychisch krank war.

Sophie lachte laut auf, und wenige Minuten später geriet sie in einen Redeschwall und überschüttete Lea mit Vorwürfen und Beschimpfungen.

In ihren atmungsaktiven und verschmutzten Laufsachen saß Lea da und fror. Sie zitterte am ganzen Körper, ihre Lippen verfärbten sich blau. Allmählich wurde es dunkel. In zwei Stunden würde es stockfinster sein. Was hatte Sophie mit ihr vor, dachte sie, als sie im gleichen Moment ein heftiger Schlag mitten ins Gesicht traf. Kraftlos fiel Lea zur Seite und lag regungslos da.

»Du Hexe! Du hast mein ganzes Leben zerstört. Oder hast du das vergessen?« Sophie stieß mit ihrem Fuß Leas Beine zusammen und fesselte sie an den Fußgelenken mit Kabelbindern. So konnte Lea weder aufstehen noch sich bewegen. Sie lag auf der Seite im Kinderschwimmbecken auf den hellblauen Fliesen und hatte nur einen einzigen Wunsch: Hoffentlich ist das Wasser mit Schließung der Schwimmhalle abgestellt worden! Sie ekelte sich. In den seitlichen Überlaufrinnen des Beckens sah sie einen alten Stofffetzen, einen Zopfhalter und ein poröses, rotes Stück Gummi – vermutlich ein Teil von einer Badekappe. Dunkle Haare klebten an einem maroden Abfluss.

Lea war benommen von dem kräftigen Schlag. Ihre linke Gesichtshälfte war heiß und brannte. Sie konnte keinen klaren Gedanken fassen. Wie sollte sie sich aus dieser Lage befreien? Niemand würde sie hier suchen. Panik kam in ihr auf. Keiner würde sie schreien hören. ›Oh Gott, hilf mir!‹, betete sie leise. Ihre Gedanken rasten. Was sollte sie tun? Der kranken Sophie beipflichten und ihr Mitleid erregen? Sie durfte sie auf keinen Fall provozieren.

»Du wirst hier sterben, Lea«, drohte Sophie. »Dich braucht keiner mehr. Deine Tochter ist tot und der Bulle an deiner Seite wird eine neue Frau finden«, rief sie.

»Was? Nein! ... Charlotte ist nicht tot. Du lügst! Was hast du mit Charlotte gemacht?« Lea schrie so laut, dass es in der großen Halle schallte und Sophie sich schützend die Ohren zuhielt. Sie lief im Becken nervös im Kreis um Lea herum und prüfte mehrmals, ob die Fesseln an Hand- und Fußgelenken halten würden.

»Bitte sag mir, dass Charlotte nicht tot ist! Bitte! Bitte!«, wimmerte Lea leise. Sie rollte sich von der Seite auf den

Rücken und sah zu Sophie hoch, die wie ein Riese vor ihr stand. Plötzlich trat Sophie ihr in den Unterleib, sodass Lea schwarz vor den Augen wurde.

»Genau da«, erklärte Sophie, »habe ich auch ein Kind unter dem Herzen getragen. Du hast mir damals geraten, es abzutreiben, weil du scharf auf meinen Mann warst. Du konntest uns nicht zusammen sehen, hast ihn mir weggenommen. Und dann habt ihr ein Kind bekommen. Meine Eltern haben mich verstoßen, als sie mitbekommen hatten, dass ich abgetrieben habe. Es war unvorstellbar, als Tochter des damaligen Landesbischofs abzutreiben. Und später konnte ich nach einer Eileiterschwangerschaft keine Kinder mehr bekommen.«

»Was redest du denn da? Das stimmt doch alles gar nicht, Sophie.«

»Halt's Maul! Du warst in der Schule schon beliebt bei den Jungs. Ich habe dich immer von meinen Hausaufgaben abschreiben lassen oder deine Referate vorbereitet, während du dich mit den Kerlen getroffen hast. Mein Zeugnis hat natürlich nicht fürs Abi gereicht! Du hast immer alles bekommen, was du wolltest, und hast mich nur ausgenutzt. Mich hast du behandelt wie den allerletzten Dreck. Jetzt kannst du hier im Schmutz verrecken. Hier findet dich nämlich niemand. Selbst im Schwimmen warst du besser. Ich habe trainiert wie eine Irre, und du hast alles an Medaillen abgeräumt, was es zu gewinnen gab. Mich, das hässliche Entlein, oder besser gesagt, die fette Ente, hat niemand beachtet.« Sophie bückte sich und prüfte nochmals, ob Lea ausreichend gefesselt war, um nicht abzuhauen. Anschließend stand sie auf und ließ ihre Gefangene im Kinderschwimmbecken liegen.

»Das kannst du doch nicht machen. Bleib hier, komm zurück! Bitte, Sophie! Warte!« Lea schrie, so laut sie konnte. Doch ihre verzweifelten Schreie wurden von den großen Fensterscheiben des maroden Gebäudes zurückgeworfen.

Sie lag da, weinte und konnte ihre gefüllte Blase nicht mehr kontrollieren. Der warme Urin sickerte langsam durch ihren Slip und verteilte sich im Schritt ihrer Laufhose.

Kapitel 40: Eine Bitte

Der zuständige Staatsanwalt hatte beim Amtsgericht Schwerin Haftprüfung für Rolf Schneider beantragt. Der Sachverhalt wurde dem Haftrichter vorgetragen. Dieser ordnete im Anschluss wegen einer möglichen Fluchtgefahr Untersuchungshaft an. Daraufhin wurde Schneider durch die Polizei in die Justizvollzugsanstalt nach Bützow gebracht.

Lars Paulsen rief im Augustenstift an und teilte Martha Schneider die ihm vorliegenden Informationen mit. Er versprach ihr, sie in den nächsten Tagen zu besuchen. Fürsorglich bat er sie, auf ihre Gesundheit zu achten. Zu ihrem Wunsch, ihren Sohn in Bützow zu besuchen, riet er ihr, den zuständigen Staatsanwalt anzurufen. Dieser würde entscheiden, ob ein Besuch kurzfristig möglich wäre. Paulsen empfahl ihr, wenn sie ihr Gewissen erleichtern wolle, einen Brief zu schreiben, den er Rolf Schneider zukommen lassen werde. Andererseits dachte er über die Möglichkeit nach, Martha Schneider ermittlungstaktisch zu nutzen, um vielleicht durch sie herauszubekommen, wo Lea Engel aufzufinden war – ob lebendig oder tot. Vielleicht war es die letzte Hoffnung, wenn Martha Schneider ihren Sohn befragen würde, wo sich die vermisste Ärztin befand.

Dieser Gedanke zerbrach, als Berger ihm mitteilte, dass die DNA-Spuren an der toten Studentin nicht mit den gesicherten Spuren von Leas Daunenjacke, die sie bei dem Überfall auf dem Friedhof getragen hatte, identisch waren. Die Kriminaltechniker hatten diverse Mischspuren festgestellt, jedoch nicht die DNA von Rolf Schneider nachweisen können.

Diese Tatsache warf Berger so weit zurück, dass er überlegte, sich freistellen zu lassen. Er war am Ende seiner Kräfte angelangt. Wo sollte er jetzt beginnen, Lea zu suchen? Er hatte keine Energie mehr. Sein Telefon klingelte. »Auch das noch!«, sagte er kurz. Es war Ellens Mutter, die anrief. Fast seufzend nahm er das Gespräch entgegen.

»Ich möchte Ihnen nur sagen, dass die Urnenbeisetzung meiner Tochter im Ruheforst Schelfwerder in ein paar Tagen stattfinden wird«, teilte ihm die alte Frau mit monotoner Stimme mit. Er wurde gebeten, niemanden darüber zu informieren. Sie wolle allein und in aller Ruhe Abschied von ihrer Tochter nehmen und könne es nicht ertragen, Polizeibeamte dort zu sehen. Berger schloss sie in ihre Forderung unausgesprochen ein.

Dass ihre Tochter einen gefährlichen Beruf erlernt und ausgeübt hatte, das hatte sie nie gewollt. Die tragischen Folgen der Affäre ihrer Tochter mit Hauptkommissar Berger übertrafen bei Weitem ihre Vorstellungskraft. Sie hatte abschließend darum gebeten, den kleinen Willi, ihren Enkel, einmal sehen zu dürfen und bat Berger inständig, ihre Wünsche zu akzeptieren.

Berger war innerlich aufgewühlt, aber zu kraftlos, um in diesem Moment etwas zu entgegnen. Der Konflikt, dass Ellen eine Mörderin war und sie ihm einen Sohn hinterlassen hatte, der für alles nichts konnte, brodelte erneut in seinem Innersten auf. Nein, er konnte sich nicht freistellen lassen.

Er und seine Kollegen mussten Lea finden! Das Schlimme daran war, dass sie völlig im Dunkeln tappten und nicht wussten, wo sie jetzt anfangen sollten. Klar war nur, dass Rolf Schneider nichts mit Leas Verschwinden zu tun hatte. Die Zeit saß ihnen im Nacken und die Hoffnung, Lea Engel lebend zu finden, schwand von Minute zu Minute.

Kapitel 41: Hoffnung

Es war bereits Mitternacht, und Lea war völlig erschöpft auf dem Fliesenboden zusammengekauert eingeschlafen. Sie roch den Urin und ekelte sich vor ihrem verschmutzten Körper. Plötzlich hörte sie es rascheln. Sie lauschte und hielt vor Anspannung die Luft an. Es war Stimmengemurmel nicht weit von ihr entfernt. ›Werde ich jetzt verrückt‹, dachte sie ängstlich. ›Sind es erste Anzeichen einer Dehydration? – Nein!‹, sie hörte, wie sich zwei Männer unterhielten und sah ein flackerndes Taschenlampenlicht kreisen. Sie konnte nicht erkennen, was circa zwanzig Meter von ihr entfernt vor sich ging. Es raschelte unaufhörlich. ›Das muss Plastikfolie sein‹, war sie überzeugt. Sollte sie um Hilfe schreien oder hoffen, dass sie irgendwann jemand aus ihrer misslichen Lage befreien würde? Vielleicht war es ihre letzte Chance, bevor Sophie wiederkam. Sie war sich nicht einmal sicher, ob Sophie wiederkommen würde. Und wenn ja, vermutlich nur, um endlich das Wasser aufzudrehen und sie qualvoll im Kinderbecken ertrinken zu lassen. Die Frau war nicht zurechnungsfähig und Lea musste vom Schlimmsten ausgehen. Sie hatte kaum noch Hoffnung. Angst, Durst, Kälte und Dreck waren ihre Gesellen in der Dunkelheit.

»Hilfe! Hilfe! Ist da jemand?«, schrie sie, so laut es ihr trockener Mund und die nachlassenden Kräfte zuließen. Es raschelte und polterte. Sie hörte Schritte, die nicht näher kamen, sondern sich von ihr entfernten. Nach den Geräuschen zu urteilen, fielen leere Metalldosen um und rollten auf dem Boden umher. »Bitte helfen Sie mir! Hilfe! Kommen Sie zurück! Hier bin ich!«

Es tat sich nichts, und nach ein paar Minuten starb Leas letzte Hoffnung auf Rettung. »Nein! – Nein, ich will nicht sterben. – Warum hilft mir niemand? – Wo seid Ihr?« Lea spürte, dass es genauso sein musste, wenn man wahnsinnig wurde. Sie war nicht mehr in der Lage, klar zu denken. Sie schloss ihre Augen und sah ihre Tochter Charlotte und Thomas. »Wo seid ihr? Warum lasst ihr mich hier verrecken?«

»Ich habe dir doch gleich gesagt, dass wir besoffen nicht ins Obdachlosenheim kommen. Du bekommst den Hals ja nie voll genug«, lallte Rudi. »Jetzt müssen wir unsere Notunterkunft in der Schwimmhalle mit diesem Weib teilen.«

»Die Halle wird bald abgerissen. Dann müssen wir uns ein neues Nachtlager suchen! Wir hätten mal gucken sollen, was für eine Holde unser Nachtquartier aufgesucht hat«, stotterte Benno und machte sich eine Dose Bier auf.

»Die Frau hat doch um Hilfe geschrien. Lass uns zurückgehen!«, bat Rudi.

»Weiber bringen nur Ärger! Das weißt du doch, oder nicht?«, antwortete Benno.

»Manchmal auch Entspannung, Alter.« Rudi lachte und nahm sich auch eine Dose aus einem Plastikbeutel. »Wollen wir nicht zurückgehen und gucken, wer sie ist? Wenn sie blond ist, gehört sie dir, und wenn sie dunkle Haare hat, nehme ich sie mir. Mensch, das reimt sich sogar«, stellte Rudi torkelnd auf der Stelle stehend fest.

»Sag mal, bist du völlig bescheuert? Du hast deinen Verstand wirklich versoffen.« Benno schüttelte seinen Kopf. Er nahm eine Packung Wiener Würstchen aus der Tüte und versuchte, diese aufzureißen.

»Warum denn? Vielleicht steht sie auch auf uns beide und einen flotten Dreier? Los, wir gehen zurück! Oder willst du bei der Kälte und dem nasskalten Wetter im Freien übernachten? Wir suchen uns in der Halle ein anderes Plätzchen zum Pennen«, schlug Rudi vor.

Benno biss gierig von einer Wiener ab.

Die beiden Männer schlurften mit ihren Schlafsäcken und Tüten zurück zur Halle. Sie stiegen durch das kaputte Kellerfenster ein und schlichen durch die anliegenden Räume. Mit der Taschenlampe leuchteten sie die Umgebung ab und suchten einen neuen Schlafplatz. Nach der Frau suchten sie nicht mehr. Sie waren viel zu müde von dem vielen Bier, das sie mittlerweile getrunken hatten.

Es war still. Die alte Schweriner Schwimmhalle war nach ihrer offiziellen Schließung erstmals nicht nur Herberge für zwei volltrunkene Obdachlose, sondern auch ein ideales Versteck für eine entführte Frau.

Kapitel 42: Rettung naht

»Sei ruhig und hör endlich auf zu brüllen! Dich hört hier keiner«, schrie Sophie. Sie rannte wie eine Hyäne um ihr gefesseltes Opfer herum. Es war inzwischen draußen hell geworden.

Lea bekam einen hysterischen Anfall und drohte zu kollabieren.

»Meinst du, ich habe mir die ganze Mühe umsonst gemacht, mich zu verkleiden und dich wochenlang zu verfolgen? Du hast mich fast ertappt im Schlossparkcenter, als Madame eine Boutique nach der anderen aufgesucht hat. Ich musste extra eine Autopanne in der Nähe deines Wohnortes vortäuschen, um dich zu entführen. War das nicht ein genialer Plan? Du wirst für alles büßen, was du mir angetan hast! Jetzt rechnen wir endgültig ab. Auf dem Friedhof bist du mir gerade noch einmal mit dem Leben davongekommen. Jetzt ist Schluss!«, triumphierte Sophie.

»Sophie, du bist krank. Du redest dir Dinge ein, die nicht stimmen. Komm doch zur Vernunft!«, wimmerte Lea. »Bitte!«

»Nein, ich habe mir seit Jahren geschworen: Wenn ich dich finde, dann bringe ich dich um!« Sophie zog einen schweren Schlauch hinter sich her und schmiss ihn in das Kinderschwimmbecken, in dem Lea gefesselt lag. »Schau mal, wie in unserer Kindheit! Jetzt lernen wir schwimmen.« Sophie verzog ihr Gesicht zu einer hässlichen Fratze und lachte laut auf.

»Lass das! Hilfe! Hilfe! Verdammt nochmal.« Lea rutschte auf dem Boden hin und her und versuchte mit letzter Kraft, sich aus den Fesseln zu befreien.

Plötzlich schoss ein kräftiger Wasserstrahl aus dem dicken Schlauch neben ihr heraus. Eine große Pfütze bildete sich langsam um Lea herum.

»Sophie, stell das Wasser ab, bitte! – Hilfe! Hilfe! Warum hört mich denn keiner?« Lea drehte ihren Kopf seitlich und schmiegte ihr Gesicht an den Boden, sodass sie von der Pfütze etwas Wasser aufsaugen konnte. Ihr Durst war unerträglich. Der Schmutz war ihr egal. Sie wollte kämpfen und nicht aufgeben. Sie verspürte einen Lebenswillen, der ins Unermessliche wuchs. Langsam drehte sie sich zurück und sah plötzlich zwei Männer auf sich und Sophie zukommen.

»Was wird das hier? Seid ihr beiden Weiber verrückt geworden? Was macht ihr denn?« Rudi hatte es gerade ausgesprochen, da rammte Sophie ihm die Klinge eines großen Küchenmessers in den Oberschenkel.

»Auaaa!«, schrie er völlig überrascht. »Bist du wahnsinnig!« Er zog das Messer aus der Wunde. Blut verfärbte seine alte Jeans.

Benno näherte sich schnell von hinten und nahm Sophie in den Schwitzkasten. Er riss sie zu Boden, stürzte auf sie und eine Rangelei begann.

»Ihr müsst das Wasser abdrehen!« Lea schrie wie von Sinnen und wälzte sich auf dem Boden in ihren nassen Sportsachen wie ein glitschiger Aal.

Das Wasser stieg immer schneller an. Rudi drückte mit der Hand auf die blutende Wunde und robbte zum Schlauch hin. Er zog ihn aus dem Becken, sodass das Wasser in eine andere Richtung schoss. Lea lag halb nass da und zitterte vor Erschöpfung und Kälte am ganzen Leib. Benno hatte so lange mit Sophie gerangelt, bis er ihr den Arm ausgekugelt hatte. Sophie lag vor Schmerzen gekrümmt am Boden und war außer Gefecht gesetzt.

Dann lief Benno aus der Schwimmhalle heraus in Richtung Straßenbahnschienen. Er stellte sich mitten auf das Gleisbett und wartete. Als er in der Ferne die Lichter einer Bahn aus Richtung Lankow auf sich zukommen sah, riss er sich die Jacke vom Körper und fuchtelte damit wild in der Luft herum.

Der Straßenbahnfahrer bremste die Bahn langsam ab und stieg fluchend aus.

»Schnell! Sie müssen die Polizei und einen Krankenwagen rufen. In der Schwimmhalle ...«, brüllte Benno den Fahrer an.

»Haben Sie was getrunken? Was soll das Theater?«, antwortete der Straßenbahnfahrer und sah die schmutzige Kleidung des Mannes an.

»Tun Sie doch, was ich sage!«, forderte Benno mit Nachdruck.

Ein Fahrgast aus der Straßenbahn, der das Geschehen beobachtete, rief mit seinem Handy die Polizei an. Zehn Minuten später standen vor dem Haupteingang der alten Schwimmhalle zwei Streifen- und ein Rettungswagen.

Lea hatte vor dem Eintreffen des Notarztes das Bewusstsein verloren. Sie war nicht mehr ansprechbar. Ihre Muskulatur war erschlafft und sie reagierte auch nicht auf vorsichtiges Rütteln. Atemgeräusche waren noch vorhanden. Der Arzt legte sie in die stabile Seitenlage. Er stellte sich darauf ein, bei einem Kreislaufstillstand sofort mit einer Reanimation zu beginnen. Der Sanitäter holte vorsorglich den Defibrillator aus einem Koffer.

Zwischenzeitlich traf ein weiterer Rettungswagen ein. Eine junge Ärztin, die Sophie behandelte, ließ sie in Begleitung von zwei Polizeibeamten und gegen ihren Willen in die Notaufnahme des Krankenhauses bringen. Von dort aus würde sie mit großer Wahrscheinlichkeit in die geschlossene Psychiatrie gebracht werden.

Sophie randalierte trotz ihres ausgekugelten Armes herum und schrie laut, dass sie nicht mehr leben wolle.

Später stellte sich heraus, dass die Frau schon mehrfach in die Schweriner Carl-Friedrich-Flemming-Klinik als Patientin auf der Station 3 eingewiesen worden war und seit mehreren Jahren unter einer bipolaren Störung litt. In diversen Klinikaufenthalten waren ihre depressiven und manischen Schübe medikamentös behandelt worden. Hauptsächlich hatte man jedoch versucht, ihre Suizidgedanken zu beseitigen.

Kapitel 43: Gefunden

Thomas Berger rief in der Universität Greifswald an und ließ im Sekretariat ausrichten, dass Charlotte Engel dringend ausfindig gemacht werden müsse. Sie solle sich umgehend bei ihm melden.

Die Sekretärin dort versicherte ihm, dass es wahrscheinlich nicht lange dauern würde. Charlotte hätte vor ein paar Tagen wohl ihren Rucksack mit ihrem Handy in der Mensa stehengelassen und ein ehrlicher Finder hatte alles vor etwa einer halben Stunde abgegeben. Die Studentin müsse jeden Moment im Sekretariat erscheinen, um ihre persönlichen Sachen abzuholen, berichtete sie.

Plötzlich riss Lars die Tür von Thomas' Büro auf. »Komm schnell, sie haben eine bewusstlose Frau mit Joggingklamotten in der alten Schwimmhalle gefunden!«

»Das ist Lea! Lebt sie?« Berger ließ seinen Kugelschreiber fallen und sprang auf. Sein Stuhl kippte hinter ihm um. »Vielen Dank, das ist endlich mal eine gute Nachricht! Ich muss … Tschüss und danke!«, beendete er hastig das Telefonat.

»Sie ist bewusstlos, mehr weiß ich nicht«, antwortete Lars aufgeregt.

Berger und Paulsen rannten los und fuhren mit Blaulicht vom Stadtteil Großer Dreesch in Richtung Lankow zur alten Schwimmhalle. Sie nahmen während der Fahrt Funkkontakt mit den Kollegen vor Ort auf. Diese bestätigten Berger, dass die aufgefundene Frau nicht ansprechbar war und mit einem Notarztwagen soeben ins Klinikum gebracht wurde. Berger ließ sich noch kurz erklären, wer die Frau gefunden hatte und welche Umstände vorlagen.

»Du brauchst nicht zur Schwimmhalle zu fahren. Wir fahren sofort ins Klinikum«, wies Berger Paulsen an, der über den Obotritenring raste.

Bergers Handy klingelte. Auf dem Display sah er, dass Charlotte anrief. Er meldete sich und bat sie, mit dem nächsten Zug nach Schwerin zu kommen. »Nein«, korrigierte er sich, »nimm bitte ein Taxi! Egal, was es kostet, ich bezahle es. – Setz dich in ein Taxi und komm bitte sofort nach Hause! Mama ist im Krankenhaus. Mehr kann ich dir nicht sagen. Ich melde mich in Kürze, wenn ich mehr weiß. Ich muss jetzt Schluss machen.« Dann legte er auf.

Wenige Minuten später trafen sie in der Helios-Klinik ein. Paulsen hatte kaum eingeparkt, da riss Berger die Tür auf und sprang aus dem Wagen. Er rannte los.

Völlig außer Atem erreichte er die Notaufnahme. »Wo ist die Frau aus der alten Schwimmhalle? Ich muss sofort zu ihr«, schrie er und starrte eine Schwester mit aufgerissenen Augen an. »Ist sie da drin?«, fragte er und zeigte auf eine Tür, an der ›Schockraum‹ stand.

Er war auf dem Weg zur Tür, als sich die Schwester in den Weg stellte.

»Ich muss da rein. Ich bin von der Polizei!«

»Da können Sie jetzt nicht rein! Bitte nehmen Sie im Wartezimmer Platz! Der behandelnde Arzt wird später mit Ihnen sprechen«, versuchte die Schwester, ihn zu beruhigen.

Lars Paulsen kam dazu und legte seinen Arm um Bergers Schulter.

»Thomas, ist schon gut. Die Ärzte tun doch ihr Bestes. Da stehen wir nur im Weg herum und stören.« Paulsen schob Berger vorsichtig in den Wartebereich zurück und bat ihn, sich dort hinzusetzen.

»Ich will mich nicht hinsetzen! Ich muss zu Lea!«, antwortete Berger und ließ sich nicht beruhigen. »Wie lange dauert das denn? Ich will den Arzt sprechen!« Er hatte sich kaum noch unter Kontrolle.

Kurze Zeit später erfuhr er, dass Lea durch mangelnde Flüssigkeitszufuhr und vermutlich stress- und angstbedingt einen Kreislaufkollaps erlitten hatte. Blutdruck, Puls, Sauerstoffsättigung und Herzfrequenz wurden ständig gemessen. Ein Arzt versicherte Berger, dass sie erst einmal außer Lebensgefahr sei, kurzzeitig auch wieder bei Bewusstsein und ansprechbar war.

Berger kämpfte gegen Tränen und hatte sofort wieder einen langanhaltenden Piepton im Ohr. Ein Tinnitus sei jetzt das geringste Übel, dachte er und fand sich fast damit ab, den Ton nicht mehr loszuwerden.

Der behandelnde Arzt gestattete es Berger nicht, Lea Engel zu besuchen. Sie hatte ein starkes Beruhigungsmittel injiziert bekommen und schlief erst einmal.

Kapitel 44: Wie soll es weitergehen?

Lars Paulsen hatte Berger nach dem Arztgespräch nach Wittenförden gefahren. Dort warteten sie gemeinsam auf Leas Tochter, die eine Stunde später mit dem Taxi aus Greifswald eintraf. Berger bemühte sich, Charlotte schonend beizubringen, was passiert war. Sie konnte nicht begreifen und wollte kaum glauben, dass eine Frau ihre Mutter entführt und ihr dermaßen Leid zugefügt hatte. Gleich am nächsten Tag wollten sie gemeinsam Lea in der Klinik besuchen. Sie hofften, dass der Arzt einen kurzen Besuch zulassen würde.

Berger goss sich einen Whisky ein und erzählte Charlotte von den tragischen Ereignissen um Ellen und dass er Vater eines kleinen Jungen geworden war. Dass der kleine Willi noch im Brutkasten lag, erzählte er Charlotte vorerst nicht.

Paulsen trank ein Glas Wasser und fuhr dann nach Schwerin zurück. Er hatte Berger empfohlen, den nächsten Tag frei zu nehmen und erst einmal auszuschlafen.

Charlotte und Thomas saßen noch lange zusammen und überlegten, wie sie Leas Rückkehr gestalten würden. Sie dachte sogar darüber nach, ein Urlaubssemester zu nehmen und bei ihrer Mutter zu Hause zu bleiben, um ihr zu helfen, die schrecklichen Erlebnisse der Entführung zu vergessen. Das Wohl ihrer Mutter lag ihr mehr am Herzen als der zeitige Abschluss ihres Studiums.

Thomas Berger hatte noch keine konkreten Vorstellungen, wie es weitergehen sollte. Er machte sich Sorgen und fühlte sich überfordert. Wie sollte er sich gleichzeitig um Leas Genesung und den kleinen Willi kümmern? Wie sollte er seinen Job mit den neuen Herausforderungen, die jetzt vor ihm standen, ausüben? Konnte er Lea überhaupt zumuten, mit dem Säugling bei ihr in Wittenförden einzuziehen? In seinem Kopf schwebten tausend Fragen, auf die er vorerst keine Antwort wusste. Er war erleichtert, dass man Lea gefunden hatte und sie außer Lebensgefahr war und dass anscheinend bei seinem Sohn auch alles den Umständen entsprechend gut war. Alles andere erschien ihm zweitrangig. Er hatte in seinem Leben bisher für jedes Problem eine Lösung gefunden. Wie sein weiteres Leben jedoch aussehen würde, konnte er sich an diesem Abend nicht mehr vorstellen.

Kapitel 45: Diagnose

Thomas Berger und Charlotte Engel standen am nächsten Morgen die Tränen in den Augen, als sie Lea im Krankenbett in der Helios-Klinik sahen. Der Arzt hatte ihnen gestattet, ein paar Minuten mit ihr zu sprechen. Er hatte ihnen zuvor erläutert, dass Lea Engel infolge einer extremen psychischen Überforderung unter einer akuten Belastungsreaktion leide. Diese Reaktion würde Stunden bis Tage dauern, in seltenen Fällen sogar Wochen. Sie sei momentan in der Akutphase. Daran würde sich normalerweise die Verarbeitungsphase anschließen, in der es zum Wiedererleben der schrecklichen Ereignisse kommen werde. Schlafstörungen, Schreckhaftigkeit und Reizbarkeit seien die Symptome dieser Phase. Vermutlich werde Lea Panikattacken bekommen, wenn sie eine Schwimmhalle betrete oder Chlor rieche, beschrieb es der Arzt.

Lea war sehr schwach und stand unter Beruhigungsmitteln. In der rechten Armbeuge war ein Zugang für einen Tropf gelegt worden. Fast hätte sie die Zuleitung abgerissen, als sie ihre Tochter völlig überrascht erblickte und aufstehen wollte. »Du lebst, mein Schatz«, las Charlotte von den Lippen ihrer Mutter ab, da diese nicht in der Lage war, laut zu sprechen.

Charlotte sah sie an und verstand die Frage nicht. Warum sollte sie tot sein? Sie fand keine plausible Antwort darauf und schob es auf die Beruhigungsmittel, die anscheinend ihre Mutter verwirrten. Die Tochter hoffte, dass sich der Zustand bald bessern würde.

Einen kurzen Moment später trat Thomas an Leas Bett heran. Er lächelte sie an und zwang sich, keine Tränen zu zeigen. Er beugte sich zu ihr hinunter, nahm sie vorsichtig in seinen Arm und sagte: »Jetzt habe ich zwei Engel: einen großen Engel, direkt vor mir, dem ich die Flügel stutzen werde, damit er mir niemals mehr davonfliegt. Und einen ganz kleinen Engel, namens Willi, der uns hoffentlich bald aus der Klinik nach Hause begleiten wird.«

Er schluckte und war nicht in der Lage weiterzusprechen.

»Ich muss mich korrigieren«, verbesserte Thomas sich. »Welcher Mann kann schon behaupten, dass er drei Engel hat?« Er zog Charlotte an sich heran und umarmte sie.

Lea blinzelte ihnen zustimmend mit ihren tränengefüllten Augen zu und versuchte, ein wenig zu lächeln.

Ende

Liebe Leserin, lieber Leser, wir freuen uns über Ihre Bewertung im Internet!

Die Deutsche Nationalbibliothek verzeichnet diese Publikation in der Deutschen Nationalbibliografie; detaillierte bibliografische Daten sind im Internet über
http://dnb.ddb.de abrufbar.

Alle Rechte vorbehalten, Reproduktionen, Speicherungen in Datenverarbeitungsanlagen,
Wiedergabe auf fotomechanischen, elektronischen oder ähnlichen Wegen, Vortrag und Funk
– auch auszugsweise – nur mit Genehmigung des Verlages.

© Hinstorff Verlag GmbH, Rostock 2017

1. Auflage 2017
Herstellung: Hinstorff Verlag GmbH
Lektorat: Henry Gidom
Titelbild: mauritius images/imageBROKER/Lothar Steiner
Druck: GGP Media GmbH, Pößneck
Printed in Germany
ISBN 978-3-356-02092-2